Das Geheimnis des goldenen Reifs

W0279393

Wiederum für meine geliebten Gefährtinnen
Ina und Laura
... von Langenfelde bis Panama

Martin Schemm

Das Geheimnis des goldenen Reifs

Ein historisch-fantastischer Roman

Ellert & Richter Verlag

Inhalt

„Ganz Thüringen und Sachsen lehnten sich gegen König Heinrich auf wegen der erwähnten Burgbefestigungen und vielem anderem, was der König gegen den Willen dieses Volkes in dessen Gebiet übermütig und unüberlegt getan hatte und was diese nicht länger gleichgültig hinnehmen und ertragen konnten. Und nachdem eine Verschwörung herbeigeführt war, beschlossen sie, ihn mit einer großen Menge zu überraschen und zu dem zu zwingen, was sie im Sinn hatten."

BERTHOLDI CHRONICON
„Chronik Bertholds von Reichenau"
(verfasst um 1080)

„Der Pfalzgraf, einer von den Sachsen, zog also 6.000 Bewaffnete zusammen, umstellte die Burg und verzögerte die Dauer des Kampfes, denn er hoffte, durch Hunger zu erzwingen, was er mit dem Schwert nicht vermochte. Als er aber sah, dass das, was er geplant hatte, nicht vorankam, versuchte er, die Anführer der Burgbesatzung durch Geschenke zu gewinnen, was bekanntlich die Verderbnis der besten Sitten bedeutet. Indem er ihnen heimlich vieles schenkte, aber noch mehr versprach, wenn sie die Burg übergäben, verdarb er ihren Verstand, sodass sie die schändliche Übergabe für ein Geschenk vollzogen."

CARMEN DE BELLO SAXONICO
„Das Lied vom Sachsenkrieg"
(verfasst um 1075)

Prolog

Goldener Adler auf blauem Grund

Es war der Tag des heiligen König Oswald im Jahre des Herrn 1073. Die Sommersonne stand hoch am wolkenlos klaren Himmel und brannte auf die Landschaft hernieder. Sie ließ die Welt in leuchtendem Grün erstrahlen, während über allem eine bleierne Stille hing. Von der Hitze wie ermattet, schien die Natur in ihrem lebendigen Treiben innezuhalten. Kein Vogel zog am Himmel seine Bahn oder ließ seinen Gesang ertönen, kein Wild war zu sehen auf der gerodeten Bergkuppe und im angrenzenden Gehölz. Auch kein menschlicher Laut war zu hören. Das einzige Geräusch, das zur Burg herübertönte, war das helle Zirpen der Grillen.

Im Palas, dem von der pfalzgräflichen Familie und ihrem Gesinde bewohnten Hauptbau der Burg, hielten die dicken Mauern die Hitze noch fern. Doch bald schon würde auch hier die letzte im Gemäuer gespeicherte Restkühle der Nacht aufgebraucht sein. Durch die lange Fensterreihe, die mit ihren Rundbögen und Säulenarkaden auf der Südseite des großen Saals einen herrlichen Blick ins Tal der Unstrod gewährte, fiel das Sonnenlicht in breiten Balken auf die Eichendielen und Möbel. Hedwig, die Burgherrin und Gemahlin des Pfalzgrafen, hatte schwere, dunkle Vorhänge vor die Öffnungen hängen lassen, sodass der Saal in dämmrigem Zwielicht lag. Nur als Umrisse ließen sich die lange Tafel in der linken Hälfte des Raums und die Sitzgruppe vor dem Kamin auf der rechten Seite ausmachen. Die schweren Querbalken und das Ständerwerk aus zahllosen Streben, die das Dach der Halle trugen, wirkten im Halbdunkel wie die Rippenbögen eines riesigen Tierskeletts. Auch vom Garten Eden, an der Rückwand des Saals abgebildet, war nur wenig zu erkennen; ebenso vom pfalzgräflichen Wappen, das in Gestalt eines langen Banners neben dem Kamin von der Decke herabhing.

Die Anwesenden in der Halle waren dankbar für das Zwielicht, ließ es einen doch die ausgesperrte Hitze vergessen. Und die Augen gewöhnten sich nach einiger Zeit an das Dämmerlicht. Friedrich, der achtjährige Sohn des Pfalzgrafen, ein schlaksiger, blonder Junge mit dünnen Armen und Beinen, lag auf dem kühlen Dielenboden und malte tief versunken mit einem hölzernen Griffel auf einer Wachstafel. Neben ihm saß seine Mutter und beobachtete ihn. Mit einem Lächeln verfolgte Hedwig die künstlerischen Bemühungen ihres Sohnes, während sie versonnen ihre silberne Halskette durch die Finger wandern ließ und die Kugeln dabei drehte.

Die Gemahlin des Pfalzgrafen war eine würdevolle Edelfrau von zierlicher Statur. Ihre mehr als dreißig Lenze hatten bereits erste Spuren in ihrem Gesicht hinterlassen. Der Blick war offen und aufrichtig, zugleich bescheiden und aufmerksam. Und doch schien stets auch ein verborgener Kummer in ihren Augen zu liegen. Die Würde ihrer Herkunft aus einem edlen bayerischen Geschlecht sowie eine tief empfundene Frömmigkeit verliehen ihrer Erscheinung gleichwohl die Haltung einer zum Höchsten geborenen Edelfrau.

„Hat dir unser Kapellan verraten, welchen Tag wir heute begehen, mein Sohn?“, fragte Hedwig. Sie löste die Hand von der Halskette, um den hellen Schleier, der ihr langes hellbraunes Haar verhüllte, zu richten. Die Bewegung des weit ausgeschnittenen Ärmels ließ den dunkelvioletten Samt ihres Kleids leise rascheln. Als Friedrich auch nach einer Weile noch nicht antwortete, lächelte sie und sah belustigt zu ihrer Dienerin hinüber, die an einem kleinen Tisch saß und nähte. „Iva, meinst du nicht auch, dass ein heiliger König ein wenig mehr Aufmerksamkeit im Herzen eines Christenmenschen verdient hätte?“

„Gewiss, ganz wie Ihr sagt“, erwiderte die junge Dienerin und ließ das Unterkleid, an dessen Saum sie nähte, in den Schoß sinken. „Doch scheint das Herz manchen Mannes nicht zugänglich ... oder zumindest sein Gehör nicht offen.“

„Ja, womöglich ist der Gehörgang sogar regelrecht verstopft“, sagte die Burgherrin in nachdenklichem Ton und machte ein besorgtes Gesicht. „Wann wurden dem jungen Herrn zuletzt die Ohren gereinigt?" Gespannt blickten die beiden Frauen auf den Jungen, den ihr sanfter Spott jedoch nicht erreichte. Erst als Hedwig und Iva angesichts der Verträumtheit Friedrichs laut lachen mussten, schien dieser endlich zu merken, dass man über ihn sprach. Mit einem Ruck drehte er sich herum und sah erst seine Mutter, dann die Dienerin mit großen Augen an.

„Ich grüße dich, lieber Sohn", lachte Hedwig und strich ihm durch die Haare.

„Worüber lacht ihr?", fragte Friedrich misstrauisch, ahnte er doch, dass die Neckerei auf seine Kosten ging. „Über mich?"

Er sprang auf, rannte in eine Ecke des Saals und kam mit einem hölzernen Kurzschwert zurück. „Das kann euch teuer zu stehen kommen", drohte er mit gespielt finsterer Miene und fuchtelte mit dem Holzschwert in der Luft herum. Dabei sprang er wie ein junges Lämmchen in die Höhe und nach links und rechts und erwehrte sich unsichtbarer Widersacher, die von allen Seiten auf ihn einzudringen schienen. Unter lauten Drohungen und Schmähungen stach und schlug er in das dämmrige Nichts. Immer wilder wurde das Gefecht, die Gegner immer heimtückischer, bis er plötzlich laut zu kichern begann über seine eigene Darbietung.

„Da du nun ja erwacht bist", ergriff Hedwig mit einem belustigten Kopfschütteln das Wort, während sie den Sohn zu sich heranzog, „frage ich dich noch einmal nach dem Heiligen des heutigen Tages."

„Ach, das weiß ich doch", erklärte Friedrich mit gelangweilter Miene. „Der König Oswald von Nordhumbrien ist es."

„Und warum gilt er uns als heilig und als Vorbild?"

„Weil er in Anglien zerhackt wurde von den Heiden. Die mochten unseren Herrn Jesus Christus nicht." Der Junge sah die Mutter mit großen Augen an. „Der Kapellan hat erzählt, dass seine Körperteile rundherum verstreut wurden ..."

„Nun ja, König Oswald ist hingemordet worden für unseren Glauben, den er im Land der Heiden verbreiten wollte", berichtigte Hedwig ihren Sohn.

Doch der schien bereits von etwas Neuem abgelenkt zu sein, denn sein Blick wanderte zum Handgelenk der Mutter. Vorsichtig berührte er mit seinen dürren Fingern ein goldenes Schmuckstück, einen fein geschmiedeten Reif. Selbst im Zwielicht war zu erkennen, dass es sich um etwas sehr Kostbares handelte.

„Das ist sehr schön", sagte der Junge langsam mit feierlicher, fast flüsternder Stimme, während ein Strahlen über sein schmales Gesicht huschte. Sein ehrfürchtiger Tonfall ließ die Dienerin von ihrer Näharbeit aufsehen. Erstaunt betrachtete auch sie den Armreif.

„Was ist das für ein wundervolles Stück, edle Herrin?", fragte Iva und erhob sich. Sie legte Unterkleid und Nähzeug hinter sich auf den Stuhl und trat neben Friedrich, der wie gebannt zu sein schien von dem etwa handbreiten Kleinod. Seine Finger strichen behutsam über die zahllosen feinen Goldfäden, die um Hedwigs Handgelenk liefen. Zwei goldene Stäbe bündelten sie und bildeten, mit Haken und Ösen versehen, auch den Verschluss des Reifs.

„Ich weiß nicht, woher es ursprünglich stammt." Die Burgherrin hob den Arm ein wenig, damit Iva das Stück besser betrachten konnte. „Ich habe es gestern in der großen Eichentruhe vor meinem Gemach entdeckt. Du weißt, die mit dem geschnitzten Schlüssel als Wappen darauf."

Iva nickte wortlos, schob ihre pechschwarzen Haare hinters Ohr und beugte sich hinunter, um den Reif genauer in Augenschein zu nehmen. „Eine solche Arbeit habe ich noch nie gesehen. Die goldenen Fäden sind so fein wie Haar …" Friedrich hatte inzwischen das Interesse verloren und sich wieder seiner Wachstafel zugewandt. Nun berührte die junge Frau wie gebannt den Schmuck. „An den Goldfäden hängen kleine dünne Plättchen mit Symbolen darauf", murmelte sie. „Winzige Halbmonde, Sterne, Sonnen und dergleichen."

„Auf den beiden Querstäben habe ich feinste Zeichen entdeckt, für das Auge fast unsichtbar", fügte Hedwig hinzu. „Erst heute im Sonnenlicht konnte ich sie erkennen. Es scheint wohl eine alte Schrift zu sein, die mir gänzlich unbekannt ist." Sie schüttelte den Kopf. „Wie kommt dieses Stück in die alte Truhe, die dem Bruder meines Gemahls, Erzbischof Adalbert von Hammaburg und Bremen – Gott hab ihn selig, gehörte?"

In diesem Augenblick erklangen auf dem Gang laute Schritte, die sich rasch näherten. Begleitet wurden sie von hellem, metallischem Klirren. Als die Frauen aufblickten, trat der Pfalzgraf bereits in den Saal. Groß und wuchtig gebaut, war Friedrich von Gozeka eine eindrucksvolle Erscheinung. Umso mehr in seinem Rüstzeug mit einem schweren Kettenhemd, das ihm bis hinab auf die Knie reichte, dem umgürteten Schwert und dem matt schimmernden Helm, den er in der linken Armbeuge trug. In der Halle verlangsamte er seine Schritte abrupt.

„Bei der heiligen Lucia", rief er. „Warum ist es hier so dunkel wie in einer Gruft?" Mit einem kurzen Seitenblick auf die beiden Frauen ging er zur Fensterseite hinüber und riss einen der Vorhänge beiseite. Ein greller Lichtbalken fiel in den Saal.

„Da haben wir in unserem bescheidenen Heim nun schon eine *aula regia*, aber die Herrin des Hauses verwandelt sie in eine düstere Höhle. Mehr Licht, mehr Glanz, mein Weib! Wir sächsischen Pfalzgrafen pflegen uns nicht im Dunkeln zu verstecken!"

Laut lachend trat Friedrich von Gozeka an die Tafel, legte polternd den Helm auf den Tisch und wischte sich den Schweiß von der Stirn.

„Bring mir Wein für meine verdorrte Kehle!", rief er einem Diener zu, der, aufgescheucht durch den Lärm, in der Tür des Saals erschienen war und sich nun ehrfürchtig wieder abwandte.

„Nun, was hängt ihr beiden Weibsleute da verschwörerisch beisammen?" Der Pfalzgraf kniff angriffslustig die grauen Augen unter den buschigen Brauen zusammen. Langsam durchquerte er den Saal in Richtung des Kamins. „Kann man der slawischen Schwarzkrähe überhaupt trauen? Sie huscht immer nur schweigend über die Flure und sieht einen scheel an ..."

„Die Schwarzkrähe heißt Iva, wie du hoffentlich noch weißt, edelster Gemahl. Und sie ist eine zutiefst ergebene, treue Dienerin unseres Hauses." Hedwig schenkte dem spöttischen Lächeln ihres Mannes keine Beachtung. „Sie ist mir sehr kostbar und über jeden Zweifel erhaben."

„Schon recht", brummte Friedrich, „nichts für ungut." Kurz in Ivas Richtung nickend, wandte er sich von den Frauen ab. „Stets so ernst, die Frauen! Mein Sohn, merk dir das gut und sieh dich vor, auf dass du später keine albernen Scherze mit ihnen treibst zur falschen Zeit." Mit der Schuhspitze stieß er dem auf dem Boden liegenden Jungen sanft in die Seite und beugte sich zu ihm hinunter, um die Wachstafel genauer betrachten zu können. „Gar nicht schlecht“, murmelte er anerkennend, während der Junge überrascht zu ihm aufsah.

„Ich hab den Adler abgemalt, vom Banner dort“, erklärte der Sohn stolz, hielt die Wachstafel empor und blickte auf die Tuchbahn, die neben dem Kamin herabhing.

„Das Wappentier des Hauses, das du selbst einmal führen wirst.“ Friedrich strich sich über den elegant geschnittenen Vollbart, der wie sein welliges Haupthaar weit mehr Grau als das ursprüngliche Braun aufwies. Er hatte seinem Sohn die Tafel abgenommen und verglich das Wachsbildnis mit dem Banner, auf dem ein Adler mit ausgebreiteten Flügeln und gespreizten Fängen in Gold auf blauem Grund prangte. „Ja, unverkennbar der Adler der sächsischen Pfalzgrafen.“

In diesem Moment schallten aus dem Innenhof Geräusche herauf. Die schweren Balken des Burgtors wurden entfernt und die Türflügel knarrend aufgeschoben. Hufschlag und bald darauf Stimmen waren zu hören.

Der Pfalzgraf gab seinem Sohn die Tafel zurück. Er ergriff den silbernen Weinpokal, den ihm der zurückgekehrte Diener überreichte.

„Edler Herr, Euer Camerarius Gerald ist gerade von seiner weiten Reise zurückgekehrt.“

„Sehr gut, sehr gut.“ Friedrichs Kettenhemd klirrte leicht. Zugleich huschte ein neugieriger Ausdruck über sein Gesicht. „Gerald mag sich eine Weile erholen und mir dann Bericht erstatten.“

„Nun, mein Sohn, noch ist die Bürde der Führung unseres Hauses fern von dir. Wollen wir hoffen, dass mir der Allmächtige noch eine lang bemessene Lebensspanne gewährt!“ Mit einem Lächeln hob er den Pokal zu seinem eigenen Trinkspruch, blickte reihum in die Gesichter und nahm einen tiefen Schluck.

Iva hatte sich an den kleinen Tisch zurückgesetzt und ihre Näharbeit wieder aufgenommen. In ihrer gebeugten Haltung verdeckten die Haare fast vollkommen das Gesicht mit den hohen Wangenknochen, der schmalen, etwas zu lang geratenen Nase und dem dünnlippigen Mund. Unverkennbar floss slawisches Blut in den Adern der zwanzigjährigen Frau. Ihre zierliche Gestalt in dem schlichten, hellgrauen Leinenkleid ließ gleichwohl erkennen, dass sie harte körperliche Arbeit gewohnt war. Und so unauffällig sie auch erscheinen möchte, ihre leuchtend grünen Augen verrieten doch, wie aufgeweckt sie war.

„Hast du bei aller Kunst denn auch fleißig hiermit geübt?" Der Pfalzgraf schob mit dem Fuß das Holzschwert in Richtung seines Sohnes. „Deine Mutter und der Kapellan sorgen für deine Ausbildung in der Buchstabenkunst, im Trivium und in der Frömmigkeit. Doch wer ein rechter Pfalzgraf in Sachsen sein möchte, hat auch das Kriegshandwerk zu beherrschen. Sieh mich an, ich habe heute schon den halben Tag mit neuem Rüstzeug und Pferd geübt." Mit der rechten Hand schlug er sich auf die Brust und deutete auf die verzierte Scheide seines Schwerts.

Anstelle einer Antwort griff der Junge nach der hölzernen Waffe und vollführte einen ähnlichen Schaukampf wie kurz zuvor. Während Hedwig und Iva das Scheingefecht ein weiteres Mal amüsiert verfolgten, verdüsterte sich das Gesicht des Pfalzgrafen. Er legte die Rechte auf den Griff seines Schwerts, wandte sich mit missbilligendem Kopfschütteln ab und trat, tief in Gedanken, schließlich an eines der Bogenfenster.

„Komm zu mir, mein Sohn", sagte er, während er die Augen mit der Hand beschattete und den Blick über das Land wandern ließ. Der Palas der Viczinburg bildete das Mittelstück der südlichen Burgmauer und erhob sich am steilen Abhang über dem Tal der Unstrod. Majestätisch beherrschte die weiße Burg die Landschaft und bot einen weiten Ausblick nach Osten und Westen.

Als der Junge, das Schwert in der Rechten, neben den Pfalzgrafen trat, legte dieser die Hand auf seine schmale, knochige Schulter und wies auf die vor ihnen liegende Landschaft. „So weit das Auge reicht, war das hier einstmals das Land der heidnischen Slawen. Erst Kaiser Karl der Große hat es ihnen entreißen und unter dem Kreuze Christi dem Reich hinzufügen können. Und damit das auch so bleibt, hat er allerorts hier im Osten Markgrafen und Pfalzgrafen eingesetzt, die das gewonnene Land mitsamt dem christlichen Glauben verteidigen sollen gegen die Slawen, die weiterhin nördlich und östlich von hier leben. Außerdem sollen sie in ihren Gebieten Recht und Frieden wahren und den Heerbann führen."

Der Pfalzgraf wies nach links, der Unstrod flussabwärts folgend. „Wenn du der aufgehenden Sonne entgegensiehst, blickst du unserem

Feind entgegen. Unsere Familie wurde von Kaiser Karl mit dem Amt des sächsischen Pfalzgrafen belehnt, um das Land am Zusammenfluss von Unstrod und Sala vor den Slawen zu sichern. Das ist unsere eherne Aufgabe, solange es die Heiden gibt, und sie erfordert Kriegskunst. Der Feind hört nicht auf Worte, auch nicht auf die unseres Herrn Jesus Christus." Der Pfalzgraf umschloss mit der Hand das Schwert seines Sohnes. „Er hört nur auf die Sprache der Waffen, auf den Hieb des Schwerts, den Stoß der Lanze, den Schlag der Streitaxt. Auch du, mein Sohn, musst diese Sprache beherrschen. Vergiss das nie!"

„Und doch trägt auch das Wort unseres allmächtigen Gottes viel dazu bei, das Land zu sichern." Hedwig hatte sich von der Bank erhoben. Den Schleier aus dem Gesicht streifend, trat sie neben die beiden ans Fenster und legte eine Hand auf die andere Schulter ihres Sohnes. „Die beste Sicherung ist die Bekehrung zum christlichen Glauben. Sieh, die Menschen ringsumher sind Nachkommen der Slawen, wie unsere treue Iva hier." Sie nickte der Dienerin zu. „Als Christen sind sie längst Teil unseres Reiches, ihre Sprache, ihre alten Namen für Menschen, Dinge und Orte sind auf uns übergegangen. So hat unsere Viczinburg einen slawischen Namen nach ihrem hellen Gemäuer, das aus dem nahen Steinbruch stammt."

„Nun, da hat deine Mutter recht", bestätigte Friedrich. „Auch der alte Stammsitz unserer Familie, Gozeka, nach dem sich unser Haus benennt, ist slawischen Ursprungs." Er deutete erneut vage nach Osten, wo der Ort etwa einen halben Tagesmarsch entfernt lag.

„Und heute ist ebendieses Gozeka, wie du weißt, ein frommes Kloster unter Abt Friedrich, dem Sohn deines verstorbenen Onkels Dedo." Hedwig sah mit einem Lächeln ihren Mann an. „Das ist doch der beste Beweis für die Friedenssicherung durch das Wort Jesu Christi, nicht wahr, mein Gemahl?"

Da musste der Pfalzgraf ebenfalls lächeln. Er verneigte sich anerkennend vor seiner Frau. „Das war zweifellos eine weitere Lehrstunde über die Frauen, mein Sohn: Unterschätze niemals ihre rhetorische Gabe." Er trat vor Hedwig und ergriff ihre Hand. Sanft hob er sie an, sodass der mit Perlen bestickte Ärmel an ihrem Unterarm hinabglitt und die Haut entblößte. Er beugte sich hinab und presste die Lippen zu einem flüchtigen Kuss auf den Handrücken. „So klug und hehr dein Geist, so schön deine Erscheinung, doch ach … so kühl dein Herz." Er hatte die Worte sehr leise gesprochen, fast geflüstert. Als er sich aufrichtete, blickte er Hedwig mit einer Miene an, in der das Lächeln einem stummen Vorwurf gewichen war.

„Nun, ich bin überrascht …", begann sie zögerlich steif. „Hätten diese letzten Worte denn nicht eher aus meinem Mund kommen müssen? Ist dies nicht eine Verkehrung von Ursache und Wirkung?" Neben dem traurigen Ausdruck in ihren Augen schimmerte eine Mischung aus unterdrücktem Groll und Argwohn hindurch.

Friedrich von Gozeka schwieg und sah sie gleichmütig an. Es war der Blickwechsel zweier Menschen, denen es kaum mehr gegeben war, Herz und Seele des anderen zu erreichen.

Als der Pfalzgraf gerade die Hand seiner Gemahlin loslassen wollte, fiel sein Blick auf den goldenen Reif, der unter dem Ärmel zum Vorschein gekommen war. „Was ist das für ein wundervolles Stück? Es gereicht dir – ohne es spöttisch zu meinen, Weib – zu höchster Zierde." Ihre Hand in der seinen haltend, betrachtete er den Reif von allen Seiten und ließ ihn im hellen Sonnenlicht schimmern. Er konnte nicht widerstehen, die feinen Goldfäden mit den Fingern zu berühren. „Es will mir scheinen, als ob ich das Stück irgendwoher kenne", grübelte er. „Oder habe ich nur darüber reden hören? Woher stammt es?"

„Ich habe den Reif gestern in jener Truhe gefunden, die dir im letzten Jahr als Erbteil deines Bruders, des seligen Erzbischofs Adalbert, zukam. Tag für Tag bin ich achtlos an ihr vorübergegangen, doch gestern hat mich die Neugier gepackt. Ich hoffe, es war nicht unrecht von mir."

„Nein, natürlich nicht, der Herrin steht dies jederzeit zu." Mit einem misslungenen Lächeln sah er Hedwig an. „Ja, Adalberts Truhe, ich erinnere mich. Ich habe sie seinerzeit von dem Landgut unserer Familie in Loctuna, das meinem Bruder gehörte, hierherbringen lassen", erwiderte er. „Und seither tatsächlich vollkommen vergessen."

„Zahllose kirchliche Gegenstände liegen darinnen: goldene Messkelche, Kruzifixe, Evangeliare, kostbare Messgewänder und so weiter. Als ich den Deckel schon wieder schließen wollte, fiel mir der Reif ins Auge. Er schien so gar nicht dort hineinzugehören." Sie schüttelte den

Kopf. „Ein Schmuckstück zwischen all diesen Dingen aus Liturgie und Gottesverehrung."

Der Pfalzgraf ließ Hedwigs Hand los. „Gerade wegen der sakralen Kostbarkeiten habe ich die Truhe damals hergebracht. Ich wollte alles unserem Hauskloster in Gozeka stiften, zumal Adalbert die Abtei einst ja selbst geweiht hat. Ich denke, eine solche Gabe wäre ganz in seinem Geiste."

„Ja, eine gottgefällige Idee. Du solltest die Stiftung unbedingt vornehmen." Hedwig sah ihren Mann zustimmend an. Der wandte sich langsam ab und ging, die Arme auf dem Rücken verschränkt, nachdenklich durch den Saal. Das Klirren seines Kettenhemds war für eine Weile das einzige Geräusch in der Halle.

„Ein Reif, nicht von Menschenhand geschaffen, das muss er sein", murmelte Friedrich von Gozeka nach einer Weile. „Ich erinnere mich dunkel. Adalbert hat von ihm gesprochen, als ich ihn vor zwei Jahren in Lismona besucht habe. Als Erzbischof hat er sich dort des Öfteren ausgeruht. Er war zusehends seltsamer geworden in seinen letzten Jahren, umgab sich mit Traumdeutern und Wahrsagern. Er führte sich sehr ungünstig auf, das ganze Reich spottete über ihn. Bei dem Besuch wollte ich ihm ins Gewissen reden, doch er war so tief in seiner eigenen Welt, dass er mir kein Gehör schenkte. Er war nahezu verschworen mit einem fragwürdigen Berater, einem Traumdeuter namens Notebald, mit dem er über Magie und anderes gotteslästerliches Zeug redete. Die beiden sprachen auch über diesen Reif, sie haben ihn mir genau beschrieben." Zögernd schien er sein Gedächtnis zu befragen. „Sie erzählten, dass er aus einem Königreich zwergenhafter Schwarzalben unter den Bergen an der Elbe stamme. Geschmiedet von den Zwergen, sei das Stück gar zauberkräftig ..."

„Zwerge? Zauber?", wiederholte Hedwig ungläubig und starrte den Reif an ihrem Handgelenk fassungslos an. Auch Iva blickte zwischen dem Pfalzgrafen und seiner Gemahlin hin und her. Keiner von ihnen bemerkte den in diesem Moment in den Saal getretenen klein gewachsenen Mann, der den Pfalzgrafen ansah.

„Ja, der Reif hatte einen Namen und ..." Als ob lange Zeit versiegelte Pforten geöffnet würden, schien die Erinnerung deutlicher zu werden.

„Hm, wie konnte ich das alles nur vergessen? Es war mir damals so gänzlich zuwider, meinen Bruder so zu sehen, dass ich es vollkommen verdrängt habe." Er schüttelte den Kopf und ging weiter auf und ab, als ein lautes Räuspern seine Gedankengänge unterbrach. Für einen Moment starrte er den Mann verständnislos an, ehe er sich wieder sammelte.

„Ah, Gerald!" Mit großen Schritten trat er vor den etwa Dreißigjährigen, der ganz in hellblaues Leinen gekleidet war. Über der Tunika trug er einen schmalen Gürtel, an dem ein ledernes Geldsäckchen hing. Dunkelbraune, schulterlange Haare umrahmten das längliche Gesicht mit den wachsam dreinblickenden Augen.

„Ehrwürdiger Pfalzgraf, edle Herrin", grüßte der Camerarius und Berater feierlich und verneigte sich tief vor den beiden Eheleuten. Iva streifte er mit einem flüchtigen Blick.

„Lange habe ich deine Rückkehr auf die Viczinburg erwartet." Friedrich von Gozeka legte die Rechte vertraulich auf die Schulter Geralds. „Wie ich sehe, hast du dich bereits erfrischt von deiner weiten Reise." Der Ausdruck im Gesicht des Pfalzgrafen wandelte sich zu höchster Aufmerksamkeit. „Welche Kunde bringst du mit aus dem Westen? Hat der König endlich die Forderungen unseres sächsischen Adels erhört, oder müssen wir den Druck noch weiter erhöhen?" Seine Miene war erfüllt von Neugier, der seltsame Armreif und die Grübeleien über dessen Herkunft schienen vollkommen vergessen.

„Nun, edler Herr, darauf gibt es zu meinem Bedauern leider nur eine ungünstige Antwort. Der junge Herrscher geruht nach wie vor nicht, unsere Ansprüche auch nur zur Kenntnis zu nehmen. So viele Boten und Schreiben unsere Mitstreiter, allen voran Graf Otto von Northeim, Bischof Burchard von Halberstadt und der Billungergraf Hermann, an König Heinrich senden, er will davon nichts hören." Gerald, der leise sprach, trug den Bericht ungeachtet seiner Bedeutsamkeit mit ausdrucksloser Miene und Stimme vor. Seine unauffällige – um nicht zu sagen langweilige – Erscheinung spiegelte sich gänzlich in seinem Auftreten wider.

„Eine Dreistigkeit ohnegleichen!", polterte sein Herr in umso leidenschaftlicherer Weise. Sein Ausruf riss selbst den längst wieder auf dem Boden liegenden Jungen aus seinen Träumereien. Wie seine Mutter und deren Dienerin sah er gebannt zu den beiden Männern hinüber.

„So kann man es sagen, mein Herr“, sagte Gerald trocken. „All das, was wir bereits im Juni am Tag der Heiligen Petrus und Paulus zu Goslar vom König gefordert haben, steht weiter unbeantwortet im Raum. Weder will er auch nur eine seiner hier errichteten Burgen abbauen, noch will er seine Ministerialen, die von eben diesen Burgen aus unser Land plündern, des Amtes entheben. Er lehnt es auch ab, die von ihm vorgenommenen Enteignungen vieler sächsischer Edler – Ihr wisst es selbst schmerzlich – zurückzunehmen. Nein, von all dem …“

„Verflucht sei er! So muss es also zum Kampfe kommen!“ Friedrich von Gozeka unterbrach aufgebracht die Rede seines Beraters und versetzte dem auf der Tafel liegenden Helm einen Stoß, sodass dieser polternd zu Boden fiel. „Ich werde nicht hinnehmen, dass er mir das Lehen Vokenroht entrissen hat, einfach so, indem er das seit jeher geltende sächsische Recht bricht.“

„Friedrich …“, rief Hedwig, über die Wucht seines Ausbruchs erschrocken.

„Ist ja schon gut, Weib“, brummte der Pfalzgraf. Mit sanftem Druck schob er Gerald neben sich her, bis sie sich von den Frauen ein Stück weit entfernt hatten und fast am anderen Ende der Halle standen. „Wie ist unser Lager in der Sache verblieben? Was steht als Nächstes an? Hast du die Interessen des Hauses Gozeka vertreten?“

„Selbstverständlich“, erwiderte Gerald bescheiden. „Ich habe Eure Haltung klar zum Ausdruck gebracht und auch Vokenroht bewusst genannt. Zu Holcinesleve haben wir uns vor zwei Wochen alle getroffen, der Adel und das einfache Volk der Sachsen. Wir vereinbarten, noch einen letzten Versuch beim König zu wagen. In wenigen Tagen werden Abgesandte von uns in der königlichen Pfalz zu Goslar vorstellig werden. Zeitgleich werden allerorts erste Truppen zusammengezogen und gleichsam als Drohung in die Nähe der verhassten königlichen Burgen gebracht. Sollte Heinrich auch dann nicht willens sein, auf unsere Forderungen einzugehen, werden die Burgen im Kampf belagert. Zunächst im Umfeld des Harzes.“

„Sehr gut, so sei es denn“, nickte der Pfalzgraf. „Wir werden uns an dem Kampf mit aller Kraft beteiligen! Entsprechende Schritte müssen rasch in die Wege geleitet werden.“ Erneut legte er die Rechte auf die

Schulter seines Ratgebers. Zugleich beugte er sich ein wenig näher herab zu dem kleinen Mann und schlug einen leiseren Tonfall an. „Hast du etwas erfahren über … du weißt schon“, begann er und sah sich verstohlen nach seiner Frau um. „Redet man von ihr? Gibt es Pläne … sie betreffend?“ Seine Stimme war fast zu einem Flüstern geworden.

Hedwig hatte geistesgegenwärtig den Blick gesenkt und sich ihrem Sohn zugewandt, gleichwohl lauschte sie mit angehaltenem Atem. Iva nähte scheinbar abwesend weiter.

„Nun, die junge …“, setzte Gerald in seinem nüchternen Tonfall an, als er abrupt von seinem Herrn unterbrochen und in Richtung Tür gelenkt wurde.

„Lass uns das Gespräch draußen fortsetzen“, beeilte sich Friedrich von Gozeka zu sagen. „So können wir dann auch gleich die Hauptleute und Verwalter dazuholen.“ Mit einem Lächeln wandte er sich an Hedwig: „Das wäre für die Damen allzu langweilig …“ Die Eheleute nickten einander förmlich zu, dann verließen der Pfalzgraf und sein Berater leise ins Gespräch vertieft den Saal.

Kaum waren ihre Schritte auf dem Flur verklungen, wandte sich Hedwig ihrer Dienerin zu. Iva legte die Näharbeit zur Seite, kam zur Sitzbank herüber und nahm neben ihr Platz. Die beiden sahen einander an, ehe Hedwig langsam den Kopf schüttelte: „Was hat diese Heimlichtuerei zu bedeuten? Eine Frau?“

Unter der Erde

Die Wiederentdeckung des Reifs sorgte nicht nur auf der ostthüringischen Viczinburg für Aufmerksamkeit, sie blieb auch an einem sehr fernen Ort nicht unbemerkt. Als sich Hedwig den goldenen Armreif über das Handgelenk schob und ihn gebannt im Sonnenlicht betrachtete, vollzog sich tief im Verborgenen ein uralter Zauber. Unbemerkbar für die Menschen – und erst recht für jene, die nicht mehr dem germanischen, sondern dem neuen christlichen Glauben anhingen – geschah es, dass der Reif erwachte. Ein unhörbarer Ruf erfolgte in Richtung Norden. Seine Botschaft bestand allein darin, zu verkünden, dass das Kleinod wieder aufgelebt war. Das Lebenszeichen schien eine Antwort zu sein auf eine alte Frage, die der Fragende nun, nach so langer Zeit, vernahm.

Berge, Täler und Flüsse lagen zwischen der Viczinburg im Südosten des Reichs und dem Sollonberg an der Elbe. Die Entfernung zwischen den Orten betrug fast fünfzehn Tagesmärsche, zu Pferde mochten es an die acht Tagesritte sein. Nahe der Stadt Hammaburg gelegen, war es vom Sollonberg nicht weit bis zur Mündung des großen Stroms ins *mare Frisicum*. Elbberge wurde die Hügelkette genannt, die sich vom Weiler Wadil im Westen bis zu jener Erhöhung oberhalb der Blanken Neeß erstreckte, einem wie eine Nasenspitze in die Elbe hineinragenden weißen Strand. Ein Hügel reihte sich hier an den anderen, dazwischen dunkle Täler. Der gesamte Landstrich war von Wäldern bedeckt, die kein Pfad durchquerte und kaum je eines Menschen Fuß betrat. Jedermann hier kannte düstere Legenden und Gerüchte, die sich um diese Wälder und Berge rankten. Die Geschichten wurden in den Familien von Generation zu Generation überliefert, sie handelten von zwergenhaften

Schwarzalben, hünenhaften Geisterwesen und goldenen Schätzen tief drunten in der Erde.

Im Jahre des Herrn 1065 hatten sich die Legenden für eine Handvoll tapferer Abenteurer bewahrheitet. Eine kleine Gruppe Männer war damals auf Geheiß des Erzbischofs Adalbert von Hammaburg und Bremen durch einen verborgenen Stollen tief in die Berge vorgedrungen, um dort nach einem Schatz der Schwarzalben zu suchen. Was zu Anfang keiner so recht hatte glauben wollen, wurde dabei zur Gewissheit: All das, was die Legenden und Sagen seit alters angedeutet hatten, war wahr. Nach einem gefahrvollen Marsch erreichten die Männer Elbergard, das Reich der Schwarzalben. Sie trafen dort tatsächlich auf das Zwergenvolk und raubten deren Gold. Doch ein alter albischer Fluch sorgte dafür, dass sie Hals über Kopf fliehen mussten. Mit größter Not vermochten sie einige wenige Stücke des Horts an die Erdoberfläche zu bringen.

Durch den Frevel entfesselte Geister suchten die Elbberge seither heim und verbreiteten Angst und Schrecken, was den einsamen Landstrich noch mehr veröden ließ. Der Zugang nach Elbergard schloss sich für immer, und die beiden Welten, das irdische Reich Christi und der uralte germanische Weltenbau, waren wieder voneinander getrennt. Es war, als hätte sich für einen kurzen Augenblick ein Fenster geöffnet und hätte den Blick freigegeben auf eine Wirklichkeit, in der beide Sphären nebeneinander bestanden. Das Christentum hatte demnach die germanische Welt nicht ausgelöscht, sondern lediglich vom Antlitz der Erde vertrieben, hinunter in dunkle, dem Menschen verborgene Tiefen.

Acht Jahre waren seither ins Land gegangen. Der Sollonberg, auf dem früher ein Kloster und eine Burg des Erzbischofs gestanden hatten, war längst eine Einöde und verlassen. Von der Handvoll Männer, die damals Elbergard betreten hatten, waren nur wenige noch am Leben. Für die Menschen jener Gegend, deren Leben im Glauben an Jesus Christus weiterging, verblasste die Begebenheit und begann ins Reich der Legenden hinabzusinken.

Ganz anders in der Tiefe der Erde. Die Schwarzalben hatten den unheilvollen Besuch der Menschen keinen Tag vergessen, ebenso wenig wie die Wächter des Schatzes, denen es damals nicht gelungen war, den Raub einiger Stücke zu verhindern. Blihan, die Bleichhäutigen, nannten sich die geisterhaften Hünen, untote Wiedergänger aus uralten Hügelgräbern, die gemeinsam mit einem Lindwurm über den von den Schwarzalben geschmiedeten Schmuck wachten. Alle Schätze, die hier auf einer riesigen Tafel ausgebreitet lagen, waren für die Götter bestimmt. Viele der Stücke und auch der Waffen waren von den Schwarzalben zudem mit übernatürlicher Kraft versehen worden, um Wodan und seinen Göttergefährten gefällig zu sein. Für Menschenaugen waren es lediglich kostbare, unnachahmlich fein gearbeitete Kleinodien, die hinter dem goldenen Glanz und Schimmer verborgene Zauberkraft blieb ihnen verborgen. Nur wenige Kundige unter den Menschen – vor allem dort, wo der germanische Glaube noch lebendig war – vermochten die Zauberkraft zu erkennen.

Genau diese Gefahr, dass ein Mensch die besondere Kraft eines solchen Stückes nutzen könnte, trieb Falmag, den Blihan-Fürsten, um. Neben der Gefahr eines Missbrauchs der magischen Macht durch die Menschen hing der drohende Zorn der Götter wie eine düstere Wolke über ihm. Sollte der allmächtige Wodan erfahren, dass Menschen ein allein ihm bestimmtes Geschenk besaßen und dass dies von den Schwarzalben nicht verhindert worden war, so würde er mit göttlichem Zorn und dunkler Rache über die Welt kommen. Aus diesem Grund hatten sich die Blihan schon kurz nach dem Raub auf die Fährte der gestohlenen Stücke gesetzt und sie auch tatsächlich alle nach Elbergard zurückgebracht – mit Ausnahme des goldenen Armreifs. Nach acht langen Jahren hatte das letzte Stück nun endlich ein Lebenszeichen gesandt.

„So begegnen wir uns also wieder, Falmag, mächtiger Fürst der Blihan“, begrüßte Godwin, der Herrscher des Zwergenreichs zu Elbergard, den Gast in der großen Halle tief unter den Elbbergen. Der klein gewachsene Schwarzalbe hatte sich von seinem goldenen Thron erhoben und verneigte sich vor dem geisterhaften Besucher, der mit zwei seiner Untergebenen vor ihm stand.

„In der Tat, edler Godwin. Unser zweites Treffen wird wie auch das erste vor acht Erdenwintern durch äußere Ereignisse herbeigeführt“, sagte Falmag. Mit seiner Größe, die das Anderthalbfache eines Menschen maß, überragte er die Schwarzalben in der Halle um gut das Fünffache. Entsprechend furchtsam blickten die schwarzalbischen Getreuen, die sich hinter dem Thron ihres Königs versammelt hatten, zu den drei hünenhaften Wesen hinüber.

„Zeit hat für uns Blihan keine Bedeutung, wie du weißt. Es scheint mir, als wäre ich erst gestern hier in dieser Halle gewesen.“ Falmags Stimme war nicht mehr als ein heiseres Flüstern. Sein Gesicht war eine knochige Totenmaske, die mit bleichen, halb verwesten Hautfetzen überzogen war. In den dunklen Augenhöhlen lagen leblose graue Kugeln. Durch schmale Schlitze, die oberhalb der dunklen Zahnreihen seines lippenlosen Mundes die Nase ersetzten, nahm der Blihan witternd sein Gegenüber wahr. Wie seine beiden Begleiter trug er über dem dürren Körper graue Gewänder aus Tuch, die löchrig bis zum Boden herabhingen. Während seine Untergebenen weite lederne Kappen auf ihren Totenschädeln trugen, saß auf Falmags Haupt ein hoher spitzer Goldhut. Aus feinstem Goldblech getrieben, war er über und über mit Symbolen verziert, mit Sonnen, Monden und anderen Bildzeichen. Neben diesem offenkundigen Zeichen seiner Herrscherwürde hielt er einen langen goldenen Stab in der Rechten. Seine beiden Begleiter trugen rostigschartige Langschwerter und Äxte mit sich.

„Es ist uns eine Ehre, den obersten Hortwächter hier in Elbergard zu begrüßen.“ Godwin deutete mit feierlicher Geste in die Runde der hohen Halle. Eine ganze Kirche hätte hier Platz gefunden. Hoch wölbte sich die steinerne Decke, gestützt durch elegante Strebepfeiler und Gewölbebögen. An den Wänden hingen scharlachrote, samtene Banner, auf denen in Gold Bilder aus der Geschichte des Zwergenvolks gestickt waren. Erleuchtet wurde die Halle von zahllosen Fackeln und Ölbecken. Aus der benachbarten Haupthalle drangen Geräusche herüber, der helle Klang von Schmiedehämmern, die Metall formten, und das dumpfe Brummen von Blasebälgen, die fauchend Luft in die Essen pumpten.

„Dein Bote hat berichtet, du hättest eine Spur des letzten fehlenden Hortstücks?“ König Godwin blickte den Blihan neugierig an.

„So ist es, der Reif Wurdbouga hat sich nach all den Jahren endlich geregt.“

„Es war zu befürchten, das Kleinod sei für alle Zeit verschollen.“

„Vielleicht wäre ein endgültiger Verlust besser gewesen als diese neue Wendung. Bedeutet das Zeichen von Wurdbouga denn nicht, dass ein Erdenmensch den Reif am Handgelenk trägt? Und birgt nicht dies die Gefahr, dass der Zauber missbraucht werden könnte?“ Falmag nickte zu seinen Worten, wobei sich der Spitzhut langsam vor und zurück bewegte.

„Wer Wurdbougas Zaubermacht für sich nutzen möchte, müsste erst einmal das Geheimnis aufdecken“, erwiderte Godwin. Wie alle Schwarzalben konnte auch ihr Herrscher – mit menschlichen Augen betrachtet – nicht gerade als ansehnliches Wesen bezeichnet werden. An Statur kaum größer als ein achtjähriges Kind, war sein Gesicht alt und von Falten überzogen. Langes schwarzes Haar und ein struppiger Bart rahmten es ein. Sein Antlitz schien dadurch seltsam zusammengepresst zu sein. Als wollte der Zwergenkönig diesen Mangel durch kostbare Kleidung ausgleichen, trug er eine mit Edelsteinen besetzte goldene Krone und einen langen Fellmantel mit Silberborten und Hermelinbesatz. Seitlich führte er ein Schwert mit sich, dessen Silberscheide an einem mit Gemmen verzierten Gürtel hing. In der Rechten hielt er einen goldenen Würdenstab, dessen Knauf ein blutroter Edelstein bildete.

„Es erscheint in der Tat unwahrscheinlich, dass es einem Erdenmenschen gelingen könnte, Wurdbougas Geheimnis zu lüften“, stimmte Falmag zu, „doch wir dürfen es nicht darauf ankommen lassen. Wir müssen den Reif holen, so schnell es geht!“ Er rammte seinen Stab auf den Steinboden, der dumpfe Ton hallte von den hohen Wänden des Saals wider.

„Dem stimme ich zu“, erklärte Godwin. „Was ist mit deinen Blihan? Ihr habt damals bereits mit Erfolg die anderen Raubstücke zurückgeholt.“

„Glaubst du wahrhaftig, edler Godwin, ich wäre zu dir gekommen, wenn es dabei nicht ein Problem gäbe? Wir Hortwächter benötigen keine Ratschläge bei der Ausübung unserer göttlichen Pflicht“, entgegnete der Herrscher der Blihan sichtlich erbost. Sein leiser Ton klang nun eher wie ein scharfes Zischen, und sein dürrer Leib bewegte sich drohend nach vorn. Der Zwergenkönig und sein Gefolge wichen erschrocken zurück. Angstvoll blickten sie auf den Besucher, dessen grauer Kopf hin und her zuckte, während seine toten Augen ins Leere starrten.

„Äh, nun, das ist ganz gewiss wahr“, stotterte Godwin und strich sich unsicher über seinen Bart. „Verzeiht, mächtiger Falmag, das war unbedacht.“

„Wenn wir die Aufgabe hätten erledigen können, würde ich dir Wurdbouga längst ausgehändigt haben, anstatt lange Reden zu führen." Es war unverkennbar, dass die eingeschränkten Möglichkeiten der Blihan die eigentliche Ursache für Falmags Ärger waren. Godwin wechselte kurz einen Seitenblick mit einem seiner Ratgeber und entschied, dass es besser war, erst einmal zu schweigen.

„Wurdbouga befindet sich allzu weit fort von hier", fuhr Falmag nach einer Weile in ruhigerem Ton fort, „zu weit, als dass wir ihn holen könnten. Der Schicksalsreif ist tief im Süden. Es liegen zahllose Wegstunden zwischen Elbergard und dem Ort, an dem er sich befindet. Wie du weißt, können wir Blihan unsere Ruhestätten nicht für länger als die Spanne eines Tages verlassen." Er schüttelte den Kopf. „Damit ist der Reif außerhalb unserer Reichweite, ein Zugriff ist uns nicht möglich."

„Ich verstehe." Godwin blickte Falmag zögerlich an. „Schlägst du vor, wir Schwarzalben sollten uns auf den Weg machen?"

„So ist es! Ihr oder euresgleichen aus einem der Albenreiche im Süden ..."

König Godwin blickte Falmag überrascht an und kratzte sich an der Stirn. Schließlich murmelte er etwas in Richtung seines Gefolges, was dort ein unruhiges Stimmengewirr hervorrief.

„Wo genau im Süden soll sich der Reif befinden?", fragte Godwin.

„Das vermag ich nicht zu sagen", entgegnete Falmag, wobei sein Tonfall erneut an Schärfe zunahm. „Vor acht Jahren habe ich meine Frage nach Wurdbougas Aufenthalt in die zauberische Anderswelt gesandt. Und jetzt, nach all den Jahren, hat mir der Reif geantwortet. Er wurde durch die Lebenskraft eines Trägers wieder magisch beseelt, denn ohne Träger bleiben derlei Zauberdinge stumm. Da Erdenmenschen die Diebe waren, wird Wurdbouga sich noch immer in Menschenhand befinden. Die Antwort bezüglich des Aufenthaltsorts bleibt leider vage."

Der Fürst der Blihan überlegte einen Moment. „Für den Fragenden ist es, als stünde er auf einer kleinen Insel in einem weiten See. Plötzlich sieht er aus einer Richtung die Kreisbögen kleiner Wellen auf sich zukommen, die durch einen Steinwurf außerhalb der Sichtweite verursacht wurden. Er kennt also nur die Richtung und kann bestenfalls erahnen, wie weit der Steinwerfer entfernt sein könnte. Das ist alles."

Erneut erhob sich leises Gemurmel unter den Schwarzalben hinter Godwins Thron. Schließlich trat einer der Ratgeber neben den verunsichert wirkenden Zwergenkönig und flüsterte ihm etwas ins Ohr. Nach kurzem Nachdenken erhob sich dieser. „Im fernen Harz kennen wir das Reich unserer Brüder zu Güldenbrunn. Wir pflegen einen regen Austausch mit ihnen, liefern sie uns doch all jene Metalle, die das dürftige Gestein hier in den Elbbergen nicht bietet. Zu Albenreichen noch weiter südlich haben wir keinerlei Kontakt."

„Ich fürchte, Wurdbouga ist noch ein gutes Stück weiter südöstlich des Harzes zu suchen", sagte Falmag.

„Unsere Brüder zu Güldenbrunn stünden gewiss bereit, uns zu helfen, doch ..." Godwin verstummte, als fürchtete er Falmags Zorn. Als der jedoch schwieg, fuhr der Zwergenkönig fort: „Höchst ungern nur würde ich ihnen diese schwere Last aufbürden. Um den Reif zu finden, müsste man die Tiefe der Erde verlassen und sich unter das Licht der Sonne und unter die Menschen begeben. Mit all den Gefahren, die so etwas mit sich bringt." Godwin schüttelte den Kopf. „Das können wir nicht von unseren Brüdern verlangen."

Schweigen senkte sich über den Saal. Für eine Weile waren nur die Schmiedehämmer und die Blasebälge aus der Halle zu hören. Dann erhob sich König Godwin würdevoll von seinem Thron und wies mit seinem Stab um sich. „Beim Klang dieser Schmiedestätten! Aus Elbergard, aus der Esse unseres großen Lutarich, des kunstfertigsten Schmieds unter uns, ist der Reif hervorgegangen. Hier hat er ihn vor vielen Jahrhunderten geschaffen als Gabe für Gottvater Wodan, ausgestattet mit großer zauberischer Macht. Daher ist es an uns, Wurdbouga auch wieder zurückzuholen, damit er jederzeit Allvater übergeben werden kann!"

„So sei es, edler Godwin", sagte Falmag in seiner flüsternden Sprechweise. Er nickte leicht, und der Widerschein der Fackeln tanzte über die Symbole seines Huts.

„Wurdbouga muss wieder in unserem Besitz sein, ehe das Geheimnis seiner Macht von wem auch immer gelüftet und womöglich Wodan selbst noch auf den Plan gerufen wird", fuhr Godwin entschlossen fort. „Wir werden unsere besten Männer nach Süden schicken, um der Spur des Reifs zu folgen." Seine entschiedenen Worte lösten Betriebsamkeit im Gefolge hinter ihm aus.

„Was in unserer Macht steht, werden wir Blihan tun, um euch zu unterstützen", stimmte Falmag zu. „So will ich auch den nicht allzu hoffnungsvollen Versuch unternehmen, die Geister und Mahre zu befragen, ob sie mir etwas zum genauen Verbleib des Reifs sagen können. Leider sind diese Wesen äußerst eigenwillig und alles andere als zuverlässig."

In diesem Augenblick trat einer der Alben seitlich an Godwins Thron heran. Er verneigte sich tief vor seinem König und flüsterte ihm etwas zu, was die ernste Miene des Herrschers sofort aufhellte. Mit seinem Stab zum Eingang des Saals deutend, erteilte Godwin dem Berater eine knappe Anweisung, woraufhin dieser sich in Bewegung setzte.

„Und er soll seinen Sohn mitbringen", rief der König ihm nach. Ängstlich huschte der Berater an den Blihan vorbei, durchquerte die Halle und verschwand.

„Einem meiner Ratgeber ist ein vorzüglicher Einfall gekommen", beeilte sich Godwin zu erklären, als er Falmags Unruhe spürte. „Wie du gewiss schon einmal über uns Schwarzalben gehört hast, beneiden wir seit jeher die Menschen um ihre anmutige Gestalt, um die Größe ihrer Körper und um die Schönheit ihrer Gesichter. Aus diesem Grunde streben wir danach, hin und wieder unser Blut durch das ihrige aufzuwerten, auf dass ein Teil ihrer Anmut und Größe auch langsam auf unser Wesen übergehe."

„Wechselbälger?" Falmags Vorbehalte waren zu spüren.

„Ja. Alle Jahrhunderte nehmen wir oben auf der Erde ein neugeborenes Menschenkind aus seiner Krippe und lassen eines der unsrigen zurück. Durch diesen Tausch kommt das ersehnte Blut in unsere albische Wesensart, denn der Wechselbalg lebt ab da bei uns, als wäre er ein Albe. Er wächst heran, nimmt eine albische Frau und zeugt mit ihr Kinder, die ihrerseits später das Menschenblut weitergeben." König Godwin lehnte sich zurück, der Anflug eines Lächelns huschte über sein Gesicht.

„Worauf willst du hinaus?" Falmags Stimme verriet Ungeduld.

„Nun, es lebt ein solcher Wechselbalg hier in Elbergard", erwiderte König Godwin. „Er könnte die Lösung unserer schwierigen Lage sein. Sein Name ist Langbin. Er sieht nicht nur aus wie ein Erdenmensch, er ist einer. Langbin vermag es, Elbergard zu verlassen, ins Licht der Sonne zu treten und sich unter die Menschen zu begeben, ohne dass er im Geringsten auffällt. Er kann sich offen auf die Suche nach Wurdbouga machen, ohne dabei stets nur, wie wir Alben es müssten, aus dem Verborgenen heraus zu handeln."

„Jetzt verstehe ich", flüsterte Falmag. „Ja, das wäre eine Möglichkeit ..."

„Da Langbin bereits ein betagter Mann ist, mag für die heikle und anstrengende Aufgabe vielleicht eher sein Sohn infrage kommen", überlegte der Zwergenkönig und strich sich über den Bart. „Wie der Name Lindfell schon sagt, hat er wie sein Vater die glatte, schöne Haut der Menschen und auch ihre Gestalt. Zudem ist er ein aufgeweckter Bursche."

In diesem Moment erklang vom Eingang her ein dumpfes Pochen, als die Wachen mit ihren Lanzen drei Männer aufhielten.

„Lasst sie herein", rief der Zwergenkönig. Gefolgt von zwei Gestalten, die ihn selbst fast um das Doppelte überragten, kehrte der Berater in den Saal zurück, sichtbar stolz auf seine Idee.

„Tretet näher, Langbin und Lindfell." König Godwin winkte die Männer mit seinem Stab heran. Nicht ohne Angst blickten diese zu den drei entsetzlich anzuschauenden Blihan hinüber. Dabei bewegten sie sich fast schleichend vorwärts, als wollten sie die Wesen um keinen Preis auf sich aufmerksam machen.

„Keine Angst", flüsterte Falmag mit seiner dürren, hellen Stimme, seinen Kopf den Ankömmlingen zugewandt, als habe er ihre Furcht gewittert. Dennoch wagten es Langbin und Lindfell nicht, ihn offen anzusehen.

„Edler Godwin, mein König und Gebieter", sagte Langbin, als sie vor dem Thron angelangt waren. Gemeinsam mit seinem Sohn verneigte er sich tief und kniete ehrfürchtig mit einem Bein auf dem Boden nieder.

„Erhebt euch", sagte Godwin freundlich und beugte sich auf seinem Thron nach vorn. Dann nickte er ihnen, die ihn erwartungsvoll ansahen, aufmunternd zu. Da die beiden Männer fast doppelt so groß waren wie der Zwergenherrscher, war ihr Blick nach unten gerichtet. Die Blihan hingegen, die wenige Schritte hinter ihnen standen, hatten die anderthalbfache Menschengröße. Die so entstandene Anordnung wirkte, von der Seite betrachtet, als ob die Versammelten an einem abfallenden Berghang stünden.

„Es ist kein Geheimnis, guter Langbin, dass du als Wechselbalg nach Elbergard kamst. Allein deine Gestalt und dein Gesicht legen hierüber Zeugnis ab. Gleiches gilt für deinen Sohn und deine Töchter", begann Godwin. „Deine menschliche Abkunft ist in dieser Stunde ein für uns unschätzbar kostbares Gut. Du und deine Kinder, ihr wart und seid Teil unseres Volkes. Seit deinen jungen Jahren hast du mir treue Dienste erwiesen."

Langbin, ein alter, leicht gebeugter Mann, verneigte sich, sodass ihm Strähnen seiner langen, ergrauten Haare ins hagere Gesicht fielen. „Es war mir stets eine Ehre und Auszeichnung, Elbergards Herrscher von Nutzen sein zu können." Ein ruhiges Lächeln umspielte seinen schmallippigen Mund und spiegelte sich auch in seinem Blick wider.

„Du wirst dich aus jenen Tagen gewiss daran erinnern, wie Erdenmenschen den Weg zu uns fanden und Hortstücke raubten", fragte Godwin und blickte Vater und Sohn aufmerksam an. Als Langbin nickte, fuhr er fort: „Nun, der mächtige Falmag dort hat nun endlich das letzte noch fehlende Kleinod fern von hier im Süden ausmachen können." Mit seinem Stab deutete er in Falmags Richtung, sodass die beiden Männer es nun doch wagten, einen kurzen Blick auf den Blihan zu werfen. Es entstand eine Pause.

„Ihr wisst wohl auch, dass das fehlende Stück der Armreif Wurdbouga ist?"

„Ja, edler König", antwortete Langbin, „ich kann mich gut daran erinnern." Als er bemerkte, wie der Zwergenherrscher auch Lindfell aufmerksam musterte, fügte er hinzu: „Lindfell weiß alles, was seinerzeit beim Raub geschehen ist. Ich habe die Ereignisse meinen Kindern erzählt."

Lindfell blickte den König ehrfürchtig an. „Ja, es ist so, wie mein Vater sagt, edler Godwin." An Mimik und Haltung des jungen Mannes war unschwer seine Aufregung abzulesen.

„Nun ist Wurdbouga allerdings so fern, dass weder wir Blihan noch die Alben ihn suchen können", ergriff Falmag das Wort. „Es wäre aussichtslos. Ihr aber seid im Grunde Menschen und könnt euch arglos auf der Erdenwelt bewegen und euch auf die Suche nach Wurdbouga machen. Keinem werdet ihr auffallen."

Vater und Sohn hatten sich dem Blihan zugewandt und starrten ihm in sein leichenhaftes, starres Antlitz.

„Mächtiger Falmag, edler König Godwin, ich bin zu jeder Tat bereit!", kam Lindfell seinem Vater zuvor und legte ihm die Hand auf den Unterarm. „Ich werde Wurdbouga finden und ihn hierher nach Elbergard zurückbringen. Erweist mir die Ehre, mich mit dieser Prüfung auszuzeichnen. Mein Vater mag auf seine alten Tage hier in Elbergard auf meine Rückkehr warten."

Lindfell strich seinem Vater, der ihm lächelnd zunickte, kurz über den Arm, während seine Augen vor Eifer leuchteten. Die Ehrfurcht, mit der er kurz zuvor den Saal betreten hatte, war ganz hinter jugendlichem Tatendrang und Ehrgeiz verschwunden. Sein unter langem, braunem Haar halb verborgenes Gesicht erstrahlte im Glanz einer großen Hoffnung.

„Ich werde all meine Kraft aufbieten und notfalls mein Leben. Ich weiß", fügte er etwas ruhiger hinzu, als er Godwins nachdenklichen Blick sah, „dass dies nicht eine Abenteuerreise für Übermütige sein wird, sondern eine Schicksalsaufgabe."

„In der Tat, das ist eine äußerst schwierige Aufgabe, die mit Verstand, Entschlossenheit und Geschick anzugehen ist. Im Fall eines Scheiterns könnte der Zorn der Götter über Elbergard und unser Volk kommen", mahnte der Zwergenkönig. „Vergiss das nicht, Lindfell! Und bedenke, du wirst allein sein und du wirst auch deine Entscheidungen ganz allein zu treffen haben."

„Ihr könnt fest auf mich vertrauen, mein Gebieter." Lindfell beugte noch einmal das Knie vor seinem König und senkte den Kopf. „Diese Aufgabe ist eine Bestimmung, auf die ich schon lange warte. Mit Verlaub, ich bin allenfalls ein leidlicher Schmied und nur ein erbärmlicher Bergmann. In all den Tugenden, die euch Alben auszeichnen, versage ich. Doch hier nun vermag sich mein Schicksal endlich zu erfüllen."

König Godwin blickte lange auf den jungen Mann, der erwartungsvoll vor ihm kniete, dann auf dessen Vater, der mit einem milden Lächeln den Worten des Sohnes zugehört hatte. Schweigen senkte sich über den Saal. Als der Zwergenkönig schließlich zu Falmag hinübersah, welcher nickte, war seine Entscheidung getroffen.

„Nun, so sei es, Lindfell. Du wirst dich auf den Weg machen, den Reif suchen und zurückbringen. Falmag mag dir letzte Hinweise zu seinem Verbleib geben, und von mir wirst du Runentafeln erhalten, die dir die Hilfe unserer Brüder im Harz zu sichern vermögen. Alles Weitere liegt allein in deiner Hand."

Der helle Klang von Metall auf Metall und das Fauchen der großen Blasebälge waren die vorherrschenden Geräusche in Elbergards Haupthalle. Lindfell und sein Vater standen auf einer der Galerien, die in unterschiedlichen Höhen den riesigen Innenraum umliefen. Tief unter den Elbbergen aus der Erde und dem Gestein geschlagen, war der Hohlraum so groß, dass selbst ein ganzer Hügel wie der Sollonberg darin Platz gefunden hätte. Insbesondere die Güldene Halle war ein Meisterwerk albischer Baukunst. Hohe Säulen und Strebepfeiler trugen das gewaltige Deckengewölbe und die zahlreichen schmalen Zwischengeschosse, die durch verwinkelte Treppen miteinander verbunden waren. An den Außenwänden mündeten Gänge und Stollen aus der Erde in die Halle. Zwischen all diesen Ebenen und Geschossen wiederum spannten sich hohe Viadukte und geschwungene Brücken. Ihren Namen hatte die Güldene Halle vom goldenen Schein der zahllosen Fackeln und Ölbecken, die bei den Schmiedestätten, aber auch auf den verschiedenen Stockwerken für Licht sorgten.

Allerorts sah man Schwarzalben ihrer Arbeit nachgehen. Tragegestelle oder große Säcke auf dem Rücken schleppend, traten sie, in dunkle Hosen und Jacken gekleidet und mit langen Bergmannskappen auf dem Kopf, aus den Stollen in die Halle und liefen, einem Heer fleißiger Ameisen gleich, über die Galerien und Brücken, um ihre Fracht zu den Essen der Schmiede zu bringen.

„Der schaurige Falmag konnte mir nicht allzu viel darüber erzählen, wo genau ich meine Suche beginnen könnte", sagte Lindfell und kratzte sich an seinem Bart. „Offenbar haben er und die Blihan damals die Spur des Reifs verloren, als sich ein Bediensteter des – wie hieß das Amt noch? – Bischofs von Hammaburg damit auf und davon gemacht hat. Falmag meinte, ich solle im Umfeld dieses Fürsten forschen, er sei wohl einer der Hohepriester dieses neuen Gottes Jesus Christus. Dort sei Wurdbouga verschwunden. Nun ist es weit im Süden von hier aufgetaucht, irgendwo südöstlich des Harzes."

„Hm, das ist nicht viel. Hoffentlich können dir unsere Brüder dort weiterhelfen. Hat der König dir Tafeln für sie mitgegeben?" Während Langbin mit seinem Sohn sprach, grüßte er mit der Hand beiläufig einen Schwarzalben, der mit schwerer Last beladen seitlich von ihnen aus einem Stollen auf die Galerie trat.

„Ja, zwei Tafeln. Ich habe sie hier." Lindfell berührte mit der Rechten ein handtellergroßes ledernes Säckchen, das an seinem Gürtel hing.

„Gut", nickte der Vater. „Bewahre sie sicher und halte sie stets verborgen. Die Erdenmenschen lassen sich vom Glanz des Goldes oft blenden und begehen dafür manche Untat. Sei argwöhnisch und halte dich stets im Hintergrund, so gut es geht." Mit einem Mal trat Langbin näher an seinen Sohn heran und senkte die Stimme. „Erinnerst du dich, dass ich euch damals von den beiden Menschen erzählt habe, denen ich heimlich geholfen habe?"

„Natürlich, Vater. Die beiden Gottesdiener, die mit den Räubern nach Elbergard gekommen waren."

„Ja, sie nannten sich Folkward und Konrad, doch sie waren keine Diebe. Vielmehr waren sie grundehrliche, wohlmeinende Männer, die mit der Goldgier ihrer Gefährten nichts gemein hatten. Als sie vor den Blihan flohen, hatte ich Mitleid und zeigte den beiden den Weg aus der Tiefe. Weder König Godwin noch Falmag haben je davon erfahren, es wäre mein Tod gewesen. Nur deine Mutter und deine Schwestern wissen noch davon, und das muss auch so bleiben." Rasch sah sich Langbin nach allen Seiten hin um. „Nun, die beiden waren Diener dieses Neugottes Jesus Christus, sie nannten sich Mönche. Sie stammten aus einer Kultstätte, in der sie mit vielen anderen Gleichgesinnten ihrem Gott huldigen, sie haben den Ort als Kloster bezeichnet. Dieses Kloster liegt auf dem Sollonberg."

Eindringlich sah Langbin dem Sohn in die Augen und umschloss mit der Rechten seinen Oberarm. „Mein Sohn, suche diesen Mönch Folkward! Er ist ein vertrauenswürdiger Mensch, und er wird dir seine Hilfe nicht verweigern. Und sei es nur als später Gegendienst für die Rettung, die ich ihm und seinem Gefährten damals ermöglicht habe."

Lindfell sah seinen Vater an und nickte.

„Wie willst du dich sonst allein zurechtfinden in der Welt dort oben? Du hast, wie wir alle, nicht die geringste Ahnung vom Leben im Licht der Sonne. Du kennst nicht die Gepflogenheiten der Menschen und würdest bald in Schwierigkeiten geraten. Geh zu jenem Kloster auf dem Sollonberg und bitte Folkward um Hilfe. Er ist ein Mann mit einer guten Seele, er wird dir helfen."

Lindfell nickte und ergriff Langbins Hand. „Ich danke dir, Vater. Mein Anfang in der Welt der Erdenmenschen wäre sonst bestimmt sehr schwierig. Vielleicht kann er mir sagen, wie ich in das Umfeld jenes Bischofs gelange. Soll ich Folkward gegenüber denn den tieferen, wahren Sinn meiner Reise verraten? Er gehörte letztlich auch zu den Männern, die für den Bischof damals unser Hortgold rauben sollten ..."

„Das wirst du selbst entscheiden müssen, Lindfell", erwiderte Langbin und drückte für einen Moment fest die Hand des Sohnes. „Ich würde ihm mein Vertrauen schenken. Doch du bist nicht ich – du musst ihn selbst kennenlernen, dir ein eigenes Bild machen und abwägen, was du ihm erzählen willst. Bestenfalls könnte eine solche Offenheit dir ja nützliche Auskünfte einbringen ..."

„... oder aber meine Aufgabe auch gefährden", beendete Lindfell den Satz. „Nun, wie auch immer, ich werde meine Reise bei ihm beginnen."

Langbin legte einen Arm um die Schulter seines Sohnes und nickte ihm zu. „Ich bin sicher, du wirst den Weg meistern und erfolgreich sein. Und ich bin stolz auf deinen Eifer und auf deine treue Dienstpflicht dem König und dem Volk Elbergards gegenüber. Fast beneide ich dich darum, nun jene Welt kennenzulernen, aus der ich ja stamme, die ich aber nie gesehen habe. Du musst mir später alles genauestens erzählen."

Lindfell sah seinen Vater lächelnd an, ehe er ihn umarmte. Als sie sich wieder voneinander lösten, lag ein Schimmer in ihren Augen.

„Ich werde Elbergard vermissen", sagte Lindfell leise.

„Du wirst die Sonne und so vieles mehr sehen, da wird keine Zeit bleiben für Wehmut", sagte Langbin lächelnd. „Und nun lass uns zu deiner Mutter und deinen Schwestern gehen. Du musst Abschied nehmen."

Die Sachsen und der König

Die Ovacra führte in diesen Tagen, da sich der Sommer seinem Höhepunkt näherte, nur wenig Wasser. Einige der vielen Quellen im Harz, die aus anfänglichen Rinnsalen den späteren Fluss formten, der bei Goslar das Gebirge verließ, schienen versiegt zu sein.

Doch selbst das wenige Wasser bedeutete eine Wohltat für Mensch und Tier. Die scherzenden Stimmen einer Handvoll Männer, die sich in den knietiefen Fluten abkühlten, schallten vom Fluss herauf zum Sudberg. Der längliche Rücken, der sich vor der Stadt Goslar aus der Ebene erhob, bot einen großartigen Rundblick. Die Ovacra umfloss den Berg unmittelbar an seiner östlichen Flanke, ehe sie sich flussabwärts im weiten Grün verlor. In südlicher Richtung fiel der Blick auf die klobige Gestalt des Rammelsbergs, dessen Silber schon in ottonischer Zeit den Wohlstand der zu seinen Füßen gelegenen Bergbaustadt begründet hatte. Die dortige Kaiserpfalz mitsamt dem Dom St. Simon und Judas sowie den übrigen Bauten waren in der diesigen Luft allenfalls zu erahnen. Lediglich die Turmspitzen des Klosters St. Petrus auf dem dazwischen gelegenen bewaldeten Kalkberg ragten ein Stück weit über die hohen Buchen hinaus und waren deutlich zu erkennen.

Auf der gerodeten Kuppe des Sudbergs waren drei große Langzelte aufgebaut worden. An den Seiten offen, überdachten sie lange Tafeln mit Bänken und Stühlen. An den Stangen der Zeltdächer waren bunte Banner, Fahnen und Wimpel befestigt. Da sich an diesem heißen Sommertag nicht ein Windhauch regte, hingen die Tücher schlaff herab und ließen die aufgenähten Wappen kaum erkennen. An den Tischen, die über und über beladen waren mit Speiseplatten, Töpfen, Krügen, Tellern und Pokalen, saßen Männer, entweder ins Gespräch vertieft oder mit der Mahlzeit beschäftigt. Viele der Bänke und Stühle waren frei, einige Gäste waren bereits vom Mahl aufgestanden.

„Können wir mit diesen Narren in einen Krieg ziehen?" Otto von Northeim wies hinunter auf die halb entblößten Männer, die sich in der Ovacra laut vergnügten. Der von König Heinrich IV. drei Jahre zuvor seiner bayerischen Herzogswürde enthobene Mann schüttelte abschätzig den Kopf. „Das ist einfaches Volk, es taugt zu Feldarbeit und dumpfem Müßiggang, aber nicht zu hartem Kampfgetümmel."

„Nun, gleichwohl sind es ihrer einige Zehntausend", erwiderte Bischof Burchard von Halberstadt. Mit seinem Würdenstab machte er eine Geste, die die Menschenmassen zu beiden Seiten des Flusses einzuschließen schien. „Was sie an Kampfeskunst und Willen zu wenig haben mögen, gleichen sie allemal durch ihre Zahl aus. Ein solches Heer ist schwerlich aufzuhalten." Der Prälat lächelte und sah seinen grimmig dreinblickenden Gesprächspartner aufmunternd an. „Auch sollte man den Zorn selbst einfachster Vasallen nicht gering achten. Warst nicht du es, Otto, der diese Massen kürzlich entfesselt hat? In Holcinesleve haben sie doch getobt, als du ihnen von der drohenden Versklavung aller Sachsen durch den König erzählt hast. Ist dir da das lodernde Feuer in ihren Augen entgangen? Gott ist stets auf der Seite der Gerechten, ihnen wird er Kraft und Mut verleihen."

Die beiden Männer standen am Abhang des Sudbergs und blickten auf ein riesiges Heerlager. Auf den Wiesen und Feldern reihten sich zahllose Zelte und aufgespannte Planen aneinander, Karrenwagen, mit Vorräten, Waffen und Ähnlichem beladen, standen herum. In notdürftig errichteten Koppeln waren neben Pferden auch Schweine und Kühe eingepfercht. Tausende Männer, die sich vor der gleißenden Sonne in den Schatten geflüchtet hatten, hockten in Gruppen beisammen. Zwischen den Menschenmassen ritten Hauptleute, Grundherren und Ministeriale herum, bemüht, ihre jeweiligen Einheiten zusammenzuhalten. Es war unverkennbar, dass nur der kleinere Teil der Männer im wahren Kriegsdienst stand und hinreichend gut gerüstet und bewaffnet war. Die große Masse hingegen waren Unfreie, Vasallen, Hörige und Bauern, ungeübt im Kampf und ausgestattet mit einfachsten Waffen oder gar nur mit Feldwerkzeugen.

„Dein Wort werde Wahrheit, Bucco", erwiderte Otto von Northeim und wandte sich vom Anblick des Heerlagers ab. „So wollen wir das lodernde Feuer weiter schüren! Doch nicht zu sehr, damit wir uns nicht selbst noch daran die Finger verbrennen. Allzeit müssen wir in der Lage sein, unseren Untertanen zu gebieten und ihnen wieder die Zügel anzulegen." Langsam ging er an der Seite des Bischofs auf zwei Männer zu, die zu den nahen Bergen des Harzes hinüberblickten und in ein Gespräch vertieft waren.

„Ah, mein lieber Neffe", grüßte der eine von beiden, Erzbischof Werinher von Magdeburg, ein dürrer, grauhaariger Mann gehobenen Alters. Auf seinen Bischofsstab gestützt, sah er den Herankommenden lächelnd entgegen und berührte Burchard am Unterarm. „Gerade habe ich Markgraf Dedi erzählt, dass hier ganz in der Nähe, etwas tiefer am Hang des Sudbergs, vor langer Zeit Alben gelebt haben sollen. Es ist eine uralte Legende, die sich die Menschen dieser Gegend erzählen. Bis vor einigen Jahrhunderten sollen Zwerge in den Felshöhlen gehaust haben. Als jedoch zu Zeiten unseres sächsischen Königs Heinrich I. der Betrieb auf der Alten Straße, die hier am Fuß des Berges verläuft und über die der gesamte Handel Richtung Osten erfolgt, immer mehr zunahm, sollen sie sich in den Harz zurückgezogen haben." Der Kirchenfürst deutete vage hangabwärts. „Die Alben gehören der alten germanischen Vorzeit an, und man sagt, sie mögen uns Menschen nicht. Insbesondere den Klang unserer Kirchenglocken, die allseits von der Herrschaft Jesu Christi künden, meiden sie ..."

„Der Metropolit von Magdeburg glaubt wahrhaftig an Zwerge?", fragte Otto von Northeim spöttisch. Der Edelmann war in eine lange Tunika aus dunkelrotem Atlas gekleidet, die mit Goldfäden durchwirkt und mit perlenbesetzten Borten versehen war. An einem mit Gemmen verzierten Gurt hing ein kostbares Kurzschwert.

„Nimm es dem Bayernherzog nicht krumm, Oheim", lachte Burchard und schüttelte den Kopf. „Seine Laune ist nicht die beste dieser Tage, da teilt er fleißig Spott aus."

„Wer könnte es ihm verdenken", erwiderte Markgraf Dedi von der Ostmark, ein eleganter älterer Herr. Die hellen, silbergrauen Haare und der Schnurrbart waren genauestens geschnitten. „Wenn er nur mehr der Herzog der Bayern wäre ..."

„Unter diesem König hat der Umgang mit den herzoglichen Ämtern unselige Formen angenommen. Otto wurde das bayerische Amt entzogen, und der junge Billunger Magnus darf das sächsische nicht einmal antreten. Was für eine anmaßende Selbstherrlichkeit eines gerade einmal zweiundzwanzig Jahre alten Herrschers!" Erzbischof Werinher, der unter seiner roten Dalmatika schwitzte, fuhr sich mit der behandschuhten Rechten über seine seidene Rundkappe.

Das Lachen war aus den Gesichtern der Männer gewichen. Mit feindseligem Blick starrten sie in die Richtung, in der die Kaiserpfalz von Goslar lag. Genau dort musste sich der junge König jetzt befinden; der Verantwortliche für ihren Unmut war kaum mehr als eine Wegstunde von ihnen entfernt.

„Ehrwürdiger Metropolit, du hast recht", nickte Otto. Die Falten zwischen Nasenflügel und Mundwinkeln schienen sich in seinem runden Gesicht noch tiefer eingegraben zu haben. „Es ist anmaßend. Auf das bloße Gerücht eines Lügners hin hat der König mir Amt und Lehen entrissen. Wie konnte er den Anschuldigungen, ich hätte die Ermordung des Königs beauftragt, nur Glauben schenken? Das war und bleibt Unrecht!"

„Nun, der damals erst neunzehnjährige Heinrich handelte oftmals unwirsch und übereilt", versuchte der Halberstadter Bischof eine Erklärung. Er war ein groß gewachsener, schlanker Mann in den besten Jahren, dessen offene Miene auf jedermann freundlich und vertrauenserweckend wirkte.

„Selbst wenn man dies gelten ließe, hätte er mir das Amt längst zurückgeben müssen, Bucco. Ich habe mich ihm trotz meiner Unschuld unterworfen und war in Haft. Und Magnus, der damals auf meiner Seite stand, sitzt noch heute im königlichen Kerker auf der Hartesburg und darf die sächsische Herzogswürde nicht antreten, da Heinrich ihn nur entlassen will, wenn er auf sein Amt verzichtet. Darf ein Herrscher so mit den ersten Männern seines Reichs umgehen?" Vorwurfsvoll deutete der Northeimer in südöstliche Richtung, wo sich die Ausläufer des Harzes wie eine lange Wand aus der Ebene erhoben und sich bis weit in die Ferne erstreckten. Auf einem dieser Berge lag die Hartesburg.

„Magnus' Oheim Hermann setzt ja nun alles daran, seinen Neffen freizupressen", schaltete sich Dedi ein und zwirbelte seinen silbernen

Schnurrbart. „Er belagert die königliche Besatzung der Luneburg und will sie alle aushungern und dem Tode überantworten, wenn der König nicht umgehend Magnus aus der Haft entlässt."

„Das ist wohl die einzige Sprache, die der junge Salier versteht", sagte Werinher. „Das Recht lässt er nicht gelten, wenn es seinen Plänen entgegensteht, aber so etwas wie das hier sollte Eindruck auf ihn machen." Er nickte in Richtung des riesigen Heerlagers und lächelte grimmig.

„So ist es also beschlossene Sache?", fragte Burchard und blickte in die Runde. „Wenn er erneut unseren Forderungen nicht nachkommt, wird dieses Heer nicht seinem geplanten königlichen Feldzug gegen Polen dienen, sondern sich als Drohung gegen ihn selbst richten?"

„Ja, so soll es sein", bekräftigte Markgraf Dedi. „Heinrich darf es nicht wagen, uns noch einmal so zu demütigen wie an Peter und Paul, als er dem Würfelspiel frönte, anstatt uns zu empfangen. Dieses Heer hier wird nur dann zum vereinbarten Zeitpunkt der Truppensammlung des Reichs in Herveldia erscheinen und mit dem König gen Polen ziehen, wenn er dem Willen der Sachsen endlich entsprochen hat. Andernfalls wird es sich gegen die Hartesburg und alle anderen Burgen des Herrschers hier im Sachsenland wenden."

„Entweder er schleift seine Burgen selbst, oder wir werden es tun! Die vielen Festungen, die er errichtet hat, sind die Wurzeln allen Übels." Otto von Northeim schlug die rechte Faust in die linke Handfläche. „Von dort lenken des Königs Ministeriale, gierige und skrupellose Vasallen aus Schwaben, seine Pläne in unserem Land, sie entreißen den Grundherren Besitztümer und plündern Land und Leute aus."

„Ja, vielen Herren und Königsfreien hat Heinrich hierzulande Güter geraubt oder seit jeher innegehabte Lehen grundlos entzogen", stimmte Bischof Burchard zu. „Er versucht so, sich und dem salischen Haus hier in Sachsen ein reiches Kronland zu schaffen. Auch meinem Bistum Halberstadt hat er auf diese Weise ein Gut entrissen."

„Friedrich von Gozeka hat er erst kürzlich das Lehen Vokenroht entzogen, ohne jeden Grund", sagte Erzbischof Werinher. Die vier Männer hatten sich in Bewegung gesetzt und gingen langsam auf die Langzelte zu. Auf einen Wink Dedis hin kamen Diener herbeigeeilt und reichten den Herrschaften silberne Pokale mit Rotwein.

„Sollte ein Krieg unausweichlich sein, müssen wir ausloten, wie sich die übrigen Fürsten des Reiches verhalten werden", gab Burchard zu bedenken.

„Wir müssen bald das Gespräch suchen mit Anno von Köln und Siegfried von Mainz. Gelänge es uns, sie auf unsere Seite zu ziehen, müsste der König nachgeben, denn dann wäre kaum einer da, der ihm den Rücken stärken könnte." Otto blickte in die Runde und erntete schweigende Zustimmung. Er wandte sich an Erzbischof Werinher. „Ehrwürdiger Metropolit, du bist Annos Bruder, vielleicht kannst du Einfluss auf ihn nehmen?"

„Nun, ich will es versuchen, doch ihr wisst allesamt, wie bestimmt sein Urteil ist. Wenn er unseren Argumenten nicht folgt, wird es sehr schwer werden, ihn zu beeinflussen, Bruder hin, Bruder her." Werinher fuhr fort: „Er ist ja zugleich auch dein Oheim, Bucco, vielleicht könnten wir zu zweit mehr bei ihm erreichen? Wir bräuchten zudem weitere Argumente."

„Wir könnten versuchen, des Königs Verworfenheit und Unmoral stärker herauszustellen. Seine Schacherei bei der Ämtervergabe von Bistümern und Abteien ist verwerflichste Simonie", erklärte Burchard mit Nachdruck. „Hat er auf solche Weise nicht die Stühle im Bistum Konstanz und in der Abtei Reichenau für Gold an Meistbietende vergeben? Diese offene Flanke sollten wir nutzen, um die Reformfreunde unter den Reichsfürsten zu gewinnen. Gegner der Simonie wie der schwäbische Herzog Rudolf von Rheinfelden würden sich mit uns gegen den König stellen."

„Außerdem sitzt in Rom ja ein neuer Papst, Gregor VII., einer der schärfsten Simonieverächter", stimmte Otto von Northeim zu. „Auch er könnte auf diesem Umweg womöglich für unsere Sache gewonnen werden."

„Nun, es hat sich einiges angesammelt gegen den König", rief Erzbischof Werinher. „Wenn man dann noch ein wenig übertreibt und zusätzlich ein paar Legenden um des Königs vorgebliche Weibergeschichten in schrillen Farben ausmalt, kann eine treffliche Waffe daraus geschmiedet werden."

„Ach, das war doch in seinen ganz jungen Jahren", widersprach Dedi. „Die frühen Probleme in seiner Ehe mit Königin Bertha bis hin zu dem

Wunsch, sich von ihr zu trennen, hat er doch längst überwunden, wie die Kinder der beiden bezeugen. Und all die Geschichten von den Kebsweibern und Gespielinnen betreffen doch nur seine zugegebenermaßen wilden Jugendjahre."

„Wie dem auch sei", widersprach Otto von Northeim, „wir könnten gleichwohl Gerüchte streuen, die ihn in ein schlechtes Licht rücken. Mit mir hat er das Gleiche damals ja auch getan."

„Es gibt doch diese dunkle Mär, wie Heinrich einstmals seiner eigenen Schwester Adelheid, der Äbtissin des Klosters Quedlinburg, Gewalt antun ließ", murmelte der Magdeburger Erzbischof und kratzte sich am Kopf. „Angeblich hat er sie mit eigenen Händen am Boden gehalten, damit ein Diener sie dann entehrte. Und das, wo sie durch den heiligen Schleier eine treue Braut Christi war."

„Ach, Oheim, das ist doch nur eine Mär! Der König mag ein Schurke sein von übelstem Schlag, das jedoch traue ich ihm nicht zu", erklärte Burchard entschieden.

„Du musst es auch nicht glauben", lachte Markgraf Dedi, „es reicht, wenn andere das tun."

„Sei es, wie es sei", schloss Otto in seiner kühlen Art. „Heute werden jedenfalls zum letzten Mal Boten zur Kaiserpfalz abgehen und König Heinrich um Gehör für unsere Anliegen ersuchen. Dann liegt es allein bei ihm, was die Zukunft für alle von uns bereithalten wird." Er hob den Weinpokal und nickte den drei Männern zu, die es ihm gleichtaten. Nach einem letzten Blick in Richtung Kaiserpfalz nahm er einen tiefen Schluck des längst warm gewordenen Rotweins.

Im Schatten der knorrig gewachsenen Kiefern und der hohen Buchen, deren Stämme und Äste teilweise mit dichtem Efeu überwuchert waren, war die Hitze des Tages einigermaßen erträglich. Der kleine Garten hinter der Kaiserpfalz lag auf einem etwas erhöhten Plateau. Seit jeher war dies einer der liebsten Orte der jungen Königin Bertha von Turin. Die Einundzwanzigjährige freute sich jedes Mal, wenn sie für längere Zeit in Goslar sein konnte. Sie wusste es zu schätzen, dass ihr Gemahl König Heinrich IV. die Stadt am Rande des Harzes mehr und mehr zu seinem Stammsitz erkor und für immer längere Zeiträume den Königshof hier residieren ließ. Wie schon sein Vater Heinrich der Schwarze schien auch er in Goslar eine Heimat für das salische Haus schaffen zu wollen; unter anderem diesem Ziel dienten auch seine Anstrengungen, in Sachsen ein umfassendes Kronland zu sichern. Sooft die für die Königsherrschaft wichtigen Reisen durch das Reich, auf denen Bertha ihren Gemahl begleitete, es gestatteten, hielt sich das Herrscherpaar in Sachsen auf.

Vereinzelte Sonnenstrahlen fielen hier und da durch das Blätterdach und ließen den mit Kiefernnadeln bedeckten sandigen Boden wie einen dichten Teppich aus hellen und dunklen Flicken erscheinen. Die Königin, die ein kostbares Kleid aus violettem Damast mit einem eleganten Blumenmuster trug, saß mit ihrer Kammerfrau auf einer der Steinbänke des Parks. Unter einem dünnen seidenen Schleier, der durch einen Reif aus goldenen und silbernen Bändern festgehalten wurde, schimmerten ihre schulterlangen braunen Haare hindurch. Bertha von Turin war unverkennbar eine Frau aus dem Norden des italischen Teilreichs. Ihr längliches Gesicht wurde beherrscht von ausdrucksvollen dunkelbraunen Augen, einem schön geschwungenen Mund mit vollen Lippen und einer langen, schmalen Nase. Um den schlanken Hals trug sie eine goldene Kette, an der ein zierlich gefasster Stein hing.

„Was ich dir nun sage, Theolinde, muss ein Geheimnis bleiben, hörst du?“, sagte die Königin. Sie wandte den Blick ab von der mächtigen Kulisse des Rammelsbergs, der so nah wirkte, als ob er unmittelbar neben der Kaiserpfalz aufragte. Im Gegenlicht der Mittagssonne sah er aus wie eine dunkle Wand.

„Gewiss, meine Königin“, sagte Theolinde mit ernster Miene. „Meine Lippen sind versiegelt wie stets, wenn Ihr mir Euer Vertrauen schenkt.“ Die blonde, recht stämmige Kammerfrau neigte den Kopf zu Bertha hin, als erwarte sie, dass die kommenden Worte geflüstert würden.

„Als Frau, die nicht nur zehn Jahre mehr Erfahrung hat mit dem Leben als ich und die zudem bereits fünf Kindern das Leben geschenkt hat“, begann Bertha leise, „kannst du mir womöglich helfen, gewisse Zeichen zu deuten.“ Die Königin verstummte und blickte gedankenverloren vor sich hin.

„Ihr ... Ihr seid in Umständen?“, wechselte Theolinde selbst in einen flüsternden Tonfall und sah ihre Herrin überrascht an.

„So es unserer heiligen Mutter und Himmelskönigin Maria gefällt, könnte ich wieder in gesegneten Umständen sein.“ Bertha strich unbewusst mit der rechten Hand über ihren Unterleib. „Ich habe all das zwar schon drei Mal erlebt, jedoch erscheint es mir bei jedem Mal ganz wie eine neue Erfahrung. Zu mancher Stunde ist mir sehr unwohl, und oftmals überkommt mich eine unsagbare Müdigkeit, die ich mir nicht zu erklären vermag. Außerdem scheint mein Körper ...“ Sie zögerte und blickte an sich herab, als ob sie in ihr Innerstes horchen wollte.

„... sich zu verändern, edle Hoheit?“, ergänzte Theolinde. „Ein Ziehen und Spannen der Brüste, vielleicht mehr Hitze im Leib?“

„Ja, das alles spüre ich seit Wochen, mal stärker, mal schwächer. Außerdem ist da ein weißer, ein heller ... na, wie heißt es?“ Bertha sah ihre Dienerin Hilfe suchend an. „Selbst nach sieben Jahren hier im Reich fehlen mir manches Mal noch bestimmte Worte eurer *lingua theodisca.*“

„Meint Ihr Ausfluss, edle Herrin?“, fragte Theolinde mit einem Lächeln. „Ist er weiß, ist es gut, wie man sagt.“

„Dem Allmächtigen sei Lob und Dank!“ Die junge Königin sah ihre Kammerfrau mit leuchtenden Augen an. „Es wäre eine Freude, dem König eine gute Botschaft mitteilen zu können. Sein Gemüt ist so beschwert in diesen Tagen, seine Sinne sind so betrübt, da wäre etwas Frohes wahrlich willkommen.“

In diesem Augenblick erklang aus Richtung des Palas das Geräusch einer sich öffnenden Tür. Ein Hofdiener in dunkelgrüner Tunika trat durch die Pforte aus dem Erdgeschoss auf einen schmalen Vorplatz, der von einer Säulenbalustrade eingefasst war. Nach einem kurzen Wortwechsel mit einem Soldaten, der am Durchgang zum Garten Wache stand, trat der Diener auf einen schotterigen Pfad, der in die Anlage führte. Kurz sah sich der Mann suchend unter den Bäumen um, ehe er schließlich auf die beiden Frauen zukam.

„So sehr wir dem Allmächtigen dankbar sind für unsere Töchter Adelheid und Agnes, so kummervoll sind wir über den Tod des kleinen Heinrich, den Gottvater nach nur zwei Tagen zu sich gerufen hat. Wie selig machend wäre es für mich, dem König und dem salischen Haus einen Thronerben zu gebären.“ Bertha sah ihre Kammerfrau lächelnd an, während die Schritte des Hofdieners näher kamen. „Doch wie gesagt, Theolinde, hüte das Geheimnis! Ich will erst Gewissheit haben."

„Ganz wie Ihr es wünscht, meine Königin." Die Kammerfrau neigte den Kopf.

Inzwischen hatte der Hofdiener sie erreicht. Wenige Schritte vor der jungen Herrscherin blieb er stehen und verneigte sich ehrerbietig. Es war ein älterer Mann, dessen Gesicht das würdevolle Bewusstsein einer langen Dienstzeit bei Hofe widerspiegelte. In seiner Miene lag ein feierlicher Ernst, und seine Bewegungen wirkten fast kunstvoll.

„Ehrwürdige Königin Bertha, verzeiht die Störung! Euer Gemahl König Heinrich bittet Euch, zu ihm in die *aula regia* zu kommen. Es ist eine dringliche Angelegenheit."

Mit gesenktem Haupt blieb er starr stehen, bis die Herrscherin ihm ein kurzes Handzeichen gab. Erneut verneigte er sich, machte kehrt und ging mit knirschenden Schritten zurück.

Als Bertha sich erhob und, gefolgt von ihrer Kammerfrau, über den Schotterweg auf den Palas zuging, stand der Hofdiener an der Pforte des Gebäudes und erwartete sie. Die beiden Frauen gingen an der Wache vorüber und traten in einen dämmrigen Flur. Hinter ihnen schloss der Diener die schwere Holztür. Von Fackeln an den Wänden erhellt, erstreckte sich der schmale Korridor über die gesamte Breite des Gebäudes. Die Gruppe schritt an den Türdurchgängen mehrerer Räume vorüber, die ebenerdig unter dem Königssaal lagen und über kleine Rundbogenfenster ein wenig Tageslicht bekamen. Ministeriale und niederes Gefolge gingen hier ihren Tätigkeiten im Dienste des Hofes nach. Verwalter, Beamte, Camerarii, Zinseintreiber, Notare, Schreiber, Kanzleigehilfen, Proviantmeister, Hauptleute und andere Bedienstete waren damit beschäftigt, die Abläufe am Königshof reibungslos in Gang zu halten.

Durch einen Torbogen erreichte die Herrscherin schließlich das Wohngebäude. Im Obergeschoss kam sie an einen türlosen Durchgang, vor dem ein Soldat Wache hielt. Mit einer knappen Verbeugung machte er Platz und ließ die Königin eintreten.

Stimmen hallten durch die *aula regia*, deren hohe Balkendecke durch eine mittlere Säulenreihe getragen wurde. Durch die prachtvolle Fensterreihe fiel Licht auf die marmornen Bodenfliesen, sodass die Halle bis in die hintersten Winkel hell war. Der Saal war mit Wandmalereien und Wandteppichen geschmückt, die in leuchtenden Farben Jagdszenen und Momente der Reichsgeschichte darstellten. Unterhalb der Bilder standen Bänke und Stühle. In der Nähe des Throns befand sich ein hohes Schreibpult, an dem der König die in der Kanzlei vorgefertigten Dokumente mit seinem eigenhändigen Vollziehungsstrich im Monogramm beglaubigte.

„Es ist mir vollends einerlei, ob das sächsische Volk und seine selbst ernannten Führer meine Entscheidungen billigen oder nicht", ertönte eine kräftige, selbstbewusste Stimme. „Ihrem König haben sie Treue geschworen, und die müssen sie wahren, allseits und stets!" Die Königin blickte zur fensterlosen Längswand der Halle, wo mittig der Königsthron stand, ein mit stilisierten Säulen verzierter Steinquader als Sitzfläche, auf dem drei in Rankenform geschmiedete Bronzegitter als Rücken- und Armlehnen angebracht waren. Doch der eindrucksvolle Herrschersitz mit dem weichen Sitzpolster aus rotem Samt war leer, wie auch die Stühle daneben. Der junge König befand sich mit zwei Männern in der Nähe einer der Mittelsäulen, er ging langsam vor ihnen auf und ab.

„Sie geben vor, ihnen sei unrechtmäßig Besitz entrissen worden? Es verhält sich genau andersherum!" Heinrich IV. schüttelte unwillig den Kopf, während er die zur Faust geballte Rechte drohend anhob. Mit einem goldenen Kreuz auf der Brust und edelsteinbesetzten Bändern an den Säumen des Obergewands wirkte seine Gestalt herrschaftlich. „Mit dreister Frechheit haben sich manche sächsische Herren in den Jahren meiner Kindheit, als eine schwächliche Regentschaft ihnen allzu viel Freiheit ließ, Güter angeeignet, die seit jeher Königsgut waren. Weil sie damals nicht gehindert wurden in ihrer unrechten Gier, glauben sie sich heute in rechtmäßigem Besitz. Und nun schreien sie, wenn ich das alte Recht der Könige wiederherstelle, wie es Gottes Gerechtigkeit vorsieht."

„Zweifellos ist dies die Wahrheit, mein König", pflichtete Bodo, der Vogt zu Goslar und Burgherr der Hartesburg, seinem Herrn bei. Der stämmige Mann mit der ernsten, kühlen Miene nickte knapp.

„Und so ist es auch altes königliches Recht, Burgen zu bauen, wo es notwendig erscheint. Ich habe ein Reich zu regieren, nicht eine kleine

Grundherrschaft! Und wenn ich als König gen Polen ziehen möchte mit dem gesamten Heerbann des Reiches, so hat ein jeder Lehnsmann zu folgen!" Mit seinen erst zweiundzwanzig Jahren war Heinrich IV. eine einnehmende Persönlichkeit, die keinen Zweifel an ihrem Selbstbewusstsein ließ.

„All das Murren und Klagen ist mir zuwider! Was bildet sich dieser Stamm ein? Nur weil einst die Könige aus liudolfingischem und ottonischem Haus aus Sachsen kamen, glauben manche hierzulande, sie dürften dem salischen Haus dreinreden ..." Heinrich blickte mit gerunzelter Stirn zum Dritten in der Runde, Bischof Benno von Osnabrück, einem Mann mittleren Alters, der mit roter Dalmatika, Rundkappe und Krummstab das Ornat seines Amtes trug. Aufmerksam war er den Worten des Herrschers gefolgt. „Benno, was sagst du mit all deiner Erfahrung? Hätte mein Vater da nicht ebenso gezürnt?"

„Er hätte es getan, edler König, und wäre so im Recht gewesen, wie auch du es bist", erwiderte der Prälat nachdenklich. „Doch lass mich dir, wie du es mir schon oft großmütig zugestanden hast, einen Rat geben: Im Recht zu sein, ist das eine, es durchzusetzen, das andere." Als der König mit einer Antwort zögerte, fuhr Bischof Benno bedächtig fort: „Manches Mal muss man sich in Geduld üben, warten, bis die eigene Stunde anbricht. Starker Wind weht dir ins Gesicht in diesen Tagen. Halte es wie ein junger, kräftiger Baum: Nicht starr steht er im Sturm, denn er würde Zweige und Blätter verlieren, sein Stamm könnte brechen. Nein, er gibt sanft nach, wiegt sich leicht. Und ist der Wind vorüber, steht er in unveränderter Gestalt wieder stark und aufrecht."

„Weise Worte." Der junge Herrscher berührte den Prälaten anerkennend an der Schulter. „Du meinst, ich soll mich zurückhalten? Auf meine Rechte verzichten?"

„Nein, keineswegs. Ich meine nur, du solltest ein wenig ruhiger handeln. Gib den Sachsen Zeit, sich an die Veränderungen zu gewöhnen, sich wieder einzufinden in ihre Treue dem König gegenüber. Schür nicht weiter das längst lodernde Feuer ..."

„Es lodert in der Tat, mein König", ergriff der Vogt das Wort. „Boten berichten von mehreren Zehntausend, die sich am Sudberg versammelt haben. Es heißt, dieses Heer würde nur dann gegen die Polen ziehen, wenn Ihr den Forderungen der Sachsen nachgebt. Andernfalls zöge es gegen ..."

„Zehntausende?" Heinrich IV. starrte den Vogt überrascht mit großen Augen an.

„Ja, und ihr Zorn ist groß." Vogt Bodo wandte sich mit ausdrucksloser Miene an den Bischof. „Ehrwürdiger Prälat, ich befürchte, für ein biegsames Wiegen im Sturm ist die Zeit längst verstrichen. Unser König muss Goslar umgehend verlassen und die sichere Hartesburg aufsuchen."

In diesem Moment trat der Hofdiener zu den drei Männern und machte mit einem Räuspern auf sich aufmerksam. „Edler König, Eure Gemahlin ist hier." Er verneigte sich und wies in Richtung Berthas, die einige Schritte abseits wartete.

„Meine holde Gemahlin", sagte der König freundlich, wobei sein Gesicht von dem Gespräch noch angespannt wirkte. Er ließ die beiden Berater stehen und ging auf Bertha zu, die unmerklich den Kopf neigte.

„Es gibt schlechte Neuigkeiten, fürchte ich. Die Sachsen wollen mir übel mitspielen, ein großes Heer steht drohend vor den Pforten der Stadt. Wenn ich auch selbst ausharren werde, und sei es auf der Hartesburg", sagte er und nickte dem Vogt zu, „so musst du mitsamt den Kindern fort von hier. Umgehend, noch heute!" Mit entschlossener Miene sah er sie an und ergriff ihre rechte Hand. „Bischof Benno hat das Kloster zu Herveldia als sichere Bleibe für dich vorgeschlagen. Ich werde Abt Hartwig durch Boten von deiner Ankunft in Kenntnis setzen lassen. Da dort in zwei Wochen die Heeressammlung für den Feldzug gegen Polen stattfindet, werden wir uns schon in Kürze wiedersehen."

„Dein Entschluss ist mir Gebot", sagte die Königin. „Dass es hierzulande zu solcher Gefahr kommen muss! Ich habe bereits gehört, dass sich die Sachsen unbotmäßig ihrem König gegenüber verhalten. Der allmächtige Vater und die Jungfrau Maria mögen dich schützen!" Sie drückte die Hand ihres Gemahls, der die ihre noch immer umfasst hielt. Mit einem Lächeln wandte sie sich schließlich von ihm ab und ging quer durch den Saal auf ihre Kammerfrau zu, die am Durchgang zum Wohngebäude wartete. „Theolinde, lass alles für eine sofortige Abreise bereiten! Noch heute müssen wir nach Süden aufbrechen."

Der König trat wieder zu den beiden Männern. „So sei es also beschlossen: Da ich jede Forderung der Sachsen zurückweise, werden auch wir umgehend von hier aufbrechen, ehe der Gegner erpresserischen Druck mit Drohung von Waffengewalt entfalten kann. Sobald die Königin mit sicherem Geleit abgezogen ist, werden wir Goslar heimlich mit dem Ziel Hartesburg verlassen. Die Reichsinsignien sowie alle bewegliche Habe, Kostbarkeiten und Reichtümer aus der Pfalz werden mitgenommen. Hofkapellan Siegfried soll auch die Kirchenschätze der Marienkapelle bergen."

„So sei es, mein König." Vogt Bodo neigte ergeben das Haupt. „Ich werde alles veranlassen. Wir sollten die abendliche blaue Stunde für die kurze Reise wählen und uns dicht zu Füßen des Harzes bewegen, damit man unseren Aufbruch vom Sudberg aus möglichst nicht bemerkt."

„Eine gute Idee, Vogt." Heinrich wandte sich Bischof Benno zu. „Bis unser Gegner merkt, dass die Pfalz geräumt ist, sind wir längst in der sicheren Burg. Und dort droben lässt sich das Vorüberziehen des Sturms dann ruhig abwarten."

Im Licht der Sonne

Der Weg zog sich nahezu gerade durch den urwüchsigen Wald, der aus Eichen, Buchen und krummen Kiefern bestand. Ein Dickicht aus Büschen, Jungbäumen und vermoderndem Gehölz erlaubte keinen Blick voraus. Dabei war Lindfell so gespannt auf den sagenhaften Fluss Elbe, der nach den Worten der schwarzalbischen Kundschafter ganz nah sein musste, kaum mehr als eine halbe Wegstunde in Richtung Süden. Er musste einfach Geduld haben und würde den Strom schon früh genug zu Gesicht bekommen. Er folgte den zugewachsenen Wagenspuren, die bewiesen, dass zumindest von Zeit zu Zeit auch Fuhrwerke diesen Weg durch die Elbberge benutzten.

Die Erdgänger – Schwarzalben, die mit Sonderaufträgen oder auch als Späher häufig an die Erdoberfläche kamen und sich daher von allen Zwergen am besten hier auskannten – hatten Lindfell am Vormittag durch einen verborgenen, halb verschütteten Stollen von Elbergard aus nach oben geführt. Unterwegs hatten sie ihn mit Wegbeschreibungen und notwendigen Kenntnissen versorgt, damit er sich einigermaßen in der fremden Welt der Erdenmenschen zurechtfinden konnte. Dann hatte der Weg irgendwo im tiefsten Wald geendet, und ein Ausgang hatte sich zur oberen Welt hin geöffnet, versteckt unter der Wurzel einer umgestürzten Eiche, fernab aller Wege. Die Erdgänger hatten Lindfell verabschiedet und ihm Glück gewünscht für sein Unterfangen, das so bedeutungsvoll war für das Schicksal Elbergards. Seither war er ganz auf sich allein gestellt.

Den Pfad in östliche Richtung hatte er rasch gefunden. So würde er auf den Sollonberg stoßen, das erste Ziel seiner Reise. Dort konnte er den

Mönch Folkward im Kloster aufsuchen und um Hilfe bitten. Über diesen Punkt hinaus hatte er sein Vorhaben nicht geplant. Alles würde von der Begegnung mit dem Diener des neuen Gottes Jesus Christus abhängen. Die eigentliche Suche nach dem Reif hingegen, die ja fern von der Elbe im tiefen Süden erst noch auf ihn wartete, vermochte er sich nicht einmal ansatzweise vorzustellen.

Auf seiner Wanderung war er bislang keinem Erdenmenschen begegnet, worüber er einerseits erleichtert, aber auch enttäuscht war. Wie neugierig war er doch! Mit Ungeduld fieberte er dieser Begegnung entgegen. Endlich würde er weitere Wesen treffen, von deren Art er letztlich abstammte. Immerhin hatte sich bereits ein anderer, lang gehegter Wunsch erfüllt: Er sah die Sonne. Seit er die obere Welt betreten hatte, berührten ihre Strahlen seine bleiche Haut, wann immer sie durch das dichte Dach des Waldes brachen. Hatten seine Augen, die bis dahin nichts anderes gekannt hatten als das Halbdunkel Elbergards, anfangs auch stark geschmerzt, so hatte er die reichlich fließenden Tränen lächelnd beiseitegewischt. Welch unglaubliche Welt offenbarte ihm das Licht der Sonne. Formen und Farben, die er sich nicht hätte erträumen lassen, ließen ihn immer aufs Neue staunen. All die Geschichten, die man sich unter den Schwarzalben über die Welt hier oben erzählte, wurden von der Wirklichkeit bei Weitem übertroffen. Die Sonne, die unendliche Weite des Himmels, die Luft, die Wälder, die Stimmen der Vögel, die lebendige Natur – all das übertraf jegliche Vorstellung, die er sich anhand der seltenen Schilderungen von Erdgängern gemacht hatte. Das eigene Auge musste es einfach selbst sehen.

Lindfell wurde aus seinen Betrachtungen gerissen, als wenige Schritte vor ihm ein Pfad seinen Weg kreuzte. Er hielt inne und sah sich aufmerksam um. Das musste der Abzweig zum Sollonberg und zur Elbe sein. Während der Pfad nach Norden kaum mehr zu sein schien als die Fährte eines Wildwechsels, wirkte derjenige in die südliche Richtung mit dem niedergetretenen Gras wie ein häufig benutzter Weg.

Einen Moment lang hielt Lindfell inne, plötzlich war ihm die Ruhe ringsum bewusst geworden. Da das Geräusch seiner Schritte verhallt war, lauschte er in den Wald hinein und vernahm den Klang der Natur. Alles schien von einem geheimnisvollen Zauber, einer Spannung durchwoben; es war, als könne er das Leben wahrhaftig hören. Aus allen Richtungen drang die ruhige Melodie des Waldes auf ihn ein: Vogelstimmen erfüllten die Luft, leises Knacken, Rascheln und Knistern kam aus dem Unterholz. Aus den Baumwipfeln erklang hin und wieder ein sanftes Rauschen, wenn ein Windhauch durch die Bäume strich. Durch die leicht bewegten Kronen schien das einfallende Sonnenlicht dann gleichsam über den Waldboden zu tanzen.

Wie anders waren diese Erfahrungen verglichen mit der ewigen, kalten Stille des Gesteins und des Erdreichs, die allein er kannte. War diese Lebendigkeit der Grund für die seltsame Tatsache, dass die Zeit hier nahezu viermal so schnell verging wie unter der Erde? Allen Schwarzalben, aber nur den wenigsten Erdenmenschen war bekannt, dass sich das Rad der Zeit in der Tiefe langsamer drehte und entsprechend das dortige Altern auch länger dauerte. So war es Lindfell seit jeher ein seltsamer Gedanke, dass während seiner dreiundzwanzig in Elbergard verbrachten Lebensjahre in der oberen Welt fast hundert Jahre vergangen waren. Aus diesem Grund galten die Zwerge den Menschen stets als uralte Wesen, auch wenn sie es, auf ihren eigenen Maßstab bezogen, keineswegs waren. Nun, da er die obere Welt kennenlernte, schien ihm dieses Rätsel der Natur erklärlich. Das stete Pulsieren und Wachsen und Vergehen erzeugte eine Schnelllebigkeit, wie es sie in der starren Welt unter der Erde nicht gab. Mit einem Mal wurde die anfängliche Angst vor der fremdartigen oberen Welt in Lindfell durch ein Gefühl des Erwachens und eine erwartungsvolle Aufregung verdrängt; ganz so, als ob er die Wirkung der lebendigen Kräfte in sich selbst bereits zu fühlen vermochte. Er schüttelte den Kopf und ermahnte sich, über all den neuen Eindrücken seinen Auftrag nicht aus den Augen zu verlieren.

Nach einer Weile näherte sich der Weg dem Rand einer tiefen Schlucht, die sich zur Elbe hin erstreckte; das musste das sogenannte Tal der Falken sein. Wenn er dem Pfad weiter folgte, würde er in kürzester Zeit den Sollonberg erreichen.

Aufgeregt wurde er sich bewusst, dass er nun bald dem ersten Erdenmenschen begegnen würde. Zögerlich verlangsamte er seine Schritte immer mehr, bis er schließlich ganz stehen blieb. Mit gerunzelter Stirn blickte er an sich herunter und musterte sein Äußeres. Um nicht gleich aufzufallen, hatten Langbin und die Erdgänger ihm vor dem Aufbruch geraten, die albische Kleidung aus dunkler Wollhose, Hemd und Wams sowie die typische Bergmannskappe einzutauschen gegen das, was Erdenmenschen zu tragen pflegten. So war er nun wie der einfache Mann des Volkes gekleidet, er trug eine lange, braune Tunika über einer grauen Hose, während an einem geflochtenen Gürtel ein kurzer Dolch und ein Ledersäckchen hingen, in dem sich eine Handvoll silberne Denare befanden. Letztere stammten aus Diebstählen, die die Erdgänger hin und wieder des Nachts bei schlafenden Erdenmenschen unternahmen. Auch die Geldstücke sollten zu Lindfells Glaubwürdigkeit beitragen und seine Reise erleichtern.

Lindfell strich sich eine Strähne seiner Haare aus der Stirn und rückte den großen Leinenbeutel zurecht, den er über der Schulter trug. Durch seine mittelgroße, schlanke Gestalt war er eine unauffällige Erscheinung, doch der wache Blick seiner leicht schräg stehenden Augen und das breite Kinn verrieten unverkennbar Neugier und Entschlossenheit. Seine von der Arbeit kräftigen Hände und Schultern zeugten ebenfalls von Tatkraft.

Noch einmal holte Lindfell tief Luft, ehe er dem Weg am Rand des Tals der Falken weiter folgte. Nach einer Weile senkte sich der Bergrücken nach Süden hin ab. Ein Stück voraus tauchten die dunklen Umrisse zweier Berge auf. Der linke davon war der Sollonberg, wie er wusste. Dahinter glaubte er ein fernes Glitzern zwischen den Bäumen zu erkennen – die Elbe.

Unwillkürlich lief er schneller, und mit einem Mal stand er auf einer Art Sattel zwischen den beiden Bergen. Während der Hügel rechts mit dunklem Wald überzogen war, lag linker Hand eine nur mit Jungbäumen und halbhohem Gebüsch bewachsene Bergkuppe. Einstmals zweifellos von Menschenhand gerodet, schien sie längst wieder von der Natur zurückerobert zu werden. Zerfallene Reste von Mauern und Gebäuden wurden von Efeu, Disteln, Flechten und Moosen überwuchert, während Stämmchen junger Birken und Buchen aus Überresten emporragten.

Fassungslos ging Lindfell weiter, bis er inmitten der Ruinen auf der Kuppe des Sollonbergs stand. Das Kloster, von dem sein Vater gesprochen hatte, gab es nicht mehr. Entsetzt sah sich Lindfell zwischen den Trümmern um. Angesichts der überwucherten Gemäuer musste das Ende des Klosters schon ein paar Jahre zurückliegen. Offenbar waren seither keine Erdgänger oder Späher der Schwarzalben in die Nähe gekommen. Was Lindfell nicht verwunderte, machten die Zwerge doch stets einen großen Bogen um die Kultstätten des neuen Gottes der Erdenmenschen.

Was sollte er nun tun? Kaum hatte er das erste Ziel seiner Reise erreicht, schon waren all seine Pläne dahin. Nachdenklich betrachtete Lindfell den Rest einer Mauer, die wie eine steile Rampe vor ihm aufragte. Ruß auf den Steinen wies auf einen Brand hin – was war hier geschehen? Um sich einen besseren Überblick zu verschaffen, kletterte er auf den Mauerrest. Überall lagen verstreut Trümmer, teilweise waren die Grundrisse der Gebäude noch zu erkennen. Als Lindfell sich umdrehte und nach Süden sah, stockte ihm der Atem. Über die Wipfel der tiefer am Berghang stehenden Bäume hinweg konnte er auf eine unermesslich weite Landschaft blicken. Sie erstreckte sich bis zum fernen Horizont, wo das grüne Land und der blaue, mit großen Wolken überzogene Himmel einander berührten. Unmittelbar zu Füßen des Sollonbergs floss die Elbe. Wie ein breites Band zog sie ruhig von Osten nach Westen, an ihrem Nordufer von den Elbbergen begleitet. Im Süden grenzte endloses Marschland mit lauter kleinen Erhebungen an den Fluss. Nie zuvor hatte Lindfell eine solche Weite gesehen. Mit großen Augen überblickte er die ungeheuerliche Landschaft.

Ein Geräusch riss ihn aus seinen Betrachtungen. Es war ein lautes Rascheln, als ob ein großes Tier durchs Gebüsch streifte. Sich rasch umsehend und schon nach dem Dolch greifend, hielt er den Atem an und duckte sich ein wenig. Er entdeckte eine klein gewachsene Gestalt, die sich, den Blick zu Boden gerichtet, durch die Sträucher bewegte. Dünne blonde Haare verdeckten das Gesicht, während sich die Hände an den Zweigen zu schaffen machten und immer wieder etwas in einen Beutel steckten, den die Gestalt quer über dem Rücken trug. Reglos beobachtete Lindfell den Erdenmenschen, der sich keine zehn Schritte von ihm entfernt befand und offenbar Beeren sammelte. Das also war er: der erste Mensch, dem Lindfell begegnete, abgesehen von seinem Vater. Immer noch wagte er es nicht, sich zu bewegen, so als könne die Erscheinung ansonsten auf der Stelle verschwunden sein. Doch schnell war ihm klar, dass er den Zauber des Moments würde brechen müssen, wenn er seinen Auftrag erfüllen wollte. Er musste herausfinden, wie es von hier aus weitergehen konnte.

Zögerlich räusperte sich Lindfell, um die Aufmerksamkeit des, wie er nun sehen konnte, jungen Burschen zu gewinnen. „He, du“, begann er unsicher, „ich grüße dich.“ Der Junge richtete sich abrupt auf, blickte überrascht und ängstlich hoch zu der Mauer und sagte kein Wort.

„Hab keine Angst“, beschwichtigte Lindfell. Um seine Friedfertigkeit zu zeigen, streckte er die Hände aus und lächelte. „Ich habe nur eine Frage an dich: Kannst du mir vielleicht sagen, was hier geschehen ist? Das frühere Kloster ...“

Noch immer starrte der Junge mit ängstlich-misstrauischer Miene auf Lindfell und raffte den Beutel enger, als ob er sich für eine Flucht wappnen wollte. Nach einer Weile strich er sich jedoch die Haare aus der Stirn und sagte mit leiser Stimme: „Darüber weiß ich nichts. Das ist schon lange her. Am besten, Ihr geht hinunter ins Dorf oder in den Fährkrug und fragt dort nach.“

„Wie komme ich dorthin?“ Lindfell begann, von der Mauer herunterzusteigen, als er sah, wie sich der Junge wegzurennen anschickte. - „Du brauchst keine Angst zu haben“, sagte er noch einmal und blieb stehen.

„Ihr müsst nur dem Weg hinab ins Tal folgen“, erwiderte der Bursche und wies vage nach links. „Dann stoßt Ihr direkt auf den Fährkrug.“ Noch ehe Lindfell den schmalen Pfad zwischen den Bäumen ausgemacht hatte, fügte der Junge hastig hinzu: „Ich ... muss nun gehen.“

Sprach es, drehte sich um und rannte querfeldein den Hang hinab. Nach wenigen Augenblicken war er verschwunden.

Eine Weile lauschte Lindfell den Geräuschen nach, ehe er von der Mauer herunterstieg und durch die Ruinen auf den Pfad zuging. Den Kopf schüttelnd, musste er unweigerlich lächeln. Seine erste Begegnung mit einem Erdenmenschen hatte er sich anders vorgestellt, irgendwie feierlicher und würdevoller. Stattdessen war sein Gegenüber in Angst vor ihm davongelaufen.

Der Weg führte in einem Bogen den Hang des Sollonbergs hinab. Anfangs noch im Wald verlaufend, trat der Pfad nach einer Weile ins Freie, und Lindfell fand sich unter dem blauen Himmel wieder. Die Luft war spürbar aufgeheizt, die Sonne schien ungehindert auf ihn herab.

In seinem langen Hemd wurde ihm schnell warm. Geblendet von der Helligkeit hielt er inne und rieb sich die schmerzenden Augen. Am Fuße des Sollonbergs öffnete sich das Tal zur Elbe hin, beiderseits des Weges standen einfache Lehmhütten, mit Reet gedeckt. Die fensterlosen Gebäude, deren Eingänge nur mit dunklen Laken verhängt waren, wirkten ärmlich und alles andere als einladend. Diese zwei Dutzend Häuser bildeten offenbar die Fischersiedlung an der Blanken Neeß. Zwischen den Hütten hindurch und über die Dächer hinweg konnte Lindfell hin und wieder Blicke auf den hellen Sandstrand und auf den glitzernden Fluss werfen. Ein paar Fischerboote lagen auf dem Strand, kein Mensch war zu sehen. Ein Stück vor dem Dorf stand auf einer kleinen Anhöhe ein einzelnes, größeres Gebäude, auf das der Weg, wie beschrieben, unmittelbar zuführte – zweifellos der Fährkrug.

Während Lindfell langsam weiterging, legte er sich im Geist noch einmal die Fragen zurecht, auf die er so dringend Antworten benötigte. Andernfalls wäre sein Auftrag gescheitert, ehe er überhaupt ernsthaft zu suchen begonnen hatte. Er spürte eine Unruhe in sich aufsteigen, die zusammen mit der äußeren Hitze des Augusttages sein Blut in Wallung brachte. Die Begegnung mit dem Jungen hatte ihn verunsichert. Sahen die Menschen ihm die in ihren Augen fremdartige Herkunft womöglich an? Fühlten sie sich gar abgeschreckt? Ratlos blickte er an sich herab, konnte jedoch nichts Auffälliges entdecken. Vielleicht hatte der Junge einfach Angst gehabt, weil er einem Fremden begegnet war.

Lindfells Grübelei fand ein Ende, als er vor dem Fährkrug anlangte. Im Unterschied zu den Fischerhütten verfügte das reetgedeckte Lehmhaus immerhin über eine hölzerne Tür und zwei Fenster. Um im Inneren für etwas Kühlung zu sorgen, stand der Eingang weit offen, und die Laken waren von den Fenstern entfernt worden. Undeutlich waren Stimmen zu vernehmen.

Unauffällig durch die offen stehende Tür spähend, konnte Lindfell im Inneren des Krugs nur wenig erkennen. Nun also galt es! Er holte noch einmal tief Luft und trat dann über die Schwelle in den großen Raum. An zweien der fünf Tische saßen Gäste, zum einen eine Gruppe aus drei Männern, zum anderen ein einzelner Gast, der, tief über einen Zinnteller gebeugt, ein Mittagsmahl zu sich nahm. Hinter dem Schanktisch standen der rundliche Wirt und eine kleine Frau, die den Neuankömmling aufmerksam musterten. Auch die drei Männer, vor denen Tonkrüge auf dem Tisch standen, unterbrachen für einen Moment ihr Gespräch und sahen zu Lindfell herüber, der zögernd stehen geblieben war. Unsicher lächelte er in Richtung der beiden Wirtsleute und neigte kurz den Kopf.

„Gott zum Gruße", murmelte der dickliche Mann hinter dem Tresen, während er mit einem braunen Lappen einen Krug auswischte. Sein mondrundes Gesicht war aufgeschwemmt, einige spärliche Haarreste waren von einer Seite zur anderen quer über den Schädel gelegt. „Was können wir für dich tun, Fremder? Mein Weib Saskia hat eine gute Wurzelsuppe auf dem Feuer."

„Oder soll es ein kühler Most sein an so einem heißen Tag?", ergriff Saskia das Wort, sah den Gast erwartungsvoll an und zauberte ein geschäftstüchtiges Lächeln auf ihr verlebtes Gesicht. Rasch ließ sie die Augen über Lindfells Äußeres wandern, wobei sie insbesondere den Lederbeutel an seinem Gürtel zufrieden zur Kenntnis nahm.

„Nun, ich wäre für einen kühlen Trunk zu haben", erwiderte Lindfell, fast erleichtert, dass dieses Mal niemand vor ihm die Flucht ergriff. Er spürte, wie sich in seinem Innern die Aufregung ein wenig legte.

„Nimm Platz", sagte die Wirtin noch immer lächelnd und wies auf den am nächsten stehenden Tisch. Sie kam mit einem schmuddeligen Tuch hinter dem Schanktisch hervor, schleuderte schwungvoll ihren langen Zopf über die Schulter und wischte über die Tischplatte. „Bitte."

Lindfell nickte der Wirtin zu, nahm seinen Reisebeutel von der Schulter und ließ ihn auf den Tisch sinken, während er Platz nahm.

„Gestatte mir die Frage: Woher und wohin des Wegs? Ich kann mich nicht erinnern, dich hier schon einmal gesehen zu haben, und als Wirt hat man ein gutes Gedächtnis", sagte der Wirt. Aus einer großen Karaffe goss er Most in den Tonkrug, den er zuvor abgetrocknet hatte. „Bist du unterwegs nach Süden? Willst du die Fähre über die Elbe benutzen?"

„Helmold, belästige unseren Gast doch nicht mit deiner Neugier", mischte sich Saskia ein. Die kleine Frau stand wieder neben ihrem Mann und sah entschuldigend zu Lindfell herüber, wobei ihr Tonfall verriet, dass sie selbst neugierig war. „Sieh es ihm bitte nach! Nur wenige Fremde kommen in diesen düsteren Tagen hier an der Blanken Neeß vorüber. Und da er auch der Fährmann ist, glaubt er immer wissen zu müssen, wohin die Gäste unterwegs sind."

„Das verstehe ich sehr gut. Ich wollte eigentlich zum Kloster auf dem Sollonberg", erklärte er wahrheitsgemäß, als die Wirtin erneut um den Tresen herumkam und den Krug Most vor ihn stellte. „Doch an seiner Statt habe ich dort nur mehr Ruinen vorgefunden."

„Das Kloster?", fragte Saskia ungläubig. „Vor sieben Jahren ist es in einem Aufstand der Nordelbinger zerstört worden, der Abt und die Mönche wurden verjagt. Wusstest du das nicht?"

„Nein, ich bin nicht von hier." Lindfell schüttelte den Kopf.

„Räuber und Schurken sind die da oben gewesen", schaltete sich Wirt Helmold ein und deutete mit dem Arm in Richtung des Berges. „Ausgebeutet haben uns diese vorgeblich mildtätigen Gottesdiener, fast so schlimm, wie es heute die Slawen tun. Es ist immer das gleiche Elend für uns einfaches Volk."

„Was wolltest du denn im Kloster?" Saskia musterte den Gast neugierig. „Und woher kommst du, dass du von seinem Untergang nichts gehört hast?"

„Ich suche einen der Mönche, er heißt Folkward." Lindfell nahm einen Schluck vom kühlen Most, um Zeit zu gewinnen. „Ich komme weit aus dem Westen, um Folkward in einer, nun, wie soll ich sagen, wichtigen geschäftlichen Angelegenheit aufzusuchen."

„Ja, Pater Folkward, ich erinnere mich gut an ihn", sagte Helmold. „So, so, aus dem Westen also kommst du? Die ganze Zeit hatte ich schon überlegt, warum deine Aussprache so fremd klingt."

„Pater Folkward war einer der wenigen ehrenhaften Männer des Klosters, so viel ist gewiss", überging Saskia den Einwurf. „Wie die meisten der Mönche ist er damals wohl auch mit nach Ramsola geflohen."

„Ramsola?" Lindfell fühlte Hoffnung in sich aufkeimen.

„Ja, das vom heiligen Ansgar gegründete Kloster im Tal der Sevina."

„Wie komme ich dorthin?", fragte Lindfell, bemüht, seine Aufregung zu verbergen.

„Da solltest du die Fähre nehmen, die von hier aus nach Bucstadinhude über die Elbe führt", erklärte Helmold mit einem schiefen Lächeln. „Wie meine Frau schon gesagt hat – der Fährmann steht just vor dir."

„Ja, nimm die Fähre, so kannst du Hammaburg umgehen, das voll ist von heidnischen Slawen. Da solltest du keinen Fuß hineinsetzen, wenn dir dein Leben lieb ist." Die Wirtin hob warnend die Hände.

„Es ist eine elende Heimsuchung mit den Slawen! Wer könnte sie auch hindern? Unser Herzog Magnus sitzt beim König in Haft, seine Heeresaufgebote hierzulande müssen führerlos das Schlimmste verhindern. Und der Slawenkönig Cruto lauert an Nordelbiens Grenzen auf eine Gelegenheit zum Einfall." Helmold hatte die Rechte zur Faust geballt. „Immerhin kommen die Heiden, Gott sei Dank, noch nicht hierher. Sie setzen ihren Fuß nicht westlich von Hammaburg und auch nicht nach Süden über die Elbe. Bislang ..."

„Wie dem auch sei, du nimmst die Fähre", sagte die Wirtin bestimmt und legte Lindfell vertraulich die Hand auf die Schulter. „Du hast Glück, diese vier Gäste wollen auch nach Süden. Mein Mann wird sie in einer Stunde über den Strom setzen, schließ dich ihnen an. Die Fahrt wird dich gewiss nicht ruinieren." Bei diesen Worten nickte sie verschwörerisch lächelnd in Richtung des ledernen Beutels von Lindfell.

„Habgieriges Weib, fort mit dir. Der Fährlohn ist Sache des Fährmanns und wird erst nach der Überfahrt fällig!" Drohend hob Helmold den Zeigefinger. „Nun, und was Ramsola betrifft, so kann dir einer dieser Herren hier ab Bucstadinhude gewiss weiterhelfen. Sie sind Händler und Kaufleute aus Nordelbien, die nach Luneburg reisen. Das Kloster Ramsola liegt fast auf ihrem Weg."

„Ich bin euch dankbar und nehme euren Vorschlag gerne an", erwiderte Lindfell lächelnd. Er nahm einen großen Schluck vom kühlen, fruchtigen Most und empfand mit einem Mal Erleichterung. Er vermochte sich also doch unter den Erdenmenschen zu bewegen, als wäre er einer der ihren. Und es gab wieder eine Spur zu jenem Mönch Folkward und damit Hoffnung für die Suche nach dem Reif.

Ein dunkler Plan

Der Stuhl, auf dem Friedrich von Gozeka saß, überragte ihn um ein gutes Stück. Der thronartige Sitz mit breiten Armlehnen und hoher Rückenlehne war aus Eichenholz gefertigt, rundherum geschwärzt und mit herrlichem Schnitzwerk versehen, Baumranken, Äste und Blattwerk, in denen Vögel und Eichhörnchen hockten. Ein ledernes Polster, mit Rosshaar gefüllt, bot eine bequeme Sitzfläche. Der Stuhl stand am Kopf der langen Tafel und war zweifellos das eindrucksvollste Möbelstück in der Halle der Viczinburg.

Der Pfalzgraf musterte aufmerksam den goldenen Reif, der an seinem linken Handgelenk prangte. Er drehte Wurdbouga langsam mit seiner Rechten und betrachtete die Symbole auf den winzigen Goldplättchen, die zwischen den dünnen Goldfäden herabhingen. Neben ihm stand ein silberner, mit Wein gefüllter Pokal.

Schritte auf dem Flur rissen Friedrich aus seinen Betrachtungen. Sein Ratgeber trat in den Saal, Schweißperlen auf der Stirn. „Ihr habt nach mir gerufen, Herr?“ Ein wenig außer Atem verneigte sich Gerald und wischte sich kurz mit der Rechten über die Stirn.

„So ist es“, nickte der Pfalzgraf, ohne aufzublicken. Er winkte den Ankömmling zu sich. „Nimm Platz und sieh dir das hier an. Ich habe Pläne, und du wirst mir dabei helfen.“

„Stets zu Diensten“, sagte Gerald mit seiner ausdruckslosen Stimme. Er zog einen Stuhl heran und nahm darauf Platz. Dem Blick seines Herrn folgend, sah er ebenfalls auf den Armreif. „Ist das nicht das Stück, das Eure Gemahlin vor zwei Tagen getragen hat?“

„Gut beobachtet, Camerarius." Der Pfalzgraf sah seinem Gegenüber ins Gesicht. „Du kommst so unauffällig, so harmlos daher, doch in Wahrheit hast du die Augen eines Falken. Nichts entgeht dir."

„Das ist wohl meine Natur, edler Herr", erwiderte Gerald trocken. „Ich sehe viele Dinge einfach, es ist nicht meine Absicht, bewusst zu spähen oder zu lauschen."

„Du musst dich nicht rechtfertigen. Es ist gut so, wie es ist." Friedrich schlug die Rechte schwungvoll auf die Schulter des Beraters, der erschrocken zusammenzuckte. „Das ist einer der Vorzüge, die dich mir so kostbar machen."

„Es freut mich, wenn Ihr meine Dienste zu schätzen wisst."

„Du bist ein gerissener Fuchs, Gerald, und du weißt es nicht einmal", lachte der Pfalzgraf. „Und ja, deine Dienste schätze ich so wie deine Treue." Dann verschwand die Heiterkeit aus seinem Gesicht, und an ihre Stelle trat eine verschwörerische Miene. „Ebenso deine Verschwiegenheit, die in den vor uns liegenden Tagen entscheidend sein wird. Ich habe einen wichtigen Plan. Er ist geheim und muss es bleiben, nur du sollst ihn hören. Du magst das Ganze vielleicht seltsam finden, doch du wirst mir dabei helfen. So alles gelingen mag, wirst du reichlich belohnt werden."

„Ich bin Euer Diener und Vasall, Herr, mein Lohn ist Euer Vertrauen. Meine Lippen sind allzeit versiegelt."

„Dann ist es gut. Andernfalls ...", begann Friedrich, ließ den Satz jedoch unvollendet. „Aber das weißt du gewiss." Er zögerte einen Augenblick, bis sein Berater nickte. „Genug der Vorrede! Um dieses Stück geht es." Er hielt dem Camerarius den Armreif vor Augen. „Ob du es glaubst oder nicht, das hier vermag vielleicht das Schicksal des Hauses Gozeka zu lenken."

„Wie das, mein Herr?"

„Das will ich dir sagen, Gerald." Der Pfalzgraf nahm einen tiefen Schluck aus dem Silberpokal. „Lange habe ich gegrübelt und mich zu erinnern versucht, was es mit dem Reif auf sich hat. Nun weiß ich es wieder und habe mir das Stück gleich von meiner Gemahlin aushändigen lassen. Die Gute war überrascht und wohl auch beleidigt, denn wann nimmt ein Mann seiner Gemahlin schon ihren eitlen Tand weg."

Friedrich von Gozeka lachte kurz auf und stellte den Pokal schwungvoll auf den Tisch zurück, sodass sich Wein über die Platte ergoss. „Doch ich konnte sie schließlich überzeugen. Mit Trauer im Blick sagte ich ihr, es sei schließlich das letzte Erinnerungsstück an meinen geliebten Bruder, den im letzten Jahr verstorbenen Erzbischof Adalbert. Es kam in meinen Besitz als Teil einer Truhe mit vielen kostbaren Kirchenschätzen, die ich nach dem Tod Adalberts aus unserem Landgut Loctuna geerbt habe. Ich hatte die Kiste völlig vergessen, erst als Hedwig mit dem Reif ankam, ist sie mir wieder in den Sinn gekommen. Gestern nun habe ich die Truhe im Beisein Hedwigs an unser Hauskloster Gozeka gestiftet und auch gleich auf den Weg geschickt."

Gerald sah seinen Herrn aufmerksam an. „Und doch scheint die Erinnerung an den Erzbischof nicht der Grund Eures Interesses an dem Reif zu sein?"

„Du verstehst es stets, den wahren Sinn zwischen den Worten zu erfassen." Friedrich lächelte verschwörerisch. „Der Reif ist von Alben geschmiedet worden und als solcher wohl eine ... zaubermächtige Waffe."

„Was sagt Ihr da? Zaubermächtig?"

„In der Tat." Der Pfalzgraf senkte seine Stimme merklich und sah seinen Ratgeber eindringlich an. „Mir ist gestern auch der Name des Stücks wieder eingefallen: Wurdbouga, Reif des Schicksals."

„Woher wisst Ihr all das?" Die Miene des Camerarius wirkte auf einmal nicht so ausdruckslos wie sonst, sondern verriet Neugier. „Hat Euch das Euer ..."

Der Ratgeber des Pfalzgrafen verstummte, denn plötzlich waren leise Schritte zu vernehmen, die sich über den Flur näherten. Kurz darauf stand Iva im Rahmen der Tür und verneigte sich tief und ehrerbietig.

„Was willst du hier, Schwarzkrähe?", fragte der Pfalzgraf unwirsch und sah die junge Frau vorwurfsvoll an.

„Verzeiht die Störung, edler Herr." Sie verneigte sich erneut. Den Blick zu Boden gerichtet, wirkte ihr Antlitz kühl und gleichgültig gegenüber der spöttischen Anrede. „Eure Gemahlin hat mir aufgetragen, ihre Näharbeit und die Tafel Eures Sohnes zu holen."

„Nun gut, so beeil dich", brummte Friedrich, während er misstrauisch der jungen Frau hinterhersah, die rasch die Dinge vor dem Kamin zusammentrug. „Wo ist meine Gemahlin?", fragte er, als Iva sich mit dem Flechtkörbchen und der Wachstafel bereits wieder entfernte.

„Sie ist unten mit Eurem Sohn."

„Gut, sehr gut." Der Pfalzgraf machte ihr ungeduldig ein Zeichen, aus dem Saal zu verschwinden. Den Blick wieder auf Wurdbouga gerichtet, beachtete er ihre Verbeugung gar nicht mehr und horchte nur noch kurz auf ihre davoneilenden Schritte. So entging es ihm, genau wie seinem Ratgeber, dass Iva sich nur ein kleines Stück über den Flur entfernte, dann jedoch innehielt und sich langsam zur offen stehenden Tür des Saals zurückschlich.

Sie trat neben einen dunklen Eichenschrank, der unmittelbar neben dem Durchgang stand. Zu Boden blickend, lauschte sie in Richtung des Saals. Die wenigen Worte der beiden Männer, die sie beim Eintreten vernommen hatte, hatten ihre Neugier geweckt. Zumal ihre Herrin ihr von dem seltsamen Umstand erzählt hatte, dass der Pfalzgraf ihr den Armreif abgenommen hatte.

„Nun, wie gesagt, das hehre Stück hier heißt Wurdbouga, und es hat eine verborgene zauberische Macht", fuhr Friedrich fort. „All dies Wissen habe ich von meinem Bruder selbst und von seinem Wahrsager und Traumdeuter." Er lachte kurz auf und schüttelte den Kopf. „Ein Erzbischof unserer heiligen Kirche, der sich mit Traumdeutern, Wahrsagern und ähnlich verderbtem Volk umgibt – kaum zu glauben! Erinnerst du dich, dass ich vor zwei Jahren meinen Bruder in Lismona besucht habe?"

„Ihr wolltet dem ehrwürdigen Metropoliten raten, seinen Ruf im Reich nicht weiter durch das fragwürdige Gesindel, mit dem er sich umgab, und durch seine Nähe zur Magie zu schädigen."

„So ist es", sagte Friedrich, „er schadete damals dem gesamten Hause Gozeka. Es war im Frühjahr 1071, ein Jahr also vor seinem Tod, als ich ihn in Lismona besuchte und ihm ins Gewissen redete, da längst über ihn gespottet wurde. Doch er wies meinen Rat schroff zurück und stellte mir seinen wichtigsten Ratgeber, einen düsteren Gesellen namens Notebald, vor. Der Mann war Adalberts Wahrsager, ohne ihn und seine Auslegungen traf der Erzbischof nicht eine Entscheidung. Ich habe ihm vorgehalten, so etwas widerspräche dem christlichen Glauben. Es grenzte gleichsam an Häresie und könnte ihm eines Tages einen ernsten Tadel oder gar den Bann des Heiligen Vaters in Rom einbringen. Doch Adalbert blieb bei seiner Haltung – alles was er tue, diene letztlich Jesus Christus, auch wenn der Weg im Einzelnen manches Mal ungewöhnlich sei. Jener Notebald stritt dann auch ab, wahre Magie auszuüben, er tue nichts weiter, als Zeichen zu deuten, um den Metropoliten bei seinem kirchlichen Handeln zu unterstützen. Das war der Moment, da Adalbert den Reif ins Spiel brachte."

„Es ist schwer zu glauben." Gerald kratzte sich am Kopf. „Immerhin war er ein Erzbischof, ein Pontifex."

„Um den Verdacht der Zauberei zu entkräften, erzählte mein Bruder mir von Wurdbouga hier", überging der Pfalzgraf den Einwurf. „Ich erfuhr, dass das Kleinod im Jahre 1065 bei jener unseligen Suche nach einem Schatz der Schwarzalben geraubt worden sei – du kennst die Geschichte?" Der Ratgeber nickte stumm. „Die Reise endete bekanntlich ungut, und am Ende blieb dem Erzbischof nichts anderes von der Beute als der Reif. Da dieser albisches Werk war, verfügte er angeblich über zauberische Kräfte. Mein Bruder und dieser Notebald beschrieben ihn mir genau und hätten ihn mir gewiss auch gezeigt, hätte er nicht damals schon in der Truhe im fernen Loctuna gelegen. Sie schilderten mir also seine ungewöhnliche Schönheit, die Goldfäden, die Plättchen mit den Symbolen darauf und die heidnischen Runen auf dem Verschluss. Als ich ihn jetzt an Hedwigs Handgelenk sah, erkannte ich ihn sofort wieder."

„Aber wie sollte dieses Ding den Verdacht der Zauberei entkräften? In meinen Ohren klingt das geradezu wie ein Widerspruch."

„Das sollte man meinen, Gerald. Aber hier zeigt sich, wie weit abseits christlicher Pfade mein Bruder und jener Notebald unterwegs waren. Sie warben damit, dass sie die Zaubermacht Wurdbougas bewusst nicht für sich genutzt hätten, dass er vielmehr unbeachtet in jener Truhe schlummere. Wären sie so verworfen, wie alle Welt behauptete, hätten sie das Rätsel um den Reif längst gelöst und seine Zaubermacht für sich genutzt ..."

„Hm, eine merkwürdige Beweisführung." Gerald strich sich über den braunen Flaum, der anstelle eines Bartes an seinem Kinn wuchs. „Das heißt aber, sie wussten nicht, wie der Zauber – falls es ihn gibt – überhaupt zu nutzen sei?"

„Damals habe ich nicht weiter nachgefragt, ob es den Zauber wahrhaftig gäbe und welche Macht mit Wurdbouga verbunden wäre. Doch seit gestern bin auch ich davon überzeugt, dass er ein zauberisch Ding ist.“ Für eine Weile blickte der Pfalzgraf den Camerarius eindringlich an und schwieg. Schließlich ergriff er den Silberpokal und leerte ihn in einem Zug.

„Nun verstehe ich Euren Hinweis, dass dieses Kleinod womöglich das Schicksal Eures Hauses zu lenken vermag“, sagte Gerald.

„In diesen Tagen würde ich mir ein solches Werkzeug wahrlich wünschen. Denk nur an den anstehenden Kampf gegen den übermütigen Salier! Allzu gern möchte ich dem König seine Grenzen aufzeigen, ehe er zu übermächtig wird. Vielleicht könnte es gar gelingen, ihn von seinem Thron zu entfernen. Wir müssten den Schlüssel suchen, mit dem man Wurdbouga zum eigenen Nutzen verwenden kann. Vielleicht steckt die Lösung des Geheimnisses in den Runen, die so fein in das Gold des Verschlusses graviert sind? Oder in den seltsamen Symbolen der Gestirne, Sonnen und Monde?“

„Woher wollt Ihr wissen, dass es ein wirklich großer Zauber ist, über den der Träger des Reifs zu gebieten vermag?“

„Ungläubiger Thomas!“, rief Friedrich verärgert und stand auf. „Warum trägt das Ding den Namen Wurdbouga? Ich glaube, der Reif ist in der Lage, die Wurd, das Schicksal, zu lenken. So ähnlich hat es auch jener Notebald damals in Lismona ausgedrückt. Denke groß, du Kleingeist!“

Friedrich von Gozeka ballte die Rechte zur Faust und schritt auf die Fenster zu. „Du wirst dem Geheimnis Wurdbougas nachspüren! Wie auch immer du es vollbringst, versuche, das Rätsel zu lösen. Es ist ja nicht allein der salische König, der mein Gemüt dieser Tage beschwert. Allzu gern würde ich die unselige Verbindung der jungen Hedwig, der Formbacherin, mit Gebhard von Supplinburg verhindern. Du hast mir berichtet, dass der Graf schon laut seine Heiratspläne verkündet und die Mutter der vermeintlichen Braut, Gertrud von Haldeslevo, einer solchen Verbindung auch nicht abgeneigt wäre. Diese Spinne! Widerlich hockt sie in ihrem Netz und webt stets neues Garn, das diesen oder jenen im Reich je nach ihren machtgierigen Plänen umwindet und zur hilflos zappelnden Beute macht. Nun hat sie also den Supplinburger für ihre Absichten auserkoren und ist entschlossen, ihm ihre Erbtochter zuzuführen. Fünfzehn Lenze alt, wird die Formbacherin nicht nur mütterlicherseits das Haus Haldeslevo erben, sondern väterlicherseits auch das bayerische Haus Formbach. Doch damit nicht genug: Da sowohl die junge Maid als auch Graf Gebhard über ihre Ahnen vom ottonischen Königshaus abstammen, wäre ein Spross aus dieser Ehe somit von ebenso edler Abkunft wie jeder salische König. Verstehst du, welch machtvolles Haus damit begründet würde?"

„Und dies wollt Ihr verhindern?" Der Camerarius erhob sich ebenfalls.

„So ist es. Ein solches Haus darf nicht entstehen! Nicht nur, dass Graf Gebhard durch die Heirat genau da nördlich des Harzes Güter hinzugewönne, wo er mir in die Quere käme. Die Supplinburger würden durch ihre Ahnen außerdem zu bedeutungsvoll im Reich. All das läuft meinen Interessen zuwider!" Mit verdrießlicher Miene strich er über seinen grauen Vollbart. „Ich muss die Heirat der beiden verhindern! Wenn kein anderer Weg bleibt, wäre eben ein Zauber, Wurdbouga, meine letzte Hoffnung. Außer allerdings ..." Der Pfalzgraf verstummte und der Anflug eines schiefen Lächelns huschte über sein Gesicht.

„Was meint Ihr, edler Herr?"

„Noch eine Möglichkeit ist mir eingefallen in der letzten Nacht, als ich ohne Schlaf auf meiner Bettstatt lag." Bedeutungsvoll sah Friedrich seinen Berater an, der neben ihn an das Bogenfenster getreten war. „Es wäre die feinste Lösung, die zugleich alle von mir eben genannten Nachteile in Vorteile verwandeln würde." Erneut zögerte er und blickte Gerald aufmerksam an, als wolle er sehen, ob er noch mehr sagen müsse. „Allerdings gäbe es da ein schwerwiegendes Problem ..."

Für eine Weile senkte sich Schweigen über den Saal. Plötzlich hellte sich die grübelnde Miene des Camerarius auf, um sich jedoch gleich wieder zu verdüstern. „Edler Herr, meint Ihr wahrhaftig das, was ich vermute? Es wäre unrecht, sündhaft."

„Gewönne ich die Maid für mich selbst, wäre alles in bester Ordnung", sagte der Pfalzgraf leise, während sich widerstreitende Gefühle auf seinem Gesicht zeigten. Sein Blick war entschlossen, zugleich aber auch schuldbewusst. „Ich weiß, ich weiß", murmelte er rasch und winkte ab, ehe Gerald das Wort ergreifen konnte.

Erneut entstand eine Pause, während die Männer gedankenversunken auf die Landschaft hinausblickten. „Ist es nicht merkwürdig, dass beide denselben Namen tragen? Vielleicht ein Zeichen ..." Ein Lächeln huschte über das Antlitz des Pfalzgrafen. „Eine von beiden wäre jedenfalls zu viel ..."

„Herr, versündigt Euch nicht!" Gerald sah sein Gegenüber erschrocken an. „Lasst uns lieber den zauberischen Weg einschlagen. Umgehend will ich mich auf die Suche nach Wurdbougas Geheimnis machen." In der Hoffnung, seinen Herrn überzeugen zu können, starrte der Camerarius den Pfalzgrafen an. „Ich habe einst von einer weisen Kräuterfrau, einer Wickerin, gehört, die im Tal der Ovacra in den Bergen des Harzes haust. Sie kennt die alten Runen, vermag sie auch gewiss zu deuten. All das, was aus den alten Tagen der germanischen Ahnen auf uns gekommen ist, ist ihr vertraut, das heidnische Wissen ebenso wie die magischen Bräuche. Lasst mich zu ihr gehen und ihr den Armreif zeigen! Dann steht Euch womöglich bald schon die ersehnte Zaubermacht zur Verfügung."

„Im Tal der Ovacra ..." Der Pfalzgraf legte Gerald die Hand auf die Schulter. „So sei es denn! Da ich morgen aufbreche zum Harz, um mich dort dem Aufstand gegen König Heinrich anzuschließen, wirst du mich begleiten. Von dort aus kannst du dann diese Wickerin aufsuchen."

„Wie Ihr befehlt, Herr." Gerald neigte den Kopf. Seiner Miene war Erleichterung darüber abzulesen, dass der Pfalzgraf sich für den – wenngleich heidnischen – Weg entschieden und seine düsteren Andeutungen nicht weiterverfolgt hatte.

„Hoffentlich wird die Nachricht günstig sein, mit der du zu mir zurückkommen wirst, andernfalls ..." Friedrich von Gozeka ließ den Satz unvollendet und wandte sich ernst von der Fensterreihe ab. Er ging langsam durch die Halle zur Tür.

„Mein Herr, erlaubt mir eine letzte Frage: Gefährden wir mit all dem möglicherweise unser Seelenheil und unsere gnädige Aufnahme dereinst bei Jesus Christus? Es wäre mir eine unerträgliche Last ..." In diesem Moment traten die Männer hinaus auf den Flur.

„Nein, gewiss nicht, du Zauderer“, lachte der Pfalzgraf. „Mein Bruder Adalbert ist als Metropolit unserer Kirche ein halbes Leben lang auf solchen Pfaden gewandelt, und es hat ihm nicht geschadet. Zum Zweiten habe ich die Mönche des Klosters Gozeka als Gegenleistung für die gestiftete Truhe beauftragt, künftig für das Seelenheil all derer zu beten, die meiner Familie und meinem Gefolge angehören. Damit sollte die Gnade des Herrn auch für dich gesichert sein.“

Die beiden gingen den langen Flur des Palas entlang und verschwanden schließlich hinter einer Ecke. Erleichtert holte Iva tief Luft und trat aus dem Schatten des Schranks hervor, hinter dem sie sich die ganze Zeit über verborgen hatte. Zu ihrem Glück waren die beiden in die andere Richtung gegangen, sonst wäre sie ertappt worden. Die Folgen mochte sich die junge Frau nicht ausmalen. Sie sandte ein kurzes Dankgebet gen Himmel und tadelte sich für ihre Nachlässigkeit; sie hätte die nahenden Schritte früher hören müssen.

Nachdem sie sich von dem Schrecken erholt hatte, setzte sie sich, das Nähkörbchen und die Wachstafel in Händen, in Bewegung. Auf dem Weg zu den Gemächern ihrer Herrin verdüsterte sich ihr Gesicht zusehends. Argwohn und Sorge, aber auch Abscheu vor ihrem Herrn erfüllten sie. Was führte er da im Schilde? Zugleich sah sie im Geiste das oft betrübte Gesicht ihrer Herrin vor sich – sollte sie ihr all das berichten und damit ihr Gemüt noch weiter beschweren? Iva beschloss, vorerst zu warten.

Wasser zu Wein

In dem quadratischen Raum, dessen Seitenwände kaum mehr als fünf Schritte maßen, herrschte Halbdunkel. Durch das schmale Fenster und die angelehnte Eichentür, die auf den Kreuzgang des Klosters Gozeka hinausgingen, fiel nur wenig Licht. Dafür war es hier so angenehm kühl, dass Pater Folkward und Abt Friedrich von der großen Hitze des Hochsommers verschont blieben. Geräusche drangen herein von den Mitbrüdern, die nach vollendeter Sext aus der Klosterkirche wieder an ihre Arbeit zurückkehrten.

Die beiden Männer standen vor einer Holztruhe, die sich an der dem Eingang gegenüberliegenden Wand befand. Ihr Deckel war hochgeklappt. Kostbare Messgewänder und Chorröcke lagen halb über den Rand gebreitet, goldene Kruzifixe, Kelche und Kandelaber standen in der Truhe, und in einer Ecke war ein Stapel dicker Codices aufgehäuft. Es waren Messbücher, Psalmensammlungen, Evangeliare und obenauf ein Antiphonar. Jedes von ihnen war mit einem wertvollen Buchdeckel versehen, mancher verziert mit goldenen Reliefs, mit Schnitzereien aus Elfenbein oder besetzt mit Edelsteinen und Gemmen.

„Gott der Allmächtige möge es unserem edlen Pfalzgrafen mit der höchsten Gnade vergelten und ihm den verdienten Platz in seinem ewigen Reich gewähren." Abt Friedrich, ein rundlicher Mann mittleren Alters, machte das Kreuzzeichen über den ausgebreiteten Kostbarkeiten der Truhe.

„Amen", sagte Folkward, bekreuzigte sich und beugte sich zu dem Bücherstapel hinab. Mit ehrfürchtigem Ausdruck ergriff er das Antiphonar, hielt es in der rechten Armbeuge und schlug es auf. Unterhalb eines kunstvoll ausgemalten Initialbuchstabens reihten sich in geschwungenen Lettern die Zeilen liturgischer Gesänge. „Eine wahre Kostbarkeit für jedes Kloster, da schlägt das Herz eines Schreibers höher." Als Vorsteher des hiesigen Scriptoriums wusste Folkward das Werk zu würdigen. „Der Metropolit Adalbert, Gott sei seiner Seele gnädig, war ein großer Verehrer der Antiphongesänge. Wie sehr hat er es geliebt, die heilige Messe mit wundervollem Gesang noch feierlicher zu gestalten!"

„Mein Oheim liebte wahrlich die kirchliche Musik", stimmte der Abt zu, wobei seine kleinen Äuglein lustig funkelten. „Wie schön, dass nun diese Kostbarkeiten aus seinem Besitz zu dem Ort gelangen, den er selbst vor zwanzig Jahren feierlich geweiht hat. Es ist, als schlösse sich ein Kreis." Mit seinem Abtsstab zeigte er auf die Truhe.

„Ja, dieses Erbe werden wir zu seinem Gedächtnis in höchsten Ehren halten. Welch eine Großzügigkeit deines anderen Oheims, des edlen Pfalzgrafen, uns die Truhe gestiftet zu haben. Es ist eine Gnade des Herrn, dass unsere Abtei eine solche Stifterfamilie hat."

„Das ist wahr", erwiderte Abt Friedrich, „so bleibt uns mancher Mangel erspart, den andere Klöster erdulden müssen. Drum wollen wir dankbar sein und unseren Stiftern stets durch Gebet und Fürbitten die Gnade des Allmächtigen und das Seelenheil erflehen. Der Pfalzgraf zu Viczinburg bittet mit dieser Stiftung um ein jährliches Gedächtnis für Erzbischof Adalbert und um unsere Gebete für ihn, seine Familie und sein Gefolge. So soll es geschehen." Der Abt wandte sich von der Truhe ab, durchquerte die Sakristei und trat auf den Kreuzgang hinaus. „Folge mir, mein Sohn", sagte er zu Folkward, „ich will dir etwas zeigen."

Die beiden Mönche gingen nur wenige Schritte über die Steinplatten des Kreuzgangs und traten dann durch eine schmale Tür ins Innere der Klosterkirche. Erneut umfing sie Halbdunkel, nur durch wenige hohe Fenster erhellt. Sie waren in den südlichen Flügel des Querschiffs gelangt, der in einer Apsis endete, in der auf einem steinernen Sockel eine geschnitzte und bemalte Marienfigur stand.

„Anlässlich des heutigen Tages wollen wir hinausgehen und nach dem Weinberg sehen, mein Sohn. Unser Tagesheiliger ist der Märtyrer Cyriacus, der, wie du weißt, der Patron des Weinbaus ist." Erneut strahlte der Abt. Seinem Gesicht war unschwer abzulesen, dass das angeschnittene Thema eines seiner Lieblingsanliegen war.

Über Folkwards Gesicht huschte ein Lächeln, und er wandte den Blick zu Boden. Die beiden hatten das Längsschiff der Kirche erreicht, hielten inne und wandten sich nach Osten dem Chor mit dem geschnitzten Gestühl der Mönche zu. Den Mittelpunkt des Raums bildete der große Steinaltar, der mit Säulen und Rankwerk verziert war und auf dem zwischen zwei silbernen Kandelabern ein großes edelsteinbesetztes goldenes Kreuz stand. Abt und Pater gingen auf die Knie, senkten das Haupt und bekreuzigten sich. Für einen Moment verharrten sie, ehe Friedrich sich wieder erhob und sich zum Ausgang umwandte.

„Sieh dir das an, Folkward", ergriff der Abt das Wort, als sie einige Schritte gegangen waren. Mit seinem Stab deutete er schräg hinauf zu einer Reihe von Wandmalereien, deren eigentlich bunte Farben im Halbdunkel eher blass und kraftlos wirkten. „Es ist helllichter Tag, doch zu wenig Sonnenlicht fällt herein, als dass man die Bilder in ihrer ganzen Pracht wirklich erkennen könnte." Ein gutes Stück oberhalb der Malereien befanden sich einige schmale Fensterscharten, durch die das Licht spärlich ins Innere fiel.

„Du hast recht", sagte Folkward. „Bruder Hieronymus hat mir kürzlich bereits erzählt, dass du mit ihm darüber gesprochen hast. Wir wollen sehen, ob man die Fenster nicht ein wenig verbreitern oder gar neue einziehen könnte, um so mehr Licht zu gewinnen."

„Ja, es wäre schade um die Mühen, die Hieronymus auf die Bilder verwandt hat. Sieh dir das an ..." Der Abt wandte sich nach links, wo eine kleinere Malerei zu sehen war, die einen mönchisch gekleideten Mann neben einem Rebstock zeigte, vor dem zwei gekrönte junge Frauen knieten. Der Mann schien die beiden Edeldamen mit ausgestreckten Armen zu segnen, und über ihren Köpfen flogen zwei geflügelte schwarze Gestalten davon. „Das Bild hatte ich mir eigens von Hieronymus gewünscht. Der besagte heilige Cyriacus vertrieb ja bekanntlich die Dämonen aus zwei besessenen Prinzessinnen, ehe er mit anderen Märtyrern gefoltert, mit siedendem Pech übergossen und hernach enthauptet wurde. Nun sieh dir aber die Teufel hier an – in diesem

Dämmerlicht sind es kaum mehr als dunkle Flecken. Wer soll das erkennen und Ehrfurcht haben?“

„Ja, es ist schade“, pflichtete Folkward bei, während der Abt bereits weiterging. „Weißt du, an was mich dieses Bild erinnert, ehrwürdiger Vater?“ Anstelle einer Antwort blickte der Klostervorsteher den Pater nur mit einem fragenden Lächeln an. „Ich sehe Erzbischof Adalbert, wie er am Osterfest im Jahre des Herrn 1065 zu Worms ebenfalls einen Besessenen geheilt hat. Der Mann wand sich im Griff des Dämons mit schäumendem Mund am Kirchenboden, bis der Metropolit ihn durch Gebete vom Teufel befreit hat.“

„Warst du seinerzeit zugegen, mein Sohn?“

„Nein, leider nicht, doch ich habe es von glaubwürdigen Menschen erzählt bekommen, die das Wunder selbst gesehen und bezeugt haben.“

„Mein Oheim, der Metropolit, war wahrlich ein Auserwählter des Herrn. Er vermochte den Kranken Heilung zu bringen, er speiste die Armen zu Hammaburg und zu Bremen und trug Gottes Wort in die gesamte nordische Welt hinaus, wie es vor ihm keiner getan hat. Er fehlt in unserer heiligen Kirche.“ Die Männer hatten die Klosterkirche durch eine Tür verlassen und befanden sich im Westwerk, der Eingangshalle zwischen den beiden schlanken, sechseckigen Turmbauten.

Folkward nickte stumm zu den Worten des Abtes, während seine Miene nun ernst und nachdenklich wirkte. An seinem Blick ließ sich erkennen, dass er kaum willens war, in den Lobpreis auf Erzbischof Adalbert einzustimmen. In seiner früheren Zeit auf dem Sollonberg hatte er nämlich durchaus ein anderes Gesicht des großen Metropoliten erlebt, Machthunger und die Verblendung durch weltlichen Glanz. Doch es war nicht an ihm, den Oheim seines Abtes in ein schlechtes Licht zu rücken.

„Du schweigst, mein Sohn?“, lächelte der Klostervorsteher und berührte kurz Folkwards Schulter. „Das ist beredt … zu Recht. Nun, Adalbert war auch ein Mann der Macht und hat oft mehr Geltung gefordert, als einem Hirten, einem Diener Jesu Christi, zukommen sollte. Doch achte ihn nicht zu gering, er hat stets Gottes Wort im Herzen getragen, auch wenn er bisweilen falsche Wege einschlug. Denke nur an den ersten Mann auf der *cathedra Petri*, den heiligen Apostel Petrus: Hat er nicht einst sogar seinen geliebten Herrn verleugnet? Ist nicht gerade derlei Schwäche unser aller Menschenschicksal?"

„Vergib mir, Vater." Folkward ergriff die Hand des Abtes und küsste dessen goldenen Würdenring. „Du hast tief in meine Seele geblickt und dort Selbstgerechtigkeit und Hochmut gefunden. Es gilt, nicht die Fehler anderer zu suchen, sondern die eigenen. Mein Weg ist noch lang ..." Der Mönch, mit seinen achtunddreißig Jahren ein altgedienter Gefolgsmann Gottes, schüttelte bedrückt den Kopf, wobei er sich unbewusst über eine längliche Narbe am Hals strich.

„Gräme dich nicht", lächelte der um einen Kopf kleinere Abt, „unser aller Weg ist lang. Und Fehler sind bei jedem Menschen zu finden. Sieh nur mich an, Folkward: Ein guter Tropfen Wein lässt mich oftmals zufrieden schwelgen, als wäre das Paradies bereits hienieden. Allzu viel Zeit und Sinn verschwende ich auf die Rebenzucht, mehr als es einem Diener des Herrn gut zu Gesicht steht."

„Solchem Vorwurf würde unser Ordensgründer, der heilige Benedikt, entgegnen: Zum einen gehört der Weinbau zum ureigensten Grundsatz des *ora et labora*, zum anderen ist einem jeden Mönch eine Hemine Wein zugebilligt."

Sie schritten durch einen ummauerten Innenhof, der an die Klostergebäude angrenzte, Stallungen und Scheunen beherbergte und zum westlichen Haupttor der Anlage führte.

„Doch dasselbe vierzigste Kapitel der Benediktregel besagt auch, dass Wein sogar die Weisen zu Fall bringt, wenn er über die Maßen genossen wird." Der Abt hob den Zeigefinger. „Dies ist das mir bestimmte Kreuz, das ich tragen muss. Du siehst, Folkward, auch ich gehe einen langen Weg ..."

Die beiden Männer hatten das große Tor erreicht, und sogleich trat ein Mönch aus einem angrenzenden Gebäude. Er verneigte sich wortlos vor dem Abt und hob auf dessen Wink hin einen Balken aus den Verankerungen im Mauerwerk. Danach zog er einen Flügel des Tores gerade so weit nach innen, dass Folkward und der Abt durch die Öffnung treten konnten.

Ein Weg mit tiefen Wagenspuren führte in gerader Linie durch ein Wäldchen zu einer kleinen Ansiedlung von Bauern und Handwerkern, die sich in der Nähe des Klosters niedergelassen hatten. Doch die Gottesdiener verließen die Straße und bogen in einen schmalen Pfad ein, der sich entlang eines Abhangs im Schatten hoher Bäume hinzog. Erleichtert, der Sonne, die im Scheitelpunkt ihrer Bahn stand, entkommen zu können, traten sie unter das Blätterdach.

Der Pfad führte in einem sanften Bogen am Kloster vorbei Richtung Osten. Nach kurzer Zeit schwenkte der Weg am Rande eines schmalen Tals nach rechts. Mit einem Mal blieb der Wald zurück und gab den Blick frei nach Süden, wo sich das Tal der Sala öffnete. Der Standort befand sich hoch über der grün überwucherten Flusslandschaft, das Kloster Gozeka lag wie ein Adlerhorst majestätisch am steil abfallenden Hang. Die Blicke immer wieder über das weite Tal wandern lassend, folgten sie dem Pfad am Hang entlang. Hier brannte die Sonne nun ungehindert auf die Mönche herab. Zu allem Übel begann nun auch die Narbe an Folkwards Hals, eine Erinnerung an längst vergangene Tage auf dem Sollonberg, zu brennen, wie stets, wenn er ins Schwitzen kam. Mit der rechten Hand über die Haut streichend, versuchte er, das lästige Jucken zu vertreiben.

„Noch ein Wort zum Hochmut, Folkward“, nahm der Abt den Gesprächsfaden wieder auf. „*Superbia* ist die Quelle allen Übels in unserer Welt. Sie gilt es an der Wurzel herauszureißen, wenn wir so leben wollen, wie es gottgefällig ist. Selbst in unserem Reich lässt sich ihr vergiftendes Wirken beobachten. Vom Haupt bis in die kleinsten Glieder ist der ganze Körper verfault, durchsetzt von Hochmut. Der König, eigentlich der weltliche Hüter unserer Kirche und der Klöster, erdreistet sich, die Ämter von Bischöfen und Äbten an Meistbietende zu verschachern – das nenne ich hochmütig und habgierig. Doch der neue Heilige Vater in Rom, Gregor VII., wird diesem unwürdigen Treiben nicht weiter zusehen. So viele Prälaten in der Reichskirche wie auch in den Klöstern ringen um eine Reform der Glieder, um einen reinen Christenglauben – da muss auch das Haupt sich erneuern.“

„Wahrhaftig, doch sieh nur, wie sich der König hier in Sachsen gebärdet. Die Erneuerung des Hauptes wird da kaum kampflos erfolgen.“

„Nun, das gilt es erst noch abzuwarten“, erwiderte Abt Friedrich. „König Heinrich mag maßlos sein und hochmütig, doch er ist auch klug. Sollten immer mehr Glieder des Reiches ins Lager der Kirchenreform wechseln, wird es am Ende einsam um ihn herum werden. Wem will er dann noch ein König sein? Wen mit Krieg zum Gehorsam zwingen? Gegenkönige stehen längst bereit, die den Geist der Reform im Herzen tragen. Denk nur an Herzog Rudolf von Schwaben, längst steht er in engstem Einvernehmen mit Papst Gregor. Das alles weiß auch der König. Sei gewiss, mein Sohn, er wird einlenken, wenn ihm kein anderer Weg mehr bleibt."

Die Männer waren inzwischen an einem über ihnen ansteigenden Hang angelangt und blieben stehen. In steilen Linien zogen sich grün beblätterte Rebstöcke nebeneinander den Südhang hinauf. Die Weinstöcke wuchsen an Stangen bis nahezu auf Schulterhöhe, zwischen den Blättern waren hellgrüne Reben mit vielen Trauben zu erkennen.

„Mein Blick in die Zukunft reicht eigentlich kaum über die nächsten ein, zwei Monate hinaus, bis wir diesen prächtigen Weinberg abgeerntet haben", lachte Abt Friedrich und stieß den Pater scherzend mit seinem Würdenstab an. Er trat an den nächsten Rebstock und zupfte eine Traube ab. Kurz hielt er sie gegen das Sonnenlicht, um Farbe und Beschaffenheit zu prüfen, dann zerquetschte er die Frucht langsam zwischen Daumen und Zeigefinger und leckte den herabrinnenden Saft ab. „Zwar fehlt noch einiges an Süße, doch die Sonne wird es schon richten." Mit schief gelegtem Kopf schmeckte er den Saft und nickte.

„Dank sei der Stifterfamilie, ohne die es den Weinberg gar nicht gäbe. Anselm, ein entfernter Verwandter, hat uns den Hang vermacht, ehe er als Pilger mit Erzbischof Siegfried von Mainz und Hunderten anderer ins Heilige Land aufgebrochen ist. Traurig nur, dass er das Werk hier nicht mehr miterleben konnte. Der Allmächtige hat ihn anno 1065 in Jerusalem zu sich abberufen", murmelte der Abt.

Die beiden Mönche wandten sich um und machten sich auf den Weg zurück. Die Hitze schien derweil ihren Höhepunkt zu erreichen. Mit seinem Stab wies Abt Friedrich zum Himmel empor: „Der heilige Cyriacus ist uns gewogen – er lässt die Sonne scheinen, damit es ein guter Wein wird. Und ist dieser dann in unseren Fässern und Krügen, Folkward, so liegt vor mir wieder der Weg zwischen Versuchung und Willensstärke. Unser Leben ist eine stete Prüfung."

Auf der Hartesburg

Riesige hellgraue Wolken waren von Norden herangetrieben und hatten sich am diesigen Sommerhimmel zu Gebirgen aufgetürmt, die nicht in der Lage waren, über den nördlichen Rand des Harzes hinwegzuziehen. Das Gewölk verdichtete sich langsam zu einer dunkler werdenden Kulisse, ein reinigendes Gewitter war nur eine Frage der Zeit. Die schwüle, drückende Luft und das leise Grollen in der Ferne waren bereits erste Vorboten.

Die Hartesburg erstreckte sich auf dem Bergsporn, der sich wie ein Schiffsbug hoch über der Ebene erhob. Die Außenseite der Burgmauer zog sich mit einer Höhe von drei Klaftern rings um die Anlage und zeigte sich wie eine unüberwindliche Wand über dem Berg. Ihr Wehrgang fiel zum Inneren der Festung hin schräg ab und verlief an vielen Stellen oberhalb der hölzernen Dächer von Gebäuden und Stallungen. Im westlichen, zur Ebene hin ausgerichteten Teil der Burg war die Besatzung, die aus dreihundert Soldaten bestand, in Unterkünften und Häusern untergebracht. Außerdem befanden sich hier Zeughäuser, Lager und Rüstkammern. Der östliche Teil, der auf die Wälder des Harzes blickte, beherbergte die herrschaftlichen Gebäude, den prächtigen königlichen Palas, einen wuchtigen Rundturm und eine jüngst aus Holz errichtete Kirche. Sie war das erste Gebäude eines noch im Bau befindlichen Kanonikerstifts.

König Heinrich IV. und Vogt Bodo, Verwalter Goslars und zugleich Hauptmann der Hartesburg, standen hinter den Zinnen auf dem Wehrgang der westlichen Ringmauer und blickten schweigend hinunter in die Landschaft. Auf beiden Seiten waren die Gebirgsausläufer wie ein

Band bis in die Ferne zu sehen. Vor ihnen lagen der Sudberg bei Goslar, die grünen Wälder und Auen rund um die Ovacra und der dunkle Schimmerwald. Mit geübtem Auge ließ sich im Osten schließlich die Heimenburg ausmachen.

„Wie viele mögen es sein?", fragte der König und wies in die Tiefe. Zu Füßen des Burgbergs war ein riesiges Heerlager zu erkennen. Zahllose Zelte reihten sich entlang des Flüsschens Rotanbiki aneinander. Ebenso unzählig waren die nur als winzige Punkte auszumachenden Menschen.

„Wohl einige Tausend, würde ich annehmen, mein König", brummte der Vogt und schüttelte missmutig den Kopf. „Unsere Abgesandten, die nun bereits zweimal unten waren, um mit den Sachsen zu verhandeln, vermochten die Zahl nicht zu schätzen. Aber nur der kleinere Teil sind gut gerüstete, geübte Krieger, die meisten sind einfaches Volk, Bauern, Hörige und niedrigste Vasallen, die schlecht bewaffnet und im Kriegswesen unerprobt sind. Es ist keine wirklich Furcht einflößende Horde."

„Und doch bin ich von ihrer Zahl überrascht." Der König strich sich über den elegant gestutzten Kinnbart. „Ich hatte gedacht, es wäre nur das sächsische Heeresaufgebot für unseren Zug gen Polen. Dies ist ja der halbe Stamm der Sachsen. Der Adel scheint bei seinem widerspenstigen Aufruhr bewusst das niedrige Volk in Gang gesetzt zu haben."

„Man will uns durch eine große Zahl beeindrucken, doch am Ende ist es in der Masse ein loser Haufen schlichten Pöbels. Angestachelt durch Aufruhr und falsche Versprechungen, ziehen sie hinter ihren Herren einher. Bei vielen handelt es sich um gieriges Gesindel, wertloses Gelichter und Gelumpe. Beim Anblick unserer Krieger und ihrer Waffen jedenfalls werden sie voller Angst verwehen wie Staub im Wind." Der Vogt, in ein langes Kettenhemd gehüllt, legte die Hand auf den bronzenen Griff seines Schwerts.

„Da magst du recht haben", lächelte Heinrich. Schweigend blickten sie in die Tiefe, während in ihrem Rücken ein alter Mann den Innenhof der Burg durchschritt und auf sie zukam. In edelste grüne Seide gekleidet, hatte er einen schlohweißen Bart und ebenso weiße Haare. Leicht nach vorn gebeugt, schlurfte er über den Boden.

„Gleichwohl“, schränkte der Vogt nach einer Weile ein, „so wenig diese Haufen in offener Feldschlacht taugen mögen und unter den Schwertern unserer Krieger fallen würden, so geeignet wären sie doch allemal für eine Belagerung. Ich denke, die sächsischen Herren haben genau dies im Sinn, wenn sie nicht ihren Willen bekommen.“

„Den werden sie nicht bekommen, niemals!“, rief der König und deutete mit dem Zeigfinger warnend ins Tal. „Schändliche Verbrecher sind sie! Sie stellen sich gegen ihren obersten Lehnsherrn, dem sie nach Recht und Sitte zu Treue und Gehorsam verpflichtet sind. Alle Schwüre, alle Eide verwerfen sie, niemals werde ich mich ihrer Unverfrorenheit beugen.“

„So muss es denn wohl zum Äußersten kommen, mein König“, schaltete sich der Mann ein, der inzwischen auf dem Wehrgang angelangt war. Es war Berthold von Zähringen, der Herzog von Kärnten. Seine Stimme klang seinem Alter von etwa siebzig Jahren entsprechend brüchig, und der zögerliche, fast fragende Tonfall seiner Worte verriet, dass er kaum glücklich über die Entwicklung war.

„So ist es, Berthold“, nickte Heinrich IV. entschlossen. „Du selbst hast von den Rechtsbrechern dort unten doch gehört, dass sie nicht willens sind, ihrem König die Treue zu halten. Das ist nicht hinnehmbar!“ Er hatte sich zu dem Weißhaarigen gewandt, der, die Hand auf die Zinne gelegt, das Haupt vor seinem Herrscher beugte.

„Mein König, in der Tat war ich gestern und heute am Vormittag mit Siegfried, deinem Kapellan, und dem ehrwürdigen Bischof Friedrich von Münster unten und habe in deinem Namen vergeblich verhandelt. Vielleicht versuchen wir es später noch ein drittes Mal.“ Der alte Mann zögerte und griff mit der Rechten in seinen bis auf die Brust reichenden Vollbart. „Doch ich fürchte, ich kann jetzt bereits sagen, dass eine Vermittlung erneut scheitern wird. Otto von Northeim, Bischof Bucco und die übrigen Führer der Sachsen bestehen auf ihren Forderungen. Vor allem der Abbau deiner Burgen ist für sie nicht verhandelbar.“

„Eine anmaßende Frechheit!“, schimpfte der König.

„Nun, könntest du nicht in diesem Punkt vielleicht … ihnen entgegenkommen?“ Der Kärntner Herzog sah den Herrscher mit den glanzlosen, müden Augen eines alten Mannes an. „Es könnte einen Krieg verhindern.“

„Einen Krieg? Wollen die Treulosen mir wirklich mit Gewalt drohen?“

„Nein, nicht drohen. Lass mich überlegen, wie Otto es ausgedrückt hat“, sagte Berthold und strich sich erneut über seinen Bart. „Er sagte, sie wollten gewiss keinen Krieg, nur ihr Recht. Wenn du nachgibst, würden sie dir weiter in Treue und Demut dienen und ihre Waffen ohne Zaudern in deine Dienste gegen die Polen stellen. Somit läge es nicht in ihrer Hand ...“

„Geschwätz“, schimpfte Heinrich, „sie wollen nur ihren Aufstand nicht beim Namen nennen, weil sie wissen, dass sie im Unrecht sind.“

„So oder so, ohne ein Entgegenkommen werden sie einen Ring um diese Burg hier und um weitere deiner Festungen legen, das scheint festzustehen. In Luneburg ist es durch den Billunger Hermann ja längst dazu gekommen.“

„Wenn es so ist, wie Berthold sagt, müsst Ihr von hier fliehen, mein König. Heimlich im Schatten der Nacht, ohne dass sie es erfahren. Ihr dürft niemals in einer Belagerung feststecken, Herr. Dann wäre alles nur eine Frage der Zeit. Die Hartesburg hier wird zwar jeder Einschließung widerstehen, doch Ihr müsst als Herrscher stets beweglich sein, um handeln zu können“, erklärte Vogt Bodo mit Nachdruck und sah die beiden Männer eindringlich an. „Es gibt geheime Wege, die Burg zu verlassen. Dann könntet Ihr im Reich ein Heer aufstellen, das diese Haufen hier an Häuptern und Kampfkraft übertrifft, und nach Sachsen zurückkehren.“

„Der Vogt hat recht“, stimmte Berthold zu. „Doch die Flucht muss bald schon geschehen, denn die Belagerung durch die Sachsen steht unmittelbar bevor, zumal wenn es nichts mehr zu verhandeln gibt.“

„Nun, ich laufe zwar ungern davon, doch wenn es Not tut ...“ Der König nickte und wandte sich von den Zinnen ab. Langsamen Schrittes stieg er vom Wehrgang einige Steinstufen hinab, bis er den Innenhof der Hartesburg erreicht hatte. Der Vogt und Herzog Berthold folgten dem Herrscher. Die drei Männer gingen über den Hof. Sie nahmen kaum die Ehrerbietungen wahr, die ihnen vonseiten der Soldaten entgegengebracht wurden.

„Heute Nacht, Vogt?“, fragte Heinrich, ohne aufzusehen.

„Es wäre gewiss das Beste, mein König“, erwiderte der stämmige Burgherr entschieden. „Wir werden hier derweil so lange als möglich vortäuschen, dass Ihr auch weiterhin auf der Hartesburg wärt, neue Verhandlungsgespräche ankündigen und immer aufs Neue vertrösten. So habt Ihr zwei, drei Tage Vorsprung, ehe ein Belagerungsring um die Burg geschlossen werden kann oder sich jemand an Eure Fersen heftet. Das dürfte ausreichen, um den Harz auf verborgenen Pfaden nach Süden zu durchqueren.“

„Ja, so könnte ich in zwei Wochen in Herveldia sein, wo das Reichsheer sich für den Zug nach Polen sammelt. Und sollten die Sachsen derweil tatsächlich gewaltsam gegen meine Burgen vorgehen und ihren Ungehorsam weiterhin nicht aufgeben, ließe sich das Reichsheer am Ende gar gegen sie lenken.“ Der junge König nickte grimmig, während die drei den Burgbrunnen hinter sich ließen und den östlichen Teil der Hartesburg erreichten. Sie passierten die jüngst errichtete Holzkirche und das im Bau befindliche Kanonikerstift. Vor ihnen ragte der Rundturm auf, der an den königlichen Palas grenzte; rechter Hand war das von Türmen flankierte Torhaus zu sehen, der Eingang zur Hartesburg.

Nach wenigen Schritten traten die drei Männer an einer Wache vorbei ins Innere des zweistöckigen Palas. Über steile Treppenstufen stiegen sie ins Obergeschoss, aus dem ihnen lautes Stimmengewirr entgegenschallte. Als der König mit seinen Begleitern die *aula regia* betrat, einen lang gestreckten, schmalen Saal, senkte sich schnell Schweigen über die Halle. Einige der um die lange Tafel versammelten Gäste erhoben und verneigten sich vor dem König, während andere nur ehrerbietig die Häupter senkten.

„Ihr kommt genau zur rechten Zeit, edler Herr“, sagte Propst Karl, ein rundlicher Mann in grauer Kutte, dessen volles Gesicht halslos auf dem Körper zu sitzen schien. Der Vorsteher des Kanonikerstifts wies lächelnd in Richtung einiger Diener, die auf silbernen Platten und in Schalen opulente Speisen reichten. Aus Karaffen wurde roter Wein in die Pokale gegossen. „Das Mittagsmahl ...“

Heinrich IV. nickte wortlos und ging an der langen Tafel vorüber, an der fast ein Dutzend Männer saßen. Schließlich nahm der junge Herrscher am oberen Ende des Tisches auf seinem Thronstuhl Platz, während Herzog Berthold und der Vogt sich zwischen die Gäste setzten.

„Der Fasan sieht vortrefflich aus, wenn Ihr mich fragt, mein König“, fuhr der Propst beflissen fort und lächelte süßlich.

„Ich bezweifle nicht die Güte deines Urteils, Propst Karl“, entgegnete der König kühl und trank einen Schluck Wein. „Doch mir ist nicht nach Essen. Große Entscheidungen stehen an.“

„Was meinst du?“ Bischof Benno von Osnabrück, dessen Platz an der Tafel dem des Herrschers am nächsten war, wie es einem engsten Berater zukam, sah mit wachsamem Blick von seinem Mahl auf. „Gibt es Ungemach?“

„Nun, es könnte solches drohen, wenn ich nicht umgehend die Burg verlasse. Die Sachsen und ihre verschlagenen Herren drohen ihrem König wahrhaftig mit Gewalt. Sie wollen diese und weitere Burgen belagern, so ich ihren dreisten Forderungen nicht nachkomme“, rief Heinrich und sah mit entschlossener Miene in die Runde. „Doch ich werde mich ihnen niemals beugen! Vielmehr verlasse ich die Hartesburg noch heute Nacht.“

Überrascht starrten die Tafelgäste den König an, und für eine Weile senkte sich Schweigen über den Saal. Während die meisten nachdenklich oder ernstlich besorgt dreinblickten, hob sich ein Gesicht deutlich von den anderen ab. Es war das des jungen, stolz wirkenden Billungers Magnus, der als Einziger zu den Worten des Königs lächelte, begleitet von einem Ausdruck unverhohlener Häme. Mit seinem fein gekämmten Haar, dem eleganten Kinnbart und seiner kostbaren Kleidung wirkte der Mann wie ein Würdengast an der Tafel und keinesfalls wie ein Gefangener, der sich seit zwei Jahren in königlicher Haft auf der Hartesburg befand. Nur die mit Lanze und Schwert bewaffnete Wache hinter seinem Stuhl ließ keinen Zweifel daran aufkommen, dass der Herzog von Sachsen unfrei war.

„Was gibt's da frech zu grinsen, Billunger?“, fragte Vogt Bodo erbost in Richtung des Gefangenen. „Du bist an dieser Tafel nur geduldet dank der Gnade des Königs. Benimmst du dich unverschämt, kannst du dein Mahl auch im Kerker zu dir nehmen.“

„Mein Dank dem Herrscher Heinrich für seine grenzenlose Güte“, erwiderte der so Verwarnte mit unverändert spöttischer Miene.

„Beklage nicht höhnisch dein Schicksal, Magnus“, sagte Heinrich kalt. „Du weißt genau, wie du sofort die Freiheit erlangen kannst. Erfülle als treuer Lehns- und Gefolgsmann das Geheiß deines Königs, dann magst du allzeit in Freiheit mein gern gesehener Gast sein.“

„Wie selbstlos von dir, König“, erwiderte der Billunger, wobei er das letzte Wort verächtlich aussprach. „Gewiss, ich muss lediglich dem von meinem Vater Ordulf ererbten sächsischen Herzogsamt entsagen und auf den meisten Besitz meiner Familie verzichten, dann erlange ich schon deine uneigennützige Gnade.“ Er schlug mit der Faust zornig auf die Tischplatte, dass die Platten, Pokale und Teller schepperten. „Eher will ich in deinem Kerker zugrunde gehen – Gott sei mein Zeuge! Denn wie hast du es eben selbst gesagt: Ich werde mich niemals beugen!“

„Nach all den Jahren solltest du mich kennen, Magnus“, fuhr der König fort. „Ich werde um keine Handbreit nachgeben, weder dir, noch deinen sächsischen Freunden dort unten!“

„Hier und heute magst du noch laut tönen, König. Aber warte nur ab, die Reihen deiner Getreuen lichten sich stetig, und die Luft im Reich wird rauer.“ Der Billunger hob hämisch seinen Silberpokal wie zum Gruß in Richtung des Herrschers. „Und mein Oheim Hermann wird alle deine schwäbischen Mannen, die du widerrechtlich in unsere Luneburg gesetzt hast, hinmetzeln, wenn du mir nicht endlich die Freiheit gewährst. Ist dir das wahrhaftig siebzig treue Soldaten wert? Und opferst du auch ihren Hauptmann, den Sohn deines Gefolgsmanns Eberhard von Nellenburg? Was gäbe unser altes Selenopolis für ein scheußliches Exempel deiner Herrschaft allerorts im Reich? Wie viele Getreue würden noch den Kopf für dich hinhalten, wenn sie auf solche Weise erführen, wie bedenkenlos du ihr Blut fließen lässt? Welch ein oberster Lehnsherr ...“

„Ich werde dir das Maul ...“, begann der Vogt aufgebracht und sprang von seinem Stuhl auf, doch Herzog Berthold, der neben ihm saß, legte ihm die Hand auf den Arm und ergriff seinerseits das Wort.

„Es gäbe da eine Möglichkeit, mein König“, sagte der alte Mann nachdenklich und sah Heinrich eindringlich an. „Doch sollte der Billunger erst den Saal verlassen.“

Der König überlegte kurz, ehe er dem Wachsoldaten mit einem knappen Nicken entsprechende Weisung erteilte. Spöttisch den Kopf schüttelnd, erhob sich Magnus von seinem Platz und verließ die *aula regia*.

„Nun?" Heinrich blickte den alten Herzog erwartungsvoll an.

„Willst du dem Billunger nicht seinen Besitz und seine Freiheit lassen? Er wäre wohl bereit, auf das Amt des Herzogs zu verzichten. Den Billungern ging und geht es immer mehr um ihre Güter als um Würdenämter. Würdest du Magnus freigeben, wäre das Volk gewiss befriedet, und deine Männer in der Luneburg wären ebenfalls gerettet. All deine Pläne und Ziele hätten Bestand. Frieden im ganzen Land für die Freiheit eines Einzelnen." Der alte Fürst zupfte an seinem Bart, während für eine Weile Schweigen herrschte.

„Nein", erwiderte der König mit einem Mal entschieden. „Es ist eine verlockende Aussicht, Herzog, doch mein Entschluss bleibt unverändert." Er sah in die Runde, bis sein Blick auf Bischof Benno ruhen blieb. „Der Billunger ist mir zu mächtig, auch ohne sein Amt. Ehrwürdiger Benno, wir haben oft darüber gesprochen: Seine Beziehungen reichen bis nach Nordmannien und nach Ungarn, überall hat er mächtige Verwandte. Das alles ist mir zu gefährlich." Er schüttelte den Kopf. „Nein, Magnus bleibt in Haft!"

Erneut schwiegen die Männer am Tisch. Bischof Benno, der königliche Berater, nickte in ruhigem Einverständnis seinem Herrn zu, der einen Schluck Wein trank.

„Nun, so bleibt es bei den Plänen für heute Nacht?", durchbrach der Vogt die Stille. Seine gleichmütige Stimme verriet, dass er wie ein treuer Vasall willens war, jede Entscheidung des Herrschers mitzutragen. „Edler König, sollen wir das Nötige für Euren Aufbruch veranlassen?"

„Ja, Bodo", erwiderte Heinrich entschlossen. „Das Endziel ist Herveldia. Denn sollten die Sachsen unterdessen nicht zu Besinnung kommen, werde ich notfalls mit großem Heer von dort zurückkehren."

„Wer soll dich begleiten?", fragte Bischof Eberhard von Zeitz.

„Nun, Eppo, ich denke, nur meine engsten Berater wie du, Bischof Benno und Herzog Berthold, dann einige Männer aus dem Hofgefolge sowie eine Schar Soldaten."

„Da der Aufbruch geheim bleiben soll, müssen verborgene Pfade beschritten werden. Die Sachsen haben längst Kundschafter und Späher rund um die Burg gestellt. Nicht nur im Tal der Rotanbiki, selbst hier oben am Bergsattel haben unsere Wachen verdächtige Gestalten gesehen." Unbewusst war der Vogt aufgestanden und deutete in alle Richtungen.

„So bliebe nur der geheime Stollen, habe ich recht, Vogt?" Propst Karl richtete seine Frage zwar an den Burgvogt, sah jedoch den König an.

„So ist es", erwiderte Vogt Bodo, ohne den Stiftsvorsteher auch nur eines Blickes zu würdigen. „Unten im Schacht des Burgbrunnens, knapp sieben Klafter in der Tiefe, befindet sich oberhalb des Wasserspiegels ein geheimer Gang. Er ist vor fünf Jahren beim Bau der Hartesburg von unserem verehrungswürdigen Bischof Benno geplant und angelegt worden." Er wies anerkennend auf den Prälaten, der bescheiden lächelte. „Es ist ein unterirdischer Stollen, durch den von einer nahen Quelle Wasser herangeführt wird. Der Gang führt bis zu einer versteckten Stelle ein Stück unterhalb des Bergsattels. Von dort gelangt man ungesehen ins Kalte Tal und dann in südlicher Richtung in die Wälder des Harzes. Kein Mensch wird den nächtlichen Aufbruch bemerken."

„So werden wir also zu Fuß gehen?", fragte Berthold, dessen Miene verriet, wie mühselig er sich das mit seinen mehr als siebzig Jahren vorstellte.

„Gewiss, Herzog", antwortete der Vogt nachsichtig lächelnd. „Wir können keine Pferde durch den Stollen führen. Außerdem ist das Reiten abseits der Wege im Harz unmöglich – überall herrscht dichter Urwald. Ihr müsst euch anfangs nach Süden durchschlagen. Nach einigen Stunden trefft Ihr dann auf den Eisernen Weg, auch Heidenstieg genannt. Edler König, Ihr kennt den Pfad gewiss von Euren Jagden dort. Es wäre gut, wenn Euch gleichwohl auch Armin, der Jäger, begleitete. Der Harz ist seine Heimat."

„Eine gute Idee, Vogt", lobte Heinrich. „Ja, der Eiserne Weg." In seinen dunkelbraunen Augen schimmerte mit einem Mal ein Glanz, der Entschlossenheit und Tatkraft widerspiegelte. „Wir nehmen die Reichsinsignien mit, ebenso möglichst viel des Hofschatzes. Ihr beide", fuhr er fort und deutete auf den Vogt und den Propst, „verbergt unseren Aufbruch vor den Sachsen, solange es geht. Hütet die Hartesburg gut und schützt unsere wertvollen Reliquien!"

„Gewiss, mein König", erwiderte Propst Karl eifrig und verneigte sich. „Ich werde sie hegen, als wären es meine eignen Augäpfel. Was wäre unser künftiges Stift ohne die Kleinode, die Ihr großmütig aus Aachen mitgebracht habt. Die geheiligten Gebeine des Bekenners Speus, der Arm Simeons des Gerechten und das Haupt des Märtyrers Anastasius, um nur die bedeutendsten zu nennen."

„Die Kostbarkeiten sind in diesen Mauern sicher", erklärte Vogt Bodo mit fester Miene. „Dreihundert wackere Kriegsmannen und drei Klafter hohe Mauern sind für jeden Angreifer – und seien es so viele wie Sterne in der Nacht – unüberwindbar. Selbst eine Belagerung müssen wir nicht fürchten, die Vorratslager sind prall gefüllt, und das Wasser fließt ohne Unterlass." Er ballte die Rechte zur Faust und schwenkte sie drohend. „Zudem bekommen die Belagerer unseren Zorn zu spüren. Mit raschen Ausfällen durchbrechen wir jeden Ring und überziehen das Umland mit Angst und Schrecken." Er nickte in Richtung des Herrschers. „Was immer die Zukunft bringen mag, die Hartesburg ist allzeit Eure sichere Feste, mein König."

Weggefährten

Die Sevina wand sich in zahllosen Biegungen durch den Wald mit seinen Kiefern und Birken und dem ungehemmt wuchernden Unterholz. Der kleine Fluss, dessen knietiefes, sandiges Bett kaum breiter war als zwei Klafter, entsprang in der Heide und mündete südöstlich der Stadt Hammaburg in die Elbe. Lindfell folgte einem Pfad, der die Sevina stromaufwärts begleitete. An den ausgetretenen Fußspuren war abzulesen, dass der Weg regelmäßig benutzt wurde. Im Geiste bedankte sich der junge Mann bei den Reisenden, die ihm den Weg zum Kloster Ramsola gezeigt hatten; auf sich allein gestellt, hätte er den Pfad sicherlich nicht gefunden.

Am Vortag hatte Lindfell in Gesellschaft der vier Fremden die Elbe überquert und den Ort Bucstadinhude erreicht. Nachdem der Fährmann ein gutes Wort für ihn eingelegt hatte, waren die Reisenden willens gewesen, ihn mit sich zu nehmen und ihm später den Abzweig nach Ramsola zu zeigen. So waren die Männer gemeinsam über den alten Handelsweg gen Osten gezogen in Richtung Luneburg. Vielen Kaufleuten und Händlern waren sie begegnet, die oft schwer beladene Fuhrwerke mit sich führten. Die Nacht hatten sie auf dürrem Stroh in einer Scheune zugebracht. Mit der frühen Morgensonne hatten sie ihre Reise fortgesetzt, bis sie am Vormittag den Abzweig nach Ramsola erreichten, wo sich Lindfell von den Händlern verabschiedet hatte, nicht ohne ihnen vielmals zu danken.

Seither war knapp eine Stunde vergangen. Lindfell war tief in Gedanken versunken. All die Eindrücke und Erfahrungen, die seit seinem Aufbruch aus Elbergard auf ihn eingeströmt waren, verlangten danach, geordnet zu werden. Die unermessliche Weite der oberirdischen Welt, die Wunder der Natur, die den Alben vollkommen verschlossen war, und nicht zuletzt die Begegnung mit den Erdenmenschen – all das galt es, in sich aufzunehmen und zu verarbeiten. Nur dann würde er in der Lage sein, sich selbstsicher und gewandt in dieser Welt zu bewegen. In den Gesprächen mit den Mitreisenden hatte Lindfell sich stets bedeckt gehalten und allenfalls vage Aussagen über sich selbst gemacht. Überzeugend hatte er die Rolle des Schweigsamen gespielt, der mundfaul daherkam. Auf diese Weise war das Interesse der Fremden an ihm bald erlahmt, stattdessen bot sich für ihn die Gelegenheit, den Gesprächen der Männer zu lauschen und aus ihren Worten und Gedanken zu lernen. So fühlte er sich zusehends sicherer unter den Menschen und spürte, wie seine Herkunft und Weltsicht als Schwarzalbe weiter und weiter hinter ihm zurückblieben. Langsam legte er seine Prägung ab wie eine sich häutende Schlange. Doch im Unterschied zur Natter, die auch mit neuer Haut das alte Kriechtier bleibt, verwandelte sich Lindfell zugleich innerlich. Und diese neue – menschliche – Wesensart erschien ihm weder fremdartig noch ungewohnt, sondern sie war, wie er es stets geahnt hatte, seine wahre, bislang nur überlagerte Bestimmung.

In solche Gedanken vertieft, war Lindfell eine ganze Weile achtlos einhergewandert, ohne die Umgebung bewusst wahrzunehmen. Er war überrascht, als er mit einem Mal die heißen Strahlen der Sonne auf seiner Haut spürte und sich am Rande einer Lichtung wiederfand. Der Wald hatte sich hier zu einer großen Fläche geöffnet, auf der nicht viel mehr wuchs als Heidekraut, Gras, niedrige Büsche und vereinzelt stehende Birken. Die Lichtung reichte von der Sevina im Westen bis zu einigen flachen, bewaldeten Hügeln im Osten. Inmitten dieser Landschaft, eine viertel Wegstunde vom Fluss entfernt, befand sich das Kloster Ramsola, eine kleine Ansammlung niedriger Gebäude, die sich unter dem weiten Himmel duckten, als ob sie in der Einsamkeit der Natur nicht allzu sehr auffallen wollten. Nicht einmal ein Kirchturm ragte aus der Häusergruppe hervor. Die Außenwände waren nur zur Hälfte aus Stein gemauert, es überwogen hölzerne Bauten und einfache Hütten, errichtet aus Lehm, Ästen und Weidengeflecht. Die Wände waren fensterlos, nur an wenigen Stellen waren schmale Scharten zu erkennen, durch die man von innen das Umland beobachten konnte. Aufgrund der bescheidenen Größe der Anlage und der schlichten Bauweise machte das Kloster einen ärmlichen Eindruck, der alles andere als einladend wirkte. Da keine Menschenseele ringsum zu sehen war, erschien es Lindfell fast so, als ob der Ort öde und verlassen wäre.

Dabei war Ramsola der entscheidende Hoffnungsanker des jungen Mannes, und so setzte er sich entschlossen in Bewegung. Sich den Schweiß von der Stirn wischend, wandte er sich ab vom Ufer der Sevina. Ein schmaler Weg, eigentlich ein Trampelpfad, führte über die Heidelandschaft hinweg auf das Kloster zu. Während Lindfell dem Pfad folgte, sah er aufmerksam zu den Gebäuden hinüber, doch nichts regte sich dort. Weit hinter dem Kloster, fast schon am jenseitigen Waldesrand, kamen nun drei einzeln stehende Hütten zum Vorschein, die zuvor durch das Kloster verdeckt gewesen waren. Da Lindfell in ihrer Nähe einige Felder erkannte, schien es sich wohl um Hörige der Abtei zu handeln, die das Land bewirtschafteten.

Nach kurzer Zeit hatte er das Kloster erreicht. Er wanderte um die Anlage herum, bis er schließlich vor einem breiten, hölzernen Tor stand, in das eine mannshohe Pforte eingelassen war. Wie schon die Gebäude des Klosters wirkte auch der Eingang alt und heruntergekommen. Das Holz war grau und brüchig, und das Tor hing schief in seinen Angeln. Sich die Haare aus der Stirn streichend, räusperte sich Lindfell kurz, trat vor und klopfte mit der Faust entschlossen gegen das Tor. Seine Schläge erzeugten einen dumpfen Hall.

Eine ganze Weile lang musste er warten, ehe Geräusche zu hören waren. Schwerfällig schlurfende Schritte kamen langsam näher. Ein trockenes Knarren ertönte, und eine kleine Klappe in der Pforte öffnete sich vor ihm. Als dort ein hässliches, abweisendes Antlitz erschien, trat Lindfell unweigerlich einen Schritt zurück.

„Was willst du?“, fragte eine heisere Stimme unfreundlich, wobei ein weitgehend zahnloser Mund sichtbar wurde. Nicht minder unfreundlich war auch der Blick aus den grauen Augen des Mannes, Unmut, Faulheit und Bösartigkeit hatten tiefe Spuren in das zerfurchte Gesicht gegraben.

„Ich suche einen gewissen Folkward“, antwortete Lindfell mit fester Stimme und rang sich widerwillig ein Lächeln ab, das die Ablehnung seines Gegenübers auflösen sollte. „Es heißt, er sei Mönch hier zu Ramsola.“

„Kenn ich nicht“, krächzte die Stimme. Ein Augenblick verstrich, und schon drohte sich die Klappe wieder zu schließen.

„Warte noch!“, rief Lindfell rasch und trat näher an die Pforte. „Dieser Folkward war ein Mönch auf dem Sollonberg und ist nach der Zerstörung des dortigen Klosters wohl hierhergekommen ...“

„Hier ist keiner mit diesem Namen!“

„Aber ...“ Lindfell spürte, wie der Boden unter seinen Füßen ins Wanken geriet. Sprachlos starrte er in das hässliche Gesicht, während ihn zugleich der Mut zu verlassen drohte. Seine Miene schien den Anflug von Verzweiflung deutlich widerzuspiegeln, denn nun erschien das Gegenüber jenseits der Klappe etwas milder gestimmt zu sein.

„Wart hier, ich hol einen der Brüder, die damals hergekommen sind. Vielleicht kennt er ja den Mann.“ Unvermittelt schloss sich die Klappe, und die schlurfenden Schritte hinter der Tür entfernten sich, bis sie nicht mehr zu hören waren.

Ungeduldig wartete Lindfell, vor Bangen spürte er nicht einmal die Hitze der unbarmherzig auf ihn herabscheinenden Sonne. Wie sollte er weitermachen, wenn schon an diesem öden Ort seine Hoffnung auf Hilfe endete? Seine Suche nach Wurdbouga durfte nicht hier schon zu Ende sein. In Gedanken versunken merkte er nicht, wie sich die Klappe erneut öffnete.

„Du suchst Bruder Folkward?“ Ein junges Gesicht mit zahlreichen Sommersprossen lugte durch die kleine Öffnung. Blaue Augen musterten Lindfell neugierig. „Was willst du von ihm?“

„Du kennst ihn?“ Lindfell konnte die Aufregung in seiner Stimme kaum zügeln.

„Wenn du Pater Folkward meinst, der bis vor sieben Jahren auf dem Sollonberg dem Allmächtigen gedient hat, so kenne ich ihn wirklich“, erwiderte der Mönch, der knapp über zwanzig Jahre alt sein mochte. „Er ist allerdings damals nicht hierher nach Ramsola ins Stift des heiligen Sixtus und des heiligen Sinnitius gekommen, sondern ist ins ferne Kloster Gozeka weit im Süden gegangen.“

„Weit im Süden", wiederholte Lindfell murmelnd die letzten Worte.

„Mein Name ist Tado", fuhr der munter plaudernde Mönch unbeirrt fort, „ich war seinerzeit ein Schüler Pater Folkwards im Scriptorium auf dem Sollonberg. Nun, er ist, wie gesagt, im Kloster Gozeka, wir haben einander ein-, zweimal geschrieben. Worum geht es denn?" Tado sah Lindfell erwartungsvoll an. Es war unverkennbar, dass der junge Mönch seine Neugier kaum im Zaum zu halten vermochte.

„Tja, ich ...", begann Lindfell zögerlich und musterte das Gesicht, als ob er dessen Vertrauenswürdigkeit ausloten wolle. „Es ist eine sehr wichtige Angelegenheit."

Tado betrachtete seinerseits ebenfalls aufmerksam sein Gegenüber. Wer war dieser Fremde, der nach seinem früheren Lehrer fragte und dessen Aussprache noch dazu ungewohnt, fast altertümlich klang? Ein seltsames Gefühl stieg langsam in ihm empor, eine Vorahnung, dass dieser Tag und dieser Fremde den Lauf seines Lebens womöglich verändern würden.

„Warte einen Moment", sagte Tado rasch, schloss die Sichtklappe und hob innen einen Riegel von der Tür. Kurz darauf schwang die Pforte auf, und der Mönch trat hinaus ins gleißende Sonnenlicht. Er war fast ebenso groß wie Lindfell, doch sein Körperbau war schmal und hager im Vergleich zu dessen muskulöser Gestalt. Für einen Augenblick standen sich die beiden Männer schweigend gegenüber. Schließlich lächelte Tado und deutete mit dem Arm in Richtung des Flusses. „Lass uns ein Stück gehen, die Mauern hier haben Ohren."

Die beiden schritten nebeneinander her auf jenem Pfad, über den Lindfell gekommen war. „Eine sehr wichtige Angelegenheit also?", griff Tado den zuvor gefallenen Satz auf, während er Lindfell neugierig musterte.

„Ja, unsagbar wichtig", erwiderte der Mann aus Elbergard ernst und zögerte.

„Wie heißt du, und woher kommst du?"

„Mein Name ist Lindfell, und ich komme aus ... aus dem Westen", sagte Lindfell unbestimmt und sah den Mönch abwartend an.

„Aus dem Westen", wiederholte Tado nickend, ehe ihm ein Einfall kam. „Vielleicht aus ... aus der Tiefe?" Wachsam sah er Lindfell an. „Du hast einen für Menschen seltsamen Namen, nicht wahr?" Er berührte den Unterarm seines Gegenübers und blieb stehen. „Folkward hat mir damals von Elbergard erzählt."

„Du bist scharfsinnig, Tado", lächelte Lindfell, dessen Miene sich etwas entspannte. „Ja, ich bin aus Elbergard und ich muss in wichtigem Auftrag zu Folkward. Es geht um sehr viel, nicht nur für mein Volk, auch für die Menschen." Er sah den Mönch eindringlich an. „Kannst du mir helfen, zu ihm zu gelangen?"

Mit offen stehendem Mund starrte Tado den Mann vor sich an. Doch hinter seiner Stirn und unter der Tonsur seiner blonden Haare arbeitete es längst fieberhaft. Bei dem Gedanken an den womöglich vor ihm liegenden Aufbruch in ein neues Leben wurde es ihm warm unter seiner grauen Kutte. War dies nicht die Gelegenheit, auf die er stets gewartet hatte? Ramsola war ein trüber Ort, öde und trostlos die Gemäuer, lose und nachlässig die mönchischen Sitten. Wie wäre es da, den verehrten Lehrmeister wiederzusehen und Neues kennenzulernen? Außerdem war da tief in ihm diese Wissbegier – Durst nach Erkenntnis hatte Folkward es seinerzeit stets genannt.

„Nun, Lindfell, ich denke, wir könnten Weggefährten sein", beantwortete Tado die Frage seines Gegenübers kurz entschlossen. „Oft schon hatte ich mir gewünscht, meinen Lehrer wiederzutreffen, dies hier ist die Gelegenheit. Lass uns gemeinsam nach Gozeka wandern!"

„Wodan sei Dank!", rief Lindfell begeistert und klopfte dem Mönch mit der Rechten dankbar auf die Schulter. Seine Augen leuchteten voller Zuversicht.

„Ah, ich sehe", sagte Tado mit unsicherem Lächeln und schüttelte den Kopf, „in Elbergard herrschen noch die alten Götter." Der Mönch bekreuzigte sich rasch. „Wenn unser gemeinsamer Weg erträglich sein soll, versuche bitte, die Nennung dieser unchristlichen Namen zu vermeiden. Dies hier ist die Welt Jesu Christi, der Wodan, Donar und Fro überwunden hat. Du quälst mit ihren Namen nicht nur mein Ohr, sondern verrätst dich am Ende noch."

„Wie gesagt, du bist ein scharfsinniger Bursche", lachte Lindfell und klopfte ein weiteres Mal auf Tados Schulter. „Ich werde mich bemühen."

Der Mönch nickte nur beiläufig und war bereits wieder in Überlegungen vertieft. „Am besten, du wartest auf mich da vorn am Ufer der Sevina. Ich muss den Propst um Erlaubnis für die Reise ersuchen und auch ein paar Habseligkeiten einpacken. Es mag eine Weile dauern ..."

Die Bäume am Waldrand warfen lange Schatten über die sandige Heide. Nachdem die beiden Männer bereits den halben Tag lang unterwegs waren, kündigte sich der Anbruch der Abendstunde an. Die Augustsonne, die nicht mehr hoch über den Wipfeln stand, nahm an Leuchtkraft ab und die Schatten wurden länger. Auch Lindfell und Tado warfen lange Schatten vor sich her. Sie waren viele Wegstunden flussaufwärts Richtung Süden dem Lauf der Sevina und später der Schmalen Aue gefolgt, nun wanderten sie in östliche Richtung. Die dichten Wälder, durch die sich die beiden Flussläufe schlängelten, hatten sie hinter sich gelassen. Vor ihnen lag Heidelandschaft, so weit das Auge reichte. Auf dem sandigen, kargen Boden gedieh kaum mehr als dürres Gras, Heidekraut sowie Sträucher wie Wacholder und Ginster. Selten einmal ragte eine Sandbirke oder eine windschiefe Kiefer aus der flachen Ebene empor. Hier und da erhoben sich niedrige Anhöhen.

„Was hat der ... der Führer deines Klosters zu deinem Wunsch gesagt?", fragte Lindfell. „War es schwierig, seine Erlaubnis zu erlangen?"

„Propst heißt die Amtswürde, ich habe es dir vorhin schon gesagt. Versuch es dir einzuprägen", korrigierte ihn Tado mit einem belustigten Kopfschütteln. „Vater Liutfrid war zunächst zögerlich, er scheut jede Veränderung. Er ist ein alter Mann, der es sich gemütlich eingerichtet hat in Ramsola und der von seinen kanonischen Mitbrüdern eine ähnliche Geisteshaltung erwartet. Wichtig ist, dass Most und Wein reichlich vorhanden sind und stets ein Rehbraten oder eine Hühnerkeule auf den Tisch kommt."

„Hm, das klingt nach einem beneidenswerten Dasein."

„Wenn der Ort denn nicht gerade ein Kloster wäre", sagte Tado. „Nun jedenfalls, ehe ich beim Propst vorstellig wurde, hatte ich mir einen Köder überlegt. Und in der Tat: Er hat angebissen. Das Kloster Ramsola, musst du wissen, verfügt über allenfalls zwei Dutzend Bücher – ein Mangel, den bei aller Gemütlichkeit des Lebens auch Propst Liutfrid und die anderen Brüder als sehr bedauerlich empfinden. Nun weiß ich aus Folkwards früheren Briefen, dass seine Abtei Gozeka eine umfangreiche Bibliothek besitzt, die er selbst verwaltet und ständig erweitert. Also habe ich dem Propst vorgeschlagen, in Gozeka einige Codices auszuleihen, um diese dann in Ramsola abschreiben zu können. Das ist schließlich das, was ich einst gelernt habe auf dem Sollonberg. Das hat ihm sofort gefallen, sodass er mir die Erlaubnis zu der Reise erteilt hat."

„Ein geschickter Köder", sagte Lindfell. „Du bist klug, und ich bin umso dankbarer, dass du mir hilfst. Es wäre für mich allein wohl zu schwer, mich in eurer Welt zurechtzufinden."

„Hör auf. Ich möchte nicht, dass du deinen Dank zu jeder halben Wegstunde wiederholst. Ich tue es gern." Der Mönch blickte Lindfell vorwurfsvoll von der Seite an. Seit die beiden von Ramsola aus aufgebrochen waren, hatten sie sich über allerlei unterhalten, stets in einem Wechsel aus Frage und Antwort. So vieles wollte der Mann aus Elbergard wissen über die Welt und das Leben der Menschen, und Tado hatte ihm bereitwillig Auskunft gegeben. Er hatte dabei mehr gesprochen als in einer ganzen Woche eintönigen Klosterdaseins, und so erschien es ihm fast wie eine Rückkehr ins Leben. Immer wieder bedankte sich Tado in stummem Gebet beim Allmächtigen für die Gnade dieser von Gott herbeigeführten Begegnung. Der Mönch spürte, wie eine aufwühlende Kraft sich tief in seinem Innern Bahn brach. Wissbegier und Tatendrang waren erwacht.

„Außerdem habe ich selbst meinen Vorteil dabei", fügte Tado hinzu, „Ramsola hat mir letzthin immer weniger gefallen. Wie gesagt, die Kanoniker dort führen ein allzu sattes Leben. Da sie Besitz haben dürfen, sind sowohl die läuternde, harte Arbeit als auch die von Jesus vorgelebte Armut und die Seelsorge Bedürftiger leere Worte für sie. Was aus der Regel des heiligen Benedikt dort geachtet wird, sind die Gebete zum Herrn, die Feier der heiligen Messe und die Einhaltung der Keuschheit. Sieben Jahre habe ich das nun erlebt, und ich muss sagen, es entspricht nicht meinem Geist. Besitz und Eigentum sind wahrem Mönchtum abträglich, das ist mein Eindruck."

„Das klingt verbittert."

„Ramsola wurde einst vom heiligen Ansgar gegründet, einem Vorbild gottgerechten Lebens. Doch nach mehr als zweihundert Jahren ist von seinem Geist nicht mehr viel geblieben, das ist traurig. Insofern möchte ich gern anderes kennenlernen, vielleicht ein Kloster der Reform, in dem wieder die alte, reine Lehre gelebt wird. Vielleicht herrscht ja in Gozeka solcher Geist?" Er nickte unmerklich zu den eigenen Worten. „Zudem freue ich mich sehr darauf, meinen verehrten Lehrer wiederzusehen. Pater Folkward ist wahrlich ein guter Mönch."

Die beiden Männer schwiegen eine Weile und hingen ihren eigenen Gedanken nach. Ein Stück voraus kam eine Erhebung in Sicht, eine baumlose Anhöhe.

„Nun erzähl mir aber noch etwas mehr über dich, meine Neugier ist nicht minder groß als deine", lächelte der Mönch. „Beispielsweise dein seltsamer Name."

„Ich habe doch bereits mein halbes Leben vor dir ausgebreitet", lachte der junge Mann aus Elbergard. In der Tat hatte er dem Mönch ausgiebig über Elbergard berichtet, über seine Herkunft, das triste Leben als allenfalls mäßig begabter Schmied und derlei mehr. „Aber sei's drum. Mein Name bedeutet ‚weiche Haut'. Wie du weißt, war mein Vater Langbin ein Wechselbalg. Als mich meine Mutter, eine Schwarzalbin, zur Welt brachte, war sie sehr überrascht, dass ich nicht die runzlige Haut der Alben, sondern die meines Vaters hatte, da hat sie mich Lindfell genannt."

„Verständlich." Der Mönch lächelte. „Und ... bist du deinerseits denn auch schon ein Vater?"

„Oh nein", erwiderte Lindfell. „Diese ganze Frage ist auch recht heikel ..." Er lachte und schüttelte den Kopf. „Ohne meiner geliebten Mutter zu nahe treten zu wollen – obwohl ich unter den Schwarzalben groß geworden bin, habe ich schon in der Jugend erkannt, dass es größere Schönheit gibt als die albischer Frauen. Da ich meine ganz nach dem Vater kommenden Schwestern zu Größe und Anmut heranwachsen sah und zudem mein eigenes Anderssein unter den Alben immer deutlicher wurde, wollte sich mein Interesse an Zwergenfrauen nicht so recht entfalten. Auch das ist im Übrigen einer der Gründe, warum ich den Auftrag meines Königs so bereitwillig angenommen habe."

„Ach ja, dein Auftrag", sagte Tado bedeutungsvoll. „Du hast mir vieles erzählt, aber noch nicht, was denn der Grund deiner langen und offenbar gefahrvollen Reise ist. Oder ist das ein Geheimnis?"

„Verzeih mir, Tado, aber ich kann es dir nicht sagen." Lindfell legte die Hand auf den Unterarm des Mönchs. „Noch nicht. Ja, es ist ein Geheimnis, und ich kann es noch nicht offenbaren. Das Wissen darum ist gefährlich."

„Nun gut", sagte Tado und bemühte sich, die Enttäuschung zu verbergen, was ihm angesichts seiner Neugier nicht leichtfiel. Plötzlich hob er den Arm in Richtung der Anhöhe und beschleunigte seine Schritte. „Lass uns einmal auf den Hügel steigen. Man dürfte eine gute Sicht von da oben haben."

Sie wanderten den Hang hinauf und erreichten rasch die Kuppe des Hügels, auf der außer Steinen und Wacholderbüschen nicht viel zu entdecken war. Dafür öffnete sich vor ihnen ein weiter Blick über die Heidelandschaft, die sich in östlicher Richtung vor ihnen bis zu einer Reihe niedriger Erhebungen am Horizont erstreckte.

„Jenseits der Hügel dort liegt unser erstes Ziel, das Kloster der Jungfrau Maria und Johannes des Täufers in Ullishusen", erklärte Tado. „Da ich vor einiger Zeit schon einmal das Kanonissenstift besucht habe, kennt man mich und lässt uns bestimmt dort die Nacht verbringen. Von da geht es dann über die Luneburger Heerstraße in einigen Tagesmärschen weiter Richtung Süden bis ins Tal der Sala, ein langer Weg."

Runen und Albenzauber

Die finstere Gestalt, die keine dreißig Schritte voraus zwischen den Tannen am Wegesrand stand, konnte kein Mensch sein. Das ließ sich trotz der Abenddämmerung und dem Zwielicht deutlich erkennen. Die Statur des Wesens war die eines riesigen Hundes oder gar eines Wolfes, der sich, auf den Hinterläufen stehend, zu voller, mannshoher Größe aufgerichtet hatte und in dieser seltsamen Haltung reglos ausharrte. Es war unverkennbar, dass das Tier lauerte, seine ganze Erscheinung verriet den geduldig wartenden Jäger. Die Sinne geschärft und wachsam, die Muskeln zum Sprung bereit.

Erst im letzten Moment war Gerald das unheimliche Wesen im Gehölz aufgefallen. Erschrocken hatte er innegehalten. Er nahm die Zügel des Pferdes, das hinter ihm hertrottete, ganz eng und brachte das Tier abrupt zum Stehen. Ängstlich spähte der Mann über den vor ihm liegenden Weg, um das Wesen besser ausmachen zu können. Doch das aufrecht stehende Tier war teilweise von Baumstämmen und Gebüsch verdeckt, sodass kaum mehr als seine Umrisse zu erkennen waren.

Das Halbdunkel musternd, vermeinte Gerald zu erkennen, dass schwarzes Fell in langen Zotteln und Fransen von dem muskulösen Körper herabhing. Schlagartig wurde ihm bewusst, dass er die Bestie der Ovacra vor sich hatte. Erst am Vorabend noch hatte er das Gesinde des Gutshofs Loctuna, der seinem Herrn Friedrich von Gozeka gehörte, zufällig von dem Ungeheuer reden hören. Angeblich lauerte der Riesenhund allerorts am Ufer der Ovacra einsamen Wanderern auf, sprang sie aus dem Hinterhalt an und hockte sich auf ihren Rücken. Festgekrallt ins Fleisch der Wehrlosen ließ er sich von ihnen tragen, bis sie tot unter ihm zusammenbrachen. Seit Jahrhunderten bereits ging das Untier hier um, es hatte schon vielen Menschen den Tod gebracht.

Während Gerald die geflüsterten Schilderungen über den Aufhocker, wie er auch genannt wurde, durch den Kopf gingen, wandte die Bestie ihm den Kopf zu. Erschrocken starrte der Camerarius auf das schwarze Haupt des Tieres. Er erkannte den hellen Schimmer großer Reißzähne in der halb geöffneten Schnauze und das lauernde Flackern bernsteinfarbener Augen. Rasch trat er neben sein Pferd und schwang sich auf dessen Rücken. Die Zügel fest in der Hand, ließ er das Pferd weiterhin still stehen, während er kurz auf das Schwert an seiner Seite blickte und dann voller Angst wieder hinüber zu dem entsetzlichen Wesen.

Das seltsame Untier hatte ihn keinen Moment unbeobachtet gelassen, es starrte immer noch aus seinen braungelben Augen zu ihm herüber. Dann trat es fast unmerklich einen Schritt zurück ins dichte Gehölz und war verschwunden. Nichts war mehr von ihm zu sehen, kein Geräusch war zu hören außer dem Rauschen der nahen Ovacra.

„Dem Allmächtigen sei Dank“, sandte der Camerarius ein stummes Gebet gen Himmel. Gleichwohl ließ er sein Pferd weiterhin auf der Stelle ausharren und blickte sich misstrauisch in alle Richtungen um, als fürchte er, den Aufhocker jeden Moment doch wieder an anderer Stelle aus dem dichten Wald hervortreten zu sehen. Hatte er am Vorabend die Erzählungen der einfachen Leute über das seltsame Untier noch als Mär abtun wollen, so war er nun dankbar, sie gehört zu haben. So war er gewarnt gewesen und zugleich in der Lage, das Einzige zu tun, was die Bestie das Interesse an einem auserkorenen Opfer verlieren ließ. Lediglich auf dem Rücken eines Pferdes, hatte man berichtet, war ein einsamer Reisender sicher vor dem rätselhaften Riesenhund.

Nach einer Weile hatte Gerald den Schrecken überwunden und stieg mit einem letzten Blick in die Runde des Waldes wieder herab von seinem Pferd. Mit hochgezogenen Augenbrauen schüttelte er den Kopf, ehe er sich, das Tier am Zügel hinter sich her führend, langsam wieder in Gang setzte. Hatte er das soeben wirklich erlebt? Sein nüchterner Verstand schien nicht willens, das Geschehen im Nachhinein als Begegnung zu akzeptieren. Hatte er sich womöglich die merkwürdige Erscheinung nur eingebildet? Vielleicht war das alles nicht mehr gewesen als ein Augentrug, bei dem sein Geist aus den Formen und Schatten von Geäst und Gesträuch ein Wesen schuf, von dem er am Vorabend schaurige Geschichten gehört hatte. Wahrscheinlich also wohl eine Sinnestäuschung ...

Als Verstandesmensch, dessen klares, kühles Denken seit jeher der feste Anker seines Lebens war, wollte Gerald es bei dieser Deutung bewenden lassen. Es galt, sich wieder ganz und gar seinem Auftrag zu widmen, der ihm schon genug des Übernatürlichen abverlangte und seinen Geist auf eine schwere Probe stellte. Mit dem vermeintlich zauberkräftigen Kleinod seines Herrn war er auf dem Weg zu einer fragwürdigen Wickerin. Da war kein Raum, das Gemüt auch noch mit Grübeleien über reale oder eingebildete Erscheinungen zu beschweren.

Am Nachmittag war Gerald vom Landgut Loctuna aus aufgebrochen und dem schmalen Weg entlang der Ovacra in die Wälder des Harzes hinein gefolgt. Sein Ziel war das abgelegene Haus der Wickerin Erdmute, einer weisen, allerorts bekannten Kräuterfrau, die nicht nur über Heilwissen, sondern auch über wahrsagende und übersinnliche Kräfte verfügen sollte. Viele Menschen des Umlands gingen zu ihr und nahmen ihre Dienste in Anspruch. Vom Hofverwalter zu Loctuna hatte er erfahren, dass sie etwa drei Wegstunden vom Gut entfernt lebte. Das Häuslein stehe am Fuß einer aufragenden Felswand, der sogenannten Rabenklippe, ein Stück abseits des Weges, welcher flussaufwärts bis zu einer kleinen Bergmannssiedlung führte.

Aufmerksam blickte Gerald sich um, während er das Pferd langsam hinter sich herführte. Tannen ragten in den Abendhimmel empor und gaben nur hier und da den Blick frei auf die steilen Berghänge, die das enge Tal begrenzten. An mehreren schroffen Felswänden links und rechts des Weges war er bereits vorübergezogen, doch von einer Hütte fehlte bislang jede Spur. Allzu weit konnte es nicht mehr sein. Gerald spähte forschend durch die einfallende Dämmerung. Hätte er mit der Suche doch nur bis zum nächsten Morgen warten können – aber nein, sein Herr hatte ihn noch heute losschicken müssen. Und das, wo sie beide erst am Vormittag in Loctuna angekommen waren nach dem zweitägigen Ritt von Gozeka aus. Von dem endlosen Auf und Ab zu Pferde spürte Gerald alle Knochen in seinem Leib. Aber da gab es keine Schonung: Hatte der Pfalzgraf sich etwas in den Kopf gesetzt, musste es genau so und umgehend getan werden. Als langjähriger Weggefährte wusste der Camerarius das nur allzu gut.

Immerhin schonte sein Herr sich selbst ebenso wenig. So hatte der Pfalzgraf, kaum in Loctuna angekommen, sich umgehend mit Waffen und Rüstzeug versehen und war noch am Nachmittag ausgeritten, um seither auf seinen gesamten Ländereien im Vorland des Harzes eigene Truppen zusammenzuziehen. Unter den Führern des sächsischen Widerstands war verabredet worden, dass bei Unnachgiebigkeit des Königs dessen Burgen belagert werden sollten. Und hierbei fiel Friedrich von Gozeka die Aufgabe zu, mit den eigenen und den Heerhaufen anderer sächsischer Adeliger die Heimenburg zu belagern, einen Tagesmarsch südöstlich von Goslar gelegen. Sie war eine jener Festungen Heinrichs IV., deren Abbau die Sachsen mit allem Nachdruck forderten. Da die Verhandlungen am Fuß der Hartesburg weiterhin ohne Ergebnis blieben, bereitete sich der sächsische Adel darauf vor, zu kriegerischen Mitteln zu greifen. Durch Boten wurde das gemeinsame Vorgehen abgestimmt, Truppen wurden allerorts gesammelt und in die Nähe der Königsburgen geführt. Bei einem endgültigen Scheitern der Gespräche würden so die Belagerungen umgehend beginnen können.

So gefährlich die politische Lage auch sein mochte, ihr galten Geralds Gedanken nicht, während er durch den Wald wanderte. Hätte seine Herrin Hedwig nur diesen Reif nicht aus der Vergessenheit jener Truhe emporgeholt, dachte er vielmehr unwillig und berührte mit der Hand den seidenen Beutel an seinem Gürtel. Seit dem Gespräch mit dem Pfalzgrafen dachte Gerald immer wieder darüber nach. Das Ding hatte seinen Herrn auf unselige Weise in seinen Bann gezogen und machtvolle Träume in ihm geweckt. Manche seiner Andeutungen hatten den Camerarius erschreckt. Wohin sollte all das führen? Womöglich brachte der Reif am Ende nicht den von seinem Herrn erhofften Vorteil, sondern großes Unheil? Gerald zweifelte an dem Unterfangen, das ihn hierhergeführt hatte. Vielleicht wäre es das Beste, wenn die Wickerin gar keine Zauberkraft in dem Reif fände, überlegte er. Alles bliebe beim Alten. Wäre es nicht ohnehin besser, allein mit der Kraft des Verstands oder mit dem Schwert um Macht zu ringen als mit übernatürlicher Hilfe?

In Gedanken versunken bemerkte der Camerarius nicht, dass er zur Rechten ein hohes Felsgebilde passierte, das über dem Abhang thronte. Als wären mächtige Steinbrocken von Riesenhand übereinandergeschichtet worden, ragte der Fels wie ein Turm weit über die Tannen hinaus. Doch den Blick zu Boden gesenkt, schritt Gerald achtlos vorüber. Erst ein jähes, lautes Krächzen, das hoch über ihm erklang, riss ihn aus seinen Überlegungen und ließ ihn innehalten. Er legte den Kopf in den Nacken und blickte durch die Baumwipfel suchend hinauf in den dunkelblauen Abendhimmel. Ein Rabe zog über dem Felsenturm langsam seine Bahn, zweifellos war er durch Ross und Reiter aufgeschreckt worden. Noch einmal stieß der Vogel einen rauen Schrei aus, der die Stille des Waldes durchbrach. Schließlich ließ er sich auf dem obersten Stein nieder und starrte auf die Störenfriede herunter.

Die Rabenklippe, schoss es Gerald durch den Kopf. Ja, so hatte der Verwalter es ihm beschrieben – das musste der Ort sein. Im selben Moment fiel ihm ein würziger, rauchiger Geruch auf, der die sommerlich warme Luft durchdrang. Ermutigt setzte er sich wieder in Bewegung und spähte neugierig durch das Unterholz vor ihm. Mit jedem Schritt wurde der Geruch stärker, Glut und Asche waren nicht mehr fern. Bald konnte Gerald die zarten, graublauen Schleier des Rauches vor sich ausmachen. Und mit einem Mal erkannte er die Quelle der feinen Schwaden: Keine zwanzig Schritte rechts des Weges lag eine kleine Lichtung am Fuß der Felswand. Dort stand eine Holzhütte, und davor war eine runde Grube in der Erde, aus der der Rauch langsam emporstieg.

Der Camerarius verließ den Weg und führte sein Pferd zwischen den Bäumen hindurch auf die Lichtung. An der Wurzel einer umgestürzten Birke, deren Stamm halb vermodert und mit Moos überzogen war, machte er die Zügel des Tieres fest und sah sich um. Im Unterschied zum Halbdunkel des Waldes lag die gerodete Fläche noch im letzten blassen Licht des scheidenden Tages. Am anderen Ende der Lichtung stand die niedrige Hütte, auf deren mit Erdreich bedecktem Bretterdach Gräser, Farne und Moos wucherten. Die fensterlose Behausung war aus dicken Stämmen errichtet und hatte an der Seite eine Tür, die weit offen stand. Von der Wickerin war nichts zu sehen und zu hören. Wie der Verwalter von Loctuna ihm gesagt hatte, mussten Erdmutes Besucher Geduld mitbringen, da die Kräuterfrau oftmals stundenlang auf der Suche nach bestimmten Pflanzen durch die Wälder streifte.

Nach wenigen Schritten stand Gerald am Rand der Grube. In der Mitte war nach Art der Köhler ein niedriger Erdkegel aufgeschichtet. Aus einem kleinen Schlot inmitten des Haufens stieg der blaugraue Rauch empor. Den Kopf vorgereckt, sog der Camerarius Luft ein und versuchte, den Geruch zu bestimmen.

„Habichtskraut, Königskerzen, Bienenharz und Wacholderbeeren sind es", sagte mit einem Mal eine weibliche Stimme hinter ihm. Ihr angenehmer, freundlicher Klang verhinderte, dass Gerald erschrak, vielmehr fühlte er sich von einer wundersamen Sanftheit umfangen. „Spürst du die milde Wirkung des Rauches? Er entspannt den Leib und schenkt Seelenfrieden und gute Träume."

Langsam wandte sich der Camerarius um und blickte zu der Wickerin hinüber, die vor ihrer Hütte stand und ein prall gefülltes Tragetuch von der Schulter zu Boden sinken ließ. Jede Menge Kräuter, Blüten, Beeren und Pilze hatte sie darin gesammelt. Die hoch gewachsene Frau, die an die sechzig Jahre alt sein mochte, trug ein bodenlanges braunes Kleid, das hier und da notdürftig geflickt war. Ihre nackten Füße kamen zum Vorschein.

„Ja, ein angenehmer Geruch", sagte Gerald und machte einige Schritte in Richtung der Wickerin, die die Pflanzen auf dem Tuch gleichmäßig verteilt hatte und sich ihm nun zuwandte. „Du bist also Erdmute", sagte er und lächelte überrascht, als er in das gebräunte Gesicht der Frau blickte. Keinesfalls hatte er mit einer so ansprechenden Erscheinung gerechnet. Anstelle eines hutzligen Holzweibs stand vor ihm eine schöne, ältere Frau mit muskulöser Statur, die ihn um einen halben Kopf überragte. Ihr wallendes hellbraunes Haar, hier und da von silbernen Fäden durchzogen, hatte sie hochgesteckt, doch einige Strähnen hingen ihr ins Gesicht und in den Nacken. Um Augen und Mund verrieten die Falten ihr wahres Alter.

„So ist es, Fremder." Die Wickerin musterte den Ankömmling von Kopf bis Fuß. Mit wachen Augen starrte sie ihn ganz offen an und schien neugierig in seiner Miene zu lesen. „Du benötigst meine Dienste?"

„Ja, Erdmute", antwortete Gerald, der sich unter ihrem Blick zusehends unwohl fühlte und sich verlegen über den Flaum am Kinn strich.

In seiner hellblauen Tunika und Hose fühlte er sich fehl am Platz angesichts der Einfachheit und Erdverbundenheit der Wickerin. „Ich komme im Auftrag meines Herrn Friedrich von Gozeka, des sächsischen Pfalzgrafen. Er hat mir ein Ding anvertraut, über das er von dir gern das eine oder andere erfahren möchte. Du sollst auch bestens entlohnt werden", erklärte er steif und nickte bestätigend zu seinen Worten.

„Wie ist dein Name?" Die Frau starrte ihn weiterhin unverwandt an, als habe sie nicht gehört, was er gesagt hatte.

„Gerald", antwortete er verunsichert.

„Nun, Gerald, in deiner Seele kann ich sehen, dass du dem Geheiß deines Herrn zögerlich gegenüberstehst. Du bist unschlüssig, ob es zum Guten gereicht oder zum Schlechten, ist es nicht so?" Die Wickerin sah den Camerarius mit einem Lächeln an und legte plötzlich ihre rechte Hand sanft auf seine Brust. Ihn weiterhin musternd, schien sie den Schlag seines Herzens auszuloten.

„Wie dem auch sei – es geht ja nicht um mich", antwortete Gerald zögerlich und lächelte entschuldigend. Entgegen seinem anfänglichen Impuls wich er nicht zurück, denn er spürte ein tiefes Wohlgefühl, das von ihrer Hand ausging und ihn durchströmte.

„Du bist wohl ein guter Mensch, Gerald", sagte die Wickerin schließlich, als wäre sie zu einem Urteil gelangt. Sie zog die Hand zurück und strich sich eine Strähne aus der Stirn. „Doch, es geht um dich! Wer zu mir kommt, muss eine gute Seele haben, sonst wird er meine Hilfe nicht erlangen. Ich stelle meine Dienste keinem Schurken zur Verfügung. Sieh mir also die Prüfung nach." Sie lächelte dem Camerarius aufmunternd zu. „Und nun zeig mir das Ding!"

Gerald öffnete den Seidenbeutel und zog behutsam den Reif hervor. Zugleich fragte er sich insgeheim, ob sein Herr die Seelenprüfung der Wickerin wohl ebenfalls bestanden hätte. War Friedrich von Gozeka ein guter Mensch? Rasch schob er den Gedanken beiseite und zeigte Erdmute den Schicksalsreif. „Dieses Stück ist, wie gesagt, im Besitz meines Herrn. Es trägt den Namen Wurdbouga und ist einstmals wohl von Schwarzalben geschaffen worden." Er zögerte einen Moment. „Nun, der Pfalzgraf hat Gerüchte gehört und hegt nun die für ihn große Hoffnung, dass Wurdbouga über … nun, über zaubermächtige Kräfte verfügt. Mein

Auftrag ist es, darüber Gewissheit zu erlangen und bestenfalls auch gar den Schlüssel zu erfahren, mit dem man über den Zauber gebieten kann."

Die Wickerin nahm ihm den Reif aus der Hand und betrachtete ihn aufmerksam. Mit gerunzelter Stirn drehte sie ihn in alle Richtungen und beugte sich tiefer hinab, um die feinen Goldfäden und die Plättchen genauer in Augenschein nehmen zu können. „Ohne helles Licht wird es nicht gehen. Ich hole rasch eine Öllampe." Sie gab ihm den Reif zurück und wandte sich der Hütte zu. Als sie die Lichtung überquerte und er ihr nachsah, bemerkte Gerald, dass es dunkler geworden war. Die blaue Stunde brach an.

Nach kurzer Zeit trat Erdmute wieder aus der Hütte und hielt schützend eine Hand vor die gelbe Flamme einer Öllampe. „Komm zu mir", sagte sie zu Gerald und setzte sich auf den Birkenstamm, an dem auch das Pferd angebunden war. Der Camerarius nahm neben ihr Platz und händigte ihr erneut den Reif aus.

Eine ganze Weile lang schwieg Erdmute, während sie Wurdbouga im Schein der Lampe genauestens untersuchte. Nachdem sie sich die Plättchen angesehen hatte, musterte sie mit zusammengekniffenen Augen die feinen Runen auf den beiden goldenen Querstäben des Verschlusses. „Es ist ein sehr altes, fremdartiges Futhark aus längst vergangenen Zeiten, als Wodan und Donar noch unser aller Herren waren", murmelte die Wickerin. „Ich kann nur einige der Runen deuten, ihr Sinn will sich mir aber kaum erschließen. Zu Beginn heißt es: ‚Lutarich zu Elbergard hat mich geschmiedet.' Dann aber wird es für mich verworren. Da ist die Rede von den Nornen, den drei ehernen Schicksalsfrauen, die jedem Sterblichen sein Schicksal, seine Wurd also, aus einem seidenen Faden spinnen." Erneut versank sie in Schweigen und hob den Reif dichter vor ihr Gesicht. Nachdem sie, allerlei Unverständliches murmelnd, über den Runen gegrübelt hatte, ließ sie das Stück plötzlich mit einem erschrockenen Laut in den Schoß sinken.

„Dein Herr hat recht: Es steckt ein mächtiger Zauber in dem Ding! Eben jenes Schicksal schaffende Gespinst der Nornen ist, fein mit Gold überzogen, hier eingeflochten und verschafft dem, der das Geheimnis kennt, unschätzbare Macht über die Menschen. Wenn ich es recht deute, vermag ein so Kundiger jedes Wesen nach seinem Willen zu lenken und zu beherrschen." Das Gesicht der Wickerin war jetzt nicht nur ernst, sondern zeigte große Besorgnis. „Fast bin ich erleichtert, dass ich den Schlüssel dieses Zaubers nicht aus den Runen lesen kann."

„Menschen lenken ...", murmelte der Camerarius ungläubig und blickte zögernd auf den Reif, den Erdmute ihm mit abschätziger Miene zurückgab.

„Es ist ein ungeheuerliches Ding. Die Alben haben es für die Götter geschaffen, ganz gewiss nicht für die Menschen", erklärte Erdmute in mahnendem Ton. Inzwischen hatte sich Dunkelheit über die Lichtung gesenkt, und nur die Öllampe in der Hand der Wickerin sorgte noch für spärliches Licht. Geheimnisvoll überzog der rötliche Schimmer Erdmutes Gesicht und ließ sie wie ein geisterhaftes Orakel wirken. „Dein Herr sollte sich wahrlich vorsehen ..."

Gerald nickte zu der düsteren Mahnung, war aber darauf bedacht, sich noch einmal zu vergewissern: „Du sagst also, es steckt tatsächlich Zaubermacht in Wurdbouga, doch du kannst nicht sagen, wie man sie anwendet?"

„So ist es", antwortete Erdmute, „dies Ding übersteigt mein Wissen. Es gibt ..." Sie zögerte einen Augenblick und erhob sich. „Es gibt nur eine, die so ein Geheimnis zu lüften vermag: die Unholdin Watelinde. Sie kennt alle Runen, jedes Futhark dieser Welt. Und kann sie etwas doch nicht deuten, so befragt sie die Geister. Unter Opfern und geheimen Riten sucht sie dann deren Antwort zu erlangen."

„Watelinde? Ich habe den Namen nie zuvor gehört. Wo ist sie zu finden?"

„Sie haust in einer Höhle irgendwo in den felsigen Schluchten der Boda", sagte Erdmute. „So genau weiß es niemand." Sie trat vor den Camerarius und leuchtete ihm mit der Lampe ins Gesicht. „Du willst zu ihr? So hüte dich, denn sie ist keine Wickerin, sondern eine gefährliche Unholdin, verschlagen und heimtückisch. Sie gibt vor, eine Kräuterfrau zu sein, doch sie will nicht helfen wie unsereins, sondern ist nur auf ihren eignen Vorteil aus." Mahnend hob sie die Hand und blickte Gerald eindringlich an.

„Und doch werde ich sie wohl finden müssen. Mein Herr verlangt es."

„Nun, dann rüste dich mit kühlem Herz und wachem Verstand", sagte Erdmute. „So wie du heute dem Aufhocker die Stirn geboten hast, musst du es bei Watelinde auch halten, verstehst du? Auf keinen Fall blenden lassen."

„Woher ...?", begann Gerald erschrocken, ließ die Frage jedoch unvollendet. Ein Schaudern kroch langsam sein Rückgrat empor, als er in das beschienene Gesicht der Frau blickte. Mit einem Mal war sie ihm unheimlich, und er erschrak angesichts ihrer zweifellos übersinnlichen Fähigkeiten.

„Wenn ich dir schon Angst einflöße", lachte sie grimmig, „so warte erst einmal ab, was dich im Tal der Boda erwartet. Und bereite deinen Verstand gut darauf vor, damit du ihn dort nicht gar verlierst."

Mit offenem Mund starrte der Camerarius sie an, zu keiner Entgegnung fähig. Die Frau vor ihm war jetzt eine andere. Und erneut, wie zuvor bei der Begegnung mit dem Aufhocker, fühlte er die Grundfesten seines Denkens ins Wanken geraten. Die Wirklichkeit schien zu zerfließen.

„Sei vorsichtig, wenn du zu ihr gehst", riet Erdmute. „So wie ich, kann und wird Watelinde in deiner Seele lesen, um dein Wesen auszuloten. Wenn sie dich dann mit geheimem Wissen überrascht, so wie ich es gerade getan habe, lass dir nichts anmerken. Zeige keine Angst! Du bist ein Verstandesmensch, doch du musst lernen, dass es wesentlich mehr gibt als nur die sichtbare Wirklichkeit."

Gerald nickte stumm und verstaute Wurdbouga wieder in dem seidenen Beutel an seinem Gürtel. Erneut schoss es ihm durch den Kopf: Hätte die Herrin das Ding doch nur nicht entdeckt ...

„Und misstraue der Unholdin allzeit! Wenn sie Wurdbougas Zauber erst einmal begriffen hat, wird sie das Ding selbst behalten und nutzen wollen. Also nimm den Reif auf gar keinen Fall mit zu ihr! Hörst du?" Erdmute war dicht vor den inzwischen aufgestandenen Camerarius getreten und sah ihn eindringlich an. „Es reicht vollkommen aus, die Runen gewissenhaft auf Pergament nachzumalen und ihr dies zu zeigen. Den Reif aber darfst du nicht einmal in ihre Nähe bringen, sonst kommt ein Unheil über die Welt."

„Ich danke dir für deinen Rat, Wickerin." Gerald neigte den Kopf. Aus einem ledernen Säckchen nahm er eine Handvoll Silberdenare und drückte sie der Frau in die Hand. „Und ganz gewiss werde ich genau befolgen, was du gesagt hast."

„Ich wünsche dir viel Glück, Gerald", sagte sie. „Mögen deine Sinne dich nicht verlassen im Tal der Boda!" Sie hob den Blick und sah über die Lichtung. Es war dunkle Nacht. „Willst du zu so später Stunde noch den Heimweg antreten? Ich könnte dir ein Nachtlager in der Hütte anbieten." Sie hob die Hand, in der sie die Öllampe hielt, und wies hinüber zu dem Gebäude, das nur mehr ein schwarzer Umriss war.

„Ich danke dir, doch ich muss aufbrechen", beeilte sich Gerald zu antworten. „Mein Herr erwartet ungeduldig meinen Bericht." Er ging hinüber zu seinem Pferd und löste die Zügel von der Wurzel.

„Du sagst nicht die Wahrheit, doch sei's drum", lächelte die Wickerin. „Du hast noch Angst und misstraust mir im tiefsten Innern, hab ich recht? Das schadet nicht, im Gegenteil: Bewahre dir deine Angst und dein Misstrauen für Watelinde!"

Die Flucht des Königs

Die Luft in dem schmalen Stollen war stickig und mit dem beißenden Qualm der Fackeln erfüllt. Den wartenden Männern fiel das Atmen zusehends schwer, und das eine oder andere Auge tränte. Der Gang, der im Burgbrunnen seinen Anfang hatte, war einen Klafter hoch und anderthalb Ellen breit aus dem Fels unter der Hartesburg geschlagen. Mit diesen Maßen passte genau ein Mann mittlerer Größe hindurch, ohne dass er sich am scharfen Gestein stieß. Der Boden des Gangs bestand aus breiten Steinplatten, die über einer Rinne lagen, in der Wasser aus einer nahen Quelle verborgen zur Burg herangeführt wurde. So war leise ein stetes Gluckern zu hören und dort, wo das Rinnsal sich in den tiefen Schacht ergoss, ein hohles Plätschern.

Die elf Männer standen in einer langen Reihe hintereinander und blickten zum Stolleneinstieg im Brunnenschacht. Einer nach dem anderen waren sie am Seil in den Brunnen hinuntergelassen worden und dann seitlich in den geheimen Gang getreten. Dort warteten sie ungeduldig auf den letzten Mann, der ihre Gruppe vervollständigen sollte.

„Er kommt“, murmelte Armin. Der Jäger stand unmittelbar am Stolleneingang und spähte, leicht nach vorn gebeugt, zum Brunnenrand hinauf. Da tiefste Nacht war, vermochte er die runde Öffnung über ihm nur mit Mühe auszumachen. Sie unterschied sich von der Finsternis in der Tiefe allenfalls durch eine etwas hellere Schattierung von Schwarz. Gleichwohl ließen sich droben schemenhafte Bewegungen erkennen. Zugleich rieselten kleine Steinchen durch den Brunnenschacht herab und fielen plätschernd ins Wasser, dessen Spiegel mehr als zehn Klafter unterhalb des Stolleneingangs in der Finsternis lag.

„Leuchte ein wenig in den Schacht, damit ich dem Herzog helfen kann", forderte Armin den Soldaten hinter sich auf, der die Fackel ein Stück nach vorn hielt. Nun wurde der runde Boden eines Holzeimers sichtbar, der an einem Seil langsam in die Tiefe sank. Dunkel war eine Gestalt zu erkennen, die mit einem Fuß im Eimer, mit dem anderen auf dessen Rand stand und sich krampfhaft mit beiden Händen am Seil festhielt.

„Herzog Berthold, gleich habt Ihr es geschafft", sagte der Jäger aufmunternd zu dem alten Mann, der sich langsam der Höhe des Stollens näherte. Deutlich zeichneten sich sein langer weißer Bart und die weißen Haare im Zwielicht ab.

„Halt, es reicht", rief der alte Fürst in die Dunkelheit hinauf, wo ein paar Männer das Seil über einem Querbalken langsam herunterließen.

„Gebt mir Eure Hand, ich ziehe Euch herüber", sagte Armin, als der Eimer mit einem Ruck vor ihm zum Halten kam. Der alte Herzog streckte den Arm aus, schien jedoch ängstlich, sich nur noch mit einer Hand am Seil festhalten zu können. Doch der Jäger, ein kraftvoller Mann, ergriff rasch seine Hand und zog ihn behutsam zum Stolleneingang herüber.

„Hab Dank." Der Fürst trat mit einem großen Schritt in den Stollen.

„Nun, dann wären wir also alle beisammen", sagte König Heinrich, der in der Mitte der Gruppe stand, und nickte Bischof Benno von Osnabrück zu. Der Prälat befand sich ganz vorne im Stollen an der Spitze der Gruppe und blickte, eine Fackel in der Hand, an den Männern vorbei zu dem jungen Herrscher. Wenige Schritte vor ihm machte der Gang eine scharfe Wendung nach rechts.

„Ehrwürdiger Benno, du hast diesen Tunnel vor fünf Jahren beim Bau der Burg geschaffen, als hättest du seinerzeit bereits geahnt, wie sehr wir solch einen Gang später einmal brauchen würden. Der König auf der Flucht ...", sagte Heinrich mit einem bitteren Lachen. „Nun, so haben sich die damaligen Mühen und Arbeiten im tiefen Fels immerhin gelohnt ..."

„Damals galt unser Augenmerk besonders der Wasserversorgung", erwiderte der Bischof sachlich und blickte hinunter auf die zugedeckte Rinne. „Der gleichzeitige Bau des Geheimgangs war eher ein günstiges Zubrot, das sich geradezu anbot."

„Bescheiden wie eh und je", lächelte Bischof Eberhard von Zeitz, der neben seinem Amtskollegen stand. „Nimm das Lob nur an, es ist dir hier ein gutes Werk gelungen."

„So ist es", stimmte Heinrich zu, dessen ungeduldige Miene jedoch verriet, dass es ihn zum Aufbruch drängte. Rasch blickte er in beide Richtungen von einem zum anderen Mann, als ob er sich ihrer Bereitschaft und Entschlossenheit vergewissern wollte. Neben den beiden Bischöfen, die die engsten Vertrauten des Königs waren, und dem Herzog bestand die Gruppe aus dem Jäger Armin, drei hohen Beamten aus dem Hofgefolge sowie vier Soldaten.

Schließlich wandte sich der König erneut an Benno: „Brechen wir also auf!" Ein Mann nach dem anderen folgte ihm. Es dauerte eine ganze Weile, ehe auch Armin, der Letzte der Gruppe, losgehen konnte.

Mit eingezogenen Köpfen, den Blick zu Boden gerichtet, wanderten die Männer langsam durch den Felstunnel. Das leise Gluckern des Wassers unter ihren Füßen wurde durch ihre Schritte und durch das Wehen der Fackeln übertönt. Jeder hielt Abstand zum Vordermann, zumal einige der Männer mit geschnürten Bündeln und Säcken auf Rücken oder Schultern schwer beladen waren. So oblag es den drei Beamten, die Reichsinsignien und weitere kostbare Schätze aus dem Besitz des Königs zu tragen, während die Soldaten einiges an Proviant und Ausrüstung für den langen Weg zu schleppen hatten.

Nach nur etwa fünfzig Schritten gelangte die Gruppe an eine Weggabelung im Stollen, die mit einem Wechsel der Bodenbeschaffenheit einherging; der Fels wurde abgelöst von dunklem Erdreich. An die Stelle des steinernen Tunnels trat nun lehmiger Boden, der an den Stollenwänden und an der Decke mit dicken Eichenbalken gestützt wurde. Offenbar verließ der Gang den inneren Kern des Berges und näherte sich der Erdoberfläche.

„Wir nehmen den rechten Stollen", sagte Bischof Benno leise. „Der linke führt zu der kleinen Quelle an der Ostseite des Berges, von wo das Wasser herangeführt wird." Der Prälat deutete in Richtung des abzweigenden Tunnels, der wesentlich niedriger und allenfalls kriechend zu bewältigen war. An der Stelle der Gabelung fehlte eine Steinplatte, sodass man das kleine Bächlein in seiner schmalen Rinne sehen konnte. Doch der Blick hinein in den niedrigen Tunnel reichte kaum weiter als auf Armeslänge.

Die Männer setzten sich wieder in Bewegung und folgten dem rechten Stollen, der einen sanften, weiten Bogen beschrieb. Es war unverkennbar, dass sich der Gang nun langsam, aber stetig nach Süden wandte. Offensichtlich führte er quer zwischen dem Bergsattel und dem Burgberg hindurch und folgte so den östlichen Burgmauern, um schließlich irgendwo am oberen Rand des Kalten Tals an die Oberfläche zu gelangen.

Schweigend folgten die Männer dem Tunnel. Die festgetretene Erde schluckte das Geräusch ihrer Schritte. An manchen Stellen ragte zwischen den Balken der Eichendecke und aus den Seitenwänden das feine Geäst von Wurzelsträngen in den Stollen hinein. Nach zweihundert Schritten schließlich verlangsamte der Osnabrücker Bischof den Gang, als ein Stück voraus der Tunnel an einer viereckigen, eisernen Tür endete. Als die Männer näher kamen und das Licht der Fackeln über die Klappe wanderte, ließ sich erkennen, dass das Metall noch ohne Rost war. Die Tür maß etwa eine Elle in der Breite und in der Höhe und war mit einem ebenfalls eisernen Riegel gesichert.

„Wir sind da", sagte der Bischof mit gedämpfter Stimme und deutete auf die Öffnung. „Einer nach dem anderen kriechen wir hinaus und stehen dann am oberen Rand des Kalten Tals. Wenn ich also gleich die Tür öffne, müssen alle Fackeln gelöscht sein; ihr Schein könnte in der Nacht weit gesehen werden. Es darf auch nicht mehr gesprochen werden, denn wir befinden uns nur ein kleines Stück unterhalb des Bergsattels, auf dem die Sachsen bekanntlich ihre Wachen postiert haben. Wenn sie uns entdecken, ist alles vergebens."

„So ist es." Heinrich flüsterte nun ebenfalls. Er blickte mahnend in die Runde. „Also kein Wort mehr für die nächste Zeit, zumindest bis wir das Kalte Tal hinter uns haben. Und passt auf, wohin ihr eure Füße setzt, zu lautes Geraschel im Unterholz könnte uns ebenfalls verraten." Er beugte sich vor und nickte dem Jäger zu, der am Ende der Gruppe stand. „Armin, sobald wir durch die Pforte sind, übernimmst du die Führung. Durch das Kalte Tal hindurch, am Mittelberg linker Hand vorüber und dann nur noch nach Süden."

„Ganz wie Ihr es wünscht, mein König“, erwiderte Armin.

„Also los dann, Gefährten!“, flüsterte Heinrich grimmig. „Bieten wir den Sachsen etwas, mit dem sie nicht gerechnet haben.“

Die Männer nickten ihrem Herrscher zu. Im Schein der Fackeln mischte sich in ihren Gesichtern Wachsamkeit mit Entschlossenheit und ein wenig Unsicherheit. Bischof Benno hob den Eisenriegel aus der Verankerung, kniete sich vor die kleine Tür und drückte sie langsam nach außen auf. Herabrieselndes Erdreich und das Rascheln von Zweigen und Laub verrieten, dass die Tür an der Außenseite unter Lehm und Ästen versteckt gewesen war. Hinter dem Bischof wurden die Fackeln gelöscht, sodass kein verräterischer Schein in die Nacht entweichen konnte.

Für einen Augenblick verharrten die Männer regungslos und lauschten in die Stille des Waldes. Nicht ein Laut war zu hören, ruhig lagen die Wälder in der lauen Spätsommernacht. Schließlich kroch Bischof Benno als Erster auf allen vieren durch die kleine Öffnung aus dem Stollen hinaus. Langsam richtete er sich auf und sah sich bang in alle Richtungen um. Soweit er es in der Finsternis ausmachen konnte, befand sich der Ausgang des Tunnels in der Tat an einem steilen, bewaldeten Abhang. Er trat ein paar Schritte zur Seite, um den nun nacheinander herauskriechenden Männern Platz zu machen. Die Hofbeamten und Soldaten mussten ihr Gepäck abnehmen und es durch die Öffnung reichen. Nach einer Weile waren alle durch die Tür geschlüpft und standen nebeneinander am Hang. Mit unsicheren Blicken spähten sie durch die Nacht, konnten jedoch kaum weiter sehen als eine Handvoll Schritte.

Der Jäger, der als Letzter durch die Öffnung kam, kniete sich umgehend vor die Tür. Behutsam schob er sie wieder zu und schichtete Zweige, Laub und Erdreich vor ihr auf, sodass sie erneut verborgen war. Dann erhob er sich und ging an den Männern vorbei zum König. Er neigte kurz das Haupt, hob dann in stumm warnender Geste den Zeigefinger und blickte kurz hangaufwärts, wo in kaum mehr als fünfzig Schritten Entfernung der Bergsattel liegen musste. Der Herrscher nickte ernst und befahl winkend den Aufbruch. Der Jäger setzte sich an die Spitze der Gruppe, dicht gefolgt vom König und zwei Soldaten. Ihnen folgten die Bischöfe und der alte Herzog, während die Hofbeamten und die übrigen Soldaten die Nachhut bildeten.

So begann der Tross, sich im Schutz der Nacht langsam und vorsichtig in einer Linie quer den Hang hinabzubewegen. Umsichtig bemühten sich die Männer, laute Geräusche zu vermeiden, um niemanden auf sich aufmerksam zu machen. Solange sie noch in Hörweite waren, setzten sie jeweils einen Fuß behutsam vor den anderen, nahmen Zweige und Sträucher in die Hand und bogen sie sanft zur Seite. Erst als sie den Grund des Kalten Tals erreicht hatten, konnten sie ihre Schritte beschleunigen. In raschem Marsch ging es nun durch den finsteren Harz in Richtung Süden.

Die ganze Nacht und den folgenden Tag über wanderten die Männer durch den dichten Urwald. Bergauf, bergab führte sie Armin, der Jäger, durch Unterholz, entlang enger Schluchten und über namenlose Flüsse und Bäche hinweg. Hin und wieder hielt der kundige Mann inne, um sich anhand der Sonne oder hoher Berge im Gelände zurechtzufinden. Die Fliehenden gönnten sich keine lange Rast, waren sie doch noch immer besorgt, hinter dem nächsten Hang oder dem nächsten Baum einem sächsischen Späher zu begegnen. Ihren Durst stillten sie an den Quellen und Bächen, der Hunger musste warten.

Gegen Mittag hatten sie, den gewaltigen Brocken linker Hand liegen lassend, die nördlichen Hänge des Bruchbergs erreicht, wo die Ovacra entsprang. Da der Oberlauf des Flusses seit jeher die Stammesgrenze zwischen Sachsen und Thüringern bildete, hatten sie somit sächsischen Boden verlassen. Den Bruchberg ein Stück unterhalb des Gipfels umrundend, waren sie schließlich auf den sogenannten Acker gelangt, einen lang gezogenen Gebirgsrücken, der sich viele Wegstunden weit quer durch den Harz nach Südwesten erstreckte. Der lange Bergkamm bot den Vorteil, sich auf gleich bleibender Höhe bewegen zu können, ohne Täler oder Berge überwinden zu müssen. So marschierten die Männer über den bewaldeten Bergrücken und ließen die Schluchten und Klippen auf beiden Seiten unter sich. Bis zum Abend hatten sie den südlichen Bereich des Ackers erreicht. Sie hatten eine beachtliche Wegstrecke zurückgelegt, der größte Teil des Harz lag hinter ihnen. Nun endlich hatten der König und Armin ein Erbarmen und gönnten den erschöpften Männern nach nahezu vierundzwanzig Stunden Marsch die lang ersehnte Rast.

Im letzten Licht der Sonne schlugen sie ihr Lager zwischen ein paar Felsen auf. Von hier aus bot sich ein großartiger Ausblick in westliche und südliche Richtung. Nur noch wenige Hügel und Täler lagen zwischen dem Endstück des Ackers und dem flachen Vorland südlich des Harzes, der Blick ging ungehindert in die Ferne. Im Westen versank die Abendsonne hinter dem leuchtenden Horizont über der Landschaft des Liesgaus und färbte die hoch am Himmel treibenden Wolkenbänder in allen Schattierungen von Rot. Weit im Süden waren die sanften Hügel der Goldenen Mark und des Eichsfelds zu erahnen.

„All das liegt noch vor uns", sagte Heinrich und deutete mit dem Arm in ebenjene Richtung. Nachdenklich sah er Bischof Benno an, der neben ihm stand. „Bis Herveldia ist es noch weit ..."

„In der Tat, mein König", bestätigte Benno. „Bestenfalls wäre es von hier aus in zwei Tagen zu schaffen. Angesichts unserer bereits arg beanspruchten Kräfte denke ich jedoch, dass wir drei Tage benötigen werden."

„Da hast du wohl recht", erwiderte der König und wandte sich von der Aussicht ab. Er blickte über den Lagerplatz, der sich zwischen einzelnen Felsen und einigen Fichten befand. Die Männer saßen auf weichem Moos, teilweise an Baumstämme oder Steine gelehnt. Rundherum verstreut lagen Gepäckstücke, Rüstzeug, Bündel und Taschen, die die erschöpften Männer zu Boden hatten sinken lassen. Die Hofbeamten und Soldaten, die den größten Teil der Lasten geschultert hatten, wirkten ermattet. Noch schlechter stand es um die älteren Weggefährten wie Herzog Berthold und Bischof Eberhard, sie schienen mit ihren Kräften am Ende. Langsam ließ der König den Blick von einem zum anderen wandern, wobei seine unzufriedene Miene verriet, wie wenig er mit seinen jungen Jahren die natürliche Bürde des Alters nachzuvollziehen vermochte.

In der Mitte des Lagerplatzes hatten die Soldaten auf dem Boden ein paar Steine zu einem Kreis zusammengelegt und darin Zweige und dickere Äste aufgeschichtet, die sie im trockenen Unterholz gesammelt hatten. Mit Feuerstein und -stahl wurde ein Feuer entzündet, das bewusst klein gehalten wurde, um niemandes Neugier zu wecken. Es sollte gerade groß genug sein, um über den Flammen etwas braten zu können. So war Armin, der keine Erschöpfung zu kennen schien, bereits seit einiger Zeit mit Langbogen und Pfeil im Wald unterwegs auf der Suche nach Beute.

Der König und Bischof Benno warfen einen letzten Blick auf den Horizont, hinter dem die Sonne vollends verschwunden war; nur noch ein dunkelroter Schimmer war zu sehen. Von Osten her legte sich ein grauer Schleier übers Land und kündigte die Dämmerung an. Die beiden Männer traten an das Feuer und setzten sich neben den Zeitzer Bischof und den Herzog von Kärnten.

„Wie geht es dir, Berthold?“, fragte der König. Mit gerunzelter Stirn sah er den alten Mann an, der, an einen Felsen gelehnt, mit den Händen über seine nackten Füße strich. Sein Bart hing ihm tief auf die Brust.

„Meine Sohlen sind fast wund und meine Knie schmerzen“, erwiderte der Herzog dumpf, ohne aufzublicken. „Sie sind Steigbügel gewohnt, nicht endlose Märsche.“

„Ruh dich aus, wir verbringen die Nacht hier“, sagte der König kühl. Er war offenbar nicht geneigt, sich mit Wehklagen auseinanderzusetzen.

„Wir sind nicht mehr so jung wie du, edler König“, griff der hagere Bischof von Zeitz den Ton seines Altersgenossen auf und lächelte Heinrich an. „Hab ein wenig Geduld mit uns.“ Zweifellos konnte er sich als einer der engsten Vertrauten des Königs so ein Wort erlauben. Der Herrscher lächelte nun seinerseits und legte dem Prälaten die Hand auf die Schulter.

„Sieh es meinem Eifer nach, Eppo, wenn ich stets nur an unsere Flucht denke. Gewiss sollt ihr beide, die ihr schon meinem Vater treue Gefährten wart, Rast und Ruhe haben.“ Der König nickte dem Bischof zu. „Vielleicht habe ich von dir einfach noch das Bild vor Augen, wie du unermüdlich gegen die Ungarn gezogen bist.“

„Das ist über dreizehn Jahre her, damals warst du ein zehnjähriger Junge, Heinrich“, lachte der Bischof und strich sich über das Kinn. „Außerdem fand der Feldzug gegen die Ungarn nicht zu Fuß, wie schon der Herzog beklagt hat, sondern auf dem Rücken von Pferden statt.“

Ehe der König antworten konnte, erhob sich in weiter Ferne ein schauriges Heulen. Es kam aus nördlicher Richtung, aus jenem Gebiet um den hohen Bruchberg, das die Männer am Mittag passiert hatten.

Wachsam lauschten sie in die Dämmerung. Nach einer Weile wurde der unheimliche Ruf zweimal beantwortet, danach senkte sich wieder Stille über die weiten Wälder.

„Ein Rudel Wölfe“, sagte einer der Soldaten und stocherte mit einem dünnen Ast in den Flammen. „Gut, dass wir das Feuer haben.“

„Mehr als die Wölfe sollten wir die Sachsen fürchten“, murmelte Bischof Benno und kratzte sich unter der Seidenkappe am fast haarlosen Kopf. „Ob sie unsere Flucht bereits bemerkt haben?“

„Ich denke nicht.“ Eppo von Zeitz schüttelte den Kopf. „Niemand hat uns unterwegs gesehen.“

„So ist es“, stimmte Heinrich zu. „Solange unsere Männer auf der Hartesburg außerdem die Täuschung aufrechterhalten, können wir unseren Vorsprung ausbauen. Wir sollten in der Nacht gleichwohl für alle Fälle Wachen an unserem Lager aufstellen.“

In diesem Moment ließ ein lautes Rascheln die Männer erschrocken auffahren. Zwei der Soldaten sprangen auf und griffen zu ihren Waffen. Doch als die Zweige des Gebüschs auseinandergebogen wurden, trat der Jäger in den Schein des Feuers. „Keine Angst ...“, murmelte er mit einem Lächeln und ließ Bogen und Pfeile zu Boden sinken.

„Nun, das ist wahrlich willkommen, Armin“, rief der König und deutete auf den erlegten Rehbock, der über der Schulter des Jägers hing.

„Er lief mir geradewegs vor die Nase“, lachte der Jäger. Er warf das Tier auf den Boden, zog ein langes Jagdmesser aus dem Gürtel und machte sich sogleich daran, das Wild zu zerlegen.

„Nach dem anstrengenden Marsch ist das ein erhebender Anblick“, sagte Herzog Berthold, der die blutige Arbeit des Jägers mit sichtlichem Wohlwollen beobachtete. „Ein gutes Stück Wild könnte mich gar meine Füße vergessen lassen“, schmunzelte der alte Mann und strich erwartungsvoll über seinen Bart.

Auf dem Weg nach Süden

Lindfell starrte auf seine Hände. Unwillkürlich war er stehen geblieben und rieb sich hektisch mit der einen Hand über den Handrücken der anderen. Er stand eine ganze Weile da und zupfte und zerrte an der gebräunten Haut seiner Hände. Tado hatte das Zurückbleiben seines Gefährten gar nicht bemerkt.

„Tado", rief Lindfell, als er endlich aufblickte und den Mönch weit voraus sah. „Warte auf mich!" Er eilte dem überraschten Gottesdiener nach. „Irgendetwas stimmt nicht mit mir. Meine Haut – sie ... sie verfault oder dergleichen ..." Beunruhigt hielt er Tado seine Handrücken entgegen. „Da – was ist das? Es geht nicht mehr weg." Seine Aufregung war unübersehbar.

„Ich verstehe nicht recht", sagte der Mönch zögerlich und blickte zwischen Lindfells Gesicht und Händen ratlos hin und her.

„Na, hier, die braune Fäulnis", rief Lindfell und zupfte erneut an seiner Haut. „Mein Leben lang waren sie so weiß wie das Innere des Augapfels, und jetzt? Das ist kein Staub oder Schmutz, aber es geht nicht ab! Ist es am Ende eine Art Verwesung bei lebendigem Leib, weil man hier so viel schneller altert als unter der Erde?"

Endlich begriff Tado. Er schüttelte den Kopf und begann lauthals zu lachen. Sein Lachen verstärkte sich noch, als er den verständnislosen, fast vorwurfsvollen Blick seines Gefährten sah. Schließlich legte er diesem versöhnlich die Hand auf die Schulter.

„Nur keine Sorge, Lindfell", sagte er noch immer lachend. „Das geht uns allen so in der Sonne. Sie bräunt die Haut. Das ist völlig natürlich und überhaupt keine Verwesung. Sieh mich an, ich hab es auch. Im Gesicht, an den Händen – überall dort, wo die Haut längere Zeit im Sonnenlicht ist, wird sie langsam braun. Ihr in Elbergard kennt das nicht, ihr seid bestimmt alle so weiß wie frisch gefallener Schnee."

„Ja, genau", erwiderte Lindfell, dem die Erleichterung anzusehen war, auch wenn er mit einem Rest Verunsicherung noch öfter auf seine Hände blickte.

„Eine Woche lang wandern wir nun bereits unter der Sonne, da ist es kein Wunder, dass die Haut sich verändert", erklärte Tado.

Seit ihrem Aufbruch vom Kloster Ramsola hatten sie sieben Tagesmärsche zurückgelegt mit jeweils bis zu fünfzehn Wegstunden. Auf der großen Luneburger Heerstraße waren sie nach Süden gewandert, vom Aufgang der Sonne bis zu ihrem Untergang. Alles zu Fuß. Nur einmal hatte ein Händler sie ein Stück weit auf seinem Ochsenkarren mitgenommen. Wenn Erschöpfung und Müdigkeit sie übermannten, suchten sie sich einen großen Baum abseits des Weges und verbrachten die Sommernacht unter seinen Ästen. Wasser boten ihnen die Flüsse und Quellen, Früchte und Beeren fanden sie am Wegesrand. Hin und wieder erwarb Tado etwas Brot, Wurst oder Gemüse bei Bauern, an deren Höfen sie vorüberkamen, oder bei Händlern, denen sie unterwegs begegneten.

Glücklicherweise waren auf der Straße viele Reisende unterwegs, Händler und Kaufleute mit Fuhrwerken, die meisten von ihnen im Salzgeschäft tätig. Oft waren es gleich mehrere Gespanne mit Wachgeleit. Auf diese Weise bestand kaum die Gefahr von Räubern oder Wegelagerern wie an weniger befahrenen Straßen. So waren die beiden unbehelligt immer weiter in den Süden gelangt, hatten die karge Heidelandschaft hinter sich gelassen und befanden sich bereits im Nordthüringgau, einer sehr fruchtbaren Gegend. Sie zogen an Wiesen und Feldern vorüber sowie an zahlreichen Gehöften, Landgütern und Weilern.

Wie Tado von einem entgegenkommenden Getreidehändler erfahren hatte, war die große Bischofsstadt Magdeburg an der Elbe nicht mehr weit entfernt. Die stetig zunehmende Zahl an Siedlungen ringsum konnte dafür als Zeichen gelten. So befand sich unmittelbar vor ihnen ein kleines Dorf, das der Händler als Osolfstidi bezeichnet hatte. Schon aus der Ferne war den beiden Männern aufgefallen, dass dort irgendetwas vor sich ging. Ungewöhnlich viele Menschen waren zu sehen. Sie schienen aus allen Richtungen zu kommen und sich in dem Weiler und auf einem Wegstück, das von dort nach Osten bis zum Fuße eines Hügels führte, zu versammeln. Je näher Lindfell und Tado kamen, desto deutlicher konnten sie die Menschen erkennen, die in Gruppen beisammenstanden oder am Boden hockten; ein paar Hundert mochten es sein.

„Siehst du die Waffen, Lindfell? Manche haben nur Äxte oder Heugabeln."

„Was ist das? Wird hier zum Krieg gerüstet?" Lindfell blickte neugierig auf die Menschen, während sie die ersten Hütten von Osolfstidi passierten. Mit einem Mal befanden sie sich inmitten der Menschenmasse.

„He, pass auf, du Tölpel!", knurrte plötzlich ein baumlanger Mann, den Lindfell leicht angerempelt hatte. „Bist du blind, oder willst du Ärger?" Die Augen drohend aufgerissen, fuchtelte er mit einer Sense herausfordernd vor Lindfells Gesicht herum.

„Weder noch", erwiderte dieser leise, duckte sich rasch zur Seite und zog seinen Kurzdolch aus der Scheide. Blitzschnell setzte er dem Hünen die Klinge auf die Brust. Sprachlos starrte der Fremde in Lindfells Gesicht, er wagte es nicht, sich zu bewegen. Schon bildete sich unter der Klingenspitze ein kleiner, dunkler Kreis auf dem schmutzigen Oberhemd des Mannes.

„Lindfell!" Erschrocken trat Tado von der Seite zu den Männern. Die beiden standen einander für einen Moment reglos gegenüber. „Es ist gut ..."

Behutsam legte der Mönch die Hand auf Lindfells Arm und zog diesen langsam nach unten. Überrascht blickte er dabei in das Gesicht seines Gefährten, das einen ihm bislang unbekannten Ausdruck zeigte. In den dunklen Augen loderte eine Entschlossenheit, die zu jeder Tat bereit zu sein schien. Für Tado hatte es den Anschein, als stamme dieser Blick aus einer alten, zügellosen Welt weit vor den Tagen Jesu Christi. Ein paar Männer, die sich inzwischen neugierig um die kleine Gruppe geschart hatten, schienen ebenfalls entgeistert angesichts Lindfells ungehemmter Gewaltandrohung.

„Es … äh, tut mir leid …“, bemühte sich Tado den Hünen zu beschwichtigen, der erschrocken auf seine dunkel verfärbte Brust herabsah. „Der Allmächtige segne dich.“ Der Mönch machte feierlich das Kreuzzeichen und war froh, als der verstörte Mann und die Umstehenden sich ebenfalls bekreuzigten.

„Gehört der zu dir, ehrwürdiger Vater?“, fragte der Hüne ungläubig. „Dann passe besser auf ihn auf, ehe er ein Unglück anrichtet. Der ist ja irre …“ Die Männer ringsum nickten und blickten vorwurfsvoll auf Lindfell, der mit düsterer Miene den Dolch zurücksteckte.

„Gewiss“, erwiderte Tado und zog den Gefährten rasch mit sich. „Wie gesagt, es wird nicht mehr vorkommen …“ Er nickte den Männern noch einmal zu, wandte sich um und ging rasch mit Lindfell weiter. Eiligen Schrittes gingen sie an einer Reihe von Hütten und Häusern vorüber. Als sie die Männer hinter sich gelassen hatten und sich die Menschenmenge langsam lichtete, blieb der Mönch stehen und trat vor Lindfell. Tief durchatmend bemühte er sich, seine Gestalt in der dunklen Kutte zu drohender Größe aufzurichten. Er sah den Gefährten vorwurfsvoll an.

„Was sollte das gerade? Willst du unbedingt auf dich aufmerksam machen?“

„Er hat mich herausgefordert“, erwiderte Lindfell kühl und sah Tado ruhig an.

„Aha, ein falsches Wort und schon stichst du zu?“ Den Kopf schüttelnd, verzog der Mönch den Mund. „Ich dachte, du wolltest nicht auffallen? Dann solltest du dich nicht aufführen wie ein wilder, ungesitteter Heide!“

„Ach, dann war also die dreiste Art, wie der Unhold mich anging, christlich? Das mit eurem Herrn Jesus hatte ich mir anders vorgestellt. Da lobe ich mir Wodan …“

„Spotte nicht!“ Tado bekreuzigte sich und schüttelte erneut den Kopf. „Der Kerl war ein Teufel, gewiss. Dennoch musst du deine Rachlust im Zaum halten, hörst du!“

„Hm“, brummte Lindfell und nickte schließlich widerwillig. Der Mönch legte ihm eine Hand auf die Schulter, als wolle er seine Einsicht loben. Die beiden setzten sich wieder in Bewegung und gingen weiter durch das Dorf. Vor einer Scheune hockten im Schatten einige Bettler und Krüppel. Doch die stets auf Almosen wartenden Bittsteller beachteten sie nicht weiter, da sie untereinander in ein Gespräch vertieft waren. Mit gerunzelter Stirn sah Lindfell im Weitergehen noch eine Weile neugierig zu ihnen zurück.

„He, guter Mann, was ist das hier für ein Auflauf in eurem Dorf?“, fragte Tado einen Alten, der vor einem neu errichteten, ordentlich anzusehenden Haus stand. Der Greis hielt eine dünne Lauchstange in der Hand und knabberte versonnen an ihr herum.

„Ehrwürdiger Vater“, krächzte der Alte, spuckte ein paar grüne Stücke auf den Boden und neigte in Demut den spärlich behaarten Schädel. „Das sind Männer aus allen Gegenden des Bistums. Freiwillig kommen sie und sammeln sich drüben am Großen Silberberg unter dem Banner unseres Erzbischofs, des Werinher von Magdeburg. Sie wollen mithelfen, König Heinrich ein wenig auf die Finger zu klopfen, die er allzu begierig hier in Sachsen ausstreckt.“ Heiser kichernd wies der Greis mit erhobener Lauchstange in Richtung des Hügels. „Sie ziehen zum Harz, um dem König zu zeigen, was sie von seinen Burgen halten. Ich würde ja auch mitkommen, aber meine alten Knie ...“

„Hab Dank, Gott segne dich.“ Tado machte das Kreuzeichen. Der Alte neigte erneut das Haupt, ehe er sich – seine Mahlzeit rasch in die andere Hand schiebend – bekreuzigte.

„Wie ich dir schon gesagt habe, es braut sich wohl ein Krieg zusammen.“ Tado sah mit ernster Miene den Gefährten an. Der nickte, schien jedoch anderen Gedanken nachzuhängen.

Unterdessen erreichten die beiden die letzten Häuser des Dorfes. Ein kleines Mädchen in einem zerrissenen grauen Kleid, die filzigen, blonden Haare zum Zopf gebunden, kam ihnen barfuß entgegen. Mit einer langen Weidenrute trieb sie eine Schar Gänse über die staubige Straße.

„Die Welt hier erstaunt mich“, begann Lindfell, als sie Osolfstidi verlassen hatten und dem staubigen Weg durch die Wiesen weiter folgten. „Auf unserer Wanderung hast du mir in den Tagen so viel erzählt von eurem Gott, von Jesus. Friedvoll und gut klingt die Botschaft des Even ... des ...“

„Evangeliums.“

„Ja. Der Glaube klingt so hehr und edelmütig, dass ich schon meinte, verstehen zu können, wie die Sachsen seinerzeit Allvater Wodan und Donar den Rücken kehren konnten. Jedoch: Fast dreihundert Jahre sind seither vergangen, und die Welt hier ist voller Zwietracht, Gier und elender Armut. Was ist hier noch übrig von Jesus' Lehre?" Der Mann aus Elbergard wandte sich noch einmal um in Richtung des Dorfes.

„Du bist ein bemerkenswerter Mann, Lindfell", lächelte Tado und kratzte sich am Haarkranz seiner blonden Tonsur. „Du hast einen wachen Geist. Und es tut mir als Gottesdiener in der Seele weh, wenn ich deinen Worten leider zustimmen muss. Ja, die Welt ist schlecht, denn wir Menschen sind schwach! Wir erliegen den Lockungen der Habgier, lauschen den Einflüsterungen des Hochmuts und den Verleumdungen des Neids. Nun, es gibt kein Paradies auf Erden. Ein jeder muss sich täglich den Prüfungen stellen und stets bemüht sein, Christi Beispiel zu folgen."

„Nur wenige scheinen das erfolgreich zu tun. Verblasst der Glaube da nicht?"

„Gott bewahre, nein!", rief der Mönch erschrocken. „Er ist tief in uns verwurzelt und wird durch unsere heilige Kirche stets mit neuem Leben erfüllt."

„Für dich ist das gewiss wahr, Tado. Doch die meisten Menschen hier haben keine wahre Ehrfurcht. Zu fern scheint euer Gott, als dass man seinen Zorn wirklich fürchten müsste. Bei unserem Wodan mit seinem wütenden Heer oder beim großen Donnerer ist das anders: Oft kommen sie zürnend und strafend über uns und zeigen sich mit ihrer göttlichen, übermenschlichen Kraft."

„Sprich nicht von deinem heidnischen Glauben!" Der Mönch hielt sich die Ohren zu. Nach einer Weile nahm er die Hände wieder herunter und sah Lindfell herausfordernd an: „Deine Götter gibt es nicht – das alles ist düsterer Aberglaube! Jesus hingegen ist wirklich auf unserer Welt gewesen, auch wenn es bereits tausend Jahre her ist."

„So? Die Götter Wodan und Fro waren einst ebenfalls auf Erden. In Elbergard haben sie Geschenke der Alben empfangen, Schmiedewerke mit Wunderkraft, wie sie Göttern zukommen. Auf dass sie mit Zaubermacht die Welt lenken."

„Ach, das ist doch nur eine Mär! Keiner außer Jesus Christus vermag Zauber und Wunder zu wirken."

„Das ist falsch. Und es ist zugleich der Grund dafür, dass …" Lindfell verstummte und sah mit gerunzelter Stirn zu Boden, während Tado ihn aufmerksam und neugierig musterte. Der Mönch ahnte, dass sein Gefährte womöglich davor stand, seinen immer noch geheim gehaltenen Auftrag zu offenbaren. Bewusst schwieg er und blickte gleichgültig drein in der Hoffnung, durch solche Zurückhaltung Lindfells Vertrauen gewinnen zu können.

„Nun, es gibt wahrhaftige Beweise für die Zauberkraft des Allvaters Wodan und seiner Götterschar, während die Wunder eures Herrn Jesus doch nur in Geschichten überliefert sind. Einen dieser Beweise …" Lindfell blickte dem Mönch tief in die Augen und machte eine kurze Pause. Schließlich senkte er die Stimme: „Einen dieser Beweise, ein zaubermächtiges Kleinod, soll ich im Auftrag meines Königs Godwin suchen und zurück nach Elbergard bringen." Er sah den Gefährten mit ernster Miene an. „So, nun kennst du den Grund meiner Reise. Ich vertraue dir, Tado – hüte dieses Geheimnis gut, hörst du!"

Die beiden Männer waren stehen geblieben. Der Mönch legte seine schmalen Hände feierlich ineinander wie zum Gebet. „Gewiss, Lindfell, du kannst dich auf mich verlassen." Schließlich berührte er den Oberarm seines Gegenübers mit sanftem Druck. „Ehrlich gesagt, hatte ich so etwas geahnt. Was sonst könnte Anlass sein, einen Mann aus Elbergard in unsere Welt zu entsenden?"

Er überlegte eine Weile, ehe er sich auf der menschenleeren Straße umsah und näher an Lindfell herantrat. „Geht es um den Armreif, der damals von den Männern Erzbischof Adalberts aus Elbergard geraubt wurde? Bruder Folkward, der ja dabei war, hat mir seinerzeit davon erzählt", sagte er leise und mit verschwörerischem Blick.

„Du hast ein gutes Gedächtnis", lächelte Lindfell, bevor er ernst wurde. Langsam setzten sich die beiden wieder in Bewegung. „Eben dieser Folkward ist darum auch das Ziel meiner Reise. Er kann – so hoffe ich es – die Spur zu Wurdbouga, dem Schicksalsreif, weisen. Er weiß vielleicht, wo im Umfeld des Erzbischofs Adalbert das Kleinod zu finden ist. Vor sieben Jahren war es wohl in den Händen eines gewissen Notebald.

Dann schien der Reif gleichsam verschwunden, bis er dieser Tage irgendwo weit südlich des Harzes aufgespürt wurde." Knapp schilderte Lindfell, wie Falmag vage Lebenszeichen Wurdbougas erhalten hatte und er selbst beauftragt wurde, den Reif zu finden und zurückzubringen.

„Das heißt also, du kennst weder den genauen Ort im Süden noch den Besitzer des Reifs? Ich fürchte, deine Suche könnte schwierig werden", sagte Tado nachdenklich. „Zumal es noch mehr schlechte Nachrichten gibt: Der Erzbischof ist im letzten Jahr verstorben, und jener Notebald – es war selbst in Ramsola Gesprächsstoff – ist seither hoch droben im Norden tätig, in Schweden. Wo willst du nun also suchen?"

„Darum hoffe ich ja auf Folkward. Dass er vielleicht eine Idee hat."

„Mein früherer Lehrer wird dir gewiss helfen, so gut er es kann. Doch es klingt wahrlich schwierig und nicht allzu aussichtsreich."

„Es muss gelingen!", rief Lindfell kämpferisch. Wie um sich Mut zu machen, ballte er die Faust. „Du scheinst nicht zu ahnen, was geschehen könnte, wenn der Reif in falsche Hände gerät! Er kann seinem Träger die Macht verleihen, jeden Menschen seinem Willen zu unterwerfen. Seidene Schicksalsfäden der Nornen sind in Gold gehüllt in den Reif geflochten, durch sie kann sein Besitzer das Schicksal dessen bestimmen, auf den er seinen Willen richtet. Lutarich, einer der größten Schmiede Elbergards, der wie kein anderer Zaubermacht in Kleinode zu bannen vermochte, hat ihn vor langer Zeit geschmiedet. Wer immer den Zauberspruch kennt, vermag über die Macht Wurdbougas zu gebieten ..."

„Verlangst du, dass ich als Diener Christi das wahrhaftig glaube?"

„Das ist mir einerlei", entgegnete Lindfell ungehalten. „Ich weiß, dass es sich so verhält, und muss meinen Auftrag erfüllen, ehe ein unsagbares Unglück über die Welt kommt."

„Aber wenn der Reif in Menschenhand ist, wie du glaubst, wer sollte den Zauber schon kennen? Diese Welt hier ist seit Jahrhunderten das Reich Jesu Christi. Da gibt es keinen mehr, der alte heidnische Zaubersprüche anzuwenden weiß." Tado sprach im Brustton tiefster Überzeugung.

„Wenn es so wäre, wär's mir nur allzu recht." Lindfell breitete die Arme aus und sah seinen Gefährten eindringlich an. „Doch wehe, es verhält sich anders! Wehe, der Reif kommt in die Hände eines Machthungrigen, der so lange nach dem Schlüssel zur Zaubermacht Wurdbougas sucht, bis er ihn findet und er sich seine kühnsten Träume zu erfüllen beginnt. Dann wird ein Unheil seinen Lauf nehmen, das gewiss auch kein Jesus Christus mehr abwenden kann ..."

„Schweig! Wie oft muss ich es dir noch sagen: Du sollst nicht lästern", rief der Mönch aufgebracht und deutete an, sich die Ohren zuzuhalten.

„Ach, sei's drum", winkte Lindfell ungeduldig ab. „Ich muss den Reif auf jeden Fall finden – so schnell als möglich."

„Erwarte bitte nicht von mir, dass ich diese ganze Geschichte glaube. Ich würde mein Gelübde entweihen und meinen Gott verraten." Der Mönch bekreuzigte sich und murmelte rasch ein Gebet. „Gleichwohl helfe ich dir, da du Schaden von der Welt abwenden willst, auch wenn ich diesen nicht wirklich nachvollziehen kann."

Die beiden Männer gingen eine Weile schweigend weiter, jeder in eigene Gedanken versunken. Die Landschaft, durch die sie marschierten, bestand unverändert aus Wiesen und Feldern. Seit einiger Zeit jedoch stieg der Weg sanft an und führte auf eine niedrige Anhöhe. Osolfstidi lag bereits ein gutes Stück hinter ihnen, als linker Hand am Horizont die Spitzen zweier Kirchtürme in Sicht kamen. Je höher sie kamen, desto mehr war in der Ferne zu erkennen. Nach einer Weile waren auch ein breites Kirchdach, weitere Türme und Häuser zu sehen.

„Magdeburg", sagte Tado und deutete in Richtung der fernen Gebäude. „Irgendwo dort müsste auch die Elbe sein." Angestrengt spähte er hinüber, doch von dem Fluss war noch nichts zu sehen.

„Wie weit ist es noch bis Gozeka?"

„Das hängt ganz von unseren Kräften ab", erwiderte der Mönch lächelnd. „Wir müssen durch den Gau Suavia und durch den Hassegau weiter nach Süden bis zum Zusammenfluss von Unstrod und Sala. Ich denke, das dürften wohl noch an die vier oder fünf Tage sein."

„So lass uns also eilen!", rief Lindfell anspornend und beschleunigte sofort seine Schritte. „Je eher wir zu Folkward kommen, desto besser."

„Gewiss." Tado bemühte sich, mit dem Gefährten Schritt zu halten. „Ich freue mich auf das Wiedersehen mit meinem verehrten Lehrer. Er war es, der mich gelehrt hat, ein wahrer Mönch zu sein. Ich verdanke ihm so viel, Lindfell."

Damit versank er erneut in nachdenkliches Schweigen. So dankbar er war, den Auftrag des Gefährten erfahren zu haben, so sehr hatte ihn das Gespräch verunsichert. In welch seltsame Sache geriet er da nur hinein? Was, wenn tatsächlich etwas dran war an der Zaubermacht Wurdbougas? Wie sollte das nur einhergehen mit seinem Glauben an Jesus Christus und seiner festen Überzeugung, dass die alten Götter keine Macht mehr besaßen in dieser Welt? Er ahnte, dass seine Grundfesten ins Wanken geraten würden. Und doch empfand er weniger Angst als vielmehr eine große Wissbegier. Nun, an jenem Tag, als Lindfell in Ramsola erschienen war, hatte er vorhergesehen, dass sich der Lauf seines Lebens womöglich ändern würde. Auch wenn er nicht sagen konnte, wohin all das am Ende führen mochte – er war erfüllt von einem nie gekannten Lebensdrang. Er freute sich darauf, bald über all das mit dem verehrten Folkward sprechen zu können. Wenn es einen Menschen gab, der seine ungewöhnliche Lage verstehen konnte, dann er.

Vorboten des Sturms

Schlachtgetümmel erfüllte die Luft. Metallisch klirrten die Waffen, wenn sie auf die eisernen Schilde oder das Rüstzeug der zu Bekämpfenden trafen oder an der Festungsmauer abprallten. Wüste Schreie waren zu hören, alle möglichen Befehle der Hauptleute, Mut machende Rufe der Soldaten und auch viele bedrückende Laute von Leid und Schmerz. Dazwischen erklangen das Wiehern von Pferden und Hufschlag. In größeren Abständen kam noch das helle Sirren abgeschossener Pfeilhagel hinzu, zuweilen begleitet von einem unheimlichen Rauschen, wenn die Pfeilspitzen mit harzgetränkten Tüchern umwickelt und in Brand gesteckt waren.

Seit drei Tagen tobte das Anrennen der sächsischen Belagerer gegen die Heimenburg. Die Festung, eine Handvoll Häuser und Türme, bewachte an einem strategisch wichtigen Ort zwei bedeutende Handelsstraßen. Hier kreuzten sich die Verbindung zwischen Goslar und Magdeburg sowie ein Weg über den Harz, der vom Norden nach Thüringen und Süddeutschland führte. Die Heimenburg war für den König ein Stützpunkt, der durch eine achtzigköpfige Besatzung unter dem Burgherrn Hanno gesichert wurde. Die Banner des Herrn von Heimenburg, drei rote Querbalken auf goldenem Grund, waren überall in der Burganlage zu sehen. Schwer geworden durch den Regen des Vortags, hingen die Fahnen schlaff und reglos von den Stangen herab, kein Windhauch regte sich unter der Wolkendecke.

An die sechstausend Mann hatten sich in einem großen Lager südöstlich der Burg versammelt, sie kamen aus dem Harzgau und dem Nordthüringgau. Unter der Führung Friedrichs von Gozeka griffen sie die Heimenburg in regelmäßigen Wellen von allen Seiten her an. Durch den Regen sowie durch die vielen Menschen und Pferde war der Boden an den Hängen und im Lager längst ein schwerer Morast, was das Anrennen der Belagerer zusätzlich erschwerte. Oft glitten die Männer aus, wenn sie ihre Sturmleitern an den Burgwällen aufzustellen versuchten oder sich unter großen hölzernen Schutzdächern, die sie über ihre Köpfe hielten, den Mauern näherten.

„Was meinst du? Wird es wieder regnen?", fragte der sächsische Pfalzgraf und blickte finster nach Westen. Dunkle Wolken hingen tief über den bewaldeten Ausläufern des Harzes.

„Gott bewahre!", rief Bischof Burchard von Halberstadt, „heute Morgen noch habe ich beim Allmächtigen gutes Wetter erfleht. Mögen meine Gebete erhört werden!" Wie der mit Kettenhemd, Helm und Schwert gerüstete Pfalzgraf saß auch der Prälat auf dem Rücken seines Pferdes. Die Tiere standen reglos da, senkten nur hin und wieder das Haupt, um lustlos im Schlamm nach Essbarem zu suchen.

„Wenn du als Bischof beim Herrn nichts vermagst, Bucco, wer dann?" Friedrich von Gozeka lachte kurz auf und richtete den Blick wieder zur Burg hinüber. „Bei trockenem Boden wäre das hier wesentlich einfacher."

„Ja, so viel ist gewiss", nickte Bischof Burchard und blickte ebenfalls zur Feste. Unterhalb ihrer hohen Mauern näherten sich von allen Seiten Trupps im Schutz ihrer hölzernen Dächer. Während die Verteidiger die Angriffe mit dem Herabwerfen von Steinen oder dem Ausgießen siedenden Wassers beantworteten, wurden sie selbst von Bogenschützen der Belagerer unter Beschuss genommen.

„Nur achtzig Mann stehen gegen unsere Tausende, und doch kann es eine Weile dauern", murmelte Friedrich von Gozeka. „Natürlich haben sie sich reichlich mit Vorräten versehen, außerdem gibt es in der Burg ja einen Brunnen." Gemeinsam mit dem Prälaten hatte er die anderen sächsischen Adligen aus dem Harzvorland, die ihre Truppen allesamt seinem Befehl unterstellt hatten, im Lager beim Mittagsmahl zurückgelassen und war bis auf halbe Höhe des Burgbergs geritten. Von hier aus beobachtete er die Umsetzung der mit seinen Hauptleuten am Morgen besprochenen Angriffsstrategie.

„Nun, dieser Hanno versteht sein Handwerk." Der Halberstädter Bischof strich sich über seinen Vollbart.

„Die hundert Erschlagenen unseres Lagers sprechen für ihn", brummte der Pfalzgraf und streifte den Bischof mit einem missmutigen Blick. Offenbar schätzte er den Sachverstand des Geistlichen in Sachen Belagerung nicht allzu hoch ein. „Zu wenige haben wir, die wissen, wie man einen Krieg führt ..."

Der Prälat bezog die Worte nicht auf sich. „Ja, es sind zumeist Unfreie, Hörige und Vasallen, die ohne jede Erfahrung hier für unser aller Sache kämpfen. Sieh dir nur die Waffen an, Bauernwerkzeuge ... Und auf der anderen Seite die Königsmannen: gestählte Soldaten, die nicht viel anderes kennen in ihrem Leben als das Kriegshandwerk. Doch über kurz oder lang wird die Heimenburg unser sein! Auch wenn es das sächsische Volk einiges an Blut kosten mag."

Als ob seine Worte der Bestätigung bedurft hätten, beobachteten die beiden Männer, wie tödliches Unheil eine kleine Gruppe Angreifer ereilte. Sich langsam der Burgmauer nähernd, wurde einer der vordersten Männer von einem herabgeschleuderten Felsbrocken am Hals getroffen. Vor Schmerz aufschreiend, stürzte er seitlich gegen seine Gefährten, die ins Taumeln kamen und das schwere Holzgestell über ihren Köpfen nicht mehr zu tragen vermochten. Das Dach rutschte schräg zur Seite, nun waren sie leichte Beute für die Soldaten der Burg. Pfeile und eisenbeschlagene Wurfstöcke gingen auf die Männer hernieder. Fünf Angreifer fielen getroffen zu Boden. Einem der Männer gelang die Flucht, Hals über Kopf stürzte er den Hang hinunter, während Pfeile links und rechts von ihm einschlugen. Der schlammige Boden wurde ihm zum Verhängnis. Im rasanten Lauf ausrutschend, verlor er das Gleichgewicht und stürzte vornüber. Es gelang ihm nicht, den Sturz mit den Händen abzufangen, ungebremst fiel er in die Streitaxt, die er in seiner Rechten getragen hatte. Er rutschte sterbend den Hang hinunter, bis er, die Axt mitten im Brustkorb, reglos liegen blieb.

„Es ist wahrhaftig ein Elend", sagte der Pfalzgraf und schüttelte den Kopf.

Der Bischof machte das Kreuzzeichen in Richtung des Berges. „Der Allmächtige möge sich ihrer Seelen erbarmen."

„Die Männer gehen entschlossen zu Werke und lassen sich nicht durch Angst oder kriegerische Unkenntnis von ihrem Eifer gegen den König abbringen. Es brennt ein wütendes Feuer in ihnen."

„Seit die feige Flucht des Herrschers von der Hartesburg bekannt geworden ist, gibt es kein Halten mehr im sächsischen Volk. Ein ungerechter König, der sich wie ein Dieb in der Nacht heimlich davonschleicht und unterdessen vorgaukelt, er sei weiterhin zu Verhandlungen bereit, hat jedes Ansehen verspielt."

„Wollen wir doch einmal sehen, ob wir den Salier nicht zur Besinnung bringen können!" Friedrich von Gozeka hob die rechte Hand, die in einem eisengepanzerten Handschuh steckte, und ballte die Faust.

„Dies hier ist in der Geschichte des Reichs ein besonderer Vorgang. Wann hat es schon einmal einen offenen Kampf gegen den König gegeben?", fragte der Prälat ernst.

„Nun, es hat bislang auch wohl kaum einen schwächeren, ungerechteren König hierzulande gegeben", erklärte der Pfalzgraf. „All seine Vorgänger waren machtvollere, aber zugleich auch gerechtere Herrscher, die das althergebrachte Recht achteten. Unter ihrer Führung stand die Königstreue nie infrage. Doch bei Heinrich IV. ist dies anders. Er maßt sich vieles an, was ihm keinesfalls zukommt. Sein Königtum war von Anbeginn an ein Fehler. Schlechte Erzieher und Berater haben versäumt, dem jungen Heinrich das wahre Königsbild zu vermitteln. So handelt er heute falsch und glaubt sich dabei gar im Recht."

„Damit verstößt er gegen den Ratschluss des Allmächtigen, denn, wie der heilige Augustinus sagt, Gott hat den Staat mit einem gerechten König gedacht, damit dieser Jesu Gerechtigkeit auf Erden verwirklicht. Ist der König aber ungerecht, verwirkt er seinen Machtanspruch, da er sich gegen Gott stellt. In diesem Moment endet für das Volk und die Lehnsmänner die Treuepflicht gegenüber dem König, und es beginnt das Widerstandsrecht. Dann gilt der Satz des heiligen Petrus und der Apostel: Man muss Gott mehr gehorchen als den Menschen!"

„Und doch muss dies Widerstandsrecht erst einmal durchgesetzt werden, freiwillig verzichtet kein Herrscher auf sein Amt."

„Nun, der Geist des Ungehorsams verbreitet sich und wird stärker. Jüngst haben sächsische Abgesandte die Thüringer aufgesucht und ihre

Mithilfe bei unserem Aufstand erwirkt. Unsere Männer wurden mit Jubel empfangen. Zudem haben die Thüringer die Klöster Fulda und Herveldia sowie den Mainzer Erzbischof, die dort die mächtigsten Grundherren sind, unter Druck gesetzt, dass sie sich in dieser Sache neutral verhalten mögen."

„Sehr gut", nickte Friedrich von Gozeka. „Der Brand lodert so an mehreren Ecken. Welch ermutigendes Zeichen wäre es da, wenn die Heimenburg als erste Königsfeste bald fiele! Ich werde daher nicht zuwarten, bis Hanno und seine Mannen ihre Vorräte verbraucht haben, sondern habe insgeheim Gespräche mit dem Burgherrn beginnen lassen. Gold und freier Abzug gegen eine freiwillige Räumung der Feste, auf dass wir sie schleifen und niederbrennen." Er deutete in Richtung seines Beraters Gerald, der vom Lager her auf die beiden Männer zukam. Bei seinem Anblick fiel Friedrich wieder der Reif ein, der in einer Schatulle in Loctuna lag. Aufgrund der Belagerung war Geralds Suche nach dem Geheimnis vertagt worden, doch keinesfalls vergessen. Sobald die Heimenburg fiel, würde er den Berater wieder auf den Weg schicken.

„Und, was sagt Hanno? Ist er willens?" Der Bischof sah ihn ungeduldig an.

„Nun, er hat nicht rundweg abgelehnt", lächelte der Pfalzgraf verschwörerisch. „Ich denke, es bedarf nur noch etwas mehr Goldes. Hab ich recht, Camerarius?" Er nickte Gerald zu, der zwischen die beiden Reiter trat.

„Ehrwürdiger Bischof, mein Herr." Der Camerarius verneigte sich. „Ja, diesen Eindruck machte der Burgherr auf mich. Morgen werde ich unser Angebot erhöhen, das wird er wohl kaum ablehnen."

„So können Bucco und ich heute Abend auf meinem kleinen Fest in Loctuna die frohe Kunde verkünden, was denkst du?", fragte der Pfalzgraf seinen Berater, der zustimmend nickte. „Sehr gut, so wird es eine vorgezogene Siegesfeier."

Nach dem grauen Tag war es ein unerwarteter Anblick, als sich die Wolken am Abend im Schein der untergehenden Sonne rötlich färbten. Die ganze Landschaft rund um das Landgut Loctuna, das nördlich des Harzes knapp eine Wegstunde von der Hartesburg entfernt lag, war in rotgoldenes Licht getaucht. Aus dem großen Saal im oberen Stockwerk des Anwesens ließ sich durch die Bogenfenster die Landschaft bis hin zum Harz überblicken, Wiesen und Wälder erschienen gleichsam in einem rötlichen Anstrich.

Das Gut Loctuna gehörte seit alters der Familie Gozeka und diente dem jeweiligen Oberhaupt als Landsitz. War es bis zum Frühjahr 1072 im Besitz Erzbischof Adalberts von Hammaburg und Bremen gewesen, so war es mit dessen Tod an seinen Bruder Friedrich von Gozeka übergegangen. Wie seine Vorgänger nutzte dieser es insbesondere zur Verwaltung seiner weitläufigen Ländereien und Besitztümer. Da Loctuna im Kerngebiet der Kämpfe jener Tage lag, diente es dem Pfalzgrafen während der Umtriebe als zwischenzeitlicher Wohnsitz.

„Es grüne die Tanne, es wachse das Erz – Gott schenke uns allen ein fröhliches Herz!“, schallte es durch den Saal. Einer der geladenen Herren hatte den alten Harzer Trinkspruch angestimmt, zu dem die Gäste an der langen Tafel nun ihre Pokale erhoben. Wein und Bier flossen reichlich, nachdem das erlesene Mahl mit Wild längst beendet war. Die Stimmung unter den zwei Dutzend Gästen des Pfalzgrafen – Adlige, hohe Ministeriale und Geistliche aus dem Umland – war ausgezeichnet, zumal der Gastgeber zu Beginn den baldigen Sieg an der Heimenburg verkündet hatte.

Nur der Hausherr selbst schien von der guten Stimmung nicht erfüllt zu sein. Friedrich von Gozeka, in eine elegante, blaue Seidentunika mit goldenem Adler auf der Brust gekleidet, saß am Kopf der Tafel. Mit ernster Miene blickte er mal durch die Fenster, mal auf den golden schimmernden Reif Wurdbouga, den er unter dem Ärmel seines Untergewands halb verborgen am Handgelenk trug. Immer wieder jedoch wanderte sein Blick über die Tafel hinweg zum anderen Tischende, wo er verstohlen drei Gäste beobachtete. Es war unverkennbar, dass der Pfalzgraf – unberührt von der guten Laune um ihn herum – tief in Überlegungen versunken war.

„Friedrich“, riss ihn eine Stimme aus seinen Gedanken, „hörst du? Morgen kommen neue Truppen aus dem Nordthüringgau“, rief der grauhaarige Erzbischof Werinher von Magdeburg durch den Saal. „Nun höre ich von Bucco, dass ihr an der Heimenburg gar keine Kräfte mehr benötigt. Sollen sie also weiter zur Hartesburg?“

Die beiden Prälaten sahen den Pfalzgrafen an, der nur mit einem vagen Lächeln Zustimmung signalisierte. Kurz schienen die Geistlichen erstaunt zu sein über die Schweigsamkeit des Gastgebers, doch dann wandten sie sich wieder ihren Gesprächen zu. Der Einzige im Saal, der das Interesse des Pfalzgrafen für die drei Gäste beobachtete, war Gerald. Lang genug kannte er Friedrich, um zu ahnen, dass dieser irgendetwas im Schilde führte.

Zwei Tage zuvor war Gerald von seinem Herrn angewiesen worden, ebenjene drei Personen ausdrücklich zu der Festlichkeit nach Loctuna einzuladen. Er war umgehend losgeritten, um Graf Gebhard von Supplinburg sowie Gertrud von Haldeslevo und ihrer Tochter Hedwig die Nachricht zu übermitteln. Die Tochter nun war keine andere als die Formbacherin, auf die sich seit Längerem so viele Gedanken Friedrichs richteten. Diese drei stellten neben dem Kampf gegen den König die zweite große Herausforderung des Pfalzgrafen in Fragen der Macht dar. Nun waren sie im Saal, und ihnen allein galt Friedrichs Aufmerksamkeit. Gerald spürte unweigerlich, dass etwas in der Luft lag. Was hatte sein Herr vor?

Weitere Trinksprüche wurden zum Besten gegeben, wobei zumeist der nahe Sieg an der Heimenburg sowie der begonnene Kampf gegen den König beschworen wurden. Die Silberpokale in die Höhe reckend und sich von den Plätzen erhebend, feierten die Gäste den gemeinsamen Aufstand und machten sich zugleich Mut für die Zukunft. Der Pfalzgraf beteiligte sich allenfalls mit ein paar flüchtigen Worten oder einem knappen Nicken hier und da. So verstrich der Abend, bis sich jenseits der Fenster Dunkelheit übers Land legte.

Mit einem Mal endete die gedankenverlorene Abwesenheit Friedrichs. Den Blick geschärft, atmete er plötzlich tief durch und wechselte auf dem Stuhl in eine aufrechte Haltung, als ob er zu einem Entschluss gelangt sei. Er nahm rasch einen Schluck Wein aus dem Kelch, blickte den Camerarius an und erhob sich. Kaum einer der Gäste beachtete, wie er durch den Saal schritt. Zielstrebig hielt er auf das Tischende zu, wo er sich einen Stuhl heranzog und sich mit einem Lächeln zwischen die Dreiergruppe setzte.

„Edle Gertrud, ich freue mich, dass du und deine holde Tochter es einrichten konnten an diesem schönen und für Sachsen so hoffnungsfrohen Abend", begann er und neigte höflich das Haupt vor den beiden Damen, die sichtlich überrascht waren über die plötzliche Aufmerksamkeit des Gastgebers.

„Nun, die Häuser Gozeka und Haldeslevo haben seit jeher ein gutes Verhältnis gepflegt, lieber Friedrich", erwiderte die Gräfin und lächelte huldvoll. „So war es eine Freude, deiner Einladung nachzukommen." Gertrud, eine stattliche Frau Mitte dreißig, trug über dem kostbaren Kleid aus dunkelrotem Brokat einen dunklen Schleier, da sie seit dem Tod ihres zweiten Gemahls vor einem Jahr, des früheren sächsischen Herzogs Ordulf, trauernde Witwe war. Der stolze, fast hochmütige Ausdruck in ihrem Gesicht verriet das Selbstbewusstsein einer Frau, die eine der mächtigsten im Reich war. Abstammend aus dem ottonischen Königshaus, hatte sie durch ihre zwei Ehen große Besitztümer in Bayern und Sachsen im Haus Haldeslevo zusammengeführt. Ihr erster Gemahl, der bayerische Graf Friedrich von Formbach, war der Vater ihrer fünfzehnjährigen Tochter Hedwig, die daher „die Formbacherin" genannt wurde.

„Und du, Hedwig? Gefällt dir Loctuna und unsere kleine Festlichkeit?", wandte sich Friedrich nun an die junge Frau, die ohne Zweifel die schönste Dame im Saal war. Das violette Seidenkleid betonte ihre jugendlich schlanke, zugleich weibliche Figur. Da sie keinen Schleier trug, fiel ihr rotbraunes Haar offen herab und bildete einen leuchtenden Blickfang.

„Gewiss, edler Friedrich." Sie verneigte sich kurz. „Viel zu selten gibt es so gute Gelegenheiten." Sie lächelte, wobei schöne weiße Zähne sichtbar wurden und sich auf beiden Wangen Grübchen zeigten.

„Lass mich dir danken für diesen Abend, wackerer Kampfgefährte", ergriff Gebhard von Supplinburg das Wort und nickte dem Gastgeber zu. „Es ist dein Abend! Du führst unser aller Truppen zum Sieg an der Heimenburg. Und das, wo Supplinburg kaum mehr als zweihundert Mann zur Verfügung stellen konnte." Der Graf war etwas jünger als Gertrud und hatte ein freundliches, angenehmes Wesen. Er war von schmächtiger Statur, seine grünen Augen besaßen einen offenen Blick.

„Keinen Dank, Gebhard, es ist mir die höchste Ehre, für unser Sachsen ins Feld zu ziehen." Friedrich reichte dem Grafen von Supplinburg zur Begrüßung die Hand.

„Wo ist deine wundervolle Gemahlin? Du hast sie doch nicht in der fernen Viczinburg allein zurückgelassen?", fragte Gertrud und sah den Pfalzgrafen mit hochgezogenen Augenbrauen an. „Die Ärmste ..."

„Ja, so ist es leider", erwiderte Friedrich und lächelte gezwungen. In seiner Miene war nun deutliche Ungeduld zu erkennen. Er räusperte sich kurz und blickte der Reihe nach die drei Gäste an, die ihn ihrerseits erwartungsvoll ansahen. „Nun, ich möchte nicht lange um den heißen Brei herumreden ..." Er beugte sich ein wenig nach vorn und senkte die Stimme. „Ich habe zuverlässig erfahren, dass es in euren Häusern Haldeslevo und Supplinburg Bestrebungen gibt, engere Bande zu knüpfen. Ist das zutreffend?" Der Pfalzgraf sah Gertrud ernst an, die stutzte und misstrauisch zögerte.

„Ja, den Wunsch dieser beiden gibt es tatsächlich ...", erwiderte sie langsam und sah ihre beiden Begleiter an. „Warum fragst du? Ist es für dich etwa von Interesse, Friedrich?" Letzteres war im Tonfall so gesprochen, als ob nur ein Nein als Antwort infrage käme. Aus dem Gesicht der Gräfin war jegliches Lächeln gewichen, während ihr Kinn angriffslustig vorgereckt war.

„Das weißt du ganz genau." Der Pfalzgraf klang schneidend kalt. „Und es muss klar sein: Diese Heirat darf und wird es niemals geben!" Nach diesem laut gesprochenen Satz war es plötzlich totenstill, und aller Augen richteten sich auf die Gruppe.

„So? Ich wüsste wahrlich nicht, warum", erwiderte die Gräfin kühl.

„Tu nicht so scheinheilig, alte Fädenzieherin! Durch deine Ehen hast du das Haus Haldeslevo zum mächtigsten weit und breit gemacht, doch das reicht dir nicht! Nein, ganz gewiss nicht", rief Friedrich und sprang vom Stuhl auf. Anklagend deutete er auf sie. „Um deine Machtspiele zu krönen, möchtest du nun noch den Bund mit Supplinburg. So soll ein Haus entstehen, das nördlich des Harzes seinesgleichen sucht. Außerdem hätte es über beide Ahnenreihen Verbindung zu den Ottonen und wäre damit gewiss ein künftiges Königshaus." Er hatte die letzten Worte in einem warnenden Tonfall an alle gerichtet.

„Was fällt dir ein, Pfalzgraf! Wie redest du mit ihr? Bist du von Sinnen?" Gebhard sprang von seinem Stuhl auf und stellte sich schützend vor Gertrud. Die Rechte lag auf dem Griff seines Schwerts.

„Halte dich da raus, Kerl!“, dröhnte Friedrich und trat drohend auf den Jüngeren zu. „Du bist doch nur ein willenloses Steinchen in ihrem Ränkespiel. Sie würde ihr Töchterchen doch an jeden vergeben, der ihrer Machtgier nützlich ist.“

„Halt den Mund, Pfalzgraf“, rief Gebhard erbost. „Ich werde Hedwig zur Frau nehmen, ob es dir passt oder nicht. Dein widerwärtiger Neid ist kein Hindernis!“

Das Gesicht Friedrichs schien förmlich einzufrieren, während er sich mit seiner bulligen Statur vor dem Supplinburger aufbaute und sein Schwert zog. Langsam richtete er die Klinge auf den Brustkorb seines Gegenübers.

„Er ist wahrhaftig von Sinnen!“, rief Gertrud erschrocken und blickte besorgt und Hilfe suchend in die Runde der Gäste, die das Geschehen wie gelähmt verfolgten. Unterdessen hatte auch Graf Gebhard sein Schwert gezogen und stieß damit die Klinge des Pfalzgrafen zur Seite. Im Saal waren einige Männer aufgesprungen, unter ihnen Bischof Burchard und Gerald, die zu den Streitenden eilten.

„Hör mich an, Friedrich“, rief da mit einem Mal die Formbacherin in den Tumult des Saals. Das Mädchen war aufgestanden und trat langsam neben Gebhard von Supplinburg. „Meine Mutter benutzt mich nicht wie einen Einsatz im Spiel! Die Ehe mit Gebhard ist mein eigener sehnlicher Herzenswunsch. Deine Worte haben somit keine Bedeutung.“

„Du plapperst so daher, Mädchen“, erwiderte der Pfalzgraf kalt und würdigte sie keines Blickes. „Dein Herz wird womöglich noch anders zu fühlen lernen.“ Er lächelte grimmig, während sein Blick kurz den Armreif an seinem Handgelenk streifte.

In diesem Moment hatte Gerald seinen Herrn erreicht. Mit sanftem Druck schob er den Pfalzgrafen zur Seite. „Beruhigt Euch, edler Herr!“

„Nun, du bist wohl trunken oder wirr heute Abend“, ergriff Gertrud das Wort und sah den Gastgeber kühl an. „Du hast jedenfalls gehört, wie es um die Sache steht, Friedrich. Mehr gibt es zu der Heirat nicht zu sagen – sie ist beschlossen.“

„Nichts ist beschlossen, Ränkeschmiedin“, zischte der Pfalzgraf, während er sein Schwert zurück in die Scheide schob. „Solltet ihr drei den Plan nicht aufgeben, werde ich euch vor die Synode zerren, bei Gott! Die

Ehe wäre wider das kanonische Recht, da der Grad eurer Blutsverwandtschaft zu nah ist. Das wisst ihr ganz genau. Es wird diese Heirat niemals geben!"

„Genug jetzt", sagte Gertrud zornig. Sie erhob sich und nickte ihrer Tochter und Gebhard zu. „Das müssen wir uns nicht bieten lassen. Mein Fuß wird dieses Narrenhaus zu Loctuna nie mehr betreten."

„Na, da danke ich aber dem Allmächtigen!", rief Friedrich den drei Davoneilenden spöttisch hinterher. „Und vergesst nicht: Die Heirat verstößt gegen Gottes Gebot!" Mit finsterer Miene beobachtete er, wie die drei den Saal verließen. Unbewusst berührte er Wurdbouga unter seinem linken Ärmel und wandte sich den übrigen Gästen zu, die ihn schweigend ansahen.

„Bucco, du hast es gehört: Sollten sie es tatsächlich wagen, werde ich Klage erheben, und du kannst eine Synode zu Halberstadt einberufen." Als der Pfalzgraf auf dem Weg zu seinem Platz an Gerald vorüber kam, beugte er sich zu ihm und flüsterte zischend: „Und du kümmerst dich schleunigst um das Geheimnis des Armreifs!"

Wiedersehen in Gozeka

Braune Pfützen im Innenhof der Klosteranlage zu Gozeka waren die sichtbaren Folgen der Regenschauer der letzten Tage, die inzwischen in Richtung Südosten weitergezogen waren. Der Himmel war wieder blau, wenngleich mit einzelnen Wolken durchsetzt. Es würde gewiss noch mehrere Tage dauern, bis die Sonne den Boden wieder vollständig getrocknet haben würde. Lindfell und Tado blieb nichts anderes übrig, als sich einen Weg zwischen den Lachen hindurch zu suchen.

„Ich hab genug von all der Nässe", stöhnte Lindfell. „Hemd und Hose hängen mir seit Tagen feucht auf der Haut. Bei uns in Elbergard gibt es so etwas nicht!" Verdrießlich zupfte er am Stoff seines Hemds. In den letzten Tagen waren die beiden oft stundenlang im Regen gelaufen.

„Hör auf zu jammern", lachte Tado, der angesichts der Aussicht, nach sieben Jahren Folkward wiederzubegegnen, bester Laune war. „Das gehört eben auch zu der Welt, auf die du so neugierig bist."

Lindfell brummte missmutig und folgte dem Mönch, der bemüht war, trockenen Fußes vom Haupttor des Klosters zum Westwerk der Kirche zu gelangen. Lagerhäuser, Stallungen und Scheunen bildeten einen Teil der Klostermauer, der große Innenhof war, abgesehen von zwei ausladenden Kastanienbäumen, leer.

Aufgeregt beschleunigte Tado seine Schritte. Immer wieder blickte er hinüber zum Kirchenportal, um den Augenblick nicht zu versäumen, da sich die Tür öffnen und sein früherer Mitbruder heraustreten würde. Der Mönch am Haupttor hatte einen Novizen in den geschlossenen Klosterbereich vorausgeschickt, der Folkward über den Besuch informieren und ihn zum Eingang der Kirche bitten sollte.

„Nun bin ich gespannt“, sagte Lindfell, der ebenfalls zum Kirchenportal blickte. „Mit ihm kann dann hoffentlich endlich die Suche nach dem Reif beginnen. Es wird Zeit.“ Er mochte gar nicht daran denken, was wäre, wenn der Mönch ihm die Hilfe versagen würde.

Als Tado etwas sagen wollte, erklang plötzlich ein Geräusch aus Richtung des Westwerks. Der linke Flügel der Kirchentür öffnete sich, und ein hoch gewachsener Mönch in schwarzer Kutte trat auf den Innenhof. Mit einem kurzen Blick zum Himmel streckte der Mann die Arme aus und drehte die Handflächen nach oben. Dann schob er die Kapuze des Gewands zurück und entblößte sein Haupt. Seine dunkelbraune Tonsur war von ersten grauen Haaren durchzogen. Sich dem Klosterhof zuwendend, blickte er in Richtung der beiden sich nähernden Besucher.

„Ist er das?“, fragte Lindfell ungeduldig flüsternd.

„Ja“, nickte Tado mit einem Lächeln, ohne seinen Blick von dem Mann lösen zu können. Folkward setzte sich ebenfalls in Bewegung und kam auf die beiden Männer zu.

„So lass mich dir von Herzen danken, mein Freund“, sagte Lindfell leise und klopfte dem Gefährten auf die Schulter. „Ohne deine Hilfe hätte ich den Mann gewiss nicht gefunden ...“ Tado wandte sich seinem Begleiter nur kurz zu, er richtete den Blick gleich wieder auf Folkward, der unterdessen bei ihnen angelangt war.

„Was für eine Freude, dich zu sehen, beim Allmächtigen!“, rief der ältere Mönch, dessen Worte sich im Leuchten seiner Augen widerspiegelten. „Bist du es wahrhaftig, Tado? Wo ist nur der dürre Novize von einst geblieben!“ Ehe jener zu einer Antwort ansetzen konnte, hatte Folkward ihn schon herzlich in die Arme geschlossen. Lindfell beobachtete ihr Wiedersehen lächelnd.

„Gott zum Gruße, Vater“, sagte Tado gerührt, als sie einander gegenüberstanden und sich aufmerksam musterten. „Ja, es ist ein Geschenk des Herrn, dass wir uns nach langen Jahren wiedersehen. Mein Herz ist voller Freude, und ich danke Jesus Christus für diese Gnade.“ Er hob den Blick zu einem gemauerten Kreuz in der Kirchenfassade und bekreuzigte sich. Lächelnd tat sein früherer Lehrer es ihm gleich.

„Nenne mich nicht Vater, Tado! Die Tage deines Noviziats sind längst vorüber, du bist heute ein Bruder wie ich.“

„Alles habe ich von dir gelernt. Ich habe deine Glaubensstärke und deine Weisheit bewundert, du bist mir stets ein Vorbild gewesen", erwiderte Tado. „Ich habe dir so viel zu verdanken."

„Du beschämst mich, Bruder", schüttelte Folkward den Kopf, „so etwas fördert am Ende nur den Hochmut. Und der ist bekanntlich das größte Übel." Lächelnd sah er seinen ehemaligen Schüler an. „Aber nun erzähle! Wie ist es dir ergangen in den letzten Jahren, und was in Gottes Namen führt dich, führt euch nach Gozeka?" Mit einem Seitenblick streifte er Tados Begleiter, der einige Schritte abseits wartete.

„Ach, da gäbe es viel zu erzählen über das Kloster Ramsola, wo ich nach unserer gemeinsamen Zeit auf dem Sollonberg ja geweiht wurde und seither meinen Dienst am Herrn demütig verrichte. Das eine oder andere habe ich dir bereits in meinen Briefen geschrieben." Mit einem Lächeln winkte Tado ab und nickte nach einer kurzen Pause in Lindfells Richtung. „Wichtiger ist vielmehr der Anlass unseres Besuches in Gozeka."

Es entstand erneut eine längere Pause, in der jeder der Männer darauf zu warten schien, dass der andere das Wort ergriff. In Folkwards Augen war deutlich zu erkennen, dass er längst ahnte, dass Tados Begleiter der eigentliche Grund für seinen Besuch sein musste. Neben der Neugier stieg langsam aus den Tiefen seines Bewusstseins ein Verdacht empor. Ohne dass Folkward es genauer hätte benennen können, regte sich in ihm eine innere Unruhe, wie er sie schon seit Jahren nicht mehr empfunden hatte.

„Pater, ich möchte dir meinen Gefährten Lindfell vorstellen. Er ist der Grund unseres Besuchs hier", erklärte Tado, während der Mann aus Elbergard langsam näher trat. „Meine Aufgabe war es, ihn zu dir zu führen."

„Du hast sie bestens erfüllt", ergänzte Lindfell und legte erneut seine Hand auf Tados Schulter. „Mein Dank und der meines Volkes sind dir gewiss."

Als Folkward diese Worte vernahm, trat ein erstaunter, doch zugleich verstehender Ausdruck in sein Gesicht. Aus der anfänglichen Ahnung schien Gewissheit zu werden. „Ich kann mich des Eindrucks nicht erwehren, ein Antlitz wie das deinige, Lindfell, vor langer Zeit schon einmal gesehen zu haben", begann der Mönch und reichte dem Fremden die Hand. „Das war an einem ungewöhnlichen Ort in gefahrvoller Stunde." Grübelnd starrte er den jungen Mann an und schien in ihm ein lange nicht gesehenes Gesicht wiederzuerkennen.

„Meinem Vater bist du begegnet in den Tiefen Elbergards." Lindfell lächelte, während die Hände der beiden Männer noch immer ineinander lagen. „Ich soll dir seine herzlichsten Grüße übermitteln."

„Allmächtiger im Himmel!", rief der Pater und schüttelte ungläubig den Kopf. „So ist also wahr, was ich kaum zu denken wagte? Du bist Langbins Sohn." Endlich ließ er die Hand des anderen los, trat ein paar Schritte zurück und musterte ihn von Kopf bis Fuß. „Und wie er hast auch du nicht eben viel von einem Schwarzalben." Es schien, als könnte er seine Freude kaum verbergen. „Oft habe ich an Langbin gedacht in all den Jahren – ich verdanke ihm mein Leben, wie du wohl weißt. Und nun steht hier nach so langer Zeit sein Spross vor mir! Sag, wie geht es deinem lieben Vater?"

„Nun, er ist wohlauf", berichtete Lindfell, „er ist natürlich betagter geworden. Schon seit einiger Zeit bereitet er sich auf das Alter vor, so hat er sich unter anderem aus dem Gefolge König Godwins zurückgezogen."

„Das freut mich. Ich habe ihn als eine gute Seele kennengelernt. Gäbe es auf Erden mehr von seiner Art, so wäre die Welt eine bessere ..." Erinnerungen an vergangene Tage schienen Folkward einzuholen, und er schwieg eine Weile.

„Langbin hat von dir stets mit ähnlicher Wertschätzung gesprochen." Lindfell blickte den Pater freundlich an. „Es ist mir eine Ehre, dir zu begegnen."

„Du beschämst mich über die Maßen", entgegnete Folkward gerührt und schüttelte den Kopf. „Ich danke dem Allmächtigen, dass er solch einen Tag für mich heute bereithält!" Während er von Lindfell zu Tado blickte, verriet seine Miene neben der Freude erneut Neugier. Jetzt, da er wusste, wer Lindfell war, gab es für ihn keinen Zweifel mehr, dass die Vergangenheit ihn einzuholen gedachte. Und doch vermochte er sich nicht vorzustellen, aus welchem Grund. Schließlich siegte sein Wissensdrang. „Also, nun sprecht! Um des Wiedersehens willen habt ihr ganz gewiss nicht den Weg nach Gozeka auf euch genommen, habe ich recht?"

„Mein Vater hat dich einen weisen Mann genannt“, begann Lindfell und sah Folkward an. „Er war es, der mich zu dir geschickt hat in einer schwierigen und schicksalhaften Mission. Wenn irgendjemand mir helfen könnte, sagte er, so seist du es.“

„Worum geht es?“ Folkward beugte sich unbewusst vor und senkte die Stimme. „Hat es etwas zu tun mit dem Hort zu Elbergard?“ Der Mönch blickte Lindfell erwartungsvoll an.

„So ist es. Der Reif …“ Bevor Lindfell weitersprechen konnte, wurde er durch eine Geste Folkwards abrupt unterbrochen.

„Lasst uns bitte außerhalb dieser Mauern darüber sprechen“, erklärte der Pater bestimmt und wies mit dem Arm zur Südwestecke des Hofes, wo eine Pforte zu erkennen war. „Dies hier ist nicht der rechte Ort …“ Mit raschen Schritten überquerte er den Hof, gefolgt von den beiden jungen Männern.

Als sie den Durchgang erreichten, öffnete er die Tür und trat unter einem Rundbogen hinaus ins Freie. Die drei Männer standen nun auf einem Vorplatz, von wo aus sich ein weiter Blick ins Tal der Sala bot. Ein Fußweg führte von der Klosterpforte den Hang hinab, überall wucherte Urwald.

„Lasst uns ein Stück des Weges gehen“, sagte Folkward und warf einen schnellen Blick zurück. Keiner der Mitbrüder war zu sehen.

„Warum diese Vorsicht?“, fragte Lindfell, als sie bereits ein Stück gegangen waren.

„Nun, ich weiß, dass das, was du zu erzählen hast, nicht an einen Ort gehört, wo jeder Gedanke und jede Sehnsucht Jesus Christus gilt. Für meine Ohren ist all das nicht fremd, ebenso wenig offenbar für Tado. Doch Abt Friedrich und meine Mitbrüder würden es keinesfalls verstehen, geschweige denn billigen.“ Folkward sah lächelnd vom einen zum anderen. „Einer solchen Herausforderung möchte ich sie nicht ohne Not aussetzen. Abgesehen davon könnte mir … oder vielmehr uns“, er blickte in Tados Richtung, „der Vorwurf der Häresie drohen, was Folgen bis hin zur Exkommunikation haben könnte. Das alles sollten wir vermeiden.“

„Gott möge uns, seinen Dienern, verzeihen!“ Tado bekreuzigte sich. „Auch für meinen Glauben ist all das hier noch sehr schwer zu verdauen.“

„Und doch ist es die Wirklichkeit, Tado", erklärte Folkward und sah den früheren Schüler aufmunternd an. „Mir ist es damals ebenso schwergefallen wie dir heute, das Fortbestehen einer heidnischen Welt mit den alten Göttern jenseits unserer christlichen anzuerkennen. Lindfell allein ist schon Zeugnis genug ... Und ich habe diese Welt seinerzeit sogar mit eigenen Augen gesehen." Mit diesen Worten wandte er sich an Lindfell. „Nun aber endlich zum Anlass deiner Reise! Du hast einen Reif erwähnt, ist er das Ziel deiner Mission?"

„Wie gesagt, mein Vater nannte dich einen sehr klugen Mann ..."

„Vor sieben Jahren habe ich einmal solch einen Armreif gesehen und auch kurz berührt", erinnerte sich Folkward und blickte fragend in Lindfells Gesicht. „Er stammte aus dem Hort der Schwarzalben zu Elbergard."

„Wurdbouga, der Schicksalsreif, so heißt das Kleinod", antwortete Lindfell. „Ja, er wurde damals geraubt von ..."

„... von uns im Auftrag des seligen Erzbischofs Adalbert", ergänzte der Mönch betrübt. „Hätten wir diesen Gang nach Elbergard nur niemals gewagt – er hat nur Unheil verursacht!"

„Von den geraubten Dingen fehlt nur noch der Reif."

„Und du sollst ihn zurückbringen nach Elbergard? Ist das deine Mission, Lindfell?" Folkward war stehen geblieben und musterte den Besucher.

„König Godwin hat mir diese ehrenvolle Aufgabe übertragen." Stolz strich sich Lindfell über das Kinn. „Mein Vater ist bereits zu alt für so ein beschwerliches Unterfangen, also fiel das Los auf mich."

„Wie aber kann ich dir dabei von Nutzen sein? Bei mir findest du den Reif gewiss nicht." Folkward machte ein ratloses Gesicht.

„Nun, Wurdbouga soll irgendwo hier im Süden sein. Falmag, der Fürst der Blihan, hat den Reif kürzlich aus der Ferne aufgespürt, nachdem er sieben Jahre lang verschollen schien. Irgendjemand scheint ihn seit Kurzem wieder am Arm zu tragen. Diesen Jemand muss ich finden", erklärte Lindfell.

„Wenn ich das Ganze richtig verstanden habe", ergriff Tado das Wort, „so endete die Spur des Reifs damals im Umfeld des Erzbischofs. Dort gilt es anzuknüpfen ..."

„Ja, aus diesem Grund bin ich hier. Mein Vater hoffte, du könntest mir in diesem Umfeld weiterhelfen." Lindfell sah den Pater erwartungsvoll an. „Vielleicht hast du eine Idee, wo ich meine Suche beginnen könnte."

„Wenn der Reif tatsächlich nicht mehr in Hammaburg oder Bremen ist, könnte er womöglich ..." Folkward beendete den Satz nicht. Der Mönch war erneut stehen geblieben, blickte gedankenverloren ins Tal und strich behutsam über die Narbe an seinem Hals. „Soweit ich mich erinnere, hat Notebald, der den Reif damals aus Elbergard raubte, diesen seinem Herrn, Erzbischof Adalbert, ausgehändigt. Seither habe ich bis zum heutigen Tag nichts mehr davon gehört. Wenn er sich nun hier weit südlich der Elbe befinden soll, so könnte das darauf hindeuten, dass er womöglich als Erbteil des vor einem Jahr verstorbenen Adalbert an seinen Bruder Friedrich gegangen ist. Der ist bekanntlich sächsischer Pfalzgraf und lebt, nur einen halben Tagesmarsch von hier entfernt, auf der Viczinburg. Dies würde auch zu dem Umstand passen, dass der Pfalzgraf unserem Kloster jüngst erst eine Truhe mit Kostbarkeiten aus Adalberts Nachlass gestiftet hat." Der Pater verstummte. Es entstand eine Pause.

„Es könnte sein, dass Friedrich erst dieser Tage dazu gekommen ist, das Erbe seines Bruders genauer in Augenschein zu nehmen", fuhr Folkward endlich fort.

„Und dass dabei auch der Reif zum Vorschein kam, der all die Jahre unbeachtet beim Erzbischof lag", führte Tado den Gedanken weiter.

„Ja, das wäre denkbar", nickte Folkward und wandte sich an den Besucher. „Du solltest deine Suche wohl auf der Viczinburg beginnen, Lindfell."

„So hätte also dieser Pfalzgraf den Armreif womöglich in seinem Besitz?", fragte Lindfell beunruhigt. „Was ist er für ein Mensch? Ist er machtgierig?"

„Warum fragst du das?" Folkward blickte ihn überrascht an, wobei er jedoch im selben Moment bereits die Antwort ahnte. „Ist Wurdbouga vielleicht mehr als nur ein schönes, von Albenhand geschmiedetes Schmuckstück? Steckt vielleicht Zaubermacht in ihm?"

„So ist es." Jetzt war es an Lindfell, die Stimme zu senken. „Wäre der Reif einfach nur ein Schmuckstück für seinen Träger, so stünde ich nicht hier vor dir, Folkward. Wurdbouga ist der Schicksalsreif, der seinem Besitzer – so er denn über die darin steckende Magie zu gebieten weiß – unumschränkte Macht über alle Wesen zu verleihen vermag, auf die er den Zauber richtet.“ Er streckte beschwörend die Arme aus und spreizte die Hände. „Du verstehst? Sollte der Reif einem falschen Träger zufallen, der den Zauber zu entschlüsseln versteht, so bestünde die große Gefahr, dass seine Macht zu düsteren Zwecken missbraucht wird. Daher fragte ich nach der Gesinnung des Pfalzgrafen. Schlimmstenfalls wäre höchste Eile geboten ...“ Der Mann aus Elbergard trat vor Folkward und legte ihm die Hand auf den Unterarm. „Mein Vater riet mir, dir zu vertrauen – das habe ich hiermit getan. Wie auch Tado bitte ich dich zugleich, das Geheimnis gut zu hüten.“

„Das Wissen ist bei mir sicher aufgehoben, meine Lippen sind versiegelt. Ich ahne nur zu gut, wie gefährlich es wäre, wenn dunkle Kräfte von Wurdbouga erführen. Zugleich danke ich dir für dein Vertrauen, mein Freund“, sagte der Mönch und berührte Lindfell seinerseits an der Schulter. „Du machst deinem Vater alle Ehre.“

Eine Weile standen sich die beiden schweigend gegenüber, während in Folkward die Erkenntnis reifte, dass er nach all den Jahren erneut in jene seltsame Anderswelt gezogen wurde, die er hinter sich gelassen zu haben geglaubt hatte. Schon erfassten ihn Tatendrang und Ungeduld.

„Nun verstehe ich die Tragweite deiner Mission, Lindfell. Sie könnte schwerwiegende Folgen haben nicht nur für dein Volk, sondern auch für uns Menschen!“ Folkward wirkte nun zutiefst beunruhigt. Sorgenvoll blickte er vom einen zum anderen. „Friedrich von Gozeka ist ohne Zweifel ein machtbesessener Mann, das weiß jeder in Sachsen. Hat er den Reif und weiß um die Zaubermacht, so ist das Schlimmste zu fürchten!“

„Falls es so wäre, würde deine Mission sehr gefährlich werden, Lindfell“, warf Tado ein, „zumal er Wurdbouga kaum freiwillig an dich abtreten würde.“

Folkward sah Lindfell eindringlich an. „Wir müssen rasch und vor allem geschickt handeln.“

„Wir?“, fragte Lindfell leise. „Heißt das ...“

„Ja, ich werde dich nach besten Kräften unterstützen“, sagte Folkward entschlossen. „Nicht nur, weil du Langbins Sohn bist und ich so seinen mir damals erwiesenen Dienst zumindest ein wenig entgelten kann, sondern auch weil ich seit dem Gang nach Elbergard damals eine Verantwortung für all die unseligen Folgen empfinde. Der Reif Wurdbouga muss dorthin zurückkehren! Der Allmächtige möge unserem Vorhaben Erfolg bescheiden." Als der Mönch sich bekreuzigte, tat Tado es ihm gleich.

„Auch ich werde mitkommen und dieser Mission – so Gott will – zu einem guten Ende verhelfen", erklärte der Mitbruder voller Eifer. „Die Rückkehr nach Ramsola mag vorerst warten, es gibt nichts, was mich dorthin zieht. Ich werde dir vom klösterlichen Leben dort das eine oder andere erzählen, ehrwürdiger Vater, dann wirst du mein Handeln verstehen können", fügte er hinzu, als er Folkwards überraschte Miene sah.

„Ich danke euch beiden von Herzen", sagte Lindfell. „Also hatte mein Vater recht: Ihr Gottesmänner seid wahrlich gute Menschen. Für euren Jesus Christus seid ihr die besten Botschafter und Glaubenskünder." Er sah die Mönche dankbar an, war in Gedanken jedoch schon wieder bei der Aufgabe. „Also zur Viczinburg ..."

„Ja, wir sollten jedoch noch bis zum Morgen warten. Der Weg ist zu weit, wir kämen andernfalls in die finstere Nacht." Folkward wies nach Osten, wo der Abend anbrach. „Ich werde den Hospitarius bitten, euch beiden Mahl und Nachtlager zu bereiten. Dann will ich Abt Friedrich unterrichten, dass wir morgen in der Früh zur Viczinburg aufbrechen."

„Bestenfalls hältst du den Reif morgen bereits in Händen, Lindfell. Dann könnten wir schon bald zurück nach Norden", sagte Tado hoffnungsvoll, während die Männer den Weg zum Kloster zurückgingen. „Ich werde zum Herrn beten!"

Folkward setzte an zu einer Entgegnung, besann sich jedoch eines Besseren und schwieg. Auch wenn er Tados Zuversicht nicht teilte, wollte er ihm die Hoffnung nicht nehmen. Mit einem Lächeln betrachtete er ihn von der Seite und erinnerte sich, wie er als Novize ebenfalls einen sorglosen Blick auf die Welt gehabt hatte. Die vor ihnen liegende Aufgabe würde zeigen, ob dies auch künftig so bliebe.

„Was ist eigentlich aus Okke und Hedda geworden, die damals mit dir von der Elbe hierhergegangen sind?", fragte der junge Mönch mit einem Mal. „Wie ist es ihnen ergangen? Haben der Soldat und die Wickerin hier ein Zuhause gefunden?“

„Wie ich sehe, hat sich an deiner Wissbegier nichts geändert.“ Folkward klopfte Tado lachend auf die Schulter. „Nun, leider kann ich dir über sie nicht viel sagen. Okke, der im Dienst des Pfalzgrafen steht, wurde vor drei Jahren in den Norden versetzt. Hedda und die beiden Kinder sind natürlich mitgegangen. Seither habe ich nichts mehr von ihnen gehört.“

„Schade, ich mochte sie gut leiden“, sagte Tado und blickte seinen früheren Lehrer an. „Im Übrigen ist das keine Wissbegier, sondern wohlmeinende Anteilnahme …“

Der König in Bedrängnis

Die ausladenden Eichen umstanden in einem länglichen Rund die Wiese. Das Gras leuchtete dank der jüngsten Regenfälle in sattem Grün. Die Männer saßen im Schatten der Bäume auf Stühlen und Bänken, während eine kleine Fläche in der Mitte frei blieb und von der Mittagssonne erhitzt wurde. Hinter den Versammelten hielten sich die Dienerschaft und die Pferde im angenehm kühlen Halbdunkel der Eichen auf. Es mochte einer der letzten heißen Sommertage des Jahres 1073 sein, Mensch und Tier suchten den Schatten.

„Es ist weniger eine Krise meines Königtums als vielmehr eine Krise des Reiches. Wenn in diesen Tagen die sächsischen Untertanen ihrem obersten Lehnsherrn, dem sie Treue geschworen haben, den Gehorsam verweigern, so erschüttert das die Grundfesten unserer gesamten Gemeinschaft und betrifft auch euch alle", rief Heinrich IV. entschlossen und wies in die Runde der versammelten Reichsfürsten. Der junge König saß auf einem hölzernen Thronstuhl unter der größten Eiche, links und rechts flankiert von seinen engsten Beratern wie den Bischöfen Benno von Osnabrück und Eppo von Zeitz. Einige Schritte hinter dem Herrscher standen eine Handvoll bewaffnete Wachen. „Durch solche Abkehr vom guten, alten Recht, wie es von unseren Ahnen auf uns gekommen ist, bedrohen die Sachsen die Ordnung im ganzen Land und öffnen der Willkür Tür und Tor. Richtet sich ihre Untreue heute gegen die rechtmäßige Herrschaftsausübung ihres Königs, so werden sie morgen den Zehnt und andere Pflichten nicht mehr anerkennen wollen. Und übermorgen könnte der auf solche Weise entfesselte Stamm gar die Grenzen zu seinen Nachbarn nicht mehr anerkennen wollen. In solch rechtlosen Zeiten wäre jeder Gottesfrieden dahin!"

„Wahr gesprochen", ergriff Benno das Wort. Der Bischof erhob sich von seinem Platz und verneigte sich in Richtung des Throns. „Es ist, wie du sagst: Der kriegerische Aufstand der Sachsen richtet sich gegen das Recht und gegen die Gebote des Allmächtigen. Wie schreibt Paulus an die Römer? Wer sich der Herrschaft widersetzt, widersetzt sich der Ordnung Gottes. Die, die aufbegehren, werden ihre Verurteilung erhalten."

„Wahrhaftig", pflichtete Erzbischof Liemar von Hammaburg und Bremen bei, ein blasser, hagerer Mann in mittleren Jahren, der dem König schräg gegenübersaß. „Ähnlich heißt es auch im Buch der Sprüche: Mein Sohn, fürchte den Herrn und den König und mische dich nicht unter die Aufrührer!"

„Nun, das ist trefflich zitiert, werte Kirchenherren, doch wie steht es mit der weltlichen Umsetzung?", fragte spöttisch der Kärntner Herzog Berthold der Bärtige. „Dem Treiben muss Einhalt geboten werden! Ich kann mich kaum von meinem Sitz erheben, so schmerzen mir auch nach fünf Tagen noch die alten Beine von der Flucht quer durch den Harz. Verjagt und verfolgt von den Unholden – welch eine Schmach für den König und seine Getreuen." Er klopfte sich auf die Beine und schüttelte den Kopf. „So etwas dürfen wir nicht hinnehmen! Die Sachsen gefährden in der Tat das ganze Reich – wir müssen gemeinsam ihren Übermut brechen und sie wieder zur Besinnung bringen. Das gelingt keinesfalls durch hehre Worte, sondern nur durch den Klang von Waffen."

Der Herzog blickte erwartungsvoll in die Runde, doch die erhofften Zustimmungsbekundungen blieben aus. Es folgte eine Pause zögerlichen Schweigens. Die vom König kurzfristig einberufene Versammlung zu Capella, einem kleinen Weiler südwestlich von Herveldia, geriet ins Stocken. Nach seiner Flucht von der Hartesburg war Heinrich IV. in anstrengendem viertägigem Marsch im Kloster Herveldia angelangt, wo kurz zuvor auch seine Gemahlin Bertha eingetroffen war. Dort verbrachte der Herrscher seither die Zeit und wartete auf den verabredeten Tag, an dem sich die Reichsheere für den Feldzug gegen die Polen sammeln sollten. Obwohl der Termin noch vier Tage entfernt war, hatte der König Boten an alle Fürsten gesandt mit der Aufforderung, sich vorher in Capella zu treffen.

Aufgrund seiner Lage am Kreuzungspunkt zweier Handelsstraßen inmitten des südlichen Hessengaus war die Siedlung Capella, die sich um einen alten Königshof scharte, ein guter Versammlungsort. Im Laufe des Vormittags war zunächst der König eingetroffen und hernach die Fürsten aus dem Süden des Reiches, an ihrer Spitze der Schwabenherzog Rudolf von Rheinfelden.

„Was Berthold sagt, ist wahr: Wir müssen den Sachsen auf dem Schlachtfeld begegnen! Geredet ist genug, sie werden uns überdies ihr Ohr nicht mehr leihen. Stattdessen mögen sie nun lernen, dass diejenigen, die zum Schwert greifen, auch durch das Schwert umkommen“, durchbrach Bischof Eppo die Stille und sah mit eindringlichem Blick in die Gesichter der Reichsfürsten. Doch selbst seine Worte fanden nicht den erhofften Anklang. Die Runde blieb zögerlich.

„Ich sage es frei heraus: Wir haben hier ein riesiges Reichsheer versammelt, wie wir es für unseren Feldzug gegen die Polen verabredet hatten. Nun, der Zug gen Osten mag warten – lasst uns die Truppen zuerst gegen die Sachsen führen!“ Heinrich IV. erhob sich von seinem Thron. „Im Angesicht solcher Macht werden sie gewiss zur Besinnung kommen und ihre Unbotmäßigkeit aufgeben. Zumal es meist nur einfaches Volk ist, das vor dem Anblick wahrer Krieger zurückschrecken und das Weite suchen wird. So ließe sich der Aufstand rasch beenden, ehe er überhaupt Fahrt aufgenommen hat.“ Der König blickte ungeduldig in die Runde. Seine angespannte Miene und die steife Körperhaltung verrieten, welche Bedrängnis ihn umtrieb und wie unzufrieden er über das Zaudern der Fürsten war.

„Dass die Sachsen angesichts unseres Heeres kampflos die Waffen strecken, ist nicht mehr als eine Hoffnung“, erwiderte der schwäbische Herzog Rudolf von Rheinfelden, ein schlanker Mann, elegant in dunkelgrüne Seide gekleidet. „Es könnte ebenso gut zu einem harten Waffengang kommen, dessen Ausgang ich nicht vorherzusagen wage.“ Der Herzog hatte sich ebenfalls erhoben und trat nun langsam aus dem Schatten der Bäume heraus auf die Grünfläche in der Mitte. Das Sonnenlicht spiegelte sich auf der silbernen Scheide seines Schwerts und blitzte grell mal in diese, mal in jene Richtung.

„So willst du die Aufwiegler also gewähren lassen?", fragte Heinrich ungläubig. Nur mit Mühe unterdrückte er seinen Ärger. „Was sollen die Unholde denn noch unternehmen dürfen, ehe wir ihnen auf die Finger klopfen!" Auch er trat ein Stück nach vorn, die beiden Männer trennten nur mehr zehn Schritte voreinander. Es hatte fast den Anschein, als stünden sie sich wie Widersacher bei einem Gottesurteil gegenüber.

„Der König hat recht", erklärte Erzbischof Liemar bestimmt. „Ihnen muss sofort Einhalt geboten werden! Mich, ihren obersten Hirten, haben die Billunger, die ja den Aufstand kräftig befeuern, schon aus dem Bistum verjagt. Benno von Osnabrück geht es in seiner Diözese nicht anders. Das ist nicht hinnehmbar."

„In der Tat! Es ist die Aufgabe des Königs, die Reichskirche zu schützen, diese heilige Pflicht muss ich erfüllen", rief der junge Herrscher und starrte den schwäbischen Herzog vorwurfsvoll an. „Wie soll ich das jedoch tun ohne die Kräfte des Reiches? Muss ich es als König zudem tatenlos ertragen, all meine Burgen in Sachsen und Thüringen belagert zu sehen? Wackere Männer in der Hartesburg und andernorts ringen um ihr Leben und um die Oberhand ihres Königs. Wo ist hier euer aller Treue dem obersten Lehnsherrn gegenüber?" Er machte eine wirkungsvolle Pause und sah eindringlich in die Runde der Fürsten. „Muss ich zum Bittsteller werden, um in dieser schweren Stunde des Königtums nicht im Stich gelassen zu werden?" Betretenes Schweigen senkte sich über die Versammlung; hier und da war zustimmendes Gemurmel zu vernehmen.

„Während wir hier zaudern, erstarkt der Feind Tag um Tag", ergriff nun Abt Hartwig das Wort. Der kleine, rundliche Vorsteher des Klosters Herveldia funkelte die Fürsten mit seinen Schweinsäuglein an. „Schon haben sich zu Triteburg die Thüringer überreden lassen, ebenfalls zu den Waffen zu greifen. Wie ihre sächsischen Stammesnachbarn belagern sie die Königsburgen und bedrohen gar Gottesstätten wie mein Kloster, um sie willfährig zu machen. Den Zehnt wollen sie Herveldia nicht mehr zukommen lassen. Nachdem kürzlich die Heimenburg am Harz gefallen ist, zieht nun ein riesiges Heer unter dem Pfalzgrafen Friedrich von

Gozeka nach Süden, um sich Zielen in Thüringen zuzuwenden. Unheil bahnt sich an ..."

„Auch das Erzbistum Mainz, das dort viele Güter besitzt, ist bedroht", stimmte der Mainzer Prälat Siegfried zu. „Den Zehnten verweigern sie und drohen uns offen mit Gewalt, sollten wir vor ihrer Willkür nicht stillhalten. Dennoch gebe ich Herzog Rudolf recht: Ein solcher Feldzug will gut geplant und vorbereitet sein."

„Derweil können die Frevler unbehelligt eine Burg nach der anderen angreifen. Nicht nur die Heimenburg ist gefallen." Der König hob mahnend die Hand. „Vor vier Tagen hat der Billunger Hermann zudem die Festung in Luneburg genommen und meine Männer unter Graf Eberhard von Nellenburg dort bei kärglichstem Brot und Wasser gefangen gesetzt. Nur gegen die Freilassung seines Neffen Graf Magnus aus der Haft auf der Hartesburg würde er das Leben der königlichen Besatzung, darunter siebzig treue Gefolgsleute aus Schwaben, schonen. Lange habe ich überlegt und abgewogen, ist mir jener Magnus doch ein arger Dorn im Auge. Am Ende jedoch galt es, das Leben der Getreuen zu retten. Also musste ich den Billunger schweren Herzens in die Freiheit entlassen, damit meine Mannen unversehrt aus Luneburg abziehen durften."

„Seither gibt es das Sprichwort: Ein Sachse ist siebzig Schwaben wert", rief einer der Fürsten prompt und lachte. Die Runde hingegen blieb ernst und schweigsam.

„Es ist nicht die Zeit für Scherze", sagte Bischof Benno vorwurfsvoll.

„Wahrlich nicht", stimmte sein Amtskollege Erzbischof Liemar zu. „Es verdrießt mich, dass solch Unheil einige von euch offenbar noch zu belustigen vermag. Mich haben, wie gesagt, die beiden Billunger Hermann und Magnus seit der erpressten Freilassung in meinem Bistum Hammaburg und Bremen dermaßen drangsaliert, dass mir nur mehr die Flucht blieb. Wie die meisten Sachsen glauben sie sich im Recht und scheinen vollkommen entfesselt in ihrer Raserei."

„Ich verstehe die Klagen sehr wohl", erwiderte Rudolf von Rheinfelden mit einem nachdenklichen Nicken. „Sie sind berechtigt, denn die Sachsen widerstreben in der Tat der von Gott gegebenen Ordnung im Reich. Sie müssen zur Vernunft gebracht werden. Gleichwohl lässt sich aus dem Feldzug gegen die Polen nicht einfach einer gegen die Sachsen machen. Wir haben unsere Heere gerüstet für einen raschen und weitgehend widerstandslosen Kampf in Polen, nicht aber für einen zähen, womöglich verlustreichen Feldzug gegen einen – wie ihr es nennt – entfesselt rasenden Feind." Zustimmendes Gemurmel erhob sich in der Runde. Es war unverkennbar, dass Rudolf von Rheinfelden die Rolle des Wortführers gegen den König zufiel und dass die meisten Fürsten seine zögerliche Haltung gegenüber einem Sachsenfeldzug teilten.

„Ehrwürdiger König, ich denke, der Herzog hat recht: Vor einem Feldzug gegen die Sachsen sollte ein jeder von uns seine Truppen in der Heimat zusätzlich verstärken und mit hinreichend Vorräten ausrüsten, um auch in einem längeren Waffengang bestehen zu können. Die Sachsen sind leider ein allzu ernster Gegner für übereiltes Handeln", sagte Erzbischof Anno von Köln in ruhigem Ton. Der ergraute Kirchenfürst sprach mit sachlichem Ernst und einem Selbstbewusstsein, als gäbe sein Wort den Ausschlag. „Lasst uns in sieben Wochen erneut unsere Heere sammeln, sagen wir Anfang Oktober nach dem Michaelstag. Bis dahin ist unsere Streitmacht erstarkt, sodass ihr niemand zu widerstehen vermag. Am besten treffen wir uns dann erneut hier."

Zustimmende Rufe ließen keinen Zweifel daran, dass die Reichsfürsten ihren Entschluss gefasst hatten. Rudolf von Rheinfelden blickte kurz zum König hinüber, ehe er sich mit zufriedener Miene wieder hinsetzte. Zugleich erhob sich überall in der Runde leises Gemurmel, hier und da wurden Getränke und Speisen gereicht, während den meisten Gesichtern deutlich abzulesen war, wie erleichtert man über den gewonnenen Aufschub war.

Heinrich IV. hingegen blickte eine Weile verbittert in die Versammlungsrunde und empfand tiefe Enttäuschung über die Vertagung seines geplanten Vorhabens. Wieder einmal musste der junge Herrscher erfahren, dass die mächtigen Zeiten seines Vaters, Heinrichs des Schwarzen, da der König noch unangefochten das Reich regieren konnte, vorüber waren. Eine Herrschaft über die adligen Kräfte hinweg war in seinen Tagen nicht mehr möglich.

„Es ist eine Schande", brummte Herzog Berthold von Kärnten. Der alte Stammesfürst war neben den König getreten, gestützt auf eine hölzerne Krücke, auf die er seit der qualvollen Flucht durch den Harz nicht mehr verzichtete. „Die Königstreue hierzulande ist nicht mehr das, was sie einstmals war."

„Wohl wahr, Berthold." Heinrich rang sich ein müdes Lächeln ab, hatte der Kärntner doch seinen eigenen Gedanken laut ausgesprochen. „Sie alle haben nur noch ihre Interessen im Sinn, keinem von ihnen geht es um die Wahrung der Ordnung im Reich. Vertagung und Aufschub sind stets ihr Bestreben, um nur keine für sie nachteilige Entscheidung treffen zu müssen und sich am Ende womöglich im Lager der Verlierer wiederzufinden."

„Auf diese Weise können die Sachsen nun weiterhin ungestraft durch die Lande ziehen und ihre Willkür ausleben", schaltete sich Bischof Eppo von Zeitz ein, der zu den beiden Männern getreten war. „Es ist ein Elend."

„Sei nicht allzu betrübt, König Heinrich", sagte der Mainzer Erzbischof Siegfried im Vorübergehen und sah mitfühlend drein. „Die Fürsten sind verunsichert, das musst du verstehen. Ich werde gleichwohl versuchen, demnächst schon mit den sächsischen Anführern ins Gespräch zu kommen; vielleicht gibt es ja noch einen friedlichen Weg."

Heinrich nickte und schwieg. Als der Mainzer Prälat außer Sicht war, schüttelte er missmutig den Kopf. „Leere Worte ..." Er blickte seinen langjährigen Vertrauten, Bischof Eppo von Zeitz, an und lächelte gequält. „Die Versammlung heute hätte nicht in Capella stattfinden dürfen, die Gegend hat mir schon einmal Unglück gebracht. Erinnerst du dich, als mein treuer Gefährte Liupold von Merseburg vor zwei Jahren keine Wegstunde von hier ungeschickt vom Pferd stürzte, in sein Schwert fiel und tödlich durchbohrt sein Leben aushauchte? Ich bin keineswegs abergläubisch, aber diesen Schicksalsschlag hätte ich wohl als warnendes Zeichen verstehen sollen."

Die vielen Kerzen, die das Gemach der jungen Königin erhellten, brannten ruhig und unbewegt, nicht der geringste Windhauch drang durch die drei schmalen Bogenfenster. Zugleich blieb eine Kühlung der von der Tageshitze noch durchdrungenen Räumlichkeiten des Klosters Herveldia aus. Trotz der Abenddämmerung gaben die Gemäuer noch immer die aufgespeicherte Wärme ab.

Bertha von Turin saß auf einer mit bestickten Kissen ausgelegten Bank, die nahe den Fenstern stand, und blickte gedankenverloren hinaus in die einsetzende blaue Stunde. Das Dach der Klosterkirche sowie die Baumkrone einer Kastanie in ihrem Blickfeld wurden zusehends in dunkles Zwielicht getaucht.

Die junge Frau wirkte gelöst, zugleich aber auch erwartungsvoll gespannt. Während sie zum Fenster hinausschaute, lauschte sie aufmerksam in Richtung Tür, ob Schritte zu vernehmen waren. Reglos saß sie da in ihrem violetten Kleid und hatte die Hände über dem Schoß gefaltet. Nur hin und wieder hob sie den Schleier ein wenig an, um sich etwas Kühlung zu verschaffen.

Die Königin war mitsamt ihrem Gefolge und ihren kleinen Töchtern Adelheid und Agnes einen Tag vor ihrem Gemahl im Kloster eingetroffen. Wie Heinrich es angeordnet hatte, war Abt Hartwig vorab über ihren Besuch in Kenntnis gesetzt worden. In den sechs Tagen seit ihrer Ankunft hatte sie ihren Gatten allerdings nicht mehr als ein, zwei Male flüchtig gesehen. Umso mehr freute sie sich, dass er durch eine Kammerfrau seinen Besuch in ihren Gemächern für diesen Abend hatte ankündigen lassen.

Bertha vernahm die erhofften Schritte. Der König hatte, wie sie wusste, in der großen Halle noch Gespräche mit seinen Beratern geführt, die nun wohl zu Ende gegangen waren. Nach wenigen Augenblicken öffnete sich die Tür, der Kerzenschein eines vielarmigen silbernen Kandelabers begann zu flackern. Mit einem erschöpften Lächeln trat der König in den Raum. In dem dämmrigen Licht schimmerte schwach das goldene Kreuz auf der Brust seiner Tunika aus rotem Atlas.

„Sei gegrüßt, meine Gemahlin“, sagte er müde und sah Bertha an, die rasch von der Bank aufstand und sich verneigte.

„Du siehst erschöpft aus, Heinrich.“ Sie ergriff seine Rechte und zog ihn sanft zu der Bank, auf der sie sich niederließen. „Und nicht nur das, in deinen Augen erkenne ich ein betrübtes Gemüt.“

„Du hast recht, Bertha. Die Tage des endenden Sommers haben mir bislang kaum mehr beschert als Zwietracht und Sorge. Das Reich befindet sich in Aufruhr, und die Lehnstreue scheint überall zu schwinden.“ Er schüttelte den Kopf. „Der von mir gewünschte Feldzug gegen die aufsässigen Sachsen wurde mir von den Reichsfürsten versagt – wann je hat es so etwas gegeben? Nur mehr wenige Getreue unter den weltlichen und geistlichen Herren sind mir geblieben, die übrigen haben alle nur ihr eigenes Fortkommen im Sinn."

„Das klingt besorgniserregend, der Allmächtige bewahre uns ..."

„Warum nur liegen die Dinge dieser Tage so anders als zu Zeiten meines Vaters? Wie gern würde ich mit ungeschmälerter Macht herrschen. Doch seither haben sich die Kräfte verschoben. Es scheint, als würde ich an der Zeitenwende eines neuen Königtums regieren." Beide schwiegen gedankenversunken.

„Ich möchte dir etwas sagen, Heinrich, was dich aufmuntern wird, so hoffe ich." Die Königin ergriff herzlich die Hand ihres Gemahls. Ein Lächeln umspielte ihren Mund, als sie ihn mit einem strahlenden Blick ansah. „Weißt du, welchen Heiligentag wir heute begehen?", fragte sie und hob die Augenbrauen. Der König überlegte kurz und schüttelte dann schweigend den Kopf. „Nun, es ist der heilige Agapit von Praeneste, der vom Volk als Patron für die Schwangeren verehrt wird." Erwartungsvoll sah sie den König an, der ihren Blick jedoch nur verständnislos erwiderte.

„Die Reichsgeschäfte scheinen dich vollends umzutreiben, wenn du meine Worte nicht zu deuten vermagst", sagte sie mit einem Lachen. „Ich habe bewusst auf diesen einen Tag gewartet, um dir kund zu tun ..."

„Beim Allmächtigen!" Heinrich, mit einem Mal begreifend, blickte seine Gemahlin freudig überrascht an und schloss sie in die Arme. Für eine Weile verharrten die beiden in ihrer Umarmung, ehe er sie an den Händen haltend lächelnd ansah. „Das nenne ich eine frohe Nachricht in diesen düsteren Tagen! So schwer die Zeiten auch sind, du bist mir allemal als treue Gefährtin verblieben. Gott segne dich und die selige Frucht, die in deinem Leib heranwächst. Wenn man bedenkt, wie schwer unsere allzu früh geschlossene Ehe leider anging, so sind unsere Bande heute umso fester gefügt und vom Herrn gesegnet. Ich danke dir für deine Gunst."

„Und ich danke dem Allmächtigen, dass er meine Gebete um eine erfüllte Ehe erhört hat." Bertha drückte sanft seine Hand. „Lass uns in dieser Stunde der Hoffnung auf ein neues Leben an unseren kleinen

Sohn denken, dem leider nur ein paar Tage auf Erden beschieden waren und der nun in der Erde der Hartesburg ruht."

„Ja, Jesus Christus nehme Heinrich, unseren ersten Sohn, in seinem Reich auf und gewähre ihm das ewige Leben." Die Eheleute neigten das Haupt und bekreuzigten sich. Von draußen war leises Geläut zu hören, das die Stille durchbrach. Die Mönche des Klosters wurden zur Komplet gerufen, um ihr Tagwerk im Gebet zu beenden.

„Mein Gemahl, darf ich dir raten in deiner bedrängten Lage?", fragte Bertha und sah Heinrich an, der überrascht nickte. „Wenn es im Reich einsam wird um den König – wie wäre es da mit einer Annäherung an die *cathedra Petri*? Zu Rom sitzt der neue Papst Gregor VII. – wenn du ihn demütig um Rat und Beistand ersuchst, wird er dir seine Hilfe gewiss nicht versagen. Ein solcher Bund wäre mächtig."

„Hm, derlei hatte ich auch bereits erwogen", erklärte Heinrich. „So könnte ich Herzog Rudolf zuvorkommen, der als Anhänger der Kirchenreform die Nähe des neuen Heiligen Vaters sucht. Ja, ich werde einen Brief schreiben. Darin muss ich mich reumütig von simonistischer Ämterschacherei lossagen und voller Demut meine Sünden bekennen. Kann der Papst den Reichsherrscher da abweisen? Vielleicht würde er gar den von seinem Vorgänger gegen meine Räte verhängten Bann zurücknehmen. Das wäre ein Erfolg gegen all die Anfeindungen meiner Gegner."

„Bete auch stets zum Herrn, damit er dir beisteht und gnädig ist!"

„Mein alter Lehrer, Abt Hugo von Cluny, hat mich gelehrt, dass nur Gottes Gnade unser Schicksal günstig zu gestalten vermag", erwiderte der König und sah Bertha an. „Nun, ich danke dir für die frohe Kunde! Mit der Hoffnung auf die Zukunft wollen wir in den nächsten Tagen zum Rhein aufbrechen. Hier in Sachsen gibt es für mich vorerst nichts mehr zu tun."

Offe[illegible]ungen

Die Burgherrin, die gemeinsam mit Iva und einem Verwalter an der Tafel in der *aula regia* der Viczinburg saß, nahm erst das zweite Räuspern wahr. Vertieft in ein Gespräch über die Bemessung der Almosen, die, wie seit jeher, in Kürze am Burgtor unter die Armen verteilt werden sollten, hatte sie das Kommen des Hausdieners nicht bemerkt. Hedwig unterbrach das Gespräch und blickte den Mann an, der sich vor ihr verneigte.

„Edle Herrin, draußen warten drei Männer, die gerne das Wort an Euch richten möchten. Eigentlich hatten sie den ehrwürdigen Pfalzgrafen sprechen wollen", sagte er unsicher. „Doch ich habe ihnen gesagt, er sei nicht in der Burg und werde auch nicht so bald zurückerwartet."

„Und nun wollen sie zu mir? Wie sollte ich ihnen weiterhelfen können in den Belangen meines Gemahls?"

„Nun, sie ließen sich nicht abweisen." Der Diener breitete entschuldigend die Arme aus. „Als sie erfuhren, dass der Graf außer Haus ist, wirkten sie besorgt und drängten darauf, Euch zu sehen."

„Seltsam." Hedwig schien ratlos. „Wer sind die drei?"

„Es sind zwei Mönche und ein junger Mann. Der Ältere der Gottesbrüder sagt, er sei aus dem Kloster Gozeka, sein Name sei Folkward. Worum es jedoch geht, hat er nicht erklärt." Der Diener zuckte mit den Achseln.

„Folkward? Ist das nicht der Vertreter Abt Friedrichs?" Die Burgherrin wandte sich fragend an Iva und den Verwalter, der nickte. „Nun gut, lasst uns unser Gespräch später fortführen. Ich werde mir anhören, was die drei zu sagen haben." Der Diener verneigte sich und ging hinaus.

Zugleich erhob sich der Verwalter von seinem Stuhl und verließ ebenfalls den Saal.

„Soll ich Euch lieber allein lassen, Herrin?“, fragte die junge Kammerfrau. „Ich könnte Euren Sohn beim Kapellan abholen.“

„Nein, Iva, bleib bitte hier. Ich möchte nicht allein sein, und Friedrich mag ruhig noch weiter Erbauliches lernen.“

Als vom Flur her Schritte erklangen, erhoben sich die beiden Frauen und stellten sich neben die Tafel. In ihrem kostbaren, zugleich schlichten Kleid aus dunklem Samt, mit einem schmalen Goldband umgürtet, spiegelte Hedwig Reichtum und Würde des Adels wider. Der Ausdruck von freundlicher Milde in ihrem Gesicht ließ jedoch keine Spur von Hochmut oder Dünkel erkennen.

Der Diener und die drei Männer hinter ihm betraten den Saal. Nachdem der Diener sich vor seiner Herrin verneigt hatte und wortlos zur Seite getreten war, standen Folkward, Tado und Lindfell inmitten der hohen Halle und sahen sich rasch in dem eindrucksvollen Raum um, ehe auch sie sich ehrerbietig vor Hedwig verneigten. Angesichts der prachtvollen Örtlichkeit und der würdevollen Erscheinung der Hausherrin waren sie für einen Moment so geblendet, dass es ihnen die Sprache verschlagen zu haben schien.

„Gott zum Gruße“, ergriff Hedwig daher nach längerem Schweigen das Wort und musterte die Ankömmlinge. „Dein Gesicht, ehrwürdiger Pater, kenne ich von Messen im Kloster Gozeka. Dein Name ist Folkward?“

„Ja, edle Hedwig, ich verrichte dort den Dienst des Herrn.“ Der Mönch neigte noch einmal das Haupt. „Habt Dank, dass Ihr uns empfangt. Dies hier sind mein Ordensbruder Tado aus dem fernen Kloster Ramsola und Lindfell, ein Mann aus ... aus dem Norden um Hammaburg.“

„Nun, es ist recht ungewöhnlich, mich sprechen zu wollen anstelle meines Gemahls.“ Hedwig sah Folkward zögerlich an. „Ich wüsste nicht, wie ich euch helfen könnte. Worum geht es, Pater?“

„Ungewöhnlich ist es, gewiss, da habt Ihr recht. Noch ungewöhnlicher ist aber das, was uns hierherführt. Es duldet keinerlei Aufschub, es geht im schlimmsten Falle auf Leben und Tod“, erklärte Folkward eindringlich und hob mahnend die Hände. Mit einem raschen Seitenblick sahen die Frauen einander besorgt an.

„Außerdem ist die Sache aufgrund ihrer großen Bedeutung ein Geheimnis, das unter allen Umständen zu wahren ist", fügte Tado aufgeregt hinzu und warf einen vielsagenden Blick in Ivas Richtung. Auch Lindfell blickte die junge Frau an und schien sie in diesem Moment zum ersten Mal bewusst wahrzunehmen. Aufmerksam musterte er ihre Gestalt und ihr Gesicht. Kaum vermochte er den Blick zu lösen von ihren schwarzen Haaren, die wie ein seidenes Tuch über ihre Schultern fielen.

„Iva ist meine engste Vertraute", erwiderte Hedwig entschieden. „Es gibt nichts, was ich vor ihr verberge. Ihr könnt also frei heraus sprechen."

„So will ich Euch unser Anliegen dankbar nennen." Folkward räusperte sich, um die Unsicherheit aus seiner Stimme zu vertreiben. „Es geht lediglich um eine Frage, die wir dem Pfalzgrafen zu stellen beabsichtigten. Da er nun nicht da ist ..."

„Friedrich von Gozeka ist für lange Zeit fort, wie euch der Knecht gewiss gesagt hat. Die Kämpfe gegen den König halten ihn am fernen Harz fest."

„Ja", sagte Folkward und lächelte. „Gleichwohl steht es gewiss auch in Eurer Macht, edle Hedwig, uns diese eine Frage zu beantworten." Er räusperte sich erneut und blickte die Burgherrin an, die ihm aufmunternd zunickte.

„Nun, es geht letztlich um ein kostbares Kleinod", übernahm Tado das Wort, als er sah, dass sein früherer Lehrer zögerte. „Es stammt wohl aus dem Nachlass des im letzten Jahr verstorbenen Metropoliten Adalbert von Hammaburg und Bremen. Euer Gemahl als dessen Erbe könnte es ... äh, nun er könnte es gewissermaßen besitzen. Das Stück ist von hohem Wert, und wir müssen – der Allmächtige sei unser Zeuge – dringlich wissen, wo es sich befindet. Es gilt, größtes Unheil abzuwenden ..." Der Mönch hielt inne und sah Hedwig erwartungsvoll an, als ob sie den Sinn seiner Worte sofort hätte verstehen können. Aber sie blickte ihn nur ratlos an, während sich Schweigen im Saal breitmachte.

Es war unverkennbar, dass es an Lindfell war, zum Kern der Sache zu kommen. Seine Begleiter hatten ihm den Boden bereitet, doch ihr Zögern zeigte, dass sie die Verantwortung für die Offenbarung der gefährlichen Wahrheit bei ihm sahen. Es war seine Mission, und so blieb es auch seine Pflicht und Bürde. Die Mönche sahen ihn zögerlich und zugleich auffordernd von der Seite her an. Doch ehe er das Wort ergreifen konnte, stutzte er, als sein Blick Iva streifte. Hatte die junge Frau bis dahin reglos einige Schritte hinter ihrer Herrin gestanden, den Blick zu Boden gesenkt, so schien sie nun plötzlich wie verwandelt. Mit unruhigem Blick musterte sie die drei Ankömmlinge, schien in ihren Gesichtern lesen zu wollen. Zugleich war sie neben Hedwig getreten, so als wolle sie ihrer Herrin für alle Fälle beistehen können.

Lindfell sah Iva an, die seinen Blick wachsam erwiderte. In diesem Moment ahnte er, dass diese Frau seine Frage längst kannte und dass er hier auf der Viczinburg Wurdbougas Fährte finden würde. „Nun, was meine Gefährten behutsam umschrieben haben“, begann er, den Blick wieder der Burgherrin zuwendend, „ist letztlich die Frage, ob Euch ein ... Armreif bekannt ist. Ein Armreif, wie es gewiss keinen zweiten auf Erden gibt. Wer ihn einmal gesehen hat, wird ihn nicht mehr vergessen. Dies Kleinod befand sich einst im Besitz jenes Adalbert und mag nun an dessen Erben weitergegangen sein.“ Lindfell machte eine Pause. Gebannt beobachtete er, wie sich die beiden Frauen überrascht ansahen. Es gab keinen Zweifel – sie wussten, wovon er sprach.

„Ich bitte Euch demütig, mir zu sagen, was Ihr über den Reif wisst“, fuhr er fort und blickte eindringlich von der einen zur anderen. „Es hängen im schlimmsten Falle viele Schicksale davon ab.“ In einer bekräftigenden Geste breitete er die Arme aus und trat ein paar Schritte nach vorn. „Schenkt mir Euer Vertrauen! Wo ist der Reif, bitte?“ Erschrocken wich Hedwig vor ihm zurück, während ihre Kammerfrau wie angewurzelt stehen blieb und ihn anstarrte.

„Habt keine Angst, edle Hedwig“, bemühte sich Folkward mit entschuldigendem Lächeln das Vorgehen seines Gefährten abzumildern. „Es ist nur ... es ist eine so bedeutsame Angelegenheit! Lasst mich Euch als getreuer Gottesdiener im Namen des Allmächtigen und beim Blute Jesu versichern, dass es wahrhaftig um unser aller Schicksal geht. Gewährt uns bitte Eure Hilfe.“

„Ich“, setzte die Burgherrin an, schüttelte jedoch den Kopf und schwieg eine Weile. „Ich weiß nicht ...“ Ratlos legte sie die Hände ineinander, sah zu Boden und schien mit sich zu ringen. Gebannt starrten die Männer sie an, während Iva nun seitlich neben sie trat und sie sanft am Unterarm berührte.

„Warum zaudert Ihr, Herrin?“, sagte sie leise. „Diese frommen Männer ersuchen Euch im Namen Christi.“

„Habt bitte Vertrauen“, versuchte Folkward Ivas unerwarteten Zuspruch zu nutzen. „Der Allmächtige wird es Euch dereinst vergelten.“

„Ich ... ich kann nicht“, antwortete Hedwig, während ein unglücklicher Ausdruck in ihre Augen trat.

„Aber warum nur, Herrin?“ Iva rückte noch dichter an sie heran und umfasste ihren Arm mit beiden Händen.

„Iva, du kennst meinen Gemahl“, flüsterte Hedwig und sah ihre Dienerin gequält an. „Ich will nichts ohne sein Wissen unternehmen, es könnte seinen Groll wecken. Er wird womöglich nicht wollen, dass ich über derlei Dinge Auskunft gebe.“

„Aber er hat ...“, setzte Iva an, verstummte jedoch. Erschrocken sah sie auf, als habe sie bereits zu viel gesagt. Als ihre Augen dem Blick Lindfells begegneten, fühlte sie sich ertappt und sah rasch zu Boden.

„Warum erbittet ihr diese Auskunft überhaupt?“, versuchte Hedwig derweil, ihr Zögern zu rechtfertigen. „Ich verstehe es nicht ...“

„Nun, wie bereits gesagt, es ist sehr ...“, begann Folkward, wurde jedoch von Lindfell unterbrochen, der ihm eine Hand auf die Schulter legte.

„Ich denke, es ist an der Zeit, Euch ein wenig über den Reif zu offenbaren, sodass Ihr unser Anliegen verstehen könnt“, begann Lindfell und sah die beiden Frauen an. Sie hielten einander bei den Händen, wobei es fast aussah, als ob die Dienerin ihrer Herrin Halt und Schutz gäbe. Dieser Eindruck wurde noch dadurch verstärkt, dass Iva, anders als die zierliche Hedwig, die Statur einer kraftvollen jungen Frau besaß.

„Der Reif“, fuhr Lindfell fort und senkte dabei die Stimme, „verfügt über Zauberkräfte. Dies ist sein Geheimnis und zugleich der Grund meiner, unserer Suche nach ihm. Er ist ein machtvolles, äußerst gefährliches Werkzeug, vor langer Zeit vom Volk der Schwarzalben für Gott Wodan geschaffen. Er ist nicht für die Menschen bestimmt, sein Missbrauch könnte unsagbares Unheil auslösen.“

„Es klingt für die Ohren von uns Christenmenschen wie eine Mär oder gar wie schändlichste Häresie“, ergriff Folkward das Wort und blickte die Frauen mit schiefem Lächeln an. „Ich verstehe Eure Zweifel, doch – Gott ist mein Zeuge – all das, was Lindfell berichtet hat, entspricht der Wahrheit.“

„Schwarzalben ...“, murmelte Hedwig und schüttelte ungläubig den Kopf. „Mein Gemahl hat vor einiger Zeit Ähnliches dahergeredet. Ich wollte ihm nicht glauben. So ist es also doch wahr?“

„Was hat der Pfalzgraf zu Euch gesagt?“, fragte Lindfell aufgeregt. „Hat er demnach den Reif?“

Doch die Burgherrin schüttelte erneut den Kopf und schien dem Drängen nicht nachgeben zu wollen. Sie wand sich sichtlich, schien ihre große Angst aber nicht überwinden zu können. Den Blick zu Boden gesenkt, stand sie neben ihrer Kammerfrau, die sich aufrichtete. Sie drückte sanft den Arm ihrer Herrin und sah die drei Männer der Reihe nach an. Es wirkte, als habe Iva für sich eine Entscheidung getroffen.

„Ihr wollt nicht nur etwas über den Reif wissen“, begann sie leise. „Ihr selbst wollt Wurdbouga zurückhaben – ist es nicht so?“ Mit funkelndem Blick starrte sie Lindfell kämpferisch an und beobachtete sein fassungsloses Gesicht, als er den Namen des Schicksalsreifs so überraschend vernahm.

„Du kennst seinen Namen?“, fragte er. Wenn es noch eines letzten Beweises bedurft hätte, dass er sich hier am richtigen Ort für seine Mission befand, so war er erbracht.

„Was habt Ihr mit dem Reif vor?“, beharrte Iva auf ihrer Frage, ohne den Blick von Lindfell zu lösen.

„Wurdbouga muss zu den Alben zurückkehren! Erst dann ist die Gefahr gebannt“, erklärte der Mann aus Elbergard entschieden und hielt Ivas Blick stand. „Es gibt keinen anderen Weg, und das ist mein Auftrag.“

„Iva, woher kennst du den Namen des Schmuckstücks?“, ergriff Hedwig das Wort und sah ihre Kammerfrau an. „Friedrich konnte sich damals nicht daran erinnern. Woher also weißt du ihn? Verschweigst du mir etwas?“

„Meine Herrin, verzeiht mir“, Iva neigte demütig den Kopf. „Ich trage seit Wochen schwer an einem Geheimnis. Die Last hat mein Gemüt gepeinigt, ich wusste nur nicht, wann der rechte Moment sei, mich Euch zu offenbaren." In einer entschuldigenden Geste ergriff sie Hedwigs Hand und ging dabei auf die Knie. „Dabei mag von diesem Wissen letztlich gar Euer Leben abhängen. Doch bitte glaubt mir, Herrin, ich wollte und will stets nur Euer Wohlergehen, ich bin Eure treueste Dienerin."

„Erhebe dich, Iva." Die Burgherrin sah gerührt auf ihre Kammerfrau herab. Mit beiden Händen umfasste sie ihre Schultern und zog sie in die Höhe. „Was immer es sein mag, du weißt, ich vertraue dir." Die drei Männer verharrten reglos, gebannt beobachteten sie das Geschehen.

„Es ist keine gute Nachricht, die ich Euch mitzuteilen habe. Darum habe ich es auch immer wieder hinausgezögert. Euer Gemüt war so betrübt all die letzte Zeit ..." Die junge Frau sah ihre Herrin mitfühlend an. „Es geht um Euren Gemahl."

Hedwig holte tief Luft, ehe sie schließlich nickte und ihre Dienerin bei den Händen nahm. „Lass uns Platz nehmen, Iva", sagte sie leise und führte die junge Frau mit sich zu einer Bank. Die beiden schienen die Besucher vergessen zu haben. Lindfell blickte von Folkward zu Tado und sah in ihren Gesichtern den gleichen überraschten Ausdruck.

„Ich habe den Herrn belauscht", begann Iva, „einige Zeit schon ist's her. Heimlich habe ich ein Gespräch zwischen dem Pfalzgrafen und dem Camerarius Gerald gehört. Ich weiß, es ist nicht rechtens, so etwas zu tun – Gott möge mir verzeihen. Doch ich hatte einen Verdacht, und er hat sich leider bestätigt. Im Gespräch der beiden Herren ging es um düstere Pläne, die Euer Gemahl geschmiedet hat und die er nun in die Tat umsetzen will. Unheilvolle Pläne, bei deren Verwirklichung eben auch der Reif eine entscheidende Rolle spielen soll." Mit dem letzten Satz blickte sie vielsagend zu den drei Besuchern hinüber, die ein paar Schritte näher traten.

„Unheilvolle Pläne?", wiederholte Lindfell leise.

„Besessen verzehrt sich Euer Gemahl nach einer Ausweitung seiner Macht", fuhr Iva fort. „Alles würde er tun, um seine Stellung nicht nur hier in Sachsen, sondern im ganzen Reich zu stärken. Er weiß um die Zauberkraft des Reifs und ist entschlossen, sie für seine Zwecke zu nutzen. Einzig aus diesem Grund hat er Euch Wurdbouga kürzlich abgenommen, und nicht etwa, weil er den Armreif als Erinnerung an seinen

Bruder bei sich tragen wollte." Sie drückte sanft Hedwigs Hand. „Edle Herrin, Ihr ahnt nicht, wie er Euch hintergeht und wie finster seine Gedanken sind ..."

„Was hat er vor? Was hast du gehört?", flüsterte Hedwig. „Ich kenne ihn lang genug, um zu wissen, dass sein Wesen auch düstere Seiten hat."

„Allzu düster, fürchte ich", sagte Iva. „Erinnert Ihr Euch, als er vor einiger Zeit mit dem Camerarius über eine Frau tuschelte? Ich weiß jetzt, um wen es sich handelt: Es ist die junge Erbtochter Hedwig von Formbach, um die sich wohl Graf Gebhard von Supplinburg bemüht. Euer Gemahl will eine Ehe der beiden unbedingt verhindern, denn die Formbacherin bringt reiches Erbe und großen Machtzuwachs mit. Und er will – ich wage es kaum zu sagen – das junge Mädchen womöglich für ... für sich selbst sichern."

„Was?" Hedwig starrte ihre Dienerin bestürzt an.

„Ja, selbst der listige Gerald traute damals seinen Ohren kaum", fuhr Iva fort. „Und doch ist es wahr: Euer Gemahl plant, das Mädchen für sich zu gewinnen. Notfalls möchte er alle Widerstände mittels Wurdbouga aus dem Weg räumen." Sie warf rasch einen Blick zu Lindfell. „Friedrich von Gozeka weiß, dass der Reif einem die Macht gibt, das Schicksal eines jeden Menschen zu lenken. Das hat er von seinem Bruder damals noch vor dessen Tod erfahren."

„Aber ... er müsste mich ja ...", setzte Hedwig an, bevor ihr die Stimme versagte.

„Ja, er müsste ..." Auch Iva wagte den Satz nicht zu beenden. „Auch wenn er es so nicht zu Gerald sagte, fürchte ich doch, dass er es im Sinn hat. Seine Machtgier steht über allem. Ich bange um Euer Leben, Herrin." Iva legte den Arm um die Schulter der erstarrten Hedwig, während sich entsetztes Schweigen über den Saal legte. „Verzeiht mir, dass ich so lange zögerte, Euch den furchtbaren Verdacht zu offenbaren, ich wusste einfach nicht, wie ich es beginnen sollte."

„Es wäre ein gottloser Mord", rief Folkward. „Der Gedanke allein ist schon schändlichste Sünde!" Er schüttelte den Kopf und bekreuzigte sich.

„Ich ... kann es einfach nicht glauben", stammelte Hedwig, während Tränen über ihre Wangen flossen. „Er war so kühl zu mir letzthin. Ist sein Herz für mich erkaltet? Oder schlimmer noch: Stehe ich seinen Plänen am Ende wahrhaftig im Wege? Nach all unseren Jahren ..." Sie schluchzte und ließ den Kopf langsam an Ivas Schulter sinken. Die Kammerfrau zog ihre Herrin dicht an sich und hielt sie fest im Arm, während sich die drei Männer verlegen ansahen.

„Der Pfalzgraf trägt den Reif am Handgelenk, er kennt den Zauber und weiß ihn sogar für sich einzusetzen. Dann gibt es kaum mehr Hoffnung ...", murmelte Lindfell.

„Nein, so ist es nicht", widersprach Iva. Als sie Lindfell ansah, mischten sich Besorgnis und Zuspruch. „Ganz im Gegenteil sogar: Der Pfalzgraf sucht händeringend nach Wurdbougas Geheimnis. Noch versteht er nicht, dessen Zaubermacht zu lenken. Ungeduldig hat er daher Gerald beauftragt, das Rätsel für ihn zu lösen und den Schlüssel zu finden, mit dem er den Reif für sich nutzen kann. Erst dann kann er seine Pläne verwirklichen. Allerdings geht es ihm nicht nur um die Formbacherin, sondern um einen Kampf gegen den König selbst – auch hier möchte er den Reif für seine Zwecke nutzen. Vielleicht sieht er sich selbst schon als künftigen Herrscher."

„Dem Allmächtigen sei Dank, es gibt also noch Hoffnung", rief Tado.

„Mag sein, doch höchste Eile ist geboten." Lindfell sah Iva forschend an. „Weißt du denn, wie dieser Gerald das Geheimnis lösen soll? Unter den Erdenmenschen wird es kaum einen geben, der ihm da helfen könnte."

„Er will eine Wickerin im Harz befragen, die weithin berühmt ist für ihr altes Wissen und die kundig sein soll im Lesen von Runen, wie sie sich ja auf dem Reif finden." Hedwig löste sich mit einem Seufzer aus der Umarmung ihrer Kammerfrau, ihre Miene spiegelte Traurigkeit und Angst wider.

„Was sollen wir tun?", fragte Folkward und sah Lindfell ratlos an. „Vielleicht hat der Camerarius bereits die Lösung des Rätsels von der Wickerin erhalten?"

„Ich weiß es nicht." Lindfell schüttelte langsam den Kopf. „Wir können nur eines tun: Wir müssen dem Pfalzgrafen den Reif abnehmen. Darauf muss es hinauslaufen. Wir müssen schnell sein."

„Wo befindet sich der Pfalzgraf zurzeit?", wandte sich Folkward an die Frauen.

„Das vermag in diesen Kriegstagen niemand genau zu sagen", sagte Hedwig, die sich wieder ein wenig gefasst hatte. „Das Letzte, was mir durch Boten zugetragen wurde, war, dass Friedrich nach seinem Sieg an der Heimenburg vom Harz aus mit großem Heer gen Süden aufgebrochen ist nach Thüringen. Wohin dort, weiß ich leider nicht. Das ganze Land wird zusehends zum wirren Kriegsgebiet."

Lindfell trat entschlossen einen Schritt vor. „Dann ist dies die Stunde, Hilfe zu suchen bei den Schwarzalben. Sie dürften am Südrand des Harzes dem Geschehen ganz nah sein. König Godwin hat mir Sendschreiben an die Albenbrüder zu Güldenbrunn mitgegeben, sie werden uns mit aller Kraft unterstützen. Sollte der Pfalzgraf im schlimmsten Fall Wurdbougas Zaubermacht bereits für sich nutzen, so wird er den Reif gewiss nicht kampflos hergeben. Wir bräuchten dann die Waffenhilfe meiner albischen Brüder."

„Albische Brüder?", fragte Iva und starrte ihn an. „Ich verstehe nicht. Du bist doch …" Sie ließ den Satz unbeendet.

„… ein Mensch? Ja, schon", Lindfell musste lachen. „Das ist wohl eine allzu lange Geschichte, zumindest für den Moment." Er wandte sich von Iva und Hedwig ab, die ihn mit großen Augen ansahen, und trat zu den beiden Mönchen.

„Was meint ihr? Die Zeit läuft gegen uns, wenn es nicht bereits zu spät ist. Wir brauchen Hilfe! Seht ihr einen anderen Weg als Güldenbrunn? Die Alben sind wackere Krieger und auch sehr gute Kundschafter. Selbst wenn wir ihre Waffenhilfe nicht brauchen, so mögen uns ihre Dienste als Späher im Kampfgebiet nützlich sein. Sie könnten uns gegebenenfalls unbemerkt an den Pfalzgrafen heranführen."

Überrascht sahen sich die Ordensbrüder an. Das Reich der Schwarzalben aufsuchen? Tado überlegte nicht lange: „Nun denn, auf nach Güldenbrunn!" Der junge Mönch, dessen Augen vor Tatendrang förmlich leuchteten, sah Folkward aufgeregt an, bis dieser mit einem stillen Lächeln antwortete. Trotz der Sorgen fühlte sich der Pater daran erinnert, wie sein eigenes Herz auch schneller geschlagen hatte beim verheißungsvollen Gedanken an die Schwarzalben. Das war sieben Jahre her.

„So sei es denn! Ein großes Anliegen hätte ich noch, edle Hedwig", fuhr Lindfell fort und wandte sich an die Burgherrin. „Erlaubt mir bitte,

Eure Dienerin mit auf die Reise zu nehmen. Sie wäre uns eine große Hilfe."

„Iva?" Hedwig blickte ungläubig von Lindfell zu ihrer Kammerfrau, die ebenso irritiert war. „Aber wie könnte sie euch von Nutzen sein?"

„Sie durchschaut die Geschichte, sie hat den ganzen Verrat entdeckt", erklärte er. „Außerdem kennt sie den Pfalzgrafen und den Camerarius, wie sie diesen bekannt ist. Sie kann uns so vielleicht sogar Zugang zu ihnen verschaffen."

„Das ist wahr." Hedwig wandte sich besorgt ihrer Kammerfrau zu. „Was denkst du, Iva? Nur ungern ließe ich dich ziehen ..."

„Wenn ich wirklich helfen kann ...", antwortete die junge Frau stockend und sah Lindfell an, der ihr aufmunternd zunickte. Für einen Moment begegneten sich ihre Blicke, und mit einem Mal spürte er tief in sich ein nicht recht zu deutendes Gefühl aufsteigen. Da wandte sich Iva ihrer Herrin zu. „Gerne will ich mit all meiner Kraft mitwirken, die finsteren Pläne Eures Gemahls zu zerschlagen und ihm den Reif zu entreißen, so Gott uns gewogen ist. Ich mache mir nur Sorgen um Euch. Wer wird Euch hier schützen, wenn ich fort bin?"

„Sorge dich nicht, Iva! Auf der Viczinburg droht mir kein Unheil, Friedrich ist fern von hier." Hedwig lächelte betrübt, als sie Lindfell ansah. „Gib acht auf meine Kammerfrau, auf dass sie wohlbehalten zurückkehrt. Sie ist mir eine liebe und teure Freundin."

„Ich werde sie hüten wie meinen Augapfel!" Lindfell verneigte sich dankbar. Dann blickte er die Mönche und die neu gewonnene Weggefährtin an: „Wir sollten keine Zeit verlieren und bald aufbrechen nach Güldenbrunn."

„Der Allmächtige segne unseren Weg", sagte Folkward feierlich und breitete die Arme aus, „und er behüte Euch, edle Hedwig, vor Ungemach."

Die Unholdin Watelinde

Die Felswand, die steil aus dem Flussbett emporstieg, zwang den Camerarius, den Kopf weit in den Nacken zu legen, wenn er ihren oberen, mit Bäumen bestandenen Rand sehen wollte. Hell leuchtete das Gestein in der herbstlichen Mittagssonne, hier und da war es vom Grün vereinzelter Büsche und Sträucher durchsetzt, die sich an den Abgrund klammerten. Das Tal der Boda zog sich als tiefer Einschnitt in weiten Bögen durch die Waldlandschaft des Harzes, in Abertausenden von Jahren hatte sich der Fluss seinen Weg durch den Fels gegraben.

Gerald war seit drei Stunden unterwegs. Er folgte dem Saumpfad, der die Boda an ihrem Ufer flussabwärts begleitete. Über Stock und Stein führte der beschwerliche Steig, an manchen Stellen halb zugewuchert von jungen Sträuchern, andernorts vom Wasser überspült. Das Flussbett maß bis zu zwanzig Schritte in der Breite, ohne jedoch allzu tief zu sein. Das Wasser tanzte über die Felsbrocken und Steine munter dahin, immer wieder bildete es kleinere und größere Fälle, wenn es Findlinge oder umgestürzte Bäume passierte; dann durchbrach ein lautes Gurgeln und Plätschern die Stille des Waldes.

Obwohl der Camerarius fast die gesamte Zeit im Schatten gewandert war, stand ihm längst der Schweiß auf der Stirn. Zum einen zeigte die Sonne an diesem wolkenlosen Septembertag noch einmal ihre Kraft, zum anderen war der lange Fußmarsch eine anstrengende Angelegenheit. Hin und wieder legte er kurze Pausen ein, doch weniger um sich auszuruhen, als um sich in der Landschaft zurechtzufinden. Er durfte keinesfalls die Abzweigung in das kleine Tal versäumen, das nach den teilweise uralten Eiben auch Eibental genannt wurde. Wie er erst am

Morgen erfahren hatte, sollte dort, abseits aller Wege, in einer Höhle am Großen Rabenstein die Unholdin Watelinde leben.

Wo genau sich ihre Behausung befand, hatte ihm niemand zu sagen vermocht. Zumal es die Handvoll Menschen in der kleinen Bergmannssiedlung am Fuße der Treseburg tunlichst vermieden, über die Unholdin auch nur zu sprechen. Am Vorabend war der Camerarius nach einem zweitägigen Ritt von Thüringen aus angelangt und hatte bei Bergleuten unterhalb der kleinen Feste Unterkunft gefunden. Als er ihnen das Ziel seiner Reise nannte, raunten sie ihm ängstlich Warnungen zu und rieten inständig von einem Besuch ab. Wie bereits die Wickerin Erdmute sprachen auch diese Männer voller Furcht von der Bosheit und Verschlagenheit Watelindes. Oft habe sie versucht, Kinder, die in den Wäldern Holz oder Früchte sammelten, zu sich zu locken, angeblich um ihre Seelen zu rauben. Die Wälder wurden daher gemieden, und man war froh, dass die Unholdin sie auch nicht verließ. Sie dort aufzusuchen sei äußerst gefährlich – wenn auch vielleicht nicht für den Leib, so allemal für den Geist.

So unwohl sich Gerald auch fühlte, er versuchte, seine Angst mit dem Verstand niederzuhalten. Der Pfalzgraf, mit dem er nach dem Sieg an der Heimenburg weitergezogen war, hatte sich der durch den Krieg nur aufgeschobenen Mission um den Reif sofort erinnert. Die Erwartungen Friedrichs waren hoch, das wusste Gerald genau. Sein Herr fieberte dem Moment entgegen, die Zaubermacht des Reifs endlich für sich nutzen zu können. Mit leeren Händen durfte er nicht zurückkehren.

Alle Warnungen missachtend hatte der Camerarius sich am Morgen auf den Weg gemacht. Von der Treseburg aus war er dem Tal der Boda gefolgt auf der Suche nach dem Abzweig ins Eibental. Sein Pferd hatte er bei den Bergleuten zurückgelassen, es wäre ihm in dem schwierigen Gelände nur hinderlich gewesen. Aufgrund der Angaben der Männer ging er davon aus, trotz des langen Fußmarschs doch am Abend wieder in der Bergmannssiedlung zurück sein zu können.

An einer Stelle, wo sich die Fluten zu einem kleinen See gesammelt hatten, kniete sich der Camerarius hin, um von dem kühlen Wasser zu trinken. Er wischte sich mit dem Handrücken ein paar Tropfen vom Kinn, rückte den verrutschten Tragebeutel über der Schulter zurecht und blickte am Fluss entlang auf den Pfad vor ihm. Dabei entdeckte er zwischen Eichenstämmen das Glitzern zahlreicher Lichtpunkte. Das konnte nur der Bach sein, der aus dem Eibental kam und in die Boda mündete. Er hatte den Abzweig gefunden.

Der Bach war kaum breiter als drei Schritte. Mit einem letzten Blick zurück verließ der Camerarius den Pfad und wandte sich nach Osten. War das Eibental anfangs noch sehr weit und offen, so rückten auch hier nach einer Weile die steilen Hänge zu beiden Seiten näher zusammen. Dem Namen des Tals entsprechend, passierte Gerald, je höher er vordrang, immer mehr Eiben. Mit ihrer schuppigen Borke und dem dichten Geäst an Nadelzweigen waren einige der Bäume gewiss schon viele Hundert Jahre alt.

Gerald folgte dem Bach, der laut plätschernd hohe Felsenterrassen überwand. Im Unterschied zur Schlucht der Boda schien hier kaum je ein Mensch zu gehen. Nach einiger Zeit wandte sich das Eibental in südliche Richtung und rückte nahe heran an die steil aufragende Nordflanke des Großen Rabensteins. Zwischen den Stämmen hindurchspähend bemühte sich Gerald immer wieder, den Hang über sich nach der Höhle abzusuchen. Einmal stolperte er dabei über eine Wurzel, die tückisch quer über seinem Weg lag. Im letzten Moment gelang es ihm, den Sturz noch abzubremsen.

Als er sich wieder erhob und die Erde von den Händen wischte, hielt er erschrocken inne. Eine Bewegung dreißig Schritte vor ihm hatte seinen Blick auf sich gezogen. Der Camerarius erstarrte und wagte kaum zu atmen. Über dem zerfetzten Körper eines nicht mehr zu erkennenden Wildes stand ein Braunbär und sah ihn unverwandt an. Für einige Augenblicke verharrten beide regungslos, bis das Tier sich mit einem Mal auf die Hinterbeine stellte und drohend zu mannshoher Größe aufrichtete. Zugleich öffnete es die Schnauze, entblößte seine beängstigenden Fangzähne und stieß ein kehliges, dunkles Brüllen aus, das Gerald bis ins Mark erschütterte.

Was sollte er tun, überlegte der Camerarius fieberhaft, wagte es aber nicht, sich von der Stelle zu rühren. Einen Bären beim Fressen zu stören, war eine gefährliche Sache. Wenngleich die Tiere meist Reißaus nahmen vor den Menschen, war dies einer der wenigen Momente, in denen sie sich äußerst feindselig verhalten konnten. Ehe Gerald zu einem Entschluss kam, nahm das Schicksal schon seinen Lauf. Der Bär machte einen Satz über seine Beute hinweg und rannte los, geradewegs auf Gerald zu. So schwerfällig der massige Leib des Tieres mit dem hin und her schlackernden braunen Fell auch wirken mochte, sein Lauf war schnell und geschmeidig. Kraftvoll kam der Bär zwischen den Bäumen auf Gerald zu, der nach wie vor regungslos dastand und kaum den Blick zu lösen vermochte von den Fangzähnen und den Krallen, die sich ihm da so lebensbedrohlich näherten.

Als der Bär kaum mehr als fünf Schritte entfernt war, war es ein unbewusster, blinder Überlebenstrieb, der den Camerarius das Schwert aus der Scheide ziehen ließ. Zitternd beobachtete er jede Bewegung des Tieres genau und versuchte, sich auf den Angriff vorzubereiten. Für einen Moment begegneten sich ihre Blicke, und Gerald war erstaunt, wie klein die Augen des Bären waren. Noch seltsamer war, dass sie auf befremdliche Weise nahezu menschlich wirkten. Wie sie ihn so scharf musterten, schienen die bernsteinfarbenen Augen des Tieres ein Bewusstsein und planvolles Denken widerzuspiegeln.

Schon war der Bär unmittelbar vor Gerald angelangt. Mit einem großen Satz stürzte er auf ihn zu, die rechte Pranke zum tödlichen Schlag erhoben. Der Camerarius konnte sich gerade noch durch einen beherzten Sprung zur Seite retten, als das Tier seine schwere Tatze niedersausen ließ. Dennoch wurde er von den langen Krallen am Oberschenkel erwischt. Doch er verdrängte den jäh aufblitzenden Schmerz und nutzte die womöglich einzige Gelegenheit zur Gegenwehr. Als der Bär durch den Schwung seines Angriffs auf allen vieren landete, sprang der Camerarius nach vorn und stieß dem Tier das Schwert mit aller Kraft in die Flanke. Für einen Augenblick hielt der Bär inne, ehe er laut aufbrüllte und sich seitlich krümmte. Rasch zog Gerald die Waffe aus dem riesigen Körper und stieß sie gleich noch einmal in das dichte braune Fell. Erneut brüllte der Bär laut auf, wobei sein Grollen nun weniger bedrohlich als schmerzvoll klang.

Als Gerald das Schwert aus der blutüberströmten Flanke zog, wankte das Tier ein wenig zur Seite, ehe es sich mit einem dunklen Knurren in die Richtung zurückzog, aus der es gekommen war. Nach einigen Schritten drehte sich der Bär noch einmal um und blickte den Camerarius einen Moment lang an. Jeglicher Kampfgeist und Angriffswille schienen nun einer Art Verwunderung gewichen. Langsam trollte das verletzte Tier von dannen, nach einer Weile war es zwischen den Bäumen verschwunden. Nur eine Blutspur blieb auf den Steinen zurück. Stille legte sich über das Eibental.

Als ob schlagartig alle Kraft und Anspannung von Gerald abfielen, sank sein Arm herab, bis das blutverschmierte Schwert den Waldboden berührte. Erst jetzt spürte er seinen rasenden Herzschlag und ein Kribbeln in allen Fasern seines Körpers. Tief durchatmend dankte er dem Allmächtigen, dass er ihn beschützt hatte. Nach einer Weile beruhigten sich seine Sinne etwas, und er konnte sich dem brennenden Schmerz in seinem Oberschenkel zuwenden. Die Bärenkrallen hatten drei lange, blutige Striemen auf seiner Haut hinterlassen, glücklicherweise war die Wunde nicht allzu tief.

Noch einmal holte der Camerarius tief Luft und schüttelte fassungslos den Kopf. Eigentlich war er alles andere als ein begnadeter Kämpfer, umso erstaunlicher erschien ihm der Vorfall. Mit einem schiefen Lächeln kniete er nieder und reinigte das Schwert im Moos. Sein Herr würde ihm die Geschichte gewiss nicht glauben.

Als er sich wieder erhob und sich umsah, hielt er überrascht inne. Hoch über ihm am steilen Hang, dort wo der Fels begann, gähnte ein großes, dunkles Loch.

Sofort machte sich Gerald an den Aufstieg. Das Bächlein hinter sich lassend, stieg er an der nördlichen Flanke der Talwand empor. Je höher er kletterte, desto steiler wurde das Gelände. Oftmals sah er sich gezwungen, auf allen vieren zu kriechen, um ja nicht abzurutschen. Sich an Büschen oder Wurzeln festhaltend, zog er sich mühsam empor. Immer wieder spähte er hinauf zu der mannshohen Höhle. Nichts deutete darauf hin, dass sie bewohnt war, keine Fußspur verriet, ob jemals ein Mensch sie aufgesucht hatte. Doch eine innere Stimme sagte dem Camerarius, dass er am richtigen Ort war.

Nach einiger Zeit hatte er schließlich einen schmalen Absatz erreicht, der unmittelbar vor der dunklen Höhle ein Halbrund bildete, mit einer knorrigen Eibe darauf. Sich den Schweiß von der Stirn wischend, blickte

Gerald angestrengt hinein in die Felsöffnung, doch tiefe Schwärze ließ ihn nicht das Geringste erkennen. Gleichzeitig fühlte er sich selbst vom ersten Moment an aus der Finsternis heraus beobachtet – die Nähe eines Menschen war deutlich zu spüren. Er wandte sich um und blickte hinab ins Eibental und über die Baumwipfel hinweg auf die bewaldeten Hänge beidseits der Boda. Es war, als ob er sich vor seinem unwägbaren Gang noch einmal der vertrauten Welt vergewissern wolle.

Schließlich machte er langsam einige Schritte in die Höhle hinein. Konnte er anfangs noch den grauen Fels und den harten Lehmboden rings um sich herum erkennen, so befand er sich bald schon inmitten völliger Finsternis. Unsicher hielt er inne und lauschte in die Dunkelheit, doch es war kein Laut zu hören. Erneut spürte Gerald die Nähe eines Menschen, er wurde zweifellos beobachtet. Noch einmal fiel ihm die Warnung von Erdmute ein, sich vor Watelinde in Acht zu nehmen und stets mit Trug und Arglist zu rechnen. Zu kühlem Herz und wachem Verstand hatte ihm die wohlmeinende Frau geraten.

„He da?“, rief der Camerarius und bemühte sich, seine Stimme ruhig und gefasst klingen zu lassen. „Ist jemand hier?“ Da seine Worte kein Echo erzeugten, schien die Höhle nicht allzu groß sein zu können.

„Dies ist das Heim von Watelinde“, kam es nach einer Weile aus der Dunkelheit zurück. „Was suchst du hier, Fremder?“ Es war, anders als erwartet, eine weiche Frauenstimme, die sehr freundlich klang und in Geralds Geist sogleich die Vorstellung eines schönen, jungen Weibes erstehen ließ.

„Du bist also Watelinde?“, fragte Gerald und versuchte, lächelnd in die Schwärze zu blicken. „Es ist leider allzu finster hier, ich kann nicht das Geringste erkennen.“

„Warte eine Weile, dann haben sich deine Augen daran gewöhnt. Und komm ruhig näher, hier bei mir gibt es ein wenig Licht.“ Umschmeichelnd lockte ihn die Stimme. Für einen Mann eine verheißungsvolle Falle, dachte der Camerarius und mahnte sich noch einmal zu Vorsicht. Langsam machte er einen Schritt nach dem anderen in die Höhle hinein.

„Du misstraust mir“, sagte die Stimme nach einer Weile, wobei der süßliche Tonfall unmerklich kühler klang. „Ich spüre einen Vorbehalt in deinem Geist.“ Die Unholdin konnte nicht mehr allzu weit entfernt sein, wie der Camerarius feststellte. Außerdem erblickte er plötzlich weit voraus in der Finsternis ein längliches, rötliches Band, das er sich nicht zu erklären vermochte.

„Man hat dich vor mir gewarnt, ist es so? Was reden all die Narren dort draußen über mich?“ Die Stimme hatte gänzlich ihren sanften Klang verloren, stattdessen war da ein heiseres Krächzen, in dem unverhohlen Bosheit und Verachtung mitschwangen. Plötzlich erkannte Gerald die dunklen Umrisse eines Menschen vor dem vagen Schimmer im Hintergrund. „Nun, sei's drum, du bist zu mir gekommen“, fuhr Watelinde ernst fort.

„So ist es, ich bin mit einer schwierigen Aufgabe gekommen.“ Gerald bemühte sich, in der dunklen Kontur ein Gesicht zu erkennen. Vergeblich. „Eine Aufgabe, die Verstand und Geschick eines Normalsterblichen übersteigt. Mein Herr und ich hoffen nun auf deine Weisheit. Deine Hilfe soll auch fürstlich vergolten werden.“

„Jedoch ... du kommst mit Blut an den Händen“, flüsterte Watelinde mit einem Mal zischend, „frisch vergossenes Blut.“ Sie zögerte einen Moment und legte dann zielstrebig eine Hand auf Geralds Schulter. Der Camerarius zuckte erschrocken unter der Berührung zusammen, während ein fauliger Odem in seine Nase stieg. „Fremdes Blut und auch eigenes hast du vergossen, das ist kein gutes Vorzeichen für die Mission, die dich zu mir führt.“

„Es ... es geschah in Notwehr“, erwiderte Gerald und wandte den Kopf zur Seite, um Watelindes Atem nicht riechen zu müssen. „Eine Bestie unweit von hier ...“ Überrascht von ihrer Sehergabe kam ihm Erdmute in den Sinn, die ihn seinerzeit ebenfalls mit ihrer allwissenden Magie eingeschüchtert hatte.

„Hm“, murmelte Watelinde und nahm die Hand von seiner Schulter. Langsam setzte sich der dunkle Umriss vor ihm in Bewegung. Träge, schlurfende Schritte, begleitet von einem dumpfen Pochen, entfernten sich von ihm. Abwartend blieb er stehen. Aus einiger Entfernung war dann ein leises Rascheln zu vernehmen, ehe eine Flamme aufloderte, die schnell zu einem hellen Feuer wuchs. Aus der Dunkelheit schälte sich eine kleine menschliche Gestalt heraus, die vor einer Felsnische stand und einen langen, brennenden Kienspan in ihrer Rechten hielt. Sie warf das Holzstück in die Flammen, die aus einem großen, steinernen Ölbecken aufzüngelten. Im Schein des Feuers wurde eine alte, verhutzelte Frau erkennbar, die sich mit buckligem Rücken auf einen Stecken stützte, der, am oberen Ende mit Stofffetzen umwickelt, gleichsam unter ihrer linken Schulter festgewachsen zu sein schien. Der Stock ersetzte das verkrüppelte linke Bein und erzeugte bei jedem Schritt im Wechsel das schlurfende und das klopfende Geräusch.

Dank des Feuers war es Gerald möglich, sich in der nicht allzu großen Höhle umzusehen. Links befand sich am Boden eine Lagerstatt aus Stroh und Decken, während an der rechten Wand zahllose Gegenstände in völliger Unordnung neben- und übereinander lagen. Er konnte Leinensäcke, Ölkrüge, Holztruhen sowie tönerne und gläserne Behältnisse ausmachen, deren Inhalt wiederum nicht zu erkennen war. In der Mitte des knapp mannshohen Raums befand sich ein breiter Tisch mit Stuhl und Schemel, über dem von der Decke der Höhle herab an Fäden getrocknete Kräuter, Tierleiber, Knochen und allerlei Unbekanntes hingen. Die Tischplatte war überfüllt mit Töpfen, Mörsern und anderen Gerätschaften. Tonschalen enthielten Pulver und Tinkturen sowie Körperteile und Innereien von Tieren, wie der Camerarius mit Ekel erkannte. Hinten an der Wand befand sich schließlich die Feuernische. Darüber zog sich auf halber Höhe eine schmale Rinne quer über die Wand, in der brennendes Öl wie eine flammende Schnur loderte – das seltsame Leuchten, das Gerald erblickt hatte.

„Nun gut“, murmelte die Alte und schlurfte zum Tisch. „Komm hierher und sag mir, was dich umtreibt.“ Mit den knochigen Fingern ihrer Rechten winkte sie den Camerarius zu sich, während sie sich mit einem ächzenden Laut auf den Stuhl setzte. Den Kopf schief gelegt, starrte sie ihn neugierig an. Ihr Gesicht, umrahmt von grauen, fettigen Haarsträhnen, war durchzogen von Falten und Runzeln. Ihr schmallippiger Mund entblößte zwei, drei braune Zahnstummel. Doch so abstoßend sie auch aussah, ihre bernsteinfarbenen Augen verrieten einen äußerst wachen Geist. Aufmerksam beobachtete sie, wie sich der Camerarius unsicher auf den wackligen Schemel setzte. Als ihr Blick dabei auf seinen verletzten Oberschenkel fiel, schien ein düsteres Lächeln über ihr Gesicht zu huschen.

„Das hier führt mich den weiten Weg zu dir", ergriff Gerald das Wort und zog ein doppelt gefaltetes Pergament aus seinem Tragebeutel. Schalen und Werkzeuge angeekelt beiseiteschiebend, schuf der Camerarius ein wenig Platz auf dem Tisch und breitete den Bogen vor der Unholdin aus. Die Tierhaut war bemalt mit mehreren Abbildungen Wurdbougas, insbesondere seiner Runen sowie all seiner Symbole und Gestirne. „Die Wickerin Erdmute hat mich zu dir geschickt, da sie die Zeichen nicht recht zu deuten vermochte. Ich hoffe, du kannst mir weiterhelfen."

„Erdmute ist ein harmloses, einfältiges Ding", krächzte die Alte und überflog das Pergament. „So alte Geheimnisse sind nicht ihr Geschäft."

„Du verstehst, was die Runen sagen?"

„Gewiss", erwiderte Watelinde mit dunklem Lächeln. „Es ist zwar ein sehr altes Futhark, aber leicht zu verstehen. Was gibst du mir fürs Lesen?"

„Ach ja." Gerald löste ein ledernes Säckchen von seinem Gürtel. „Dies Gold hier soll dein Lohn sein."

„Nun denn." Die Unholdin zog das Pergament näher zu sich heran. „Es heißt hier: Lutarich zu Elbergard hat mich geschmiedet. Wurdbouga ist mein Name und auch mein Zauber, denn Seidenfäden der Schicksalsfrauen sind eingeflochten und vermögen große Macht zu wirken. In Gold gehüllt binden sie das Schicksal eines jeden an den Träger des Reifs, so er dies wünscht." Watelinde zögerte mit einem Mal und sah argwöhnisch von den Runen auf zu Gerald, der aufgeregt wartete. „Hast du nur diese Abschrift oder … gar den genannten Armreif selbst?"

„Das … das tut wohl nichts zur Sache."

„Narr, du kannst Watelinde nicht täuschen! Du oder wohl eher dein Herr hat den Reif", krächzte die Alte und wies anklagend auf ihn.

„Äh, dazu gibt es nichts zu sagen. Lies weiter, wenn dir dein Gold lieb ist."

„Dich hab ich schon durchschaut, ehe du es geahnt hast", lachte sie finster und funkelte ihn boshaft an. Im gleichen Moment erstarrte der Camerarius: Er hatte diese Augen schon einmal gesehen.

„Lass dir sagen: Du und dein Herr, ihr spielt mit dem Tod!", krächzte Watelinde drohend und unterbrach Geralds Gedanken. „Der Reif, heißt es hier, ist ein Geschenk der Alben an den göttlichen Allvater Wodan. Verstehst du das, einfältiger Narr? Lutarich hat den Reif dem höchsten

Gott gewidmet. Jeder andere, der ihn zum Besitz haben will, wird Wodans tödlichen Zorn auf sich ziehen!"

„Das soll ich glauben?" Gerald bemühte sich, gelassen zu wirken. „Du willst mir nur Angst machen. Erdmute hatte mich schon gewarnt, dass du selbst Interesse an dem Stück haben könntest." Betont unbeeindruckt sah der Camerarius die Alte an, hielt ihrem Blick jedoch nicht allzu lang stand.

„Aha, darum also nur die Abschrift", lachte Watelinde höhnisch. „Nun, mach dir keine Sorgen! Niemals würd' ich mich mit Wodan anlegen. Werdet glücklich mit dem Reif!" Ihr Blick sprach eine ganz andere Sprache – Neugier und Arglist der Alten schienen gerade erst zu erwachen. „Und nun gib mir das versprochene Gold!"

„Warte, Unholdin", rief Gerald und erhob sich von dem Schemel. Spielerisch warf er das Ledersäckchen in die Höhe und fing es wieder auf. „Dies Gold hier und noch viel mehr bekommst du, wenn du mir das eigentliche Geheimnis Wurdbougas zu enthüllen vermagst. Wie lässt sich der Zauber nutzen? Gibt es dafür einen magischen Spruch oder eine Formel? Wie lautet sie? Ohne dieses Wissen ist und bleibt der Reif nur schönes, kostbares Geschmeide. Verstehst du mich jetzt? Das zu erfahren ist meinem Herrn das viele Gold wert."

„Gewiss verstehe ich das." Irgendetwas ging vor sich hinter ihrer runzligen Stirn, doch sie lächelte nur schief und blickte gierig auf den Beutel in Geralds Hand. „Nun, die Runen verraten das Geheimnis nicht. Es wäre auch allzu einfältig gewesen von jenem Lutarich. Jeder Albe oder Erdenmensch, der des Runenlesens mächtig ist und den Reif besitzt, könnte ihn ja sonst nutzen. Nein, so einfach ist es nicht! Den Zauber kennt Lutarich allein, und allenfalls die Götter wären in der Lage, den Spruch des Schicksalszaubers zu erraten."

„Was bedeutet das? Ein Mensch kann die Formel nie finden?"

„Hm, im Grunde genommen ist es so, ja." Watelinde verzog das Gesicht. „Und doch, es gibt stets Wege …"

Gebannt sah Gerald die Alte an. „Es brächte dir viel Gold ein …"

„Nun, man könnte den Schöpfer des Reifs selbst nach dem Zauber fragen."

„Lutarich? Der Albenschmied ist seit Jahrhunderten tot!"

„Das verhindert keineswegs ein Gespräch mit ihm“, lächelte Watelinde geheimnisvoll. „Ich könnte es versuchen ...“

„Mein Herr würde jeden Preis entrichten, wenn du ihm die Zauberformel enthüllst“, bekräftigte Gerald. „Jeden Preis, hörst du?“

„So so, er hat wohl große Pläne, dein Herr?“, kicherte die Unholdin und sah Gerald argwöhnisch an. „Wie ist sein Name?“

„Das muss dich nicht kümmern.“

„Aha“, murmelte Watelinde höhnisch. „Sag ihm jedenfalls, er soll es nicht übertreiben und sich vor Wodan hüten. Der Reif gehört dem Allvater. Entdeckt dieser den Raub, wird er den Dieb zu Staub verwandeln.“

„Ich werde es meinem Herrn ausrichten“, erwiderte Gerald sachlich. „Doch sag mir: Wie willst du Lutarich befragen?“

„Nun, zu Nebelung und in den Nächten des Vollmonds stehen die Pforten zum Reich der Geister und Mahre offen. Wer es versteht, mit ihnen das Gespräch zu führen, vermag dann Auskünfte von ihnen zu erlangen. Sie dienen als Boten und Vermittler ins Totenreich. Durch sie ließe sich der Albenschmied befragen“, sagte die Unholdin. „Umsichtig müsste es getan sein, um nicht Wodans Argwohn zu wecken – der Allvater hat Einblick in alle Welten.“

„Erst zu Nebelung? Mein Herr wird enttäuscht sein.“

„Nun, es liegt nicht in meiner Macht. So oder gar nicht ...“

„Ist ja gut“, beschwichtigte der Camerarius und warf der Unholdin das Ledersäckchen zu, das diese überraschend flink auffing. „So muss sich mein Herr denn in Geduld üben. Lass bitte nichts unversucht, um den Auftrag zu einem guten Ende zu bringen, hörst du?“

„Gewiss, gewiss“, murmelte die Alte und ließ den Beutel rasch in den Falten ihrer Kleidung verschwinden. „Überlass du mir das Pergament; ich muss es studieren, ehe ich mich an die Geister wende.“

„Wann soll ich wiederkommen?“

„Nicht vor den Raunächten, denn man weiß nie, wie viele Vollmonde nötig sind, ehe die gewünschte Verbindung zustande kommt.“ Watelinde sah Gerald mit schief gelegtem Kopf an. „Und sag deinem Herrn, dass ihm das Geheimnis des Reifs zwei Pfund Goldes wert sein muss. Macht hat ihren Preis.“ Sie kicherte spöttisch und erhob sich mithilfe ihres Stocks mühsam vom Stuhl.

„Am Gold wird's nicht scheitern", erwiderte Gerald nüchtern. Er schüttelte unzufrieden den Kopf. „Doch dass mein Herr bis zum Jahresende warten muss, wird ihm nicht gefallen. Geduld ist keine seiner Tugenden."

„Er will ein Zauberwerkzeug der Götter für seine Zwecke missbrauchen, auf dass ihm ungeahnte Macht zuteil werde – da sollte ihm ein wenig Zeit nicht zu schade sein."

„Das mag sein, doch du kennst nicht seine Gier und seinen Zorn", murmelte der Camerarius.

„Hochmut und Machtgier verdienen kein Mitgefühl", krächzte Watelinde hämisch und sah den Camerarius an. „Wir sehen uns in den Raunächten." Sie nickte ihm kurz zu, wandte sich um und schlurfte in Richtung des Feuers davon. Als die Alte die Nische mit dem Ölbecken erreicht hatte, zog sie ihre Rechte aus dem Gewand. Sie schleuderte graues Pulver in die Flammen, die sofort erloschen. Mit einem Mal erfüllte Schwärze die gesamte Höhle.

„Geh jetzt und hüte dich unterwegs vor den Bären. In der Nacht sind sie sehr gefährlich", ertönte ihre Stimme aus der Finsternis, gefolgt von höhnischem Gelächter. „Oft erkennt man sie zu spät."

Der Camerarius sah ihre bernsteinfarbenen Augen vor sich, und er spürte entsetzt, wie sein Verstand ins Wanken geriet. War das Undenkbare möglich? Er erlebte allzu viel Seltsames, seit der Reif aufgetaucht war – sein so ruhiger, sachlicher Geist schien langsam an seine Grenzen zu stoßen. Gerald musste schlucken und versuchte, sich ganz auf den Rückweg zu besinnen.

Verwirrt stolperte er in jene Richtung zurück, in der er den Eingang der Höhle vermutete. Die Unruhe verdrängend, betete er still zum Allmächtigen, während er mit ausgestreckten Armen vorwärtstappte. Hinter ihm blieb das Hohnlachen mehr und mehr zurück, bis er endlich auf dem Halbrund vor der Höhle stand. Hier packte ihn das Entsetzen von Neuem, denn um ihn herum herrschte tiefste Nacht. Durch die Baumwipfel erblickte er den Sternenhimmel. Wie konnte das sein? Kaum eine Stunde war vergangen. Erschüttert rang er um Fassung und machte sich an den Abstieg.

Durch die Goldene Aue

Der Reiter preschte in vollem Galopp an den vier Gefährten vorüber, die schnell an den Rand der alten Kaiserstraße getreten waren, um ihm Platz zu machen. Staub und Sand wirbelten in die nachmittägliche Luft. Ross und Reiter rasten, in eine graue Wolke gehüllt, der untergehenden Sonne entgegen.

„Wohl ein königlicher Bote", mutmaßte Folkward, als Tado und er sich wieder in Bewegung setzten. Lindfell und Iva folgten den beiden Mönchen.

„Ja, das ist gut möglich", erwiderte Tado. „Die Kämpfe gegen König Heinrich IV. scheinen sich noch nicht bis hierher ausgebreitet zu haben. Zu unserem Glück, muss man sagen, denn andernfalls stünden Tullida und die große Burg unter Belagerung, und wir kämen nicht so einfach daran vorbei."

Er wies zu dem Bergrücken, auf dem die mächtige Festung Kuffese thronte. Die Burg schützte die ihr unmittelbar zu Füßen gelegene Königspfalz Tullida und beherrschte eindrucksvoll die gesamte Ebene der Goldenen Aue. Die Ebene, die im Norden durch den Harz begrenzt wurde, war in jenen Tagen noch weitgehend undurchdringlich und bestand aus Sümpfen, Morast und zahllosen Seen. Die alte Kaiserstraße im Süden und eine Heerstraße im Norden durchquerten den urwüchsigen Landstrich, dessen fruchtbarer Boden nur an wenigen Orten für den Ackerbau genutzt wurde. Gleichwohl galt die Ebene aufgrund der ertragreichen Ernten im Volksmund bereits als der blühende Hof des Paradieses.

„Du hast recht, wir dürfen dem Allmächtigen dankbar sein, dass wir unbehelligt unseres Weges gehen können", stimmte Folkward zu. „In

Kriegswirren würden wir als seltsame vierköpfige Reisegemeinschaft noch mehr auffallen, als wir es so schon tun. Wir haben gut daran getan, nicht über die Heerstraße zu ziehen, da dort weit mehr Verkehr herrschen dürfte als hier." Er deutete in Richtung der vor ihnen liegenden Kaiserstraße, auf der nach dem Verschwinden des Reiterboten nicht eine Menschenseele zu sehen war.

„Hätten wir nur Pferde", seufzte Lindfell, der neidvoll an den Reiter dachte. „Wir wären schon längst im Albenreich zu Güldenbrunn. Wobei", er lachte und schüttelte den Kopf, „ich wüsste gar nicht, wie man so ein Tier reitet. In Elbergard kennen wir Pferde nur aus Legenden." Er wandte sich Iva zu, die neben ihm ging und zu Boden sah. Die schwarzen Haare verdeckten ihr Gesicht und ließen nicht erkennen, ob sich etwas in ihrer Miene regte. Wie so oft in den drei Tagen, seit sie gemeinsam von der Viczinburg aus aufgebrochen waren, schwieg die junge Frau und blieb in sich gekehrt. Die Gespräche mit ihr waren meist kurz und sachlich, auch dann, wenn die beiden Mönche sich mit ihr unterhielten. Sie sprach mit großer Bescheidenheit, war freundlich und hilfsbereit, wirkte aber weitgehend verschlossen. In ihrem bodenlangen Kleid legte sie tapfer die jeweiligen Tagesetappen zurück, auf dem Rücken trug sie in einem Leinensack ihre Reisesachen. Mehrmals hatte sie Lindfells Angebot zurückgewiesen, ihr das Gepäck abzunehmen. An ihrer schlanken, muskulösen Figur ließen sich unschwer körperliche Kraft und Zähigkeit ablesen.

Lindfell bemühte sich, mit ihr ins Gespräch zu kommen und ihr vielleicht ein Lachen zu entlocken. Doch seine Erfolge blieben bescheiden. Irgendwie fühlte er sich verantwortlich für Iva, war er es doch gewesen, der sie zum Mitkommen aufgefordert hatte. Nun grübelte er, ob sie deshalb unglücklich war. Überforderte sie die ganze Sache vielleicht? Oder war es ein Problem, als Frau mit drei Männern allein unterwegs zu sein? Der Mann aus Elbergard wünschte sich, die Verschlossenheit der jungen Frau zu überwinden. Und das keineswegs nur selbstlos – ihre geheimnisvollen Augen zogen ihn zunehmend in ihren Bann. In ihm war eine große Sehnsucht erwacht, ihr näherzukommen. Und in den wenigen Momenten, da sie ihm ihre Aufmerksamkeit schenkte, bildete er sich ein, dass auch sie ihn auf besondere Weise betrachtete.

„Mach dir nichts draus, Lindfell", sagte Tado lachend und wandte sich im Gehen um. „Mönche auf Pferden sind ebenfalls äußerst selten. Auch ich könnte nicht reiten."

Die Gefährten passierten den sogenannten Pfingstberg, einen niedrigen Hügel, auf dem sich die Königspfalz Tullida befand. Ihre Mauern sowie die Gebäude und Dächer lagen längst im Abendschatten. Nur noch ganz oben auf der höchsten Kuppe des Kuffese tauchte das letzte Licht des Tages den Wald und die mächtige Burg in milden goldenen Schein. Aus der Ebene wirkte die Festung, die als die größte Burg im ganzen Reich galt, riesig und uneinnehmbar.

„Hoffentlich wird das nicht zu einem Problem, wenn wir am Ende den Reif haben und dann aber schnell verschwinden müssen", meinte Lindfell.

„Es ist gar nicht so schwer", schaltete sich Iva überraschend ein. „Man darf nur keine Angst vor dem Pferd haben, dann geht es schon."

„Du kannst reiten?" Wie auch die Mönche sah Lindfell die Gefährtin neugierig an. Freundlich lächelte er ihr zu, um sie zum Weitersprechen aufzufordern, doch sie sah zu Boden.

„Ein wenig allenfalls", antwortete sie wie entschuldigend. „Mein Vater hat es mir einst gezeigt." Endlich hob sie den Kopf, strich sich einige Haarsträhnen aus der Stirn und sah Lindfell an. Doch ihre Augen erwiderten nicht sein freundliches Lächeln, sondern verrieten vielmehr ein nachdenkliches Zögern. Es war, als ob sie aus irgendeinem Grund mit sich ränge. Für einen Moment studierte sie sein Gesicht, ehe sie mit einem Mal ihren Blick wieder abwandte und ziellos durch die Landschaft wandern ließ.

„Nun, so musst du uns eben notfalls einweisen, Iva", sagte Folkward mit einem Lachen. Er wandte sich um und nickte der jungen Frau aufmunternd zu. Lediglich ein kurzes Schmunzeln verriet, dass sie die Worte des Mönchs vernommen hatte. Nach einer Weile senkte sich Schweigen über die Gruppe, ein jeder hing seinen Gedanken nach. Folkward kannte den Weg, dem sie folgten, glücklicherweise recht gut. In den sieben Jahren, die er inzwischen im Kloster Gozeka lebte, war er zweimal so nach Westen gereist. Beide Male hatte ihn der Austausch von Codices ins ferne Hildinishem geführt. Mit der dortigen Abtei St.

Michael war das Kloster Gozeka durch Tausch und Abschrift von Büchern schon lange Zeit verbunden. Auch das jetzige Ziel der Gefährten, Güldenbrunn, lag auf dieser Route, sodass Folkward die Gruppe sicher zu führen vermochte. Mit der Königspfalz Tullida hatten sie nach drei Tagen Wanderschaft etwa die Hälfte des Weges hinter sich gebracht.

Die Gefährten trugen Nahrung, Decken und Kleidung in umgehängten Taschen und Bündeln bei sich. Vor ihrem Aufbruch von der Viczinburg hatte Hedwig die Gruppe hinreichend mit Proviant und einem kleinen Beutel Silberdenare ausgestattet. So mangelte es ihnen an nichts, allein äußere Umstände wie Wetter oder Kriegswirren, aber auch ihre körperliche Verfassung bestimmten ihr Vorwärtskommen. Bislang stand ihr Unterfangen unter einem guten Stern. Sie mieden bewusst die Menschen, um sich nicht in Erklärungsnöte zu bringen. Für den Fall der Fälle hatten sie allerdings verabredet, sich als zufällige Reisegemeinschaft auszugeben: zwei Klosterbrüder auf dem Weg nach Hildinishem, denen sich zum vereinten Schutz vor Räubern Lindfell und Iva angeschlossen hätten, als Hörige unterwegs im Auftrag ihres Grundherrn. Bisher hatten sie die Notlüge noch nicht verwenden müssen.

In der Stille ringsum waren neben dem Gesang von Vögeln in den Bäumen nur die Schritte der vier auf dem Boden zu hören. Außer Iva hatte sich im Laufe der drei Tage jeder einen kräftigen Stock aus dem Unterholz am Wegesrand gesucht, um ihn als Stecken für den Marsch und zur Not auch als Verteidigungswaffe nutzen zu können. Lindfell hatte den seinigen, einen starken Walnusszweig, mit kunstvollen Schnitzereien versehen, wann immer eine Rast ihm die Gelegenheit dazu bot.

„Sollten wir nicht langsam einen geeigneten Platz für unser Nachtlager suchen?", fragte Tado in die Ruhe hinein. Er wies mit dem Arm auf die untergehende Sonne. „Der Tag geht zur Neige."

„Ja, mein Bruder, wir haben unser Tagwerk vollbracht, die Hälfte der Wanderschaft liegt bereits hinter uns." Folkward wandte sich zu den Nachzüglern Lindfell und Iva um. „Was meint ihr? Meine Knochen flüstern mir schon seit einiger Zeit verlockend von Ruhe und Erholung ... Dort drüben an den Hängen wird sich ein Baum finden lassen, unter dem wir es uns bequem machen können."

Während Iva mit einem dankbaren Lächeln aufsah, erwiderte Lindfell: „Eine gute Idee, mein Magen hat sich auch bereits gemeldet."

Die beiden Mönche lachten, und gemeinsam setzten sich die vier wieder in Bewegung. Sie verließen die Straße und gingen durch hohes Gras und wilde Büsche auf den nächsten Hügel zu.

„Als du eben von deinen alten Knochen gesprochen hast und Lindfell von seinem Magen, ist mir ein Mitbruder in Ramsola eingefallen, von dem ich dir noch gar nicht erzählt habe." In den drei Tagen hatten sich Tado und Folkward ausgiebig über ihre Klöster ausgetauscht und einander berichtet, was sie in den sieben Jahren erlebt hatten. Tado lachte laut auf und schüttelte den Kopf, ehe er seine Schilderung begann. „Wenn es nicht so tragisch wäre und der Regel unseres heiligen Benedikt zuwiderliefe, wäre es eine lustige Anekdote. Und da auch du ein Anhänger des Reformgedankens bist, wird dich die Geschichte in deinem Eifer zur Erneuerung noch anspornen und bestärken." Erneut lachte er.

„Du machst es auf jeden Fall spannend", sagte Folkward trocken. „Schon als Novize auf dem Sollonberg hast du manches Mal eher zu besonders wortreichen Schilderungen geneigt ..."

„Ich danke dir für die Erinnerung, Pater", antwortete Tado bissig, aber gut gelaunt. „Nun gut, es geht um einen betagten Mitbruder namens Tadiko. Er war schon lange in Ramsola, als ich dort Mönch wurde. Er führte ein fürstliches Dasein in seiner Zelle, Speis und Trank waren ihm der liebste Dienst des Herrn. Als wohlhabender Sohn verfügte der Kanonikus über reichlich Mittel, sich solch ein verschwenderisches Leben gestalten zu können. Sein Leib war – wen wundert es – dermaßen rundlich gewölbt, dass er nur mit Not seinen Platz im Chorgestühl einnehmen konnte. Nun, eines Tages im Jahre des Herrn 1070 ging an ihn der ehrenhafte Ruf des Hammaburger Metropoliten Adalbert, der ihn – warum, weiß wohl nur der Allmächtige – zum Bischof der schwedischen Diözese Sigtuna ernannte. Tadiko wand sich wie ein Aal, um sich ebendieser Ehre zu entziehen. Ganz offen bekannte der Bruder, dass es ihm seine alten Knochen und sein Leib nicht ermöglichten, das ferne Amt anzutreten. Und zum ungläubigen Staunen des Erzbischofs fügte er hinzu, dass er aus Liebe zu seinem Bauch lieber bleibe, wo er sei, als draußen ein heiliger Apostel zu werden."

Tado sah seinen früheren Lehrer belustigt an. „Er hat Ramsola tatsächlich nie verlassen."

„Wie du zu Recht gesagt hast, Bruder, wäre es ja ein netter Schwank, wenn es nicht so verwerflich und zudem ein Hohn wäre für alle jene von uns, die den Dienst des Allmächtigen in tiefer Demut und Hingabe verrichten." Den Mund abschätzig verzogen, schüttelte Folkward den Kopf. „Brüder wie er sind es, die eine tiefe Reform notwendig machen, eine Rückkehr zu alten christlichen Tugenden. Haupt und Glieder unserer heiligen Kirche sind krank und müssen dringend kuriert werden. Zu Rom sitzt nun – dem Herrn sei Dank – ein neuer, vorbildlicher Heiliger Vater. Mit diesem Haupt wird auch die Heilung der Glieder gelingen."

Eine Weile stiegen die Gefährten den Hang zwischen Bäumen und Gebüsch empor, bis sie einen fast ebenen Flecken erreichten, der weitgehend frei war von Dickicht. In der Mitte des Platzes stand eine ausladende Eiche.

„Da wären wir", rief Tado zufrieden, spazierte quer über die Fläche und sah sich um. „Es gibt sogar eine schöne Aussicht hier." Er deutete auf eine Lücke zwischen den umstehenden Bäumen, durch die man bis hin zu den fernen Ausläufern des Harzes blicken konnte.

„Tatsächlich ein großartiger Lagerplatz", nickte Lindfell und ließ wie alle seine Tasche zu Boden gleiten. Er suchte eine geeignete Stelle unter dem Blätterdach der Eiche und begann, mit seinem Stock das Gras zu entfernen. Schließlich zog er seinen Dolch, kniete sich auf den Boden und hob eine niedrige Kuhle aus der weichen Erde.

„Tado und ich gehen Holz sammeln", sagte Folkward und nickte Lindfell zu, der kleine Äste, Zweiglein und Blätter um sich herum zusammenklaubte und in der Grube locker aufschichtete. Während die Mönche im Gehölz verschwanden, kniete sich Iva auf der anderen Seite der Kuhle nieder, betrachtete Lindfells Arbeit und hob dann seinen Wanderstab vom Boden auf. Der junge Mann hielt überrascht inne und sah Iva erwartungsvoll an. Aufmerksam musterte sie seine Schnitzereien in der Rinde des Stockes.

„Darf ich dich etwas fragen?", begann sie zögerlich, ohne ihn anzusehen.

„Aber ja, nur zu." Er blickte sie aufmunternd an und freute sich über die unerwartete Gunst, dass sie ihn ansprach.

„All diese Runen hier", begann sie und fuhr mit ihren Fingern über die Zeichen im Holz. „Du verstehst, was sie bedeuten?" Endlich hob sie den Kopf und sah ihm forschend in die Augen.

„Gewiss", erwiderte er offen und lächelte sie schalkhaft an. „Das ist aber nicht so ungewöhnlich, wenn man unter Alben aufgewachsen ist wie ich."

„Das ist mir durchaus klar." Kühl verdrehte sie kurz die Augen. „In den letzten drei Tagen hast du ja oft genug von Elbergard erzählt. Ich meine es ernst, Lindfell." In ihrem Blick lag eine unerwartete Strenge, die Lindfell überraschte und zeigte, dass ihr nicht nach Scherzen zumute war.

„Nun", sagte er unsicher, „also ja, ich kann Runen lesen. Warum fragst du?"

„Weil ich einen Verdacht habe, der mich schon die ganze Zeit umtreibt. Ich muss ihn geklärt sehen, sonst wächst in mir Misstrauen."

„Misstrauen? Etwa mir gegenüber?" Fassungslos starrte er sie an.

„Ja", antwortete sie bestimmt und sah ihm erneut fest in die Augen. „Sag mir offen, ob du den Reif für dich selbst haben willst! Wenn du ihn besäßest, könntest du sein Geheimnis doch aus den Runen lesen. Ist es nicht so? Und dann ..."

„Ah, ich verstehe." Lindfell sah sie ernst an. „Sorge dich bitte nicht, Iva, vertrau mir!" Über die Kuhle hinweg legte er eine Hand auf ihren Unterarm, den sie jedoch rasch zurückzog. „Nein, weder will ich Wurdbouga haben, noch lässt sich sein Zauber allein aus den Runen entdecken. Das Geheimnis liegt tiefer und bedarf auch magischen Wissens, das ich nicht besitze. Glaub mir bitte ..."

Aufmerksam las die junge Frau in seiner Miene und zögerte einen Moment, ehe sie langsam nickte und sich wieder vom Boden erhob. Sie ging hinüber zu ihrer Tasche, öffnete die Verschnürung und holte einen braunen Wollumhang heraus. Längst war die Sonne untergegangen, und Kühle breitete sich aus. Sie legte sich das Tuch um die Schultern und blickte in die Ferne.

„Du machst deinem Namen alle Ehre, Iva", sagte Lindfell, als er Funken in das aufgeschichtete Kleinholz schlug. „Die Eibe ist aus sehr hartem Holz." Er sah auf und lächelte sie an. „Die ganze Zeit habe ich gespürt, dass dich etwas mit Sorge erfüllt. Ich hoffe, du wirst mir Vertrauen schenken können." In diesem Moment flog ein Funke und entzündete die trockenen Blätter sowie die aufgeschichteten Zweige. Durch den aufsteigenden Rauch hindurch begegneten sich kurz ihre Blicke. Erleichtert bemerkte Lindfell, wie ein flüchtiges Lächeln über Ivas Gesicht huschte. Im Stillen dankte er Allvater Wodan, dass zum ersten Mal die unsichtbare Hürde zwischen der jungen Frau und ihm überwunden war.

Nachdem die beiden Mönche mit Brennholz zurückgekehrt waren, setzten sich die vier rund um das Feuer und wärmten sich. Wasser, Brot und gepökeltes Fleisch machten die Runde, während um sie herum rasch die Dämmerung einsetzte.

„Vor langer Zeit gab es auch hier tief unter dem Kuffese Königreiche der Schwarzalben", erzählte Lindfell, nachdem das Essen beendet war und sich alle in ihre Decken und Umhänge gehüllt hatten. Feuchte Kälte kroch von allen Seiten auf den Lagerplatz zu. „Doch als dann die große Burg dort oben errichtet wurde, sich immer mehr Menschen in den Bergen tummelten und das schreckliche Glockengeläut unerträglich wurde, verließen die Alben das Gebirge. Sie suchten Zuflucht bei ihren Brüdern im Harz, im Reich Güldenbrunn. Wie ihr seht, scheuen wir Alben die Menschen und all ihr geschäftiges Lärmen." Er blickte über die Flammen hinweg in die Runde. Mittlerweile kam es ihm fast ein bisschen seltsam vor, sich selbst noch zum Volk der Schwarzalben zu zählen.

„Von derlei Menschenscheu merkt man bei dir – dem Herrn sei Dank – nicht allzu viel", lachte Tado.

„Da du unser Ziel Güldenbrunn genannt hast, Lindfell", ergriff Folkward das Wort, „frage ich mich, wie wir dort Zugang finden können. Für die Alben sind wir doch nur vier Erdenmenschen. Sie werden uns kaum Einlass gewähren, oder?"

„Doch, sie werden uns sogar alle Ehre erweisen", antwortete Lindfell und zog seine Tasche zu sich heran. „Mein König Godwin hat mir dies hier als Empfehlung mit auf den Weg gegeben." Er kramte aus den Tiefen des Beutels ein handtellergroßes Ledersäckchen hervor und entnahm ihm die beiden goldenen Runentafeln. Feierlich hielt er sie empor, der

Schein des Feuers überzog sie mit warmem Glanz. „Es sind Sendschreiben an den König zu Güldenbrunn, uns Zuflucht und alle nur erdenkliche Hilfe zu gewähren. Niemand dort wird diese Zeugnisse infrage stellen."

Die Nacht hatte sich über das Land gesenkt. Durch das Blätterdach der Eiche ließen sich am klaren Himmel erste Sterne erkennen. Lindfell warf noch einmal Äste in die Flammen, und schließlich bereiteten sich die Gefährten ihr Lager dicht am Feuer. Während Lindfell und Iva sich fest in ihre Decken einrollten, verließen die beiden Mönche noch einmal den Lichtkreis, um ein Stück abseits ihre Abendgebete zu sprechen.

Auf dem Rücken liegend, die Hände unter dem Kopf, blickte Lindfell ins Dunkle empor und spürte die Müdigkeit in seinen Gliedern. Schon wurden seine Augenlider schwer. Wieder hatten sie eine große Tagesetappe bewältigt, und er dachte voller Bewunderung und Zuneigung an Iva, die all die Mühen klaglos hinnahm. Sie lag im rechten Winkel zu ihm, bis zum Kinn in ihre Decke gehüllt. Als er sich ein wenig drehte und am Feuer vorbei zu ihr hinübersah, öffnete sie gerade die Augen und erwiderte seinen Blick.

„Einen guten und erholsamen Schlaf für dich", sagte er leise.

„Das wünsche ich dir auch." Dann drehte sie sich um. „Vertrauen, Lindfell, ist übrigens eine sehr zarte Pflanze", fügte sie noch hinzu.

„Ich werde sie hegen", sagte er bestimmt, und eine seltsame Hoffnung überkam ihn. Er betrachtete ihre Haare, die wie ein Tuch über ihren Rücken ausgebreitet lagen und im Feuerschein glänzten.

Als er leise die gemurmelten Gebete der beiden Mönche hörte, dachte er an seine alten Götter, die auf einmal so fern schienen. Kam ihm Allvater Wodan langsam abhanden? Alles in dieser Welt war Jesus Christus zugewandt. Fast beneidete er Folkward und Tado um ihr festes Bekenntnis, während ihn selbst zunehmend Zweifel befielen. Sein alter Glaube verblasste, und der neue war ihm noch fremd. Da zugleich sein Zugehörigkeitsgefühl zu Alben oder Menschen unsicher zu werden begann, erschien ihm sein ganzes Dasein in einem gewaltigen Wandel. Über diesen Gedanken war er eingeschlafen, als die beiden Mönche ans Feuer zurückkehrten.

Die zwei Burgen

Friedrich von Gozeka stand auf der Wehrplattform des Turms der Horeburg. Mit seiner Rechten strich er über das Mauerwerk. Welch ein Glück, dachte er, dass die Feste rechtzeitig fertiggestellt wurde, sonst gäbe es kein würdiges Quartier und keinen geeigneten Befehlsstand für die Belagerung der Asenburg, die er gerade begonnen hatte. Der Turm bot einen hervorragenden Überblick über den gesamten Schauplatz.

Die Steine der Mauern waren sandfarben, sie wirkten, als wären sie gerade erst aus dem Fels gebrochen und vom Steinmetz in ihre Form gebracht worden. Keine Verwitterungsspuren, weder Moos noch Flechten überzogen das Gemäuer. Tatsächlich war die Horeburg kaum älter als ein halbes Jahr, sie war seit dem Frühjahr 1073 als Gegengewicht zu der gegenüberliegenden Asenburg errichtet worden. Ihre exponierte Lage bot weite Ausblicke, in östlicher Richtung schloss sich ein Bergplateau an, gegen das die Horeburg durch zwei Wälle und Gräben sowie eine kleine Vorburg gesichert war. Die eigentliche Festung bestand aus einem zwanzig mal fünfzehn Klafter großen Geviert, von einer hohen Ringmauer umgeben. Ein Wehrturm und ein länglicher, zweigeschossiger Steinbau, der als Unterkunft diente, bildeten zugleich Teile dieser Mauer.

Friedrich hatte die Horeburg vor wenigen Tagen, als er mitsamt dem riesigen Heerhaufen vom Harz kommend hier eingetroffen war, bezogen. Die Festung war vom Markgrafen der Nordmark, Lothar Udo II. von Stade, errichtet worden, der mit ihr seine Güter im östlichen Eichsfeld zu schützen gedachte. Das Haupt der mächtigen Familie der Udonen hatte die vorausgegangene Errichtung der Asenburg durch

König Heinrich IV. als bewusste und gezielte Bedrohung seiner Besitztümer empfunden. Mit dem Ausbruch des sächsischen Aufstands gegen Heinrich IV. hatte der Stader Markgraf die Horeburg daher bereitwillig Friedrich zur Verfügung gestellt, damit dieser die verhasste Asenburg bezwang. Dies stand zudem ganz in der Tradition des guten Verhältnisses der Häuser Gozeka und Stade zueinander. So hatten der sächsische Pfalzgraf und der Markgraf der Nordmark auch vereinbart, dass eines Tages ihre nun erst achtjährigen Sprösslinge Friedrich und Adelheid miteinander verheiratet werden sollten. Auch dies war ein Teil der Machtpläne Friedrichs von Gozeka, mit denen er langfristig die führenden Adelshäuser wie Billung und Haldeslevo zu übertrumpfen gedachte.

Laute Geräusche aus dem Tal rissen den sächsischen Pfalzgrafen aus seinen Gedanken. Axtschläge und das Krachen umstürzender Bäume drangen den Berg herauf. Allerorts wurden dort unten Schneisen in den Wald geschlagen, um so feste Plätze anzulegen. Aus dem Holz wurden Unterkünfte und Schuppen errichtet, da man sich längst auf eine langwierige Belagerung eingestellt hatte. Als schmale Fäden stieg hier und da Rauch zwischen den Baumkronen empor, hier befanden sich die Lagerplätze des Aufständischenheers. In Bola am Fuße der Festung ließen sich auch über diese Entfernung zahlreiche Menschen als kleine Punkte ausmachen; der Weiler bildete eine Art Knotenpunkt für alle Truppeneinheiten, für ihre Versorgung und Ausrüstung.

Friedrich musterte den gegenüberliegenden Berg mit den Augen des erfahrenen Kriegsmannes. Es stand fest, dass die Asenburg niemals im Sturmlauf zu nehmen war. Die Schroffheit der Abhänge schloss derartige Angriffe von vornherein aus. Die Erhebung ragte mit steilen, teils felsigen Flanken aus der Waldlandschaft empor, sie schien wie ein Nachen auf der weiten Wasserfläche eines Sees zu schweben. Der König und seine Ratgeber hatten diese Unbezwingbarkeit erkannt, als sie die Anlage auf den Resten einer ehemaligen fränkischen Burg errichten ließen. Ihren Namen verdankte die Asenburg der grauen Vorzeit, als sich auf der Kuppe des Berges eine germanische Kultstätte für die Götter befand. Weit vor den Tagen, als Christi Wort Thüringen eroberte, wurde hier den Asen um Wodan und Donar geopfert.

Das Bergplateau war weitgehend gerodet, nur in der Mitte der Anlage standen einige Bäume. Friedrich konnte mühelos die Mauern und Türme der südlichen Befestigungswerke sowie einige dahinterliegende Gebäudedächer erkennen. Irgendwo dort saß der Ministeriale des Königs, ein gewisser Meinhard, der die Burg und die umliegenden königlichen Güter verwaltete. Der Mann stammte aus der Gegend um Worms am Rhein und war einer der im Volk so verhassten Fremdlinge, die der König gezielt in Sachsen und Thüringen einsetzte. Mit seinen ebenfalls aus dem Reichssüden mitgebrachten Kriegern trieb er gnadenlos das ein, was angeblich des Königs war. Frondienste und Abgaben wurden erhöht und notfalls mit Gewaltanwendung durchgesetzt. In den letzten zwei Jahren hatte Meinhard jedoch Geduld und Leidensfähigkeit der Menschen allzu sehr überfordert, sodass die Asenburg zu einem berüchtigten Beispiel für die ungerechte königliche Ausbeutung geworden war. Insofern war es kein Wunder, dass gerade diese Festung nach Ausbruch der Kämpfe gegen Heinrich IV. von den Aufständischen belagert wurde.

Nur der Hunger wird es richten, dachte der Pfalzgraf, als sein Blick von der Burg hinunterwanderte ins Tal, wo die Heerhaufen der Sachsen und Thüringer lagerten. Selbst diese viertausend oder fünftausend Mann würden die Feste niemals erstürmen können. Nur Geduld vermochte hier den Sieg zu bringen. Es galt, den Belagerungsring so eng zu ziehen und von Gehölz zu befreien, dass nicht einmal ein Reh ungesehen hindurchkam. Die meisten Lagerplätze waren bereits gerodet, die Zelte und Feuer befanden sich auf offenen Flächen. Von der erhöhten Warte der Horeburg aus wirkte das Ganze fast wie eine Kette, die sich dicht um einen Hals schmiegt.

Ein Räuspern riss Friedrich von Gozeka aus seinen Betrachtungen. Von ihm unbemerkt, war in seinem Rücken Hauptmann Oswald, ein blonder Recke mittleren Alters, über die Holzstiege auf die Turmplattform getreten. Der Kriegsmann war in voller Rüstung. Unter dem silbergrauen Helm mit Nasenbügel quoll die blonde Mähne hervor und wallte über das lange Kettenhemd hinab. An einem abgewetzten Ledergürtel trug er ein Langschwert, auf dessen Griff seine Linke in einem Handschuh ruhte. Oswald trat an die Seite seines Herrn und nickte ihm ergeben zu.

„Gott zum Gruße, edler Herr", sagte der Hauptmann mit heiserer Stimme.

„Oswald, sei gegrüßt. Wie ist die Lage? Ist der Feind auf der Asenburg inzwischen vollkommen umstellt?" Der Pfalzgraf legte für einen Moment die Rechte auf die Schulter seines Gefolgsmanns und sah ihn neugierig an. War der Soldat bereits eine eindrucksvolle Erscheinung, so überragte der bullige Friedrich diesen noch um einen halben Kopf.

„Unser Belagerungsring ist erfolgreich geschlossen worden. Es gibt keine Lücken mehr zwischen unseren Truppenteilen", erklärte der Hauptmann und deutete ins Tal hinab. „Die belagerte Burg kann weder verlassen noch besucht werden, ohne dass wir es mitbekommen. Jegliche Versorgungszufuhr für Meinhards Mannen ist damit abgeschnitten."

„Wie lange werden sie ausharren können bei Hunger und Durst?"

„Es befinden sich etwa zweihundert Mann in der Asenburg. Selbst wenn sie sich vor Beginn unserer Belagerung noch mit Proviant hätten versorgen können, würden sie kaum länger als sechs oder acht Wochen durchhalten. Natürlich müssen wir überaus wachsam sein, denn wenn nackter Hunger Verzweiflung weckt, werden sie gewiss Ausfälle gegen uns versuchen. Dann gilt es standzuhalten, auch wenn Blut fließt. Die Vorgabe ist klar: Jeder, der einen Ausbruch wagt, wird getötet!" Mit einem trockenen Geräusch schlug Oswald die behandschuhten Fäuste ineinander.

„So ist es", erwiderte Friedrich. „Wie ist die Stimmung bei unseren Leuten? Werden sie wacker kämpfen?"

„Gewiss, edler Pfalzgraf", antwortete der Hauptmann und sah seinen Herrn selbstbewusst an. „Der Hass auf Meinhard und seine Männer ist groß, sie haben hier allzu übel gewütet. Das Volk im ganzen Land hat unsere Ankunft gefeiert, es begrüßt die Belagerung. Es brennt ein Feuer in den Herzen der Leute, das nicht so bald erlischt."

„Sehr gut, Oswald. Weiß denn der elende Burgherr Meinhard, dass er so oder so am Ende unterliegen wird?", fragte Friedrich und schaute in Richtung des gegenüberliegenden Burgbergs. „Er könnte sich selbst und uns viel Zeit und Kummer ersparen, wenn er seine aussichtslose Lage erkennen und die Burg bald aufgeben würde. Wie hat er unsere Botschaften aufgenommen?"

„Leider ist er auf diesem Ohr vollkommen taub, bislang zumindest." Oswald lächelte listig. „Er hat alle unsere Boten abgewiesen, nachdem er sie demütigend lange vor dem Tor hat warten lassen. Von der Mauer aus beschimpfte er sie und jagte sie mit Steinwürfen davon, als wären es Strauchdiebe."

„Für diese Frechheit wird er noch zahlen."

„Meinhard ist ein stolzer, überheblicher Mann, der sich durch sein königliches Amt wie ein Herr des hohen Adels fühlt", sagte Oswald. „Nun, eines Tages werden wir sein Haupt auf die rechte Größe zurückstutzen. Doch einstweilen lehnt er jede Verhandlung ab. Stattdessen tönt er vom Heer des Königs, das ihn befreien käme, und er droht für diesen Tag mit tödlicher Rache für unseren Aufstand und die Unbotmäßigkeit."

„Schade nur, dass dieses Heer nie kommen wird. Und dann wollen wir mal sehen, wie groß Meinhards Maulwerk noch ist, wenn es sich nach Wasser und Brot verzehrt", brummte der Pfalzgraf. „Wir müssen nur warten, Oswald. Die Zeit wird uns die Früchte ganz von allein in den Schoß legen. Lass uns am Nachmittag noch einmal gemeinsam hinabgehen und die Lage in Augenschein nehmen." Der Hauptmann verneigte sich mit einem ungelenken Ruck und wandte sich der Holzstiege zu.

Mit einem letzten Blick hinüber zur Asenburg trat auch Friedrich an die Stufen, die durch eine Luke in die unteren Geschosse des Turms führten. Die Treppe mündete auf ein Zwischengeschoss, von dem aus einerseits die Stiege weiterging, andererseits ein Bogendurchgang in den Hauptbau hinüberführte. Der Pfalzgraf passierte die Öffnung und betrat ein mittelgroßes Zimmer im Palas.

Es war ein schlicht möblierter Raum mit Fenstern zur Hof- und zur Außenseite hin und einem Kamin, in dem ein paar dicke Holzscheite brannten. An der Wand stand eine lange Truhe, auf der Kettenhemd, Helm und Waffen des Burgherrn lagen. Durch einen Türbogen gelangte man ins angrenzende Schlafgemach. Der Pfalzgraf trat an einen Eichentisch, auf dem die Reste des Mittagsmahls standen. Nachdem er eine Weile unentschlossen ins Feuer gestarrt hatte, ergriff er einen silbernen Pokal und trank einen Schluck Rotwein.

Aus dem kleinen Innenhof der Horeburg erklangen Geräusche und Stimmen. Friedrich trat an das Fenster und blickte hinunter. Offensichtlich war ein Bote eingetroffen, der sich in diesem Moment mit Gerald unterhielt.

„Woher kommt der Mann?“, rief der Pfalzgraf hinunter.

„Aus Haldeslevo, Herr“, erwiderte der Camerarius, während sich der dürre junge Mann an seiner Seite verneigte.

„Ah, sehr gut, kommt herauf!“ Kurz darauf traten die beiden Männer in den Raum.

„Nachrichten aus Haldeslevo, sagst du?“ Friedrich konnte seine Neugier kaum zurückhalten. „Ein Schlückchen Wein nach dem langen Ritt?“ Er hob seinen Pokal in Richtung des Boten, dem seine Müdigkeit anzusehen war.

„Ich danke Euch für Eure Güte, edler Pfalzgraf.“ Der junge Mann neigte dankbar das Haupt. Seine Haare standen borstig in alle Richtungen ab. Der Burgherr nickte kurz Gerald zu, der einen Becher nahm und ihn aus einer Weinkaraffe füllte.

„Nun spül einmal deine Kehle durch und schöpfe etwas Atem“, sagte der Pfalzgraf mit einem bemühten Lächeln. Ungeduldig beobachtete er, wie der Bursche durstig den Becher leerte. „Und dann berichte: Was gibt es Neues am Hof zu Haldeslevo?“

„Nun, Eure Späherin dort im Herrschaftshaus schickt mich“, begann der Bote. „Sie hat, wie von Euch geheißen, die Ohren gespitzt und jüngst etwas belauscht, das, wie sie findet, Euch unbedingt zur Kenntnis gebracht werden muss.“

„Nun?“ Friedrich starrte den Mann an.

„Die Herzogswitwe Gertrud von Haldeslevo schmiedet große Pläne. Es geht um ihre Tochter, die junge Hedwig – sie soll in Bälde die Gemahlin Graf Gebhards von …“, fuhr der Bote fort, kam jedoch nicht dazu, den Satz zu vollenden.

„So ist die verfluchte Stunde also gekommen!“, rief der Pfalzgraf zornig. „Ich habe es geahnt. Die verdammte Spinne webt ihre Fäden, obwohl ich sie deutlich gewarnt habe.“ Der Pfalzgraf ging erzürnt auf und ab. Eingeschüchtert beobachteten ihn die beiden Männer. „Sagt die Späherin, wann es geschehen soll?“

„Nun, den genauen Tag vermag unsere Kundschafterin leider nicht zu nennen. Aber die Heirat soll in jedem Fall noch vor dem Geburtsfest

Jesu stattfinden, auf der Stammburg des Bräutigams zu Supplinburg." Der Bote drehte den Becher in seinen Händen. „Gefolge und Gesinde haben bereits mit den ersten Vorbereitungen begonnen."

„Das ist ungeheuerlich!", schrie der Pfalzgraf und schleuderte seinen Pokal gegen die Wand. Der rote Wein besprenkelte das Gemäuer und die Bodendielen. Erschrocken zuckten die beiden Männer zusammen.

„Gertrud", zischte der Burgherr hasserfüllt. „Dieses machtgierige Weib sei verflucht! So will sie nun also aus den Häusern Haldeslevo und Supplinburg ein neues, machtvolles Herrschergeschlecht erschaffen. Die Sprösslinge Gebhards und der Formbacherin hätten fürstliche Ansprüche. Das muss verhindert werden, koste es, was es wolle." Finster vor sich hin grübelnd, ging der Pfalzgraf erneut von einer Seite des Zimmers zur anderen; die beiden Männer schien er vergessen zu haben.

„Ich denke, du kannst nun gehen", flüsterte Gerald dem Burschen zu, der den Burgherrn ängstlich anstarrte. Der Camerarius legte ihm die Hand auf die Schulter, nahm ihm den Becher aus den Händen und schob ihn langsam in Richtung Ausgang. „Du hast deinen Dienst gut verrichtet. Hier." Beiläufig drückte er dem jungen Mann ein paar Münzen in die Hand. Der Bote verneigte sich und verließ den Raum.

„Wenn ich nur das Zaubergeheimnis des Armreifs wüsste", schimpfte Friedrich, als Gerald zurückkam. Er hatte den Ärmel seines Oberhemds zurückgeschoben und hielt seinem Berater das goldene Kleinod entgegen, das den Schein des Feuers widerspiegelte. „Ist es endgültig, dass die Unholdin uns den Zauber erst in den Raunächten offenbaren kann? Wie gern zöge ich gen Haldeslevo und richtete Wurdbougas Magie auf die verwünschte Spinne und ihre junge Tochter, auf dass sie sich diese Heirat ein für alle Mal aus dem Kopf schlagen. Vielleicht will uns die Alte im Harz einfach nur hinhalten – wenn wir ihr das Schwert an die Kehle setzen, geht es womöglich schneller?"

„Nein, ich fürchte, dass sich das unselige Weib nicht drängen lässt", erwiderte der Camerarius, den nächsten Wutausbruch seines Herrn fürchtend. „Watelinde ist gerissen, mit solchen Mitteln ist ihr nicht beizukommen. Wenn sie den Zauber tatsächlich nur mithilfe der Geister vom toten Lutarich erfahren kann, mag dies dauern. Offenbar kann sie nur in Vollmondnächten in Verbindung treten. Wir müssen uns wohl leider gedulden …“

„Verfluchtes Weib!“, rief Friedrich. „Ich wünschte, wir bräuchten die vermaledeite Alte nicht.“

„Ohne sie wird's leider nicht gehen …“

„Ich weiß“, brummte der Burgherr missmutig. „Da die Heirat jedoch vor dem Zeitpunkt stattfinden soll, da uns die alte Vettel den Zauber verrät, kommt der Reif zu spät. Also muss ich nun das wahrmachen, was ich Gertrud seinerzeit in Loctuna angedroht habe: Ich verklage Gebhard von Supplinburg und Hedwig von Formbach vor der Synode wegen widerrechtlicher Heirat. Damals hat die Spinne nur hochmütig gelacht, nun wird ihr das Lachen vergehen.“

„Wenn die Verbindung tatsächlich wider das kanonische Recht ist, so …“

„Sie ist es, glaub mir“, unterbrach der Pfalzgraf seinen Berater kurzerhand in selbstgerechtem Ton und blickte in die Flammen. „Der Kapellan der Viczinburg sowie mein Neffe Friedrich, der Abt von Gozeka, beide sehr kundig im Kirchenrecht, haben den Sachverhalt geprüft und die Heirat der beiden für unkanonisch erklärt. Ihr Grad der Verwandtschaft lässt dies nicht zu.“

„Aber die schlaue Gertrud wird das doch auch ihrerseits geprüft haben, oder?“

„Gewiss, das listige Weib kennt den Makel der Verbindung zweifellos. Doch sie glaubt, im Geheimen Tatsachen schaffen zu können und das Problem so zu umgehen. Drum weiß kaum jemand von der Heirat, und drum soll sie schon so rasch verwirklicht werden. Denn ist die Ehe einmal geschlossen, so besteht sie für alle Zeit vor Gott. Allenfalls der Heilige Vater zu Rom könnte sie hernach noch beanstanden. Verstehst du nun die Eile und Heimlichkeit zu Haldeslevo?“

Gerald lächelte ehrfürchtig. „Einmal mehr erkenne ich Eure Klugheit und Voraussicht. Was soll da ein Ratgeber wie ich Euch noch raten? Ihr habt das Kommende geahnt und rechtzeitig für einen Späher in Haldeslevo gesorgt!“

„Schmeichle mir nicht, Gerald“, antwortete der Pfalzgraf. „Derlei steckt einfach tief in meinem Wesen, der Allmächtige hat mich so geschaffen. Es kostet mich keine Grübelei, Ränke und Niedertracht zu durchschauen."

„Also will ich unseren Kanzleischreiber anweisen, Pergament und Feder für die Klageschrift zur Hand zu nehmen. Noch heute wird das Schreiben verfasst und an Bischof Burchard zu Halberstadt überstellt, damit er sogleich die Synode einberufen kann", sagte der Camerarius entschlossen.

„Sehr gut", murmelte Friedrich und schien sich bereits anderen Gedanken zuzuwenden. Für eine Weile schwieg er und schritt langsam zwischen Tisch und Kamin auf und ab. Doch gerade als Gerald losgehen wollte, ergriff sein Herr erneut das Wort: „Nun, die Synode wird also die unselige Heirat verhindern, doch das ist nur der Anfang."

„Wie meint Ihr das?"

„Ich habe dir seinerzeit auf der Viczinburg schon einmal gesagt: Vielleicht sollte die Formbacherin das Haus Gozeka bereichern ..." Der Pfalzgraf hatte die Stimme gesenkt und beobachtete das Gesicht seines Ratgebers, das mit einem Mal deutlichen Widerwillen zeigte. „Ich weiß, ich weiß, das gefällt dir nicht." Er trat vor Gerald und legte ihm vertraulich die Hand auf die Schulter. „Und doch erwarte ich von dir Treue und Gehorsam, Camerarius! Du bist mein Lehns- und Gefolgsmann. Auch diesen Teil des Weges wirst du mit mir gehen, ob du es magst oder nicht."

„Aber Eure Gemahlin – Ihr könnt sie doch nicht ..." Gerald wagte nicht, den Satz zu beenden. „Und die Formbacherin, sie wird Euch nach all dem ganz gewiss nicht erhören, sondern aus tiefstem Herzen hassen."

„Wie ich sehe, denkst du wieder mit", lächelte Friedrich arglistig. „Nun, die junge Maid für mich zu gewinnen, könnte in der Tat schwierig sein, zumindest auf natürlichem Wege. Auch da kann mir Wurdbougas Zauber helfen. Die Runenweiber haben dir ja gesagt, dass man mit dem Reif den Willen der Menschen lenken könne. Genau das werde ich mit der Formbacherin tun: Sie wird mich lieben müssen!"

„Nun, es mag ... womöglich gelingen", sagte Gerald zögerlich. „Bleibt nur die Tatsache, dass Ihr bereits vermählt seid und gewiss kein Prälat Eure Ehe scheiden wird. Wie also soll es gehen, wenn Ihr nicht etwas ... Böses, etwas zutiefst Sündhaftes zu tun beabsichtigt?" Er schluckte. „Wovor Euch der Allmächtige bewahren möge."

„Manchmal muss man auch steinige Wege gehen, Camerarius“, sagte der Pfalzgraf düster. „Natürlich werde ich meine Hände nicht beflecken, und du ... du musst es auch nicht tun. Oft genug geschehen einfach Unglücke, Missgeschicke ...“ Er blickte in die Flammen. „Ich möchte, dass du einen Boten zu Hedwig auf die Viczinburg schickst. Sie soll umgehend zu mir auf die Horeburg kommen, da die Belagerung allzu lange dauern wird. Soll sie mir die Einsamkeit vertreiben.“

„Wie? Hierher, mitten hinein ins Kriegsgebiet? Aber ...“

„Kein Widerwort, ich will es so!“ Friedrich sah Gerald an. Erst nach einer Weile wurde sein Blick wieder milder, und er nickte dem Camerarius zu. „Keine Sorge, es wird keine Bluttat geben.“ Schließlich wandte er sich den Flammen zu und streckte die Hände der Wärme entgegen. „Doch das Land ist in Kriegstagen bekanntlich gefahrvoll, allerorts können Unfälle lauern.“

Im Albenreich zu Güldenbrunn

Vor einer Stunde waren sie aufgebrochen. Die vier Gefährten und der junge Bauernbursche, der sie führte, wanderten durch ein bewaldetes Tal in Richtung Norden. In einer der armseligen Hütten hatten sie nach dem Weg zu den Zwergenlöchern gefragt, wie sie im Volksmund genannt wurden; Güldenbrunn war ein albischer Ortsname. Erst nach einigem Zaudern und unter misstrauischen Blicken war ihnen schließlich der Fünfzehnjährige als Führer mitgegeben worden. Sie passierten die Burg Schartfelde und folgten einem Bächlein tiefer hinein in die Berge.

Am Nachmittag des siebten Tages ihrer Reise befanden sich Lindfell, Iva und die beiden Mönche endlich in greifbarer Nähe ihres Zieles. Zum ersten Mal in seinem Leben würde er ein fremdes Reich albischer Brüder kennenlernen, freute sich Lindfell.

„Gestattet Ihr mir eine Frage, Herr?“, unterbrach der Bursche Lindfells Gedanken. Die beiden gingen nebeneinander an der Spitze der Gruppe. Während die vier mit ihrer Ausrüstung beladen waren, trug der Junge in einem Leinensack ein paar Fackeln, die Lindfell im Dorf erstanden hatte.

„Nur zu, Junge.“ Während er sprach, blickte Lindfell zwischen den Bäumen hindurch auf eine im Wald emporragende Felswand.

„Was wollt Ihr da bei den Zwergenlöchern? Es ist ein unheimlicher, öder Ort, sonderbar und für Ortsunkundige gefährlich. Man kann zu Tode stürzen. Keiner von uns aus Schartfelde kommt hierher. Doch Ihr ...“ Mit großen Augen sah er Lindfell an.

„Ach, das ist eine lange Geschichte“, setzte dieser an und lächelte unsicher. Er sah, wie Iva ihm einen warnenden Blick zuwarf. „Jedoch ... unser Auftrag ist geheim, mehr kann ich leider nicht sagen.“

„Hm“, brummte der Junge. Mit spürbarem Argwohn wandte er sich um und musterte die Frau und die beiden Mönche. Die Gruppe schien ihm seltsam zusammengesetzt. Die Gottesdiener und der junge Mann mochten ja noch angehen, aber die Maid?

„Ist es noch weit?“, fragte Folkward, um das Thema zu wechseln.

„Nein, ehrwürdiger Vater. Nur noch diesen Hang hinauf und ein Stück durch den Wald.“ Der Junge wies ins Unterholz und hielt Ausschau nach dem besten Weg die Anhöhe hinauf. Schließlich machte sich die Gruppe an den mühsamen Aufstieg. Immer häufiger tauchten Felswände zwischen den Bäumen auf, auch der Boden wurde felsig. „Haltet Euch dicht hinter mir, der Boden ringsum ist tückisch. Schnell hat einen die Erde verschluckt.“

Nach einer Weile hatten sie den Aufstieg beendet und wanderten über die Anhöhe in westliche Richtung. Die nachmittägliche Sonne strahlte durch die Stämme hindurch und ließ den Wald und die Felsen golden schimmern. Auf einer kleinen Lichtung blieb der Junge plötzlich stehen und hob die Hand. Unmittelbar vor ihm lag eine kraterähnliche Senke, in der ein riesiges schwarzes Loch gähnte, eingerahmt von Efeugeflecht, Farnen und bemoostem Fels.

„Wir sind da“, erklärte er und deutete auf den düsteren Schlund. „Das ist der Zugang zum größten Zwergenloch. Nur wenige haben sich jemals da hinuntergewagt. Es ist eine riesige, weit verzweigte Höhle, und niemand weiß, welche Gefahren dort unten lauern. Mein Vatersvater hat mir einst erzählt, dass in seinen Jugendtagen ein Jäger hinabstieg und nie mehr gesehen wurde.“

Die vier Gefährten blickten gebannt auf die Öffnung. Lindfell und Tado traten schließlich näher heran, knieten sich auf das weiche Moos und spähten durch den Felsspalt in die Finsternis.

„Wie tief geht es hier hinab?“, fragte Tado, ohne den Blick abzuwenden.

„Wohl an die vier, fünf Klafter sind es bis zum Boden. Ihr könnt aber über einen Baumstamm klettern, der vor langer Zeit wohl bewusst – von wem, weiß niemand – als eine Art Brücke schräg in den Schacht geworfen wurde.“ Der Bursche ließ das Bündel mit den Fackeln zu Boden sinken. „Aber gebt acht! Zum einen nutzen Bären die Höhle oft als

Unterschlupf, zum anderen sollen irgendwo dort drunten Zwerge hausen." Er sah die Mitglieder der seltsamen Gruppe der Reihe nach an, musste aber feststellen, dass diese kaum beeindruckt schienen. „Die Zwerge sind hinterlistige, bösartige Wesen. Nur selten zwar, aber doch so manches Mal sind sie in den letzten Jahrhunderten bis nach Schartfelde und in die umliegenden Orte gekommen, haben Menschenkinder geraubt und ihre hässlichen Wechselbälger in die Wiegen gelegt."

Kaum hatte der Junge die Worte gesprochen, senkte sich betretenes Schweigen über die Lichtung. Lindfell und die Mönche sahen einander an und wechselten vielsagende Blicke, die Iva keineswegs entgingen. Die junge Frau wusste sich keinen Reim darauf zu machen.

„Nun, nehmt Euch jedenfalls in acht dort unten", murmelte der Bursche, der es aufgab, aus den merkwürdigen Leuten schlau werden zu wollen.

„Das werden wir tun", erwiderte Lindfell, der wieder aufstand, zu dem Burschen trat und ihm zwei Münzen in die Hand drückte. „Hab Dank für deine Hilfe!" Er hob das Bündel mit den Fackeln auf und hängte es sich über die Schulter. „Nun denn, auf geht's also, Gefährten", sagte er aufmunternd und blickte in die Runde. Mit einem Nicken verabschiedete er sich von dem Jungen und stieg vorsichtig in die Senke hinunter. Auch Iva und die Mönche warfen ihrem Führer einen letzten Blick zu, ehe sie Lindfell folgten. Kurz vor der schwarzen Öffnung hielten sie an, knieten wie Lindfell zu Boden und starrten ängstlich hinab ins Dunkel.

„Hier ist der Baum", sagte Lindfell, der bis zum äußersten Rand nach vorn gekrochen war und in die mannsbreite Felsspalte hinabblickte. Ein Stück unter ihm war das breite Ende eines Stammes, an dem noch alte Axteinschläge zu erkennen waren, im Winkel der Felsen verklemmt. Offenbar war der Baum einfach kopfüber in die Tiefe gestürzt worden. Dunkel ragten seine verdorrten Äste in alle Richtungen und versprachen Halt wie eine Leiter. Lindfell drehte sich auf den Bauch und ließ sich langsam hinuntersinken, bis seine Füße den Stamm berührten und er vorsichtig mit dem Abstieg begann.

„Puh, hier stinkt es ganz entsetzlich", rief er, als er fast die Hälfte der Kletterei hinter sich hatte. Ein widerlicher, fauliger Gestank umfing ihn, je tiefer er kam. Immerhin hatten sich seine Augen ein wenig an den Dämmer gewöhnt, und er konnte mehr und mehr um sich herum erkennen. Etwas Tageslicht fiel in schmalen Streifen in die Finsternis. Nach kurzer Zeit erreichte er den Boden, der aus Geröll und vermoderndem Laub bestand. Der Geruch war unterdessen nahezu unerträglich geworden. Während sich oben nun Iva und die beiden Mönche an den Abstieg machten, nahm Lindfell eine Fackel und entzündete sie.

Einer nach dem anderen erreichten die Gefährten den Höhlenboden, alle blickten sich ängstlich um. Das Licht der lodernden Fackel schälte gespenstisch die hoch aufragenden Wände und Decken sowie einzelne Felsgebilde aus der Finsternis. Von ihrem Standort aus senkte sich der Boden der Höhle, die ohne Weiteres eine kleine Kirche in sich aufzunehmen vermocht hätte, noch ein wenig ab und fiel dann nach halb links ab, wo tiefe Schwärze jede weitere Sicht verhinderte.

Mit einem Mal fiel der Schein der Fackel, die Lindfell hoch über dem Kopf hielt, auf einen großen Gegenstand am Boden. Am Geweih erst erkannten die vier, dass es sich um einen toten Hirsch handelte, der in unnatürlich verrenkter Haltung dalag. Offenbar war er in der Felsspalte zu Tode gestürzt, sein verwesender Körper war die Ursache des widerlichen Gestanks. Iva verzog das Gesicht und hielt sich eine Hand vor Nase und Mund.

Über eine felsige Schräge stiegen sie weiter hinunter, bis sie den waagrechten Grund der Höhle erreicht hatten. Aufgeregt ging Lindfell mit erhobener Fackel mal in die eine, mal in die andere Richtung. Während rechter Hand eine Ausbuchtung nur ein Stück weit in den Fels reichte, öffnete sich links ein großer Gang, der sich breit und hoch unter der Felsendecke erstreckte und dessen Boden aus Sand bestand. Noch einmal blickten sie zurück zum Einstieg, dann betraten sie den felsigen Gang.

Tiefste Finsternis umfing sie und zwang sie, eine weitere Fackel zu entzünden, die Tado trug. Lindfell ging mit Iva langsam voraus. Vorsichtig schritten sie so durch die unwirtliche Welt in nordöstliche Richtung, bis sie zu einem riesigen Felsbogen gelangten, der sie in den nächsten langen, hallenartigen Gang führte. Soweit es im flackernden Schein der Fackeln zu erkennen war, passierten sie links und rechts viele

Felsnischen sowie schmale Seitengänge. Und auch über ihren Köpfen gähnten schwarze Löcher, als ob Schächte von oben in den Gang mündeten. Sowohl Iva, die sich eng an Lindfells Seite hielt, als auch die beiden Mönche schienen die Wanderung durch die Unterwelt mit Furcht und Beklemmung zu durchleben. Lediglich der Mann aus Elbergard ging munter drauflos, als gäbe es nichts zu fürchten. Für ihn war der Aufenthalt unter der Erde ein gewohntes Gefühl.

„Wie sollen wir die Alben denn hier finden?“ Tado war es, der die vollkommene Stille durchbrach. „Für mich deutet hier rein gar nichts auf Güldenbrunn hin.“

„Du bist eben kein Schwarzalbe, mein Freund“, lachte Lindfell und blieb stehen. „Wärst du einer, hättest du längst die Zeichen im Fels ringsum bemerkt. Hier und da sind Runen ins Gestein geritzt; sie stammen von den Alben Güldenbrunns.“ Er trat nahe an den grauen Fels und deutete auf zierliche Linien im Gestein, die erst durch sein langsames Nachfahren mit dem Zeigefinger als Runen erkennbar wurden. „Dieses Zeichen hier steht beispielsweise für Stammland – es zeigt an, dass hier die Grenze zum Reich Güldenbrunn liegt. Wir sind also bereits ganz nahe.“

Die vier setzten sich wieder in Bewegung. Nach einer Weile führte der Gang sanft abwärts und verjüngte sich. Wände und Decke rückten enger zusammen, und in einem weiten Bogen veränderte sich zugleich die Richtung gen Osten. Tado und Folkward musterten aufmerksam die Felswände, doch es mochte ihnen nicht gelingen, die Zeichen der Alben zu entdecken.

„Darf ich dich etwas fragen, Lindfell?“, wandte sich Iva an den Mann aus Elbergard.

„Natürlich, Iva.“

„Vorhin hat der Bauernjunge oben von Wechselbälgern gesprochen. Da hat sich dein Gesichtsausdruck verändert …“, begann sie zögerlich. „Und ich habe mich gefragt, ob das vielleicht auch dein Schicksal gewesen ist.“ Sie sah ihn kurz an, doch Lindfell blickte starr nach vorn in die Dunkelheit.

„Du bist eine kluge Maid, Iva, offenbar entgeht dir nichts.“ Nach einer Weile nickte Lindfell ihr lächelnd zu. „Nein, nicht ich bin ein

Wechselbalg, aber mein Vater. Er wurde als Säugling bei den Menschen an der Elbe geraubt und wuchs auf im Albenreich Elbergard. Meine Mutter ist eine Schwarzalbin." Er überlegte einen Moment. „Die Zwergenvölker rauben hin und wieder Menschenkinder, um – es mag merkwürdig klingen – durch die Blutsvermischung größer und schöner zu werden. Das war Aufgabe meines Vaters und ist wohl eigentlich auch mir zugedacht." Er schüttelte langsam den Kopf. „Doch je länger ich auf der Erde weile, desto weniger kann ich mir ein solches Schicksal für mich vorstellen. Ich werde mehr und mehr Mensch."

„Das hört sich seltsam an, doch ich glaube, ich verstehe dich", erwiderte sie.

„Meiner Abkunft und meinem Aussehen ist es geschuldet, dass ich für die Mission ausgewählt wurde. Dafür danke ich Allvater Wodan." Er sah sich verschmitzt nach den Mönchen um, die ihn jedoch nicht gehört hatten. „Es ist fast, als würde mein Leben gerade erst beginnen. Verstehst du, wie ein großes Abenteuer."

„Ich wünsche dir dabei Glück und Erfolg." Iva lächelte. „Wenn du dann eines Tages noch Wodan gegen Jesus Christus eintauschen würdest ..."

„Ach, Iva, jetzt auch du? Das legen Tado und Folkward mir bereits seit meinem ersten Tag auf der Erde ans Herz", lachte Lindfell und berührte sie sanft an der Schulter. „Seinen Gott wechselt man nicht so einfach wie ein Hemd ..." Ihr offensichtliches Interesse an ihm erfüllte ihn mit Freude und verlieh ihm Mut. Noch immer lächelnd, senkte er die Stimme und sah sie vielsagend an. „Es sei denn, man täte es womöglich für eine holde ..."

„Lindfell, Iva!", ertönte in diesem Augenblick ein leiser Warnruf von hinten. Abrupt wandten sie sich um und sahen die beiden Mönche wie angewurzelt dastehen und angestrengt in die Finsternis lauschen. „Da waren Schritte", erklärte Tado und deutete nach hinten.

„Keine Sorge", sagte Lindfell ruhig und sah die verunsicherten Gefährten zuversichtlich an. „Die Alben haben uns schon die ganze Zeit über im Blick. Doch erst jetzt, da wir uns Güldenbrunn nähern, werden sie uns auch stellen. Habt keine Angst und überlasst mir das Reden!"

Kaum hatte er den Satz beendet, da ließen sich überall im Gang leise Schritte und flüsternde Stimmen vernehmen. Unweigerlich scharten sich die Gefährten dichter um Lindfell und spähten in die Dunkelheit. Mit einem Mal traten von allen Seiten her kleine Wesen in den Lichtkreis der Fackeln. Langsam und zögerlich kamen sie näher und schlossen einen Kreis um die Gruppe. Mit ein paar Schritten Abstand blieben sie schließlich stehen und starrten die fremden Eindringlinge an. Es waren an die dreißig bewaffnete Albenkrieger, die ihre Lanzen, Schwerter und Äxte drohend gegen Lindfell und seine Begleiter richteten. Die Wesen reichten einem Menschen gerade bis zur Hüfte.

Eine Weile standen sich beide Seiten reglos gegenüber und musterten einander. Während für Lindfell und auch für Folkward der Anblick nichts Außergewöhnliches war, starrten Iva und Tado offenen Mundes auf die merkwürdigen Gestalten, die wie Menschenkinder wirkten, dabei aber zumeist die verrunzelten Antlitze von Greisen besaßen. Gekleidet in dunkelfarbige Hosen, Hemden und Wämser, trugen sie breite Lederkoppeln, von denen Hämmer, Meißel oder Hacken herabbaumelten. Auf dem Haupt saß bei den meisten eine dunkle Bergmannskappe, die ihnen bis auf den Rücken hinabreichte.

„Ihr habt die Grenzen Güldenbrunns passiert, Erdenmenschen“, richtete ein langbärtiger Albe das Wort an die Eindringlinge. Mit einer Lanze in der Rechten war er einen Schritt aus dem Kreis hervorgetreten und blickte die vier argwöhnisch an. „Was wollt ihr hier im Albenreich König Fridumans?“ Seine Sprechweise wirkte seltsam gepresst und hatte zudem eine fremdartige Klangfarbe und Betonung.

„Drei Erdenmenschen und ein albischer Bruder aus dem Reich Elbergard sind wir und bitten um die Hilfe Eures edlen Königs“, erklärte Lindfell feierlich. „Mein König Godwin von Elbergard hat mir dies hier als Sendschreiben und Zeugnis mitgegeben.“ Aus dem Ledersäckchen, das an seinem Gürtel hing, zog er eine der beiden mit Runen übersäten Goldtafeln hervor und zeigte sie langsam und feierlich in die Runde der Alben. Aufgeregtes Flüstern erhob sich.

„Hm“, brummte der Sprecher der Alben und blickte auf die Tafel in Lindfells Hand. Er las die eingravierten Worte, musterte kurz Lindfells Gefährten und nickte schließlich. „So folgt uns denn zu König Friduman!“

Unter den albischen Kriegern erklangen leise Kommandos, und der Kreis öffnete sich zu einer Gasse. Mit einer Kopfbewegung wies der Langbärtige die Gefährten an, ihm zu folgen, während sich die Zwerge ihnen anschlossen. So bewegte sich der Tross langsam vorwärts.

„Damals auf dem Sollonberg, als du mir von Elbergard und den Alben berichtet hast, vermochte ich es mir nicht vorzustellen", flüsterte Tado Folkward aufgeregt zu. „Und nun sehe ich es selbst ..." Er schüttelte den Kopf und seine Augen leuchteten. Folkward lächelte nur.

Geradezu feierlich bewegte sich der ungewöhnliche Geleitzug durch den Stollen. Wie von Geisterhand entbrannten nun Fackeln beidseits des Weges. Neugierig musterten die Alben und Menschen einander. Iva, die ebenfalls verstohlene Blicke auf die kinderähnlichen Wesen warf, hielt sich dicht an Lindfells Seite, der die Goldtafel noch immer wie ein Würdenzeichen vor sich hielt.

„Besteht Gefahr für uns?", flüsterte sie, ohne den Blick von den Alben zu lösen.

„Nein, mach dir keine Sorgen", sagte er leise, „alles ist gut." Er blickte zur Tafel. „Sie ist unsere Sicherheit, es wird uns nichts geschehen."

„Dein Wort in Gottes Ohr", murmelte Tado.

Unterdessen verengte sich der Gang noch weiter, bis er schließlich in eine längliche Kammer führte. Alben und Menschen berührten einander nun beinahe, und die Waffen der Zwerge kamen den Gefährten bedrohlich nahe. Iva neigte sich besorgt vor einer Lanzenspitze zur Seite und berührte dabei Lindfells Schulter. Dieser ergriff Ivas Hand, hielt sie für einen Augenblick fest, ehe er sie mit einem ermutigenden Druck wieder losließ.

Der Tross kam zum Stehen. Wider Erwarten folgten sie nicht dem aus der Kammer herausführenden Stollen, sondern schienen in dem beengten Felsgelass auf etwas zu warten. Von vorn waren leise Stimmen zu vernehmen. Plötzlich öffneten sich an der Stirnwand der Kammer zwei riesige Gesteinsplatten, so als würden große Flügeltüren aufgeschoben. Durch die entstehende Öffnung leuchtete ein goldener Schein. Alle setzten sich wieder in Bewegung und durchschritten den kunstvoll in den Fels geschlagenen Torbogen. Runen und elegante Steinmetzarbeiten verzierten das graue Gestein. Sobald die Alben und die Menschen die Pforte passiert hatten, schlossen sich die steinernen Torflügel wieder. Vor ihnen lag eine andere Welt.

Eine riesige Halle breitete sich vor ihnen aus, die an einigen Stellen die Höhe von Kirchtürmen erreichte. Mächtige Säulen aus natürlichem Fels sowie meisterhaft gemauerte Strebepfeiler und Gewölbebögen stützten die hohen Gesteinsdecken. Hier und da mündeten, selbst in schwindelerregender Höhe, dunkle Stollen in den Saal, die über Felstreppen, Brücken und Galerien zu erreichen waren. Der gesamte unterirdische Saal war durch Fackeln und metallene Ölbecken hell erleuchtet, ein goldener Schein überzog das Gestein mit warmem Glanz. Schmiedestätten waren zu sehen, viele Zwerge waren hier beschäftigt. Manche trugen hölzerne Tragekippen mit Gesteinsbrocken auf dem Rücken, andere bedienten die Essen und Blasebälge, während die Schmiede auf ihren Ambossen das Metall formten. Lärm tönte durch die Halle.

Die Gefährten wanderten staunend durch die fremdartige Welt. Nach einer Weile erreichte der Zug einen unterirdischen Fluss, hinter dem die Rückwand der Halle emporragte. Eine geschwungene Brücke führte hinüber und dann zu einem Tor, durch das man in den nächsten Höhlensaal gelangte.

„Der goldene Fluss", murmelte Lindfell, als sie auf die Brücke traten und auf den Torbogen zugingen. Unter ihnen strömte wellenlos glasklares Wasser dahin und erlaubte einen ungetrübten Blick auf goldene Felsbrocken und Steine, die im Flussbett lagen. „Von diesem kostbaren Quell hat Güldenbrunn seinen Namen. Die Brücke zu überqueren soll übrigens Glück bringen!"

„Das können wir gebrauchen", sagte Tado, ungläubig den Kopf schüttelnd.

„Beim Allmächtigen", flüsterte auch Folkward fassungslos und konnte den Blick nicht abwenden von dem Glanz. Doch schon hatten sie die Brücke und die Felspforte passiert. Am Eingang standen Wachen, die den Zug aufmerksam beobachteten. Aus der Tiefe des Saals erhob sich beim Eintreten der Gruppe Gemurmel.

Die Halle war ebenfalls durch Ölbecken, die auf gemauerten Podesten standen, hell erleuchtet. An der edlen Ausgestaltung war der Raum unschwer als herrschaftlicher Saal zu erkennen. Seidenteppiche hingen in langen Bahnen von den Wänden herab, der Boden war mit glänzenden Fliesen ausgelegt. Insbesondere ein Steinthron mit goldenen Lehnen, der auf einem erhöhten Absatz in der Mitte stand, wies den Saal als Königshalle aus. Um den Thron herum standen Stühle und Bänke.

„Seid gegrüßt hier in den Hallen Güldenbrunns", rief ein Greis mit goldener Krone auf dem Haupt. Er saß auf dem Thron und sah den Herankommenden entgegen. In der Rechten hielt er einen langen, goldenen Stab, auf dessen Spitze ein blauer Saphir funkelte. „Lindfell, Langbins Sohn, lang schon erwarten wir dich."

Die Albenkrieger blieben ein Stück vor dem Thron stehen und verneigten sich vor ihrem König. Auch Lindfell und seine Begleiter neigten das Haupt, wurden aber gleich vom Albenherrscher näher herangerufen. Unmittelbar vor der ersten Podeststufe hielt Lindfell inne, Iva und die beiden Mönche blieben einen Schritt hinter ihm. Neugierig beobachtete das königliche Gefolge, das aus einem Dutzend würdevoll dreinblickender Schwarzalben bestand, das Geschehen. Unmittelbar rechts vom König saß eine junge, zierliche Zwergin mit goldenem Haar. Sie trug ebenfalls eine Krone.

„Edler König Friduman, ich grüße Euch und überbringe Euch demütig eine Botschaft meines Königs Godwin von Elbergard", begann Lindfell und hielt die goldene Runentafel in die Höhe. Ein Mann aus Fridumans Gefolge kam herab, nahm die Tafel entgegen und überreichte sie seinem Herrn.

„Nun, ich weiß längst von deiner Mission", lächelte Friduman, ein hohlwangiger Alter mit weißem Haar und einem langen Spitzbart. Mit den Fingern fuhr er sanft über die Runen, ohne den Blick von den Ankömmlingen zu lösen. „Also, sag an, hast du den Reif bereits gefunden? Ehe Allvater Wodan argwöhnisch wird ..."

„Woher ...", setzte Lindfell an, ließ die Frage jedoch unvollendet.

„Dein König hat einen Boten geschickt, durch ihn habe ich Kenntnis von deiner Mission", erklärte Friduman. „Offenbar wollte Godwin sichergehen, dass du alle Unterstützung von uns erhältst. Und das wirst du." Der Herrscher Güldenbrunns neigte sich ein wenig vor. „Also, hast du Wurdbouga?"

„Nein, König Friduman, die Suche hat gerade erst begonnen", antwortete Lindfell. „Immerhin kenne ich den Mann, der den Reif besitzt. Es ist der sächsische Pfalzgraf Friedrich von Gozeka, der in Thüringen

Krieg führt gegen den Menschenkönig Heinrich. Er ist ein gefährlicher Mann, der von Wurdbougas Zaubermacht weiß und sie für sich nutzen möchte. Höchste Eile ist daher geboten."

„Wie können wir helfen?"

„Eure Kundschafter könnten herausfinden, wo Friedrich sich jetzt aufhält und wie man zu ihm gelangt. Außerdem bräuchten wir einen oder zwei deiner Alben, die kampferprobt und auch ortskundig sind", fuhr Lindfell fort und wandte sich nach Folkward um, der zustimmend nickte.

„Gut, wir werden alles Nötige veranlassen", sagte Friduman bestimmt und sah einen Mann aus seinem Gefolge an, der sich erhob und den Saal verließ. „Das Auskundschaften mag jedoch ein wenig dauern. Wer sind deine Begleiter?" Der König wies mit dem Stab auf Iva und die Mönche.

„Treue Freunde, Erdenmenschen, die das drohende Unheil ebenfalls verhindern wollen und mir ihre Hilfe gewähren. Ohne sie wäre ich jetzt nicht hier."

„Auch die Maid?", fragte Friduman ungläubig.

„Ja, auch sie", sagte Lindfell entschieden und trat neben Iva, die sich erneut vor dem König verneigte. „Sie kann uns wohl Zutritt beim Pfalzgrafen verschaffen."

„Hm, nun gut", sagte der Albenherrscher nachdenklich und lehnte sich zurück. „Bis die Kundschafter zurück sind, mögt ihr euch in Güldenbrunns Hallen ein wenig erholen von der Mühsal eurer Reise. Meine Tochter Bluomveh wird sich eurer annehmen." Er wandte sich nach rechts und nickte der Albin zu, die ihre graublauen Augen auf Lindfell richtete und ihm ein scheues Lächeln schenkte.

Unter den Fittichen der Königstochter und ihrer Dienerinnen wurde den vier Gefährten ein fürstliches Mahl zuteil, ehe sie sich zurückziehen durften in eine Schlafkammer, die im königlichen Bereich der verwinkelten Höhlenwelt Güldenbrunns lag. Auf Holzgestellen waren Bettlager hergerichtet, vor Aufregung fiel den vieren das Einschlafen jedoch schwer; erst spät siegte die Erschöpfung über den ruhelosen Geist. Wie lange sie geschlafen hatten, als sie von Bluomvehs Dienerinnen wieder geweckt und in einen Versammlungssaal geführt wurden, vermochten sie nicht zu sagen.

„Ich möchte dir in unser aller Namen für die großzügige Gastfreundschaft Dank sagen, edle Bluomveh“, erklärte Lindfell, als sie mit der Königstochter an einer langen, reich gedeckten Tafel saßen. Der Mann aus Elbergard neigte den Kopf. „Wir durften uns erholen und stärken, mit neuer Kraft können wir unseren Auftrag fortsetzen.“

„Nein, bitte keinen Dank.“ Bluomveh sprach mit leiser, schüchterner Stimme. „Es ist vielmehr für uns ... für mich ein so seltenes Vergnügen, Gäste bei uns empfangen zu können. Ich bin es also, die Allvater Wodan zu danken hat für euren Besuch.“ Sie lächelte Lindfell an und bemerkte nicht, wie Folkward und Tado bei ihren Worten betreten den Blick senkten. Iva entging nicht, dass die Königstochter zum wiederholten Mal ausschließlich Lindfell ansah.

„Wie ihr seht, sind wir leider kaum auf Gäste von eurer Körpergröße vorbereitet“, sagte sie mit einem bezaubernden Lächeln, das kleine Grübchen auf ihren Wangen zum Vorschein brachte. Die Schwarzalbin, kaum größer als ein fünfjähriges Menschenkind, blickte vielsagend über die Tafel. Denn während sie aufrecht am Tisch saß, hockten die Gefährten mit angewinkelten Knien auf den kleinen Stühlen und mussten sich krümmen, um sich zu ihren Tellern und Bechern hinabzubeugen. Es war eine ungewöhnliche Tafelrunde, doch keiner der Anwesenden störte sich an den seltsamen Größenverhältnissen.

„Bei einem Besuch Eurerseits in unserer Welt wäre es nicht anders“, ergriff Tado das Wort und lächelte Bluomveh an.

„Nun, bei euch Erdenmenschen wundert mich die Größe keineswegs“, erwiderte sie und blickte die Mönche und Iva freundlich an. „Das ist seit jeher bekannt. Doch bei unseren albischen Brüdern aus Elbergard?“ Sie schenkte Lindfell ein bewunderndes Lächeln.

„Oh nein, in meiner Heimat ist kein Albe größer als ihr hier in Güldenbrunn. Es ist nur ... Mein Vater war ein Wechselbalg, und ich habe sein Menschenmaß geerbt“, erklärte Lindfell.

„Ich hatte es mir schon gedacht“, lächelte die Königstochter. „Es wird dem Blut deines Volkes in Elbergard gewiss zugutekommen. Bei uns in Güldenbrunn liegt so etwas hingegen schon lange zurück, vielleicht zu lange …“ Sie sah Lindfell aufmerksam an, ehe sie verlegen den Blick senkte.

Es entstand eine Pause, während der Lindfell wie hilfesuchend zu seinen Begleitern hinübersah. Folkward zog vielsagend die Augenbrauen in die Höhe und lächelte dem Gefährten belustigt zu. Tado schien dem Gespräch nicht gefolgt zu sein, er starrte durch ein Fenster auf den schimmernden Goldfluss hinab, der vor dem Versammlungssaal dahinströmte. Iva schließlich erwiderte Lindfells Blick mit einem ruhigen, nahezu gleichmütigen Ausdruck in ihren Augen. Erst als sich ihre Blicke trennten, wurde ihr Gesicht ernst und nachdenklich.

„Güldenbrunn ist wahrlich ein bemerkenswerter Ort“, erbarmte sich Folkward endlich und wechselte den Gesprächsgegenstand. Mit weit ausholender Geste wies er in Richtung der Fensterreihe, durch die der Blick in die große Haupthalle fiel. „Ein Quell, der durch ein goldenes Bett strömt – was würden die Herrschenden der oberirdischen Welt für solch einen Schatz nicht alles geben!“

„Ja, darum müssen wir unser Reich auch mit allen Mitteln schützen, die Habgier der Erdenmenschen ist unser größter Feind“, erwiderte Bluomveh ernst und blickte ihre Gäste eindringlich an. „Kein Erdenmensch weiß bislang von diesem Ort. Ein Verrat wäre unverzeihbar, denn er bedeutete Güldenbrunns Niedergang.“

„Habt keine Angst“, erwiderte Folkward ernst, „wir sind Diener Gottes, uns liegt nichts an Gold, Reichtum und Macht. Güldenbrunns Geheimnis ist bei uns sicher, das gelobe ich beim Namen Jesu Christi. Und auch für die hehre Iva lege ich meine Hand ins Feuer.“ Dabei nickte er der Königstochter wie zur Bekräftigung zu.

„Euer Gott ist zwar nicht der unsrige, doch deinen Schwur ehre ich gleichwohl. Hab Dank“, lächelte Bluomveh. In diesem Moment trat ein Wächter in den Saal, räusperte sich und wartete, bis Bluomveh ihm einen Wink gab.

„König Friduman bittet Euch und die Fremden zu sich in die Halle“, verkündete er. „Die Kundschafter sind zurückgekehrt.“

Alle erhoben sich und folgten der Wache über eine gewundene Steintreppe hinunter in den Königssaal. Dort saß Güldenbrunns Herrscher auf seinem Thron. Vor den Podeststufen standen zwei Alben.

„Ah, da seid ihr“, murmelte der König. Während die Albin die Stufen hinaufstieg und zur Rechten ihres Vaters Platz nahm, wurden die Gefährten von dem Wächter angewiesen, sich neben die beiden Zwerge zu stellen. Diese warfen heimlich Blicke auf die um so viel größeren Menschen neben ihnen und schienen aufgeregt.

„Nun denn“, begann Friduman und nickte Lindfell und seinen Begleitern zu. „Ich hoffe, ihr habt ein wenig Stärkung gefunden in meinen Hallen, auf dass ihr euer Werk nun mit frischer Kraft angehen könnt.“

„Wir danken Euch für Eure Güte, König Friduman“, sagte Lindfell feierlich. „Güldenbrunn ist ein gastfreundlicher, großzügiger Ort. Wir sind bestens erholt und bei neuen Kräften.“

„Die ihr auch brauchen werdet.“ Der Herrscher zupfte nachdenklich an seinem weißen Bart. „Die Kundschafter sind eben zurückgekehrt und haben mir Bericht erstattet. Dein gesuchter Mann, Friedrich von Gozeka, befindet sich ein oder zwei Tagesmärsche entfernt von hier im Süden. Als Heerführer belagert er im Eichsfeld die Asenburg, eine Festung des Menschenkönigs Heinrich, gegen den die Landesherren Thüringens und Sachsens mitsamt ihrem Volk derzeit zu Felde ziehen. Doch der Pfalzgraf ist oft unterwegs, um weitere Truppen zu sammeln und Versammlungen zu besuchen. Daher werdet ihr Geduld aufbringen müssen, ehe ihr ihm begegnen könnt.“

„Asenburg“, murmelte Lindfell und blickte die beiden Mönche fragend an. Doch die schüttelten nur ratlos den Kopf.

„Mach dir keine Gedanken über den Weg dorthin. Ihr werdet einen klugen Führer und zudem einen unserer besten Krieger bei euch haben.“ Friduman nickte in Richtung der beiden Alben, die neben den Gefährten standen und sich kurz verneigten. „Mehr Leute vermag ich euch leider nicht mitzugeben, denn wir Schwarzalben sollten auf der Erde keinesfalls zu mehreren offen in Erscheinung treten.“ Er schüttelte das weiße Haupt. „Nun, meine Kundschafter berichten, dass die Straßen und Wege gen Süden von Soldaten und gefährlichem Gesindel nur so wimmeln. Daher werden eure zwei Begleiter, der schlaue Wisiger und der erfahrene Kämpfer Wigman, euch abseits der Wege durch die Wildnis der Ohmberge führen, auch wenn es etwas länger dauern mag. Was meinst du?“

„Ein wohlüberlegter Plan", stimmte Lindfell zu. Neugierig blickte er zu den beiden Zwergen hinüber, die ihre Gemeinschaft erweitern würden. Wisiger, ein dürrer Bursche mit klugen, wachen Augen, nickte dem Mann aus Elbergard freundlich zu. Der mit Schwert und Axt gerüstete Wigman hingegen stand mit verschränkten Armen da und hielt den Blick starr geradeaus in Richtung Thron gerichtet. Der kräftige Schwarzalbe sah jedoch nicht nur seinen Herrscher an, sondern ließ die dunklen Augen immer wieder zu der jungen Königstochter wandern.

„Noch etwas: Die Kundschafter haben auch eine gute Nachricht mitgebracht. Der Pfalzgraf scheint – Allvater Wodan sei gedankt – noch nicht über die Zauberkraft des Reifs gebieten zu können. Andernfalls hätte er sie gewiss längst eingesetzt." König Friduman strich sich erneut über den Bart.

„Das war stets unsere Hoffnung." Lindfell wandte sich seinen Begleitern zu, in deren Mienen Erleichterung zu sehen war. „Noch fehlt ihm der Schlüssel, die Formel, die über den Zauber gebietet. Doch wir wissen, dass er bei Wickerinnen im Harz Rat sucht und womöglich eines Tages auch finden wird. Insofern ist Eile geboten!"

„Ihr solltet den Aufbruch gen Süden nicht aufschieben, sondern euch zügig auf den Weg machen", sagte König Friduman. „Ergänzt eure Vorräte noch einmal und rüstet euch für das Wagnis. Und solltet ihr in Bedrängnis geraten, so steht euch Güldenbrunn stets als Zuflucht offen." Der Albenherrscher erhob sich vom Thron und nickte der Gruppe vor ihm zu. „So lebt denn wohl! Ich wünsche euch Glück. Wodan sei euch gewogen!"

„Tausend Dank, edler König", Lindfell und die Gefährten verneigten sich. Friduman wandte sich zur Seite und verließ mit seiner Tochter und dem Gefolge das Podest. Während der Zug feierlich auf einen Torbogen an der Rückwand des Saals zuhielt, drehte sich Bluomveh noch einmal um und warf Lindfell einen kurzen Blick zu.

Ein trügerischer Frieden

Der feine Nieselregen hatte bereits vor dem Morgengrauen eingesetzt und schien nicht enden zu wollen. Es war kein Regen, eher ein feuchtklammer Nebel, der sich wie ein kühles Tuch über alles legte. Vor dem eintönig grauen Himmel dieses Oktobertages war er nicht zu erkennen, lediglich wie ein Film auf der Haut zu spüren.

Die am Mittag in der Königspfalz zu Gerstingun versammelten Männer waren froh, im Trockenen zu sein. Im großen Saal der Burg war es angenehm warm, ein Feuer knisterte im Kamin. Zwei lange Tafeln standen einander gegenüber, an jeder saßen an die zwanzig Würdenträger. Bedienstete warteten im Hintergrund auf Anweisungen.

Den Gesichtern war unschwer abzulesen, wie viel Kraft die beiden vorausgegangenen Verhandlungstage gekostet hatten. Doch nun war ein Ende absehbar. An diesem dritten Tag des Fürstentreffens galt es, die in Aussicht stehende Einigung auch wirklich zu beschließen. Ungewöhnlicherweise war es ein Fürstentag ohne König. Heinrich IV. hatte es bewusst vorgezogen, der Versammlung fernzubleiben und in Würzburg zu warten, wo er sich mit dem Hof seit Mitte Oktober aufhielt. An seiner Stelle hatte er die Reichsfürsten zum Treffen mit dem aufständischen Adel der Sachsen und Thüringer geschickt. Die Erzbischöfe von Mainz und Köln sowie vor allem die Herzöge von Schwaben und Kärnten sollten in Gerstingun die Lage ausloten und dabei die königlichen Interessen vertreten. Doch in den drei Tagen hatte sich wieder einmal herausgestellt, wie unterschiedlich die Haltungen waren. Insofern galt es, einen Ausgleich zu finden, der für alle Beteiligten annehmbar sein würde und der den Frieden zu wahren vermochte.

„Lasst mich zusammenfassen, worauf wir uns verständigt haben", erklärte Anno von Köln und blickte in die Runde. Der ergraute Metropolit, ein ernster Mann mit mönchischer Ausstrahlung, war seit anderthalb Jahrzehnten der politisch führende Fürst im Reich. Auch wenn er sich angesichts der zunehmenden Eigenwilligkeit des jungen Königs langsam aus der Reichspolitik zurückzog, hatte sein Wort noch immer höchstes Gewicht, gemeinsam mit Erzbischof Siegfried von Mainz war er eine der tragenden Säulen des Reichs. Der Kölner Metropolit erhob sich mit schmerzverzerrter Miene von seinem Platz – schon seit langer Zeit litt er an der Gicht – und rückte über seiner roten Dalmatika das schmale, mit Kreuzen bestickte weiße Pallium zurecht.

„Beide Seiten erkennen im Grundsatz die Haltung der jeweils anderen weitgehend an. Das bedeutet, dass die Sachsen und Thüringer das Recht ihres obersten Lehnsherrn, des Königs, auf uneingeschränkte Herrschaft und Regierungsgewalt nicht infrage stellen. Sie sichern ihm botmäßig und gehorsam gemäß altem Recht die unverbrüchliche, einst gelobte Lehnstreue und Gefolgschaft zu. Sie billigen in diesem Sinne die politischen Maßnahmen, die König Heinrich als Wahrer des Reichs ergreift, sofern auch diese dem guten alten Recht entsprechen. Der Bau von Burgen – sei es zur Verteidigung des Reichs gegen äußere Gefahren, sei es zur Verwaltung königlicher Besitztümer – ist das Recht des Königs." Anno von Köln sah kurz auf. „Im Gegenzug muss er gewährleisten, dass von den Burgen kein Unrecht ausgeht gegen das Volk. Der Herrscher muss dafür Sorge tragen, dass bei seinen Ministerialen und Verwaltern jedwede Ausbeutung, Plünderung oder frondienstliche Überforderung des Volkes unterbleiben. Andernfalls muss er sie umgehend zur Rechenschaft ziehen und hart bestrafen. Dies wird auch geschehen."

„Darauf bin ich gespannt ...", rief der Billunger Graf Magnus spöttisch in die Runde. Einige andere Aufständische brummten zustimmend, der Zweifel stand ihnen ins Gesicht geschrieben.

„Denn es ist klar erwiesen, dass solche Misstritte zahlreich geschehen sind", fuhr Anno von Köln fort, ohne auf den Zwischenruf einzugehen. „Von ihren königlichen Burgen aus haben sich manche Stellvertreter habgierig bereichert und die Bauern und das Volk ausgeplündert. Hier wird der König für gerechte Strafe sorgen."

„Und das sollte er rasch tun und vor allem durchgreifend", erklärte Bischof Bucco von Halberstadt. „Das Volk möchte Gerechtigkeit sehen, sonst wird es weiterhin empört zu den Waffen greifen und auch uns, seine Herren, zum Krieg drängen." Er erhob sich und deutete auf eines der Fenster. „Diese da sind nur ein kleiner Teil."

Durch die Fenster bot sich ein Blick auf eine endlos wirkende Zeltstadt auf der anderen Seite des Flusses. Plane an Plane erstreckte sich das Lager, und trotz des ungemütlichen Wetters waren überall Männer zu sehen, die herumstanden oder um Feuer herum hockten. Hauptleute und adlige Herren ritten zu Pferd durch die Reihen, ihre Befehle waren zum Teil bis über den Fluss zu hören. Träge strömte die breite Werraha dahin. Nur an einer Furt, wo Menschen und Pferde die Ufer wechselten, schäumte das Wasser auf.

„Weit mehr als ein Dutzend Tausend sind es, die mit uns hierhergezogen sind", bekräftigte Otto von Northeim. „Und noch mehr Männer belagern derzeit in Sachsen und Thüringen königliche Burgen, so unter dem Befehl von Dedi, dem Markgrafen der Ostmark, und Friedrich von Gozeka, dem sächsischen Pfalzgrafen. Diese Abertausende lassen sich nicht mit leeren Versprechungen abspeisen." Der noch immer seines Amtes enthobene bayerische Herzog machte bewusst eine Pause, um seine Worte wirken zu lassen. Schließlich wies er mit ausgestrecktem Arm auf Anno von Köln und die anderen Stellvertreter des Königs. „Ihr, edle Reichsfürsten, müsst Heinrich zur Einhaltung all dessen gemahnen, was hier vereinbart wird!"

„Zerbrich dir darüber nicht den Kopf, Otto", erwiderte der schwäbische Herzog Rudolf von Rheinfelden herablassend. „Der König ist ein gerechter Mann, dem das Wohl seines Volkes am Herzen liegt."

„Wenn ihm sein Volk so viel bedeutet, warum ist er dann nicht selbst nach Gerstingun gekommen? Scheut er sich, unangenehme Wahrheiten mit eigenen Ohren zu hören?" Otto von Northeim blickte herausfordernd in die Runde und senkte die Stimme. „Oder hat er Angst? Angst vor Vergeltung?"

„Mäßige deinen Ton, Otto!", rief der Mainzer Erzbischof Siegfried, der trotz seines Leibesumfangs aufgesprungen war. „Du hast dem König einst den Lehnseid geschworen – also wahre ihm Treue und Achtung!

Dein eigensinniger Zorn über das entzogene Herzogsamt erlaubt dir keine Frechheiten. Der König allein wird deinen Fall entscheiden – verscherze es dir nicht mit seiner Güte."

„Dass ihr Reichsfürsten mir hierbei nicht helfen wollt, habe ich verstanden. Ohne einen starken Herzog in Bayern bleibt ja auch mehr Raum für euch selbst."

„Es reicht, Otto!", sagte Erzbischof Anno auf die ihm eigene kühlnüchterne Art. „Du hast in den letzten Jahren genug Unruhe gestiftet im Reich, nun wirst du dich, was dein Herzogsamt anbelangt, einmal gedulden müssen." Der Metropolit stützte sich auf seinen Bischofsstab und blickte entschlossen durch den Saal. Als seine Augen denen des Grafen Magnus begegneten, hielt er inne. Der Billunger grinste ihn an.

„Darf ich deinen Worten entnehmen, ehrwürdiger Metropolit, dass auch andere Beraubte ihre Herzogsämter derzeit nicht einfordern können?", fragte der Billunger spöttisch. „Seit anderthalb Jahren wartet das sächsische Volk darauf, dass ich das rechtmäßige Amt meines verstorbenen Vaters, Herzog Ordulfs, antrete, doch der König verweigert es mir grundlos. Dabei könnte er auch damit einiges zum Frieden mit den Sachsen beitragen."

„Sei dankbar, dass du in Freiheit bist, Magnus. Ohne die üble Erpressung deines Onkels säßest du jetzt noch im Kerker der Hartesburg", erwiderte Siegfried von Mainz anstelle Annos. „Fordere dein Glück nicht allzu sehr heraus."

„Genug der persönlichen Eitelkeiten! Kommen wir noch einmal zurück zu Ottos Vorwurf", ergriff Rudolf von Rheinfelden das Wort. „Nein, der König ist nicht feige, weil er nicht hergekommen ist. Vielmehr wusste er nicht, was ihn hier erwarten würde – Wut, Zorn, Rachedurst? Solcherlei Anfeindungen wollte er nicht durch seine Anwesenheit womöglich noch zusätzlich schüren. Zum anderen war er enttäuscht darüber, dass die eigentlich vereinbarte Heeressammlung für den Feldzug gegen die Polen vor zwei Wochen abgesagt und durch diesen Reichstag hier ersetzt wurde. Seine Pläne waren durchkreuzt, und so war er verständlicherweise nicht gewillt, hier zu erscheinen."

„Dem Verdacht der Feigheit setzen sich da auch eher die aufständischen Herren selbst aus, die mit einem solchen Heer erschienen sind, als gälte es ihr Leben", spöttelte der Mainzer Erzbischof und deutete in Richtung der Fenster.

„Wir sollten uns alle langsam wieder beruhigen." Bucco von Halberstadt war es, der zu beschwichtigen versuchte, als sich einige Aufständische wütend erhoben. „Lasst uns den gefundenen Ausgleich nicht ohne Not durch Zwist und Häme am Ende noch gefährden."

„Mein guter Neffe hat recht", sagte Anno ruhig und schenkte Bischof Bucco ein Lächeln. „So lasst mich fortfahren in meiner Zusammenfassung. Kommen wir zu den von euch beklagten Eingriffen des Königs in eure Besitzrechte und Lehnsgüter. Heinrich nennt diese Fälle bekanntlich eine rechtmäßige Wiedereingliederung alten Kronlandes, von seinen Vorgängern aus den Augen verloren und von euch dann eigenmächtig angeeignet. Ihr dagegen sprecht von willkürlichem Entreißen euch zustehender Ländereien. Jeder einzelne Fall, der von euch angezeigt wird, soll untersucht und nach geltendem Recht entschieden werden. Dann wird sich zeigen, wem das Land oder Gut zusteht und wer es ohne Murren herauszugeben hat."

„Wer prüft und entscheidet das?", fragte einer der aufständischen Adligen.

„Der Hof mit Kanzlei und Verwaltungsleuten und in strittigen Fällen der König als oberster Lehnsherr", antwortete Siegfried von Mainz. „Besonders streitige Fälle mögen auch vor den Reichstag kommen."

„Gut, so viel dazu", nickte Anno von Köln nach einem Blick in die Runde. „Nun zu den Schäden und Folgen eures Aufstands: Wir haben in den letzten Tagen Einigkeit erzielt, dass die sächsischen und thüringischen Herren für entstandene Beschädigungen und Verwüstungen am Krongut und auch für Einbußen der königlichen Verwaltung auf ihren Ländereien angemessen aufkommen werden. Auf diese Weise wird eure Gewalt und Untreue eurem Lehnsherrn gegenüber vergolten. Ähnliches ist auch zu euren Feindseligkeiten gegen eure geistlichen Hirten in Sachsen zu sagen: Für die schändliche Bedrohung und gar Vertreibung der Bischöfe von Osnabrück, Hammaburg und Zeitz aus ihren Diözesen habt ihr Entschädigung zu leisten und vor dem Allmächtigen Buße zu tun. Die Tatsache, dass diese drei Prälaten treu zum König standen und stehen, rechtfertigt euer sündhaftes Vergehen nicht. Solche Behandlung der Diener Gottes ist eine Schande und wäre der Exkommunikation würdig." Mahnend sah er auf die Männer am gegenüberliegenden Tisch. Betretenes Schweigen breitete sich im Saal aus.

„Eine lange Liste hast du da vorgetragen, geschätzter Onkel", ergriff Bucco von Halberstadt schließlich das Wort. „Jetzt sollten wir aber auch einmal zu dem kommen, was uns der König im Gegenzug für alle uns auferlegten Bußen einräumen wird."

„Genau, Bucco", erwiderte Anno. „Streckt im Streitfall die eine Partei ihre Hand aus, so muss die andere das ebenfalls tun, sonst kommt kein Frieden stiftender Handschlag zustande. Und so wird der König sein Entgegenkommen dergestalt beweisen, dass er euch für alle Taten, die ihr wider ihn oder seine Mannen verübt habt, Straffreiheit gewährt. Erfüllt ihr also die euch auferlegten Pflichten und Bußen und kehrt reuig zurück unter die Lehnshoheit des Königs, so wird nicht einer von euch zur Rechenschaft gezogen werden für Kampf und Widerstand." Der Prälat machte eine Pause und beobachtete die Wirkung seiner Worte.

„Außerdem wird Heinrich, wie es Anno bereits gesagt hat, seine Ministerialen und Verwalter auf den königlichen Burgen bestrafen, wenn sie gegen das Recht verstoßen haben. Durch aufmerksame Beobachtung wird er dafür Sorge tragen, dass derlei Missbrauch künftig nicht mehr geschehen kann", ergänzte Siegfried von Mainz. „Zu guter Letzt verzichtet der König auf jeglichen Feldzug oder dergleichen gegen die Sachsen und Thüringer. Es ist kein Geheimnis, dass Heinrich das Heeresaufgebot, das eigentlich gegen die Polen ziehen sollte, nach Ausbruch der hiesigen Aufstände gegen euch führen wollte. Dieser Plan ist dank unseres Ausgleichs vom Tisch."

„So zeigt sich am Ende dieser Tage zu Gerstingun, dass beide Seiten willens waren und sind, ihren jeweiligen Preis für die Wahrung des Friedens zu entrichten. Ein gottgefälliger Ausgang, für den wir dem Allmächtigen danken wollen. Er hat unser Treffen mit seinem Segen bedacht." Erzbischof Anno von Köln hob die Arme, blickte in die Runde und machte in feierlicher Geste das Kreuzzeichen. Alle im Saal Versammelten neigten die Häupter und bekreuzigten sich.

„Wir, als Gesandte des Königs, werden uns nun zu Heinrich nach Würzburg begeben, um ihm über den gefundenen Ausgleich Bericht zu erstatten“, erklärte Siegfried von Mainz nach einer Weile. „Um zu ermessen, inwiefern beide Seiten die gefassten Beschlüsse auch umsetzen, wollen wir uns nach dem Geburtsfest Jesu zu Köln erneut treffen. Die rheinischen Erzbischöfe werden dann zum Reichstag laden, und es wird gewiss auch der König wieder zugegen sein.“

Unruhig schritt Gebhard von Supplinburg vor Gertrud von Haldeslevo auf und ab. Der Graf wirkte angespannt. Seinem schmalen, glatt rasierten Gesicht war unschwer anzusehen, dass Sorgen ihn bedrängten. In einem bequemen Lehnstuhl nahe dem Feuer sitzend, beobachtete Gertrud den Mann, dem in Kürze ihre Tochter Hedwig zugedacht war. Dass sie künftig Schwiegersohn und Schwiegermutter sein würden, wirkte angesichts ihres nahezu gleichen Alters durchaus befremdlich.

„Nun setz dich bitte, Gebhard“, sagte Gertrud gereizt und wies auf den freien Stuhl vor dem Kamin. „Seit du hereingestürzt bist, hast du noch kein Wort gesagt, rennst nur herum und verbreitest Aufregung. Was ist geschehen? Ist die Versammlung im Saal zu Ende gegangen?“

„Ja, der Fürstentag ist vorüber“, erwiderte der schmächtige Mann zerstreut und blickte in Richtung der Tür, durch die laute Schritte zu vernehmen waren. Nach und nach verließen die Versammlungsteilnehmer den Pfalzsaal und gingen ins Erdgeschoss hinunter. In Gespräche vertieft oder den Dienern Anweisungen erteilend, kamen sie über den Flur am Gemach der Gräfin vorüber.

„Und? Nun lass dir doch nicht jedes Wort aus der Nase ziehen!“

„Ach, Gertrud, was soll ich schon sagen? Es ist ein kunstvoller Ausgleich gedrechselt worden – wie es bei Anno und Siegfried ja zu erwarten war“, sagte der Graf abschätzig. „Ob er jedoch Bestand haben wird, ist die andere Frage. Nun müssen die Reichsfürsten ihr fein geflochtenes Kunstwerk erst einmal dem König schmackhaft machen. Ihnen selbst gefällt der Handel, zumal ja auch keine Last auf sie fällt. Ganz im Gegenteil: Sie müssen nun keinen Feldzug – gegen wen auch immer – unternehmen, und sie haben dafür gesorgt, dass Otto von Northeim auch weiterhin das bayerische Herzogsamt nicht zurückerhält. Sie alle fürchten, dass er andernfalls ein allzu mächtiger Konkurrent im Reich würde.“

„Auch in Sachsen will das doch keiner wahrhaftig.“

„Genau darum ließ sich ja Einigkeit erzielen." Gebhard schüttelte den Kopf. „Aber der ganze Ausgleich steht auf tönernen Füßen. Wenn der König ihn nicht mit Leben erfüllt, geht alles weiter wie bisher."

„Was wohl allzu wahrscheinlich ist ... Der junge König ist ein stolzer, auf seinen uneingeschränkten Machtanspruch bedachter Mann, der sich nicht gerne Fesseln anlegen lässt."

„Ja, ich fürchte, dass die drei Tage des wohlfeilen Wortschmiedens am Ende umsonst gewesen sein werden." Mit einem Mal blieb Gebhard vor Gertrud stehen. „Doch das ist es nicht, was mich so umtreibt."

„Ich weiß", Gertrud senkte die Stimme. „Die Synode ..."

„Es bringt mich fast um den Verstand! Wäre dieser Schurke von Pfalzgraf hier zugegen gewesen, ich hätte ihn den Stahl meines Schwerts schmecken lassen." Gebhard legte die Rechte auf den Griff seiner Waffe und schloss sie so kraftvoll, dass die Adern auf dem Handrücken hervortraten.

„Das ist keine Lösung!" Gertrud machte eine wegwerfende Handbewegung. „Der Einspruch gegen deine Heirat mit Hedwig ist von Bischof Bucco für die Synode angenommen worden. Da spielt es keine Rolle mehr, ob der Widerling Friedrich nun lebt oder nicht. Alles geht nun seinen kanonischen Gang."

„Sei's drum, ich hasse ihn, diesen elenden, machthungrigen Rohling! Er fürchtet ein zu starkes neues Haus, wenn Haldeslevo und Supplinburg zusammengehen. Das will er mit aller Kraft verhindern. Keiner außer ihm hätte Anklage erhoben, und unsere Ehe wäre zustande gekommen. Was für ein Heuchler!"

„Es gibt zahlreiche Adelsehen im Reich, die nicht dem kanonisch geforderten Grad der Verwandtschaft entsprechen. Und doch konnten sie geschlossen werden, da niemand Einspruch erhoben hat. Wo kein Kläger ..." Die Gräfin sah Gebhard an, der endlich Platz nahm. „Es hilft uns jedenfalls nicht weiter, sich über den Pfalzgrafen aufzuregen. Friedrich von Gozeka ist ein machtbewusster Mann, der seine Interessen zu verteidigen weiß. Er hat dir gedroht und nun seine Drohung wahr gemacht. Wenn ich ehrlich bin: In seiner Lage hätte ich das auch getan."

„Wie kannst du so etwas sagen!", rief Gebhard fassungslos und sprang wieder auf. „Der Lump zerstört in seinem Machtwahn ganz nebenbei eine aufrichtige Liebe! Du weißt doch, was Hedwig und ich füreinander empfinden."

„Das weiß ich." Gertrud lächelte.

„Und doch redest auch du nur von Macht! Du bist ebenso ehrgeizig, hast große Pläne hinsichtlich unserer Ehe. Auch dir geht es nur um ein neues mächtiges Haus im Reich."

„Nur?" Die Stimme der Gräfin nahm einen schneidenden Klang an. „Dieses Haus wird weder dein noch Hedwigs Schaden sein! Eure Sprösslinge können Könige und Kaiser werden. Vergiss das niemals!" Erregt stand sie auf und trat vor den Grafen. „Also lass deine Wut nicht an mir aus, Gebhard! Und Gefühle kannst du einer Mutter wohl nicht allen Ernstes absprechen. Hedwigs Glück ist mir das Heiligste."

„Verzeih mir, Gertrud! Ich bin wie von Sinnen und einfach ratlos", sagte der Graf zerknirscht und ergriff ihre Hände. „Bischof Bucco hat es mir heute Mittag selbst noch einmal gesagt: Zu Beginn des Dezembers habe ich in Halberstadt vor der Synode zu erscheinen, um mich gegen die Klage zu verteidigen."

„Hast du ihn gefragt, wie er die Sache einschätzt? Ist er unser Fürsprecher?"

„Das ist er wohl leider nicht." Gebhard begann erneut im Raum auf und ab zu gehen. „Er sagt, dass er nach einem ersten Blick in die eingereichte Klageschrift durchaus ein kanonisches Problem sieht."

„Nun, das war leider zu befürchten", sagte Gertrud. „Die Dinge liegen nun einmal so, wie sie sind – daran lässt sich kaum herumdeuteln."

„Aber das ist ... einfach entsetzlich."

„Ja, Gebhard." Ruhig legte sie ihm die Hand auf die Schulter, sodass er endlich stehen blieb. „Die Rechtslage ist in der Tat leider so, wie sie ist. Doch das muss nicht das Ende sein ..."

„Wie meinst du das?"

Gertrud von Haldeslevo lächelte verschwörerisch und blickte dem Grafen fest in die Augen. „Es gibt da eine andere Lösung. Sie ist ungewöhnlich, aber ich selbst bin einen solchen Weg schon einmal gegangen ..."

König und Königin

Der Regen fiel in feinen Fäden aus den niedrig hängenden Wolken. Aus den Eckfenstern im oberen Stockwerk des Bischofspalastes zu Würzburg bot sich ein weiter Ausblick über den westlichen Teil der Stadt und den Main.

„Es wird gewiss bald wärmer werden, Königin Bertha“, sagte Adalbero, betagter Bischof von Würzburg. Besorgt musterte er die junge Frau, die mit bleichem Gesicht und in einen langen Fellmantel gehüllt auf einem der elegant gedrechselten Stühle neben dem Kamin kauerte. Als Hausherr fühlte er sich für das Wohlbefinden seiner Gäste verantwortlich. „Legt noch ein paar Scheite mehr drauf!“, fuhr er vorwurfsvoll die beiden Diener an, die das Holz in ihren Armbeugen ins Zimmer trugen und in die Flammen schoben.

„Ach, werter Adalbero, ich danke dir für deine Fürsorge, doch ich fürchte, kaum ein Feuer kann es meiner Gemahlin je wahrhaft behaglich werden lassen“, lachte König Heinrich und legte tröstend eine Hand auf Berthas Schulter. „Sie ist nun einmal unter der italischen Sonne aufgewachsen und auch nach sieben Jahren noch nicht an Herbst und Winter nördlich der Alpen gewöhnt.“

„Das ist wenig galant, mein König“, erwiderte der Prälat, ohne den Blick von der jungen Königin abzuwenden, die gequält lächelte. „Gerade auch vor dem Hintergrund, dass deine Gemahlin in gesegneten Umständen ist ...“

„Der Scherz sei ihm gestattet, ehrwürdiger Bischof“, sagte Bertha und berührte die Hand auf ihrer Schulter. „Ich bin froh über alles, was seine Laune zu heben vermag in diesen Zeiten. Mein Gemahl hat wahrlich nicht viel zu lachen dieser Tage. Außerdem muss ich gestehen, dass ich wirklich etwas empfindlich bin, was die Kälte hier im Reich anbelangt."

„Nun, mir kann es keinesfalls kalt werden, derzeit brauche ich weder Fell noch Feuer, um mein Inneres zu wärmen." Der junge König ging vom Kamin zu den Fenstern hinüber. „Die Sachsen und Thüringer halten mein Blut in Wallung, und heiliger Zorn lodert tief in mir. So viele Kräfte im Reich richten sich gegen mich, da kommt kein Frösteln auf ..."

„Hast du schon Nachricht aus Gerstingun?", fragte Bischof Eppo von Zeitz gespannt. „Was haben die Reichsfürsten in deinem Namen mit den Aufständischen ausgehandelt?"

„Gestern spät in der Nacht sind Boten gekommen, um mir vorab Bericht zu erstatten von den Verhandlungen. Was mir da zu Ohren gekommen ist, hat meine Nachtruhe nicht sehr angenehm werden lassen. Die Gespräche sollen erst heute enden, doch es zeichnet sich bereits ab, dass die Reichsfürsten weniger an die Interessen des Hofes als an sich selbst gedacht haben. Ich hatte es geahnt." Mit gerunzelter Stirn blickte der König missvergnügt auf das dunkle Band des Mains hinaus.

„So dürften die Reichsfürsten inzwischen also auf dem Rückweg hierher sein", nickte Benno von Osnabrück. „Es wird interessant sein, das Ganze aus ihrem Munde zu hören."

„In der Tat", nickte der junge König düster. „Anno und Siegfried, die alten Füchse, haben in meinem Namen allzu viel preisgegeben, fürchte ich. Seit ich die beiden kenne, haben sie stets nur ihren eigenen Vorteil gesehen. So auch wohl zu Gerstingun. Der für sie so lästige Feldzug – ob nun gegen die Polen oder gegen die Sachsen – ist abgesagt. Geschickt lassen sie ihr Fähnlein im Wind flattern, mal in diese, mal in jene Richtung. Sie suchen stets den Ausgleich und spielen die Rolle des vertrauenswürdigen Vermittlers."

„Ja, so müssen sie sich nicht auf eine Seite schlagen und verderben es sich mit keinem." Bischof Eppo von Zeitz trat neben den König. „Das ist geschickt."

„Das ist vor allem rücksichtslos eigennützig", verbesserte der König den Prälaten und schüttelte den Kopf. „Im Grunde verraten sie ihren König und bringen die gefährdete Ordnung im Reich zusätzlich ins

Wanken. Sie sind wohl froh, die strenge Herrschaft, wie sie mein Vater noch ausübte, zusehends schwächen zu können."

„Doch als alte Füchse wissen sie zugleich, dass diese Schwächung auch Grenzen haben muss. Ohne die schützende Hand des Königtums würden die Kirchenfürsten wohl von den weltlichen Kräften im Reich zerrieben werden", erklärte Benno von Osnabrück. Der Bischof saß neben der Königin ebenfalls auf einem Stuhl. „Sieh doch nur Eppo, Liemar und mich an – uns hat man aus den eigenen Bistümern verjagt. So etwas steht Anno und Siegfried wie ein Mahnmal vor Augen."

„Nun, dann sollten sie sich klarer auf die Seite ihres Königs stellen", erwiderte Heinrich. „Immerhin ist bei den Besprechungen wenigstens kein Gedanke an einen Gegenkönig aufgekommen. Die Reformkräfte im Reich, die auch dem neuen Papst Gregor VII. sehr zugetan sind, würden gerne den schwäbischen Herzog Rudolf von Rheinfelden an meiner Statt auf dem Thron sehen. Aber noch hat wohl keiner den Mut, so etwas laut auszusprechen, und Rudolf ist mir noch immer treu ergeben."

„Mein König, allerorts wird gemunkelt, du sollst dich bereits gezwungen sehen, Hilfe außerhalb des Reichs zu suchen." Eppo sah den jungen Herrscher fragend an. „Angeblich hätte dein Gespräch mit Svend, dem König der Dänen, vor zwei Jahren geregelt, dass dessen Truppen die nördlichen Teile Sachsens heimsuchen dürfen. Ähnliches flüstert man sich hinsichtlich der Liutizen zu, die Sachsen im Nordosten hin und wieder überfallen. Gerüchte besagen, dass diese Einfälle von dir angezettelt würden, um die Aufständischen so an ihren Nordgrenzen zu binden und ihre Kräfte im Widerstand gegen dich zu schwächen." Der Prälat blickte den König unsicher an und fügte nach einer Weile wie entschuldigend hinzu: „Das stammt nicht von mir, ich gebe nur wieder, was man so hört."

„Ich weiß, Eppo. Derlei ist mir schon von anderer Seite zugetragen worden. Die Gerüchte werden ganz bewusst von meinen Gegnern im Reich verbreitet", erklärte König Heinrich und ballte zornig die Faust. „Nichts davon ist wahr!"

„Auch hinsichtlich deiner christlich-ehelichen Moral wurden und werden stets neue dunkle Gerüchte gestreut", mischte sich Benno ein. „Ich erinnere nur an die Geschichten um die zahllosen Kebsweiber, die es da angeblich gegeben haben soll, oder an die widerliche Lüge von der grausamen Misshandlung deiner eigenen Schwester, wo diese doch friedlich und unbehelligt als Äbtissin zu Quedlinburg dem Herrn dient."

„Ich bitte euch, meine Herren, ein wenig Rücksicht zu nehmen auf die Gefühle der Königin", ergriff Bischof Adalbero das Wort und sah vorwurfsvoll in die Runde.

„Ehrwürdiger Adalbero, ich danke dir für deine Fürsorge", sagte die junge Königin mit einem Lächeln und strich unbewusst mit der rechten Hand über ihren gerundeten Bauch. „Doch so viele Jahre lebe ich nun schon an der Seite meines Gemahls, dass mir derlei Gerede längst nicht mehr fremd erscheint."

„Gott hat es in seiner Weitsicht und Güte so eingerichtet, dass unser Reich mit einem vorbildlichen Herrschergespann gesegnet ist." Der Würzburger Bischof musterte das Königspaar. „Eure Ehe ist Rückhalt des Königshauses und zugleich Stolz und Zierde unseres Hofes. Dafür sollten wir dem Allmächtigen stets dankbar sein!" Der Prälat murmelte ein Gebet und bekreuzigte sich. Die anderen Geistlichen im Raum taten es ihm gleich.

„Der Dank ist umso größer, wenn man bedenkt, dass die erste Zeit eurer Ehe nicht die leichteste war", sagte Benno von Osnabrück und ergriff Berthas Hand. „Es hat damals eine Weile gedauert, bis ihr einander als Mann und Weib aufrichtig wahrgenommen habt."

„Du hast recht, Benno", erklärte der König, „unser Anfang war schwer. Ich will nicht leugnen, dass insbesondere ich gegen die von unseren Eltern einst besiegelte Ehe lange Zeit einen tiefen Widerwillen hegte. Als Fünfjährige waren wir verlobt worden, und als wir 1066 die Ehe eingingen, standen wir uns gleichwohl als Fremde gegenüber. Verzeih mir, Bertha, für meine damalige Abneigung – ich war allzu jung, fühlte mich unfrei und unglücklich. Fast hätte ich in jener Zeit voreilig das Band zertrennt, das uns heute so fest vereint." Er blickte seine Gemahlin an, die zu Boden sah.

„Diese Wandlung zum Guten hin beweist einmal mehr: Wenn man den Glauben und die Zuversicht in Jesus Christus nicht verliert, führt er einen ans rechte Ziel. Denn wie heißt es schon im Hirtenpsalm? Und muss ich auch wandern im finsteren Tal, ich fürchte kein Unheil, denn du bist bei mir." Die alten Augen Bischof Adalberos leuchteten förmlich auf.

„Nun, mag uns der Allmächtige noch einen gesunden Thronerben schenken, edle Königin", lächelte Eppo von Zeitz, „dann wäre der Segen vollkommen."

„In der Tat", stimmte Bertha leise zu. „Täglich bete ich zum Herrn, damit er in meinem Leib einen Sohn heranwachsen lasse. Es wäre ein Gottesgeschenk, denn mein Gemahl könnte so eines Tages in Ruhe und Zuversicht sein Haus bestellen. Eine große Sorge würde ihm damit genommen, und seine umwölkte Stirn wäre ein wenig geglättet." Der König ergriff lächelnd ihre Rechte.

„Auch wir Bischöfe richten derlei Gebete an den Herrn", sagte Benno freundlich zu der Königin. „Und so mag sich unser aller Wunsch am Ende erfüllen, auf dass der Fortbestand des Salischen Hauses gesichert ist."

„Wann erwartest du deine Niederkunft, Bertha? Vermagst du das bereits zu sagen?" Der Würzburger Bischof sah die junge Frau neugierig an.

„Wenn der Medicus am Hofe Größe und Form meines Leibes und den Fluss der Körpersäfte richtig zu deuten versteht, dann scheint die Geburt – so Gott will – am Ende des Januars oder zu Beginn des Februars zu liegen." Die Königin strich sanft über ihren Bauch.

„Wie wir es bereits besprochen haben, sollst du die bis dahin verbleibende Winterzeit in Ruhe und Geborgenheit an einem sicheren Ort verbringen", sagte der junge König. „Ich möchte, dass dir das anstrengende Reisen mit dem Hofe erspart bleibt und du dich ganz der Niederkunft widmen kannst. Außerdem sollst du geschützt sein vor jeder kriegerischen Bedrohung." Er sah reihum die Bischöfe an, die von der Nachricht überrascht zu sein schienen.

„An welchen Ort hast du da gedacht?", fragte der Bischof von Osnabrück.

„Kaum einer kennt diese Stätte besser als du, werter Benno", antwortete Heinrich lächelnd und klopfte dem Mann freundschaftlich auf die Schulter. „Die Reichsburg Vokenroht ist von dir entworfen und vor fünf Jahren erbaut worden. Auch wenn ich sie bisher noch nicht persönlich in Augenschein nehmen konnte, ist sie wohl genau der richtige Ort für diese Aufgabe."

„Nun, da kann ich nicht widersprechen", erwiderte der Prälat. „Die Festung ist schwer einnehmbar und wird von fast zweihundert Soldaten bewacht. Außerdem bietet Vokenroht im Innern einen großen Pfalzbau, der sich für derartige Aufenthalte bestens eignet. Du wirst dort geborgen sein wie in Abrahams Schoß ..." Benno von Osnabrück, seit langer Zeit Heinrichs Hofbaumeister, lächelte Bertha an. „Auch für dein Gefolge mitsamt Medicus und Hebamme ist dort reichlich Platz."

„Dann bin ich es zufrieden." Die Königin nickte Benno dankbar zu.

In diesem Moment traten zwei Hofbeamte in den Raum und verneigten sich tief vor den dort Versammelten. Einer von ihnen trug in der linken Hand ein eingerolltes Pergament und in der Rechten eine Gänsefeder mitsamt einem kurzen Rinderhorn, das dunkle Tinte enthielt. Die Männer gehörten unverkennbar der Hofkanzlei an.

„Edler König, edle Königin, ehrwürdige Bischöfe, verzeiht die Störung", begann der zweite, elegant in blaue Seide gekleidet und würdevoll dreinblickend.

„Kanzler Adalbero, was gibt es?", fragte Heinrich und trat auf die beiden zu. „Ist dies das Diplom für Äbtissin Willa?"

„So ist es, König Heinrich." Der Kanzler neigte erneut das Haupt. „Wenn Ihr es Euch einmal rasch ansehen und mit dem Vollziehungsstrich beglaubigen wollt? Es könnte dann sogleich auf den Weg gebracht werden ..." Mit ausgestrecktem Arm wies er zu einem Schreibpult in Nähe der Fenster, auf dem der Kanzleigehilfe das Pergament bereits ausrollte. Die dünne Tierhaut knisterte, als die Urkunde in voller Größe auf der schrägen Holzplatte ausgebreitet wurde.

„Ah, ist das die Minderung des *servitium regis*, um das mich die Äbtissin gebeten hatte?" Die Königin blickte zu ihrem Gemahl, der kurz nickte, ohne den Blick von der eng beschrifteten Urkunde mit ihrem rotbraunen Siegelaufdruck zu lösen.

„Wie du und ihr Bischöfe es gewünscht habt, meine teure Bertha, habe ich der Abtei Obermünster zu Regensburg die Hofabgabe um zehn Schweine gemindert auf nur noch dreißig Borstentiere." Heinrich nahm die in Tinte getauchte Gänsefeder entgegen und zog einen waagrechten Strich, der im Monogramm seines Namens die beiden senkrechten Linien des H verband. Damit war die Königsurkunde beglaubigt.

„Ich danke dir von Herzen. Für die Äbtissin und ihre Mitschwestern ist dies eine lang ersehnte Entlastung – der Allmächtige möge es dir vergelten!“

„Deine Zufriedenheit ist mir Lohn genug“, lächelte der König, gab dem Kanzleigehilfen die Feder zurück und trat wieder zu den Wartenden an den Kamin. Die beiden Männer verbeugten sich ehrerbietig und verließen den Raum so schnell, wie sie gekommen waren.

„Liebe Gemahlin, da ich mit dem Hof demnächst nach Regensburg weiterzuziehen gedenke, ist es angezeigt, schon bald nach Vokenroht aufzubrechen“, sagte der König. „Ich warte nur noch auf die Rückkehr der Reichsfürsten aus Gerstingun.“

„Nun, ich bin bereit.“ Königin Bertha erhob sich von ihrem Stuhl. Sie trat vor ihren Gemahl, ergriff seine Hände und sah ihn freundlich an. „Hab Dank, Heinrich, für deine Umsicht und Fürsorge. So Gott will, werde ich es dir dereinst mit einem gesunden Thronerben vergelten.“

„Für mehr als ein Vierteljahr werden sich unsere Wege also trennen“, sagte der junge Herrscher und blickte seiner Frau betrübt in die Augen. „Der Abschied ist bitter, doch es wird mir stets ein Trost sein, dich und das in dir wachsende Kind in Sicherheit zu wissen. Die Zeiten sind düster und bleiben es vorerst wohl auch.“

Die Saat der Angst

Endlos dehnte sich die Ebene in alle Richtungen. Eine baumlose Steppe, deren kniehohes Gras durch die Windböen mal hierhin, mal dorthin wogte. Wie die Oberfläche eines wilden Meeres schien alles um ihn herum in Bewegung. Doch er nahm die Wellen, die über die endlose Weite hinwegrollten, kaum wahr. Auf dem Rücken seines reglos dastehenden Pferdes sitzend, blickte er starr geradeaus in jene Richtung, in die er unterwegs war. Weit voraus war ein einsamer, hoher Berg zu sehen. Obenauf die goldenen Mauern, Dächer und Türme einer riesigen Stadt, die bis in den Himmel reichte.

Das Herz der Macht, flüsterte eine Stimme in seinem Kopf und ließ ihn triumphieren. Er wusste, es war seine Stadt. Er kam, um sie in Besitz zu nehmen. Als er berauscht vom Gedanken an die Macht sein Pferd antreiben wollte, um wie ein König in seiner Stadt Einzug zu halten, veränderte sich mit einem Mal alles um ihn herum. Am Himmel sammelte sich finster drohendes Gewölk und beschattete die Landschaft, als ob sich der Tag jäh seinem Ende zuneigte. Zugleich senkte sich der Boden unter ihm langsam, sodass der Horizont – gleich einem Schiff, das in ein tiefes Wellental hinabfuhr – mehr und mehr außer Sicht geriet. Als würde er in die Tiefe der Erde gesogen, bewegte er sich in einer Art Schacht abwärts. Gleich darauf befand sich das Gras der Steppe auf Höhe seiner Augen, und von dem riesigen Berg mitsamt der Stadt vermochte er nur mehr die obersten Bereiche zu erkennen, ehe auch sie ihm schließlich entglitten.

In rasanter Geschwindigkeit ging es stetig hinab ins Erdreich. Dunkelheit umfing ihn – nur wenn er den Kopf in den Nacken legte, konnte er noch ein kleines Stück Himmel erkennen. Ihn erfasste Todesangst. Ihn überfiel der Gedanke, der befremdlichen Lage unter allen Umständen entfliehen zu müssen. Doch als er die Hand auf den Sattelknauf legen wollte, um von seinem Pferd zu steigen, musste er feststellen, dass das Tier verschwunden war. Mit beiden Beinen stand er auf der weiter in die Tiefe fahrenden Erdscholle. Er blickte erneut auf zu dem inzwischen winzig gewordenen Lichtpunkt und erkannte, dass es kein Entrinnen gab.

Nach einer Weile war auch jener letzte Schimmer über ihm erloschen, völlige Schwärze umgab ihn. Zugleich hatte er das Gefühl, dass seine Erdfahrt beendet war – der Boden unter seinen Füßen schien endlich wieder stillzustehen. Er spürte eine Eiseskälte, die ihn erfasste. Es war jedoch keine äußere Erscheinung wie ein frostiger Lufthauch, sondern etwas, das aus ihm selbst kam. Noch ehe seine Sinne es bewusst wahrnahmen, warnte ihn sein Körper auf diese Weise vor einem entsetzlichen Schrecken, der in der Finsternis lauerte. Im selben Moment wurde ihm aber auch die erlösende Erkenntnis zuteil, dass dies ein Traum war, nichts weiter als ein Traum. Er musste nur erwachen …

Er spürte klamme, knochige Finger, die langsam über sein Gesicht fuhren. In Todesangst zuckte er zurück, doch die Glieder tasteten weiterhin sein Gesicht ab. Krampfhaft versuchte er, die Arme zu heben, um die schaurige Bedrohung abzuwehren. Entsetzt stellte er fest, dass er sich nicht bewegen konnte. Schartige Fingernägel kratzten schmerzhaft über seine Stirn, bis die Finger schließlich seine Augen erreichten. Dann bohrten sie sich kraftvoll in seine Augenhöhlen und … Mit einem wimmernden Schrei ließ er endlich den grauenvollen Traum hinter sich.

Schweißgebadet schreckte er auf und wollte sich schon einem Gefühl der Erleichterung hingeben, als er große Atemnot empfand. Es war, als ob er erstickte. In panischer Angst riss er die Augen auf und versuchte, durch den Mund tief Luft zu holen. Doch es gelang ihm nicht. Stattdessen röchelte er krampfhaft und hektisch, während er sich bemühte, sich von der Lagerstatt aufzurichten. Die Arme versagten ihm den Dienst, schlaff und reglos lagen sie auf den Decken, die über dem Bettstroh ausgebreitet waren. Fieberhaft blickte er sich in der Dunkelheit des Schlafgemachs um, ohne in der Finsternis das Geringste erkennen zu können.

Stoßweise Luft holend, begriff er plötzlich, was die Ursache seiner Drangsal war.

Ein schweres Gewicht saß auf seiner Brust, das ihm nicht erlaubte, Luft zu holen. Endlich hatten sich seine Augen so weit an die Finsternis gewöhnt, dass sich kaum eine Armeslänge entfernt die Umrisse einer kleinen Gestalt abzeichneten. Ein gespenstisches Wesen hockte auf seinem Brustkorb und rührte sich nicht. Kaum größer als ein Kind saß es da, die Beine mit den Armen umschlungen, und starrte ihn unverwandt an. Vage ließ sich in der Dunkelheit erkennen, dass das Wesen über und über behaart war. Es hatte klauenartige Hände und Füße, und in den schmalen Augenschlitzen loderte schwach ein bernsteinfarbener Schimmer.

Blankes Entsetzen kroch ihm das Rückgrat empor. Panik jagte durch sein Bewusstsein, während sich zugleich die Angst einstellte, dem Wahnsinn zu verfallen. Mit einem letzten Aufbäumen seines Willens gelang es ihm endlich, die Arme etwas anzuheben. Doch es war, als ob Bleigewichte die Glieder niederhielten. Stoßweise röchelnd kämpfte er mit dem Mut der Verzweiflung und reckte die lahmen Arme dem Alb hilflos entgegen.

Jetzt regte sich das scheußliche Wesen auf seiner Brust. Doch es war nicht sein verzweifelter Verteidigungsversuch, der es aus seiner Starre erweckte. Vielmehr hatte der Nachtmahr etwas erblickt, das er nun mit großer Neugier betrachtete. Am Handgelenk des Arms, der sich ihm da entgegenreckte, prangte der Schicksalsreif. Ein gieriges Flackern loderte in den Augen des Nachtmahrs auf. Er streckte schon die Arme aus.

Als sich die Klauen des Albs stählern um sein Handgelenk schlossen, um sich den goldenen Reif zu holen, schien seine Haut in Flammen zu stehen. Unerträglicher Schmerz durchflutete seinen Körper und ließ ihn aufschreien. Voller Qual bäumte er sich auf und versuchte, den Nachtmahr abzuschütteln. Doch da packte ihn eine Klaue hart an der Schulter und rüttelte ihn. Zugleich schien ihm das Wesen etwas zuzurufen. Dann kehrten seine Kräfte zurück, und er vermochte wieder frei zu atmen. Mit grober Kraft zerrte er die Klaue von seiner Schulter, rang sie nieder und drückte sie heftig auf die Bettstatt.

„Ah, Friedrich, du tust mir weh“, drang die Stimme Hedwigs an sein Ohr. „Es war nur ein Traum, hörst du?“

Verwirrt und orientierungslos blickte er sich um. Im Halbdunkel erkannte er die vertrauten Einrichtungsstücke und die Fenster des Schlafgemachs. Rechter Hand schimmerte der schwache Schein der Restglut im Kamin des Wohnraums durch die Türöffnung herein. Schlagartig wurde dem Pfalzgrafen bewusst, wo er sich befand und was geschehen war. Schweißüberströmt kniete er auf allen vieren auf dem Lager und presste Hedwigs Arm mit aller Kraft auf das Laken.

„Ich …“, setzte er zögernd an, während er den Arm freigab und sich von der Bettstatt erhob. „Ja, es war ein Traum“, sagte er leise und zupfte an seinem Untergewand, das verrutscht war und feucht vom Schweiß an seinem Körper klebte. Verstohlen blickte er zu Hedwig hinüber, die sich hingesetzt hatte und mit besorgter Miene über die roten Druckstellen an ihrem Unterarm strich.

„Du hast gewimmert und geschrien, Friedrich“, sagte sie zögerlich. „Ich musste dich kräftig rütteln.“

„Ja, genug davon“, wies er sie missmutig zurecht. Es war unverkennbar, dass ihm der Vorfall oder wohl eher der Umstand, dass sie Zeugin des Ganzen geworden war, unangenehm war. Eine Weile stand er, seiner Gemahlin den Rücken zukehrend, vor einem der Fenster und tat so, als blicke er hinaus in die dunkle Nacht. Tatsächlich aber tastete er mit der Rechten heimlich nach dem Armreif und umschloss ihn ganz fest, während Erleichterung ihn durchströmte. Ohne seine Gemahlin noch eines Blickes zu würdigen, wandte er sich ab und verließ das Schlafgemach.

Ein grauer Himmel hing über der Horeburg. Dunkle Wolken jagten in niedriger Höhe dahin, getrieben vom Herbstwind und seinen stürmischen Böen. Blätter flogen durch die Lüfte, sanken zu Boden und wurden erneut aufgewirbelt. Ein Baum nach dem anderen verlor so langsam sein Kleid. Das Farbenmeer aus Gelb, Rot, Grün und Braun lichtete sich, und es war absehbar, dass es bald ersetzt werden würde durch das Grau des Winters.

Hedwig stand am größten Fenster des Wohnraums und blickte hinaus auf das Land. Gegenüber erhob sich die Asenburg aus dem endlosen Meer der Wälder, in dem hier und da kleine Ortschaften und Weiler sowie die gerodeten Flächen der Burgbelagerer ins Auge fielen. Kälte drang durch die Fensteröffnung herein und ließ sie frösteln. Sie hüllte sich dichter in den langen Umhang aus dicker Wolle, der um ihre Schultern lag.

Warum nur war ihr Gemahl in der Nacht nicht ins Schlafgemach zurückgekehrt, überlegte sie, während sie den Blättern vor dem Fenster nachsah. Friedrich hatte nach seinem Albtraum die Lagerstatt verlassen und sich seither nicht mehr blicken lassen. Wo war er nur hingegangen und hatte die Zeit bis zum Morgen verbracht? Hatte der Traum ihn so verstört, dass er es nicht wagen wollte, in dieser Nacht noch einmal die Augen zu schließen? In jedem Fall war es seltsam. Wieder einmal wurde Hedwig schmerzlich bewusst, wie wenig sie ihren Gemahl kannte. Hatte er nicht das eheliche Vertrauen ihr gegenüber, offenherzig von seinen Sorgen zu erzählen? Es war doch naheliegend, mit demjenigen, mit dem man das Lager teilte, über einen Albtraum zu sprechen. Umso mehr, wenn dem anderen das Ende der Drangsal zu verdanken war. Friedrich hatte sie jedoch missmutig abgewiesen.

Ihre Ehe war in all den Jahren kein Freudentanz gewesen, doch es schien ihr, als ob ihr Gemahl sich in jüngster Zeit noch weiter von ihr entfernt hatte. All seine Pläne und Entscheidungen hatte er stets mit sich selbst ausgemacht, allenfalls seinen Ratgeber Gerald gelegentlich eingeweiht; noch nie hatte er sich ihr gegenüber wahrhaftig offenbart. Doch nun hatte sie den Eindruck, als wäre zu dieser Verschlossenheit noch etwas weitaus Schrecklicheres hinzugekommen. Seit Beginn des Herbstes schien der Pfalzgraf seiner Gemahlin eine tiefe Abneigung entgegenzubringen. Hatte er sie bis dahin zwar oft übergangen, aber immerhin ehrend behandelt, so war es nun kaum zu übersehen, dass ihm ihre Nähe lästig, wenn nicht gar zuwider war.

Seit Hedwig zwei Tage zuvor nach ihrer langen Reise durch Thüringen in der Horeburg angelangt war, hatte Friedrich ihr weder ein nettes Wort noch eine liebevolle Geste zuteil werden lassen. Vielmehr hatte er die Ankunft seiner Gemahlin mit einem unfreundlichen Knurren bedacht und ihr einen kühlen Blick zugeworfen. Die meiste Zeit über hatte sie ihn hernach gar nicht zu Gesicht bekommen, sondern war allein gewesen. Und in den wenigen gemeinsamen Stunden hatte er zumeist geschwiegen oder ihre Versuche, ein Gespräch zu beginnen, barsch zurückgewiesen. Warum hatte er sie überhaupt hergeholt, fragte sie sich zum wiederholten Male. Wenn es ihm, wie es in seiner Botschaft seinerzeit geheißen hatte, darum ging, sich die Einsamkeit vertreiben zu lassen, dann musste er diese Nähe doch auch zulassen. Stattdessen aber schien ihm ihr Beisammensein eine Last zu sein. Sie konnte ihn nicht verstehen.

Hedwig schüttelte den Kopf, wandte sich vom Fenster ab und trat an den Kamin. Sie streckte ihre Hände den emporzüngelnden Flammen entgegen und spürte, wie die Wärme ihre Haut sanft streichelte. Mit einem Mal erfüllte sie Traurigkeit – an diesem fremden Ort gab es für sie kaum anderes zu erwarten als Einsamkeit und Betrübnis. Sie sehnte sich zurück auf die Viczinburg, zurück zu ihrem Sohn, der nun seine Mutter entbehren musste, allein um des väterlichen Eigensinns willen. Wie vermisste sie ihr Kind, dessen Liebe so offen, so herzlich war. Die Zuneigung des Knaben war das Einzige, das ihrem Dasein Glück und Sinn zu geben vermochte.

Der Gedanke an ihren Jungen mit den blauen Augen und seinen blonden Haaren vertrieb für einen Moment ihre Traurigkeit. In ihrer Erinnerung sah sie sein Lachen, sein unbekümmertes Spiel und seine Wissbegier. Er war so anders als sein Vater, dachte sie und schüttelte unbewusst den Kopf, während sie ihren Stuhl näher ans Feuer schob und darauf Platz nahm. Und schon drängte sich der Kummer des Hier und Jetzt wieder in ihr Denken. Wenn es doch nur einen Weg gäbe, das innere Bollwerk ihres Gemahls zu überwinden, überlegte sie verzagt und starrte in die Flammen, als ob dort eine Antwort zu finden wäre. Zugleich betete sie im Stillen, der Allmächtige möge ihr beistehen und ihr den rechten Weg weisen.

Plötzlich fielen ihr die Worte ihrer Kammerfrau Iva wieder ein, jener schreckliche Verdacht, den sie selbst nicht hatte wahrhaben wollen. Trachtete Friedrich von Gozeka ihr am Ende vielleicht tatsächlich nach dem Leben? Lagen seine offene Abneigung und sein Unmut womöglich darin begründet, dass er enttäuscht war über ihre heile Ankunft? Vielleicht hatte er sich wirklich ein Unglück für seine Gemahlin erhofft. Und passte seine Synodalklage gegen die Heirat der jungen Formbacherin mit Gebhard von Supplinburg nicht in genau diesen Zusammenhang? Hedwig spürte, wie ein Schauder ihren Rücken emporkroch und sie frösteln ließ. Rasch beugte sie sich vor zum Feuer.

Welche Rolle spielte zudem jener Armreif, den ihr Gemahl wie seinen Augapfel hütete und mit dem er so große Pläne hatte? Es wollte Hedwig scheinen, als ob alles Unheil und auch seine Kälte ihr gegenüber erst mit dem Auftauchen des Reifs begonnen hätten. Wenn nur diese drei Männer, denen sich Iva angeschlossen hatte, Friedrich das unheilvolle Kleinod entwenden und es für immer verschwinden lassen könnten, dachte sie voller Hoffnung. Vielleicht würde dann alles gut werden. Wo mochten sich die ungleichen Gefährten gerade befinden? Was waren ihre Pläne?

In diesem Moment erklangen aus dem angrenzenden Turm laute Schritte. Hedwigs Herz schlug schneller. Tief durchatmend rang sie um Fassung, während sie mit prüfendem Blick an sich herabsah. Mit raschem Griff rückte sie die goldene Kette zurecht, die ihr Samtkleid an der Taille umgürtete, ebenso den seidenen Schleier, der ihre Haare verbarg. Da betrat Friedrich den Raum.

Ohne Gruß durchquerte der Pfalzgraf das Zimmer und trat an die andere Seite des Kamins. Der bullige Mann war in ein Kettenhemd gekleidet, über dem er an einem breiten Ledergurt ein Langschwert trug. Mit düsterer, missmutiger Miene ließ er seinen Helm geräuschvoll auf die Tischplatte poltern, sodass Hedwig unwillkürlich aufsah und sich ihre Blicke für einen Moment begegneten.

„Was siehst du mich so an, Weib?“, brummte er und zog sich die Lederhandschuhe von den Händen. „Störe ich deine Ruhe?“ Mit kaltem Blick sah er sie herausfordernd an und schleuderte die Handschuhe achtlos zu Boden.

„Nein, gewiss nicht“, erwiderte Hedwig, bemüht, ihre Stimme ruhig und gefasst klingen zu lassen. Mit klopfendem Herzen hielt sie seinem unfreundlichen Blick stand. „Ich freue mich vielmehr, dich zu sehen, mein Gemahl.“

„Hm“, knurrte er zögernd, als ob er mit solcher Antwort nicht gerechnet hätte. Sie aus den Augenwinkeln beobachtend, trat er ans Feuer und rieb sich die Hände. „Es war wohl ein Fehler, dich hierher zu bemühen. Ich sehe, du langweilst dich.“

„Oh nein, keineswegs, ich bin froh, in deiner Nähe zu sein“, antwortete sie und erwiderte tapfer den bohrenden Blick seiner Augen. „Ich wünschte nur, das Kriegshandwerk ließe dir ein wenig mehr Zeit und Muße für ein Gespräch oder derlei.“ Sein breites, aufgeschwemmtes Gesicht blieb ausdruckslos, während sich der abschätzige, harte Zug um seinen Mund noch vertiefte.

„Was hast du erwartet, Närrin? Das hier ist Kriegsland“, lachte er spöttisch und ging hinüber zur Tafel. Er nahm einen Krug und goss sich Rotwein ein. „Ein Ort der Schwerter und nicht der Worte.“ Er nahm einen Schluck, wischte sich mit dem Handrücken über den Mund und nickte in Richtung der Asenburg. „Der königliche Schurke Meinhard und seine zweihundert Mannen dort drüben verstehen nur die Sprache der Waffen …“

„Das ist beklagenswert“, sagte sie und blickte ihn bedeutungsvoll an. „So muss es also stets bis zum Äußersten gehen?“

„Nun, es ist eine raue Welt“, erwiderte er kühl, „zu rau für euch Weibsvolk. Doch jammre nicht, gewöhn dich daran!“ Ohne sie eines Blickes zu würdigen, trat er wieder ans Feuer und fuhr sich über die Stirn, auf der breite, rote Striemen zu sehen waren.

„Was ist das?“, fragte sie besorgt und deutete auf die blutverkrusteten Spuren.

„Nichts weiter.“ Unwillig wandte er sich ab. Ein dunkler Schatten, ein Ausdruck von Furcht, huschte über sein Gesicht, während er unbewusst die Rechte um den Armreif an seinem Handgelenk schloss. Hedwig stand von ihrem Platz auf, trat mit sorgenvoller Miene neben ihn und hob die Hand. Doch ehe sie sein Gesicht berühren konnte, schlug er ihre Hand unwirsch zur Seite und funkelte sie an. „Lass mich in Ruhe! Und verschon mich mit deiner Barmherzigkeit, hörst du?“

Erschrocken wich Hedwig vor ihrem Gemahl zurück. Angst und Trauer waren in ihren Augen zu erkennen, die sich langsam mit Tränen füllten. Verzweifelt spürte sie, dass sie kaum mehr die Kraft besaß, noch weitere Anfeindungen und Zurückweisungen zu ertragen.

„Ach je, hättest du nur deine slawische Schwarzkrähe mitgebracht“, spottete er und trank einen weiteren Schluck Wein. „Sie hätte dir jetzt gewiss Trost gespendet. So gern hockt ihr doch beisammen und jammert euch die Ohren voll.“

„Was in Gottes Namen ist nur mit dir …“, begann Hedwig und schluckte den Kloß in ihrem Hals herunter. Verzweiflung und Ratlosigkeit nahmen ihr mit einem Mal die Angst. „Du hast dich verändert, mein Gemahl, der Allmächtige ist mein Zeuge.“ Den Schleier zur Seite schiebend, wischte sie sich die Tränen von den Wangen. „Du bist seit jeher ein harter Mann gewesen, doch seit einiger Zeit verwandelst du dich in einen Unhold. Gib mir bitte Antwort auf eine einzige Frage: Bist du meiner überdrüssig? Sag es nur frei heraus – alles andere kann ich kaum mehr ertragen.“

Für einen Moment begegneten sich ihre Blicke, und Friedrich von Gozeka schien zu zögern. Doch schließlich lächelte er selbstgerecht und schüttelte den Kopf. „Weib, was redest du da! Mag sein, dass mein Ton rauer geworden ist. Doch denk an all das Elend aus Kampf und Tod, dem ich seit Langem ausgesetzt bin. Da mag ein Herz verhärten.“ Er trat ans Fenster und deutete hinüber zur Asenburg. „Der Krieg fordert seinen Tribut – wie könnte es anders sein? Sieh es mir nach.“

„Nun, das will ich gerne tun, und ich verstehe es gewiss“, erwiderte sie. „Erlaube mir noch eine Frage, dann vermag ich mich demütig in mein Schicksal zu fügen.“ Sie versuchte, ihre Aufregung im Griff zu halten und ruhig zu klingen. „Du hast mich kürzlich wissen lassen, dass du in der nächsten Woche die Synode zu Halberstadt besuchen wirst. Nun, man erzählt sich allerorts, du hättest Klage erhoben gegen eine gewisse Eheschließung, die …“

„Wer erzählt das?“ Der Pfalzgraf fuhr herum und musterte sie drohend.

„Ich … ich weiß nicht, jedermann“, stotterte sie. „Es geht dabei doch um die junge Formbacherin und den Grafen Gebhard, oder?“, fuhr sie rasch fort, ehe sie der Mut verließ.

„Was geht's dich an, Weib!“ Er trat mit argwöhnischem Blick dicht vor sie und baute sich zu voller Größe auf. „Ihre Ehe verletzt kanonisches Recht.“

„Ist das der wahre Grund deiner Klage?“, fragte sie leise mit all ihrem Mut.

„Was willst du damit sagen?“, zischte er sie an. Er kam ihr so nah, dass sie die Weinsäure in seinem Atem riechen konnte. Eine Weile starrte er sie misstrauisch an, ehe er schließlich murmelte: „Nun, du bist klug, Weib ... In der Tat geht es darum, die Bildung einer allzu mächtigen Familie zu verhindern. Täte ich das nicht, wäre die Macht unseres Hauses ernstlich bedroht."

„Das verstehe ich", erwiderte sie langsam, während ihr das Herz bis zum Hals schlug. „Und das ist wahrhaftig deine ... die einzige Absicht?"

Ehe sie begriff, wie ihr geschah, packte er ihre Handgelenke und umschloss sie mit eisernem Griff. Grob zerrte er sie an den Armen zu sich und blickte ihr mit zornverzerrter Miene in die Augen. „Geh nicht zu weit, Närrin!", zischte er und hielt sie fest, wobei er den schmerzhaften Druck seiner Hände noch verstärkte. Schließlich schleuderte er sie auf ihren Stuhl und verließ den Raum.

Zu Tode erschrocken, legte Hedwig sich eine Hand auf die Brust, um ihren Atem zu beruhigen. Ihr war klar, dass der Verdacht, den Iva seinerzeit geäußert hatte, zutreffen musste: Ihr Gemahl hatte finstere Pläne, und sie war ihm dabei im Weg. Mit einem Mal hatte Hedwig Angst um ihr Leben. Wie sehr sehnte sie in dieser Stunde ihre Kammerfrau herbei, doch sie war allein. Verzweifelt schloss sie die Augen und begann zu beten.

Der Überfall

In dem dichten Wald nahm die Helligkeit zusehends ab. Auch wenn über den Baumkronen noch der Novemberhimmel zu sehen war, reichte dessen Licht kaum mehr herab bis zum Boden. Schon am Nachmittag setzte bereits die Dämmerung ein und machte es den sechs Wanderern immer schwerer, sich durchs Gelände zu kämpfen. Der Untergrund war uneben und holperig und zudem über und über mit Laub bedeckt. Oft rutschten sie trotz ihrer Wanderstöcke auf den Blättern aus oder stolperten über Wurzeln. Wenn nun auch noch die Sicht schlechter wurde, mussten sie sich an Stämmen festhalten oder am Boden abstützen.

Geführt von dem Schwarzalben Wisiger gingen Lindfell, Iva und die Mönche nun bereits den zweiten Tag abseits der Wege in Richtung Süden. Der wortkarge Zwerg Wigman, stets mit seiner Streitaxt in der Rechten, fühlte sich für die Sicherheit des Zuges verantwortlich und wanderte nur selten gemeinsam mit den anderen. Er verschwand meist vor oder hinter der Gruppe im Wald, sah sich wachsam um und begleitete sie in einigem Abstand. Bewusst alle Straßen und Wege meidend, schlug sich die Gruppe mühsam durch die endlosen Wälder zu ihrem Ziel im östlichen Eichsfeld. Nachdem sie am Vortag den Rücken des Rotenbergs bei Polethe passiert und die Goldene Mark durchquert hatten, waren sie am Vormittag am Rand des einsamen Ohmgebirges angelangt. Hinter diesen Bergen würden sie die Asenburg erreicht haben. Doch wie es aussah, ließ sich ein weiteres Nachtlager nicht vermeiden, zumal sie auf keinen Fall im Dunkeln ankommen wollten.

„He …“, zischte es mit einem Mal hinter Lindfell, der sich als Letzter der Gruppe gerade mühsam den Hang hinaufquälte. Erschrocken drehte er sich um. Wenige Schritte entfernt sah er zwischen Sträuchern eine kleine Gestalt stehen.

„Ah, du bist es, Wigman“, sagte Lindfell und schüttelte den Kopf. „Musst du dich immer hinterrücks anschleichen? Eines Tages bleibt mir noch das Herz stehen.“

„Das ist nun mal mein Handwerk“, entgegnete der Schwarzalbe kühl. Unpassend zu seinem kriegerischen Aussehen klang seine Stimme – wie die aller Alben – seltsam gepresst und kindlich hell. „Würde ich solchen Krach machen wie ihr hier, könnte ich nie eine Gefahr hören.“ Abschätzig zog er die linke Augenbraue hoch.

„Gibt es denn Gefahr?“ Lindfell trat beunruhigt vor den Alben, der ihm mitsamt seinem Helm bis zum Bauchnabel reichte.

„Nun, ich befürchte, da ist irgendetwas.“ Wigman nickte vage in die Richtung, aus der sie gekommen waren. „Seit wir die Goldene Mark verlassen haben und ins Ohmgebirge gekommen sind, scheint es fast so, als ob sich jemand an unsere Fährte gehängt hätte. Bereits den ganzen Tag über höre ich leise Geräusche weit hinter uns. Gehe ich ihnen jedoch nach, verstummen sie. Kaum wende ich mich wieder um und schließe zur Gruppe auf, ist wieder Geraschel in der Ferne zu hören. Es ist sehr merkwürdig.“

„Vielleicht ein Tier?“ Lindfell starrte misstrauisch ins Zwielicht des Waldes. „Ein Bär oder ein Rudel Wölfe ...“

„Als Schwarzalbe bin ich kein Kenner in Tierfragen, doch das scheint mir eindeutig ein vernunftbegabtes Wesen zu sein.“

„Also Menschen.“ Lindfell wirkte besorgt. „Wir müssen wachsam sein. Als wir gestern in der Goldenen Mark von Ferne die beiden großen Straßen gesehen haben, hatte ich schon ein ungutes Gefühl. Unter den Truppen, die da gen Süden zogen, waren fragwürdige Gestalten, womöglich Raubgesindel. Vielleicht hat jemand von denen uns wider Erwarten gesehen und hält unsere kleine Gruppe mit einem Weib, zwei Mönchen und zwei Kindern – denn dafür mag man euch aus der Ferne halten – für leichte Beute.“

„Das könnte sein“, erwiderte Wigman düster grinsend, „doch sie werden die Waffen dieser Kinder schmerzlich zu spüren bekommen.“ Er ballte die Faust und blickte grimmig drein. In diesem Moment wirkte er trotz seiner Größe wie ein gefährlicher Krieger auf Lindfell. Der war froh, ihn dabei zu haben.

„Wir sollten jetzt weitergehen, Wigman", sagte er und klopfte dem Alben anerkennend auf die Schulter. „Bleib wachsam." Mit einem letzten Blick spähten sie vergeblich in den hinter ihnen liegenden Wald und setzten ihre Wanderung fort. Irgendwo hoch über ihren Köpfen ertönte der helle Schrei eines Falken. Nach kurzer Zeit erreichten sie die Gruppe, die an einem Waldrand angehalten hatte und auf sie zu warten schien. Die Steigung hatte hier endlich ein Ende. Vor ihnen ließ sich zwischen den Bäumen hindurch eine offene Fläche erkennen.

„Der Sonnenstein", sagte Wisiger zu den Nachzüglern und wies in Richtung der vor ihnen liegenden Lichtung.

„Wir könnten hier unser Nachtlager aufschlagen", sagte Folkward. „Der Abend kommt rasch, und im Dunkeln ist nicht gut wandern." Er sah Lindfell an, der wortlos nickte und mit den anderen durch die Bäume hinaus auf die freie Fläche trat.

Es war eine große Wiese, die tatsächlich die gesamte Kuppe des Sonnensteins überzog. Während von Osten bereits das graue Zwielicht der Nacht heranrückte, tauchte die untergehende Sonne dic Wälder und Hügel in einen dunkelroten Dämmer.

„Als die Asen einstmals auch auf der oberen Welt noch die herrschenden Götter waren, war der Sonnenstein eine bedeutsame Opferstätte", erklärte Wisiger und ging hinüber zum westlichen Rand. Hier endete die Wiese jäh in einem Felsabsturz, der viele Klafter tief in den Wald hinabreichte. Zahllose Gesteinsbrocken lagen im Gras verstreut. „Es war ein Ort der Götter Wodan und Fro. Die alten Chroniken Güldenbrunns wissen noch von einem steinernen Tempel hier zu berichten, der indes mit der Ankunft des neuen Menschengottes Jesus Christus zerstört wurde." Der Albe nickte in Richtung der herumliegenden Steine und warf einen kurzen Seitenblick auf die beiden Mönche und auf Iva.

Der redselige Wisiger war vollkommen anders als der stämmige Wigman, der kaum ein Wort sprach. Im Unterschied zu diesem war jener ein dürrer Hänfling, dessen kluge, neugierige Augen eher Forschergeist denn Tatendrang verrieten. Er war in nahezu allen Fragen bewandert und schien die Reise der Gefährten in Güldenbrunn ausgiebig vorausgeplant zu haben. Von den albischen Spähern in Kenntnis gesetzt, war er mit der vor ihnen liegenden Route, der Landschaft und den wichtigsten Gegebenheiten vertraut. Obwohl er bis dahin nur wenige Male auf der Erdoberfläche gewesen war, ließ ihn sein wacher Verstand sich rasch zurechtfinden.

Während ihrer Wanderschaft war es auch Wisiger, der sich angeregt mit den Gefährten unterhielt. Er tauschte sich nicht nur mit Lindfell über ihre jeweiligen Albenreiche aus, sondern wollte vor allem von Iva und den Mönchen alles über die Erdenmenschen und ihr Leben erfahren. Im Gegenzug beantwortete er alle Fragen zu seiner Welt. So verging den Gefährten die Zeit wie im Fluge, und es wuchs zugleich das Gefühl von Vertrautheit.

„Wie weit ist es noch bis zur Asenburg?“, durchbrach Lindfell das Schweigen, das nach Wisigers Bericht entstanden war.

„Nun, unser Ziel müsste ein gutes Stück hinter dem Bergkamm dort liegen.“ Der Albe zeigte nach Südosten. „Ein halber Tagesmarsch, höchstens.“

„Gut, dann nächtigen wir hier, wie Folkward es vorgeschlagen hat. Da keiner von uns die Gegend der Asenburg kennt, sollten wir im Hellen dort ankommen.“ Lindfell sah sich um. „Lasst uns einen windgeschützten Ort suchen.“

Nach einer Weile entschieden sie sich für einen Lagerplatz am Waldrand in Nähe der Abbruchkante. Die Bäume versprachen ein wenig Windschutz, und aus den herumliegenden Steinen ließ sich gut eine Feuerstelle aufschichten. Da die Dämmerung bereits einsetzte, teilte sich die Gruppe auf. Während Wisiger und Iva die Lagerstätte vorbereiteten und Steine zu einem Kreis aufhäuften, verschwanden Lindfell und die Mönche im Wald zum Holzsammeln. Wigman hatte seinen Bogen von der Schulter genommen und sich auf die Jagd nach einem Stück Wild begeben.

„Sag mal, Iva“, begann Wisiger, als sie beide am Boden kniend Steine um die Feuerstelle legten. „Sind alle Menschenfrauen so schön, wie du es bist? Du musst meine Neugier entschuldigen, doch ich sehe eine Frau wie dich zum ersten Mal. Die ganze Zeit schon betrachte ich deine ebenmäßigen Züge, deine edle Gestalt.“ Schüchtern lächelte er die junge Frau an. „Du musst nämlich wissen, bei uns Alben ist das etwas anders.“

„Hm ...“ Iva sah den Schwarzalben überrascht an und schüttelte verlegen den Kopf. „Du beschämst mich, Wisiger. Wie soll ich auf solche Schmeichelei antworten?“

„Am besten mit der Wahrheit“, schaltete sich hinter ihnen Lindfell ein, der mit einem Stapel Hölzer auf den Armen zu ihnen trat. Lachend warf er die Äste neben den Steinkreis. „Wisiger, ich komme ebenfalls aus der Albenwelt und bin bestens vertraut mit den Umständen dort. Und da ich nun bereits eine Weile unter Menschen bin, kann ich mir ein Urteil anmaßen.“ Er nickte lachend in Ivas Richtung, die jedoch nicht zu ihm aufsah, sondern sich weiter an den Steinen zu schaffen machte. „Nun, die Antwort lautet: Nein, nicht alle Menschenfrauen sind so schön, aber sie sind allesamt wohl schöner als so manche Albin.“ Er hatte seinen Worten einen scherzhaften Klang verliehen, doch er blickte bewundernd auf Iva, die sich ihm plötzlich zuwandte. Für einen kurzen, von den anderen unbemerkten Moment sahen sie einander tief in die Augen, ehe sich ihre Blicke überrascht und verunsichert wieder trennten.

„Dacht ich mir's!“, erwiderte Wisiger mit einem Lachen. „Da seid ihr wahrlich zu beneiden.“ Er nickte anerkennend den beiden Mönchen zu, die in diesem Moment ebenfalls zum Lagerplatz kamen und ihr Holz ablegten.

„Das sagst du zu den Falschen, du Scherzbold!“ Tado schüttelte vorwurfsvoll den Kopf. „Ich habe dir doch gestern schon erklärt, dass wir Mönche mit dem Weibsvolk nichts zu schaffen haben.“

„Lasst uns bitte von anderen Dingen sprechen“, sagte Folkward tadelnd in die Runde und sah auf Iva herab. „Es ist unserer Gefährtin gewiss nicht angenehm ...“ Der Pater sprach mit der Ruhe des Ältesten der Gruppe.

„Du hast recht, Folkward“, nickte Lindfell. „Wie gedankenlos von uns. Wir sind wahre Tölpel.“ Schuldbewusst und noch verwirrt von ihrem Blickwechsel wandte er sich erneut Iva zu, die zwar nicht aufsah, aber zu lächeln schien.

In diesem Moment trat Wigman durch die Bäume zum Lagerplatz. Er hatte einen mittelgroßen Rehbock geschultert, den er stolz neben der Feuerstelle zu Boden sinken ließ. Am Hals und an der Flanke waren zwei Pfeilwunden zu erkennen, aus denen dunkles Blut sickerte. Ohne ein

Wort zu verlieren, machte sich der Albenkrieger daran, das getötete Tier zu zerlegen.

Wisiger und Lindfell hatten im Steinkreis das Feuer entzündet. Behutsam legten sie immer dickere Holzstücke in die Flammen, und nach einer Weile loderte es bereits hell empor in den Abendhimmel. Die Feuerstelle war bewusst größer angelegt, sodass jeder einen wärmenden Platz finden konnte. In der kalten Novembernacht war es unverzichtbar, seinen Schlafplatz nahe dem Feuer zu haben.

„Wir sollten noch weitere Steine nahe den Flammen aufschichten, damit sie die Wärme speichern können", sagte Folkward. „Sollte es allzu kalt werden in der Nacht, kann man sich einige davon unter die Decken legen." Die Gefährten sammelten rings um den Lagerplatz große, möglichst flache Gesteinsbrocken und legten sie um die lodernden Flammen.

Inzwischen hatte Wigman die ersten Fleischstücke an Stöcken über das Feuer gehängt. Die Gefährten setzten sich um die Flammen, einige in ihre Decken gehüllt. Irgendwo in den Ohmbergen erhob sich das schaurige Geheul von Wölfen, doch es war zu weit entfernt, um sie zu beunruhigen.

„Lindfell, eine Sache lässt mir keine Ruhe. Pater Folkward hat es mir bereits zu erklären versucht, doch ...", begann Tado, nachdem er hungrig einen großen Bissen von seinem Spieß verschlungen hatte. „Wir sind – nach dem Stand der Sonne und der Kälte zu urteilen – bereits im Nebelmonat November. Als wir jedoch nach Güldenbrunn kamen, war es noch milder Herbst – die Tage waren länger. Wie kann das sein? Es sind nur drei Tage verstrichen – mir scheint es aber, als wären Wochen ins Land gegangen. Wo ist die Zeit geblieben? Ist also wahr, was mir mein Mitbruder sagt, dass oberhalb und unterhalb der Erde die Zeit unterschiedlich schnell verrinnt?"

„Ja, genau so ist es", antwortete Lindfell kauend. Auch Wisiger nickte zustimmend. „Man sagt, dass ein Tag in der Tiefe drunten etwa vier oder fünf Erdentage lang währt. Woran das liegt, vermag ich nicht zu sagen. Hast du eine Erklärung, Wisiger?"

„Nein, ich wüsste keine." Der kluge Schwarzalbe schüttelte den Kopf. „Vielleicht liegt es am Sonnenlicht, dass das Leben auf der Erde einfach schneller vonstatten geht als in der finsteren Tiefe."

„Es ist jedenfalls unfassbar", murmelte Tado zwischen zwei Bissen. „So wärst du, Lindfell, nach Erdenzeit also fast hundert Jahre alt?" Er lachte.

„Nun, dafür habe ich mich doch ganz gut gehalten, oder?" Mit stolz vorgereckter Brust richtete Lindfell sich auf und grinste. Alle, selbst Wigman, mussten lachen. Gut gelaunt setzten die Gefährten ihr Mahl fort. Nach einer Weile griffen die beiden Mönche und Wisiger den Gesprächsfaden über das seltsame Zeitwunder erneut auf und vertieften sich in Überlegungen.

Iva wandte sich an den neben ihr sitzenden Lindfell. Ihr Gesicht schien zu lächeln, und doch wirkte sie wachsam. „Viel ist heute Abend über Schönheit gesprochen worden. Da ist mir etwas eingefallen ..." Sie stocherte mit ihrem Spieß in der Glut herum. „Die Königstochter zu Güldenbrunn, Bluomveh, hat wohl ein Auge auf dich geworfen – es war kaum zu übersehen, dass du ihr gut gefällst. Du könntest dort wohl eines Tages zu königlichen Ehren gelangen ..." Sie hielt den Kopf gesenkt, und ihr Lächeln wirkte plötzlich bemüht.

„Mach dich nur lustig, Iva." Lindfell, der ihre zögerliche Haltung nicht bemerkte, deutete ihre Worte als Neckerei und verzog den Mund. Aus dem Augenwinkel sah er zugleich, wie Wigman ihn grimmig anstarrte. Der Albenkrieger wirkte plötzlich angespannt und seltsam feindselig.

„Du weißt genau, dass mir derlei nie in den Sinn käme, Spötterin! Mich zieht's in die Menschenwelt." Lindfell sah in gespieltem Unmut die junge Frau an, die vage lächelte und sich eng in ihre Decke hüllte. „Allerdings ... Wenn ich es mir recht überlege, wäre mir die treue Verehrung einer Albin doch lieber als der Spott so mancher Menschenfrau." Er lachte, doch Iva schien seinen Scherz nicht gehört zu haben; sie starrte gedankenverloren ins Feuer. Wigmans Miene hingegen wirkte jetzt wieder gelöst. Die Anspannung war einem verträumten Blick in die Flammen gewichen. Eine Weile saßen die drei schweigend da, während sich Wisiger und die Mönche weiterhin unterhielten. Die Äste im Feuer knisterten und knackten. Hin und wieder flogen kleine Holzteilchen rotglühend durch die Luft.

Auf einmal sprang Wigman flink auf, warf seine Decke von den Schultern und sah sich lauschend nach allen Richtungen hin um. Überrascht starrten die anderen ihn an, sofort verstummte das Gespräch. Mit aufgerissenen Augen umherblickend und vom Feuer in ein unheimliches Licht getaucht, wirkte der Zwergenkrieger wie ein kleiner, teuflischer Dämon aus der Anderswelt. Unwillkürlich wagte es keiner, sich zu bewegen. Alle horchten gebannt in die Finsternis.

„Sie kommen ...“, flüsterte Wigman und warf Lindfell einen vielsagenden Blick zu. Geräuschlos hob er seinen Langbogen vom Boden, hängte sich den Köcher über die Schulter und legte einen Pfeil auf die Sehne. Leise trat er seitlich aus dem Lichtkreis und stellte sich in den Schatten einer Buche am Waldrand. Angestrengt spähte er in die Finsternis des Waldes, aus dem sie selbst zuvor gekommen waren.

„Was hat das zu ...?“, begann Folkward mit besorgter Miene. Doch der Mönch verstummte, als er, wie alle anderen auch, Schritte hörte, die sich schnell durch den Wald näherten. Laub raschelte und Zweige knackten. Lindfell sprang auf und wandte sich wachsam dem dunklen Gehölz zu. Aus dem Augenwinkel sah er zu Wigman hinüber, der hinter dem Stamm der Buche fast verborgen war.

Nach kurzer Zeit traten zwischen den Bäumen vier Männer hervor und bildeten rasch einen Halbkreis um die am Feuer Versammelten. Schweigend sahen sie sich um und musterten jeden Einzelnen der Gefährten. Die Männer, zerlumpte Gestalten mit finsteren Gesichtern, schienen den Gegner einschätzen und das Wagnis ausloten zu wollen. Sie waren mit Äxten und Schwertern bewaffnet, die sie unverhohlen in den Händen trugen. Über ihre Absichten konnte es keinen Zweifel geben.

„Ich hab’s doch gesagt, der Winzling ist kein Kind“, lachte plötzlich einer der Ankömmlinge spöttisch und stieß seinen Nebenmann an. „Das ist ein Zwerg!“ Mit erhobenem Schwert wies der fast zahnlose Mann auf den erschrockenen Wisiger.

„Gibt’s doch gar nicht“, brummte der andere und schüttelte den Kopf. Er war ein breitschultriger Hüne mit schwerfälligen, ungelenken Bewegungen und einem eher dümmlichen Gesichtsausdruck. „Wo ist eigentlich der andere, es waren doch zwei?“

„Wie auch immer – das Weib gehört jedenfalls mir! Das hab ich von Anfang an gesagt ...“, begann der Mann, der dem Feuer am nächsten stand. Mit gierigen Augen starrte der dürre Kerl auf Iva. Besorgt sprang Tado auf und stellte sich vor die junge Frau, die zwischen Wisiger und Folkward reglos dasaß.

„Jetzt haltet mal endlich die Klappe!“, rief plötzlich der vierte Mann mit befehlsgewohnter Stimme. Er war noch der Ansehnlichste des Gesindels, seine Miene verriet einen wachen, gefährlichen Verstand. Mit einem Blick in die Runde wandte er sich schließlich an Lindfell, der wenige Schritte entfernt stand.

„Du scheinst der Führer dieser lachhaften Truppe zu sein“, sagte er hämisch und wies mit der Schwertspitze auf den Mann aus Elbergard. „Um es kurz zu machen: Wir kommen im Auftrag unseres verehrungswürdigen Räuberhauptmanns Urban, der euch seine Grüße entbietet. Urban ist ein Mann einfacher Regeln. Die Wichtigste lautet: Gold und Silber gegen Gnade und Leben. Du verstehst mich?“

„Nicht so ganz“, erwiderte Lindfell zögerlich, um Zeit zu gewinnen. „Ich ... wir sind nicht von hier, kennen nicht die Sitten hier im Süden.“

„Willst du dich über mich lustig machen?“ Eine Zornesader schwoll auf der Stirn des Anführers an. „Ihr alle, auch die Mönche und das Weib, zieht euch sofort bis auf die nackte Haut aus! Ihr zeigt mir alles, was ihr dabei habt, und dann ist es an mir, über euer Schicksal zu entscheiden.“ Die Schwertspitze gegen Lindfell gerichtet, ging er langsam auf ihn zu. „Also spar dir deine Reden, Großmaul!“

Kaum dass er die letzten Worte gesprochen hatte, ertönten in die Stille hinein ein feines Sirren und danach ein kurzer, dumpfer Ton. Ein Pfeil steckte tief in seiner Brust. Ungläubig ließ der Anführer das Schwert sinken und sah an sich herab. Dann stöhnte er auf und torkelte auf Lindfell zu. Seine Lebensgeister waren jedoch erloschen, ehe er bei ihm angelangt war. Mit einem dumpfen Schlag stürzte er vornüber und blieb reglos auf dem Bauch liegen.

Fassungsloses Schweigen breitete sich aus. Sowohl die Gefährten als auch das Diebesgesindel waren einen Moment lang wie gelähmt und schienen den Vorfall kaum zu begreifen. Ungläubig starrten alle auf den getöteten Mann. Doch es blieb Lindfell keine Zeit zu überlegen, ob man den Kampf nicht doch besser vermieden hätte. Mit gezückten Waffen kamen die drei Angreifer näher.

„Der andere Zwerg! Da drüben“, schrie der Dürre und deutete fuchtelnd in Wigmans Richtung. Der Schwarzalbe war aus dem Schatten der Buche getreten und holte in aller Ruhe einen weiteren Pfeil aus seinem Köcher. „Schnapp ihn dir, Gero! Wir kümmern uns um die übrigen ...“ Mit einem Kampfschrei rannte der Zahnlose auf den Alben zu und schwang sein Langschwert drohend hin und her.

Unterdessen ging der Hüne auf die Gruppe am Feuer zu, während der hagere Unhold sich Lindfell vornahm. Hämisch grinsend trat er auf den Mann aus Elbergard zu, der sich rasch bückte und das Schwert des Toten aufhob. Mit hellem Klirren prallten ihre Waffen aufeinander. Lindfell, im Umgang mit dem Schwert kaum geübt, wehrte die Angriffe des Gegners durch Wegschlagen seiner Klinge ab und indem er behände mal hierhin, mal dorthin sprang. Fluchend setzte der Räuber ihm nach.

Der Hüne war inzwischen am Feuer angelangt. Furchteinflößend schwang er seine Streitaxt hin und her und zertrümmerte rasch den Wanderstab, den ihm Tado in verzweifelter Abwehr entgegenhielt. Von der Seite prügelte Folkward mit seinem Stock auf den Riesen ein, der die Schläge indes kaum zu spüren schien. Stattdessen holte er mit seiner Axt erneut aus und rammte sie dem wehrlosen Tado seitlich in den Unterleib. Ein schauderhafter Schrei entrang sich der Kehle des jungen Mönchs, der sich zusammenkrümmte und wie ein Stein zur Seite fiel. Wimmernd lag er am Boden, während sich seine Hände, die er an den Leib gepresst hielt, durch das Blut dunkel verfärbten. Entsetzt kauerte sich Wisiger neben ihn und hob den Kopf des Verwundeten auf seine Knie.

Der schreckliche Anblick lähmte Folkward nur kurz. Dann schlug er seinen Stock mit aller Wucht ins Gesicht des Hünen. Mit einem Brummen hielt dieser inne, ließ die Axt sinken und griff sich mit der Linken an die blutüberströmte Nase. Der Pater packte sofort den Waffenarm des Angreifers und versuchte, ihm die Axt zu entwinden. Iva nutzte die Gelegenheit, hob ein brennendes Scheit aus dem Feuer und schlug es dem verdutzten Mann gegen den Hals. Mit beiden Händen presste sie das rot glühende Ende des Holzes gegen seine Haut, bis er schmerzerfüllt aufschrie, die Axt losließ und, von Qualen überwältigt, auf die Knie sackte. Folkward nahm die Waffe an sich, zögerte jedoch. Erst die ungeduldigen, wild entschlossenen Blicke Ivas und Wisigers ließen ihn sein Zaudern überwinden. Mit beiden Händen den Schaft der Axt umfassend, hob er die Waffe hoch über den Kopf und ließ sie mit aller Kraft auf das Haupt des Hünen niederfahren. Das Metall spaltete mit einem dumpfen Knacken den Schädel und blieb tief im Knochen stecken. Ohne einen weiteren Laut fiel der getötete Hüne vornüber. Mit zittriger Hand bekreuzigte sich der Pater.

Wigman hatte unterdessen einen Pfeil auf den zahnlosen Gero abgeschossen, der diesem im Oberschenkel stecken blieb. Sein wilder Angriff war damit jäh beendet. Humpelnd lief er weiter auf den Albenkrieger zu, der in kalter Ruhe das nächste Geschoss auf die Sehne legte. Als der nahezu doppelt so große Angreifer nur noch wenige Schritte entfernt war, schoss er den Pfeil ab. Nur kurz erklang der sirrende Ton, dann durchbohrte die metallene Spitze den Hals des Mannes. Röchelnd hielt er inne, ließ sein Schwert fallen und fasste sich an die Kehle. Mit vor Todesangst weit aufgerissenen Augen sank er zu Boden, während er qualvoll erstickend den durch seinen Hals ragenden Pfeil umklammerte. Nach kurzer Zeit hatte der Mann sein Leben ausgehaucht.

Lindfells Gegner war somit der Letzte des Gesindels. Seine Häme war panischer Furcht gewichen, als er bemerkte, dass seine Raubgesellen einer nach dem anderen getötet worden waren. Inmitten des Schlagabtauschs mit Lindfell machte der dürre Mann auf einmal kehrt und rannte los. Doch schon der zweite Schritt brachte ihn zu Fall, da er blindlings über seinen toten Anführer gestolpert war.

„Töte ihn, Lindfell!“, rief Wigman düster. Der Albenkrieger machte sich nach verrichteter Arbeit auf den Weg zurück zum Feuer. „Wenn der Unhold lebend davonkommt, ist keine Stunde später sein Hauptmann, dieser Urban, mitsamt seiner ganzen Bande hier. Dann wird es düster für uns.“

Mit erhobenem Schwert trat Lindfell neben den am Boden Liegenden, der ihn mit panischem Blick ansah. Verzweifelt begann der Todgeweihte, rücklings über den Boden davonzukriechen, doch er war so langsam, dass Lindfell mühelos neben ihm herging. Unentschlossen starrte Lindfell auf den wehrlosen Mann.

„Es hilft nichts“, mahnte Wigman. „Du musst tun, was zu tun ist, hörst du?“

Lindfell beschleunigte plötzlich seine Schritte, drehte das Schwert in seinen Händen mit der Klinge nach unten und trat direkt neben den Mann. Er wagte es nicht, in dessen Augen zu sehen, stieß aber die Waffe mit aller Kraft nach unten. Widerstandslos drang das Metall in die Brust des Mannes, der sofort tot war.

Eine Weile blieb Lindfell reglos über dem Toten stehen, ehe er sich abwandte und erschüttert zurück zum Feuer ging. Außer Wigman hatte keiner seine grausige Tat beobachtet, da sich alle um den schwer verletzten Tado scharten. Besorgt beratschlagten Folkward, Iva und Wisiger, wie sie die stark blutende Wunde unterhalb der linken Rippenbögen versorgen sollten. Vorsichtig war Tados Seite freigelegt worden, doch die Blutung verhinderte vorerst eine Behandlung. Mit den Händen presste Wisiger einen gefalteten Stofffetzen auf die Verletzung, während Iva weiteren Stoff zerriss. Der junge Mönch befand sich in einer durch den Schock verursachten Besinnungslosigkeit, die ihm zumindest den Schmerz ersparte.

„Welch Unglück", rief Folkward erstarrt und schüttelte den Kopf. „Allmächtiger Vater, hilf meinem Mitbruder!" Mit geschlossenen Augen sandte er inbrünstig ein stummes Gebet zum Himmel.

„Wir müssen unseren Aufbruch morgen früh wohl verschieben", sagte Wisiger in Lindfells Richtung. „Er kann sich keinesfalls bewegen. Allenfalls mit einer Bahre. Doch erst muss der Blutfluss enden. Dann kann ich seine Wunde reinigen und versorgen."

„Gut", murmelte Lindfell und ging auf und ab. „Es war mein Fehler. Ich hätte Wigmans Warnung ernster nehmen und Wachen einteilen müssen."

„Nein, die Schurken wären so oder so gekommen", erwiderte der Albenkrieger ruhig. „Der Kampf war unvermeidlich. Jedoch, bei Wodan, wir können stolz sein: Wir haben gesiegt!" Er lächelte grimmig, während die übrigen betreten schwiegen. So beruhigend Wigmans Kampfkunst für alle auch war, seine Härte und Gefühlskälte wirkte verstörend. „Wir müssen die Toten wegschaffen, damit sie nicht sofort gefunden werden. Keine unnötigen Spuren hinterlassen." Der Albe ging zu der am nächsten liegenden Leiche und zerrte sie mühsam an den Beinen in Richtung Felsklippe.

„Du hast recht“, sagte Lindfell zögerlich, „warte, ich helfe dir.“ Während die anderen sich wieder dem nun leise wimmernden Tado zuwandten, trat er ebenfalls an einen der Toten und zog ihn mit starrer Miene zur Felskante.

„Nimm ihnen vorher noch die Waffen ab und ihre wärmsten Kleidungsstücke. Wir könnten das alles eines Tages noch einmal dringend nötig haben“, sagte Wigman leise.

Auch wenn der Ratschlag schändlich klang, leuchtete er Lindfell doch ein. Zum einen nahte der kalte Winter – Kleidung konnte überlebenswichtig werden. Zum anderen schienen angesichts der unwägbaren Zukunft zusätzliche Waffen sehr hilfreich. Schweigend nahmen die beiden Männer den Toten alles Nützliche ab und legten es neben dem Feuer auf einen Haufen. Danach schoben sie die Leichen gemeinsam über den Vorsprung. Sie stürzten tief hinunter, bis sie mit dumpfem Aufprall im Unterholz am Fuß der Felsen landeten.

Plötzlich stand Folkward zwischen den beiden Männern und blickte hinab in die Tiefe. Der Pater murmelte ein Gebet und machte langsam das Kreuzzeichen über dem Abgrund. „Der Allmächtige erbarme sich ihrer Seelen …“

Der restliche Abend verlief in gedrückter, sorgenvoller Stimmung. Die Gefährten hatten Tado ein bequemes Lager neben dem wärmenden Feuer bereitet. Wisiger und Iva wechselten ständig den Druckverband über der nur langsam versiegenden Blutung. Nach einer Weile versank der junge Mönch in einen betäubten Schlaf, während die anderen mit versteinerten Mienen in die Flammen starrten. Zuletzt teilte Lindfell die Nachtwachen ein, dann rollte sich einer nach dem anderen in seine Decke. Als Letzter legte sich Folkward nieder, der abseits des Feuers noch gebetet hatte. Doch wie die anderen wälzte sich auch der Pater lange Zeit ruhelos hin und her. Die Sorge um den Mitbruder, aber auch das entsetzliche Gemetzel und die eigene Bluttat ließen ihn keinen Schlaf finden.

Im sechsten Grad

Anderthalb Tage lang hatte die Synode über die kirchenpolitisch so bedeutsame Frage der Simonie gesprochen. Nach einer allgemeinen Bewertung der Lage im Reich und der reformerischen Haltung des neuen Papstes Gregor VII. waren mehrere Fälle des Ämterhandels in der Kirchenprovinz des Erzbistums Magdeburg verhandelt worden. Erst nach diesen langwierigen Befassungen wandte sich das Kirchentreffen weiteren Einzelfragen zu. Nun war die geplante Heirat zwischen Graf Gebhard von Supplinburg und Hedwig von Formbach aufgerufen.

In Abwesenheit des Metropoliten Werinher von Magdeburg, der sich mit Führern des sächsischen Aufstands traf, wurde die Synode von seinem Neffen Bischof Bucco von Halberstadt geleitet, an dessen Amtssitz sie auch stattfand. Die bischöfliche Residenz lag als sichere Burg auf einem Felssockel über den Dächern Halberstadts. Neben einer alten, dem heiligen Petrus geweihten Kapelle im Jahr 1052 errichtet, trug die Residenz den Namen Petershof.

„Mir liegt hier eine Klageschrift des sächsischen Pfalzgrafen Friedrich von Gozeka vor", begann Bischof Bucco und erhob sich von seinem Platz. Der Prälat, mit der roten Dalmatika und einer purpurnen seidenen Rundkappe bekleidet, hielt ein Pergament in die Höhe. Seine Hände steckten in eleganten roten Seidenhandschuhen, auf deren Rücken goldene Kreuze gestickt waren. „Abschriften des Dokuments sind auch den Beklagten sowie meinen Amtsbrüdern zugegangen."

Er drehte sich nach links und nach rechts und nickte den bischöflichen Würdenträgern zu, die neben ihm an der Stirnseite des Saals saßen. Danach wandte er sich nach vorn zu den etwa fünfzig Menschen, die auf Bänken und Stühlen Platz gefunden hatten. Neben geistlichen Vertretern war die Synode auch von einigen weltlichen Teilnehmern aus der Kirchenprovinz besucht, Grafen, Vögten, Ministerialen.

„Ich will nun nicht die gesamte Klageschrift verlesen", fuhr Bucco fort und kratzte sich an seinem Vollbart. „Sie ist klug erarbeitet und hat sämtliche Vorgaben des kanonischen Rechts zurate gezogen. Insofern will und kann ich es wohl bei den Kernsätzen der Anklage belassen. Ist das für den Kläger hinreichend?" Er blickte fragend hinüber zu Friedrich von Gozeka, der rechts in der ersten Reihe saß.

„Ja, das ist durchaus in meinem Sinne", antwortete der Pfalzgraf. Er erhob sich ebenfalls von seinem Platz und sah die vor ihm versammelten Bischöfe einen nach dem anderen ernst an. „Ich bitte die Synode um eine Entscheidung in der Sache und erwarte, dass am Ende gottgefällig Recht gesprochen wird."

„Gerechtigkeit im Geist der göttlichen Gebote zu ermitteln ist Aufgabe und Sinn der synodalen Versammlung", äußerte Werinher von Wolkenburg herablassend. Der Merseburger Bischof schien kein Freund Friedrichs zu sein oder zumindest seiner Klage zweifelnd gegenüberzustehen. Die anderen Prälaten hingegen wie Benno von Meißen und Dieterich von Brandenburg blickten ausdruckslos in den Saal.

„Ist den Beklagten, Graf Gebhard von Supplinburg und Hedwig von Formbach, der Wortlaut und die Bedeutung der Klage vollends bekannt?" Bischof Bucco überging die Spitzfindigkeit des Merseburger Amtskollegen und wandte sich an das Paar, das, begleitet von ihrer Mutter Gertrud von Haldeslevo, unmittelbar vor ihm saß.

„Ja, der Sachverhalt ist uns vertraut", erklärte der Supplinburger Graf missmutig. Er sah Bucco nur kurz an und blickte dann auf seine Hände.

„Nun gut", nickte der Halbstädter Bischof und setzte sich wieder. „Also fasse ich zusammen: Der Pfalzgraf klagt an, dass die geplante Ehe zwischen Gebhard von Supplinburg und Hedwig von Formbach gegen das kanonische Recht verstößt, da sie auf einer zu engen Blutsnähe beider beruhe. Im Folgenden wird ausgeführt, dass die Brautleute nach römischer Komputation im sechsten Grad blutsverwandt sind, nach der germanischen Berechnungsweise im dritten Grad. Demnach seien ihre Großeltern Geschwister gewesen – beides Sprösslinge aus der ersten Ehe der Kaiserin Gisela mit Brun von Braunschweig. Ist diese Ahnenreihe richtig dargestellt?“ Fragend wandte er sich an Graf Gebhard, blickte jedoch kurz zu Gertrud von Haldeslevo, die bekanntlich die Fädenzieherin der geplanten Verbindung war.

„Nun, nachdem wir die Schrift genau studiert haben, scheint es sich tatsächlich so zu verhalten“, murmelte der Graf, ohne sein Gesicht zu heben.

„Ach, als ob euch das erst jetzt bewusst geworden wäre“, lachte Friedrich von Gozeka hämisch und starrte die Mutter der Braut an. „So schlecht also kennt man in euren Häusern die eigene Verwandtschaft? Als ob ihr nicht wüsstet, dass die beiden hier Vetter und Base im zweiten Grad sind! Das ist doch bloß ein Schauspiel, um uns alle zum Narren zu halten.“

„Pfalzgraf, mäßige dich! Dies hier ist eine kirchliche Versammlung unter den Augen des Allmächtigen und nicht ein polternder Zechabend im Krug.“ Der Bischof von Merseburg hatte sich erhoben und deutete mit strafendem Blick auf den Adligen, der ihn seinerseits finster anstarrte.

„Beruhigt euch “, mahnte Bucco und breitete lächelnd die Arme aus. „Meines Erachtens liegt der Fall so klar, dass es keinerlei Grund für Zwist und Unmut gibt. Ich frage noch einmal: Erkennen die Beklagten die Sachlage an?“ Diesmal sah er nur Gertrud von Haldeslevo an, die unmerklich den Mund verzog und schließlich nickte.

„Gut.“ Der Bischof lächelte mild und überflog das Pergament. Es entstand eine kurze Pause. „Da dies also nicht strittig ist, können wir uns nun dem Recht zuwenden. Auch dies ist in der Klageschrift höchst gelehrig ausgeführt. Das ist eine vortreffliche Arbeit. Darf ich fragen, Pfalzgraf, wer den Text für dich aufgesetzt hat?“

„Nun, zum einen mein Neffe, Abt Friedrich von Gozeka, der sich seit Langem mit dem kanonischen Recht befasst. Zum anderen wurde er unterstützt von meinem Kapellan auf der Viczinburg.“ Friedrich von Gozeka lächelte kühl.

„Ehrwürdiger Prälat, fragt ihn auch einmal, warum er die Klage ersonnen hat. Es würde mich interessieren ...“ Gebhard von Supplinburg warf dem Widersacher einen feindseligen Blick zu. „Ist es nicht seine machtpolitische Gier, die ihn dazu getrieben hat? Ganz gewiss jedenfalls nicht sein christliches Gewissen!"

„Sei vorsichtig, du Gernegroß!", zischte Friedrich von Gozeka.

„Bewahrt endlich die Ruhe, meine Herren", mahnte Bucco und sah vom einen zum anderen. Das Lächeln war aus seinem Gesicht verschwunden und einer Entschlossenheit gewichen, die keinen Widerspruch duldete. „Wie mein Merseburger Amtskollege es bereits gesagt hat: Gott sieht auf uns herab! Erweist dem Allmächtigen euren Respekt, oder die Synode tagt ohne euch weiter." Es entstand eine Pause, und die getadelten Parteien blickten grimmig zu Boden.

„Nun, wie gesagt, die rechtlichen Ausführungen der Anklage sind stichhaltig und benennen zutreffend den kanonischen Standpunkt der heiligen Mutter Kirche." Bischof Bucco blickte erneut auf das Pergament in seinen Händen. „Es gilt als Grundsatz das Gebot aus Moses' Leviticus: Kein Mann soll sich seiner Blutsverwandten nähern, um ihre Blöße aufzudecken! Zählt nun nach römischer Komputation Blutsverwandtschaft bis zum siebten Grad, so ist innerhalb dieser Blutsnähe jedwede Ehe ausgeschlossen. Diese kanonische Auffassung wird durch den großen Kirchengelehrten Burchard von Worms ebenso beglaubigt wie durch mehrere päpstliche Entscheide. Das Eheverbot bis zum siebten Grad haben zuletzt die römischen Synoden der Jahre 1059 und 1063 sowie das Laterankonzil unter dem Heiligen Vater Alexander – Gott hab ihn selig – im Jahre 1065 bestätigt. Hieran ist mithin nicht zu deuteln."

„Es bedarf daher keiner aufwendigen Rechtsfindung durch die Synode", erklärte Werinher von Wolkenburg. „Der Wille des Herrn ist in dieser Frage für jedermann ohne Mühe erkennbar."

„So ist es." Bucco nickte in Richtung des Merseburger Bischofs. „Eine Ehe zwischen Gebhard von Supplinburg und Hedwig von Formbach läuft den Gesetzen der heiligen Kirche zuwider. Sie stellt sich gegen Gottes Gebote zur Vereinigung von Mann und Frau." Der Bischof stand auf und erhob feierlich seine Stimme. „Die Synode zu Halberstadt anno Domini 1073 schließt sich der Klageschrift an und verkündet im Namen des allmächtigen Herrn, dass eine Ehe der beiden Brautleute rechtswidrig und sündhaft wäre. Die Heirat wird daher unter Androhung des Anathemas verboten!"

Laut hatte der Bischof den letzten Satz ausgesprochen. Die Worte schienen in der nachfolgenden Stille im Saal nachzuhallen. Während das beklagte Paar und Gertrud von Haldeslevo mit erstarrten Mienen dasaßen, nickte Friedrich von Gozeka langsam vor sich hin. Nach einer Weile schlich sich ein schiefes Lächeln auf sein Gesicht.

„Die Bannstrafe und damit zugleich der Verlust eures Seelenheils wird über euch verhängt werden, so ihr den Beschluss der Synode missachtet." Mit ernster Miene sah der Bischof von Halberstadt die Beklagten an. „Ihr habt die Entscheidung vernommen. Seid ihr, Graf Gebhard von Supplinburg und Hedwig von Formbach, willens, Gottes Ratschluss demütig zu erfüllen, oder wollt ihr Widerspruch erheben?"

„Da das Urteil der Synode und die Rechtslage so eindeutig sind, beugen wir uns Gottes Willen", erwiderte der Graf leise. Gertrud von Haldeslevo neben ihm blickte wie versteinert zu Boden, während ihre Tochter Hedwig unglücklich den Kopf schüttelte und hörbar Luft holte.

„So hat der synodale Beschluss Gültigkeit", erklärte Bucco. „Um euer beider Willen zum gottgewollten Eheverzicht vor dem Allmächtigen und vor dieser Versammlung zu bekräftigen, müsst ihr nun eurer Verbindung abschwören! Solcher Eid wird euch euer Seelenheil bewahren." Schweigen senkte sich über den Saal, und die Blicke aller richteten sich auf die beiden.

„Im Namen des Herrn löse ich mein Eheversprechen mit Hedwig von Formbach. Vor Gott schwöre ich der Heirat mit ihr ab." Gebhard von Supplinburg hatte sich von seinem Stuhl erhoben, hielt die Rechte zum Schwur in die Höhe und starrte auf das Holzkreuz, das hinter den Bischöfen an der Wand hing. Die fünfzehnjährige Hedwig an seiner Seite schluchzte und senkte den Kopf, sodass ihr Gesicht durch ihre Haare verborgen war. Es entstand eine Pause, bis sich die junge Frau gefasst hatte und sich ebenfalls erhob.

„Der Allmächtige schenke mir Trost", begann sie mit brüchiger Stimme, „wenn ich nun also meiner Liebe entsage." Sie atmete schwer und wischte sich Tränen aus ihrem schönen, jungen Gesicht. „Vor Gott schwöre ich der Heirat mit Graf Gebhard von Supplinburg ab. Es ist ..." Sie beendete den Satz nicht, sondern sah kopfschüttelnd zu Boden. Ihre Mutter trat an ihre Seite und legte einen Arm um sie.

Bischof Bucco machte einen Schritt auf die beiden zu und breitete in feierlicher Geste die Arme aus. „Der allmächtige Gott hat eure Eide gehört. Er segne euch auf euren fürderhin getrennten Wegen und schenke euch das ewige Heil!“ Er machte das Kreuzzeichen und sah beide freundlich an. Gebhard und Hedwig neigten demütig das Haupt und bekreuzigten sich.

Der frisch gefallene Schnee knirschte unter den Schuhen der beiden Männer, die im Innenhof der Halberstädter Bischofsburg langsam auf und ab gingen. Ihre Spuren waren als dunkle Flecken ins daumendicke Weiß gedrückt. Der erste Schnee des sich ankündigenden Winters war im Morgengrauen gefallen und hatte die Welt mit einem hellen Schleier überzogen.

„Ich hatte doch mit erheblich mehr Widerstand der Beklagten gerechnet“, sagte Friedrich von Gozeka. „Dass Gertrud von Haldeslevo, diese geschickte Fädenspinnerin, sich so kleinlaut beugen würde, war überraschend.“

„Nun, die Sachlage war zu eindeutig, als dass sich ein Rechtsstreit daraus hätte ergeben können. Ich denke, das war jedem von ihnen klar. Insoweit ...“ Bischof Bucco hielt inne, denn in diesem Moment öffnete ein Diener die Außentür des großen Saals. Und Graf Gebhard, Hedwig und Gertrud traten in den Hof hinaus. Die drei sahen zu den beiden Männern hinüber und gingen ohne Gruß vorbei. Als sich die Blicke Gertruds von Haldeslevo und des Pfalzgrafen begegneten, lag in ihnen auf beiden Seiten tiefste Verachtung. Doch ehe die Edelfrau neben ihrer Tochter ein Bogentor passierte und außer Sicht kam, glaubte Friedrich in ihrer Miene kurz ein Grinsen erkannt zu haben, durch den dunklen Witwenschleier hindurch.

„Ich hasse das Weib!“, zischte er und wandte den Blick zornig hinauf zu den Türmen der nahen Liebfrauenkirche. „Sie heckt doch schon eine neue Teufelei aus.“

„Gott vergebe dir deinen Zorn“, lächelte Bucco und legte dem Pfalzgrafen kurz die Hand auf die Schulter. „Gertrud ist schlau, und sie weiß, was sie will. Nicht umsonst ist sie das mächtigste Weib im Reich. Sei nicht erbost, sondern dankbar, dass du ihre Pläne durchkreuzen konntest. Wir beide wissen, dass auch du eigene Pläne verfolgst, die ich nicht einmal erahne. Deine Klage war nicht gerade uneigennützig."

„Ein neues Herrscherhaus wollte sie gründen", überging Friedrich die Andeutung. „Deinem Bistum und meinem Besitz wäre sie damit in die Quere gekommen. Außerdem hätte das Haus aufgrund seiner doppelten Abstammung von den Ottonen dereinst gar Anspruch auf das Königtum erheben können. Zum Glück war sie im Unrecht!"

„*Dereinst* ist gut", erwiderte der Bischof und strich sich über den Vollbart. „Es soll nicht gut stehen um König Heinrich, vielleicht steht eine Nachfolgerfrage dichter bevor, als wir denken."

„Ich habe davon gehört. Er soll daniederliegen in der Königspfalz zu Laudenburg und dem Tod näher sein als dem Leben."

„So ist es. Eine ernste Erkrankung hat ihn plötzlich auf seiner Reise von Bayern an den Rhein heimgesucht. Seit Tagen siecht er im Dämmerschlaf dahin, scheint kaum zu atmen. Seine Haut ist dünn wie feinstes Pergament und bleich wie der Schnee." Bucco blieb stehen und zog mit seinem Bischofsstab einen kleinen Kreis in das dünne Weiß. „Stetes Fieber rafft ihn dahin, auch seine Lunge scheint angegriffen."

„Das sind wahrlich gute Nachrichten! Nun heißt es: nur etwas Geduld ..."

„Bei Gott! Pfalzgraf, versündige dich nicht!" Der Bischof sah sein Gegenüber vorwurfsvoll an. „Wie kannst du auf den Tod eines Menschen lauern, und sei derjenige auch noch so unliebsam? Das ist wahrhaft unchristlich!"

„Ja, es ist gut, Bucco", lachte Friedrich finster und klopfte dem Prälaten auf die Schulter. „Du kennst mich lang genug. Ich mache aus meinem Herzen keine Mördergrube, sondern sage stets frei heraus, was ich denke. Glaub mir, in Sachsen wartet fast jedermann sehnsüchtig auf sein Ende. So viele Probleme würden sich gleichsam wie von selbst lösen ..."

„Es ist und bleibt eine Sünde, derlei herbeizusehnen!" Der Halberstädter Bischof schien nicht zu Scherzen aufgelegt. „Achte auf dein Seelenheil, Friedrich! Gottgefällig ist es, selbst seinem Widersacher Achtung, Mitgefühl und Vergebung entgegenzubringen."

„Mitgefühl? Hast du vergessen, was der König getan hat? Deine Predigt solltest du an ihn richten." Friedrich schüttelte verärgert den Kopf und ging weiter. „Nun, wie auch immer – wir werden ihn überwinden, so oder so. Der Krieg gegen ihn ist wieder in vollem Gange. Die leeren Vereinbarungen von Gerstingun sind hinfällig. Des Königs Burgen in Sachsen und Thüringen werden allerorts belagert. Seine Männer in der Asenburg habe ich inzwischen so weit ausgehungert, dass sie wohl in Bälde werden aufgeben müssen. Und auch andere Burgen werden fallen ..."

„Mit Ausnahme der Hartesburg", erwiderte Bucco. „Vogt Bodo verteidigt die Feste unerschütterlich. Und nicht nur das – er überfällt von dort aus weiterhin in gewaltsamen Beutezügen das Goslarer Umland und raubt, was immer seinen Mannen in die Hände fällt. So ist ihm weder mit Hunger noch Durst beizukommen. Die Hartesburg ist uneinnehmbar."

„Sei's drum, die Dinge stehen schlecht für den König. Auch im Reich wird die Luft zusehends dünner für ihn." Friedrich von Gozeka lächelte grimmig.

„Und dennoch ..." Der Bischof schüttelte unmerklich den Kopf. „Sobald der König genesen ist, wird er die Lage wieder mit aller Kraft zu seinen Gunsten zu verändern beginnen."

„Hm, das mag er versuchen", sagte der Pfalzgraf nachdenklich. Dann verdüsterte sich seine Miene. „Doch ich prophezeie einen nicht allzu fernen Tag, an dem in Sachsen und Thüringen eine Macht entstanden sein wird, der er sich am Ende wird beugen müssen." Mit orakelhaft verklärtem Blick starrte er in den grauen Himmel, während der Bischof ihn verständnislos ansah. Verdeckt unter seinem Pelzumhang umschloss Friedrich von Gozeka den Schicksalsreif an seinem Handgelenk.

Das Geistertor

Im Zwielicht der Nacht wirkte der Harz wie verzaubert. Eine dünne Schneeschicht lag über der Landschaft und spiegelte das Licht des Vollmonds wider. Von ihrer Höhle in der Nordflanke des Großen Rabensteins aus blickte Watelinde hinunter ins Tal. Nichts regte sich in der Natur, die in eine Art Winterschlaf gefallen zu sein schien. Auf ihren knorrigen Stock gestützt, stand die Unholdin auf dem kleinen Vorsprung und sah sich zufrieden um. Sie hob den Blick über die schneebedeckten Baumwipfel zum Nachthimmel empor. Einzelne Wolken zogen schnell vorüber, verdeckten kurz den Mond und die Sterne.

„Holde Fricka, höchste Göttin der Asen und Gemahlin des Allvaters Wodan, seit eherner Zeit spinnst du die Schätze der Erde an deinem goldenen Spinnrocken, kennst die Schicksale aller lebenden Wesen. Lass mich in dieser Nacht Erkenntnis erlangen!" Sie hatte den rechten Arm erhoben und hielt ihre Finger beschwörend ausgestreckt in Richtung des Himmelsjägers Orion, dessen Sternbild das Firmament beherrschte. Der Gürtel Orions mit dem herabhängenden Schwert galt bei den Germanen seit jeher als Rocken und Spindel der Asengöttin.

„Du voller Mond, öffne mir die Tore zur Anderswelt", beschwor Watelinde das Himmelsgestirn. Gebannt ließ sie den Blick über dessen graufleckige Oberfläche wandern, ehe der Mond erneut hinter einer Wolke verschwand. Die Alte lächelte, sah ein letztes Mal hinab ins Tal und wandte sich um.

Auf die Krücke gestützt, überquerte sie schief humpelnd das Plateau und trat in die dunkle Felsöffnung. Mit jeder Elle des Bodens vertraut, ging sie sicher durch die Finsternis. Ein Stück voraus kam der Schein der Feuerstelle in Sicht.

Nach einer Weile erreichte die Alte den hölzernen Tisch, der mit Schalen und Töpfen jeder Art übersät war. Ächzend ließ sie sich auf den Stuhl sinken. An einem Bein des Tisches war ein pechschwarzes Lämmchen festgebunden, das aus einer Schale am Boden Milch trank. Das leise, kleckernde Geräusch, mit dem das Tier die Flüssigkeit aufleckte, zog ihre Aufmerksamkeit auf sich. Mühsam beugte sie sich hinunter und strich mit der Hand durch das Fell.

„Sei nicht müßig, alte Vettel", schalt sie sich plötzlich. „Frisch ans Werk, solange der volle Mond seine Bahn zieht." Sie richtete den Blick zur Feuerstelle, über der ein Kupfertopf hing.

„Wo war ich stehen geblieben?" Watelinde überlegte angestrengt. Im Geiste ging sie die Zutaten durch, die sie bereits in den Topf geworfen hatte. Schließlich ergriff sie zielsicher eine hölzerne Schachtel, deren Deckel sie behutsam aufklappte.

„Eine Handvoll Asche vom schwarzen Bock für den Allvater – möge es Wodans Wohlwollen sichern", murmelte sie. Mit geschlossenen Augen schüttete sie graues Pulver aus der Schachtel in ihre Hand und ließ es von dort in eine Holzschale rieseln. „Zwei Vogelaugen verleihen den klaren Blick, dem nichts entgeht." Aus einer silbernen Schatulle nahm sie zwei verschrumpelte schwarze Kügelchen von der Größe einer Erbse und legte sie in die Asche. „Unschuld und Reinheit sind die stärksten Kräfte. Mit der Stimme des Kindes zu sprechen, öffnet jedes Tor in der Anderswelt. Der Finger des unschuldigen Knaben locke die Geister!" Ehrfürchtig zog sie aus einem grünen Seidenbeutelchen, dem ein scheußlicher Gestank entstieg, einen kleinen, halb verwesten Finger. Versonnen betrachtete sie den Körperteil, der von graubraunen Hautfetzen überzogen war. Schließlich legte sie ihn behutsam zwischen die beiden Vogelaugen in die Asche. Dann schloss sie die Augen und stimmte einen seltsamen Singsang an. Mit der gespreizten rechten Hand fuhr sie in einer kreisenden Bewegung über die Holzschale.

Sie erhob sich und trug die Schale vorsichtig hinüber zur Feuerstelle. Erneut in den eintönigen Gesang verfallend, schüttete sie die Asche mitsamt den Zugaben in den Kupferkessel. Mit einem langen Holzlöffel rührte sie im Topf herum. „Das seherische Herz des Tranks ist bereitet. So öffnet sich das Tor, so nahen Geist, Gespenst und Mahr."

Watelinde humpelte zum Tisch zurück und stellte die geleerte Schale wieder vor sich. „Die eigene Seele nehme keinen Schaden – sie sei stark, klug und behände! Sporen und Aufhocker für den wachen Verstand!" Mit diesen Worten nahm sie eine Handvoll verschiedener Pilze und warf sie in die Schale, gefolgt von fein zerteilten Scheiben Baumschwamm. Aus einem Tonkrug zog sie eine mit dunklem Schimmel überzogene Ähre und ein vertrocknetes längliches Blatt, weiß überzogen. „Schwarzrost und Mehltau, öffnet meinen Geist!" Mit ihren knochigen Fingern zerbröselte sie die Pflanzen über der Schale. Zuletzt gab sie noch Eibenrinde, Farnkraut, Eisenhut und Salz hinzu.

Erneut schlurfte sie zur Feuerstelle und schüttete die Zutaten vorsichtig in den Kupfertopf. Nach längerem Umrühren, begleitet vom gemurmelten Absingen geheimer Formeln, besann sich die Alte und nickte zufrieden. Sie sah sich in der Höhle um – alles war vorbereitet für die Beschwörung der Geister. Rechts neben der Feuerstelle stand mitten in der Höhle ein schmaler Tisch, wie ein Altar bedeckt mit einem roten Samttuch, das stark verschmutzt war. Darauf befanden sich eine große goldene Schale, ein Dolch und eine Kerze, die auf einem wachsüberzogenen Stein klebte und flackernd vor sich hin brannte.

Watelinde ging zurück zum Tisch. Mit zusammengekniffenen Augen spähte sie zwischen den vielen Schalen und Gläsern umher, bis sie schließlich ein Weidenkörbchen anhob und darunter ein Pergament hervorzog. Es war jenes Schriftstück, das Gerald bei ihr zurückgelassen hatte. Rasch ließ sie ihren Blick über die Runen und die dargestellten Symbole wandern.

„Nun, so wollen wir jetzt erfahren, was es mit dem Schicksalsreif auf sich hat, den der Machtbesessene so gern nutzen möchte", murmelte die Unholdin. Sie lachte meckernd und kratzte sich am Kopf, den nur noch wenige dürre Haarbüschel bedeckten. Vor ihrem inneren Auge erschien das Gesicht des Herrn von Gozeka. „In seinen Träumen hab ich den Hunger und Ehrgeiz dieses Narren gesehen. Erfahre ich heut Nacht Wurdbougas Geheimnis und verrate es ihm oder seinem Diener, so muss er für seine Gier bezahlen – mir in Gold, dem Allvater jedoch womöglich in Blut.“ Die Alte verzog das runzlige Gesicht und lachte höhnisch, bis krächzender Husten ihr den Atem raubte. Verächtlich ausspuckend, ging sie hinüber zum Altar und legte das Pergament ab.

Watelinde besah sich ihre Vorbereitungen und wandte sich schließlich dem Lämmchen zu. Sie löste die Seilschlinge vom Hals des Tieres und hob den Körper hoch. Beruhigend über das warme Fell streichelnd, betrachtete sie sich das Jungtier genauer, das neugierig an ihrem Handrücken schnupperte.

„Ein feines Lamm bist du“, murmelte die Unholdin und trat mit dem Tier vor den Altar. „Nicht ein einziges weißes Härchen verunstaltet das vollendete Schwarz deines Fells. Mag dein unbefleckter, kindlicher Leib Wohlwollen und Freude in der Anderswelt wecken, auf dass alle Geister neugierig herbeikommen, die da rastlos umherirren zwischen dieser Welt und der jenseitigen.“ Mit diesen Worten ergriff sie den Dolch und schnitt in einer schnellen Bewegung dem Lamm die Kehle durch. Das eine Zeit lang noch zuckende Tier über die Goldschale hebend, ließ Watelinde das ausströmende warme Blut in das Behältnis rinnen.

„All ihr Ruhelosen zwischen hier und den ewigen Stätten Nebelheims, ich rufe euch und entbiete euch mein Opfer! Ihr, denen die Todesgöttin Hel den ersehnten Zugang in ihr Reich verwehrt – kommt herbei!“ Feierlich legte Watelinde das Lamm auf den Altar neben die halb gefüllte Goldschale. Mit den Fingerkuppen tauchte sie hinein in das Blut und strich sich ein wenig von der Flüssigkeit auf die Stirn.

Dann drehte sie sich um zur Feuerstelle. Aus einer Felsnische nahm sie eine Schöpfkelle und einen Pokal, dessen Silber mattgrau angelaufen war. Mit der Kelle rührte sie mehrmals in dem Kupferkessel umher und wartete, bis sich die schweren Teile am Boden abgesetzt hatten. Dann schöpfte sie etwas Sud vom oberen Rand ab und goss ihn vorsichtig in den Pokal.

„So mag es denn beginnen …“, murmelte sie. Mit einem leisen Stöhnen holte sie tief Atem, schloss die Augen und setzte den Kelch an die Lippen. Kurz zuckte sie zurück wegen der Hitze der Flüssigkeit und des entsetzlichen Gestanks, dann schluckte sie den Sud. Den leeren Kelch ließ sie angewidert sinken und öffnete die Augen. Aus der Felsnische nahm sie ein Schälchen, das mit einem graugrünen Pulver gefüllt war. Sie schüttete etwas davon in ihre Handfläche und schleuderte es rasch in die lodernden Flammen.

Im selben Moment veränderte sich schlagartig das Licht in der Höhle. Als wäre das Feuer seiner hellen gelben Farbe beraubt, war plötzlich alles in scharlachrotes Zwielicht getaucht. Zugleich verbreitete sich ein dunstiger Nebel, der die Konturen wie von Geisterhand zu verwischen schien. Schon war der Tisch in der Mitte der Höhle nicht mehr zu erkennen.

Watelinde trat an den Altar. Die Augen geschlossen, streckte sie den rechten Arm aus und begann, mit eintöniger Stimme laut zu singen: „Der volle Mond am Firmament, das Opferblut vergossen. Offen steht das Geistertor – kommt herbei, ihr ruhelosen Seelen!"

Plötzlich spürte die Unholdin große Übelkeit in sich aufsteigen, begleitet von Schwindelgefühlen. Die Augen öffnend, ließ sie die Krücke fallen und stützte sich mit der Linken am Altar ab. Der Sud verursachte brennende Schmerzen in ihrem Leib, als ob Flammen in ihrem Innersten loderten. Aufstöhnend sackte sie in sich zusammen. Tränen traten aus ihren Augen, und Speichel rann über ihr Kinn. In ihrer Pein bekam sie nicht mit, wie sich keine fünf Schritte vor ihr eine grünlich leuchtende Wolke formte und langsam größer und größer wurde.

Der Trank entfaltete die gewünschte Wirkung. Während ein Zittern Watelindes Körper durchfuhr, schien sich ihr Denken einzutrüben. Nach und nach versank ihr Bewusstsein in einen Zustand nebelhafter Verschleierung. Zeit und Ort waren bedeutungslos, jegliche Wahrnehmung endete. Erst nach einer Weile tauchte ihr Bewusstsein wieder an die Oberfläche der äußeren Welt. Klarer und schärfer war nun ihr Denken, zugleich vollkommen losgelöst von ihrem Körper. Als schwebte sie ein Stück oberhalb ihrer leiblichen Hülle, konnte sie an sich herabsehen. Sie schien gleichsam ein anderes Wesen zu betrachten.

Mit einem Mal zogen lauter werdende Stimmen Watelindes Aufmerksamkeit auf sich. Ein Gewirr an Rufen und Klagen ertönte unmittelbar vor ihr. Der seltsame Lärm entsprang der grünen Wolke, die Mannshöhe erreicht hatte. Im Innern des Gewölks öffnete sich ein schwarzer Tunnel, aus dem die Rufe ertönten. Als die Unholdin den Blick auf die finstere Öffnung richtete, erkannte sie nach und nach eine Vielzahl heller Punkte – Sterne an einem gespenstischen Nachthimmel.

„Das Geistertor …“, flüsterte sie ehrfürchtig. Aufgeregt beobachtete sie, wie vorüberhuschende Schatten die Sterne verdunkelten, ehe sie wieder aus dem Blickfeld gerieten. Die Rufe und Klagelaute kamen näher und zogen ebenfalls vorüber. Im tristen Niemandsland zwischen der Erdenwelt und Nebelheim zogen all jene verlorenen Seelen auf ewig ihre Bahn, denen die letzte Ruhe in Hels Totenreich verwehrt war. Es waren die Geister derer, die ihr Recht zu Lebzeiten verwirkt hatten: Meuchelmörder, Totschläger, Landbetrüger, Selbstmörder und ähnliches Gesindel. Auf ewig waren sie dazu verdammt, ruhelos umherzugeistern, an den Orten ihres dunklen Schaffens und am eigenen Grab zu spuken.

„Feuermann, zeig dich!“, rief Watelinde laut in den finsteren Tunnel. Sie gab sich alle Mühe, das lärmende Klagen zu übertönen, und spähte gebannt in die Schwärze. Schatten huschten vorüber, manche von ihnen so nahe, dass sie die grausig verzerrten Gesichter der Geisterwesen zu erkennen glaubte. „Theudebert, dies ist die vereinbarte Stunde – der Mond ist voll, das Blut frisch vergossen. Komm zu mir!“

Wachsam lauschte sie in Richtung des Geistertors. Hatte das gesuchte Wesen ihren Ruf vernommen? Neue Schatten zogen vorüber, während Watelinde ungeduldig in den Zug der Seelen starrte und Ausschau hielt. Plötzlich lief ein Zittern über den seltsamen Sternenhimmel, als würde ein Stein in einen stillen See geworfen. Aus der Schwärze schoss ein grell leuchtender Punkt hervor, der in Windeseile zu einer mannshohen Fackel wuchs und aus dem Tunnel in die Höhle trat. Schützend hob Watelinde den Arm vors Gesicht, als die Feuersäule fünf Schritte entfernt vor ihr emporloderte. Das Licht schmerzte in ihren Augen, und unsägliche Hitze drohte ihre Haut zu versengen.

„Hier bin ich, Beschwörerin“, zischte flüsternd eine brüchige Stimme aus dem Innern der Flammen. „Wirst du mir Erlösung schenken?“

„Das will ich wahrhaftig tun, wenn du deinen Teil der Vereinbarung erfüllst.“ Die Unholdin spähte ängstlich durch die Finger ihrer emporgehaltenen Hand. Schemenhaft erkannte sie die dunklen Umrisse eines Mannes, der inmitten der Feuersäule stand. Sein Haupt war auf grausige Weise zertrümmert, tief klaffte ein Loch in der Schädeldecke. Das Antlitz war verzerrt, eine im Tod erstarrte Schreckensmaske.

„Ich halte Wort“, flüsterte der Geist des Mannes, der einstmals den Namen Theudebert getragen hatte. „Nach einem halben Jahrtausend qualvollen Umherirrens sehne ich nichts mehr herbei als die ewige Ruhe. Weil ich mich aus Liebesleid selbst zu Tode gestürzt habe, muss ich als brennendes Mahnmal spuken. Meine Seele ist längst am Ende. In der Hoffnung auf Erlösung habe ich also deinen Auftrag erfüllt.“

„So wird heut Nacht dein Seelenleid ein Ende finden“, erwiderte Watelinde und senkte die Hand. Mit Schaudern blickte sie den Geist an. „Wie bei unserer Begegnung zu Nebelung versprochen, sollst du deinen Lohn erhalten. Die Götter haben euch Ruhelosen auferlegt, dass ihr nur durch die Dankbarkeit eines Lebenden euren Makel tilgen könnt. Mein Dank wird somit deine Erlösung sein! Sag an: Hast du Lutarich gesprochen? Bringst du mir Antwort auf meine Fragen?“

„Lange musste ich warten in Helgrind, der Pforte zu Hels Totenreich. Träge und lustlos sind die ewig Ruhenden, kaum etwas vermag sie aus ihrem Frieden zu locken. Wie beneide ich sie! Es schien mir nahezu unmöglich, die Seele des Albenschmieds zu erreichen. Geduldig stand ich an den grauen Mauern Helgrinds, die kein Untoter passieren kann. Stets aufs Neue ersuchte ich ihn um sein Gehör ...“ Reglos im lodernden Feuer stehend, flüsterte Theudebert leise. „Endlich trat er an die andere Seite von Helgrinds Mauer und gab mir bereitwillig Auskunft. Man kann die Toten in Hels Reich nicht sehen, nur ihre Stimmen hören.“

„Du hast wahrhaftig Antwort erhalten?“ Gebannt starrte Watelinde den Geist an.

„Jener Lutarich erzählte mir alles über das Kleinod Wurdbouga, das er einstmals geschmiedet hat. Da ihnen die Welt der Lebenden vollkommen einerlei ist, sprechen die Toten ohne Zaudern und ohne Argwohn.“ Zum ersten Mal wandte sich der Feuermann unmittelbar Watelinde zu. Mit seinem grässlichen Antlitz starrte er sie an. „So hat Lutarich freiheraus das Geheimnis des Reifs offenbart.“

„Und? So rede schon ...“

„Als Geschenk für Allvater Wodan hat er Wurdbouga geschmiedet, zu seiner Freude und nützlichen Verwendung. Seidene Schicksalsfäden der Nornen sind in Gold gehüllt mit einem Zauber versehen zum Armband geflochten.“ Der Feuermann zögerte kurz, als müsse er sich besinnen.

„Die goldenen Fäden können dafür sorgen, dass das Schicksal eines jeden an den Besitzer Wurdbougas gebunden wird. Richtet der Reifträger seine Sinne – vor allem seinen Blick – auf ein Wesen und sagt den Zauberspruch, so ist ihm dasjenige zu Willen, bis er den Bann wieder löst. Das Opfer ist dem Reifträger von da an ein treuer Gefolgsmann, ein willenloser Sklave, bis in den Tod. Und wird der aufhebende Zauberspruch nicht gesagt, so gilt das Band auf ewig."

„Wie lauten die Zaubersprüche?" Watelindes Stimme überschlug sich fast.

„Es sind schlichte Formeln", erwiderte der Feuermann. „Ich werde sie dir so aufsagen, wie Lutarich sie mir verriet. Der bindende Spruch lautet: Dein Schicksal auf ewig in meiner Hand! Der aufhebende Spruch hingegen: Frei sei dein Schicksal!" Theudebert machte eine kurze Pause. „Mehr vermochte Lutarich mir nicht zu sagen."

Mit großen Augen starrte Watelinde die lodernde Feuersäule an, ehe sie den Blick abwandte und nickte. „So ist das Geheimnis offenbart. Hm, dein Schicksal auf ewig in meiner Hand ..."

„Erlaube mir einen Rat, Beschwörerin", flüsterte der Feuermann. „Der Reif ist Wodans Eigentum – maße dir nicht seinen Besitz oder seine Verwendung an! Erfährt der Allvater von einem Missbrauch, so wäre es dein Untergang."

„Ich weiß." Watelinde winkte ab und verzog das runzlige Gesicht. „Es ist nicht für mich, den Reif hat ein anderer. Doch für einen Moment war es ein allzu herrlicher Gedanke ..."

„Ich hab mein Wort gehalten, nun halte du das deinige."

„So hab also Dank, Feuermann! Sei erlöst und finde die ewige Ruhe!"

Kaum hatte die Unholdin die Worte gesprochen, begann die Feuersäule mitsamt der dunklen Gestalt im Innern zu schrumpfen. Kleiner und kleiner wurde die Lohe, bis sie am Ende nur mehr eine feurige Kugel war, die plötzlich in den Sternenhimmel des Geistertors flog und ganz in der Nacht verschwand. Am Boden der Höhle blieb nur ein kleines Häufchen grauer Asche zurück.

Die Entführung

Obwohl die Bever nur ein kleines Flüsschen war, weitete sich ihr Tal an dieser Stelle zu einer Lichtung. Das Bachbett verlief am Rand der Senke, die zu beiden Seiten von steilen Böschungen begleitet wurde. An den Abhängen trat nackter Fels hervor, dessen brüchiges Gestein rötlich leuchtete. Die gesamte Landschaft rings um den Lauf der Bever war leicht hügelig und mit Wäldern bedeckt. Lediglich hier im Tal gab es baumlose Flächen, mit hohem Gras und Schilf bewachsen. In diesen Dezembertagen lag alles unter einer dünnen, weißen Schneedecke verborgen. Die niedrigen Pflanzen duckten sich unter der Last, nur hier und da ragten vereinzelte Büsche und Sträucher aus dem eintönigen Weiß. Am Ufer des Bachbetts waren Steine und Gräser bereits mit einer Eisschicht überzogen.

„Wo ist Argos?" Die plötzliche Frage der jungen Formbacherin durchdrang die Stille, die über der Winterlandschaft hing. Ihr Atem wurde zu feinem Nebel, der sich gleich darauf wieder auflöste. Die junge Frau hatte ihr Pferd zum Stehen gebracht. Sich in ihrem Sitz aufrichtend, spähte sie suchend durchs Tal. Da der Schnee das Sonnenlicht des strahlend blauen Himmels glitzernd zurückwarf, musste sie die Augen beschatten, um überhaupt etwas sehen zu können. „Argos!"

Ihre Mutter und die beiden Wachen, die zu Fuß neben den Pferden der Frauen gingen, blieben ebenfalls stehen. Alle sahen sich in der Landschaft um und horchten auf einen Laut, der verraten würde, wo sich die Bracke wieder herumtrieb. Da das Fell des Hundes mit Ausnahme einiger brauner und schwarzer Flecken von hellem Weiß war, ließ sich das Tier im Schnee nur dann erkennen, wenn es in Bewegung war.

„Also, ich denke, auch wenn Odysseus' Hund den gleichen Namen hatte, war der seinem Herrn doch weitaus folgsamer als dein Argos", lachte Gertrud von Haldeslevo. Die Edelfrau saß wie ihre Tochter seitlich im Sattel, die Beine nebeneinander auf einen überbreiten Steigbügel gestellt. In solcher Haltung ließ sich bestenfalls ein langsamer Trab bewältigen, doch meist begnügten sich die Damen damit, ihre Pferde im Schritt gehen zu lassen.

„Jeder gemütliche Ausritt wird durch das eigensinnige Tier gestört", schimpfte Hedwig und warf ihre Haare in den Nacken.

„Er ist nun mal ein Jagdhund", beschwichtigte die Mutter. „Stets wittert er die Fährte von Hase, Fuchs und Fasan, er kann nicht wider seine Natur." Gertrud zog ihren langen, mit Zobel besetzten Mantel am Hals zusammen und war dankbar für das Innenfutter aus Fuchspelz. Auch wenn die Sonne schien, war es bitterkalt an diesem Vormittag.

„Dort drüben, edle Damen!" Einer der beiden Wachleute hob seine Lanze und wies in Richtung einer Gruppe knorriger Weiden, die am Ufer der Bever standen. Der junge Mann, wie sein älterer Mitsoldat nicht in vollem Rüstzeug, sondern in einen dicken Wollumhang gehüllt, sah die Formbacherin mit heimlicher Bewunderung an. Mit ihrem jugendlichen Drang, dem offenen Haar und dem hübschen Gesicht war die Fünfzehnjährige eine Augenweide.

„Tatsächlich ... dieser Rumtreiber", murmelte Hedwig und setzte ihr Pferd in Bewegung. „Argos! Du kommst jetzt hierher!" Nur kurz hob die Bracke den Kopf und spähte unauffällig zu ihrer Herrin hinüber. Da dem Tier der gereizte Tonfall keineswegs entgangen war, eilte es schließlich mit Unschuldsmiene durch den Schnee zurück zu der wartenden Gruppe.

„Sei nicht zu streng mit ihm", sagte Gertrud lächelnd und presste den Steigbügel leicht in die Flanke ihres Rosses. „Er ist noch jung." Belustigt beobachtete sie, wie Argos mit fliegenden Ohren zwischen den Pferden hin und her lief.

„Du hast recht", sagte die junge Frau. „Ich bin sicher ungerecht gegen ihn." Sie wirkte mit einem Mal betrübt. Gedankenversunken starrte sie durch das Tal. Für eine Weile waren nur die knirschenden Schritte der beiden Wachen und der Hufschlag zu hören.

„Kind, was ist mit dir? Bist du erneut bedrückt wegen ...?“ Gertrud beendete die Frage nicht, denn ein Blick in die Augen der Tochter ließ sie erkennen, dass ihre Vermutung richtig war. „Ich hatte gehofft, unser Ausritt brächte dir Ablenkung.“

„Er ist und er wird immer mein Liebster sein“, murmelte die Fünfzehnjährige. „Verstehst du, Mutter? Es ist nicht nur eine Ehe verboten worden, sondern eine Liebe, wie nur Gott sie zu stiften vermag. Wie kann das kostbare Band, das er zwischen Gebhard und mir geknüpft hat, falsch sein?“

„Nicht Gott verhindert eure Verbindung, Hedwig“, sagte die Herzogswitwe ernst, „es sind machtgierige, neidische Menschen. Wäre der elende Pfalzgraf nicht auf den Plan getreten, wärst du dieser Tage bereits vermählt.“

„Ich hasse ihn, diesen Unhold!“, zischte die junge Frau und ballte ihre schmalen Hände zu Fäusten. „Der Allmächtige vergebe mir meinen Zorn.“

In diesem Moment flatterten zwei Vögel aus dem dichten Unterholz auf, das sich am Talrand den Abhang hinaufzog. Es waren zwei Sperber mit ihrem auffällig gestreiften Gefieder, die über die Gruppe hinwegflogen und dabei kurze Warnrufe ausstießen. Schnell waren sie hinter den hohen Bäumen auf der anderen Talseite verschwunden.

„Das dürfte kaum uns gegolten haben“, sagte der ältere Soldat zögerlich und kratzte sich am Bart. Aufmerksam blickte er in die Richtung, aus der die beiden Vögel gekommen waren.

„Ach, meine Tochter, ich verstehe dich nur zu gut“, tröstete Gertrud die junge Frau und überging den Einwurf der Wache. „Der Allmächtige wird gewiss verstehen, dass du wütend bist, und es dir nachsehen. Und doch darfst du dich nicht zu sehr grämen, mein Kind.“ Sie nickte ihrer Tochter aufmunternd zu. Danach warf sie einen Seitenblick auf den Soldaten, der seinen prüfenden Blick beendet hatte und wie sein Gefährte wieder neben den Pferden der beiden Edelfrauen ging.

„Wie könnte ich die Trauer besiegen, die mein Innerstes zerreißt? Stell dir vor, du hast die wahre Liebe kennengelernt und musst ein Leben lang auf sie verzichten. Das ist einfach unerträglich!“ Tränen standen in den Augen der jungen Frau. „Seit die Synode vor einer Woche das Urteil gesprochen hat, ist mir das Leben vergällt. Es wird für mich nie mehr Freude geben ..."

„Ach, Hedwig", sagte die Mutter mitfühlend und lächelte zugleich auf seltsame Weise. „Das Rad der Welt dreht sich stets weiter, auch für dich. Ich habe in meinem Leben bereits zwei Gemahle an den Tod verloren – ich weiß, was Verlust bedeutet. Doch der Allmächtige hat mir stets wieder neue Kraft und Lebensfreude geschenkt. Sieh dir nur diesen wundervollen Tag an oder die gute Laune deines Hundes. Glaub mir, es ändert nicht das Geringste, in Trübsal zu versinken." Unauffällig spähte sie hinüber zu der Stelle am Abhang, wo die Sperber aufgeflogen waren. „Zumal ein Funke Hoffnung doch immer bleibt ..." Sie sah ihre Tochter vieldeutig an, doch diese schien ihr kaum zugehört zu haben. Erst nach einer Weile runzelte die Fünfzehnjährige die Stirn, als ihr die Zuversicht der mütterlichen Worte bewusst wurde. Doch als sie zu einer Frage ansetzen wollte, blieb der ältere Soldat neben ihr abrupt stehen und hob warnend die Hand.

„Ruhig!", flüsterte er knapp und starrte angestrengt zu dem Abhang hinüber. Die Edelfrauen brachten ihre Pferde zum Stehen, und auch die zweite Wache sah in Richtung des Talrands.

„Da ist eine Gruppe Reiter", murmelte der ältere Soldat. Seine im Schnee stehende Lanze aufrecht haltend, ging er in die Hocke, um besser das an die hundert Schritte entfernte Unterholz überblicken zu können.

„Ja, Hufschlag", flüsterte der zweite Mann. Die Geräusche wurden lauter, als ob sich eine Reiterschar näherte. Nach einer Weile tauchten ein Dutzend Reiter aus der Senke auf und hielten auf halber Höhe des Abhangs inne. Unruhig traten die Pferde auf der Stelle, ihr Wiehern durchbrach die Stille des Tals. Die Ankömmlinge waren zu weit entfernt, als dass man ihre Gesichter hätte erkennen können. Viele von ihnen trugen Helm und Kettenhemd und waren bewehrt mit Schwert und Lanze. Offensichtlich handelte es sich um einen Trupp Krieger, die am Hang ausharrten und ihre Aufmerksamkeit ganz auf die Gruppe im Tal der Bever gerichtet hatten.

„Was hat das zu bedeuten? Sie scheinen uns zu beobachten ... Wer mag das sein?" Die junge Formbacherin blickte verängstigt zu der wartenden Reiterschar hinüber.

„Ich vermag es nicht zu sagen, Herrin." Der Soldat erhob sich zögerlich. „Sie haben keine Banner dabei." Unsicher wandte er sich Gertrud zu, die erstaunlich ruhig und gelassen wirkte. „Was meint Ihr, edle Herrin? Droht uns Ungemach? Sollen wir die Schwerter blank ziehen?" Er blickte in Richtung seines Gefährten, der eingeschüchtert schien. Zugleich musste er überrascht feststellen, dass die Miene der Herzogswitwe weiterhin vollkommen ungetrübt wirkte.

„Nun, wir werden wohl erst einmal abwarten müssen", erwiderte sie, ohne den verblüfften Mann anzusehen.

„Argos, du bleibst hier! He, du närrischer Hund, hörst du?" Hedwig fuchtelte mit ausgestrecktem Arm drohend in Richtung der Bracke, die schon neugierig zu der Reiterschar laufen wollte. Wenigstens dieses Mal gehorchte der Hund.

„Das gefällt mir gar nicht." Der erfahrene Wachsoldat schüttelte argwöhnisch den Kopf und legte die rechte Hand auf den Griff seines Schwerts. „Das ist keine zufällige Begegnung – die führen etwas im Schilde."

„Es sind ein gutes Dutzend, was sollen wir da nur …" Der junge Soldat ließ den Satz unbeendet, denn in diesem Augenblick setzten sich die Reiter in Bewegung. Langsam schritten die Pferde die Böschung hinab und befanden sich bald auf dem Talgrund. Ruhig wateten die Tiere durch das schmale Bett der Bever und kamen auf die kleine Gruppe zu.

„Nur die Ruhe", sagte Gertrud leise zu den Wachen, die aufgeregt nach vorn und hinten spähten. Offenbar überschlugen sie die Möglichkeit einer Flucht durch das Tal, um dem Trupp notfalls entkommen zu können. Doch ihre besorgten Mienen verrieten, dass sie nicht an einen solchen Ausweg glaubten.

Die Reiterschar trennte sich nun in zwei Gruppen, die sich in langen Reihen vor und hinter die reglos Ausharrenden stellten. Auf diese Weise war das Tal nun in beide Richtungen blockiert, die kleine Gruppe war eingeschlossen.

„Ich hab's befürchtet – es wird ernst." Der ältere Soldat blickte unruhig umher. Die beiden Reihen näherten sich langsam den Wartenden. Entschlossen zogen die Wachen nun ihre Schwerter, auch wenn sie sich der Aussichtslosigkeit ihrer Lage bewusst waren.

Nun hob einer der Reiter, mit Helm und Kettenhemd bewehrt, den Arm und brachte so seine Leute zum Stehen. Keine zehn Schritte trennten die Umstellten von den Kriegern. Ein Moment des Schweigens senkte sich über das Tal. Selbst der umtriebige Argos schien beeindruckt und stand reglos im Schnee. Während sich Hedwig und die Wachen unsicher umsahen, blickte Gertrud ruhig zu dem Mann hinüber, der das Handzeichen gegeben hatte.

„Gott zum Gruße, ihr edlen Damen", sagte dieser freundlich und nickte zugleich in Richtung der beiden Wachen. „Bergt eure Waffen, wackere Männer! Wir haben keine dunklen Absichten."

„Was soll ...? Die ... die Stimme ..." Hedwig starrte den Mann an.

„Ach, meine Holde, dass du den Klang meiner Stimme erkennst, ist ein weiteres Zeichen des Allmächtigen dafür, dass ich das Richtige tue." Der Reiter nahm den Helm vom Kopf und strich sich die schwarzen Haare aus der Stirn. Mit leuchtenden Augen sah er die Formbacherin an.

„Gebhard!" Fassungslos starrte die junge Frau den Grafen von Supplinburg an, der mit einem Lächeln vom Pferd stieg.

„Lass ihn passieren", gebot Gertrud von Haldeslevo, als sich der ältere Wachsoldat mit gezücktem Schwert dem Edelmann in den Weg stellen wollte. „Es ist gut ..." Der Kriegsmann hielt inne, die Waffe weiterhin erhoben.

„Ich bin gekommen, dich mit mir zu nehmen, Hedwig", erklärte Gebhard von Supplinburg entschlossen. Er trat seitlich neben das Pferd der Formbacherin und ergriff ihre Hand. „Du sollst mein werden! Weder das Anathema noch die Macht der Synode, noch der schäbige Pfalzgraf sollen sich zwischen unsere Liebe stellen. Ich bin nicht geneigt, mir unser Lebensglück, das gewiss gottgefällig ist, zerstören zu lassen."

„Ich verstehe nicht ..." Die Fünfzehnjährige blickte den Grafen zögerlich an. Es entstand eine kurze Pause, ehe sie sich schließlich fragend ihrer Mutter zuwandte.

„Du kommst mit mir. Hier und jetzt!" Der Graf ließ Hedwigs Hand los, ging zurück zu seinem Pferd und warf der verblüfften Frau einen entschlossenen Blick zu. „Niemand vermag das zu verhindern." Er schwang sich in den Sattel und nickte seinen Begleitern zu. „Kümmert euch um die beiden Wachen! Sollten sie Widerstand leisten wollen, überwindet sie!"

Daraufhin trieb er sein Pferd neben das der Formbacherin und ergriff kurzerhand die Zügel. Seine Gefährten umstellten unterdessen mit vorgestreckten Lanzen die Soldaten, die ratlos die Schwerter sinken ließen.

„Soll es wahrhaftig das sein, was ich vermute, Mutter?" Hedwig drehte sich zu Gertrud um, während der Graf ihr Pferd bereits langsam an seiner Seite fortführte.

„In der Tat, mein Kind", antwortete die Mutter lächelnd. „Und glaub mir, es gibt schlechtere Schicksale für eine Frau. Ich weiß, wovon ich rede ..." Sie hob die Hand zu einem Abschiedsgruß und blickte den Davonreitenden nach. „Ich werde dich schon in den kommenden Tagen besuchen. Gott behüte dich!"

Ein letztes Mal wandte sich Hedwig um und winkte ihrer Mutter schweigend zu. In ihre bis dahin verunsicherte Miene mischte sich nun nach und nach der Anschein eines Glücksgefühls. Die noch bis vor Kurzem erstickende Trauer über den Verlust ihrer Liebe wich, als sie an Gebhards Seite ritt. In einigem Abstand hinter ihnen folgten die Reiter aus der zweiten Reihe, während Gertrud von Haldeslevo und die Wachen zurückblieben. Argos, der schon ansetzte, hinter seiner jungen Herrin herzueilen, wurde mit fester Stimme von Gertrud zurückgerufen.

„Wie fühlst du dich? Ist alles in Ordnung?", fragte Gebhard besorgt und musterte ihr Gesicht. „Eine Entführung ist gewiss nichts für zarte Weiberherzen ..."

„Wenn sie frohen Herzens mitgehen, schon", lächelte Hedwig und ergriff seine Hand, die er ihr entgegenstreckte. „Der Allmächtige segne deinen Mut für diesen Brautraub, Gebhard! Ich hätte das nicht einmal in meinen kühnsten Träumen zu hoffen gewagt. Und sollte Bischof Bucco dich nun mit dem Bann belegen, so werde ich ihn gemeinsam mit dir tragen."

„Dank sei deiner Mutter, Hedwig. Ihr Rat hat mir diesen Ausweg aus unserer verzweifelten Lage erst gewiesen. Sie ist eine kluge Frau."

„Ich hätte es mir denken sollen." Hedwig schüttelte den Kopf. „Ihr eigenes Schicksal als Braut hat sie als rettendes Vorbild genommen für das ihrer unglücklichen Tochter."

„In der Tat. Noch ehe die Synode überhaupt stattfand, hat sie mir bereits auf dem Fürstentag zu Gerstingun von der Möglichkeit eines

Brautraubs erzählt. Nach dem kanonischen Recht hat eine Ehe, die auf diese Weise zustande kommt, dann Gültigkeit vor Gott, wenn sie wahrhaftig vollzogen wird. Natürlich brechen wir – oder zumindest ich – den Entsagungseid, den wir auf der Halberstädter Synode geschworen haben. Das zieht dann den Kirchenbann nach sich, aber unsere Ehe kann niemand mehr scheiden."

„Das mag alles zutreffend sein." Die junge Frau zögerte und blickte Gebhard unglücklich an. Mit einem Mal war ihr Gesicht traurig und ängstlich zugleich. „Es könnte jedoch auch ganz anders kommen. Vergiss nicht das Ende der Geschichte um meinen Vater und meine Mutter! Hat sie dir davon erzählt, welches Los meinem Vater – Gott hab ihn selig – beschieden war?"

„Nun ja, ich kenne die tragische Geschichte ..."

„Nachdem er als stammesfremder, bayerischer Graf meine Mutter, die sächsische Erbtochter, geraubt hatte, fiel er bei den Sachsen und im Königshaus in Ungnade. Erst vier Jahre später erlangte er endlich die Gnade des Hofes, doch als er nach Sachsen zurückkehren wollte, wurde er von Stammesleuten hinterhältig erschlagen." Die junge Frau schüttelte betrübt den Kopf und seufzte leise. „Damals war ich kaum ein Jahr alt; ich habe meinen Vater leider nicht bewusst kennengelernt."

„Ich verstehe, was du sagen möchtest", lächelte Gebhard und drückte tröstend Hedwigs Hand. „Doch mach dir keinerlei Sorgen: So ein Schicksal wird uns nicht beschieden sein. Friedrich von Formbach war beim ganzen Stamm der Sachsen verhasst, in unserem Fall hingegen ist da niemand außer dem habgierigen Pfalzgrafen von Gozeka, der unsere Ehe ernsthaft verachten würde. Und diesen einen Widersacher werde ich in Schach zu halten wissen, glaub mir!"

Die Formbacherin bemühte sich, ein Lächeln in ihr trauriges Gesicht zu zaubern. Unterdessen hatte sich die Landschaft verändert. Die Hänge des Flusstals blieben hinter ihnen zurück, und vor ihnen kam ein breiter Weg in Sicht, der den ihren querte. Diese Handelsstraße führte von Haldeslevo nach Westen, Wagenspuren durchzogen den verschneiten Boden. Gebhard, der das Pferd der Formbacherin noch immer am Zügel neben sich führte, lenkte die Tiere nach links auf den Weg.

„Auf geht's nach Supplinburg! Und nun keine trüben Gedanken mehr!" Der Graf lachte aufmunternd Hedwig zu. Zugleich warf er kurz einen Blick zurück auf die Handvoll Männer, die ihnen in einigem Abstand folgten. „Am Stammsitz meiner Familie ist bereits alles für unsere Heirat vorbereitet, man wartet dort nur noch auf die Braut und den Bräutigam. Heute ist unser Tag!"

„Ich vermag es noch immer kaum zu glauben." Hedwig strich sich die rotbraunen Haare aus der Stirn. Sie schien sich ein wenig gefasst zu haben und betrachtete ihren künftigen Gemahl lächelnd von der Seite. Schließlich schüttelte sie den Kopf. „Dem Allmächtigen sei Dank!"

„Mein Mütterlein Ida ist schon die ganzen Tage umtriebig zugange, auf dass es eine schöne, prunkvolle Hochzeit werde", lachte Gebhard. „Sie wird uns nachher gewiss auch einen eindrucksvollen Empfang bereiten."

„So ist dies alles von langer Hand geplant, und die Einzige, die davon nichts wusste, war ich?" Hedwig Stimme klang vorwurfsvoll, doch ihre Augen lachten.

„Deine Mutter hielt es für besser so", sagte Gebhard und strich sich über die Wangen. „Schließlich setzt doch solch ein Brautraub – wie der Name schon sagt – eine gewisse Ahnungslosigkeit des Weibes voraus, oder nicht?"

„Nun gut, ich will mich auch nicht beklagen."

„Am Ende zählt doch nur eines: Wir werden Mann und Frau sein! Unser beider Häuser hatten der Ehe ja bereits zugestimmt. Somit werden wir lediglich vollenden, was längst begonnen ward." Gebhard lächelte seine Braut an. „Vor Zeugen werden wir getraut, und dann folgt das, was Gesetz und Brauch von alters her vorsehen: Die Braut wird vom Gemahl in sein Haus heimgeführt, das Ehelager vor Zeugen umschritten und zuletzt die Hochzeitsnacht begangen ... So werden wir unsere Ehe vollziehen, und sie kann hernach nicht einmal vom Heiligen Vater selbst geschieden werden."

Thomastag

Das Gesicht des Mannes war grau wie der düstere Wintermorgen, der eisig kalt heraufzog. Nur langsam sickerte zwischen den Buchen trübes Dämmerlicht durch.

„Nun, die Geister sind uns immerhin erspart geblieben", murmelte Hauptmann Oswald, als er aus seinem Zelt trat und sich missmutig umsah. Mit hochgezogenen Schultern rieb er fröstelnd seine Hände und trat näher ans Feuer.

„Ja, dem Allmächtigen sei Dank, Hauptmann", erwiderte der in ein Bärenfell gehüllte Soldat, der am fast heruntergebrannten Feuer hockte und träge zu seinem Anführer aufsah. „In der Thomasnacht soll es oft spuken wie in den Raunächten. Doch Gott war gnädig und hat uns verschont."

„Die längste Nacht des Jahres liegt damit hinter uns. Ab jetzt wird jeder Tag um einen Hahnenschrei länger, heute ist Wintersonnenwende." Oswald ging neben dem Mann in die Hocke und klopfte ihm auf die Schulter. Dann nahm er zwei Holzscheite, die auf einem Stapel neben der Feuerstelle lagen, und warf sie in die Glut. „Irgendwelche Vorkommnisse während der Wache?"

„Nein, alles war still." Der Soldat blickte müde den Hang hinauf in Richtung der Befestigungen der Asenburg. In der Mitte des Bollwerks über ihnen zog sich eine enge Schlucht ein Stück weit in das Gestein hinein, ehe sie vor einem eindrucksvollen Kammertor endete. Dieser einzige Burgzugang bestand aus einem Torbogen mit zinnengekröntem Wehrgang darüber. Es war einem Angreifer unmöglich, unversehrt durch den Hohlweg vor die Türflügel zu gelangen.

„Gut." Oswald erhob sich. Der Heerführer warf seine Haare über die Schulter und rückte über der Tunika den Gürtel zurecht, an dem sein Langschwert hing. Helm und Kettenhemd hatte er nicht angelegt, da im Zuge der Belagerung kaum mehr Kampfhandlungen stattfanden. „Du kannst dich ausruhen." Er deutete auf eines der Zelte, die dicht das Feuer umstanden.

Das Wachlager des Hauptmanns und seiner Dutzend Soldaten war der am weitesten vorgeschobene Vorposten der sächsischen und thüringischen Belagerer. Nur hier hatte man den Feind und insbesondere das Burgtor unmittelbar vor Augen. Im Laufe der Monate, die die Belagerung der Asenburg nun bereits andauerte, hatten die Männer ihren Lagerplatz, der in eine Kuhle am Hang gebettet war, mit Wällen und Palisaden gegen Pfeilbeschuss von oben gesichert. Die nächsten Posten der Mitstreiter lagen viele Schritte unterhalb ihrer Position am Hang und zogen sich wie ein dichter Ring um die Bergflanken.

Gähnend erhob sich der Wachsoldat, ließ das Bärenfell von den Schultern gleiten und reckte seine müden Glieder. „Nimm den Pelz von Meister Petz, Hauptmann, sonst ist die Kälte kaum zu ertragen."

Als der Soldat seinem Anführer das Fell überreichte, erklangen Geräusche vom Fuß des Berges zu ihnen herauf. Wachsam hielten die Männer inne und lauschten in den Wald hinein.

„Was ist da los?", fragte Oswald, trat zwischen zwei Zelte und blickte den Berghang hinab. Während der Lärm weiter zunahm, war jedoch nichts Ungewöhnliches zu erkennen. Ein Gewirr an Rufen und Schritte drangen jedoch immer deutlicher herauf.

Plötzlich waren Bewegungen bei den Lagerposten tiefer am Hang auszumachen. Männer rannten aufgeregt los, Waffen in den Händen und Warnrufe ausstoßend. Da brach unversehens ein Reiter aus einem Dickicht hervor und trieb sein Pferd mit aller Kraft den Hang hinauf. Die Soldaten warfen ihre Lanzen nach dem Mann, der sich tief in den Sattel duckte. Zwei Belagerer, die sich dem Pferd mit gezogenem Schwert in den Weg stellten, wurden jäh niedergeritten. Auch Pfeile schienen dem Reiter, der weiter bergaufwärts jagte, nichts anhaben zu können. Offenbar trug der Mann, der mit einem Helm bewehrt war, unter seinem Umhang ein schützendes Kettenhemd.

„Zu den Waffen, Männer!", brüllte Oswald in Richtung der Zelte, als er den Reiter sah. Es war offensichtlich, dass der Mann einen verzweifelten Versuch unternahm, den Belagerungsring um die Asenburg zu durchbrechen. Die prall gefüllten Satteltaschen und Lederbeutel, die auf beiden Seiten des Pferdes hingen, ließen keinen Zweifel daran, dass er den Hungernden in der Burg zu Hilfe kommen wollte.

„Na los, schneller!" Ungeduldig trieb der Hauptmann die Männer an, die verstört aus den Zelten traten. Nur zwei der Soldaten hielten ihre Langbögen einsatzbereit in Händen und sprangen neben ihren Anführer. „Schießt auf ihn – worauf wartet ihr!"

Schon preschte das Pferd kraftvoll weiter den Hang hinauf und näherte sich dem Vorposten. Während seine Männer vergeblich Pfeile in Richtung des Fremden schossen, zog Oswald eine der Lanzen aus dem Boden, die für alle Fälle neben dem Feuer bereitstanden.

„Er darf nicht durchkommen!", rief er wild und umschloss den hölzernen Schaft des Speers. „Zielt auch auf das Pferd, hört ihr? Das Tier darf erst recht nicht die Burg erreichen."

In diesem Moment wandte sich der Reiter ein wenig nach rechts am Hang, um dem feindlichen Vorposten auszuweichen. Obwohl Pfeile auf ihn einprasselten, war sein Blick starr auf das rettende Tor der Asenburg gerichtet. Dort waren mittlerweile Soldaten hinter den Zinnen erschienen, die nun ihrerseits den Vorposten des Hauptmanns unter Beschuss nahmen, um so den Durchbruchsversuch zu unterstützen. Zugleich wurde beim Burgtor einer der Türflügel einen Spalt weit geöffnet, um dem Ankömmling raschen Einlass zu ermöglichen.

Unterdessen hatten die Männer des Hauptmanns mehrere ihrer Pfeile ins Ziel gebracht. Sie steckten unterhalb der Schulter im Arm des Reiters und auch in seinem Oberschenkel. Doch wie sein Ross, dessen Flanken und Hals ebenfalls getroffen waren, hielt er unbeirrt auf das nicht mehr allzu ferne Burgtor zu. Von den Zinnen waren laut anfeuernde Rufe der Belagerten zu hören, während der Türflügel noch etwas weiter aufgeschoben wurde.

Als Ross und Reiter auf gleicher Höhe mit dem Vorposten waren, sprang Oswald aus der Deckung hervor und rannte von der Seite her auf sie zu. Nur zehn Schritte entfernt, schleuderte er die Lanze kraftvoll in

Richtung der beiden. Das Wurfgeschoss landete im Bereich zwischen Hals und Schulter des Pferdes und bohrte sich dort tief ins Fleisch. Mit angstvollem Wiehern riss das Tier den Kopf herum, die Augen in Todesangst verdreht. Es taumelte jäh nach rechts, machte einige schräg stolpernde Schritte und sackte schließlich seitwärts zu Boden. Der Reiter schrie kurz auf, als er unter dem Leib seines Pferdes begraben wurde. Für einen Moment warf das Tier seinen Kopf noch panisch hin und her und bäumte sich hilflos im Liegen auf, dann fiel es auf die Seite. Ein letztes Zucken durchlief den gewaltigen Körper, um den herum sich der Schnee rot färbte.

Kaum dass er die Lanze geworfen hatte, war der Hauptmann in die sichere Deckung des Vorpostens zurückgesprungen. Die Pfeile, die von der Asenburg auf ihn abgeschossen wurden, erreichten ihr Ziel nicht. Die Anfeuerungsrufe von oben waren schlagartig verstummt, und sowohl Belagerer als auch Belagerte blickten nun gebannt zu dem Mann hinüber, der nach wie vor unter seinem Ross eingeklemmt am Boden lag. Er befand sich im Niemandsland zwischen beiden Lagern und konnte auf keinerlei Hilfe hoffen.

„Das war knapp", murmelte der Hauptmann, „fast hätte er es geschafft." Er und seine Männer sahen mit ernsten Mienen zu dem Verwundeten hinüber. Leise waren von dort stöhnende, wimmernde Laute zu vernehmen. „Der Mann ist schwer verletzt, er wird bald tot sein. Der Allmächtige erbarme sich seiner Seele."

Auf den Gesichtern, die hinter den Zinnen der Asenburg hinuntersahen, war Bestürzung zu erkennen. Nicht nur dass der Mann des Todes war, auch die so inständig ersehnte Nahrung blieb – obwohl zum Greifen nah – für die Belagerten unerreichbar. Knarrend wurde der Türflügel im Burgtor wieder geschlossen.

Über ihre Stickarbeit hinweg beobachtete Hedwig heimlich ihren Gemahl. Die Edelfrau saß vor dem Kamin und war seit dem Mittag damit beschäftigt, für ihren Sohn einen Umhang mit dem Wappen der sächsischen Pfalzgrafen zu verzieren. Wenn sie nach dem wohl baldigen Fall der Asenburg heimkehrten auf die Viczinburg, sollte es eine Überraschung für ihn sein.

Friedrich von Gozeka hockte am Tisch und las ein Schreiben Abt Hartwigs von Herveldia. In seinem Amt als Vogt dieses Klosters stand der Pfalzgraf im Schriftverkehr mit dortigen Verwaltern und mit dem Klostervorsteher selbst. In seine Lektüre vertieft, bemerkte Friedrich nicht, wie seine Gemahlin ihn des Öfteren ansah. Auf Hedwig, deren Aufenthalt auf der Horeburg bis dahin eher unerträglich gewesen war, wirkte ihr Gemahl seit Kurzem recht verändert. Irgendetwas hatte seine Laune verbessert. Ob es der nahende Fall der belagerten Burg war, die den Mann friedlicher werden ließ? Oder sein Erfolg kürzlich auf der Synode zu Halberstadt? Friedrich verzichtete ihr gegenüber nun jedenfalls auf jene harschen Anfeindungen, die sie von seiner Seite so oft hatte hinnehmen müssen. Er hofierte seine Gemahlin zwar nicht, aber behandelte sie mit dem Respekt, den Eheleute einander schuldig waren.

„Gemahlin, in vier Tagen feiern wir das Geburtsfest Christi", unterbrach Friedrich ihren Gedankengang und sah sie an. „Ich werde einige Edelleute, die an unserer Belagerung mitwirken, sowie die Hauptleute unserer Truppen hierher laden. An die zwanzig Gäste werden es wohl sein, lass bitte alles vorbereiten für eine fürstliche Tafel. Schließlich gibt's wohl auch bald unseren Sieg zu bejubeln ..."

„Ganz wie du es wünschst." Hedwig ließ ihre Handarbeit sinken. „Es soll eine schöne Feier werden zur Geburt des Heilands. In solch düsteren Kriegstagen umso mehr. Und doch ..." Sie zögerte und blickte mit trauriger Miene in die Flammen. „Es trübt meine Freude, dass zur gleichen Zeit unseres Festschmauses viele Männer dort drüben – seien es nun Feinde oder nicht – mit dem Hungertod ringen müssen. Das ist grauenvoll." Sie blickte auf die gegenüberliegende Asenburg.

„Das sollte dich nicht belasten! Ihr Schicksal ist selbst gewählt – gäben sie auf, wären sie sofort gerettet und würden unser aller Erbarmen finden mit Speis und Trank", erklärte der Pfalzgraf entschieden. „Doch dieser unselige Meinhard führt sie im Namen des Königs in den bitteren Tod. Und wieder ist Heinrich die Wurzel allen Übels!"

„Möge der Allmächtige ihm Einsicht schenken!"

„Das ist wohl die einzige Hoffnung für die Männer auf der Asenburg. Immer häufiger schickt Meinhard Boten an den König: Er solle ihnen entweder Hilfe zukommen lassen oder ihnen doch die Aufgabe der Asenburg gestatten. Stets lasse ich die Überbringer passieren in der Hoffnung, dass der König ein Einsehen hat. Doch das geschieht nicht." Der Pfalzgraf trat ans Fenster und sah zur Asenburg hinüber. „Stattdessen kehren die Boten dann ohne die erhoffte Nachricht zurück und versuchen bei ihrer Rückkehr verzweifelt Nahrungsmittel in die Burg zu schmuggeln. Vergeblich – sie zahlen dafür mit ihrem Leben. So auch wieder heute in der Früh, wie Oswald berichtet hat."

„Schrecklich! Wie groß muss die Verzweiflung sein!" Hedwig schüttelte den Kopf.

„Doch Meinhard bleibt seinem König weiter in schon närrischer Weise treu. Er glaubt noch immer, dass Heinrich demnächst mit einem großen Heer hier erscheint und uns alle verjagt." Er lachte spöttisch. „Da halte ich es doch mit unserem heutigen Tagesheiligen, dem Apostel Thomas: Das glaube ich erst, wenn ich es mit eigenen Augen sehe ..."

Der Pfalzgraf durchquerte den Raum, nahm eine Karaffe vom Tisch und goss sich Wein ein. Als er aus dem silbernen Gefäß trank, erklangen Schritte auf den Stufen des Turms. Nur wenige Augenblicke später trat der Camerarius in den Raum und verneigte sich vor den Eheleuten.

„Gerald, was gibt's?" Friedrich von Gozeka wischte sich über den Mund und sah seinen Ratgeber neugierig und argwöhnisch zugleich an. Er kannte dessen Mienenspiel lang genug, um zu erkennen, dass er keine guten Nachrichten brachte.

„Nun, Herr, ein Reiter ist eingetroffen", begann der Camerarius zögerlich. „Er bringt eilige Nachricht aus Haldeslevo – Ihr wisst schon, von der Quelle, die dort für Euch stets die Ohren offen hält ..." Er wagte es kaum, seinem Herrn in die Augen zu blicken, sondern sah zu Boden, während er tief durchatmete und an seiner Kleidung zupfte.

„Und – was gibt's? Nun lass dir die Worte nicht einzeln aus der Nase ziehen!"

„Es ... es geht um die junge Formbacherin." Der Camerarius zögerte, sah den Pfalzgrafen an und deutete vielsagend in Hedwigs Richtung, die ihm den Rücken zugewandt hatte und scheinbar ungerührt mit ihrer Stickerei beschäftigt war.

„Ja … und?“ Friedrich überging die Warnung seines Beraters, indem er eine abwinkende Handbewegung machte. Ungeduldig starrte er Gerald an.

„Nun, sie … sie ist entführt worden.“

„Was sagst du? Entführt?“ Fassungslos starrte der Pfalzgraf sein Gegenüber an. Seinem Gesicht war unschwer abzulesen, wie sich die Gedanken in seinem Kopf überschlugen. Sein Körper versteifte sich, und zugleich hatte es den Anschein, als wolle er den Pokal mit der Rechten zerquetschen.

„Ja, edler Herr“, erwiderte Gerald. Für einen Moment schien der Camerarius mit sich zu ringen, doch schließlich fuhr er mit leiser Stimme fort. „Graf Gebhard hat sie vor wenigen Tagen bei einem Ausritt vor den Augen ihrer Mutter verschleppt. Er … er hat die junge Frau auf seine Burg gebracht und dort geehelicht.“

Schweigen breitete sich aus, nur das Knistern des Kaminfeuers war zu hören. Mit wütend aufgerissenen Augen sah Friedrich starr zum Fenster hinüber, während seine Kiefer hervortraten. Gerald beobachtete seinen Herrn unsicher. Hedwig tat, als höre sie dem Gespräch gar nicht zu. Sie bemühte sich mit klopfendem Herzen, gänzlich in ihre Stickerei versunken zu wirken.

„Ein Brautraub also“, murmelte der Pfalzgraf. Regungslos stand er in der Mitte des Raums und schien die beiden Anwesenden vergessen zu haben. „Dieser verdammte Teufel und die tückische Spinne! Ich hätte es ahnen müssen.“

„Bischof Bucco hat den Grafen Gebhard umgehend mit dem Kirchenbann belegt“, schob Gerald in der Hoffnung auf mäßigende Wirkung nach. „Der Supplinburger hat seinen Entsagungseid gebrochen und den Beschluss der Synode missachtet. So folgt das angedrohte Anathema der Tat auf dem Fuße.“

„Das wird dem Schurken vollkommen egal sein“, sagte Friedrich missmutig. Mit verzerrter Miene schüttelte er den Kopf und schloss schließlich die Augen, als ob er die aufkeimende Wut mäßigen wollte. Dann überwältigte ihn jedoch sein Hass. Sich rasch umdrehend, schleuderte er den Pokal in Richtung des Kamins, wo er klirrend gegen die Steine prallte und in die Flammen fiel.

Erschrocken blickte Hedwig auf und sah ihn ängstlich an. Unwillkürlich musste sie schlucken. „Friedrich, was ... in Gottes Namen ...?"

„Ach, du ... du armseliges Weib! Was willst du von mir?", brüllte der Pfalzgraf und fuhr herum. Er starrte Hedwig drohend an und musterte sie argwöhnisch, als ob er sich erst jetzt ihrer Anwesenheit erinnerte. „Halt den Mund, hörst du?"

Mit großen Schritten trat Friedrich an den Tisch und legte die Hände krampfhaft an die hölzerne Platte. Er senkte den Kopf, während er stoßweise atmete. Besorgt wandte sich der Camerarius Hedwig zu, die ihren Gemahl wie versteinert ansah.

„Diese verfluchten, gottlosen Betrüger!", schrie der Pfalzgraf mit sich überschlagender Stimme. Das Gesicht verzerrt, packte er die Tischplatte und stemmte sie in die Höhe. Mit einem lauten Wutschrei warf er die Tafel um. Scheppernd fielen Teller und Schalen zu Boden.

„Oh, mein Gott." Hedwig hob die Hände vors Gesicht.

„Still, du dummes Weib! Verschone mich mit deiner frommen Scheinheiligkeit!" Friedrich trat, außer sich vor Zorn, vor seine Gemahlin und hob drohend die Hand zum Schlag. Hedwig erstarrte und blickte wie gelähmt ihren Mann an.

„Edler Herr, bitte", sagte Gerald leise und trat einen Schritt vor. Besorgt deutete er in Hedwigs Richtung. „Beim Allmächtigen, vergesst Euch nicht!"

Mit einem lauten Knurren wandte sich der Pfalzgraf ab und schüttelte den Kopf. Seinen Ratgeber ansehend, ballte er die Fäuste. „All meine Pläne sind zunichte! Der Traum vom großen Hause Gozeka ist ausgeträumt! Kannst du ermessen, was das für mich bedeutet?" Ohne eine Entgegnung Geralds abzuwarten, schritt er erregt hin und her. „Für einige Zeit hatte ich die höchsten Ziele greifbar vor Augen, doch nun? Nun bleibt alles beim alten, elenden Mittelmaß." Bei diesen Worten hielt er vor seiner Gemahlin inne und deutete abschätzig auf sie hinunter.

Hedwig schloss die Augen und senkte den Kopf. Tränen strömten unter den Lidern hervor, doch sie verbarg ihr Gesicht in den Händen. Die Anfeindungen und die bittere Verachtung, die sie eben noch für überwunden geglaubt hatte, waren schlimmer als jemals zuvor zurückgekehrt. Verzweifelt wünschte sie sich weit weg von der Horeburg. Sie verzehrte sich nach ihrem geliebten Sohn und betete im Stillen, dass der Allmächtige ihr die Kraft geben möge durchzuhalten.

„Allenfalls ein Wunder vermag nun noch zu helfen", murmelte der Pfalzgraf und umschloss den Armreif an seinem linken Handgelenk. „Hätte ich den Zauber, ließe sich noch etwas ausrichten. Also, wann bringst du mir endlich die Formel, du unfähiger Kerl?" Die Augen unter den buschigen Brauen drohend aufgerissen, trat er auf Gerald zu und packte ihn wütend am Ausschnitt seiner Tunika. „Meine Geduld mit dir und dieser Vettel im Harz ist zu Ende! Beeil dich, wenn dir dein Hals lieb ist."

„Das ist er mir ganz gewiss." Der Camerarius bemühte sich, seine Angst zu verbergen. „Gleich nach dem Geburtsfest des Herrn reise ich ins Tal der Boda. Wie mit Watelinde vereinbart, treffe ich mich mit ihr in einer der Raunächte."

„Das möchte ich dir auch geraten haben", sagte der Pfalzgraf düster. Er stieß den eingeschüchterten Ratgeber in Richtung des Turms. „Und wehe dir, du kommst mit leeren Händen!" Grob schlug er dem Camerarius auf den Rücken, während beide den Raum verließen. Keiner von ihnen schenkte Hedwig Beachtung, die verzweifelt in die Flammen starrte.

Kummer und Hoffnungslosigkeit hatten sich wie Bleigewichte auf ihre Seele gelegt. Die Verachtung im Blick ihres Gemahls ließ sie nicht los – wie eine in Stein gemeißelte Statue stand er noch immer vor ihr, die Hand zum Schlag erhoben. Woher kam diese Geringschätzung, die sich regelrecht zu Hass zu steigern schien? Offenbar stand sie seit jeher den geheimen Plänen und Wünschen Friedrichs im Wege. Und die Absichten, die er bei der Formbacherin gehegt hatte, waren nun zerstört. War also der Verdacht zutreffend gewesen, den sie sich all die Zeit kaum einzugestehen gewagt hatte? Hatte der Pfalzgraf die junge Erbtochter wahrhaftig ehelichen und sie selbst zuvor aus dem Weg räumen wollen? Wie anders sollte man all das sonst erklären? Warum hatte er sie in gefährliches Kriegsgebiet geholt, wenn er nicht auf ihren zufälligen Tod gehofft hätte? Doch nun, da Gebhard ihm trotz der Synodalklage bei der Braut zuvorgekommen war, waren alle seine Pläne dahin. Wie hatte Friedrich es ausgedrückt? Nun musste er sich weiter mit dem alten, elenden Mittelmaß abfinden.

Hedwig schüttelte fassungslos den Kopf und wischte sich die Tränen aus dem Gesicht. Sie erhob sich und trat ans Fenster. An die mangelnde Zuneigung vonseiten ihres Gemahls hatte sie sich in all den Jahren gewöhnt, doch dass er sie verachtete und sogar loswerden wollte, war eine Grausamkeit, die sie sich niemals hätte ausmalen können. Wie sollte sie an der Seite dieses Mannes ihr künftiges Leben ertragen? Sofort trat ihr wie ein unerschütterlicher Trost die schlaksige Gestalt ihres Sohns vor ihr inneres Auge. Ein Lächeln huschte über ihr Gesicht, während ihr Blick über die Winterwälder streifte, ohne von der Landschaft etwas wahrzunehmen. Mit dem Knaben und für ihn würde sie – so Gott ihr gnädig war – alle Widrigkeiten und dunklen Zeiten des Schicksals durchstehen können.

Tief in Gedanken versunken, bekam Hedwig nicht mit, dass sich Schritte von den Turmstufen her näherten. Erst als sich jemand in ihrem Rücken räusperte, fuhr sie erschrocken herum. Vor ihr stand ein junger Knecht, der sich rasch verneigte, die Hände verlegen ineinander verkrampft.

„Edle Herrin, die Torwache schickt mich. Drunten vor der Burg steht eine Maid und verlangt Euch zu sprechen. Sie sagt, es sei äußerst wichtig."

„So?" Hedwig bemühte sich, ihren Kummer zu überspielen. „Wer ist sie? Warum wurde sie nicht einfach zu mir heraufgebeten?"

„Nun, sie mochte ihren Namen nicht nennen und tut wohl recht geheimnisvoll. Sie bittet demütig, Euch vor dem Burgtor sprechen zu dürfen." Der Bursche lächelte unsicher und trat von einem Bein aufs andere. Als er Hedwigs Zögern sah, fuhr er fort: „Soll die Maid wieder fortgeschickt werden? Die Wache hat sie noch nie hier bei der Horeburg gesehen und fand ihr Gebaren seltsam. Wir hätten den Herrn Pfalzgraf fragen können, doch der ist fort zu den Truppen nach Bola."

„Nein, es ist gut", sagte Hedwig endlich. „Ich werde mir die Fremde selbst einmal ansehen. Hab Dank." Sie nickte dem Knecht kurz zu, der sich verneigte und rasch den Raum wieder verließ.

Aufregung ließ Hedwigs Herz bis zum Halse schlagen. Eine große Hoffnung hatte sie erfasst. Sollte ihre Vermutung zutreffen, so wäre dies ein Zeichen des Allmächtigen, denn in der dunkelsten Stunde würde ihr wunderbarer Trost zuteil werden.

Aufgewühlt lief sie ins benachbarte Schlafgemach, öffnete den Eichenschrank und nahm einen bodenlangen Fellmantel heraus. Während sie über die Treppenstufen hinuntereilte, hüllte sie sich in den wärmenden Umhang und schloss ihn oben am Hals mit einer goldenen Spange. Als sie auf den schneebedeckten Innenhof der Horeburg hinaustrat und sich rasch umsah, war sie dankbar dafür, dass der Pfalzgraf nicht mehr zugegen war. Mit schnellen Schritten durchquerte sie den Hof und trat an die fensterlose Stube neben dem Burgtor, in der die Wache untergebracht war.

„Sie wartet draußen bei den drei Buchen, edle Herrin“, krächzte der alte Soldat, der sich stöhnend vom Schemel erhob. „Wenn Ihr mich fragt – sie ist nicht ganz geheuer. Soll ich Euch besser begleiten?“

„Nein, das ist gewiss nicht nötig“, sagte Hedwig entschieden, „ich danke dir.“ Mit klopfendem Herzen spähte sie durch die mannshohe Pforte, die in eines der hohen Flügeltore eingelassen war und nun von dem alten Soldaten geöffnet wurde. Schnell trat sie durch die Tür, die sich hinter ihr sogleich wieder schloss. Vor ihr lagen die beiden Gräben und Wälle sowie die aus einem kleinen Turm bestehende Vorburg, die die Horeburg zum angrenzenden Bergplateau hin sicherten. Jenseits der Befestigungen begann der Wald. Doch Hedwig richtete den Blick gebannt auf eine Dreiergruppe Buchen und schritt über die Gräben hinweg darauf zu.

Als sie der Baumgruppe näher kam, entdeckte sie eine Gestalt in einem langen, braunen Umhang, deren Haupt mit einem Kopftuch verhüllt war. Ein pechschwarzer Zopf war zu erkennen, der bis weit auf den Rücken hinabreichte. Hedwig musste vor Aufregung schlucken. Als die Gestalt die Schritte vernahm, wandte sie sich um. Für einen Moment blickten sich die beiden Frauen stumm an.

„Beim Allmächtigen!“ Hedwig schüttelte ungläubig den Kopf. „Iva, du bist es also tatsächlich – ich hatte es mir so sehr erhofft.“ Ihr bis dahin betrübtes Gesicht wurde mit einem Mal durch ein strahlendes Leuchten erhellt. Schnell eilte die Edelfrau auf ihre Dienerin zu und schloss sie fest in die Arme.

„Oh, meine Herrin.“ Die junge Kammerfrau vermochte vor Rührung kaum zu sprechen. Mit geschlossenen Augen ergab sie sich in die freundschaftliche Umarmung.

„So lange getrennt in so düsterer Zeit!" Hedwig atmete tief durch und beendete erst nach einer Weile die liebevolle Begrüßung. Sie ergriff Ivas Hände und musterte ihre Dienerin von Kopf bis Fuß. „Ich freue mich, dich zu sehen!"

„Mir geht es ebenso, liebste Herrin." Mit einem herzlichen Lächeln betrachtete Iva die Edelfrau. „Ich war in größter Sorge um Euer Heil und danke dem Allmächtigen, Euch wohlbehalten zu sehen." Doch der Dienerin entging keineswegs der Kummer. „Aber ... Eure Augen sind gerötet? Was ist mit ..."

Hedwig unterbrach Iva abrupt und zog sie am Arm tiefer in den Wald hinein. „Lass uns ein wenig gehen, fort von der Burg, wo allzu viele Ohren lauschen und wo meinem Gemahl ein jedes Wort berichtet wird. Keiner hier darf wissen, wer du bist." Hand in Hand wanderten die beiden Frauen zwischen den Bäumen hindurch. Nach einer Weile hatten sie sich so weit von der Horeburg entfernt, dass deren Mauern nicht mehr zu sehen waren.

„Der Pfalzgraf darf dich hier keinesfalls sehen, es würde sofort seinen Argwohn wecken. Denn er glaubt die ‚Schwarzkrähe' in der Viczinburg." Hedwig lächelte.

„Darum habe ich auch gewartet, bis er eben die Burg verließ." Iva überging die Neckerei und ergriff mit ernstem Blick erneut die Hände ihrer Herrin. „Was ist geschehen? Ihr scheint mir sehr betrübt ... Hat er Euch ein Leid angetan?"

„Nein, er ... er hatte finstere Pläne, wohl auch mit mir, wie du seinerzeit zu Recht vermutet hattest. Aber die sind nun dahin, dem Herrn sei Dank!" Hedwig berichtete der Kammerfrau, was in den letzten vier Monaten, die sie voneinander getrennt waren, geschehen war. Und auch Iva erzählte zum Erstaunen ihrer Herrin von ihrer beschwerlichen Reise, von den Alben Güldenbrunns, dem Überfall und ihrer bislang vergeblichen Jagd nach dem Reif, die sie am Ende nun ebenfalls hierhergeführt hatte.

„So laufen alle Fäden hier zusammen", nickte Hedwig und ließ den Blick über die Winterlandschaft streifen.

„In der Tat, Herrin, und hier wird auch die Entscheidung fallen." Iva ballte die Fäuste und sah nachdenklich zu Boden. „Der Camerarius will demnächst aufbrechen in den Harz, sagt Ihr? Dann ist Eile geboten, wir müssen den Reif schnellstens holen!"

„Das ist leichter gesagt als getan, mein Gemahl hütet ihn wie seinen Augapfel. Er will die Zauberkraft in Kürze an der Asenburg erproben. Wir müssen eine geeignete Gelegenheit abwarten, aber ich habe noch keinen Plan. Lass uns sehen, dass wir in enger Verbindung bleiben, hörst du? Dann gebe ich sofort Bescheid."

„Gut, Herrin!" Iva nickte entschlossen. „Ich werde, wann immer es möglich ist, hierher zur Burg kommen. Lindfell, die zwei Mönche und ich halten uns unauffällig in einem der vielen Lager um Bola herum verborgen. Unter all den vielen Belagerern fallen wir kaum auf; die beiden Alben indes verstecken sich in den nahen Wäldern."

„Der junge Mönch wurde verwundet, sagtest du – benötigt ihr Hilfe für ihn?"

„Nein, er ist zwar noch schwach, doch der Albe Wisiger ist heilkundig und pflegt ihn, so gut es geht. Mit Gottes Hilfe wird er genesen."

„Dass es diese Zwergwesen wahrhaftig in unserer Welt gibt, vermag ich noch immer kaum zu glauben." Hedwig schüttelte mit einem matten Lächeln den Kopf. „Nun gut, Iva. Ich sollte wieder zurückgehen, ehe mein Fehlen auffällt. Wir müssen auf den Allmächtigen hoffen, dass er uns eine gute Gelegenheit verschafft zum Raub des unseligen Reifs. Gib einstweilen gut acht auf dich unter all dem groben Kriegsvolk ..."

„Das werde ich tun, Herrin." Iva verneigte sich.

„Schön, dass du wieder um mich bist." Hedwig strich der jungen Frau sanft über die Wange. „Wie habe ich dein offenes Ohr und dein gutes Herz vermisst."

Der König in Worms

Kaum war der Schlusssegen *Dominus vobiscum* des Hammaburger Erzbischofs Liemar verklungen, da strömten die Menschen durch die geöffneten Türen der Basilika St. Peter hinaus auf den Platz des Wormser Domhügels. Doch die feierlich gestimmten Gemüter verhärteten sich sogleich – ein jeder zog rasch die Schultern ein und hüllte sich tiefer in seinen Umhang. Eisig kalter Wind wehte vom Rhein herüber und trübte das herrliche Wetter an diesem Festtag. Von einem wolkenlosen Winterhimmel herab erleuchtete die Sonne das Geburtsfest Christi in strahlendem Licht.

Trotz der Kälte hatte sich in kurzer Zeit eine große Volksmenge auf dem Domplatz versammelt. Gedrängt standen die Menschen beieinander und blickten neugierig hinüber zur Seitenpforte der Basilika. In seiner wuchtigen Kreuzform war der vor einem halben Jahrhundert errichtete Dom das größte Gebäude der Stadt. An ihn grenzte im rechten Winkel der Bischofspalast, die beiden Bauten umfassten den Vorplatz; zur anderen Seite hin traf der Platz auf die Häuser der Kaufleute und Handwerker sowie auf den Wormser Markt. Einige Hundert Menschen befanden sich auf dem Platz, und vom Markt her strömten ständig noch mehr herbei.

Die Schaulustigen reckten ihre Hälse, um den Nordeingang des Doms nicht aus dem Blick zu verlieren. Keiner wollte den Moment versäumen, in dem König Heinrich aus der Basilika trat. Der junge Herrscher befand sich bereits seit zehn Tagen in der Stadt und logierte im angrenzenden Bischofspalast, der einstmals die Kaiserpfalz der Stadt Worms gewesen war. Die Menschen harrten aus, um einen Blick auf den

König zu erhaschen, wenn er vom Dom quer über den Platz zur bischöflichen Residenz gehen würde.

Dann erhob sich ein Raunen. Viele stellten sich auf die Zehenspitzen, um etwas sehen zu können, während ein Großteil der Leute langsam vorwärtsdrängte. Eine Gruppe Würdenträger hatte den Dom durch das Seitenportal verlassen und schob sich nun wie ein Keil in die wogende Masse hinein. An der Spitze des Zuges ging König Heinrich, der anlässlich des Geburtsfestes Christi die goldene Reichskrone auf dem Haupt trug. Mit feierlicher, freundlicher Miene schritt der stattlich anzusehende Herrscher einher, gefolgt von Bischöfen des Reiches. Der eisige Wind zerrte an Heinrichs Haaren, doch das schien dessen gute Stimmung nicht zu trüben. Unter der hohen Stirn blickte er offen und aufmerksam ins Volk, während hin und wieder ein Lächeln über sein Gesicht huschte. Es war unverkennbar, dass er gegenüber den Bürgern der Stadt Worms größtes Wohlwollen hegte.

„Platz für den König", riefen die Wachen, „macht Platz!" Mithilfe ihrer Lanzen drängten sie die Neugierigen zurück und schufen so eine schmale Schneise inmitten der Menschen.

Das Volk verneigte sich vor seinem König und blickte bewundernd auf die Krone und den scharlachroten Mantel, der innen mit Hermelinpelz gefüttert war. Neben dem Herrscher ging Erzbischof Liemar, dessen bleiches Gesicht in würdevollem Ernst erstarrt war. Den Bischofsstab in der Hand haltend, machte er das Kreuzzeichen in die Menge, die ehrfürchtig den Kopf senkte und sich bekreuzigte.

„Ich danke dir für die würdige Messfeier, Liemar", sagte der König leise zu dem Prälaten. „Nun da die Wormser ihren Bischof Adalbert verjagt haben, war es mir wichtig, ihnen einen weitaus ehrwürdigeren Ersatz zu bieten."

„Hab Dank für das schmeichlerische Lob, mein König. Ich habe nicht viel beigesteuert, die Messe war ganz vom Geist des Allmächtigen beseelt."

Die Würdenträger hatten die Hälfte des Weges hinter sich gebracht. Der Menschenauflauf umringte weiterhin den Zug, wobei sich mit einem Mal Hochrufe erhoben. „Es lebe König Heinrich!", schallte es über den Platz. Das ganze Stadtvolk war zugegen: Händler, Kaufleute, Handwerker, Tagelöhner, Dienstmannen, Kirchenleute und Soldaten, aber auch Frauen mit Kindern und selbst Bettler. In dem Menschengewirr waren auch viele Judenhüte zu erkennen, denn Worms beherbergte in seinen Stadtmauern zu jener Zeit eine der größten jüdischen Gemeinden im Reich.

„Wartet, ich möchte einige Worte zum Volk sprechen", sagte der König zu seinen Begleitern. Der Zug hatte den Bischofspalast erreicht und war am Fuß der Eingangstreppe zum Stehen gekommen. Heinrich stieg einige Stufen hinauf und wandte sich den Menschen zu, die ihn erwartungsvoll ansahen.

„Ihr Bürger von Worms, ob Christen oder Juden, ich möchte euch Dank sagen für eure Zuneigung und eure Treue", rief er mit lauter Stimme. „In diesen Tagen, da wahre Königstreue nicht mehr allzu viel zu gelten scheint im Reich, ist es umso kostbarer, eure Huldigung zu erfahren." Der König blickte über den Domplatz, er schien sichtlich gerührt.

„Es lebe unser König!", ertönte es irgendwo aus der Menge. Zustimmende Rufe erhoben sich, und hier und da wurden Arme in den Himmel gereckt.

„Dem Allmächtigen will ich demütig für zwei Dinge danken: Zum einen hat er mich vor dem Tode bewahrt, als ich jüngst schwer krank daniederlag zu Laudenburg. Zum anderen hat er eure Herzen mit wahrer Lehnstreue und Liebe erfüllt, sodass Worms mir heute und allezeit der holdeste Ort erscheint. Im ganzen Reich bin ich von Widersachern angefeindet, doch eure Stadt ist mir heilige Zuflucht und Festung! Seit alters bezeichnet mein salisches Haus den Wormsgau und den Speyergau als seine Heimat, hier findet sich für uns Heil auch in äußerster Bedrängnis. Selbst euren Bischof Adalbert, der sich in der Frage der Sachsen gegen mich stellt, habt ihr mitsamt seinen Truppen aus der Stadt gejagt und stattdessen mich mit offenen Armen empfangen."

„Adalbert, der Verräter", schrie eine Stimme und erntete Zustimmung.

„Eure Zuneigung wird von mir innigst erwidert", überging Heinrich den Einwurf und blickte in die Gesichter ringsum. „Denn Liebe erntet Liebe. Eure Treue als Lehnsleute hingegen lasst mich durch neue Privilegien für eure Stadt vergelten. Ich werde meinen Kanzler beauftragen, den Christen und Juden der Stadt Worms künftig die Freiheit von allen Zöllen zu beurkunden. So möchte ich eingedenk eurer Dienste diesen Handelsplatz am Rhein gestärkt sehen, auf dass Worms fürderhin wächst und gedeiht." Es dauerte einen Moment, ehe die Menschen auf dem Domplatz die frohe Kunde verstanden hatten, dann brach Jubel aus.

Der König winkte den Menschen lächelnd zu, wandte sich schließlich um und stieg die letzten Stufen hinauf zum Bischofspalast. Die Prälaten folgten ihm. Unter dem Türbogen hielt Heinrich noch einmal inne, blickte auf die begeistert jubelnde Menge hinab und wandte sich Erzbischof Liemar zu: „Ach, ich wünschte, so könnte es allerorts im Reich sein! Ein König sollte die Menschen vereinen, nicht auseinanderbringen. Doch ich fürchte, diese Zeiten sind ein für allemal vorüber. Mein Vater – der Allmächtige hab ihn selig – war womöglich der letzte König, dem solche Herrschaft noch vergönnt war."

Durch die Arkadenreihe der Fenster fiel das Sonnenlicht in breiten Balken herein und erhellte den Saal. Von der langen Tafel aus sah man auf einen Garten hinaus, der bis an die Stadtmauer reichte.

„Ein karges Festmahl in karger Zeit", murmelte Bischof Eppo von Zeitz und wischte sich über den Mund. „So ändern sich die Dinge. Als der Hof das letzte Mal in Worms tagte, war die Tafel noch üppig gefüllt mit allem, was in Gottes Wäldern und Wiesen gedeiht. Davon ist nur mehr ein Bruchteil geblieben."

„Nun, damals bestritten ja noch der Wormser Bischof und alle ihm ergebenen Herren des Umlands gemeinsam die Hofhaltung", bemerkte Benno von Osnabrück. Der Prälat sah den Dienern nach, die die geleerten Teller, Platten und Schalen abtrugen. „Heuer fehlt der bischöfliche Gastgeber, und König Heinrich muss die Bewirtung selbst bestreiten. Da heißt es: Die Gürtel enger schnallen!"

„Es ist so, wie Benno sagt, werter Eppo." Der junge Herrscher trank einen Schluck Wein. „Dieses Mahl zum Geburtsfest des Herrn musste für teures Gold aus hofeigener Schatulle erstanden werden."

„Zum Glück umfasst der Hof derzeit nur wenige zu stopfende Mäuler. Wir alle, auch unser König, sind nur mit kleinem Gefolge hier – fast so, als wären wir einfache Handelsreisende. Andernfalls wäre es schwierig", erklärte Bischof Benno.

„In Kriegszeiten müssen Opfer gebracht werden. Zumal unser Glück gewiss nicht davon abhängt, ob drei Hasen, Kapaune oder Forellen mehr auf der Tafel liegen", spottete Heinrich und schüttelte den Kopf. „So ist es nun einmal – ich will mich nicht beklagen: Immerhin haben die Tage hier zu Worms gezeigt, dass es noch Freunde und Verbündete gibt im Reich. Allein das ist mir ein großer Trost." Er blickte auf die Königskrone, die vor ihm auf der Tafel lag, und dann in die Runde. Schließlich hob er seinen Silberpokal in die Höhe: „Auf dass das neue Jahr der Fleischwerdung Christi 1074 ein besseres werde als das nun endende!"

Die Prälaten erhoben ebenfalls ihre Trinkgefäße. Als der König einen tiefen Schluck Wein zu sich nahm, taten sie es ihm gleich. Schweigen senkte sich über die Tafel, ehe Erzbischof Liemar von seinem Platz aufstand und feierlich die Arme ausbreitete: „Möge der Allmächtige dir, edler König, und uns allen gewogen sei. Auf dass die Gerechtigkeit obsiege!" Der Metropolit senkte das Haupt, murmelte leise eine Fürbitte und bekreuzigte sich schließlich demütig.

Die plötzliche Stille wurde lediglich unterbrochen von den Schritten zweier Diener, die Holzscheite zum Kamin trugen und vorsichtig in die Flammen legten. Knisternd und knackend nahm das Feuer den Nachschub auf.

„Mein König, eine weitere gute Nachricht über mögliche Verbündete möchte ich dir an diesem besonderen Tag mitteilen", ergriff Benno von Osnabrück das Wort. Der enge königliche Berater und Vertraute sah den Herrscher mit ernstem Blick an, wobei sich sein Gesicht aufhellte. „Ich habe es gestern erst aus italischen Landen erfahren."

„Was ist es? Frohe Kunde ist selten dieser Tage, aber umso mehr willkommen." Der König musterte den Bischof mit zusammengekniffenen Augen. „Geht es um den Heiligen Vater in Rom?"

„Wie soll man dich nur überraschen? Du hast ein allzu gutes Gespür ..." Benno lächelte kurz, ehe er sachlich fortfuhr. „Nun, in der Tat dürften die Neuigkeiten aus Rom zweifellos jeden Gegner des sächsischen Aufstands froh stimmen. Papst Gregor VII. hat jüngst ein Sendschreiben an Erzbischof Werinher von Magdeburg und an Bischof Bucco von Halberstadt auf den Weg gebracht. Darin ermahnt er die sächsischen Aufrührer, so lange ihre Waffen niederzulegen, bis Legaten der römischen Kirche ins Reich kommen und eine Friedenslösung zwischen den beiden verfeindeten Lagern herbeiführen."

„Es ist beruhigend, dass der Papst als unparteiischer Außenstehender damit anerkennt, dass nicht ich allein – wie ja fast das ganze Reich behauptet – den Krieg vom Zaun gebrochen habe." König Heinrich schlug mit der flachen Hand auf den Tisch. „Nun, womöglich genügt ja dieser Tadel aus Rom, um die Irrwitzigen in Sachsen und Thüringen endlich zur Besinnung zu bringen!" Jetzt lächelte er. „Der weise Rat, den meine Gemahlin mir seinerzeit erteilt hat, trägt somit heute reife Früchte. Bertha schlug jenes Schreiben an den Heiligen Vater vor, das nun wohl günstige Wirkung zeitigt."

„Da du dein Weib erwähnst, mein König: Es ist schade, sie und eure beiden Töchter nicht hier in unserer Mitte zu haben wie sonst stets zum Geburtsfest des Herrn." Eppo, der alte Bischof von Zeitz, der schon unter Heinrichs Vater zum engsten Hofkreis zählte, lächelte versonnen. „Allzu ernst sind so doch die Gespräche in unserer Männerrunde ..."

„Du hast recht, Eppo, nur ...", begann der König, wurde jedoch unterbrochen von einem Diener.

„Verzeiht die Störung, edler König! Doch ein Bote bittet um Euer Gehör. Er kommt von der belagerten Asenburg", sagte der Jüngling aufgeregt und wagte es kaum, den Herrscher anzusehen. Unsicher wartete er auf Antwort, doch Heinrich zögerte. Schweigend warf der König einen Blick zu Bischof Benno.

„Wohl wieder düstere Nachrichten vom Eichsfeld." Der junge Herrscher erhob sich von seinem Platz und ging aufgewühlt im Saal auf und ab. „Was in Gottes Namen soll ich nur tun? Fast wöchentlich schickt Burgvogt Meinhard Boten zu mir, nur um stets aufs Neue zu beklagen, dass seine Männer vor dem Hungertod stehen. Er bittet um kriegerische Befreiung oder um die Erlaubnis, die Asenburg den Belagerern übergeben zu dürfen. Doch ich kann keinen der beiden Wege wählen."

Die Prälaten schwiegen betreten. Der König trat an eines der Fenster und sah mit finsterer Miene hinaus. „Ich brauche Zeit", murmelte er. „Ein Heer muss schleunigst aufgestellt werden, dann werde ich den Spuk im Osten beenden. Es gibt keinen anderen Ausweg." Er wandte sich um und trat auf den Diener zu, der noch immer wartete. „Sag dem Boten, dass sich die Männer der Asenburg noch gedulden müssen. Im Januar wird ein königliches Heer sie aus ihrer Not befreien ... Bis dahin können sie und wir nur auf Anno von Köln und Siegfried von Mainz hoffen, die derzeit in meinem Auftrag mit den Sachsen um Schonung der königlichen Besatzungen verhandeln." Nachdem er geendet hatte, schickte er den Diener fort.

„Ob die beiden Metropoliten Erfolg haben können? Die Aufständischen haben alle Trümpfe in der Hand und werden deine königlichen Männer, die ein hervorragendes Unterpfand sind, nicht einfach ziehen lassen. Eher lassen sie sie verhungern." Benno blickte nachdenklich ins Feuer.

„Es wäre ein Gebot christlicher Nächstenliebe", warf Erzbischof Liemar ein.

„Da magst du wohl recht haben", erwiderte Heinrich abfällig, „doch seit wann scheren sich diese Unholde um Mitgefühl oder um Gottes Wort? Auf Milde zu hoffen habe ich längst aufgegeben. Hier zählt nur das Schwert."

„Was die Asenburg anbelangt, so wäre ein Ausharren gegen die Belagerung auch aus anderer Sicht hilfreich: Solange Friedrich von Gozeka dort gebunden ist, kann er sich mit seinem großen Heerhaufen keinen anderen Kriegszielen zuwenden und noch mehr Schaden anrichten." Bischof Benno sah den König eindringlich an. „Der Pfalzgraf ist ein fähiger und erbarmungsloser Kriegsherr ..."

„Der elende Verräter!", schimpfte Heinrich und ballte die Faust. „Nur weil er den Entzug des Lehens Vokenroht nicht hinnehmen will, hat sich der einst Getreue gegen mich gestellt. Eines Tages wird der habgierige Kerl jedoch dafür bezahlen."

„Ausgerechnet um Vokenroht, wo deine Gemahlin auf ihre Niederkunft wartet, geht es ...", sagte der Osnabrücker Bischof ernst. „Wie du weißt, hat sich dort ebenfalls längst eine Schar aufständischer Thüringer zusammengerottet und eine Belagerung der Festung begonnen. Noch sind sie – dem Herrn sei Dank – zu wenige, als dass man sich sorgen müsste. Doch sollte Friedrich die Asenburg erobert haben und sich mit seinem Heer nach Vokenroht wenden, wird es brenzlig. Denn dass er sich genau diesen Zankapfel, der zwischen euch steht, holen will, ist gewiss."

„Du meinst, er könnte mich gar mit Berthas Leben erpressen wollen?"

„Zutrauen würde ich ihm solche Schurkerei allemal", erklärte Benno düster, „doch am Ende ist er wohl zu schlau. Er weiß, dass er mit so einer unchristlichen Tat das ganze Reich gegen sich aufbrächte und so zuletzt noch dir in die Hände spielen würde. Gleichwohl sollte die Königin gar nicht erst in solche Bedrängnis geraten."

„Allerdings", ergriff Erzbischof Liemar das Wort. „Ehe es eng wird zu Vokenroht, muss Königin Bertha mitsamt den Kindern dort herausgeholt werden – am besten von einem untadeligen Kirchenmann. Den werden die Unholde wohl gewähren lassen."

„Es ist traurig, in welcher Lage sich das einst so mächtige Königtum befindet! Bekämpft im eigenen Reich wie ein frecher Eindringling, bedroht von allen Seiten." Heinrich schüttelte den Kopf. „Und die verbliebenen Getreuen, wie jene auf der Asenburg, haben den Tod vor Augen – es ist grauenvoll!"

„Und doch gibt's noch wackere Kämpfer, die dem Feind unbarmherzig zusetzen. Wie man hört, überzieht Vogt Bodo von der unbezwingbaren Hartesburg aus Goslar und das Umland mit Furcht und Schrecken", sagte Bischof Eppo und sah den König aufmunternd an. „Dort bekommen die Aufsässigen durch ihn noch die ganze Macht der Königsherrschaft zu spüren."

„Ich wünschte mir ein ganzes Heer mit solcher Schlagkraft! Erzittern sollen die Sachsen und Thüringer, auf dass sie aus Angst zu alter Lehnstreue zurückfinden. Es muss alles darangesetzt werden, rasch Truppen auszuheben und noch im Januar nach Osten zu ziehen." Mit entschlossenem Blick wanderte Heinrich auf und ab.

„Viele Getreue warten nur auf ein Wort von dir, edler König", schaltete sich Liemar wieder ein. „Sieh dir nur die Bürger von Worms an: Sie wollen sich nicht nur mit Soldaten, sondern auch mit Geldern am Krieg beteiligen."

„Gewiss, das ist ermutigend." Heinrich nickte. „Doch entscheidend wird sein, die Reichsfürsten – Herzöge, Reichsgrafen und rheinische Bischöfe – für den Kampf zu gewinnen. Wie ihr wisst, sind einige von ihnen meinem Ruf gefolgt und vor drei Tagen hierher ins nahe Oppenheim gekommen. Dadurch ist immerhin der von ihnen eigentlich angesetzte Fürstentag zu Mainz ausgefallen."

„Nun, als wiedererstarkter König hier zu Worms hast du sie so beeindruckt, dass sie offene Gegnerschaft nicht wagen wollten", sagte Bischof Benno.

„Mag sein, doch im Oppenheimer Königshof ist es mir gleichwohl nicht gelungen, ihre Herzen vollends auf meine Seite zu ziehen. Sie zögern und zaudern noch immer", murmelte der König schwach lächelnd. Er setzte sich auf seinen Platz am Kopf der Tafel und blickte versonnen auf die golden schimmernde Krone.

Zum Greifen nah

Der Weiler Bola hatte ursprünglich nur aus einem steinernen Haus und drei schiefen Hütten aus Lehm und Weidengeflecht bestanden, mitten im endlosen Wald. Doch seit einem Vierteljahr, so lange dauerte die Belagerung der Asenburg bereits an, hatte sich die gesamte Umgebung verändert: Der Wald um die Burg war stark gelichtet worden, allerorts waren Truppenlager und Posten entstanden. Bola war der Mittelpunkt des riesigen Heerlagers. Hier hielt Friedrich von Gozeka als oberster Heerführer seine Befehlsausgaben ab, hier trafen sich die Hauptleute der Truppenteile. Um die vier Gebäude herum hatten sich unübersehbar viele Zelte, Unterstände und notdürftige Hütten gruppiert, in denen Vorräte, Ausrüstung und Waffen gelagert wurden. In Pferchen waren Schweine, Rinder, Kühe und Pferde untergebracht. Der Weiler war für Tausende längst zum Umschlagplatz geworden. Außerdem boten in dem Gewimmel Händler, Handwerker und Bauern ihre Waren und Dienste an.

Der aufgewühlte Boden lag unter einer Schneeschicht und war steinhart gefroren. Wasserpfützen waren mit einer Eisschicht bedeckt, und auch die Bäche, die von den Hängen ins Tal flossen, strömten unter einem Eispanzer dahin. Bitterste Kälte hielt das Eichsfeld seit dem Geburtsfest Christi unbarmherzig in ihren Klauen. Ohne Zweifel war dieser Winter auf dem besten Wege, alle vorherigen hinsichtlich der Kälte bei Weitem zu übertreffen. Rings um Bola brannten Feuer, um die sich die Männer kauerten. Decken und Felle waren für den, der es sich leisten konnte, das kostbarste Gut in diesen Tagen.

„Wo ist der Bauer, bei dem wir letzthin die Möhren bekommen haben? Siehst du ihn irgendwo?“ Lindfell sah sich suchend im Menschengewirr um. Iva ging neben ihm. „Er hat uns einen guten Preis gemacht."

„Hm", drang ein vager Laut durch das dicke Tuch, das sich Iva um den Kopf geschlungen hatte. Von ihr war kaum mehr zu erkennen als ihre Augen. Die Verhüllung war einerseits der Kälte geschuldet, andererseits der Vorsicht: Als Frau würde sie in einem Heerlager unweigerlich auffallen, Frauen gab es nur einige wenige unter den Händlern und Bauern. Und Aufmerksamkeit war das Letzte, was sie gebrauchen konnten.

Iva blieb stehen und sah sich um. „Dort drüben", murmelte sie und wies mit dem Arm nach rechts.

„Tatsächlich." Lindfell entdeckte den Mann, nachdem er kurz das Durcheinander vor ihm abgesucht hatte. „Komm." Er rückte den Lederbeutel, in dem zwei harte Roggenbrote lagen, über seiner Schulter zurecht und ging zwischen einer Gruppe feilschender Männer und einer dicht umlagerten Feuerstelle hindurch auf einen Greis zu, der mit einem prall gefüllten Weidenkorb zwischen anderen Händlern stand.

„Gott zum Gruße, alter Mann", sagte Lindfell freundlich und blickte auf den Korb des Greises. „Wir suchen ein wenig Gemüse."

„Nur zu, junger Herr, sieh dir meine Auswahl an." Im Mund des in ein Kuhfell gehüllten Alten waren nur zwei braune Zahnstummel zu sehen. „Warst du nicht neulich schon einmal hier? Ich hab ein gutes Gedächtnis." Eifrig beugte er sich hinab und wies auf die wenigen Möhren, Rüben und Kohlköpfe, die schrumpelig und verdorrt aussahen.

„Hm, deine Ernte scheint lange her zu sein, das Gemüse ist alt und welk." Mit der Hand strich Lindfell über die runzligen, bräunlichen Karotten und verzog das Gesicht.

„Es sind nun einmal harte Zeiten. Besseres habe ich nicht zu bieten", erklärte der Greis, er schien gekränkt. Doch als er sah, dass Lindfell zögerte und schon zum nächsten Bauern blickte, besann er sich. Er legte seine Hand auf die Schulter des Mannes vor ihm. „Ich könnte dir aber einen guten Preis machen. Mal sehen. Sagen wir, fünf Denare für ein Dutzend Karotten und zwei Kohlköpfe?"

Lindfell und Iva sahen einander kurz an. Schließlich nickte sie und nahm einen leeren Leinensack von der Schulter, um das Gemüse darin verstauen zu können. Lindfell schüttelte ein paar Münzen in seine Handfläche. Lächelnd entblößte der Alte seine Zahnstummel.

In diesem Moment veränderte sich im Rücken der beiden etwas. Das betriebsame Gewimmel, das Durcheinander aus Geräuschen und Rufen schien plötzlich abzuklingen. Als hinter ihnen rasch näher kommende Schritte laut ertönten, die von einer größeren Gruppe stammen mussten, wandte Iva sich unwillkürlich um. Im selben Moment erstarrte sie: Keine zehn Schritte vor ihr erkannte sie die Gestalt Friedrichs von Gozeka.

Der sächsische Pfalzgraf befand sich in Begleitung seines Hauptmanns Oswald und anderer Kriegsherren, sie waren auf dem Weg zum steinernen Haus, um eine Lagebesprechung abzuhalten. Die Menschenmenge wich ehrfürchtig vor den Herankommenden zurück. In den Mienen der sich verbeugenden Männer waren zugleich Bewunderung und Furcht vor dem mächtigen Heerführer zu erkennen.

Kaum hatte Iva ihren Herrn von der fernen Viczinburg erkannt, hielt auch dieser überrascht inne und starrte sie an. Durch ihre rasche Drehung war das Tuch heruntergerutscht und gab nun fast ihr ganzes Gesicht preis. So standen sich beide regungslos gegenüber. Erst nach einer gefühlten Ewigkeit vermochte sich die junge Frau aus ihrer Lähmung zu lösen. Schnell verhüllte sie sich wieder und drehte sich zu Lindfell um, der dem alten Bauern gerade die Münzen geben wollte.

„Lindfell, wir müssen weg hier, schnell!“, flüsterte sie voller Angst und zerrte ihn am Arm fort von dem überraschten Greis. „Der Pfalzgraf …“ Lindfell wollte sie verärgert ansehen, doch ein Blick in ihre schreckgeweiteten Augen ließ ihn blitzschnell begreifen.

„He da, das ist doch …“, ertönte in ihrem Rücken schon unheilvoll die Stimme Friedrichs, „diese elende Schwarzkrähe. Was … was macht dieses Weib hier, so fern der Viczinburg? Hier geblieben, du …“ Der Pfalzgraf setzte sich in Bewegung und kam auf die beiden zu.

Voller Angst zerrte Iva ihren Begleiter in die entgegengesetzte Richtung, doch Lindfell konnte seine Neugier nicht beherrschen und blickte sich aufgeregt um zu dem näher kommenden Mann. Das also war der Besitzer des Armreifs? Das Ziel seiner Reise war zum Greifen nah …

„Lindfell, schnell, bitte! Wir müssen fort“, flehte Iva und begann zu laufen. Fest ergriff sie seine Hand und zog ihn mit sich. Schon brachten sie etwas Abstand zwischen sich und Friedrich von Gozeka. Doch Lindfell konnte den Blick nicht lösen von dem Pfalzgrafen, der den Davoneilenden nachsah und drohend die Faust reckte. Da erkannte Lindfell an dessen Handgelenk den Schicksalsreif, der ein Stück unter dem Ärmel hervorschaute. Schon war der Abstand zu groß, um mehr zu erkennen, doch es gab keinen Zweifel. Plötzlich schien die Erfüllung seines Auftrags ganz nah.

„Denk nicht einmal daran, du Narr!", rief Iva warnend, die seine Überlegung erkannt hatte. Ihr Atem ging stoßweise, und sie sah ihn über die Schulter drohend an. „Seine Männer würden dich töten, ehe du ihn auch nur zu berühren vermagst."

„Bei Wodan", rief Lindfell wütend und zugleich enttäuscht. Er schien die Aussichtslosigkeit seiner Idee begriffen zu haben, wandte sich nun nach vorn und lief an Ivas Seite schnell zwischen den Ständen und Zelten hindurch.

„Was ist das für eine Teufelei?", schrie Friedrich von Gozeka aufgebracht. „Da ist doch etwas faul ..." Er hatte die Verfolgung längst aufgegeben und sah den beiden verärgert nach. „Oswald, du hast die beiden gesehen: Sie ist eine Dienerin von der Viczinburg und sollte ganz gewiss nicht hier sein. Finde heraus, wo das Weib hier steckt und was sie vorhat! Und wer ist der Kerl an ihrer Seite? Mir gefällt das nicht." Der Pfalzgraf schüttelte den Kopf und sah seinen Hauptmann an, der neben ihn getreten war. „Und ich werde meine ach so holde Gemahlin einmal befragen, was sie darüber weiß. Erst letzthin hat sie noch so getan, als wäre ihre geliebte Kammerfrau noch auf der fernen Viczinburg. Seltsam, nicht?"

Feuer brannten in der Finsternis rings um die belagerte Asenburg, wie winzige leuchtende Inseln stachen sie hervor aus dem tiefschwarzen Meer der Winternacht. Die Dunkelheit war so vollkommen, dass nicht einmal eine Grenze zwischen Himmel und Erde auszumachen war – alles schien durch ein pechschwarzes Tuch gleichsam verdeckt.

Die Gefährten hatten sich weit draußen am Rande des Heerlagers niedergelassen. Hier, wo das Tal an die unteren Hänge der südlichen Berge stieß, hatten nur wenige Truppenteile ihre Zelte aufgeschlagen. Insofern bestand kaum Gefahr, dass sich jemand allzu neugierig für die

Gruppe um Lindfell interessierte. Der Lagerplatz grenzte unmittelbar an die Wälder, in denen sich Wigman und Wisiger versteckt hielten.

Das Lager bestand aus nicht viel mehr als einer großen Plane, die schräg zu dem felsigen Abhang hin aufgespannt war. An den zwei Außenseiten ließ sie sich durch Laken zuhängen, sodass ein geschlossenes Zelt entstand. Der Boden war von den Gefährten mit Reisig und Laub ausgelegt worden. Zur Felswand hin gab es eine ummauerte Feuerstelle. In den Nächten lagen alle dicht um die wärmenden Flammen, für deren Unterhalt abwechselnd Wachen eingeteilt wurden.

Das vordere Laken hochgeschlagen, hockten Lindfell, Iva und die Mönche um das Feuer und starrten abwechselnd in die Flammen und hinaus in die Dunkelheit.

„Beim Allmächtigen!", rief Folkward plötzlich erschrocken. Der Pater, der dem Eingang am nächsten saß, war förmlich zusammengezuckt. In einer Mischung aus Erschrecken und Vorwurf starrte er Wisiger und Wigman an, die geräuschlos vor ihrem Lager erschienen waren. Nur schemenhaft zeichneten sich die beiden vor dem finsteren Hintergrund ab. „Schleicht euch nicht so an, dass einem das Herz stehen bleibt vor Schreck. Als wärt ihr Gespenster."

„Einen guten Abend allerseits", brummte der kräftige Wigman und überging den Tadel des Mönchs. Wie meist mit Kettenhemd, Helm und Waffen gerüstet, trat er unter die schneebedeckte Plane, gefolgt von Wisiger.

„Seid gegrüßt, meine albischen Brüder", sagte Lindfell und rückte ein Stück zur Seite, um den beiden Platz zu machen. „Kommt ans Feuer und wärmt euch!"

Wisiger nickte dankbar, und die beiden Zwerge setzten sich vor die knisternden Flammen. Während er die Hände in Richtung des Feuers streckte, lächelte Wisiger Folkward zu: „Entschuldige, wir können gar nicht anders, als stets leise zu sein. Es liegt uns Alben im Blut, es steckt nichts Bösartiges dahinter."

„Wie ich euch verstehe", lachte Lindfell und sah die beiden Zwerge an. „Wir kommen aus einer Welt der Stille – unter der Erde gibt es nicht viel zu hören. Wahrscheinlich bewegen wir uns daher tatsächlich anders als die Menschen."

„Das mag oft auch ein Vorteil sein“, erwiderte Tado, der an der Rückwand lehnte. Der junge Mönch hatte unbewusst eine Hand auf seinen Unterleib gelegt, als wolle er seine langsam verheilende Bauchwunde schützen. Ein dicker Wulst unter seiner Kutte verriet, dass die Wunde mit mehreren Tüchern umwickelt war.

„Wie dem auch sei“, lächelte Wisiger und trat neben den Verwundeten. „Ich habe erneut aus dem Vorrat, den ich aus Güldenbrunn mitgebracht habe, getrocknete Kräuter wie Schachtelhalm, Goldrute und Spitzwegerich mit einem zuverlässigen Heilpülverchen vermischt. Das sollte deiner Wunde guttun.“ Er zog einen Beutel unter seinem Umhang hervor und wandte sich an Iva, die neben Tado saß. „Hast du ein wenig heißes Wasser? Wir müssen die Kräuter in Flüssigkeit lösen und hernach in einem warmen Tuchwickel auf die Wunde packen.“

„Das Wasser ist kalt, doch ich erhitze es rasch“, antwortete die junge Frau. Sie nahm den verbeulten Eisentopf und stellte ihn auf einen der Steine der Feuerstelle. „Ein Leinentuch?“, fragte sie und deutete auf ein paar längliche Stofffetzen, die an der Felswand aufgehängt waren. „Sie sind halbwegs sauber und trocken.“

Während Wisiger und Iva die verkrustete Wunde versorgten, kümmerte sich Lindfell um das kärgliche Mahl. Aus dem Lederbeutel zog er die Brote hervor, die sie mittags in Bola erstanden hatten. Die beiden Roggenlaibe waren hart wie Stein, und er musste einiges an Kraft aufwenden, um einzelne Stücke abzubrechen. Mit entschuldigender Miene reichte er die handgroßen Brocken herum.

„Heute wird’s leider nur trocken Brot und Schmelzwasser geben“, sagte er und zuckte mit den Schultern, als er Wigmans enttäuschtes Gesicht sah. „Ich hatte meine Hände bereits nach Möhren und Kohl ausgestreckt, doch dann mussten wir Hals über Kopf fliehen.“ Zerknirscht kratzte er sich am Kinn und berichtete von der Begegnung mit dem Pfalzgrafen und ihrer Flucht.

„Das ist wirklich bitter, mein Magen knurrt bereits seit Stunden“, klagte Wigman und strich sich über den Bauch. „Ich werde morgen so lange die Wälder durchstreifen, bis ich uns ein, zwei Hasen oder gar ein Reh geschossen habe. Das hier ist unwürdig …“ Mit gerümpfter Nase biss er von seinem Brotstück ab.

Schweigen senkte sich für eine Weile über die Runde, während ein jeder sich bemühte, der dürftigen Mahlzeit etwas abzugewinnen. Ein kräftiger Windstoß ließ die Plane über ihren Köpfen flattern und warf etwas Schnee herunter. Die Flammen flackerten kurz, als die kalte Luft durch den Innenraum strich und die Gefährten frösteln ließ.

„Ist das der Helljäger, der mit seinem wilden Heer über den finsteren Himmel zieht?", murmelte Wisiger mit besorgter Miene.

„Ach je, das ist doch bloß Aberglaube und Mär, mein Freund." Tado lachte und klopfte dem Schwarzalben auf die Schulter. „In unserer Welt Christi ist derlei …" Der junge Mönch beendete seinen Satz nicht, denn ein Blick in das Gesicht seines Mitbruders ließ ihn verstummen.

„Du solltest den wilden Woden nicht so einfach abtun, Tado", ermahnte ihn der Pater. Unbewusst strich er sich über seine alte Wunde am Hals. „Ich habe ihn zwar nicht mit eigenen Augen gesehen, damals am Sollonberg, doch glaubhafte Zeugnisse und Beweise erfahren. In einer Raunacht wie der heutigen mag es geschehen, dass Geister der alten, germanischen Zeit in unsere christliche Welt treten. Die sonst voneinander geschiedenen Bereiche können sich überlagern. Genau das ist das Geheimnis der Raunächte."

Überrascht sahen die Gefährten den Mönch an, der gedankenverloren ins Feuer starrte. Die Worte des glaubenstreuen christlichen Gottesdieners erstaunten die Zuhörer, bemühte der Pater sich doch oft, die beiden Schwarzalben von der Macht und Herrlichkeit Jesu Christi zu überzeugen und ihnen ihre alten Götter abspenstig zu machen. Während alle nachdenklich schwiegen, erhob sich Lindfell und sah fast vorwurfsvoll in die Runde.

„Zerbrecht euch jetzt nicht die Köpfe über Gespenster oder Götter – wir haben andere Probleme! Ich hab heute wahrhaftig Wurdbouga gesehen, und es lässt mir keine Ruhe, dass der Pfalzgraf den Reif am Arm trägt. Hat er erst einmal die Formel, um den Zauber zu beherrschen, so ist es zu spät." Der junge Mann verzog den Mund und blickte mit funkelnden Augen in die Flammen. Ungehalten schüttelte er den Kopf, sodass ihm die Haare ins Gesicht fielen und er sie ungeduldig zurückschob. „Ich hoffe nur, wir werden es später nicht bereuen, heute die Gelegenheit des Handelns nicht ergriffen zu haben." Mit gerunzelter Stirn warf er einen Seitenblick auf Iva.

„Es gab heute keine Gelegenheit, Lindfell", erwiderte sie ruhig und hielt seinem Blick stand. „Du hättest ihm den Reif schon vom Arm schneiden müssen und wärst im gleichen Atemzug doch des Todes gewesen."

„Ach was", rief er unwirsch, „einen Versuch wäre es wert gewesen. Hättest du mich nur nicht so rasch weggezogen ..." Verärgert wandte er sich ab, doch im Innern wusste er, dass Iva recht hatte.

„Nein, Lindfell, du hättest den Angriff nicht überlebt", ergriff Tado das Wort. „Du solltest Iva eher danken, sie hat klug gehandelt."

„Streitet euch nicht", bat Folkward und sah von einem zum anderen. „Es ist zu spät – wir können nur an die Zukunft denken."

„Ich fürchte bloß, der Pfalzgraf ist nun gewarnt", sagte Iva nachdenklich. „Er ist ein argwöhnischer Mann, der gewiss Verdacht schöpft. Auch wenn er wohl nicht ahnt, worum es geht, wird er künftig in allem noch mehr Vorsicht walten lassen."

„Ja, es könnte in der Tat schwieriger werden für uns", stimmte Folkward zu und sah Lindfell besorgt an.

„Außerdem habe ich Angst um meine Herrin. Er wird seine Gemahlin gewiss aufs Schärfste befragen, da ich ihre Kammerfrau bin und er einen Zusammenhang wittert. Und sie ist so zerbrechlich." Iva schüttelte den Kopf und sah die beiden Mönche Hilfe suchend an. „Wir müssen den Allmächtigen bitten, seine Hand schützend über sie zu halten, auf dass der Unhold ihr keine Gewalt antut!"

„Du hast recht, wir werden sie in unsere Gebete aufnehmen." Folkward legte der jungen Frau tröstend eine Hand auf die Schulter.

„Wenn euer Christengott willens und fähig ist, derlei Wünsche zu erfüllen, solltet ihr wohl auch darum beten, dass jene Watelinde Wurdbougas Formel nicht zu entdecken vermag." Wisiger sah die beiden Mönche auffordernd an.

„Dies ist nicht die Stunde für Scherze, Heide!", erwiderte Tado vorwurfsvoll.

„Gebete allein werden da nicht helfen", meinte Lindfell düster. „Wir müssen den Reif in unseren Besitz bringen, so oder so! Ob Watelinde das

Geheimnis entschlüsseln kann oder ob wir meinethalben den Camerarius abzufangen versuchen – all das sind Zwischenlösungen. Am Ende muss der Reif zurück nach Elbergard. Ich befürchte, es wird nicht ohne Gewalt gehen, da der Pfalzgraf uns das Stück nicht freiwillig aushändigen wird."

„Dennoch scheint mir das eine gute Idee, Lindfell: den Berater aus dem Weg zu räumen, ehe er die Formel seinem Herrn überbringen kann." Wisiger nickte anerkennend. „Das mag nur ein Zwischenschritt sein, doch es würde uns auf jeden Fall Zeit verschaffen."

„Doch es lässt sich kaum ins Werk setzen. Wir können die Horeburg nicht pausenlos beobachten und auf seine Heimkehr warten", schaltete sich mit einem Mal der sonst eher wortkarge Wigman ein. „Wo sollten wir ihm denn auflauern? Vor dem Burgtor? Das dürfte schwierig sein."

„Vielleicht ist er ja auch längst zurückgekehrt! Und wer weiß: Vielleicht flüstert er dem Pfalzgrafen gerade in dieser Stunde die Zauberformel ins Ohr." Folkwards Worte beendeten das Gespräch. Wie ein lähmendes Gift raubte seine Mutmaßung den Gefährten alle Zuversicht. Mit erstarrten Gesichtern schwiegen sie und blickten in die Flammen. Nur Lindfell ging weiter unter der Plane rastlos auf und ab.

„Ich mag das nicht zu Ende denken", murmelte er düster. Iva sah ihn voller Sorge an und erhob sich dann.

„Ich will gleich morgen in der Früh hinaufgehen und eine Gelegenheit abpassen, um mit meiner Herrin zu sprechen." Sie trat neben Lindfell, sah ihn entschlossen an und berührte ihn am Arm. Die Geste und ihr Blick rissen ihn mit einem Mal aus seinen dunklen Gedanken und gaben ihm Kraft. Für eine Weile sahen sie einander an, ehe Iva fortfuhr: „Sie ist meines Erachtens unsere einzige Möglichkeit, an Wurdbouga heranzukommen, Lindfell. Wenn du an einen gewaltsamen Weg denkst, so irrst du dich: Wir können weder die Horeburg stürmen noch den Pfalzgrafen im Kampf überwinden. Ich befürchte, wir werden ihm den Reif nur durch eine List entwenden können."

Die kostbare Fracht

Metallisch klirrend landete der Ledersack auf dem Tisch. Watelinde beobachtete, wie der Camerarius ihr den Lohn für ihre Mühen übergab. Ein Grinsen breitete sich auf ihrem runzligen Gesicht aus. Die Alte beugte sich auf dem Schemel nach vorn, zog den Beutel zu sich heran und hob ihn ein Stück in die Höhe. Mit zusammengekniffenen Augen wog sie ihn eine Weile und legte den Kopf schief.

„Hm, sind das wahrhaftig zwei Pfund?", krächzte sie und schielte argwöhnisch in Richtung des Camerarius vor ihr. „Ich habe meinen Teil des Handels erfüllt und dir die Zauberformeln des Reifs genannt. Wehe, du versuchst deinerseits nun, ein altes Weib zu übervorteilen."

„Ich habe das Gewicht des Goldes mehrmals abgewogen – es fehlt kein Gramm." Gerald sah die Alte entschieden an, ehe er sich in Richtung des Feuers wandte und im Geist immer wieder die Formeln wiederholte, die Watelinde ihm kurz zuvor aufgesagt hatte. Er musste sich die Sprüche fest einprägen, sein Herr würde ihm den Garaus machen, falls er sie vergaß.

„Haha", lachte die Unholdin meckernd. Sie hatte das verknotete Hanfband gelöst, das den Sack verschlossen hielt, und Teile des Inhalts auf den Tisch gekippt. „Hat der sächsische Pfalzgraf womöglich das eine oder andere goldene Stück aus seiner Hofkapelle oder seinem Hauskloster genommen! Dann muss es ihm wahrlich ernst sein mit dem Schicksalsreif …" Mit spöttischer Miene hob sie ein Kruzifix, einen Kelch und einen Kerzenhalter – allesamt pures Gold – aus dem kleinen Haufen goldener Münzen, Ringe und Fibeln in die Höhe.

„Was? Was hast du gesagt?" Gerald starrte die Alte an. „Beim Allmächtigen! Woher weißt du, wer mein Herr ist?"

„Nur keine Angst, eifriger Dienstmann, das ist nicht dein Fehler“, sagte die Unholdin spöttisch. „Habt ihr beiden Einfältigen wahrhaftig geglaubt, Watelinde würde eure wahre Abkunft nicht herausfinden können? Ihr Narren.“ Erneut ertönte ihr krächzendes Lachen, während sie den Sack zusammenraffte und sich erhob. Auf ihre Krücke gestützt, schlurfte sie durch die Höhle und verstaute ihren Lohn in einer dunklen Kiste.

„Aber wie ...“, setzte der Camerarius fassungslos an. Seine Gedanken überschlugen sich. Hätte er nicht vorhersehen müssen, dass die Alte über ungeahnte Mittel gebot? Womöglich ergab sich nun aus ihrem Wissen um Friedrich gar eine Gefahr für dessen verheißungsvolle Pläne. Verfolgte Watelinde am Ende eigene Ziele? Wollte sie Wurdbouga für sich?

„Nun, ich muss zugeben, dass es eine Weile in der Tat so war“, antwortete die Unholdin auf die ungestellte Frage. Sie setzte sich zurück an den Tisch und grinste hämisch über Geralds Bestürzung. „Allzu sehr hast du von Anfang an meine Fähigkeiten unterschätzt! Könnte ich nicht einmal Gedanken lesen, wäre ich kaum die allseits gefürchtete Watelinde.“ Sie zog eine Holzschüssel heran und rührte mit ihrem Zeigefinger in einem weißen, grobkörnigen Pulver.

„Wie gesagt, eine Zeit lang hat mich der Gedanke an Wurdbouga sehr gefesselt. Was für ein Machtwerkzeug! Wer würde nicht gern darüber verfügen! Also habe ich mich insgeheim auf die Fährte des Besitzers gesetzt. In der Horeburg habe ich ihn gar besucht, den hehren Pfalzgrafen.“ Watelinde lachte erneut. „In seinem Schlafgemach bin ich gewesen, habe sein abstoßendes, herrschsüchtiges Gesicht gesehen wie auch seine traurige Gemahlin ... und den Reif an seinem Handgelenk.“

„Du warst in der Horeburg?“ Gerald sah die Alte ungläubig an.

„Fast hätte ich mir damals den Reif holen können“, überging Watelinde seine Frage und zögerte kurz. „Heute bin ich froh, dass es nicht so kam. Denn aus der Geisterwelt bin ich gewarnt worden vor Wodan, dem der Reif gehört und der einem Missbrauch nicht tatenlos zusehen wird. Ein jeder hüte sich vor dem Zorn des Allvaters!“

Kopfschüttelnd ging Gerald in der Höhle auf und ab. Was sollte er von all dem halten? Watelinde war auf der Horeburg gewesen – wie konnte das möglich sein? Noch bedeutsamer war nun die Frage, ob er ihr überhaupt vertrauen konnte. Hatte sie ihm wirklich die wahren Zaubersprüche genannt?

„Warum sollte ich dich und deinen Herrn belügen? Unser Handel ist besiegelt und gültig – er wurde von euch und von mir eingehalten." Watelinde sah den Camerarius offen an. „Andernfalls käme dein machtbesessener Herr gewiss hierher und würde es mir grausam vergelten. Ich habe den Eifer und die Gier in seinen Augen gesehen: Er verteilt den Tod, wenn es ihn dünkt – da bin ich vorsichtig. Noch ist mir mein Leben lieb und teuer." Sie nahm ein wenig von dem weißen Pulver in die Hand und erhob sich.

„Nun, so müssen wir dir wohl vertrauen." Gerald folgte der Alten zögerlich zur Feuerstelle.

„Ja, das müsst ihr", lachte Watelinde. Schließlich wandte sie sich zu Gerald um und sah ihn an. „Unsere Wege trennen sich hier und jetzt. Warne deinen Herrn noch einmal vor Wodans Zorn, auch wenn ich weiß, dass es bei ihm vergebens ist. Bewahre die Sprüche sicher in deinem Geist und bringe sie heil zu ihm. Möge dein Herr selig werden mit Wurdbougas Macht! Mir ist's einerlei, ob er am Ende vom Allvater gerichtet wird ..." Mit diesen Worten drehte sie sich um und schleuderte das Pulver in die Flammen.

Auch wenn sich Gerald, eingedenk seiner Erfahrungen beim letzten Besuch, auf eine eindrucksvolle Wirkung des Pulvers eingestellt hatte, so war er von der neuerlichen Zauberkunst überwältigt. Grelles Licht erstrahlte in der ganzen Höhle und blendete ihn schmerzhaft. Eine derartige Helligkeit und Weiße hatte er noch nie zuvor gesehen. Schnell kniff er die Augen zusammen und hob die Hände schützend vors Gesicht. So stand er regungslos da und wartete darauf, dass das unnatürliche Leuchten wieder verging.

Doch auch nach einer Weile ahnte er durch seine geschlossenen Lider noch immer dieselbe Helligkeit um sich herum. Während von Watelinde nichts mehr zu hören war, stellte er fest, dass es schlagartig kalt geworden war. Eisige Luft strich über seine Haut und ließ ihn frösteln. Verblüfft fragte er sich, wie es in der Höhle so hatte abkühlen können. Oder ... Befand er sich überhaupt noch in der Behausung der Unholdin? Die Augen zu schmalen Schlitzen verengt und mit der

Hand abgeschirmt, sah er sich blinzelnd um: Um ihn herum war alles weiß.

Es dauerte einen Moment, bis er sein Umfeld erfassen konnte. Vor ihm ragte eine schneebedeckte Felswand empor, die das strahlende Sonnenlicht gleißend widerspiegelte. Er selbst stand auf jenem schmalen Absatz vor Watelindes Höhle. Welcher Zauber hatte ihn, wie durch Geisterhand, nur hierhergebracht? Überrascht erkannte er tief unter sich das Eibental sowie die Wälder. Dort jedoch, wo sich bisher die Höhle finster geöffnet hatte, war nun nichts als Fels, so als hätte es den Eingang nie gegeben. Entsetzt angesichts dieses Zaubers trat der Camerarius voller Angst an den Abhang und machte sich überstürzt, weniger kletternd als durch den Schnee hinabrutschend, an den Abstieg. Um das rätselhafte Erlebnis aus seinem Geist zu verdrängen, wiederholte er im Stillen unentwegt die Formeln.

Nachdem er den ganzen Tag von der Treseburg aus durch den tief verschneiten Wald beschwerlich gen Süden geritten war, hatte er in der Nacht endlich den Harz hinter sich gelassen und den Helmegau erreicht. Anstatt dort jedoch eine Unterkunft zu suchen, beschloss der Camerarius, die Rückkehr zur Horeburg ohne Unterbrechung hinter sich zu bringen. Angesichts der Ungeduld seines Herrn schien ihm dies angezeigt. So mühselig und kalt der nächtliche Ritt durch die weiße Landschaft auch war – mit wenigen kurzen Pausen hatte er bald den nordöstlichen Rand des Eichsfelds erreicht. Hier befand er sich kaum mehr als eine Wegstunde von seinem Ziel entfernt.

Keine Menschenseele – und auch kein Tier – begegnete dem einsamen Reiter, der die nächtlich stille, gespenstisch leblos wirkende Landschaft durchquerte. Außer seinem Pferd war nicht der geringste Laut zu hören. Alles um ihn herum schien wie in Stein gemeißelt, unnatürlich erstarrt. Mit einer Schnee- und Eisschicht überzogen, wirkte alles abweisend und leuchtete geisterhaft im fahlen Licht des Sichelmondes. Einzelne Wolkenfetzen trieben langsam über den sternenübersäten Nachthimmel. Der Camerarius hatte sich ein Wolltuch um den Kopf geschlungen, um sein Gesicht vor Erfrierungen zu schützen. Obwohl auch die Hände mit dickem Tuch umwickelt waren, musste er sie von Zeit zu Zeit mit seinem Atem notdürftig wärmen.

Doch er hatte andere Sorgen als die bittere Kälte und die einsame Nacht. Während sein Pferd ruhig durch die Landschaft trabte, gingen ihm unablässig Gedanken durch den Kopf, die keinen Anflug von Müdigkeit aufkommen ließen. Anfangs hatte er noch die Zaubersprüche, die ihm die Unholdin zugeflüstert hatte, ständig wiederholt. Schließlich waren sie so tief in seinem Geist verankert, als ob sie Teil seines Namens seien. Dann waren ihm zunehmend Zweifel gekommen, ob er sich mit der Weitergabe der machtvollen Sprüche an den Pfalzgrafen nicht vor Gott schuldig machte. Konnte und durfte er wider besseres Wissen diesen schicksalhaften Zauber in die Hände eines Mannes legen, der fast wahnhaft besessen nur seiner Gier nach Macht folgte und dabei die Grenzen von Gut und Böse aus den Augen verlor? Setzte er selbst damit nicht am Ende sein eigenes Seelenheil aufs Spiel? Vielleicht sollte er lügen? Dass Watelinde die Formel von den Geistern nicht habe erlangen können …

Aber da war diese tiefe Angst vor Friedrich, vor seinem Zorn. Lang genug kannte er seinen Herrn, um zu wissen, dass Fehler seiner Untertanen von ihm kaum verziehen wurden. Umso weniger, je bedeutsamer der Sachverhalt war. Und was konnte es für den Mann im Moment Bedeutsameres geben als den Schicksalsreif! In seinem Argwohn würde Friedrich eine Lüge sofort als solche durchschauen – und dann würde sein Zorn keine Gnade kennen.

Als Gerald diese Fragen abwog, kam ihm plötzlich ein düsterer Gedanke, den er schon in der Höhle gehabt hatte: Was, wenn Watelinde ihm falsche, frei erfundene Sprüche mitgeteilt hätte? Es konnte wohl kaum einen Zweifel daran geben, dass der Unholdin nicht über den Weg zu trauen war. Vielleicht hatte sie ja doch noch ihre eigenen Pläne mit Wurdbouga? Das brächte ihn selbst jedenfalls in eine ernste Lage, denn sein Herr würde ein Versagen der Formeln ihm anlasten. Eine entsetzliche Vorstellung! Andererseits nähme ihm dies immerhin die Entscheidung für oder gegen eine gottgefällige Lüge ab, die er ansonsten nicht zu treffen wagte.

Ein Geräusch riss ihn aus seinen Überlegungen. Ein seltsames Rauschen ertönte hoch über ihm und wurde lauter, als ob eine Sturmböe näher käme. Angestrengt lauschte der Camerarius. Täuschte er sich, oder vernahm er jetzt auch zorniges Bellen? Jäh kam ihm ein schauriger Gedanke: Dies war eine Raunacht, und bekanntlich pflegten die Geister da mit Vorliebe umzugehen. War das, was er hoch oben nahen hörte, womöglich der Wode mit seinem wilden Heer? Entsetzen erschütterte ihn, und er schalt sich selbst einen Narren, dass er dies nicht bedacht hatte. Wie konnte er ausgerechnet in einer Raunacht einen solchen Ritt wagen? Sein sonst so zuverlässiges Denken und Planen hatte ihn offenbar im Stich gelassen, dachte er verunsichert.

Doch für Selbstzweifel war jetzt nicht der richtige Moment. Das Rauschen war mittlerweile noch näher gekommen, es schien ihn fast eingeholt zu haben. Nun war auch ganz deutlich das wütend und gehetzt klingende Gebell und Gekläffe von Hunden zu hören. Außerdem vernahm er das Wiehern von Pferden und ein lautes Heulen, Johlen und Gekreische, das ihm das Blut in den Adern gefrieren ließ. Kein Zweifel, das war der Helljäger mit dem wilden Heer. Bekanntlich jagte der Wode in schwarzem Mantel und mit breitem Hut auf einem kopflosen Ross am Himmel dahin, voran ein Dutzend schwarze Hunde und hinter ihm ein grauenvoller Trupp Geister und Mahre. Unter wildem Brüllen und Kreischen über- und untereinander vorwärtsstürmend, folgte das Heer der ruhelosen Seelen seinem dunklen Anführer.

Gerald umklammerte die Zügel und wagte es nicht, in die Höhe zu blicken. Er kannte die grausigen Schilderungen und musste es nicht erst mit eigenen Augen sehen, um zu wissen, dass es tatsächlich das wilde Heer war. Sich fieberhaft umsehend, trieb er sein Pferd rasch an den nahen Waldrand und brachte es unter einer Eiche zum Stehen. In Todesangst duckte er sich tief in den Sattel und erflehte den Schutz des Allmächtigen.

Das Geisterheer hatte nun den Ort erreicht, an dem sich der Camerarius zu verbergen suchte. Der tosende Lärm, das Gebell und Gekreische war mit einem Mal genau über ihm. Sein Unheil schon erwartend, wappnete sich Gerald für die drohende Begegnung mit dem Woden, der mit Vorliebe einsame Wanderer heimsuchte und ihnen im schlimmsten Fall den Tod brachte. Da fiel ihm ein, dass der Wode den Legenden nach eigentlich nur Menschen, die allein zu Fuß unterwegs waren, aufsuchte; Reiter hingegen ließ er angeblich unbehelligt. Hoffnung keimte in Gerald auf, auch wenn er nach wie vor verzweifelte Stoßgebete flüsterte.

Nach einer Weile bangen Wartens hatte der Camerarius das Gefühl, dass sich der gespenstische Tross am Himmel endlich langsam entfernte. Das Tosen und Lärmen schien abzunehmen, das wilde Heer über den Ort hinwegzufliegen. Leise aufatmend, richtete er sich im Sattel wieder ein wenig auf und gab schließlich seiner Neugier nach. Den Kopf schräg nach oben drehend, spähte er vorsichtig durch die Äste und Zweige der Eiche nach oben. Nicht lange musste er den Nachthimmel absuchen, das wilde Heer war unübersehbar. In Form einer lang gestreckten Prozession, die wie eine Schlange mal in diese, mal in jene Richtung ausscherte, schwebte der gespenstische Zug in westlicher Richtung dahin. Er befand sich in solch einer Höhe, dass der Camerarius die einzelnen Gestalten nur als schemenhafte Umrisse, die in fahlem Grün schimmerten, erkennen konnte. Dafür war er geradezu dankbar, da er nicht das geringste Bedürfnis verspürte, in die Fratzen der Geister zu blicken.

Langsam setzte Gerald sein Pferd wieder in Bewegung und verließ das Versteck unter dem Geäst der Eiche. Erleichtert beobachtete er, wie sich das wilde Heer weiter entfernte. Schon war von dem lärmenden Treiben nichts mehr zu hören, auch das stürmische Rauschen verklang nach und nach. Ein Blick nach Osten verriet dem Camerarius, dass bereits das erste blasse Grau des nahenden Morgens am Horizont aufzog. So lag die Vermutung nahe, dass der Helljäger sein Geistergefolge vor dem erwachenden Tag in die verbleibende Dunkelheit des Westens führte, um dort noch eine Weile für Angst und Schrecken sorgen zu können, ehe die Sonne die Nacht endgültig besiegt haben würde.

Endlich befreit von seiner Furcht, dankte Gerald dem Allmächtigen, dass er ihn beschützt hatte. Zugleich schalt er sich selbst für das Wagnis eines raunächtlichen Ritts.

Nach einer guten halben Stunde erblickte er vor sich im ersten Grau des Morgens die Asenburg und gegenüber die Bergkette, auf der die Horeburg lag. Dünne Rauchfäden stiegen von den vielen Feuern der Belagerer empor. Als er durch Bola ritt, regte sich dort erstes Leben im Heerlager. Doch niemand schien neugierig zu sein, was es mit dem frühen Reiter auf sich hatte. So passierte er die Zelte und Unterstände und wandte sein Pferd auf den Pfad, der in weiten Schleifen zur Horeburg hinaufführte. Je höher sich der Weg emporwand, desto langsamer wurde allerdings das vollkommen erschöpfte Ross. Die Steigung zwang den Camerarius am Ende dazu, abzusteigen und das Tier am Zügel hinter sich her zu führen.

In müdem Trott über den gefrorenen Boden wandernd, verging einige Zeit, ehe er endlich die Mauern der Horeburg vor sich sah. Der Tagesanbruch tauchte den Horizont in gräulichrote Schleier. Doch der Camerarius hatte kein Auge für das eindrucksvolle Schauspiel, erschöpft trat er ans Burgtor und klopfte gegen das Holz.

„Wache, öffne das Tor! Ich bin's, Gerald, der Camerarius des Pfalzgrafen." Sein heiserer Ruf hallte seltsam in der Stille nach. Die Mauern und der Wald schienen den Ruhestörer mit Missachtung strafen zu wollen. Noch einmal klopfte Gerald polternd gegen das Tor, bis sich endlich etwas regte. Spaltbreit öffnete sich die kleine Tür innerhalb des Torflügels, und ein Auge spähte argwöhnisch heraus.

„Ihr seid es, wahrhaftig", krächzte die Torwache und riss die Tür ganz auf. Der alte Soldat stützte sich schief auf seine Lanze und nickte dem Ankömmling zu. „So seid Ihr wohl die Nacht hindurchgeritten? In einer Raunacht ..."

„Hm, frag nicht", brummte Gerald und führte das Pferd hinter sich in den Innenhof. Nachdem der Alte das Tor wieder geschlossen und den Riegel vorgelegt hatte, folgte er dem Camerarius, der ihm die Zügel in die Hand drückte. „Kümmere dich um das Tier, es ist vollkommen erschöpft."

„Jawohl, Herr." Der Soldat schlurfte ergeben mit dem Ross hinüber zu den Stallungen.

„Bist du es, Gerald?", rief in diesem Moment der Pfalzgraf über den Burghof. Friedrich von Gozeka lehnte mit halb entblößtem Oberkörper aus einem der Fenster des Obergeschosses und sah neugierig herunter. „Das trifft sich gut, mit meiner Nachtruhe ist es eh vorbei." Er winkte dem Camerarius zu. „Wie du dir denken kannst, habe ich deiner Rückkehr ungeduldig entgegengefiebert. Hast du mir etwas mitgebracht aus dem Tal der Boda?" Der Burgherr starrte seinen Ratgeber erwartungsvoll an und konnte die Ungeduld und Gier in seinem Blick kaum verbergen.

„Nun, in der Tat, ich habe kostbare Fracht für Euch, edler Herr." Der Camerarius lächelte müde.

„So? Großartig!", rief der Pfalzgraf mit leuchtenden Augen. „Warte, ich komme in den Hof. Was wir zu bereden haben, sollte besser unter uns bleiben." Während er sich, noch am Fenster stehend, eine Tunika überzog, warf er schnell einen verstohlenen Blick hinter sich in den Raum. Dann nickte er seinem Ratgeber vielsagend zu und verschwand von der kleinen Öffnung. Gleich darauf waren Schritte zu hören, und schließlich trat Friedrich in den Innenhof. Sich den Schwertgurt umschnallend, ging er auf Gerald zu. Sein Atem erzeugte große, helle Nebelwolken.

„Ich grüße Euch, edler Herr", sagte der Camerarius ehrerbietig. Der Pfalzgraf trat dicht vor seinen Ratgeber und legte in einer seltenen Geste vertraulicher Anerkennung beide Hände an dessen Oberarme. Mit dem bemühten Versuch eines freundlichen Lächelns starrte er ihn an.

„Du bist mir willkommen, Camerarius", sagte Friedrich und senkte die Stimme. „Aber quäle nicht länger meine Geduld, sprich: Hast du tatsächlich erlangt, wonach mein Herz begehrt und wovon die Macht des Hauses Gozeka abhängt?" Er entblößte sein Handgelenk und lenkte Geralds Blick auf den halb sichtbaren Schicksalsreif.

„Ja, die Unholdin Watelinde war uns zu Willen. Sie hat Euer Gold genommen und mir den Spruch genannt, der über Wurdbougas Zauber gebietet." Mit besorgter Miene verfolgte er die Veränderung im Gesicht seines Herrn. Eine merkwürdige Entrückung schien diesen aus der Wirklichkeit enthoben zu haben. Sein Antlitz wirkte erstarrt und berauscht zugleich, dem Wahn näher als der Vernunft.

„So mögen sich meine Träume also endlich erfüllen", flüsterte Friedrich mit großen Augen. Er legte den rechten Arm um Geralds Schulter, zog ihn zu sich und deutete hinauf in den Morgenhimmel. „Dieser blutrot anbrechende Tag wird der Beginn einer neuen Zeit sein." In unverhohlener Freude nickte er. „Nun, der Zauber kommt gerade recht, denn ein Bote Ottos von Northeim ließ mich gestern erst wissen, dass der König vom Rhein aus mit Truppen aufgebrochen ist. Schon sammeln sich auch unsere Heere des sächsischen und thüringischen Adels, um ihm entgegenzuziehen. Kommt es also zum Äußersten, so wäre Wurdbouga ein entscheidendes Werkzeug – welch machtvolle Rolle könnte mir da zuteil werden!"

Der Camerarius blickte starr zu Boden. Wie befürchtet, gab es für Friedrich in seinen Machtträumen nun kein Halten mehr. So lag es künftig wohl allein bei Gott, das schlimmste Unheil zu verhindern. Düstere Gedanken überschlugen sich in Geralds Kopf, zugleich quälte ihn sein Gewissen.

„Die Unholdin lässt Euch erneut warnen, den Schicksalsreif, der ja Wodan gehört, zu verwenden. Seine Rache werde entsetzlich sein …" Der Camerarius sprach langsam und bemühte sich um einen eindringlichen Tonfall. „Heut Nacht bin ich selbst dem Woden und seinem wilden Heer begegnet – wollt Ihr, dass er am Ende über Euch kommt?" Sein Gesichtsausdruck war ernst, doch er ahnte bereits, dass auch dieser letzte Versuch, das Unheil zu verhindern, vergeblich sein würde.

„Ach, Gerald, du Kleingeist", lachte der Pfalzgraf und schlug ihm auf die Schultern. „Dein nächtlicher Ritt hat dich wohl überanstrengt und dir wirre, grausige Fantasien vorgegaukelt. Für mich gilt: Nichts und niemand wird mich auf meinem Wege nunmehr aufhalten."

Wurdbougas Zauber

Über dem Eichsfeld und dem Helmegau prangte ein wolkenloser Himmel, doch die Wintersonne stand zu tief, als dass ihre Strahlkraft ausgereicht hätte, der kälteerstarrten Landschaft Leben einzuhauchen. Seit vielen Tagen befand sich die Welt nun schon in den Klauen des Frosts, und es schien, als ob die Kälte ihren Tiefpunkt noch nicht einmal erreicht hätte.

Die beiden Männer standen auf einem Erdwall, der den äußersten Vorposten der Belagerer zu Füßen der Asenburg umgab. Ihnen war bitterkalt. Fest in ihre Umhänge gehüllt, gingen sie auf und ab und rieben sich die Oberarme.

„Wo bleibt er nur?", murmelte Oswald. Sein Atem erzeugte eine Nebelwolke. Der in vollem Rüstzeug gekleidete Hauptmann drehte sich um und sah ungeduldig den Hang hinunter. „Es war ihm doch so dringlich." Er warf einen kurzen Seitenblick auf Gerald, der neben ihm stand und schweigend mit den Schultern zuckte. An der Miene des Heerführers ließ sich unschwer ablesen, dass er in kriegerischer Hinsicht nicht allzu viel von dem schmächtigen Ratgeber des Pfalzgrafen hielt. Die zwei Männer bildeten ein recht ungleiches Paar.

„Was ist los mit dir, Camerarius? So matt und müde, wo doch unser Herr einen unvergleichlichen Tag angekündigt hat?" Oswald konnte ein hämisches Lächeln kaum verbergen, als er die in sich zusammengesunkene Gestalt ansah. Gerald war die Erschöpfung seines nächtlichen Ritts ins Gesicht geschrieben.

„Es war eine sehr lange Nacht, und mir blieben gerade zwei Stunden Schlaf." Gerald gähnte.

„Was hat der Pfalzgraf denn vor? Hat er dich eingeweiht in seine Pläne? Seinem Hauptmann hat er es nicht verraten wollen, aber vielleicht ja dir als seiner rechten Hand." Der Soldat verzog den Mund und blickte hinauf zu den Mauern der Asenburg. Schon lange neidete der Kriegsmann dem Camerarius die Nähe und das Vertrauen, das dieser bei Friedrich von Gozeka genoss. „Zum ersten Mal will unser Herr nun selbst mit Meinhard verhandeln. Was will er ihm für die Asenburg bieten? Alles hat der Königsmann bisher ausgeschlagen, warum sollte das heute anders sein?"

„Wart es nur ab, Oswald", lächelte Gerald müde. „Vielleicht wird dies wirklich ein unvergleichlicher Tag ..."

„Hm", brummte der Hauptmann missmutig. Wusste dieser Hänfling tatsächlich mehr, als er sagen wollte?

„Ach, da fällt mir etwas ein." Gerald kratzte sich am Kopf. „Der Pfalzgraf lässt dich fragen, ob du eine Spur dieser schwarzhaarigen Slawin – du weißt, die Dienerin Iva von der Viczinburg – gefunden hast. Es ist ihm wohl sehr wichtig."

„Ich weiß", winkte der Soldat ab. „Als du fort warst, hat er mich gleich mehrmals am Tag nach ihr gefragt. Doch ich muss sagen: Wir haben sie bisher leider nicht entdecken können. Es sind zu viele Leute hier im Heerlager, als dass man da einen bestimmten Menschen finden könnte."

„Hm, eine seltsame Sache jedenfalls", murmelte der Camerarius. „Angeblich weiß auch die Gemahlin des Herrn nichts darüber, er hat sie befragt. Und das, wo es doch ihre eigene Kammerfrau ist ... Nun, sei's drum, das ist heute zweitrangig."

In diesem Moment erklangen Schritte im Schnee. Die beiden Männer wandten sich um und sahen den Pfalzgrafen mit zwei Soldaten den Hang hinaufsteigen. Schnaufend stapften sie mühsam durch das steile Gelände. Nach einer Weile erreichten sie den Lagerplatz.

„Nun denn, auf zu großen Wundertaten!", rief Friedrich von Gozeka lachend und trat mit strahlendem Blick zwischen die beiden Wartenden. Entgegen seiner sonstigen Gewohnheit in Feindesnähe hatte er auf Helm und Kettenhemd verzichtet. Stattdessen trug er einen langen, eleganten Umhang, der innen mit Fuchsfell gefüttert und auf der Rückseite mit dem Adlerwappen der sächsischen Pfalzgrafen bestickt war. Darüber hing an einem breiten Ledergürtel sein Langschwert.

Als keiner der beiden Untertanen etwas auf seine hochgemuten Worte erwiderte, sah der Pfalzgraf mit belustigter Miene vom einen zum anderen und schlug Oswald auf den Rücken. „Alter Kämpe, auch wenn du es dir noch nicht auszumalen vermagst, heute wird sich der Lauf der Dinge gewaltig ändern!"

„Aha." Der Hauptmann blickte verwirrt drein. „Edler Herr, so will ich mich denn für eine Überraschung wappnen."

„Und du, Camerarius, vergiss nicht, was wir besprochen haben: Kein Wort über die wahre Bewandtnis der Ereignisse!" Friedrich sah den ermatteten Gerald drohend an. „Keiner weiß davon, und so soll es auch bleiben! Ich will weder Neugierige noch Neider auf den Plan rufen."

„Das ist klug und weitsichtig, Herr. Doch großes Staunen und Gerüchte werden sich hernach gleichwohl kaum vermeiden lassen."

„Sei's drum! Mögen sie alle erschüttert rätseln, so viel sie wollen – auch wenn sie die Wirkung erkennen, werden sie die Ursache nicht entdecken!" Der Pfalzgraf lachte und blickte in Richtung der Asenburg. „Doch nun nicht weiter gegrübelt, sondern frisch ans Werk!"

Er wies die beiden Soldaten an, im Lager zurückzubleiben, und setzte sich entschlossen in Bewegung. Zügig den Erdwall besteigend, verließ er den Belagerungsposten, dicht gefolgt von Gerald und Oswald. Nach wenigen Schritten traten sie aus dem Schutz der Buchen auf die gerodete, schneebedeckte Fläche zu Füßen der Burg. Schräg oberhalb war die enge Schlucht zu sehen, durch die man zum Tor der Festung gelangte.

„He da, stehen geblieben, wenn euch euer Leben lieb ist!", brüllte plötzlich eine Stimme von den Zinnen der Asenburg herab. „Was wollt ihr?"

„Dies hier ist der edle Pfalzgraf Friedrich von Gozeka. Durch Boten ist vereinbart worden, dass er heute mit eurem Burgherrn Meinhard eine Unterredung abhält", antwortete Oswald. Die drei Männer waren nach dem drohenden Ruf stehen geblieben und blickten hinauf zu den Burgmauern. Zwischen den Zinnen war zu sehen, wie Pfeile schussbereit auf sie angelegt waren.

Es entstand eine Pause, während der von oben leises Gemurmel zu vernehmen war. Nach einer Weile erklang die Stimme erneut: „Legt eure Waffen ab und kommt langsam herauf zum Burgtor."

Hauptmann Oswald sah seinen Herrn mit gerunzelter Stirn an, doch dieser löste bereits in aller Ruhe den Gürtel über seinem Umhang und rammte sein Schwert in den Schnee. Auch der Camerarius zögerte nicht lang, zog sein Schwert aus der Scheide und steckte es neben die Waffe des Pfalzgrafen.

„Ist es wirklich klug, unbewaffnet zu unserem Feind zu gehen?", fragte Oswald argwöhnisch. „Man könnte Euch am Ende gar als Geisel nehmen." Der Soldat schien besorgt und zugleich überrascht angesichts der Unbekümmertheit seines Herrn.

„Dein Misstrauen wäre unter gewöhnlichen Umständen gewiss berechtigt, guter Oswald", erwiderte Friedrich leise. „Doch heute und hier wird alles neuen Regeln folgen. Nur keine Sorge also!" Der Pfalzgraf lächelte hintersinnig und sah zu, wie der Hauptmann kopfschüttelnd seine Waffe ebenfalls ablegte.

„In Ordnung", rief die Stimme von oben, „kommt zum Tor!"

Die drei Männer setzten sich in Bewegung. Ihre mühsamen Schritte durch den knietiefen Schnee verursachten ein Knirschen. Die baumlose Fläche unter den Burgmauern war unberührt weiß, keine Fußspuren waren zu erkennen. Mit Ausnahme weniger Boten hatte seit Wochen keiner mehr den Belagerungsring passiert und war zur Asenburg hinaufgestiegen. Als sie eine Weile bergan gestapft waren und sich die Schlucht mit dem Kammertor vor ihnen öffnete, deutete Oswald im Vorübergehen auf einen Schneehaufen rechter Hand.

„Dies hier war der letzte Versuch, Nahrungsmittel in die Asenburg zu schaffen", erklärte er düster. „Unter dem Schnee liegt noch immer das Pferd des Unseligen. Ihn selbst haben wir tiefer am Hang begraben."

„Hm", brummte der Pfalzgraf und nickte ernst. „Nun, all das wird heute ein Ende finden." Ohne die verständnislosen Blicke seines Hauptmanns zu beachten, stieg er weiter aufwärts und betrat den felsigen Hohlweg, der nach Kurzem vor dem eindrucksvollen Burgtor endete. Zu beiden Seiten waren die Felswände der Schlucht mit Mauern und Zinnen gekrönt, von denen Soldaten der Asenburg herunterblickten.

Auch auf dem Tor standen Bogenschützen, ihre Waffen auf die Ankömmlinge gerichtet. Das Sonnenlicht wurde von den Metallspitzen der Pfeile widergespiegelt.

Als sie nur noch wenige Schritte vom Tor entfernt waren, hielten der Pfalzgraf und seine beiden Begleiter inne. Wartend sahen sie an dem eindrucksvollen Wehrbau empor: Der Zugang zur Asenburg klemmte wie eine unüberwindliche Sperre inmitten der felsigen Schlucht. Das Burgtor bestand aus zwei eisenbeschlagenen, massiven Türflügeln unter einem eleganten Rundbogen, darüber ein Wehrgang mit Zinnen.

Die Ankömmlinge standen wartend im tiefen Schnee, der sich durch Verwehungen vor dem Tor zu noch größerer Höhe aufgeschichtet hatte. Von innen war zu hören, wie ein schwerer Riegel aus seinen Verankerungen gehoben wurde. Danach öffnete sich laut knarrend der linke Türflügel. Ein abgezehrtes Gesicht kam zum Vorschein und musterte die drei Männer von Kopf bis Fuß.

„Kommt herein", sagte der Mann und schob den Türflügel ganz auf. Der Kriegsmann war zweifellos ein Hauptmann, wie sein Kettenhemd und das kostbare Schwert verrieten. Hinter ihm standen vier Soldaten, die ihre Lanzen in Richtung der Besucher gesenkt hielten.

„Gott zum Gruße allerseits", sagte Friedrich mit entwaffnendem Lächeln. Die Arme als Zeichen seiner Friedfertigkeit ausgebreitet, trat der Pfalzgraf unter dem Torbogen ins Innere der Burg. Der Camerarius und Oswald, der fassungslos den Kopf schüttelte angesichts des seltsamen Verhaltens seines Herrn, folgten ihm. Kaum hatten auch sie das Tor passiert, schloss sich dieses hinter ihnen.

„Mein Name ist Hug, ich bin Hauptmann dieser Feste und zugleich erster Diener meines edlen Herrn, des königlichen Ministerialen Meinhard." Der hagere Edelmann, dessen Gesicht matt und bleich wirkte, neigte unmerklich das Haupt. „Unser Burgherr erwartet euch bereits. Folgt mir!"

Die Lanzenträger hoben ihre Waffen und bildeten eine Gasse, durch die die drei Ankömmlinge dem Hauptmann hinterhergingen. Die Schlucht, hier im Burginnern weitgehend vom Schnee geräumt, stieg nun steil an, bis sie nach einigen Schritten in dem ebenen Innenhof endete.

„Hast du den schwäbischen Zungenschlag vernommen?“, flüsterte Friedrich seinem Ratgeber zu und verzog das Gesicht abschätzig. „Der König besetzt bekanntlich seine Burgen in unseren Landen fast nur mit Männern aus dem Süden des Reiches – sie sind ihm treu ergeben und fressen ihm aus der Hand.“ Der Camerarius nickte nur und folgte schweigend Hauptmann Hug, der sie, dicht gefolgt von den vier Wachen, auf ein steinernes Gebäude zuführte.

Von allen Seiten wurden die Ankömmlinge neugierig betrachtet. Ringsherum im Innenhof der Asenburg sowie auf den Mauern standen zahllose Soldaten und starrten herüber. Ihre Gesichter wirkten grau und verhärmt – Mangel und Entbehrung waren den Mienen deutlich abzulesen. Wie der kriegserprobte Oswald feststellen musste, schien ihr Kampfeseifer gleichwohl ungebrochen. Die durch die lange Belagerung zu erwartenden Auflösungserscheinungen waren offenbar noch nicht eingetreten. Die Männer gingen geschäftig ihren Aufgaben und Pflichten nach, metallischer Lärm von Hammer und Amboss klang hell durch die Burg.

Friedrich von Gozeka studierte derweil weniger die Soldaten als vielmehr die eindrucksvolle Anlage der Asenburg. Sie beherrschte uneinnehmbar den Berg, dessen Flanken in lotrechten Felsabbrüchen steil abfielen. Das Tor, durch das sie gekommen waren, lag auf der Südseite des Plateaus, wo sich auch die Verwaltungsgebäude und die Schmiede befanden. Die Unterkünfte für die etwa zweihundert Soldaten sowie Vorratslager und Schuppen hingegen lagen im Mittelteil der Anlage, wo noch einige Bäume standen.

„Tretet ein, der edle Meinhard erwartet euch“, sagte Hug, als sie endlich bei dem niedrigen Verwaltungsgebäude angelangt waren. Er wies auf eine offen stehende Tür und ließ den drei Männern den Vortritt. Durch ein knappes Nicken bedeutete er den Wachen, vor dem Haus zu warten.

Friedrich von Gozeka und seine Begleiter traten in einen mittelgroßen Raum mit niedriger Balkendecke, an dessen Rückwand in einer ummauerten Feuerstelle mehrere Holzscheite brannten. Blauer Rauch stieg auf und entwich durch eine runde Öffnung im Dach. Linker Hand war die Wand durchbrochen, ein Bogendurchgang führte in ein Nachbarzimmer. In der Mitte des Hauptraums vor dem Kamin standen ein runder Tisch und mehrere Stühle. Auf einem von ihnen saß ein klein gewachsener, rundlicher Mann mit nahezu kahlem Kopf. Unauffällig, aber elegant in dunklen Damast gekleidet, blickte er die Besucher mit wachsamen Augen an.

„Pfalzgraf Friedrich von Gozeka und zwei Begleiter, edler Meinhard", stellte Hug die Ankömmlinge vor und verneigte sich. Der Burgherr erhob sich betont langsam und neigte unmerklich das Haupt in Richtung des Feindes, der den zurückhaltenden Gruß ebenso knapp erwiderte.

„Gott zum Gruße, Pfalzgraf", sagte Meinhard kühl lächelnd und deutete auf die Stühle. Auch der Burgherr sprach unverkennbar mit schwäbischem Anklang. „Bedient Euch gern an Speis und Trank!" Während sich die drei ihm gegenüber setzten, fiel ihr Blick auf die üppig bestückte Tafel. Gänzlich unerwartet für eine seit Monaten belagerte Burg entdeckten sie in der Mitte des Tisches Karaffen mit Wein und Wasser, große Brotlaibe und Schalen mit gepökeltem Fleisch, Bohnen und Lauch.

„Nun, Burgherr, hab Dank, doch wir sind gewiss nicht des Schmausens wegen hergekommen." Friedrich sah sein Gegenüber gleichmütig an und überspielte geschickt sein Erstaunen angesichts der zur Schau gestellten Vorräte.

„Sei's drum", erwiderte Meinhard mit kaltem Blick, „gleichwohl könnt Ihr sehen, dass die Asenburg keinerlei Mangel leidet. Ich denke, das solltet Ihr wissen." Er verzog die nach unten gerichteten Mundwinkel abschätzig. „Nun, bis König Heinrich mit seinem Heer in Kürze hier anlangt, können wir bestens ausharren ..."

„Glaub nicht, solch Blendwerk könnte mich beeindrucken, Meinhard", antwortete der Pfalzgraf. „Und wenn du auf den König hoffst, so bist du ein Narr! Er mag vom Rhein her zwar unterwegs sein, doch sein Heer ist klein. Die vereinten Sachsen und Thüringer hingegen sind so zahlreich wie die Sterne am Himmel."

„Deine Prahlerei kannst du dir sparen, Pfalzgraf!" Der Burgherr erhob sich, trat ans Feuer und wärmte seine Hände über den Flammen. „Seit dem Sommer belagerst du meine Festung vergeblich und solltest langsam erkannt haben, dass die Asenburg nicht in die Knie zu zwingen ist. Was also willst du hier? Viele Gesandte hast du im Laufe der Zeit zu uns geschickt und doch stets dieselbe Antwort erhalten. So wird's auch heute sein: Die Festung des Königs wird nicht preisgegeben!"

„Glaubst du wirklich, ich wäre in eigener Person hierhergekommen, nur um eine neuerliche Absage zu hören?" Friedrich lachte laut auf und schüttelte den Kopf. „Warum sollte ich solch Wagnis eingehen?"

„Red nicht herum! Was willst du?" Meinhard sah den Pfalzgrafen wütend an. „In der Tat ist es ein Wagnis, in die Höhle des Löwen zu kommen und freche Reden zu führen. Du wärst gewiss ein kostbares Unterpfand." Der Burgherr blickte grimmig drein und legte die rechte Hand vielsagend auf den Griff seines Schwerts.

„Wage nicht, mir zu drohen, du einfältiger Königsknecht", zischte der Pfalzgraf und sprang von seinem Stuhl auf. „Du ahnst nicht einmal, was dies für ein Tag werden wird." Er trat ebenfalls ans Feuer und lächelte überheblich. Hauptmann Hug kam besorgt um den Tisch herum und stellte sich neben seinen Herrn, während der Camerarius und Oswald das Ganze neugierig verfolgten.

„Komm endlich zur Sache, Pfalzgraf!"

„Genau heute wird die Asenburg fallen", sagte Friedrich von Gozeka in leisem, eindringlichem Ton. Während alle den Pfalzgrafen verständnislos anstarrten, beachtete allein Gerald, wie sein Herr kurz den unter seinem Ärmel verdeckten Armreif berührte. „Das Ende dieser Festung kommt ohne Blutvergießen."

„Du bist verrückt", lachte Meinhard und wechselte einen spöttischen Blick mit seinem Hauptmann. Da trat Friedrich mit einem Mal unmittelbar vor den Burgherrn und legte ihm die Hand auf die Schulter. Mit großen Augen starrte er den überraschten Mann an, der den Blick verblüfft erwiderte.

„Dein Schicksal auf ewig in meiner Hand", sagte er langsam und bedeutungsvoll. All seine Sinne gebündelt auf Meinhard gerichtet, schien der Pfalzgraf sein Gegenüber geradezu bannen zu wollen. Totenstille legte sich über den Raum, alles wirkte erstarrt, als würde die Zeit stillstehen. Nach einer Weile richtete Friedrich von Gozeka seinen Blick auf Hauptmann Hug und wiederholte in feierlichem Ton erneut die Spruchformel Wurdbougas.

Die beiden Männer von der Asenburg standen reglos da, wie gelähmt. Ihre Gesichter wirkten ausdruckslos und ihre Blicke gingen ins Nichts. Es hatte den Anschein, als ob ihr Geist den Körper verlassen hätte. Friedrich und seine beiden Begleiter beobachteten gebannt das seltsame Schauspiel; sie wagten kaum, Luft zu holen. Es dauerte eine ganze Zeit, ehe sich in den Mienen Meinhards und seines Hauptmanns wieder etwas regte. Doch dann schien Leben zurückzukehren in ihre Gesichter. Erstaunt und verwirrt sahen sie sich um, bis sie sich offenbar wieder in Ort und Zeit eingefunden hatten. Schließlich richteten sie ihren Blick auf den vor ihnen stehenden Pfalzgrafen.

Es war der Burgherr, der sich plötzlich tief vor Friedrich von Gozeka verneigte und in demütig gebeugter Haltung bekannte: „Edler Pfalzgraf, ich stehe Euch zu Diensten. Gebietet über mich und meine Mannen!“ Auch wenn sich seine schwäbische Klangfarbe nicht geändert hatte, wirkte seine Stimme doch verwandelt. Sie hatte den befehlsgewohnten, stolzen Tonfall verloren, seine Worte schienen Ausdruck einer tiefen Ergebenheit.

„Auch ich bin Euer treuer Gefolgsmann“, sagte Hauptmann Hug und neigte ebenfalls das Haupt.

Friedrich von Gozeka starrte die Männer, die in seltsam hölzerner Haltung nur auf seine Befehle zu warten schienen, mit großen Augen an. Es dauerte einen Moment, ehe er sein Glück fassen konnte. Dann aber erstrahlte sein Gesicht in Triumph und Freude, Gefühlsaufwallungen durchströmten ihn wie mächtige Wogen. Staunend begriff er, dass sich in diesem Moment all seine lang gehegten Träume ihrer Verwirklichung näherten. Ihm entwich ein tiefer Seufzer.

„Welch teuflischer Zauber ist da am Werke?“, murmelte Hauptmann Oswald und blickte entsetzt auf die drei Männer am Kamin. Seine Frage unterbrach die Stille im Raum, blieb jedoch unbeachtet. Der Pfalzgraf befand sich in einem Glückstaumel, und auch Gerald, der noch immer neben dem Soldaten am Tisch saß, schien ihn nicht gehört zu haben. Schließlich schüttelte der Kriegsmann entgeistert den Kopf und fasste sich mit beiden Händen in die Haare, als ob er sie in ratloser Verwirrung raufen wolle.

„Siehst du nun, dass am Ende alles der Wahrheit entsprochen hat? Wie ich es von Anfang an gesagt habe, du Kleingeist!“ Friedrich hatte sich endlich aus seinem Rausch gelöst und sah zum Camerarius hinüber. Vielsagend nickte er seinem Ratgeber zu und lachte laut auf. „Du ungläubiger Thomas, jetzt wirst wohl auch du es begriffen haben."

„Ich bin ... in der Tat, ich bin sprachlos", sagte Gerald leise.

„Weißt du auch, was das bedeutet? Die ganze Welt steht mir nun offen!" Mit sich überschlagender Stimme und geradezu euphorischem Blick trat der Pfalzgraf an den Tisch und schlug krachend auf die Holzplatte. „Die Asenburg ist der Anfang."

„Was geschieht hier? Ich ... ich verstehe nicht", murmelte Oswald und blickte seinen Herrn fast bittend an.

„Betrachte es einfach als ein Wunder, mein treuer Oswald", lachte der Pfalzgraf. „Es gibt nun einmal unerklärliche Dinge. Am Ende soll es dir genügen, dass es dem Hause Gozeka von Nutzen ist. Unsere Welt wird sich wandeln." Sich freudig die Hände reibend, ging er zurück zu Meinhard und Hug, die ihren neuen Herrn aufmerksam und diensteifrig ansahen.

„Nun, so befehle ich denn also die Preisgabe der Asenburg! Ich löse euch beide hiermit aus euren Eiden dem König gegenüber – ab dem heutigen Tag untersteht ihr mir, dem sächsischen Pfalzgrafen!" Gebieterisch sah er die beiden Männer an. „Gehorsam und Treue erwarte ich von euch! Dafür werdet ihr im Gegenzug nicht in Gefangenschaft gehen, sondern sollt als Untertanen mit gerechtem Lohn entgolten werden. Als Burgherr wirst du, Meinhard, nun deinen Mannen befehlen, die Verteidigung der Festung aufzugeben. Die Waffen sind niederzulegen, das Burgtor zu öffnen! Ein jeder deiner Krieger wird die Asenburg binnen der nächsten drei Stunden verlassen haben und sich unseren Heerhaufen bei Bola anschließen. Die Befehlsgewalt über deine Mannen wird weiterhin dir und deinem Hauptmann obliegen. Wenn sie murren, lockt sie damit, dass es bei uns reichlich Speis und Trank gibt für jeden treuen Gefolgsmann."

„Es soll so geschehen, wie Ihr es wünscht, edler Pfalzgraf." Meinhard antwortete gleichmütig und nickte ergeben. „Hug und ich werden die Räumung der Asenburg umgehend in die Wege leiten." Der Burgherr sah seinen Hauptmann an, der mit schnellen Schritten den Raum verließ.

„Anschließend ist am Nachmittag mit einer Schar deiner Männer damit zu beginnen, die Mauern der Festung zu schleifen und alles in Brand zu stecken. Von der Asenburg wird schon morgen nichts mehr übrig sein!“ Friedrich sah den Burgherrn ernst an. Er musste sich zugleich bemühen, ein triumphales Lachen zu unterdrücken. „Das wäre einstweilen alles, Meinhard.“ Der Burgherr nickte gehorsam und verließ nun ebenfalls rasch das Gebäude. Kurz darauf erklangen draußen im Innenhof bereits laute Befehle.

„Ich reibe mir die Augen, doch der Spuk will nicht weichen“, murmelte Oswald kopfschüttelnd. Der Hauptmann kratzte sich am Kinn und sah zwischen dem Camerarius und seinem Herrn ratlos hin und her. Die beiden schenkten seiner Verwirrung jedoch keine Beachtung, und der Kriegsmann begriff, dass sie ihn in das seltsame Geheimnis nicht einzuweihen gedachten.

„In drei Stunden ist die Asenburg gefallen“, rief Friedrich begeistert. „Dieser Sieg wird meinen Namen ins Reich hinaustragen, doch er ist nur der Vorbote weiterer Ruhmestaten.“ Er trat an den Tisch und legte eine Hand auf Geralds Schulter. „Die nächsten Schritte stehen bereits an. Es gibt viel zu tun: Da ist die Festung Vokenroht und auch König Heinrich, der hierher in den Osten unterwegs ist.“ Lächelnd klopfte er den beiden Untergebenen auf den Rücken und wandte sich zur Tür. Der Camerarius und Oswald beeilten sich, ihrem Herrn auf den Innenhof der Asenburg hinaus zu folgen.

Geschäftiges Treiben beherrschte die gesamte Festung. Soldaten liefen hin und her, Befehle und Rufe waren aus allen Richtungen zu hören, Waffen und Rüstzeug wurden durch die Anlage getragen. In vielen Gesichtern standen Verwirrung und Verunsicherung. Mancherorts unterhielten sich Männer leise, offensichtlich bemüht, eine Erklärung für den plötzlichen Sinneswandel ihres Burgherrn zu finden. Gleichwohl wurde der Befehl zur Aufgabe der Burg nicht hinterfragt, sondern gehorsam erfüllt. Zumal die meisten der Soldaten erleichtert schienen, dass die entbehrungsreichen Tage endlich vorüber waren.

Hinter den Zinnen und auf den Mauern befand sich nun niemand mehr. Auf dem Wehrgang über dem Kammertor stand Hauptmann Hug und wies lautstark die Wachen an, beide Türflügel weit zu öffnen. Ein

Stück entfernt bei der Schmiede hatte Meinhard eine Gruppe Soldaten um sich geschart.

„Packt alle Habseligkeiten zusammen und haltet euch bereit – wir werden die Asenburg binnen der nächsten Stunden aufgeben und verlassen!" Scheinbar ungerührt verkündete der bis dahin so unbeugsame Burgherr die Neuigkeit. Seine Miene blieb vollkommen ausdruckslos, und die erstaunten Blicke der Soldaten schienen an ihm abzuprallen. „Wir werden uns ins Tal nach Bola begeben und uns dem Heer des sächsischen Pfalzgrafen anschließen. Reichlich Nahrung und Lohn erwarten uns dort." Überraschtes Gemurmel erhob sich unter den Männern, und einige wechselten fassungslose Blicke. Doch am Ende überwog auch hier die Erleichterung in den abgezehrten Gesichtern.

„Ich kann es nicht fassen", murmelte der Camerarius kopfschüttelnd, als sie inmitten des Aufbruchs den Innenhof hinter sich ließen und sich der Schlucht näherten. Auch Hauptmann Oswald kam aus dem Staunen nicht heraus.

„Es ist in der Tat wie ein Wunder", lächelte der Pfalzgraf, als sie langsam auf das geöffnete Tor zugingen. „Diese Wirkung hätte ich kaum zu erhoffen gewagt. Die Zukunft erstrahlt in glänzendem Licht ..." Die Torwachen sahen sie nur mit fragenden Gesichtern an und ließen sie unbehelligt passieren. Nach wenigen Schritten lag die Asenburg hinter ihnen, und sie gingen auf den verschneiten Wald zu.

„Oswald, jetzt, da die Festung gefallen ist, sorgst du dafür, dass sich unsere Truppen umgehend nach Süden aufmachen! Die Arbeit hier ist getan." Der Pfalzgraf trat zu den vor einer Stunde zurückgelassenen Waffen, zog sein Schwertgehänge aus dem Schnee und band sich den Gürtel um. „Die nächsten Ziele sind die Festungen Spatenburg und Vokenroht. Letztere Burg ist mein alter Besitz, vom König zu Unrecht entrissen – ich werde sie mir nun wiederholen! Die Belagerung dort läuft schon seit einiger Zeit, doch bislang mit zu geringen Kräften. Das wird sich nun ändern. Die eine Hälfte unseres Heeres soll gegen diese beiden Burgen ziehen, die andere zum Fluss Werraha, wo sich alle unsere Truppen sammeln gegen das Königsheer."

„Wie Ihr es wünscht! Ich werde die ersten marschbereiten Männer heute noch aufbrechen lassen." Hauptmann Oswald zog sein

Schwert ebenfalls wieder aus dem Schnee und schob es zurück in die Scheide.

„Sehr gut", murmelte Friedrich, dessen Gesicht nach wie vor zu leuchten schien. Die drei Männer folgten ihren früheren Spuren durch den Schnee. Nach wenigen Schritten hatten sie den Vorposten erreicht, von dem sie kurz zuvor aufgebrochen waren. Erwartungsvoll wurden sie von einer Handvoll Soldaten empfangen, die das seltsame Geschehen auf der Asenburg beobachtet hatten, aber nicht zu deuten wussten.

„Die Asenburg ist gefallen", verkündete Oswald bedeutungsvoll. „Die Belagerung ist zu Ende!" Für einen Moment sahen sich die Soldaten ungläubig an, ehe sie in lauten Jubel ausbrachen. Schwerter und Lanzen wurden in die Höhe gereckt. „Noch heute werden die Mauern der Festung geschleift und die Gebäude niedergebrannt. Ihr könnt den Vorposten hier in Kürze räumen."

„In der Tat, Männer", ergriff Friedrich von Gozeka stolz das Wort. „Unser Heer wird nun rasch weiterziehen, um die nächsten verhassten Königsburgen zu erobern und hernach den König selbst zu begrüßen." Er ballte die Rechte zur Faust und hob sie siegesgewiss. Erneut erklang Jubel unter den Männern. Der Pfalzgraf wandte sich an seinen Hauptmann. „Verkünde die frohe Botschaft in Bola und bereite den Aufbruch der Truppen vor."

„Jawohl, edler Herr", erwiderte Oswald ergeben und verneigte sich.

Friedrich drehte sich zu Gerald um, klopfte ihm auf die Schulter und verließ mit ihm den Vorposten. Die beiden Männer stiegen langsam den Hang hinunter.

„Du ahnst nicht, Camerarius, was mir alles durch den Kopf geht." Der Pfalzgraf berührte den Armreif an seinem Handgelenk. „So viele Möglichkeiten! Jetzt, da Wurdbouga seine Macht bewiesen hat, sind den Träumen keine Grenzen gesetzt. Wer vermag sich diesem Zauber schon zu widersetzen? Menschen jedenfalls nicht."

Als die Abenddämmerung über das östliche Eichsfeld hereinbrach, brannte die Asenburg lichterloh. Dunkle Rauchwolken, die sich hoch auftürmten, kündeten von der Zerstörung der Gebäude. Die wenigen

Bäume auf der Kuppe des Berges standen ebenfalls in Flammen. Die königliche Festung war nur mehr eine Ruine.

Im großen Heerlager von Bola herrschte unterdessen geschäftiges Treiben. Nachdem erste Truppenteile bereits nach Süden aufgebrochen waren, wurden hier und da weitere Lagerstätten abgebaut, Unterkünfte und Zelte abgeschlagen sowie Vorräte und Ausrüstung auf schwere Karren verladen. Alles stand im Zeichen des Aufbruchs.

Eine gute Wegstunde entfernt wurde das eindrucksvolle Schauspiel von den hohen Felsklippen am östlichen Rand der Ohmberge aus aufmerksam mitverfolgt. Auf dem Rücken eines riesigen Rosses sitzend, blickte eine Gestalt in schwarzem Umhang hinüber zu den Flammen und den aufsteigenden Rauchwolken. Hin und wieder wehte der Wind Klangfetzen herüber vom Treiben zu Füßen der Festung. Unter der ausladenden Krempe eines großen, schwarzen Hutes hinweg starrte die Gestalt reglos nach Südosten. Das Gesicht wirkte starr und ausdruckslos. Der Mann besaß nur ein Auge, das andere war eine leere Höhle.

Eine ganze Weile beobachtete er das ferne Treiben, ehe ihn ein Krächzen aus seinen Betrachtungen riss. Zwei Raben waren über seinem Kopf im verschneiten Geäst einer Eiche gelandet und sahen auf ihn herunter. Der Mann ergriff die Zügel und setzte sein Pferd langsam in Bewegung. Die beiden Raben flogen nach einer Weile auf und folgten dem dunklen Reiter.

Die Königin in Gefahr

Der Lärm, der durch die Mauern und die mit Brettern verrammelten Fensterscharten von draußen hereindrang, klang wie das Treiben einer Furie. Der Sturm heulte, als ob ein Ungeheuer fauchend um die Burg jagte. Schnee und Hagelkörner, die peitschend gegen das Gemäuer prasselten, ließen an riesige, krallenbewehrte Klauen denken, die bedrohlich kratzend über das Mauerwerk fuhren. Die Bestie begehrte Einlass ...

Mit ängstlichen Mienen lauschten die beiden Frauen dem Zorn der Natur. Immer wieder drang ein Windhauch ins Innere des Gemachs und ließ die Flammen des Kaminfeuers erzittern. Während sich die Königin auf einer Liege vor der Feuerstelle tief in wollene Decken kauerte, saß ihre Kammerfrau, Nähzeug in den Händen, ihr zu Füßen auf einem Schaffell. Überall im Raum standen Kerzenleuchter und verbreiteten ein mildes Licht.

„Man vermag kaum zu sagen, ob draußen Tag oder Nacht ist, edle Herrin“, sagte Theolinde, ohne von ihrer Arbeit aufzusehen.

„Wie?“, murmelte Bertha verwirrt, die Worte hatten sie aus ihren Gedanken gerissen. „Oh ja, du hast recht. Ohne einen Blick hinaus lebt man zeitlos.“ Die Königin sah kurz zu den Fensterscharten hinüber, ehe sie sich sorgenvoll über ihren dick gewölbten Bauch strich.

„Vielleicht ist es aber auch besser, das schreckliche Unwetter nicht ansehen zu müssen“, meinte die Dienerin. „Das Gesinde erzählt sich, der Schneesturm sei so stark, dass man kaum die Hand vor Augen sehen könne. Er zerschneide einem die Haut wie scharfe Dolche und lasse sie vor Kälte sofort absterben. Menschen und Tiere, die zu lang im Freien ausharren, sind des Todes. Es sollen viele zu Eis erstarrte Leichen bereits herumliegen."

„Der Allmächtige erbarme sich ihrer", sagte die Königin und bekreuzigte sich.

„Einen solchen Winter hat es seit Menschengedenken nicht gegeben. Selbst die Ältesten können sich nicht an eine solche Kälte erinnern."

„In meiner italischen Heimat vermag man sich derlei nicht einmal vorzustellen." Bertha schüttelte den Kopf. „Ist dies am Ende womöglich eine bewusste Strafe Gottes für uns Menschen? Eine Mahnung angesichts von Zwietracht, Hochmut und Sünden?" Sie ergriff einen silbernen Becher, der auf einem kleinen Tisch stand, und legte die Hände um das Metall. Der mit Wasser verdünnte rote Wein war erwärmt und mit Honig verfeinert. Vorsichtig nippte sie daran.

„Denkbar wäre es in diesen mitleidlosen Kriegstagen, da die Gebote Jesu Christi vollkommen vergessen scheinen", erwiderte die Kammerfrau nickend. Erneut prallte ein mächtiger Windstoß dröhnend gegen Vokenrohts Mauern und ließ die Flammen im Kamin erzittern. „Ich lege noch ein paar Holzscheite nach. So kurz vor der Entbindung soll es Euch an Wärme nicht mangeln." Theolinde legte das Nähzeug zur Seite und erhob sich. Sie sah die Königin lächelnd an, die ihr dankbar zunickte. Von einem Holzstapel nahm die Kammerfrau mehrere Scheite und schob sie in die Flammen. Es knackte und knisterte, als die Feuerzungen an dem noch feuchten Holz leckten.

„So manches Mal beneide ich meine kleinen Töchter", sinnierte Bertha lächelnd. Gedankenverloren drehte sie den Edelstein, der an einer Goldkette um ihren Hals hing, zwischen ihren Fingern. „Sie ahnen noch nichts von all dem Unheil um sie herum. Ihre Welt ist so heil und friedvoll."

„Da habt Ihr recht, meine Königin." Theolinde setzte sich seitlich auf die Liege ihrer Herrin. Sie ergriff deren Hand und hielt sie in vertrauter Geste. „Als die beiden vorhin zur Mittagsruhe eingeschlafen sind, habe ich ihre friedvollen Antlitze bewundert. Agnes, erst ein Lebensjahr alt, und Adelheid drei Jahre: Da schenkt Gott den Kindern noch den Schlaf der Gerechten."

„Nun, so verschläft Agnes just ihren heutigen Namenstag", lachte Bertha.

„Es wird ihr wohl gleich sein“, lachte Theolinde ebenfalls. „Ich freue mich und danke Gott, dass Euch immerhin noch der Frohsinn geblieben ist. Freude ist gut, wenn man in Umständen ist.“

„Da magst du recht haben, Theolinde. All die Sorgen um die belagerte Festung hier zu Vokenroht, um meinen Gemahl, um die Entbindung, sie lassen die Körpersäfte allzu bitter werden.“ Bertha nahm erneut einen Schluck des warmen Weins und hüllte sich tiefer in die Decken. „Das könnte für Mutter und Kind schädlich sein. Ich bete zu Gott und zu allen Heiligen, dass mir eine so traurige Niederkunft wie bei dem kleinen Heinrich vor zwei Jahren erspart bleiben möge. Er war so schwach, zu schwach, um zu leben.“

„Beschwert Euch nicht mit dunklen Erinnerungen, Herrin“, sagte die Kammerfrau. „Es ist doch alles auf einem guten Weg! Erst am Morgen noch hat der Arzt befunden, dass alles in Ordnung ist. Ihr seid stark und gesund. Und um unsere Sicherheit hier braucht Ihr Euch auch nicht zu sorgen: Der ehrwürdige Abt Hartwig von Herveldia wird gewiss eine Einigung mit den thüringischen Belagerern herbeiführen können. Er ist ein kluger, angesehener Mann. Sein Bittgesuch um freies Geleit für Euch werden die Aufständischen nicht abzulehnen wagen, liegt doch auch ihnen etwas am eigenen Seelenheil. Wer wollte schon – selbst wenn er im Weltlichen abtrünnig ist – Gottes Gnade verwirken!“

„Ich hoffe sehr, dass du recht hast, Theolinde“, sagte Bertha zögerlich.

„Gott wird's schon richten!“ Die Kammerfrau lächelte ihre Herrin aufmunternd an. „Nun lasst uns aber die ernsten Gedanken vergessen. Erzählt mir lieber: Was sagt Euch Eure innere Stimme zum Geschlecht des Kindes in Eurem Leib?“

„Ich hege die große Hoffnung, meinem Gemahl den ersehnten Thronerben schenken zu können. Trägt man die Leibesfrucht hoch unter dem Herzen und auf der rechten Körperseite, so wird's ein Knabe, sagt der italische Volksmund.“ Die Königin legte ihre Hände auf die große Kugel, die sich unter dem weiten, violetten Damastkleid emporwölbte, und strich mit fast beschwörender Miene darüber.

„Hierzulande heißt es ganz ähnlich“, lächelte Theolinde. „Ebenfalls dafür spricht, dass Eure Haut so blühend rosig und frisch erscheint.“

„Das Herz des Kindes schlägt außerdem sehr stark und kraftvoll, man kann es mit bloßer Hand fühlen.“ Bertha führte die Hand ihrer Kammerfrau seitlich an ihren Leib. „Auch das deutet auf einen Knaben hin.“

Es dauerte nicht lang, bis Theolinde das sanfte Pochen unter ihrer Hand spürte. „Es wäre wahrlich ein wunderbares Geschenk für Euren Gemahl. Umso mehr, als die Zeiten für ihn so düster sind.“

„Ich wünsche es mir von ganzem Herzen.“ Das Gesicht der jungen Frau schien förmlich zu erstrahlen. „Nun, in drei oder vier Wochen werden wir es wissen.“

In diesem Moment erklangen jenseits der Tür Schritte, die näher kamen. Die beiden Frauen sahen einander an, ein dumpfes Pochen ertönte.

„Ich bin's, Abt Hartwig“, rief eine Stimme und räusperte sich. „Ich bringe Euch wichtige Neuigkeiten.“

„Kommt nur herein, ehrwürdiger Vater“, antwortete Bertha. Sie setzte sich auf der Liege ein wenig mehr aufrecht und ordnete ihre Haare unter dem Seidenschleier. Theolinde erhob sich und trat neben den Kamin. Schon schwang die Tür auf und der Geistliche kam herein. Respektvoll senkte er den Blick und verneigte sich.

„Um Himmels willen, ehrwürdiger Abt, Ihr seht ganz erfroren aus“, rief die Königin und legte erschrocken eine Hand an den Mund.

„Es tut mir leid, Euch stören zu müssen, Herrin“, sagte der Klostervorsteher von Herveldia. Erneut räusperte er sich, strich sich zerstreut über den fast glatzköpfigen Schädel und sah an sich herab. Erst jetzt schien ihm aufzufallen, dass seine schwarze Kutte über und über mit Schnee bedeckt war. Seine Hände, die den Abtsstab hielten, waren vor Kälte rotblau verfärbt.

„Kommt ans Feuer und wärmt Euch bitte.“ Bertha winkte ihn zu sich und deutete auf einen Stuhl, der ihr gegenüber nahe dem Kamin stand.

„Es tut mir leid.“ Der Abt wischte sich unsicher ein paar Tropfen aus dem Gesicht. In der Wärme des Zimmers taute der Schnee sofort. „Ich hätte mich erst einmal trocknen sollen. Der Allmächtige vergebe mir meine ewige Ungeduld.“

„Ehrwürdiger Vater, bitte“, sagte Theolinde leise und reichte dem Geistlichen ein Leinentuch. Der Abt nickte dankbar und trocknete sich Gesicht und Hände.

Bertha beobachtete ihn und schüttelte schließlich den Kopf. „Dieses Unwetter ist wie eine Heimsuchung. Wie mir meine Kammerfrau berichtet, erleiden allzu viele dort draußen den Erfrierungstod. Ich bete zum Herrn, dass er das Elend enden lasse."

„Das ist christlich und großmütig, edle Königin", erwiderte der Abt und reichte das Tuch zurück. „Viel Leid müssen die Menschen durch die Kälte erdulden. Und doch scheint der grimme Winter die Belagerer um Vokenroht nicht abzuschrecken. Sie harren selbst im Eisessturm aus." Der Geistliche setzte sich auf den Stuhl und rieb sich wärmend die Hände. Mit einem Lächeln wandte er sich an die Königin. „Morgen haben wir den Tag des heiligen Vincentius: Man sagt, das Wetter dieses Tages präge das Wetter des ganzen Jahres ... Kein allzu erbaulicher Gedanke, nicht wahr?"

„In der Tat." Auch Bertha lächelte.

„Immerhin gibt es auch eine frohe Neuigkeit, meine Königin. Im Auftrag Eures Gemahls habe ich heute in der Früh unsere Burg verlassen und mich draußen mit den Führern der thüringischen Belagerer getroffen. König Heinrich hat, wo immer er auch im Reich weilt, ein wachendes Auge auf Euch, und so hat er mir aufgetragen, für Eure Sicherheit zu sorgen. Das habe ich heute getan." Der Abt strich zufrieden über das Bäuchlein unter seiner Kutte und blickte zur Königin.

„Habt Dank für Eure Mühe und Fürsorge, ehrwürdiger Vater. Gern vertraue ich mich und meine Töchter Eurem Schutz an." Bertha nickte dem Abt dankbar zu. „Darf ich Euch einen Trunk von dem warmen und gesüßten Wein anbieten?"

„Nun, da sage ich nicht Nein", sagte der Geistliche erfreut und sah der Kammerfrau beim Einschenken zu. „Es gibt nichts Besseres gegen die Kälte als Wärme von innen her." Dankbar nahm er den Pokal entgegen, den ihm Theolinde reichte, und roch genießerisch am aufsteigenden Duft. Nachdem er einen Schluck zu sich genommen hatte, nickte er und wandte sich erneut der Königin zu.

„Nun, wie gesagt, ich war bis eben draußen bei den Belagerern. Und was soll ich sagen? Dem Allmächtigen sei Dank, die Thüringer haben sich trotz ihres Kampfes ein christliches Gefühl des Anstands und der Milde bewahrt." Erneut nippte der Abt an dem Pokal, ehe er fortfuhr.

„Sie sind willens, dem Ersuchen Eures Gemahls stattzugeben und Euch mitsamt Euren Töchtern ziehen zu lassen."

„Ich danke Gott dem Herrn!" Die Königin richtete sich auf und bekreuzigte sich erleichtert.

„Wahrlich, die Gnade des Allmächtigen ist wunderbar", sagte der Abt. „Und das umso mehr, als diese Einigung zustande gekommen ist, ehe die Mannen Friedrichs von Gozeka hier in Vokenroht ankommen. Gestern ist die Asenburg gefallen, und erste Truppenteile sind bereits hierher unterwegs. Wer weiß, ob der sächsische Pfalzgraf ein so großzügiges freies Geleit gebilligt hätte."

„Da habt Ihr recht, ehrwürdiger Vater. Er soll ein hartherziger Mann sein, stets auf seinen Vorteil bedacht."

„Drum gilt es auch, keine Zeit zu verlieren! Gleich morgen in der Früh brechen wir auf", sagte Abt Hartwig entschieden. „Lasst heute noch alles vorbereiten – schon im Morgengrauen geht es los, meine Königin."

„Das ist Balsam für meine Ohren", sagte Bertha. „Jeder andere Ort im Reich ist für ein Weib so kurz vor ihrer Entbindung geeigneter als das belagerte Vokenroht. Die bedrohliche Lage hier hat Kräfte beansprucht, die ich eigentlich für die Niederkunft benötige." Sie schüttelte den Kopf und wandte sich an ihre Kammerfrau. „Theolinde, kümmere dich bitte um alles! Und denk daran: Was nicht rasch gepackt oder vorbereitet werden kann, lass außer Acht! Es geht um einen schnellen Aufbruch."

„So ist es", stimmte Abt Hartwig zu und blickte zu der Dienerin, die den Raum verließ.

„Wohin werdet Ihr mich bringen, ehrwürdiger Vater?"

„König Heinrich hat darum gebeten, Euch und Eure Töchter einstweilen in meiner Abtei unterzubringen. Sie liegt abseits der kriegerischen Unruhen und ist ein sicherer, geborgener Ort. Ihr kennt Herveldia ja bestens, dort steht alles bereit für Eure unbeschwerte Niederkunft." Der Abt setzte ein gewinnendes Lächeln auf.

„Doch der Weg dorthin ist sehr weit", murmelte Bertha besorgt und legte ihre Hände erneut auf den Bauch. „Und diese Eiseskälte – das wird kein einfacher Gang." Sie blickte den Geistlichen bekümmert an.

„Sorgt Euch nicht", sagte er und erhob sich rasch. Er trat an die Liege und ergriff tröstend Berthas Hand. „Ich weiß, Ihr seid erschöpft und fühlt Euch matt und unbeweglich, da ist solch eine Reise eine entsetzliche Bürde. Doch Ihr sollt es warm und bequem haben, in einer Sänfte, von zwei ruhigen Zeltern getragen. Dort werdet Ihr, in Pelz und Fell gehüllt, unter der Kälte nicht zu leiden haben."

„Habt Dank für Eure Fürsorge, ehrwürdiger Abt." Bertha drückte dankbar die Hand des Geistlichen. „Wie weit ist es von hier nach Herveldia?"

„Nun, wenn die Wege gut und das Wetter mild wären, könnte man es sicherlich in zwei Tagesritten schaffen. Doch so …" Der Abt begab sich zurück zu seinem Stuhl. Mit gerunzelter Stirn strich er sich über seine Glatze. „Ich denke, bei all dem Schnee und Eis werden wir wohl drei Tage benötigen. Nächtigen ließe sich in der Burg zu Trifurt und in der Pfalz Gerstingun. Vorausgesandte Boten werden dafür sorgen, dass dort bereits alles aufs Angenehmste vorbereitet ist."

In diesem Moment umtosten erneut Sturmböen die Burgfeste. Eisige Luft drang durch Mauerritzen herein. Die Königin fröstelte und zog die wollenen Decken enger um sich. „Es ist ein Elend mit diesem Winter."

„Der Mensch muss es nun einmal nehmen, wie Gott es richtet", lächelte der Geistliche. „Doch grämt Euch nicht. In Kürze wird Euch das Wunder des Lebens zuteil – mit dem Segen des Allmächtigen werdet Ihr einen Sprössling gebären. Außerdem mag es Euch ein Trost sein, dass Ihr im Kloster Herveldia wohl auch wieder mit Eurem Gemahl zusammenkommen werdet. König Heinrich ist vor einigen Tagen mit einem Heer vom Rhein aus gen Osten aufgebrochen. Er will die Truppen wohl ins Gebiet zwischen den Flüssen Fulda und Werraha führen und wird dann in Herveldia Quartier nehmen."

„Ja, das wäre ein freudiges Wiedersehen. Seit dem Herbst in Würzburg sind unsere Wege getrennt verlaufen." Bertha drehte erneut den Edelstein ihrer Halskette zwischen den Fingern.

„Der Allmächtige gebe, dass auch bald Zwist und Zwietracht im Reich, gerade hier in Thüringen und Sachsen, ein Ende nehmen. Mit Gottes Hilfe mögen sich dem König auf seinem Weg noch weitere Truppen anschließen. Noch zögern einige Fürsten im Reich, doch das Heer wächst zusehends."

„So scheinen also endlich bessere Tage für meinen Gemahl heraufzuziehen?"

„Es lässt sich zumindest hoffen", erwiderte Abt Hartwig zögerlich. „Doch noch immer sind die Aufständischen hier im Osten nicht willens, ihre Forderungen aufzugeben. Vergeblich haben Anno von Köln und Siegfried von Mainz kürzlich in Korvei mit deren Führern um Otto von Northeim und Bischof Bucco von Halberstadt verhandelt. Es bleibt dabei: Die Königsburgen in Sachsen und Thüringen müssen fort, sonst wollen sie nicht klein beigeben."

„So muss Heinrich am Ende womöglich doch nachgeben, wenn ihm der Frieden im Reich am Herzen liegt." Nach dem kurzen Hoffnungsschimmer blickte die Herrscherin wieder sorgenvoll drein.

Die Einschätzung der Königin ähnelte der von Abt Hartwig. „In wenigen Tagen werden im Gebiet der Werraha die Truppen des Königs und die wesentlich größeren Heerhaufen der Aufständischen eintreffen. Möge der Allmächtige verhindern, dass es zu einer Schlacht kommt! Deren Ende und Folgen wären nicht absehbar."

„Da ist ein kühler Kopf gefragt und der beidseitige Wille zu Verhandlungen. Ich bete darum, dass mein Gemahl sein Ungestüm und seine Ungeduld im Griff hat. Als junger König wollte er oft mit dem Kopf durch die Wand und Entscheidungen erzwingen. Das wäre hier verhängnisvoll! Ich hoffe, die Jahre haben ihn ruhiger werden lassen."

„Ein wahres Wort! Auf dass beide Seiten Vernunft walten lassen!" Der Abt verneigte sich. Erneut war er überrascht von der politischen Weitsicht der jungen Herrscherin.

Das drohende Verhängnis

Böen fegten über die Lagerstatt der Gefährten hinweg. Doch die zum Felshang gespannte Plane war längst so hoch mit Schnee bedeckt, dass sie sich auch unter solcher Gewalt nicht mehr bewegte. Nur durch die kleine Öffnung des Rauchabzugs drückte der Wind ab und zu einen Schwall Schneeflocken herunter, die lautlos in den Flammen verschwanden.

Die Gefährten hatten die Plane mit langen Ästen abgestützt, damit sie unter der weißen Last nicht zusammensackte. Die beiden Laken an den Querseiten waren mit Felsbrocken beschwert und fest vertäut. Auch wenn auf diese Weise kaum Schnee in die Behausung gelangte, wehte doch die ganze Zeit über eisige Luft durch sie hindurch. Immerhin war es trocken. Tief in ihre Decken gehüllt, saßen Folkward und Tado sowie die beiden Alben dicht um das Feuer herum. Lindfell hingegen schien die Kälte kaum wahrzunehmen. Ruhelos ging er mit eingezogenem Kopf unter der Plane auf und ab.

„Ich hätte sie nicht allein gehen lassen sollen“, murmelte er. „In diesem Sturm ist es nicht ungefährlich, draußen herumzulaufen.“

„Lindfell, zerbrich dir nicht den Kopf! Du solltest mittlerweile wissen, dass Iva es an Mut und Zähigkeit mit jedem von uns aufnehmen kann, oder?“ Folkward lachte kurz, ohne zu dem jungen Mann aufzusehen. Zusammen mit Wisiger war er dabei, für die Gruppe das kärgliche Mittagsmahl zu bereiten. Während der Pater den beiden von Wigman am Morgen erlegten Kaninchen das Fell abzog, übernahm der Albe das Ausweiden der Tiere.

„Mag sein, aber es gibt auch üble Burschen dort draußen, und deren

Übermut ist seit dem gestrigen Fall der Asenburg gewiss zusätzlich angestachelt."

„Allzu viele Männer sind da gar nicht mehr", schaltete sich Tado ein, der in einem Topf Schnee schmolz. „Der Großteil der Truppen ist bereits aufgebrochen nach Süden, das Heerlager löst sich auf."

„Das gibt mir Anlass zu anderer Sorge", stöhnte Lindfell. „Es wird gewiss nicht mehr lang dauern, bis auch der Pfalzgraf dem Heer folgt und die Horeburg verlässt. Und dann gerät Wurdbouga wieder aus unserem Blickfeld. Ausgerechnet in dem Moment, da der Machtgierige den Zauber wohl bereits angewandt hat und mithilfe des Reifs gewiss schon große Pläne schmiedet!"

„Das ist deine Deutung der Dinge, Lindfell", gab Folkward zu bedenken. „Wir wissen es nicht wirklich."

„Bei Wodan!", ereiferte sich Lindfell und mied die vorwurfsvollen Blicke der beiden Mönche. „Wie sonst soll man das deuten, was gemunkelt wird über den wundersamen Fall der Asenburg! All das Gerede über den gleichsam verwandelten Burgherrn Meinhard, der sich plötzlich ohne Not dem Pfalzgrafen unterwirft – was außer Wurdbougas Zauber sollte dahinterstecken?"

„Ich würde mich Lindfells Einschätzung anschließen", erklärte Wisiger und sah Folkward nachdenklich an. „Die Belagerung hat Monate gedauert, dann geht auf einmal der Pfalzgraf in die Burg, und sofort ergibt sich ihm der bis dahin so unbeugsame Verteidiger? Da ist doch in der Tat Zauberei am Werk!"

„So ist es, Wisiger." Lindfell schritt weiter auf und ab. „Für mich liegt der Fall ganz klar. Dieser Ratgeber hat von der Unholdin den Zauberspruch erfahren, und sein Herr hat ihn umgehend erfolgreich angewandt. Versteht ihr, was das bedeutet? Nun steht alles auf dem Spiel – Friedrich von Gozeka kann sich in kürzester Zeit jedermann untertan machen! Das ist die Stunde, in der mein Auftrag sich entscheidet. Wenn dem Machtverblendeten der Reif nicht sofort entrissen wird, formt er eine so unbezwingbare Herrschaft, dass Wurdbouga für uns nicht mehr erreichbar sein wird. Das Verhängnis wäre nicht mehr aufzuhalten."

„Spätestens dann wird auch Wodan den Raub und Missbrauch dessen, was allein ihm als Göttergeschenk der Alben gehört, bemerken."

Mit großen Augen sah Wisiger in die Runde. „Und das bedeutet: Sein Zorn wird als Unheil über die Welt kommen!“

„Das ist eure altgermanische Vorstellung der Dinge“, erwiderte Tado. „Unser allmächtiger Herr Jesus Christus wird nicht zulassen, dass die Welt – von wem auch immer – heimgesucht wird.“

„Hm, mein Bruder, ich verstehe dein Aufbegehren als Christusdiener, aber ...“, ergriff Folkward das Wort, „ich fürchte, es gibt Kräfte, auf die unser Gott keinen Einfluss hat. Ich habe ihr Wirken seinerzeit am Sollonberg selbst erlebt.“ Er sah seinen Glaubensbruder an, der den Kopf schüttelte und schwieg.

„Wie auch immer“, sagte Lindfell ungeduldig. „Am liebsten würde ich jetzt auf der Stelle zur Horeburg hinaufgehen, mir Einlass verschaffen und Wurdbouga – selbst mit Waffengewalt – an mich bringen. Das tatenlose Warten und Zaudern macht mich krank! Mein König Godwin zu Elbergard hat alle Hoffnung in mich gesetzt, und ich sitze nur hier herum. Wie gern würde ich endlich mit dem Schwert losziehen!“

„Alle meine Waffen stehen dir zur Verfügung“, murmelte Wigman. Er hob Streitaxt und Bogen in die Höhe und nickte dem Anführer der Gefährten zu.

„Nein, das ist keine gute Idee!“, widersprach Folkward. Auch Tado und Wisiger schüttelten den Kopf. „Man kann da nicht einfach hineinspazieren und dem Pfalzgrafen den Reif vom Arm nehmen. Das würden wir nicht überleben.“

„Ich weiß, ich weiß“, sagte Lindfell ungeduldig. „Es ist nur ... Uns bleibt keine Zeit mehr. Anstatt hier ratlos herumzusitzen, müssten wir handeln!“ Er ballte die Hände und schüttelte wütend den Kopf. „Wir brauchen einen Plan.“

„Lass uns zunächst auf Iva warten! Vielleicht bringt sie uns wichtige Erkenntnisse, und es ergibt sich eine ganz neue Sachlage“, gab Folkward zu bedenken. Der Pater hatte einen schmalen Ast von Zweigen befreit und mit dem Dolch angespitzt. Nun bohrte er den Spieß der Länge nach durch das erste Kaninchen.

„Meinetwegen, aber wo bleibt sie?“ Lindfell blickte auf das Laken, das vom Sturm bewegt wurde. „Hoffentlich ist bei ihrer Begegnung mit der Gemahlin des Pfalzgrafen nichts schiefgegangen! Das Misstrauen des Unholds war schon geweckt, seit er sie neulich in Bola gesehen hat. Wenn er sie jetzt auch noch mit seiner Gemahlin anträfe, wäre das verhängnisvoll."

„Nur keine Angst, sie ist eine kluge Frau", sagte Folkward und blickte von seinen Essensvorbereitungen auf. Er beobachtete die sorgenvolle Miene des jungen Mannes. „Du nimmst deine Verantwortung als Führer unserer Gruppe jedenfalls sehr ernst – deine Umsicht und Fürsorge für die Maid sind lobenswert."

„Hm, ich sehe da noch etwas anderes still im Verborgenen", murmelte Wisiger und sah den Pater an.

„Was?", fragte Lindfell, „ich verstehe nicht?" Er war dem Gespräch nicht wirklich gefolgt und hatte auch ihren Blickwechsel nicht bemerkt.

Ehe er jedoch nachhaken konnte, waren Schritte zu hören. Die Männer fuhren erschrocken herum. Wigman zog einen Pfeil aus seinem Köcher, legte ihn auf den Bogen und blickte Lindfell an, der seinerseits die Rechte auf seinen Schwertgriff gelegt hatte. Dann wurde das Laken zur Seite geschoben, und zwei vollständig vermummte Gestalten traten nacheinander in den Unterstand. Sie waren über und über mit Schnee bedeckt.

„Iva, na endlich – es wurde auch Zeit!", rief Lindfell erleichtert, als die erste Person ihr Tuch abwickelte, das den Kopf verhüllt hatte. Das Gesicht der jungen Frau war stark gerötet, die Haare wirr und teilweise nass. Lindfell trat vor sie, fasste sie mit beiden Händen an den Schultern und strich ihr sanft eine Strähne aus der Stirn. Ein Gefühl tiefer Zuneigung erfüllte ihn. Für einen Moment sahen sie einander lächelnd an, ehe sie erschöpft begann, den Schnee von ihrem Umhang zu klopfen. Rasch ihre Haare ordnend, wandte sie sich wieder Lindfell zu und deutete auf die andere Gestalt, die sich ebenfalls aus ihrer Verhüllung schälte.

„Ich habe jemanden mitgebracht." Iva räusperte sich. „Die Lage ist äußerst ernst, Lindfell. Es ist keine Zeit zu verlieren, wenn wir das Verhängnis noch aufhalten wollen. Aus diesem Grund ist meine Herrin mitgekommen."

„Edle Hedwig", sagte Lindfell erstaunt und trat vor die kleine Frau, deren Gesicht nahezu weiß wirkte. Die Gemahlin des Pfalzgrafen, in einen langen Pelzumhang gehüllt, richtete den Schleier über ihrem Haar. Sie versuchte ein Lächeln, doch es gelang ihr nicht, Sorge und Kummer aus ihrer Miene zu verdrängen.

„Gefährten, macht für die beiden Frauen etwas Platz am Feuer", ordnete Folkward an. „Sie müssen sich aufwärmen." Der Mönch erhob sich von seinem Schaffell, verneigte sich vor der Edelfrau und bot ihr seinen Platz an. Hedwig nickte dankbar und ließ sich vor den Flammen nieder, während sich der Pater zwischen sie und Wigman setzte. Tado und Wisiger rückten ein wenig auf, sodass auch Iva und Lindfell einen Platz fanden.

„Hab Dank, ehrwürdiger Vater." Die Adlige hob die Hände dem Feuer entgegen und sah in die Runde. Als ihr Blick bei den beiden kindgroßen Schwarzalben hängen blieb, schüttelte sie ungläubig den Kopf, ehe sie ihre Dienerin lächelnd ansah. „Als du mir von ihnen erzählt hast, wollte ich es kaum glauben. Nun sehe ich sie mit eigenen Augen. Die Welt ist voller Wunder!"

„Edle Erdenfrau, für uns sind Eure Welt und Eure Größe nicht minder wunderlich", lachte Wisiger. „Doch nach einiger Zeit fällt es einem nicht mehr auf." Der Zwerg und die Gemahlin des Pfalzgrafen sahen einander freundlich an.

„Hier, bitte, trinkt ein wenig warmes Wasser." Tado reichte der Edelfrau einen Tonbecher. „Das wärmt Euch."

„Vielen Dank", sagte Hedwig, legte beide Hände um das Gefäß und nahm vorsichtig einen Schluck. Ihr Gesicht wurde wieder ernst. „Es war ein harter Weg von der Horeburg hierher. Der Sturm wütet so stark, dass man kaum die Hand vor Augen sieht. Alles ist vom Schnee verweht und darunter gefährlich vereist. Die Kälte schneidet in die Haut und lässt einen kaum Atem schöpfen. Es war entsetzlich. In Bola lagen links und rechts des Wegs halb zugewehte Leichen von Mensch und Tier. Manches Mal wären wir fast über sie gestolpert." Sie schüttelte den Kopf und bekreuzigte sich.

„Der Allmächtige erbarme sich ihrer Seelen", murmelte Folkward. Für eine Weile senkte sich Schweigen über die Runde, nur der aufbrausende Sturm durchbrach die Stille.

„Lindfell, all unsere Vermutungen und auch die Gerüchte in Bola hinsichtlich des plötzlichen Falls der Asenburg sind vollkommen zutreffend", ergriff Iva das Wort. Die junge Frau hatte ebenfalls einen Becher von Tado erhalten und drehte ihn in den Händen. Ihrer sorgenvollen Miene war unschwer abzulesen, was für Nachrichten sie bedrückten. „Friedrich hat die Formel, und er hat sie erfolgreich angewandt! Meine Herrin hat ein Gespräch zwischen ihm und seinem Ratgeber Gerald belauscht." Sie nickte in Hedwigs Richtung. „Das Schlimmste steht nun zu befürchten."

„Ich habe es geahnt." Lindfell sprang erregt auf und ging hin und her. „Was ... was hat er vor?"

„Es ist leider so, wie Iva sagt", antwortete Hedwig und folgte mit den Augen dem Mann aus Elbergard. „Mein Gemahl hat den unsäglichen Schicksalsreif am Herrn der Asenburg erfolgreich erprobt. Nun sind seine Allmachtsträume völlig entfesselt! Mit Wurdbouga glaubt er, all seine politischen Wünsche, ja selbst die kühnsten Ziele verwirklichen zu können. Was soll ich sagen? In dem Gespräch mit seinem Ratgeber ... Nun, ich habe die Ideen eines vollkommen Machtbesessenen gehört."

„Was hat er vor?", wiederholte Lindfell seine Frage fast gereizt. „Ich muss es wissen!" Er blieb seitlich neben Hedwig stehen und sah auf sie herab. Da stand Iva rasch auf, berührte ihn mahnend am Arm und blickte ihn vorwurfsvoll an.

„Verzeiht, edle Hedwig, ich ... ich bin rasend vor Unruhe. Allzu viel hängt ab von der Zukunft des Reifs." Er verneigte sich entschuldigend vor der Edelfrau und sah dann Iva an, die sich sorgenvoll wieder setzte.

„Ich verstehe deine große Besorgnis", sagte Hedwig freundlich. „Nicht erst seit dem gestrigen Tag treibt auch mich die Angst um vor dem, was mein Gemahl aushecken könnte. Nun, um also zu seinen tatsächlichen Plänen zu kommen, wie er sie mit seinem Ratgeber besprochen hat: Friedrich will schon morgen aufbrechen, um den Mächtigen Sachsens und Thüringens einerseits und später König Heinrich IV. andererseits zu begegnen. Die Führer der Aufständischen, darunter Otto von Northeim, Markgraf Dedi, der Billunger Magnus, Erzbischof Werinher von Magdeburg und Bischof Bucco von Halberstadt, sammeln sich mitsamt ihren Truppen an der Werraha. Von dort aus wollen sie, wenn nötig, dem Heer des Königs, das sich von Westen her in diese Gegend bewegt, entgegenziehen. Wenn Friedrich nun morgen ebenfalls dorthin aufbricht, so hat er das wahnhafte Ziel, all die genannten Mächtigen nacheinander ..." Sie blickte eindringlich in die Runde und ließ den Satz unvollendet.

„... durch Wurdbouga seinem Willen zu unterwerfen?", flüsterte Lindfell. „Sollte tatsächlich das sein Plan sein? Wie schrecklich!"

„Er hat den Reif erprobt und glaubt sich dazu in der Lage", ergänzte Hedwig.

„Und am Ende mag er sogar recht haben", sagte Lindfell und schüttelte entsetzt den Kopf. „Was sollte ihn schon aufhalten? Wurdbouga vollzieht den Zauber, sooft der Pfalzgraf es wünscht und die Formel spricht. Es ist grauenvoll – die Welt wird nicht mehr sein, wie sie einmal war! Das Schicksal aller gebündelt in der Hand eines Einzelnen, allmächtig wie ein Gott."

Schweigen senkte sich über die Runde. Alle starrten erschüttert ins Feuer und hingen düsteren Gedanken nach. Draußen tobte unvermindert der Wintersturm, während im Unterstand das feuchte Holz in den Flammen knackte. Die Kaninchen waren inzwischen von Wisiger über das Feuer gelegt worden, schienen aber nur sehr langsam zu garen.

„Ich befürchte, nichts kann meinen Gemahl von der Verwirklichung seiner unseligen Pläne abhalten", ergriff Hedwig das Wort. „Sein Gewissen – so er es überhaupt noch wahrnimmt – scheint keinerlei Mühen zu haben, seine Machtgier schönzureden. Für andere innere Stimmen hat er kein Gehör. Heute früh erzählte er mir von einem Traum, der ihn letzte Nacht aus dem Schlaf hat aufschrecken lassen: Darin sah er sich selbst in einem Sarg liegen, der des Nachts in einer gespenstischen Prozession von der Horeburg talwärts durch den finsteren Wald getragen wurde. Vorneweg ging ein kopfloser Mönch, gefolgt von sechs Dienstmannen, die in vollem Rüstzeug den Sarg auf ihren Schultern trugen. Den Schluss bildeten vier in Ketten geschlagene Bauern, die mit Fackeln den schaurigen Zug beleuchteten. Voller Angst ist mein Gemahl erwacht, bestürzt und verwirrt. Doch er hat nicht viel Aufhebens gemacht um das Traumgesicht – kaum fiel sein Blick auf den Reif an seinem Handgelenk, schon war jede Beunruhigung zerstreut wie Staub im Wind. Dass sein Traum ein deutliches Warnzeichen Jesu Christi war, hat er nicht einmal in Erwägung gezogen. Sein Machthunger macht ihn blind."

„Nun, ob dieses nächtliche Traumgesicht von eurem Christengott oder auch von Wodan gesandt wurde, sei dahingestellt“, sagte Lindfell nachdenklich. „Entscheidend ist, dass Friedrich von Gozeka aus eigener Besinnung nicht von seinem Vorhaben abgehen wird. Also ist es an uns zu handeln! Und das so schnell als möglich. Wurdbouga darf die Horeburg nicht an seinem Handgelenk verlassen! Noch in dieser Nacht müssen wir dem Pfalzgrafen den Schicksalsreif entwenden.“ Entschlossen blickte er in die Runde und schlug zur Bekräftigung seine zur Faust geballte Rechte in die linke Handfläche. „Was wir brauchen, ist ein Plan.“

„Du hast recht, Lindfell.“ Folkward strich sich über die Tonsur. „Es muss geschickt angestellt werden. Mit blanker Waffengewalt ist da nicht weit zu kommen.“

„So ist es, ehrwürdiger Vater“, stimmte die Gemahlin des Pfalzgrafen zu und hob mahnend den Zeigefinger. „Zumal Friedrich seit jüngster Zeit noch argwöhnischer ist, als er es immer schon war. Jetzt, da er die Macht Wurdbougas erlebt hat, hütet er den Reif wie seinen Augapfel. Er misstraut jedermann und hat seit gestern die Wachen in der Horeburg verstärkt. Hauptmann Oswald hat er zu erhöhter Wachsamkeit ermahnt – es scheint, als rechne er mit einem Überfall. Stets greift er unbewusst ans linke Handgelenk, als ob er sich der Nähe des Reifs vergewissern wolle. Dass er Iva kürzlich in Bola gesehen hat, war zusätzliche Nahrung für seinen Argwohn. Ich habe mich auf seine Fragen hin zwar unwissend gestellt, doch der Verdacht ist geblieben. Er ist ein kluger Mann.“

„Wie konntet Ihr Euch heute davonstehlen? Wird Euer Fehlen nicht ebenfalls sein Misstrauen schüren?“, fragte Tado.

„Nein, er beachtet mich nicht weiter. Ich bin für meinen Gemahl seit jeher so unbedeutend wie ein Stein in der Burgmauer“, sagte Hedwig leise. Sie atmete schwer. „Auch wenn mir dies Kummer beschert, so ist es in dieser Lage ein großer Vorteil. Er ist vertieft in seine Planungen und in den morgigen Aufbruch – da hat er erst recht kein Auge für mich. Der Wache habe ich nur erzählt, ich ginge nach Bola, um an die Armen Almosen zu verteilen, und ich sei bis zum Nachmittag wieder zurück.“ Schweigen legte sich über die Runde. Das offene Bekenntnis der Edelfrau sorgte für betretene Stimmung, zugleich suchten alle fieberhaft nach einer Idee.

„Ja, das ist es, ein abendliches Mahl …“, murmelte Iva plötzlich leise. Grüblerisch starrte sie in die Flammen, während sich die Blicke aller auf sie richteten. „Der Pfalzgraf müsste in einen tiefen Schlaf geschickt werden, sodass er nicht mitbekommt, wie ihm der Reif vom Handgelenk genommen wird. Alles andere würde an seinem erbitterten Widerstand scheitern. Es müsste heimlich ein Mittel in seinen Abendtrunk gegeben werden, das ihn in einen betäubten Schlaf fallen lässt.“

„Eine ausgezeichnete Idee!“ Lindfell sah Iva mit leuchtenden Augen an. „So lässt sich der Reif unbemerkt vom Arm des Pfalzgrafen lösen.“

„Das geeignete Mittel dazu könnte ich anbieten.“ Alle blickten überrascht zu Wisiger, der in Richtung seines ledernen Beutels deutete. „Ich habe aus Güldenbrunn wohlweislich ein bewährtes Pülverchen mitgenommen: Johanniskraut, Mohn, Pilzsporen, Hanfblüten und derlei, zerstoßen und fein gemahlen. Wir Schwarzalben verwenden es oft bei schweren Verletzungen, wenn der Verwundete eine Zeit lang von seinen Schmerzen erlöst werden soll. Nach der Einnahme gleitet man hinüber in eine betäubte Erstarrung, aus der es kein äußeres Erwecken gibt. Die Schlafdauer lässt sich über die verabreichte Menge bestimmen.“

„Genau das, was wir benötigen! Wie umsichtig von dir, so etwas im Gepäck zu haben“, sagte Lindfell begeistert. Er sah Wisiger anerkennend an.

„Nun, dafür hat mich mein König ja mit auf die Reise geschickt“, entgegnete der Albe bescheiden. „Jedoch … dies ist nur der halbe Plan. Wie könnte der Reif aus der Burg geschafft werden?“ Unweigerlich richteten sich alle Blicke auf Hedwig, die mit sich selbst zu ringen schien. Nach einer Weile wandte sie sich bedrückt an Lindfell.

„Die Aufgabe ist wohl mir bestimmt“, begann die Edelfrau, sich um eine feste Stimme bemühend. „Niemand sonst vermag den Plan in die Tat umzusetzen. Für mich ist es ein Leichtes, das Pulver heimlich zu verabreichen, den Reif zu nehmen und aus der Burg zu schaffen. Wer sollte Verdacht schöpfen!“ Als ob sie sich mit ihren Worten selbst zu überzeugen suchte, nickte sie entschlossen und erhob sich vom Boden. „Es ist nicht nur meine Pflicht vor Gott, auf diese Weise unsagbares Übel zu verhindern, sondern es dient am Ende auch meiner eigenen Sicherheit. Denn ich ahne, dass Friedrich seit gestern daran denkt, ein neues, mächtiges Herrscherhaus zu gründen. Wurdbouga gäbe ihm die Macht zu jeder gewünschten Verbindung, sei es mit der Formbacherin oder welcher Edelfrau auch immer. Da stehe ich ihm nun einmal im Weg ..."

„Oh, Herrin", rief Iva und sprang auf. Sie trat an Hedwigs Seite und legte ihr den Arm um die Schulter. „Derlei darf und wird niemals geschehen!" Sie sah Hedwig an, ehe sie rasch einen hilfesuchenden Blick in Lindfells Richtung warf.

„Ja, natürlich ...", stimmte dieser zu. „Doch ich muss Euch deutlich widersprechen: Gerade Ihr solltet die Bürde dieser Aufgabe nicht auf Euch nehmen! Es wäre allzu gewagt, zumal Euer Gemahl doch gewiss Euch zuerst verdächtigen würde. Und dann wäre Euer Leben erst recht in Gefahr. Nein, es muss anders gemacht werden! Ihr selbst müsst wie Euer Gemahl als Opfer eines Überfalls erscheinen ..."

„Das heißt, wir müssen in die Horeburg eindringen?", folgerte Tado zögerlich.

„Ja, ich sehe keinen anderen Weg."

„Aber wie soll das vonstatten gehen? Ihr kommt unmöglich an den Wachen vorbei." Hedwig schüttelte den Kopf.

„Einen Versuch wäre es allemal wert", brummte Wigman kampflustig. „An Waffen und Mut mangelt es nicht."

„Nein, es sind zu viele Soldaten in der Burg. Ihr kämt nicht einmal durch den Innenhof", sagte Hedwig bestimmt. Die Gemahlin des Pfalzgrafen ergriff die Hand ihrer Kammerfrau. Mit einem Mal erhellte sich ihre Miene. „Es sei denn ...", flüsterte sie und versank in grüblerisches Schweigen.

„Was, Herrin?", fragte Iva leise und umschloss Hedwigs Hand fester.

„Nun, es gibt tief unten im Burgturm ein Lager für Vorräte und Proviant. Dort befindet sich eine eiserne Luke, die nach draußen zum Burghang führt. Sie dient selten als Öffnung für kleinere Lieferungen und Einlagerungen und ist gerade so groß, dass ein Fässchen hindurchgerollt werden kann. Sie ist von innen nur durch einen Querriegel gesichert, der sich leicht entfernen ließe."

„Ein Mensch – und schon gar ein Albe – könnte sich demnach kriechend hindurchzwängen und befände sich im Innern der Horeburg?" Lindfells braune Augen leuchteten, als er zu den Frauen trat und aufgeregt von der einen zur anderen blickte. „Wie steht es aber mit Wachen im Turm und im Hauptgebäude? Käme man unbehelligt bis ins Schlafgemach des Pfalzgrafen?“

„Bis vor zwei Tagen wäre es möglich gewesen. Doch nun leider nicht mehr“, schüttelte Hedwig den Kopf. „Friedrich hat im Turm auf jedem Stockwerk eine Wache aufstellen lassen. Ebenso vor den Zugängen vom Innenhof her. Ganz oben auf der Wehrplattform steht ebenfalls ein Soldat.“

„Ohne Kampf wird es also nicht gehen“, murmelte Lindfell.

„Es muss keinen Kampf geben, wenn der Tod still daherkommt. Pfeile arbeiten geräuschlos und sicher“, meinte Wigman vielsagend. „Wir könnten einen Wachposten nach dem anderen beseitigen, ohne die gesamte Besatzung auf den Plan zu rufen.“

„Hm, das ist sehr gefährlich“, sagte Lindfell, „doch es scheint mir der einzige Weg, zumal uns keine Zeit für andere Planungen bleibt. Wir müssten also schnell hinein in die Burg und auf demselben Weg wieder schnell hinaus.“

„Ja, und wir sollten unser Gepäck bei uns haben, sodass wir von der Horeburg aus sofort nach Norden verschwinden können“, schaltete sich Folkward ein. „Wurdbouga muss rasch aus der Nähe des Pfalzgrafen verschwinden. Wenn er erst den Raub bemerkt, wird er uns mit aller Macht nachstellen.“

„So ist es“, sagte Lindfell. „Wir werden heute Nacht unser Lager hier abbrechen und alles für den Aufbruch vorbereiten.“

„Ich schlage vor, wir wenden uns von der Horeburg aus nach Güldenbrunn. Im Reich König Fridumans wären wir und der Reif erst einmal vor jeder Verfolgung sicher.“ Wisiger erhob sich. Er ging in die hintere Ecke des Unterstands und holte seinen Lederbeutel.

„Ja, eine sehr gute Idee!“ Lindfell nickte begeistert. „Vor dem Morgengrauen sollten wir längst nach Norden unterwegs sein. Unser Eindringen in die Horeburg muss also noch in der Dunkelheit stattfinden.“

Wisiger trat mit einem kleinen Glasröhrchen zu Lindfell und den beiden Frauen. Das Behältnis war kürzer als ein kleiner Finger und mit einem Korken verschlossen; es war zur Hälfte mit einem feinen, weißen Pulver gefüllt. Mit einer Verbeugung reichte der Schwarzalbe, der den dreien nur bis zur Hüfte reichte, es an Hedwig. „Eine Messerspitze wird genügen, um Euren Gemahl für einen ganzen Tag ins Reich der Träume zu schicken."

„Hab Dank, Wisiger." Ehrfürchtig betrachtete sie das weiße Pulver und drehte das Glas zwischen den Fingern. „Ich werde nicht geizig damit umgehen ... Vor dem Zubettgehen pflegt mein Gemahl einen Pokal warmen, gewürzten Weins zu sich zu nehmen – es wird heute somit eine lange Nacht für ihn werden."

„Vergesst nicht die Luke unten im Turm", sagte Iva und drückte erneut Hedwigs Hand. „Um keinen Verdacht zu erregen, solltet Ihr Euch hernach wie sonst auch zu Bett begeben."

„Ich werde den Riegel bereits früh am Abend entfernen, sodass alles bereitet ist. Es wird keinem auffallen", sagte Hedwig.

„Gut, wir werden dann mitten in der Nacht kommen. Erschreckt Euch nur nicht, wenn es so weit ist." Lindfell lächelte die Edelfrau ermutigend an. „Am Morgen gebt Ihr Euch dann entsetzt und unwissend."

„Wie viele von uns gehen in die Burg?" Wisiger blickte von Lindfell zum kampferprobten Wigman. „Es sollten nicht alle sein, aber auch nicht zu wenige."

„Hm, Lindfell und wir beide natürlich", schlug der grimmig dreinblickende Albenkrieger seinem Gefährten vor.

„Ja, aber Folkward – er ist ein wackerer Recke – sollte ebenfalls mit uns kommen. Man weiß nie, was uns erwartet." Lindfell runzelte die Stirn. „Tado hingegen ist noch allzu geschwächt und Iva ... nun, sie sollte auf keinen Fall in ein Gefecht hineingezogen werden." Er blickte die junge Frau an. „Ihr beiden wartet am besten unterhalb des Turms im Wald auf unsere Rückkehr. Unser Gepäck lassen wir bei euch." Der Mann aus Elbergard sah in die Runde. „Gut, ich denke, somit steht unser Plan. Etwas Besseres können wir in der Kürze der Zeit nicht zuwege bringen. Mögen die Asengötter und Euer Herr Jesus Christus uns heute Nacht gewogen sein!"

„Eine letzte Frage hätte ich noch." Wisiger blickte unsicher in Hedwigs Richtung. „Haltet mich nicht für einen Unhold, edle Herrin, aber schon die ganze Zeit über geht mir eine Sache nicht aus dem Sinn: Es wäre heute Nacht gewiss ein Leichtes, den Pfalzgrafen ... nun, ihn ganz und gar aus dem Wege zu schaffen. Ihr versteht, was ich meine?" Er musterte ihr Gesicht, das unbewegt blieb. Auch die übrigen sahen sie an. „Es wäre eine Gelegenheit, sich zu befreien ..."

Hedwig atmete tief durch und wandte ihren Blick in die Flammen. Nach einer Weile sah sie Wisiger an. „Ich danke dir für deine Offenheit und dein Mitgefühl. Aber nein, mein Gemahl soll leben! Nicht alles in ihm ist verdorben, und er ist der Vater meines Sohnes. Außerdem ist mit Gottes Gnade stets Hoffnung für jede Menschenseele! Wurdbougas Verlust allein wird ihn – so hoffe ich – eines Tages wieder auf den Pfad der Tugend führen."

„Das ist der wahre Geist Christi", rief Folkward begeistert, erhob sich und blickte Hedwig stolz an. „Barmherzigkeit und Vergebung sind das höchste Ziel, der Herr wird es Euch dereinst vergelten! Ihr seid eine selbstlose Frau – der Allmächtige segne Euch!" Der Pater machte das Kreuzzeichen in ihre Richtung, woraufhin sich die Edelfrau und ihre Dienerin bekreuzigten. Lindfell und die beiden Schwarzalben sahen dem christlichen Gebaren unbewegt zu.

„Ich sollte aufbrechen", sagte Hedwig schließlich und verwahrte das Glasröhrchen unter ihrem Mantel. „Der Mittag ist vorüber, und ich will keinen Argwohn wecken." Mit Ivas Hilfe hüllte sie sich wieder in ihre Tücher. „Ich werde alles so vorbereiten, wie wir es besprochen haben. Und dann helfe uns Gott!"

„Edle Hedwig, seid bedankt für Euren Mut und Eure Hilfe! Ohne Euch wäre Wurdbouga verloren und das künftige Schicksal der Welt ein düsteres! Wir sehen uns, ehe der Morgen graut." Lindfell verneigte sich vor Hedwig, die ihn und die anderen Gefährten reihum ansah und sich schließlich Iva zuwandte.

„Meine liebe Freundin", begann Hedwig und ergriff die Hände ihrer Dienerin. „So müssen sich unsere Wege hier also einstweilen erneut trennen? Ich sehne schon die Tage herbei, da wir beide wieder in der Viczinburg beisammen sind, so vertraut wie eh und je. Wir werden dann dem kleinen Friedrich zusehen und hoffentlich Grund zum Lachen haben. Der Allmächtige beschütze dich bis dahin!"

„Geliebte Herrin, Jesus Christus hat das Haus Gozeka, aber auch ganz Sachsen gesegnet mit einer Frau wie Euch! Und mich noch viel mehr, die ich mit Euch so vertraut sein darf seit langer Zeit. Auch ich freue mich aus ganzem Herzen auf frohere Tage." Iva sprach leise. In den Augen der Dienerin schimmerten Tränen, als sich die beiden Frauen umarmten.

Folkward erhob sich und hüllte sich tief ein in seine Kukulle, sodass sein Haupt unter der Kapuze halb verborgen war. „Ich werde Euch ein Stück des Weges begleiten, Hedwig", sagte er und trat zum Eingang.

Als Lindfell das Laken zur Seite schob, wehte ein Schwall Schneeflocken ins Innere des Unterstands. Draußen ließ sich nicht viel erkennen. Unter einem grauen Himmel peitschte der Sturm den Schnee vor sich her. Hedwig trat hinter Folkward ins Freie. Schon nach wenigen Schritten waren die beiden nicht mehr zu sehen.

„Ich bete zu Gott, dass er sie beschützen möge", flüsterte Iva und sah Lindfell besorgt an. Da ergriff er rasch ihre Hand und drückte sie tröstend. Dann schloss er das Laken wieder und ging mit ihr zurück ans Feuer, wo Wisiger und Tado damit begonnen hatten, die braun gegarten Kaninchenleiber von den Spießen zu schneiden.

Die zwei Heere

Zahllose Banner und Fahnen, auf denen die Wappen der königstreuen Fürsten gestickt waren, bewegten sich träge im Wind. Das Heerlager erstreckte sich weit über die Wiesen und Auen am Nordrand des Säulingswalds. Eng standen die vielen Zelte beieinander, als könne man durch solches Zusammenrücken das Vordringen der bitteren Kälte eindämmen. Dazwischen brannten Feuer, um die sich die frierenden Kriegsmannen scharten.

An die fünftausend Soldaten zählte das Heer, das König Heinrich IV. vom Rhein nach Herveldia geführt hatte. Überall dort, wo der Herrscher in den letzten Tagen und Wochen auf seinem Weg nach Osten durchgekommen war, hatten sich ihm größere und kleinere Truppeneinheiten königstreuer Adliger angeschlossen. Doch nicht alle Herren waren willens, seinem Ruf nach einem Feldzug gegen die Sachsen und Thüringer zu folgen. Wie die Reichsfürsten auch waren einige von ihnen zögerlich, auf welche Seite in der Auseinandersetzung sie sich stellen sollten. Insofern wurde das Rückgrat des Königsheeres vor allem aus Truppen der rheinischen Städte und aus dem südlichen Reichsgebiet gebildet. Hier besaß der Salier seit jeher die treueste Gefolgschaft.

„Die Kälte bedroht Mensch und Tier gleichermaßen", sagte der Hammaburger Erzbischof Liemar. In einen Bärenpelzmantel gehüllt, saß er auf einem langsam dahinschreitenden Schimmel und blickte sorgenvoll über das Lager. Die Gruppe von Prälaten, die den König auf seinem Ausritt begleiteten, passierte dicht umringte Feuerstellen.

„Ja, all diese Menschen erleiden große Entbehrung", antwortete der König und blickte zu einer Gruppe Männer, die sich vor ihm verneigten.

Die Hände in ihre Umhänge geschoben, standen sie mit grauen, ausgezehrten Gesichtern am Feuer und traten müde auf der Stelle. Der Boden war längst hart gefroren. „Darum habe ich den Soldaten auch freie Hand gelassen, sich hier im Umland mit Nahrung zu versorgen, wie es ihnen beliebt. Andernfalls wäre ihre Stimmung schnell dahin. Aber ich brauche womöglich noch ihren Mut und Kampfeswillen."

„Das hier lebende Volk, insbesondere die Bauern, leiden ihrerseits unter diesen Plünderungen durch unsere Truppen", gab Benno von Osnabrück zu bedenken. Der Bischof sah Heinrich ernst an. „Das sorgt für Unmut und Groll."

„Es sind Kriegszeiten, mein lieber Benno. Da muss jedermann im Reich Opfer bringen. Ich kann es nicht allen recht machen." Der Herrscher warf seinem Berater nur einen flüchtigen Blick zu, doch die gerunzelte Stirn und der Mund verrieten, wie angespannt Heinrich war. Das Wetter sowie die kriegerische Lage beunruhigten ihn und machten ihn reizbar. „Ich habe mir das alles nicht ausgesucht. Wer hätte einen solchen Winter erwartet! Alle Flüsse sind zugefroren, sodass sich die Mühlräder nicht drehen. Ohne Mühlen gibt es kein Brot für meine Soldaten ... Die Tiere, die wir hierher mitgeführt haben, erfrieren, ehe sie geschlachtet werden können. Was soll man da tun?"

„Es ist ein Elend", ergriff Bischof Eppo von Zeitz das Wort. „Nun lagert unser Heer schon einmal am Rande des Säulingswalds, doch der liegt öde und verlassen da, anstatt überzuquellen vor reicher Jagdbeute. Allenfalls eine Eule oder ein halb verhungerter Wolf durchstreifen ihn."

„Es ist bitter." König Heinrich wies über das große Lager. „Da ist nun also endlich ein prächtiges Heer beisammen: kampferprobte Krieger, bestens gerüstet mit Schild und Schwert, ausgestattet mit starken Schlachtrossen – doch dann kommen plötzlich Kälte und Hunger und machen all meine großen Pläne zunichte! Würde es den Sachsen und Thüringern drüben an der Werraha nicht ganz genauso schlecht ergehen, müsste ich es wohl als ein mahnendes Zeichen des Allmächtigen an mich auffassen."

„Nun, vielleicht ist es in der Tat ein Fingerzeig des Herrn", hakte Bischof Benno ein. „Womöglich warnt Gott beide Seiten auf diese Weise vor einem blutigen Waffengang?"

„Im Grunde kann keine Seite ein Interesse an einer Schlacht haben. Was gäbe es schon zu gewinnen als Tod und Leid?“ Erzbischof Liemar sah vorsichtig den König an, der starr auf die Rücken der Wachen blickte, die der Gruppe vorausritten. Die Sonne spiegelte sich auf dem Metall ihrer Helme und Waffen.

„Auch ich erstrebe keinen Kampf“, bemerkte der Herrscher nach einer Weile. „Doch die Ordnung im Reich muss wiederhergestellt werden! Die Sachsen und Thüringer müssen den Regeln des Lehnsrechts und der Königsgefolgschaft gehorchen.“

„Und doch wird es nicht ohne einen Ausgleich gehen“, insistierte Benno. „Dein Ansinnen ist berechtigt, aber du musst ihnen in ihren Forderungen entgegenkommen. Unsere Späher berichten von einem Heer am Ufer der Werraha, das an die vierzigtausend Mann zählt. Diese ungeheuerliche Größe hat ein erdrückendes Gewicht.“

„Deshalb habe ich vorgestern Abt Hartwig zu ihnen geschickt, um zu erkunden, wie der Friede bewahrt werden kann“, antwortete Heinrich. „Und was hat er von den Herren um Otto von Northeim als Antwort erhalten? Dass sie ihre früheren Forderungen aufrechterhalten. Diese erscheinen mir jedoch nach wie vor nicht annehmbar. Außerdem ist es eine Vermessenheit, mir mit Waffengewalt zu drohen, sollte ich die Werraha überschreiten. Eine solche Anmaßung gegenüber dem Herrscher kann ich nicht dulden!“

„Nun, das ist wohl der Hochmut, den man sich leistet, wenn man ein solches Heer hinter sich weiß“, lächelte der Herzog von Kärnten.

„Ich will mich erst einmal mit eigenen Augen davon überzeugen, ob es tatsächlich eine so große Streitmacht ist.“ Der junge König wirkte verbissen. „Das ist der Grund unseres kleinen Ausritts zur Werraha. Noch bin ich hin und her gerissen, ob ich kämpfen oder verhandeln soll.“

Die Gruppe hatte das königliche Heerlager hinter sich gelassen und ritt auf einem alten Hohlweg in den Säulingswald hinein. Dunkel ragten die Tannen und Eichen empor, dazwischen Dickicht und gestürzte Baumstämme. Alles war über und über mit Schnee bedeckt, selbst der sich durchs Gehölz windende Weg war zugeschneit. Spuren verrieten, dass der nach Südosten führende Pfad stark genutzt wurde. Schweigen hatte sich über die Gruppe gesenkt, nur das Knirschen des Schnees unter den Hufen durchbrach die Stille.

„Wie geht es deiner Gemahlin, mein König?“, ergriff nach einer Weile Eppo von Zeitz das Wort. „Ist sie wohlauf und frohen Mutes für ihre Niederkunft?“

„Ja, dem Allmächtigen sei Dank, sie ist kurz vor mir gesund und wohlbehalten im Kloster Herveldia angekommen. Abt Hartwig hat sie, wie ich es mir erhofft hatte, gerade noch rechtzeitig aus der bedrohlichen Lage in der Burg Vokenroht fortführen können. Ich muss es den Thüringern hoch anrechnen, dass sie auf eine Geiselerpressung verzichtet haben, dem Herrn sei Dank! Am Ende sind wir alle doch aufrechte Christenmenschen.“ Der König nickte erleichtert. „Nach drei beschwerlichen Tagen ist sie in Herveldia angelangt. Ihre Niederkunft kann nun jeden Tag erfolgen.“

„Wir beten zum Herrn, dass er die Königin und ihren Sprössling gesund durch die schweren Stunden bringen möge“, sagte Erzbischof Liemar.

„Um Bertha ein Zeichen meiner Zuneigung und Fürsorge zukommen zu lassen, habe ich ihr gestern eine frühere Schenkung bestätigt, damit sie abgesichert ist, gerade auch für den Fall meines Ablebens. Das thüringische Gut Ekkhartsberga mitsamt Burg soll ihr Eigen sein, sodass sie jeder Sorge um ihr irdisches Dasein enthoben ist.“ Der junge König sah den Hammaburger Prälaten an. „Die meisten von euch haben die Schenkung gestern ja bezeugt.“

„Das Heil der Königin liegt uns allen am Herzen. Sie ist eine gute und edle Herrscherin an deiner Seite“, bestätigte Liemar.

Nahezu eine Stunde lang ritten die Männer durch den totenstillen Wald. Nicht ein einziges Lebewesen begegnete ihnen, selbst Vögel waren nicht zu sehen. Alles Leben schien in tiefsten Winterschlaf versunken oder durch die Kälte betäubt. Nach und nach erstarben die Gespräche der Männer, ein jeder schien vollauf damit beschäftigt, sich gegen die Kälte zu wappnen.

Wann immer der vereiste Weg es erlaubte, wechselten die Männer in den Trab, um rascher voranzukommen, aber auch um ein wenig Wärme durch die körperliche Bewegung zu erzeugen. Nach einer Weile stieg das

Gelände deutlich an. Der Weg machte hier einen Bogen und führte so auf halber Höhe am Hang entlang. Die vorausreitenden Soldaten verließen den Pfad und trieben ihre Pferde geschickt durch das Gehölz auf die Anhöhe zu. Auf der Bergkuppe machten die Soldaten dem König und den Prälaten Platz, die ihre Pferde zum Stehen brachten.

„Von hier aus beobachten unsere Späher seit Tagen das Heer des Feindes“, erklärte der Hauptmann der Wache und deutete nach Osten.

Die Würdenträger blickten in die gewiesene Richtung. Vor ihnen erstreckte sich eine weite Ebene. Die ganze Landschaft war mit Schnee überzogen, es hatte den Anschein, als läge sie unter einem weißen Tuch. Der Lauf der Werraha ließ sich nur dadurch erkennen, dass sich große Eisschollen ineinandergeschoben hatten. Von der Anhöhe aus hob sich der Fluss als ein graues, zersplittertes Band ab.

Im weiten Bogen der Werraha war auf der jenseitigen Flussseite das Heerlager zu erkennen. Zwischen dem Strom und den Hügeln im Osten erstreckten sich unzählige Zelte. Das Lager folgte dem Fluss und verlor sich schließlich in der weißen Landschaft.

„Beim Allmächtigen! Es ist unglaublich“, murmelte Eppo von Zeitz. Der Bischof spähte in die Ebene und schüttelte den Kopf. „Ich hätte mir eine solche Streitmacht nicht vorstellen können ... Nun glaube ich wahrhaftig, dass es vierzigtausend Mann sein müssen.“

„Verzeiht mir, ehrwürdiger Bischof, doch es waren zeitweise sogar fünfzigtausend“, schaltete sich der Hauptmann ein. „In den letzten Tagen wurden jedoch über zehntausend Mann von den Führern der Aufständischen zurück nach Hause geschickt. Offenbar fehlte es an Nahrung und an Waffen. Zu viele Sachsen und Thüringer waren wohl bereits verhungert oder erfroren.“

„Zehntausend?“ Heinrich IV. starrte ungläubig auf das Lager. „Das entspricht zweimal der Stärke unseres gesamten Heeres!“

„Wer auf eine solche Mannzahl verzichten kann, hat wohl kaum Angst vor einer Schlacht“, sagte Benno von Osnabrück bedächtig. „Es mögen viele einfache Bauern, Tagelöhner und Hörige sein, zudem oft nur mit ihrem schlichten Werkzeug bewaffnet – dennoch solltest du einen Kampf vermeiden. Ich fürchte, er wäre nicht zu gewinnen, trotz deiner bestens gerüsteten Krieger auf ihren Streitrossen. Gegen eine solche Übermacht, und sei es nur ein schlichter Volkshaufen, ist auch ein strahlendes Heer verloren. Lass dich nicht herausfordern, Heinrich."

„Zumal die Reichsfürsten zögern und zaudern, dich zu unterstützen", ergänzte Erzbischof Liemar. „Sie werden erneut versuchen, sich herauszuhalten. Im Zweifelsfall würden sich die Herzöge von Schwaben, Bayern und Lothringen sowie die Metropoliten von Köln und Mainz womöglich gar eher gegen dich stellen. Du wärst allein."

„Hm, das alte Lied." Der König strich sich verbittert über den Bart. „Es ist eine Schande, wohin es mit dem Reich und seinen Kräften gekommen ist. All das, was jahrhundertelang fest gefügt war, scheint dieser Tage zwischen meinen Fingern zu zerrieseln wie Sand. Doch noch bin ich der König! Ich werde ein Auseinanderbrechen des Reiches keinesfalls zulassen!" Mit einem Mal wich die Verbitterung einer selbstbewussten Entschlossenheit. „Sollte hier nun also die Schlacht nicht geschlagen werden, so gilt es, den Aufständischen am Verhandlungstisch die Grenzen aufzuzeigen."

„Das ist gewiss der richtige Weg, Heinrich", stimmte Benno von Osnabrück zu. Der engste königliche Berater wirkte erleichtert. Sein Rat zu Mäßigung und Kriegsverzicht hatte das aufbrausende Ungestüm des Königs niederhalten können.

„Abt Hartwig soll künftig von einigen Vertretern aus euren bischöflichen Reihen begleitet werden, damit die Gespräche mit den sächsischen und thüringischen Führern ganz in meinem Sinne verlaufen. Lasst uns nachher überlegen, wer von euch mitgehen soll." Noch einmal ließ der König den Blick über das gegnerische Heerlager wandern. Schließlich wendete er sein Pferd. Gefolgt von den Prälaten und den Wachen machte er sich langsam auf den Rückweg. Als Bischof Benno zu ihm aufschloss, wandte sich Heinrich erneut an ihn. „Auch wenn wir nun also nicht in die Schlacht ziehen wollen, so müssen wir in den Verhandlungen stets damit drohen! Lasst die Aufständischen glauben, die Reichsfürsten kämen ihrem König noch zu Hilfe. Das stärkt unseren Standpunkt."

Das Zelt Ottos von Northeim stand am Hang des Steinbergs und bot einen hervorragenden Ausblick auf das Heerlager der Sachsen und Thüringer. Wegen der Kälte war der Eingang bis auf eine schmale Öffnung zugehängt. In der mit Feldsteinen ummauerten Feuerstelle brannten dicke Holzscheite vor sich hin und verbreiteten eine angenehme Wärme. Drei Männer saßen auf bequemen Lehnstühlen um das Feuer und wärmten sich die Hände an Silberpokalen, in denen Würzwein dampfte.

„Was haltet ihr von den seltsamen Himmelszeichen, die kürzlich zu sehen waren?“, fragte Markgraf Dedi. Der elegante Edelmann mit dem genau geschnittenen weißen Haar und dem auffälligen weißen Schnurrbart trank vorsichtig einen Schluck des warmen Weins und sah die beiden Gesprächspartner an.

„Man sollte derlei nicht überbewerten. Nur weil uns manche Regungen der Natur unbekannt sind, müssen es nicht gleich Hinweise oder Zeichen des Herrn sein.“ Otto von Northeim, ganz der nüchterne Beobachter einer greifbaren Wirklichkeit, winkte lässig ab.

„Nun, meine Männer aus der Ostmark deuten das anders“, fuhr Dedi fort. „Als sie jüngst noch vor dem Hahnenschrei den Regenbogen am klaren Nachthimmel sahen und kurz darauf am Morgen die zwei riesigen, goldrot leuchtenden Säulen links und rechts der Sonne erschienen, beteten viele inständig zum Herrn. Sie hatten Angst vor Gottes Zorn, der sich nach der Heiligen Schrift oftmals durch Zeichen der Natur ankündige. Einige waren der Auffassung, es sei ein Gott missfallendes Sakrileg, gegen den König in den Krieg zu ziehen. So entstand ein Zaudern und Zagen, das ich erst mit einigen guten Worten auszuräumen vermochte.“

„Ach, das ist doch das Gebaren alter Weiber“, spottete Otto und schüttelte den Kopf. „Außerdem ist es zu kurz gedacht: Der König und seine Mannen werden dieselben Zeichen ebenfalls gesehen haben. Zu welcher Deutung werden sie ihrerseits gelangt sein?“

„Du bist ein Mann ohne furchtsamen Aberglauben, Otto“, ergriff Bischof Bucco das Wort. Der Prälat schmunzelte und beugte sich vor, um seinem Sitznachbarn in gespielter Anerkennung auf die Schulter zu klopfen. „Das ist zweifellos einer der Gründe, warum du unseren sächsischen Widerstand anführst. Nicht das Geringste vermag deinen klaren Blick in Fragen der Macht abzulenken.“

„Wirre Auslegungen, Blendwerk oder Gerüchte schon gar nicht“, erwiderte der Angesprochene trocken. Der Northeimer öffnete die Goldspange an seinem Mantel aus Zobelfell und nahm einen Schluck aus seinem Pokal. „Was allein zählt, sind die Tatsachen: Ist das Heer des Feindes größer als das eigene? Hat er noch unerwartete Hilfe von irgendwoher zu erhoffen? Erkennt der Feind seine Unterlegenheit an und ist er zu Zugeständnissen bereit? Derlei müssen wir fest im Blick haben, nicht irgendwelche Lichtspiele am Himmel."

„Meine Anerkennung, Otto." Der Markgraf der Ostmark neigte das weiße Haupt. „Kühl und besonnen wie seit jeher! Da König Heinrich das Ungestüm seiner Jugend langsam abgelegt und die Macht ähnlich klar im Blick hat, dürfte er die Tatsachen für sich ebenso nüchtern abwägen."

„Dann sollte er wohl die Aussichtslosigkeit eines Kampfes erkennen", sagte Bischof Bucco. „Dieses Mal kann er sich nicht drücken oder herauswinden – er muss unsere Forderungen erfüllen: Schleifung seiner Burgen, Abzug der schwäbischen Ministerialen, ein Ende der Ausbeutung, Anerkennung der alten Besitzrechte und Straflosigkeit für unsere Aufständischen."

„Des Weiteren verlange ich nach wie vor mein bayerisches Herzogsamt zurück", sagte Otto entschieden.

„Nun, er kennt all unsere Bedingungen, Abt Hartwig von Herveldia wird sie ihm überbracht haben. Bestimmt sitzt er längst in seinem Zelt und wägt ab, ob er mit seinen erfahrenen Soldaten nicht doch einen Kampf wagen soll." Markgraf Dedi zwirbelte sich nachdenklich den weißen Schnurrbart.

„Er wäre ein Narr, wenn er mit seinen Truppen die Werraha überschreitet", bemerkte Otto. „Zumal ihm keinerlei Hilfe vonseiten der Reichsfürsten zuteil werden wird. Allein gegen unsere achtfache Übermacht ziehen zu wollen, wäre sein Untergang. Da nützt es ihm wenig, dass unsere Männer hungern und frieren und ihre Waffen allzu einfach sind. Ihr Wille zum Kampf ist ungebrochen, sie wären eher enttäuscht, wenn es am Ende eine friedliche Verhandlungslösung gäbe."

„Die Volkshaufen und Bauern wollen Genugtuung für die Entbehrung und das Unrecht, das sie erdulden mussten. Ihr Zorn will gestillt sein." Bischof Bucco blickte ernst in die Flammen. „Wir werden auf manche von ihnen mit Engelszungen einreden müssen, wenn sie kampflos heimwärts abziehen sollen."

„Die meisten jedoch werden froh und dankbar sein, dem drohenden Schlachtfeld heil entkommen zu sein. Einige haben schon keine Waffen mehr, da die Eiseskälte das billige Metall gesprengt und zersplittert hat. Andere stehen am Rande des Hungerstods – für sie wäre die Heimkehr eine Gnade", sagte der Markgraf.

„Nun, warten wir es ab. Es liegt in der Hand König Heinrichs." Otto von Northeim lehnte sich zurück und trank aus seinem Pokal.

„Der Pfalzgraf hat durch Boten angekündigt, er werde mit dem Rest seines Heeres morgen hier eintreffen", ergriff Bischof Bucco das Wort. „Friedrich von Gozeka wird damit unsere Truppen vervollständigen. Zudem eilt ihm der Ruf eines erfolgreichen Feldherrn voraus. Seine Siege bei der Heimenburg und jüngst bei der Asenburg waren bittere Niederlagen für den König und seine dortigen Ministerialen."

„Man sollte es auch nicht übertreiben", brummte Otto abfällig. „Es waren lange Belagerungen, die er am Ende durch Bestechung der zermürbten Burgherrn siegreich abgeschlossen hat. Mit kriegerischer Kunst hat das meines Erachtens nicht viel zu tun."

„Das mögen wir so klar sehen", erwiderte Markgraf Dedi mit hochgezogenen Augenbrauen. „Das einfache Volk hingegen raunt sich seltsame Wunderdinge zu über den Pfalzgrafen. Man munkelt von Kräften, die jenseits alles Irdischen liegen. Bei der Asenburg soll er den königlichen Burgherrn Meinhard durch irgendeine Art Zauber zur Aufgabe und gar zum Anschluss an sein eigenes Heer bewegt haben."

„Ach, mein lieber Dedi, das Volk tuschelt stets so allerlei von der Früh bis in die Nacht!" Otto schüttelte den Kopf und verzog das Gesicht. „Es verhält sich wie mit den Himmelszeichen: Was der einfältige Mann nicht versteht, ist gleich ein Wunder für ihn. Friedrichs Zauber heißt schlicht Gold. Es gibt da kein Geheimnis, nur die geschickte Ausnutzung der Verführbarkeit des Menschen – das ist alles. Jeder hat seinen Preis ..."

In der Höhle des Löwen

Mitten in der Nacht hatte es erneut zu schneien begonnen. Als die Gefährten in tiefster Finsternis ihren Unterstand abbauten und mit allem Gepäck in Richtung Horeburg wanderten, waren sie rasch über und über mit Schnee bedeckt. Der Marsch durch den Wald und den kniehohen Schnee war äußerst beschwerlich. Häufig mussten sie anhalten, um sich zu orientieren. Tief in ihre Umhänge gehüllt und die Gesichter vermummt, kämpften sie sich den Hang hinauf. Immerhin wurde ihnen dabei ein bisschen warm.

Mehr als zwei Stunden benötigten sie so für eine Strecke, die sonst in weniger als der Hälfte der Zeit zu schaffen war. Als sie vor sich endlich die Umrisse der Burgmauern aufragen sahen, war es drei Stunden nach Mitternacht. Die Horeburg lag in Stille und Dunkelheit, allenfalls in den schmalen Fensterscharten des Turms war ein schwacher Lichtschimmer zu erahnen. Lindfell, der die Gruppe anführte, hielt wenige Schritte vor den Mauern und winkte die Gefährten heran.

„Wie ich es befürchtet hatte", sagte er leise und wies auf das Gemäuer. Seine Stimme wurde vom Schneegestöber übertönt, sodass sie nur in nächster Nähe zu hören war. Mit bleichen, verhüllten Gesichtern standen die beiden Mönche und die zwei Zwerge mit Iva um den Mann aus Elbergard. „Der Zugang zum Turm ist nirgendwo zu sehen. Alles hier ist unter Schnee begraben."

Sorgfältig suchte Lindfell die Mauer ab, doch unterhalb der Scharten und Fenster der Burg war keine Tür oder Luke zu entdecken. Der untere Teil der Wand lag bis fast auf halbe Mannshöhe vollständig unter herangewehtem Schnee verborgen.

„Nun, da hilft wohl nur graben“, meinte Wisiger trotzig. „Wie gut, wenn man dann Schwarzalben bei sich hat …“ Tatkräftig stapfte der Zwerg auf die linke Seite der Burgmauer zu, die zugleich den Sockel des Wehrturms bildete. Irgendwo dort musste sich laut Hedwigs Schilderung die kleine Luke befinden.

Lindfell und Folkward ließen ihre Beutel und Schulterbündel zu Boden sinken und gaben sie in die Obhut Tados und Ivas, die bei den Gepäckstücken warten sollten. Im Windschatten einer mächtigen Buche suchten die beiden Schutz vor dem Wetter. Lindfell und Folkward traten an Wisigers Seite und begannen, den Schnee am Fuß der Burgmauer zu entfernen. Wigman hingegen, von dessen Bogen der Erfolg des Vorhabens abhängen mochte, ordnete unterdessen die Pfeile in seinem Köcher.

Vorsichtig arbeiteten sich die drei Männer durch den Schnee. Obwohl sie hier und da nur kratzend hart gefrorene Stücke beseitigen konnten, vermieden sie es, allzu laute Geräusche zu machen. Zum Glück verschluckte das Schneegestöber weitgehend die verräterischen Klänge.

„Ich glaube, hier muss es sein“, flüsterte Wisiger plötzlich. Der Schwarzalbe wies mit seinem Kurzschwert auf den oberen Rand eines gemauerten Rundbogens, der in der Dunkelheit nur schwer zu erkennen war. Sofort knieten sich Lindfell und Folkward neben ihn und halfen, den Schnee zu entfernen. Nach kurzer Zeit hatten sie den Zugang freigelegt, der als Stollen ins Gemäuer der Horeburg führte. Am anderen Ende war er mit einer halbrunden, eisenbeschlagenen Tür verschlossen.

Wisiger kroch sogleich durch den schmalen, niedrigen Gang, und Lindfell gab den wartenden Gefährten mit einem Zeichen zu verstehen, dass ihr wagnisreiches Vorhaben begann. Während Wigman, Köcher und Bogen in den Händen, rasch zum Eingang kam, hob Iva nur kurz die Hand. In der Finsternis konnte Lindfell ihren besorgten Blick nicht erkennen.

Unterdessen hatte Wisiger die Luke erreicht. Behutsam presste er beide Hände gegen die Tür, die seinem Druck nachgab und an Scharnieren langsam nach innen schwang. Um ein verräterisches Knarren der Eisengelenke zu vermeiden, schob er die Tür ganz vorsichtig Handbreit um Handbreit auf. Gebannt verfolgten die Gefährten, wie sich der erhoffte Zugang zur Horeburg tatsächlich öffnete. Lindfell war erleichtert – die Gemahlin des Pfalzgrafen hatte Wort gehalten. In diesem Moment wurde ihm wieder bewusst, wie sehr das ganze Vorhaben von der Hilfe und vom Mut Hedwigs abhing.

Als die Tür schließlich ganz offen stand, wurde im Innern des Gemäuers der schwache Schimmer eines Lichtscheins sichtbar. Doch die Helligkeit war zu gering, als dass sie unmittelbar aus dem Keller stammen konnte. Irgendwo oberhalb im Turm mussten Fackeln brennen, deren Leuchten bis hier hinunter reichte. Wisiger wandte sich noch einmal kurz zu Lindfell um, ehe er ganz durch die Öffnung verschwand. Sofort folgten ihm die drei Gefährten und krabbelten einer nach dem anderen durch den Stollen. Als sie sich im Innern des Turms wieder aufrichteten, befanden sie sich in einem niedrigen Kellergewölbe, das Lindfell und Folkward zwang, den Kopf einzuziehen. Aufgeregt sahen sie sich um. Ein Stück voraus war der Absatz einer steinernen Treppe zu sehen, die, dem Lichtschimmer entgegen, in den Turm hinaufführte. An den Wänden ringsum stapelten sich Truhen und Fässer sowie hoch aufgeschichtete Mengen an Brennholzscheiten. Rechter Hand führte ein niedriger Gewölbebogen in einen finsteren Nebenraum des Kellers, der sich unter dem Palas der Burg erstreckte.

Lindfell zog vorsichtig sein Schwert aus der Scheide und nickte seinen Begleitern zu. Der Schneesturm war nicht mehr zu hören, sodass sie auf laute Geräusche und Gespräche verzichten mussten. Doch die Männer wussten auch ohne Worte, was zu tun war. Wigman reichte seine Streitaxt an Folkward weiter und legte einen Pfeil schussbereit auf seinen Bogen. Wie sie es zuvor besprochen hatten, schlichen der Albenkrieger und Lindfell als Erste auf die Treppe zu. Sollte dort wie von Hedwig beschrieben eine Wache stehen, galt es, einen todbringenden Pfeil geräuschlos ins Ziel zu bringen.

Als die beiden die unterste Treppenstufe erreichten und vorsichtig hinaufsahen, entdeckten sie im Erdgeschoss des Turms tatsächlich das befürchtete Hindernis. Auf einem Schemel, den Rücken an die Wand gelehnt, saß ein Soldat mit Kettenhemd und Helm. Seine Lanze hielt er schräg über die Beine gelegt, der Kopf war ihm auf die Brust gesunken. An seinem Atem und den geschlossenen Augen war unschwer abzulesen, dass er eingenickt war. Neben ihm brannte eine Fackel und erhellte den Gang vor ihm. Die Wache saß genau am oberen Ende der Treppe und hätte Lindfell und Wigman geradewegs in die Augen geblickt, wäre der Mann nicht eingeschlafen gewesen. Erleichtert sandte Lindfell einen Dank an Wodan.

Ehe er sich Wigman zuwenden konnte, hatte der Schwarzalbe bereits seinen Bogen gehoben und die Sehne gespannt. Auch wenn es eine feige Tat sein mochte – den Gefährten blieb keine Wahl. Schon sauste der Pfeil davon. Ehe Lindfell reagieren konnte, hörte er das trockene Geräusch, mit dem die Metallspitze den Schädelknochen des Soldaten oberhalb des rechten Auges durchschlug. Sein Tod war rasch und schmerzlos – der Mann kam nicht einmal mehr dazu, die Augen zu öffnen. Überrascht von der Geschwindigkeit des Angriffs war Lindfell einen Moment erstarrt, musste plötzlich aber feststellen, dass der Tote sich langsam zur Seite neigte. Kratzend schabte sein Kettenhemd über die Mauer hinter ihm, als er vom Schemel rutschte.

Erschrocken sprang Lindfell die Stufen der Treppe hinauf, doch es war zu spät. Noch ehe er bei dem Toten ankam, um seinen Sturz abzufangen, kippte dieser vollends zur Seite. Laut klappernd fiel zunächst die Lanze zu Boden, dann folgte der Körper des Mannes selbst, begleitet vom lauten Rasseln des Kettenhemds und dem metallischen Aufprall des Helms auf den Bodendielen. Mit aufgerissenen Augen stand Lindfell über dem am Boden liegenden Körper und horchte in die erneute Stille. Als er kurz die Treppe hinunterblickte, sah er in die besorgten Gesichter der Gefährten. Doch es war zu spät: Die verräterischen Geräusche waren nicht ungehört geblieben.

„He, Enzo, was ist bei dir los?“, rief eine Stimme aus dem Obergeschoss des Turms. Lindfell und Wigman sahen einander ratlos an. Vor Schreck wie gelähmt hörten sie, wie über ihnen Schritte auf den Holzdielen erklangen.

„Bist wohl weggenickt und vom Stuhl gefallen, was?“ Ein spöttisches Lachen folgte der Frage, während jemand auf den obersten Treppenstufen zu hören war. Schritt für Schritt kam die Wache herab, bis endlich das Gesicht des Mannes sichtbar wurde. Schlagartig blieb der Soldat stehen und starrte, die Augen weit aufgerissen, auf den unerwarteten Anblick.

Sein Schwert kampfbereit vor sich haltend, setzte sich Lindfell sofort in Bewegung und eilte zu dem Mann.

„Überfall! Ein Überfall!“, brüllte der Soldat bereits aus Leibeskräften. Zugleich senkte er seine Lanze drohend dem heranstürmenden Lindfell entgegen. Doch ehe es zwischen den beiden zum Kampf kam, hatte Wigman seinen Bogen angelegt und erneut einen Pfeil abgeschossen. Das Geschoss durchbohrte den Hals des Wachsoldaten. Fassungslos und mit schmerzverzerrter Miene hielt er mitten in der Bewegung inne. Klappernd fiel die Lanze die Stufen hinunter, während der Getroffene hilflos beide Hände an den Hals legte.

„Überfall ... im Turm ...“, versuchte der Soldat im Niedersinken noch zu sagen, ehe seine Stimme in einem Röcheln erstarb. Als sich Lindfell über den auf den Treppenstufen liegenden Mann beugte, blickten dessen Augen schon starr und leblos durch ihn hindurch.

In diesem Moment erwachte die Horeburg zu geschäftiger Unruhe. Über den Innenhof schallten von allen Seiten Warnrufe und Befehle, aus den Unterkünften der Soldaten waren Geräusche und Schritte zu vernehmen. Die Gefährten sahen sich entsetzt an: Der schlimmste Fall war eingetreten, die Besatzung der Burg rüstete sich zum Kampf.

Folkward stürzte durch den Flur zur Tür hinüber, die auf den Burghof hinausführte. Wenn es gelang, sie zu schließen, hätten sie etwas Zeit gewonnen. Doch er kam zu spät: Quer über den Innenhof flogen ihm schon erste Pfeile entgegen. Mit dumpfem Schlag bohrten sich die Metallspitzen vor seiner Nase ins Holz der Tür. Es war ihm nicht mehr möglich, die nach außen geöffnete Tür zu schließen. Rasch zog sich der Pater zurück und brachte sich hinter einem der Türpfeiler in Sicherheit. Hektisch spähte er hinaus und sah die dunklen Umrisse von Soldaten, die sich geduckt näherten. Da kniete sich Wigman neben den Mönch, legte in aller Ruhe seinen Bogen an und tötete nacheinander zwei der heraneilenden Gestalten. Die übrigen Angreifer brachten sich in Sicherheit, und der Hof lag wieder leer da.

Gleichzeitig waren auch Geräusche im großen Saal des Palas zu hören, über dem die Gemächer des Pfalzgrafen und seiner Gemahlin lagen. Der Saal war durch einen Bogendurchgang mit dem Treppenhaus des Turms verbunden. Sofort rannten Lindfell und Wisiger dorthin und sahen, wie eine Handvoll Soldaten durch die Halle bereits auf sie zukamen. Bestürzt erkannten sie, dass der Durchgang über keine Tür verfügte. Geistesgegenwärtig trat Lindfell in den Saal, packte einen nahe dem Durchgang stehenden Eichentisch und warf ihn um, sodass er quer lag. Gemeinsam mit Wisiger, der die Lanze des getöteten Wachsoldaten an sich genommen hatte, zog er den Tisch hinter sich her bis zum Durchgang. Dort verschanzten sich beide hinter der Deckung und sahen den Angreifern entgegen, die mit gezückten Schwertern auf sie zustürmten. Inmitten weiterer Soldaten, die nach und nach in die Halle eilten, erschien mit einem Mal auch der Camerarius des Pfalzgrafen. Fassungslos sah sich Gerald in dem Kampfgetümmel um.

Der notdürftig verbarrikadierte Durchgang erwies sich als Nadelöhr für die Verteidiger, mit den Schwertern und Lanzen ließen sich die heraneilenden Soldaten einigermaßen abwehren. Gleichwohl wussten Lindfell und Wisiger, dass sich diese Stellung nicht allzu lange würde halten lassen. Hilfesuchend blickten sie hinüber zu Folkward und Wigman, die den Innenhof absicherten. Ihre Lage war bedrohlich.

In diesem Moment erklangen hinter ihnen Schritte. Erleichtert erkannten die Gefährten, dass es Iva und Tado waren, die kurz entschlossen durch den Keller in den Turm geeilt waren, als sie den Lärm gehört hatten. Erschrocken sahen die beiden, in welch gefahrvoller Lage sich ihre Gefährten befanden. Während Iva neben Folkward in die Hocke ging und sich vor den heransausenden Pfeilen verbarg, rannte der junge Mönch zur Treppe und nahm der zweiten getöteten Wache Lanze und Schwert ab. Frisch bewaffnet trat er neben Lindfell und Wisiger und half ihnen, die Angreifer aus dem Saal abzuwehren.

Inmitten des Getümmels erkannte Gerald, der das Geschehen noch immer aus dem Hintergrund beobachtete, plötzlich ein bekanntes Gesicht unter den Eindringlingen. Pechschwarze Haare, ein slawisches Antlitz mit hohen Wangenknochen und leuchtend grünen Augen: Die Maid, die dort im Gang kauerte, war zweifellos die Kammerfrau seiner Herrin. Sofort fiel ihm ein, dass der Pfalzgraf die „Schwarzkrähe", wie er sie nannte, kürzlich in Bola gesehen hatte. Geralds Gedanken überschlugen sich: Was hatte das nur zu bedeuten? Was ging hier vor sich? Als sich Geralds und Ivas Blicke begegneten, konnte der Camerarius an ihrer

Miene ablesen, dass sich die junge Frau ertappt fühlte. Rasch sah sie weg. Dann verdeckten ihm die Kämpfe wieder die Sicht.

Wigman unterstützte seine bedrängten Gefährten am Durchgang immer wieder mit einem gezielten Pfeilschuss, der die Schar der Angreifer für eine Weile zurückweichen ließ. Als das Gefecht für einen Moment abflaute, warf Lindfell einen Blick zurück zu Iva, die ihn fragend ansah. Ihm war klar, dass sie Wurdbouga meinte, und er schüttelte den Kopf. Sofort sprang die junge Frau auf und eilte ohne zu zögern durch den umkämpften Gang zu der Treppe, die ins Obergeschoss führte.

„Nein, Iva, bleib hier, das ist zu gefährlich!“, rief Lindfell. Sie hörte nicht auf ihn. Schon stieg sie über den getöteten Soldaten hinweg die Holzstiege hinauf. „Oben könnten weitere Wachen sein!“ Fassungslos sah er ihr hinterher und wollte ihr nacheilen, als er durch einen heranstürmenden Soldaten erneut ins Kampfgetümmel gezogen wurde.

Als Iva mit klopfendem Herzen die letzten Stufen hinter sich brachte und voller Angst schon mit dem Angriff einer Wache rechnete, entdeckte sie eine Gestalt vor sich im Fackelschein. Es war Hedwig, die mit erstarrter Miene im Durchgang stand. Die Kammerfrau eilte auf ihre Herrin zu. Kurz umarmten sich die Frauen inmitten des Kampflärms.

„Ich habe ihn“, flüsterte Hedwig. Langsam und ehrfürchtig zog sie etwas unter ihrem wollenen Umhang hervor. Ein goldener Glanz schimmerte in ihrer Hand – der Reif. „Der Trunk hat seinen Dienst bestens versehen, Friedrich schläft wie ein Stein.“ Sie legte den Schicksalsreif in Ivas Hand und sah sie besorgt an. „Euer unbemerktes Eindringen in die Burg ist misslungen, wie wollt ihr nun wieder herauskommen?“

„Macht Euch keine Sorgen, Herrin! Lindfell und die Männer werden einen Weg finden.“ Iva bemühte sich um ein zuversichtliches Lächeln. „Dies hier war der schwierigere Teil.“ Sie nickte in Richtung des Reifs, den sie in einem kleinen Stoffbeutel verstaute, der am Gürtel über ihrem Kleid hing. Anschließend schloss sie ihren Umhang wieder mit einer Spange.

„Ich werde zum allmächtigen Herrn beten, dass er dich und deine Gefährten heil aus der Horeburg führt.“ Die Gemahlin des Pfalzgrafen ergriff die Hände ihrer Dienerin. „Ansonsten sehne ich schon den Tag herbei, dich in der Viczinburg wiederzusehen, meine treue Freundin.“

„Geliebte Herrin“, flüsterte Iva bestürzt und schüttelte den Kopf. „Der Camerarius hat mich gesehen und erkannt ... Ich fürchte, der Weg zurück zur Viczinburg ist mir ein für allemal versperrt. Auch Euer Gemahl hatte mich neulich schon gesehen – er würde mich töten, jetzt, da sein Reif fort ist.“

„Aber ...“, begann Hedwig und sah ihre Dienerin unglücklich an, „so müssen sich unsere Wege also hier trennen?“ Erneut umarmten sich die beiden Frauen. „Es ist ein schrecklicher Abschied!“

„Ihr wart stets so gut zu mir, Herrin“, sagte Iva und wischte sich Tränen von den Wangen. „Der Allmächtige möge es Euch dereinst vergelten und Euch und Euren Sohn allezeit beschützen! Lebt wohl.“

„Ich wünsche dir alles Glück, meine Iva“, sagte Hedwig leise. „Auch dich soll der Herrgott behüten – auf welche Wege er dich auch immer lenken mag!“ Sie ließ die Hände ihrer Dienerin los. Als Iva sich der Stiege zuwenden wollte, ertönte über den beiden Frauen ein lautes Knarren. Es war die hölzerne Luke, die über den Wohngemächern auf die Wehrplattform des Turms hinausführte. Vorsichtig wurde die Klappe von oben geöffnet und ein Soldat blickte mit argwöhnischer Miene herunter. Er war in vollem Rüstzeug und hatte sein Schwert in der Hand. Als er die Stufen hinunterstieg und die beiden Frauen reglos im Gang stehen sah, entspannte sich seine Miene sichtlich.

„Edle Herrin, was ist ...“, setzte er an, doch verstummte sofort, als er Lindfell über die Stiege heraufeilen sah. Iva wollte ihn noch warnen, doch es war bereits zu spät. Die beiden Männer musterten einander überrascht, ehe sich der Soldat kurzerhand zum Angriff entschloss. Das Schwert vorgereckt, stürzte er an Hedwig und Iva vorbei auf Lindfell zu. Der wich behände mit einem Sprung zur Seite aus und nutzte den ungebremsten Schwung des Mannes, um ihn mit einem Schlag gegen die Schulter ins Wanken zu bringen. Mit wild fuchtelnden Armen versuchte der Soldat, das Gleichgewicht zu halten, bevor er seitlich in das Treppenhaus kippte. Auf halber Höhe prallte er gegen die Holzstufen, dann schlug er auf dem Boden auf und blieb reglos liegen.

Lindfell eilte zu Iva und ergriff ihre Hand. „Hast du ihn?", fragte er hastig und sah sie voller Erwartung an. Als sie kurz nickte, wandte er sich an die Gemahlin des Pfalzgrafen: „Habt Dank für Eure Hilfe, edle Herrin! Euer Gott möge es Euch tausendfach vergelten!"

Noch einmal sahen sich die beiden Frauen an, ehe Lindfell Iva hinter sich herzog und mit ihr die Stufen hinunterlief. Der Kampf tobte mit unverminderter Härte. Immerhin war es Folkward gelungen, die Tür zum Innenhof zu schließen und von innen zu verriegeln, das Getümmel hatte sich so auf den Durchgang zwischen Turm und Halle verlagert. Wigman bemühte sich, die Gegner mit seinen Pfeilen fernzuhalten. Doch auch die Gefährten sahen sich unter Beschuss, da die Bogenschützen aus dem Hof nun in den Saal gewechselt waren. Es war absehbar, dass die Stellung nicht mehr lange zu halten sein würde, da Wigmans Pfeile zur Neige gingen. Verzweifelt duckten sich die Gefährten hinter den Tisch oder pressten sich gegen die Wände des Gangs.

„Wo ist Tado?", rief Lindfell besorgt. Er hielt Iva noch immer an der Hand und stand mit ihr außer Schussweite bei der Hoftür.

„Im Keller", antwortete Wisiger. „Er hatte eine Idee." Fragend blickte Lindfell den Schwarzalben an und schüttelte den Kopf. Im selben Moment erschien das Gesicht des jungen Mönchs auf der Treppe. Geduckt huschte er zu Lindfell und Iva und hielt stolz ein Holzfässchen in die Höhe.

„Öl ...", flüsterte er vielsagend und nickte in Richtung der Halle.

„Was hast du vor?", fragte Lindfell, ehe er begriff. „Ein Feuer..." Er sah den Mönch, der listig lächelte, an. „Ja, das würde uns die nötige Zeit verschaffen, durch den Keller zu verschwinden."

„Hast du denn ... den Reif?"

„Sie hat ihn", lächelte Lindfell und sah in Ivas Richtung, die bestätigend über den wollenen Stoff ihres Umhangs strich. Unbemerkt warf sie einen Seitenblick auf ihn und schien erfreut über sein Vertrauen, dass er sein kostbarstes Gut einstweilen in ihren Händen beließ.

„Dann also gilt es", flüsterte Tado. Er kniete sich auf den Boden und löste mithilfe seines Dolchs den Holzdeckel des Fässchens. Er warf Lindfell und Iva einen kurzen Blick zu und kroch dann auf den Knien, das offene Fass vorsichtig vor sich herschiebend, hinüber zu dem Tisch, wo das Gefecht weiter in vollem Gange war. Flüsternd erklärte er den Gefährten seinen Plan und begann schließlich, das Fass über den Kopf zu heben und das Öl über den Tisch hinweg in den Saal zu gießen.

Verunsichert hielten die angreifenden Soldaten kurz inne, ehe ihnen klar wurde, was ihre Gegner da im Schilde führten. Mit entsprechenden Warnrufen untereinander wichen sie tiefer in den Saal zurück und beobachteten, wie das leere Fass polternd in die Halle geworfen wurde. Eine Öllache hatte sich inzwischen in weitem Halbkreis im Saal ausgebreitet.

Tado erhob sich und lief durch den Gang zu der Fackel, unter der die Leiche des getöteten Wachsoldaten lag. Rasch nahm er den lodernden Stab aus der Wandhalterung und eilte zurück. Die Gefährten beobachteten, wie der junge Mönch an den Tisch trat und die Fackel kurzerhand in die Öllache warf.

Wie blaugoldene Wogen wanderten züngelnde Flammen in alle Richtungen und erzeugten einen brennenden See, der bis tief in den Saal hineinreichte. Tado verharrte jedoch einen Moment zu lange über dem beeindruckenden Anblick, als ob er von dem Feuerteich gebannt wäre. Als er wieder in Deckung gehen wollte, trafen ihn zwei Pfeile mitten in die Brust. Ungläubig auf die Geschosse in seinem Leib starrend, sank er zu Boden.

„Tado“, rief Folkward entsetzt und fiel neben seinem Mitbruder auf die Knie. Doch als er den Kopf des jungen Mönchs anhob und auf seinen Oberschenkel bettete, erkannte er am glasigen Blick, dass alles Leben aus dem jungen Mann gewichen war.

Bestürzt und wie gelähmt blickten die Gefährten auf die beiden Mönche hinab. Iva und Lindfell kamen herbeigeeilt und gingen neben Folkward in die Hocke. Mit der rechten Hand zeichnete der Pater ein Kreuzzeichen auf die Stirn des Toten und murmelte leise ein Segensgebet. Im Hintergrund war das Rauschen des lodernden Feuers zu hören. Stühle und Bänke wurden von den Flammen ebenso erfasst wie Truhen, Wandteppiche und andere Einrichtungsgegenstände im Saal. Tados Plan schien aufzugehen.

„Wir müssen leider aufbrechen“, sagte Lindfell zögerlich zu Folkward. Er berührte den Toten freundschaftlich am Arm und legte dem Pater kurz die Hand auf die Schulter.

„Der Allmächtige wird Tado in sein Reich aufnehmen", murmelte Folkward und schüttelte traurig den Kopf. „Es gab eine Zeit, da war er wie ein Sohn für mich ... Nun, er war ein guter Gottesdiener und ein edler Mensch. Jetzt mag er die Herrlichkeit Jesu Christi schauen!" Vorsichtig hob er das Haupt des Toten von seinem Oberschenkel und ließ es sanft zu Boden sinken. Noch einmal schlug er das Kreuzzeichen über dem toten Mitbruder, dann erhob er sich wie die übrigen Gefährten auch.

An der Tischplatte leckten längst auch Flammen. Das Feuer hatte sich rasch ausgebreitet und loderte wie eine unüberwindbare Mauer vor dem Durchgang. Die Hitze war auch im Gang des Turms deutlich zu spüren. Jenseits des Flammensees war der Camerarius zu erkennen, der einigen Soldaten Befehl gab, Wasser zu holen. Der Kampf war derweil unterbrochen – es war so gekommen, wie Tado es sich erhofft hatte.

Die Gefährten nutzten die Gelegenheit. Ein letztes Mal warfen sie einen Blick zurück auf ihren Mitstreiter, dann eilten sie die Stufen hinunter in den Keller und durchquerten den halbdunklen Lagerraum. Nacheinander krochen sie durch die niedrige Luke hinaus in die Finsternis. Unter der Buche nahmen sie ihre zurückgelassenen Gepäckstücke wieder auf, die fast schon eingeschneit waren.

„Jetzt ist es mir fast eine Freude, dass es dermaßen stürmt", sagte Wisiger und legte sich seine Tasche um die Schulter. „Unsere Spuren werden schnell zugeweht sein." Lindfell blickte zur Burg zurück, die dunkel hinter ihnen aufragte. Nur durch einige schmale Fensterscharten war der Widerschein der Flammen zu erkennen. Rufe und Lärm schallten hinaus in die Winternacht.

„Sie werden noch eine ganze Weile beschäftigt sein – Tado sei Dank!" Lindfell schloss den Umhang vor seiner Brust. Den ledernen Beutel auf seinem Rücken zurechtrückend, wandte er sich an die Gefährten: „Dann also los! Es erwartet uns ein mühsamer Weg nach Güldenbrunn."

Mit großen Schritten setzte er sich in Bewegung. Mehr rutschend als gehend liefen sie den Waldhang hinunter, den sie so mühsam hinaufgestiegen waren. Als Lindfell erkannte, dass ihre früheren Spuren bereits vollends unter Schnee begraben waren, nickte er zufrieden. Noch einmal wandte er sich um, doch die Horeburg war schon außer Sicht geraten.

Mit einem Mal spürte er eine Hand an seiner Schulter. Es war Iva, die ein Stück hinter ihm gelaufen war und stolpernd fast auf ihn gerutscht war. Im Halbdunkel sah er ihr entschuldigendes Lächeln. Als sie ihre Hand jedoch zurückziehen wollte, ergriff er sie und hielt sie fest umschlossen.

„Iva, ich muss es dir sagen: Du bist wahrhaftig eine tapfere Maid! Stets die Gefahren um uns herum, heute gar der Tod unseres Gefährten – das alles erträgst du mutig und klaglos." Er sah sie anerkennend an, während sie nebeneinander gingen. „Ich danke Wodan, dass er unsere Wege zusammengeführt hat."

„Wenn es denn Wodan war", lächelte sie. „Du weißt, wie ich über deine alten Götter denke." Dann jedoch wurde ihre Miene ernst, und sie schüttelte den Kopf. „Tados Tod ist entsetzlich, er war ein so junger, ein so guter Mensch! Ich werde ihn vermissen." Sie drückte Lindfells Hand fester und zögerte einen Moment. „Ich möchte dir ebenfalls etwas sagen: Hab Dank für dein Vertrauen, Lindfell. Dass du mir den Reif anvertraust, wo ich anfangs doch so argwöhnisch war ... Du hast meine Bitte von damals wahrhaftig verinnerlicht."

„Nun, mir liegt viel an ... an deinem Wohlwollen", sagte Lindfell leise. So glücklich ihn ihre Worte auch machten, erfasste ihn doch Unsicherheit und ließ ihn zögern. Wohin nur war seine frühere Unbefangenheit Iva gegenüber verschwunden, wunderte er sich. Er spürte, wie seine Sehnsucht wuchs. Nach einer Weile sah er sie heimlich an. Die Haare verdeckten größtenteils ihr Gesicht, doch er meinte, ein Lächeln erkennen zu können.

Der Frieden von Gerstingun

Im Hof der Königspfalz hatten sich zahllose Schaulustige versammelt, die darauf warteten, den jungen Herrscher zu sehen. Dicht gedrängt standen sie beisammen und blickten immer wieder hinüber zu der Tür des Hauptgebäudes. Auch wenn die nachmittägliche Sonne vom klaren Himmel herabschien, traten die Menschen fröstelnd von einem Bein aufs andere. Ein Stimmengewirr erfüllte die Luft.

Inmitten der Menge befanden sich neben den Beamten, Dienern, Gesindeleuten und Soldaten auch hochgestellte Teilnehmer der Friedensgespräche selbst. Geistliche und weltliche Herren beider politischer Lager sowie Reichsfürsten rüsteten sich nach dem erfolgreichen Ende der Verhandlungen für den Aufbruch. Da das große Tor, das den Zugang zur Königspfalz von Gerstingun bildete, offen stand, drängte sich dort das einfache Volk.

„Es lebe unser König Heinrich!", ertönte es auf einmal. Aufgeregt reckten die Schaulustigen den Hals, während überall nun ähnliche Hochrufe erklangen und mancher Arm zum Gruß erhoben wurde. Der junge Herrscher war in den Hof getreten und blickte über die versammelte Menschenmenge. Nach einer Weile lächelte er und nickte den Wartenden freundlich zu. Ein Knecht hatte das königliche Ross herangeführt, verneigte sich ehrfürchtig vor dem Salier und hielt für ihn den Steigbügel bereit. Den Sattelkauf ergreifend, schwang sich Heinrich auf den Rücken des Tieres, schloss seinen Pelzmantel und rückte die Kopfbedeckung aus Hermelinfell zurecht. Dann wandte er sich der Menge zu.

„Mit Gottes Hilfe konnte hier zu Gerstingun der Frieden gesichert werden. Dies ist nicht nur für die sächsischen und thüringischen Lande ein Segen, sondern für das gesamte Reich. So können wir nun unsere Kräfte ganz auf andere, drängende Aufgaben richten wie den Überlebenskampf in diesem unerbittlich harten Winter." Der Herrscher blickte in die Runde. „Habt Dank für eure Treue! Möge der allmächtige Herr euch allzeit beistehen!" Mit diesen Worten wendete er sein Pferd und lenkte es langsam in Richtung des Tores.

„Jedermann scheint erleichtert, dass der Friedensschluss zustande gekommen ist", sagte Bischof Eppo von Zeitz. Der Prälat blickte auf die Menschenmenge und wandte sich seinem Amtsbruder zu, Bischof Benno. Die beiden Kirchenherren saßen, tief in ihre Pelze gehüllt, nahe dem Tor auf ihren Pferden, sie schienen bereit für den Aufbruch.

„Es ist ein Segen, dass der Kampf vermieden werden konnte, dem Allmächtigen sei Dank!" Bischof Benno strich sanft über das Fell seines Tieres, das aufgrund der vielen Menschen unruhig war.

Erneut erhoben sich Jubelrufe, während viele der im Innenhof Versammelten nun näher herandrängten, um den König zu sehen oder gar zu berühren. Ehrfürchtig verneigten sie sich vor Heinrich, während dieser sich herabbeugte und dem einen oder anderen flüchtig die Hand auf Arm oder Schulter legte. Auf diese Weise dauerte es eine ganze Weile, ehe der König auch nur ein Stück des Weges zurückgelegt hatte.

„Lass uns schon einmal vorausreiten, Eppo. Das hier mag noch dauern." Benno von Osnabrück setzte sein Pferd in Bewegung und lenkte es durch das Tor auf den Vorplatz hinaus, wo das einfache Volk wartete. Ehrfürchtig verneigten sich die Menschen vor den beiden Kirchenfürsten, die das Kreuzzeichen machten und die Menge segneten. Dann schwenkten sie ein auf einen breiten Weg, der an der Pfalz vorüberführte. In südliche Richtung folgten sie den vielen Spuren, die in den Schnee eingegraben waren. Nach kurzer Zeit erreichten sie eine kleine Gruppe berittener Wachsoldaten, die auf die Bischöfe gewartet hatten und sich ihnen nun als schützende Nachhut anschlossen.

Die Königspfalz zu Gerstingun blieb langsam hinter den Reitern zurück. Linker Hand begleitete sie das zugefrorene Flussbett der Werraha, in dem sich Eisschollen zu hohen Gebilden aufgetürmt hatten.

„Dass heute das Reinigungsfest Mariens ist, mag ein Fingerzeig des Allmächtigen sein: Das Alte bleibt hinter uns zurück, Neues und Gutes zieht herauf! Wie sich gemäß jüdischem Brauch die Muttergottes vierzig Tage nach ihrer Entbindung reinigt, so mag unser Reich am heutigen Tag den Zwist hinter sich lassen und einer friedvollen Zukunft entgegengehen." Der Bischof von Zeitz strich sich über das Kinn.

„Mögest du damit recht haben, Eppo." Benno verzog das Gesicht. „Es würde allen Kräften im Reich zugutekommen, wenn diesem Frieden ein langes Leben beschieden wäre. Ich befürchte jedoch, dass sich die widerstreitenden Machtinteressen langfristig nicht mehr beilegen lassen und es über kurz oder lang zu neuen Auseinandersetzungen kommen wird. Dies sind einfach nicht mehr die Zeiten des alten Königtums, als die Kräfteverhältnisse im Reich noch klar geordnet und allseits anerkannt waren."

„Und doch ist es eine Gnade, dass sich alle bereitgefunden haben, den offenen Ausbruch von Gewalt zumindest dieses Mal noch hintanzustellen. Darum ist es am Ende eben doch ein guter Tag!" Der alte Bischof schien zufrieden.

„Vielleicht hast du recht, und ich sehe zu schwarz", erwiderte Benno. Der Prälat überlegte einen Moment, doch ehe er fortfahren konnte, ertönte hinter ihnen das Schnauben eines Pferdes. Die beiden Geistlichen brachten ihre Tiere zum Stehen und wandten sich um. In zügigem Galopp näherte sich ihnen der König, begleitet von Männern seines Gefolges.

„Welch ein Auflauf!", rief der junge Herrscher und schüttelte den Kopf. Er lenkte sein Pferd zwischen die beiden Kirchenfürsten. „Die Menschen jubilieren gerade so, als wäre dieser Friedensschluss selig machend. Es ist aber nicht mehr als ein Ausgleich, um Schlimmeres zu verhindern."

„Nun, genau das zählt am Ende für das einfache Volk", erwiderte Bischof Benno. „Im Hof der Pfalz konnte ich allerdings auch unter den hohen Herren zumindest ein Gesicht sehen, das durchaus beglückt wirkte. Otto von Northeim schien mir wahrhaftig angetan vom Ausgang der Verhandlungen."

„Wen wundert's? Ich habe ihm die Rückgabe seines bayerischen Herzogtums in Aussicht gestellt – er dürfte wohl am Ziel seiner Wünsche sein." Der König lächelte auf eine Weise still in sich hinein, die andeutete, dass seine Worte womöglich nicht die ganze Wahrheit benannten.

„Er hat sich die Wiedererlangung seines Amtes allerdings auch schwer verdienen müssen“, erwiderte Benno. Die Miene des Bischofs zeigte eine ähnliche Zweideutigkeit. Er wandte sich dem jungen Herrscher zu. „Erlaube mir, mein König, dir Lob und Bewunderung auszusprechen. Als alter Mann, der ich die Kräfte im Reich schon lange beobachte und bereits deinem Vater so manchen Rat erteilen durfte, erkenne ich, mit welchem Geschick du in schwieriger Lage zu handeln verstehst. Die Art und Weise, wie du den Northeimer in deinem Sinne gelenkt hast, zeugt von großer Klugheit und Weitsicht.“

„Es ist vorteilhaft, bei bedeutsamen Männern ein mächtiges Unterpfand in der Hinterhand zu haben.“ König Heinrich IV. strich über die Mähne seines Pferdes. „Ottos ganzes Handeln war und ist von Anbeginn an auf seine ureigenen Pläne ausgerichtet. Ohne das Herzogtum Bayern scheint er für sich keine würdige Zukunft zu sehen. Insofern war er nicht nur zu Zugeständnissen bereit, sondern hat auch seine sächsischen Mitstreiter davon überzeugt, dass auch sie sich seinem Handeln anschließen.“

„Wie man hört, hätte es ohne ihn hier zu Gerstingun wohl kaum den Friedensschluss gegeben. Das einfache Sachsenvolk, das sich seit einem halben Jahr in den riesigen Heerhaufen zusammengerottet hat, war nämlich auf Beute aus. Sie wollten den Kriegszug fortsetzen, unsere Truppen schlagen und sich dann nach Gutdünken bereichern – gleichsam als Lohn für ihre Kampfbereitschaft.“ Bischof Eppo hob den Zeigefinger. „Allein Otto von Northeim und seiner oft bewunderten Redekunst ist es zu verdanken, dass er die Gemüter beruhigen konnte, sodass die Horden aus Sachsen nun friedlich in ihre Heimat zurückkehren.“

„Das klingt nun aber nachgerade so, als ob ich Otto am Ende noch dankbar sein müsste“, lachte der König abfällig und starrte den Zeitzer Bischof an. „Er war doch der Anführer der Unbotmäßigen im Sachsenland, er hat mit seiner Untreue mir gegenüber das Feuer doch erst geschürt! Er kann froh sein, dass ich Gnade vor Recht ergehen lasse und er zudem noch Bayern zurückerhält.“

„Nun, das Herzogtum ist noch lange nicht zurück in seiner Hand“, lächelte Benno hintersinnig. „Die Reichsfürsten waren ganz froh, solange er aus dem Amt war. Sie werden einen wiedererstarkten Otto von Northeim nicht gerne in seiner alten Würde sehen. Daher werden sie ihm Steine in den Weg legen, wo immer es möglich ist." Der Bischof klopfte dem König vertraulich auf die Schulter. „Und ich weiß, Heinrich, dass du genau diese Zwietracht unter den Reichsfürsten mit deiner – vorgeblich – gnädigen Wiedereinsetzung erreichen wolltest. Denn alles, was die mächtigen Herren entzweit, stärkt dein Königtum! Drum hast du, wie bereits gesagt, klug und weitsichtig gehandelt ..."

„Hab Dank für das Lob", lächelte Heinrich seinen alten Ratgeber an. „In der Tat hoffe ich, genau diesen Keil zwischen meine untreu gewordenen Lehnsmänner getrieben zu haben. Das ist aber auch das einzig Gute an diesem Friedensschluss. Alles andere, was an den beiden Verhandlungstagen beschlossen wurde, ist mir zuwider, denn es ist letztlich eine Beleidigung und Demütigung des Königs!"

„Einen Waffengang konntest du nicht wagen, wir wären wohl geschlagen worden. Insofern ..." Eppo von Zeitz zuckte mit den Schultern und sah den König an.

Die drei Männer ritten eine Zeit lang schweigend durch die Winterlandschaft. Während rechter Hand die Abhänge des schier endlosen Waldes näher an den Weg heranrückten, kam auf der linken Seite die zugefrorene Fläche des Säulingssees in Sicht. Das Licht der Sonne glitzerte auf dem Schnee und verwandelte die Landschaft in ein gleißendes Meer. Ein gutes Stück hinter der Gruppe des Königs hatte sich unterdessen auch das Gefolge des Hofes in einem langen Tross auf den Weg gemacht.

„Es hat mich große Überwindung gekostet, den aufsässigen Herren aus Sachsen den Friedenskuss zu geben", ergriff Heinrich nach einer Weile erneut das Wort. Er verzog den Mund abschätzig. „Allesamt Heuchler, die sich frevlerisch gegen ihren Lehnsherrn verschworen haben. An ihren Treueid, den sie einst ihrem König geschworen haben, fühlen sie sich nicht mehr gebunden. Sie achten ihn allenfalls dann, wenn es ihnen in den Kram passt. Denke ich an den Friedenskuss mit diesen Männern zurück, so ist mir, als verdorrten mir Haut und Lippen." In einer unwirschen Geste strich sich der König angewidert über den Mund, während seine Augen bedrohlich funkelten. In diesem Moment schimmerte kurz das Ungestüm des Herrschers wieder auf, das er mit dem Alter mehr und mehr hinter sich ließ.

„Manchmal muss selbst ein König wie du gute Miene zum bösen Spiel machen", sagte Benno mit hochgezogenen Augenbrauen. „Am Ende zahlt es sich oft aus."

„Hm, den Preis für diesen Frieden scheine allerdings ausnahmslos ich entrichtet zu haben." Der König bedachte seinen Ratgeber mit einem finsteren Blick. „Wer sonst musste Opfer bringen? Am Ende habe ich doch all dem entsprochen, was die Sachsen schon von Anbeginn an gefordert haben. Wo ist deren Opfer?"

„Sie haben ihre Waffen – und das waren viele – gestreckt und sind unter deine Lehnshoheit zurückgekehrt. Es hätte für das salische Haus auch schlimmer kommen können: Der Aufstand barg in sich den Funken eines Flächenbrands, den niemand hätte löschen können. Diese Gelegenheit nicht genutzt zu haben, ist ihr Opfer."

„Ich weiß, Benno", sagte der junge Herrscher, „aber es quält mich nun einmal, überhaupt derlei erleben zu müssen. Doch die Zeiten sind wohl im Wandel und lassen sich nicht mehr umkehren. Es ist wie mit den Fischen: Sucht der Fluss sich ein neues Bett, müssen sie diesem zwangsläufig folgen, wenn sie weiter schwimmen wollen ..."

„Ein schöner Vergleich." Benno lächelte. „Jedoch allzu düster, denn du musst dich keineswegs mit der Machtlosigkeit eines Fischs begnügen."

„Am Ende dieser beiden Tage hatte ich manchmal einen anderen Eindruck. Meine Burgen in Sachsen und Thüringen muss ich schleifen lassen, die Ministerialen abziehen, vermeintliche Besitzrechte der sächsischen Herren anerkennen und den Treulosen am Ende noch Straffreiheit zusichern." Heinrich richtete sich im Sattel auf. „Das ist arg für einen König!"

„Das verstehe ich", erwiderte Benno. „Viele dieser Burgen habe ich selbst für dich entworfen und errichtet. Es schmerzt auch mich, dass sie nun zerstört werden sollen. Doch es ist beschlossene Sache, und deine königlichen Boten reiten bereits durchs Land und übermitteln entsprechende Befehle. Wie du es gesagt hast: Die Zeiten lassen sich nicht mehr umkehren."

„Ich weiß, ich weiß." Heinrich nickte zerknirscht. „Und doch ist es bitter."

„Manche Burgen sind längst zerstört, wie die Heimenburg oder die Asenburg, die Friedrich von Gozeka bezwungen hat", sagte Benno.

„Durch Zauberei, wie manche munkeln." Bischof Eppo zog die Augenbrauen hoch.

„Ach, nichts als dumme Gerüchte", winkte Benno ab. „Er hat geschickt belagert und im rechten Moment Gold eingesetzt – das war sein ganzer Zauber."

„Wie auch immer, der Verlust der beiden Festungen ist ärgerlich", überging der König die Andeutung des Zeitzer Prälaten und hob mit einem Mal die Hand. „Erst jetzt fällt mir auf, dass der Pfalzgraf gar nicht zugegen war in Gerstingun. Dabei war ich sicher, er würde dort in seiner Eitelkeit seinen kriegerischen Erfolg auskosten wollen. Wisst ihr etwas über seinen Verbleib?"

„Nein, er ist angeblich noch in der Horeburg – irgendwelche Geschäfte haben ihn dort wohl festgehalten", erwiderte Bischof Benno gleichmütig.

„Nun, ich habe ihn auch nicht vermisst", lachte Heinrich spöttisch. „Ein Treuloser weniger in diesem Haufen von Heuchlern. Auch ohne ihn waren die Tage zu Gerstingun auf jeden Fall ein bitterer Tiefpunkt für mich."

„Du solltest nicht betrübt zurückblicken, sondern nach vorn." Benno berührte den jungen Herrscher am Unterarm. „Zeit für neue Aufgaben: Der italische Reichsteil und Rom harren deiner Aufmerksamkeit, zumal Papst Gregor VII. seine Macht auszubauen beginnt."

„Doch auch frohe Ereignisse stehen an", lächelte Eppo von Zeitz aufmunternd. „Deine Gemahlin wird in diesen Tagen niederkommen. Womöglich schenkt sie dir den lang ersehnten Thronfolger."

„Du hast recht, Eppo. Über all den Sorgen der jüngsten Zeit habe ich Berthas gesegnete Umstände beinahe vergessen. Ein Thronerbe wäre ein großes Geschenk des Herrn und ein machtvolles Zeichen in das ganze Reich hinaus." Der junge Herrscher ballte die Faust. „Das Königtum des salischen Hauses würde umso gefestigter erscheinen."

„Lange schon beten wir zum Allmächtigen, dass es ein Knabe wird", sagte Eppo und bekreuzigte sich. Sein Osnabrücker Amtsbruder tat es ihm gleich.

„Bertha soll ihre Niederkunft hier in Herveldia erwarten, während der gesamte Hof umgehend weiterzieht nach Goslar. Ich werde mich morgen von ihr verabschieden und Abt Hartwig ihr Heil in die Hände legen." Der junge Herrscher rückte seine Hermelinmütze zurecht. „Sobald sie reisefähig ist, mag sie mitsamt den Kindern entweder nach Goslar nachkommen oder gleich ins Rheinland nach Worms weiterziehen. Das wird die Zukunft zeigen."

Der Weg führte mit leichter Steigung bergan und wandte sich in einem Bogen dem Säulingswald zu. Noch einmal ließen die drei Männer ihre Blicke über das Tal der Werraha schweifen, ehe die Gruppe schließlich den Waldrand erreichte. Hier umfing sie der verschneite Wald; nur hier und da durchdrangen Sonnenstrahlen die Baumkronen. Sogleich schien die Kälte spürbar zuzunehmen. Die Männer zogen ihre Umhänge enger zusammen und schoben die Hände in ihre Fäustlinge.

„Noch heute möchte ich damit beginnen, unsere treuen Truppen heimwärts zu schicken", ergriff Heinrich das Wort. „Das Heer wird nicht länger benötigt, und die Männer werden froh sein, in ihre Heimat zurückkehren zu können."

„Zumal es zusehends schwieriger wurde und wird, die vielen Soldaten hierzulande mit Verpflegung zu versorgen", nickte Benno von Osnabrück.

„Für ihre Treue und für eben diese Entsagungen möchte ich sie dankbar entlohnen", erklärte Heinrich entschieden. „Sie haben zu ihrem König gestanden, als fast alle im Reich die Hände gleichmütig in den Schoss gelegt haben. Solche Gefolgsleute muss sich ein Herrscher bewahren, ihre Gewogenheit sichern. Im Lager will ich heute und morgen den getreuen Herren und ihren Mannen reichliche Belohnung zuteil werden lassen. Sie sollen frohgemut heimkehren und mich in guter Erinnerung behalten."

„Geschenke erhalten die Freundschaft ...", lächelte Benno.

„Jetzt, da alle, Freund wie Feind, den Heimweg antreten, hoffe ich, dass auch wir, lieber Benno, endlich in Frieden in unsere Bistümer zurückkehren können, wohin Gott uns einst als Hirten befohlen hat. Allzu lang waren wir auf der Flucht, da uns die Sachsen dort nicht dulden mochten", sagte Eppo nachdenklich.

„Nun, sie werden euch in euren Diözesen nicht länger belästigen", erwiderte der König. „Auch das haben wir, wie du weißt, zu Gerstingun vereinbart."

„Und doch bete ich zum Allmächtigen, dass der Empfang vor Ort nicht allzu kühl und feindselig ausfallen möge", zögerte Bischof Eppo. „Was ein Pakt rechtlich regelt, gilt noch lange nicht für die Herzen der Menschen."

Unbändiger Zorn

Die schwer bewaffneten Reiter gaben ihren Pferden die Sporen und mühten sich, ihrem Herrn zu folgen, der in halsbrecherischer Weise durch den Wald jagte. Im tiefen Schnee trieben sie die Tiere den Abhang hinauf, der zum Hochplateau der Ohmberge führte. Seit dem Mittag waren sie schon unterwegs, sie hatten von der Horeburg aus das Gelände in nordwestlicher Richtung durchkämmt. Friedrich von Gozeka führte den Trupp an und verlangte seinem längst erschöpften Ross das Äußerste ab. Wie ein Besessener jagte er ruhelos weiter und hielt hektisch nach allen Seiten hin Ausschau.

Nach einer Weile hatten die Reiter die Anhöhe erreicht. Der Pfalzgraf brachte sein Pferd zum Stehen und blickte in die Ferne, während das Tier schnaubte und unwillig das Haupt schüttelte. Die anderen Männer wirkten erleichtert angesichts der unverhofften Pause. Müde richteten sie sich im Sattel auf, wischten sich den Schweiß aus den Gesichtern und strichen beruhigend durch die Mähnen ihrer Pferde. Zugleich spähten sie zu ihrem Herrn hinüber, sie befürchteten, dass er die wilde Jagd allzu rasch fortsetzen würde.

„Irgendwo da draußen stecken die verdammten Unholde", rief Friedrich wütend. „Wir müssen sie um jeden Preis finden! Und wenn ich sie habe, ziehe ich ihnen die Haut vom Leibe!" Seine Miene verzerrte sich zu einer Fratze, wobei die Kiefer mit aller Kraft gegeneinander rieben, als ob er etwas zwischen den Zähnen zermahlen wollte.

„Wenn sie zu Pferd unterwegs sind, haben sie einen halben Tag Vorsprung", gab der Camerarius zu bedenken. Der Ratgeber hatte sein Ross neben das seines Herrn gelenkt und folgte dessen Blick. Als dieser ihn wutverzerrt anstarrte, fügte er leise hinzu: „Es ist allerdings unwahrscheinlich, da sie heute früh in Bola noch zu Fuß gesehen worden sind."

„So oder so", zischte Friedrich, „sie sind des Todes!" Er senkte die Stimme und beugte sich verschwörerisch zu seinem Ratgeber hinüber. „Du weißt, was sie mir gestohlen haben! Der Reif ist meine Zukunft, mein Leben! Ich muss ihn zurückhaben, koste es, was es wolle." Mit panischem Blick starrte er den Camerarius an und umfasste sein linkes Handgelenk, als ob er hoffte, den Reif dort auf wundersame Weise wieder vorzufinden.

„Gewiss, edler Herr", beeilte sich Gerald zu sagen, „Eure Getreuen werden alles tun, um die Diebe zu erwischen. Knapp einhundert Mann sind landauf, landab unterwegs, um sie dingfest zu machen."

„Was ich nicht verstehe", murmelte der Pfalzgraf, „wer zum Teufel sind diese verfluchten Leute? Wie konnten sie von Wurdbouga wissen, und was haben sie vor? Die elende Schwarzkrähe – ich habe ihr schon immer misstraut."

„Iva, die Kammerfrau Eurer Gemahlin, ist die einzige Person, die mir von diesen Leuten bekannt war. Weder die beiden Mönche noch den jungen Mann habe ich je zuvor gesehen, von den zwei Zwergen ganz zu schweigen." Gerald schüttelte den Kopf. „Noch habe ich keine Erklärung für das alles."

„Ich habe einen Verdacht: Da diese betrügerische Iva beteiligt ist, muss wohl auch meine hehre Gemahlin eingeweiht sein. Das ist doch kein Zufall!" Er ballte die Faust. „Mein verdammtes Weib aber leugnet alles rundweg ab. Vorhin habe ich sie hart befragt, doch selbst unter dem einen oder anderen Schlag hat sie nur geheult und ihre angebliche Unschuld beteuert. Aber das kann sie einem anderen Narren weismachen! Irgendjemand hat mir gestern ein Mittel verabreicht, das mich wie einen Toten hat schlafen lassen – wer außer ihr kommt da schon infrage? So fromm und harmlos sich die vermeintlich treue Hedwig auch gibt, sie ist Teil einer Verschwörung gegen mich! Und mir hat sie die Ohren vollgejammert, dass sie sich zurückgewiesen fühle, dass sie eine traurige Seele sei. Eine falsche Schlange ist sie! Aber ich werde die Wahrheit noch entdecken, und wenn ich sie aus ihr herausprügeln muss!" Der Pfalzgraf schlug die Faust in die linke Handfläche und verstummte. Betretenes

Schweigen breitete sich aus, die Männer blickten furchtsam ihren Herrn an. Lediglich das Schnauben der Pferde war in der Stille zu hören.

„Wie gesagt, mir ist das alles vollkommen rätselhaft", ergriff der Camerarius leise das Wort. „Ich kann mir jedoch – erlaubt mir die Widerrede – nicht vorstellen, dass Eure Gemahlin sich tatsächlich gegen Euch verschworen hat. Welches Ziel hätte sie denn? Niemand außer uns kennt das Geheimnis des Reifs. Ich denke daher eher, die Mönche, die Zwerge und jener junge Mann sind der Schlüssel zu dem Ganzen. Gerade die zwei Schwarzalben könnten den Reif und seine Macht kennen, wurde er doch einst von Alben geschmiedet. Irgendetwas hat sie auf den Plan gerufen, seit Ihr Wurdbouga im Besitz habt. Ob vielleicht die Unholdin Watelinde ...?" Er ließ die Frage unvollendet.

„Hm, ja, ein guter Gedanke, Gerald." Der Pfalzgraf blickte düster drein. „Das Auftreten der Zwerge deutet in der Tat auf einen größeren Zusammenhang hin. Und doch muss es auch Hilfe in der Horeburg gegeben haben. Zum einen der Schlaftrunk, zum anderen die verborgene Luke im Turm. Da sind Verrat und Verschwörung im Spiel! Nun, ich werde es herausfinden." Dann richtete er sich im Sattel auf und griff die Zügel enger. Mit einem Ruck zerrte er den Kopf seines Pferdes zur Seite und setzte das Tier in Bewegung.

„Genug gerastet! Es geht weiter, Männer!", rief er barsch, ohne die anderen eines Blickes zu würdigen. Er lenkte sein Pferd zwischen den Bäumen hindurch in westliche Richtung und hielt Ausschau nach Spuren im Schnee. „Bildet eine Reihe und haltet die Augen auf!" Hinter ihm setzte sich der Tross wieder in Bewegung. Nach einer Weile schloss Gerald zu seinem Herrn auf und ritt neben ihm durch den Wald.

„Es macht mich fast wahnsinnig", sagte Friedrich nach einer Weile, „ich finde einfach keine Erklärung. Der Überfall kam so überraschend und genau in dem Moment, als der Reif tatsächlich seine unfassbare Macht offenbart hatte. Vom höchsten Glücksgefühl bin ich nun in die tiefste Verzweiflung gerissen."

„Es wäre gewiss das Einfachste, wenn wir die Männer fänden und zum Reden brächten. Ich fürchte, andernfalls wird das Ganze auf ewig ein Rätsel bleiben", erwiderte Gerald. „Jener Mönch ist heute früh ja gestorben, ehe wir ihn noch befragen konnten."

„Nun denn, so lass uns die Unholde fangen!“ Der Pfalzgraf warf einen kurzen Seitenblick zu Gerald, ehe er wieder aufmerksam durch das Unterholz spähte. „Ich will nicht allein Wurdbouga zurückbekommen, sondern auch erfahren, wie diese Schurken überhaupt auf die Spur des Reifs gekommen sind. Nur dann kann ich meinen teuersten Schatz, so ich ihn denn wiederhabe, sicher schützen.“

Die Nachmittagssonne neigte sich langsam dem Horizont entgegen und ließ die Schatten der Bäume länger werden. Die Luft wurde deutlich kälter, was den Männern bei ihrer beschwerlichen Suche kaum auffiel. Das Gelände vor ihnen fiel steil bergab, die Ausläufer der Ohmberge senkten sich hier einem breiten Tal entgegen. Da der Hang abschüssig und der Boden vereist war, mussten die Pferde in vielen Kehren vorsichtig hinuntergelenkt werden. Es dauerte eine Weile, ehe die Gruppe den Talboden erreicht hatte und Gerald wieder an der Seite seines Herrn reiten konnte.

„Schwarzalben“, murmelte Friedrich in Gedanken versunken. Er schüttelte den Kopf und sah seinen Ratgeber an. „Bislang habe ich das stets für eine Mär gehalten – nun ist aus dem Altweibergeschwätz jedoch Wirklichkeit geworden.“

„Und ob das verwunderlich ist. Doch seit der Reif aufgetaucht ist, vermag mich nicht mehr viel zu erstaunen. Allzu Seltsames habe ich erlebt ...“, sagte Gerald. „Die Welt, die ich bisher kannte, hat sich um ungeahnte Wahrheiten erweitert.“

„Allerdings, gerade Wurdbougas Zauberkraft übersteigt bei Weitem den Verstand eines jeden Christenmenschen. Dagegen sind Schwarzalben fast schon herkömmlich“, lachte der Pfalzgraf bitter auf. „Immerhin weisen die Zwerge uns womöglich das Ziel der Fliehenden. Woher sonst als aus dem Harz könnten sie stammen?“

„So ist es. Bei Schartfelde am Südrand des Harz liegt der Sage nach das große Reich des Zwergenvolks. Da sie heute früh in Bola gesehen wurden, wie sie sich nach Norden wandten, denke ich, dass die Diebe dorthin wollen, um sich und den Reif unter der Erde in Sicherheit zu bringen. Wobei mir die Rolle der Menschen in der Gruppe einfach nicht einleuchten will.“

„Das ist vollkommen einerlei! Entscheidend ist nur, dass sie Schartfelde nicht erreichen dürfen – wir müssen sie vorher abfangen! Sind sie erst einmal unter der Erde, ist Wurdbouga für alle Zeit verloren!“

„Vier große Trupps von uns sind überall im nordöstlichen Eichsfeld unterwegs, um ihnen den Weg nach Norden abzuschneiden. Ich bin sicher, wir werden sie rechtzeitig stellen“, bemühte sich der Camerarius Zuversicht auszustrahlen.

„Das will ich hoffen“, brummte Friedrich. „Die Verfolgung wurde auf jeden Fall viel zu spät in die Wege geleitet. Dadurch konnten sich die Unholde diesen großen Vorsprung verschaffen, dem wir jetzt mühsam hinterherjagen müssen. Warum habt ihr Narren so lange gewartet?“

„Verzeiht, Herr, aber der Brand im Saal war so bedrohlich, dass wir ihn zunächst einmal löschen mussten“, erwiderte der Camerarius kleinlaut. „Da war an die Fliehenden nicht zu denken. Die Horeburg wäre andernfalls binnen weniger Stunden niedergebrannt gewesen. Kübel um Kübel musste das Löschwasser hereingetragen werden. Und als das nicht ausreichte, haben wir Schnee aus dem Hof herangeschleppt und in die Flammen geschüttet. Dabei ging es ja um Eure Sicherheit und die Eurer Gemahlin. Denn der Brand wütete unmittelbar unter Euren Gemächern und leckte schon an den tragenden Balken.“ Der Ratgeber setzte eine sorgenvolle Miene auf. „Da hieß es nur noch: Euer Leben und das Eurer Gemahlin retten!“

„Die falsche Schlange hätte meinethalben in den Flammen verschwinden können“, höhnte der Pfalzgraf und machte eine wegwerfende Geste.

„Versündigt Euch nicht“, mahnte Gerald und blickte entsetzt den Pfalzgrafen an. Wie schon öfter war der nüchterne Camerarius fassungslos angesichts der Niedertracht, zu der Friedrich fähig war.

„Ach, lass das mal meine Sorge sein“, brummte dieser missmutig. „Du hättest mich dennoch rascher wecken müssen, als das Feuer endlich gelöscht war.“

„Wir haben es ja versucht“, widersprach Gerald beherzt. „Mit allen Kräften und Kunstgriffen haben wir uns bemüht, Euch aus dem Schlaf zu reißen, doch es war unmöglich. Ihr schient auf wundersame Weise vollständig betäubt. Erst am Mittag seid Ihr aus eigenem Antrieb endlich erwacht.“

„Es war ein traumloser, tiefer Schlaf, ohne jedes Bewusstsein und zeitlos. Als ich erwacht bin, glaubte ich, ich sei erst kurz zuvor eingeschlafen“, sagte Friedrich verwundert. „Da ist ganz ohne Zweifel heimlich nachgeholfen worden, irgendein Mittel wurde mir in Speis oder Trank getan."

„Nichts vermochte Euch aus dieser todesähnlichen Betäubung zu reißen. Jedermann in der Burg war besorgt um Euer Leben – da ist die Verfolgung ein wenig aus dem Blick geraten ..."

„Das alles ist von langer Hand geplant gewesen", rief der Pfalzgraf zornig. „Und meine Gemahlin und ihre niederträchtige Dienerin spielen dabei eine Schlüsselrolle. Du sagtest ja, du hättest in der Nacht beobachtet, wie Iva inmitten des Kampfes hinaufgelaufen sei in das obere Stockwerk – dann war gewiss sie es, die mir den Reif vom Handgelenk geraubt hat. Wobei ... auch meine holde Gemahlin könnte es getan haben. Womöglich haben die beiden das bereits in der Viczinburg ausgeheckt ... Als ich die Schwarzkrähe jedenfalls neulich in Bola gesehen habe, ahnte ich zu Recht, dass da etwas nicht stimmte. Diese slawische Ausgeburt von Falschheit!"

„Wenn es so wäre, wie Ihr vermutet, dann hätten die beiden Frauen den Reif auch ganz allein und bereits in der Viczinburg rauben können."

„Ach, was weiß ich", brummte der Pfalzgraf missmutig. „Vielleicht war es ja auch andersherum und die verfluchten Zwerge haben das Ganze angezettelt."

„Das klingt zwar schlüssig, doch was hätten dann zwei Mönche in der Gruppe zu suchen, die von diesem jungen Burschen angeführt wird. Im Kampf heute Nacht hat er sich als der Anführer des seltsamen Trupps gezeigt." Erneut schüttelte der Camerarius den Kopf. „Wie man es auch dreht und wendet, es ergibt alles keinen Sinn. Stets trifft man auf unauflösliche Widersprüche."

Plötzlich hörten sie, wie sich jemand näherte. Eine Gruppe Reiter kam den gegenüberliegenden Hang herunter. An der Spitze der Schar ritt Hauptmann Oswald, der an seinen wallenden Haaren schon von Weitem zu erkennen war. Der Pfalzgraf ließ anhalten und sah dem Trupp erwartungsvoll entgegen.

„Wie gut, Euch hier zu treffen, edler Herr", rief der Hauptmann, als er sein Pferd vor Friedrich zum Stehen brachte. „Wir haben eine Spur gefunden." Der Soldat rückte den Helm zurecht und sah seinen Herrn an.

„Wo?", rief der Pfalzgraf aufgeregt. Er musterte Oswald scharf.

„Unten in der Ebene östlich des Sonnensteins haben wir die frischen Spuren eines Lagers entdeckt. Es waren viele Fußabdrücke und eine Feuerstelle, die flüchtig mit Schnee zugeschüttet worden ist. Wenn dies von den Fliehenden stammt, was anzunehmen ist, so haben sie dort heute in der Früh eine Pause eingelegt."

„Endlich eine nützliche Nachricht, Oswald." Der Pfalzgraf wirkte voller Tatendrang und warf dem Camerarius einen Blick zu. „Demnach waren unsere Mutmaßungen richtig: Die Unholde fliehen nach Norden. Nun gilt es, ihnen den Weg abzuschneiden, ehe sie den Harz erreichen!"

„Habt ihr Spuren von Pferden entdeckt?", fragte Gerald den Hauptmann.

„Nein, das wäre uns aufgefallen", erwiderte Oswald.

„Wenn das so ist, können sie nicht allzu weit sein. Jeder verfügbare Mann soll sich an der Suche beteiligen, Oswald! Haltet sie auf – tot oder lebendig!" Während sich der Hauptmann eilfertig verneigte, wandte sich der Pfalzgraf an seinen Ratgeber: „Wir beide reiten einstweilen zur Horeburg zurück. Ich will meine Gemahlin noch einmal aufs Schärfste befragen."

Im großen Saal des Burgpalas war der Brand noch deutlich zu riechen. Obwohl die verkohlten Balken der Wände und Decken sowie die Überreste des Mobiliars fast vollständig mit Löschwasser durchtränkt waren, hing der beißende Geruch durchdringend im Raum. Es hatte den Anschein, als sei der Brand nicht zur Gänze besiegt worden, sondern lodere noch immer vor sich hin. Doch der Eindruck trog. Jeder verdächtige Winkel der Halle und des Treppenhauses war mehrmals genauestens untersucht worden, das Feuer war gelöscht.

„Auch dafür sollen sie büßen!", zischte Friedrich und schaute sich entsetzt um. „All das muss wieder instand gesetzt werden, denn die Horeburg ist lediglich eine Leihgabe an mich. Der Graf von Stade soll seinen Besitz genau so zurückerhalten, wie er ihn mir geborgt hat. Sonst wäre es mit der Freundschaft zwischen dem Haus Gozeka und den Udonen rasch vorbei. Hol zügig Handwerker und Bauleute herbei, Gerald!"

„Wie Ihr wünscht", sagte der Camerarius.

„Nun da der Krieg gegen den König beigelegt ist, möchte ich bald zurückkehren in die Viczinburg. Allzu viel Zeit und Mühen hat mich der unsägliche Kampf schon gekostet."

„Am Ende hat es sich aber gelohnt – ein Bote hat am Vormittag die Kunde gebracht, dass sich Heinrich IV. bei den Verhandlungen zu Gerstingun willens zeigt, nahezu alle unsere Forderungen zu erfüllen." Gerald sah seinen Herrn aufmunternd an, doch dessen Miene blieb düster.

„Das ist schön und gut für die Sachsen und Thüringer", brummte er mit wegwerfender Geste, „mir ist es einerlei! Was soll mich am Machtkampf mit dem König interessieren, am kleinteiligen Ringen um Einzelheiten, wenn es vielmehr darum geht, ein Werkzeug wiederzuerlangen, mit dessen Hilfe mir alles – letztlich gar die Herrschaft im Reich – offen steht! Einen nach dem anderen bis hinauf zum König könnte ich mit Wurdbougas Hilfe meinem Willen unterwerfen. Ich muss den mächtigen Reif zurückhaben, alles andere ist mir gleichgültig!"

„Nun, die Fliehenden werden nicht durchkommen können", gab sich der Camerarius zuversichtlich. „Weiß der Hauptmann denn, um was es bei der Jagd geht?"

„Nein, nur so viel, dass er mir ein kostbares Geschmeide wiederbringen soll, das mir vom Handgelenk geraubt worden ist. Was es mit dem Reif auf sich hat, weiß nach wie vor niemand außer uns beiden."

„Und gewiss die Diebe."

„Ja, verflucht!" Der Pfalzgraf schlug mit der Faust auf eine halb verkohlte Tischplatte. „Ich will um jeden Preis herausfinden, woher sie das wissen konnten." In diesem Moment erklangen von der anderen Seite der Halle her Schritte und das Rascheln von Stoff. Hedwig trat aus dem beschädigten Treppenhaus in den Saal. In ihrem langen Kleid aus dunklem Samt schritt sie vorsichtig durch den verkohlten Durchgang, an dem in der Nacht zuvor der Kampf stattgefunden hatte. Ihr Gesicht durch den hellen Schleier verdeckt, war nicht zu erkennen, was ihre Miene angesichts der Spuren der Zerstörung verriet. Schweigend kam sie auf die beiden Männer zu.

„Beeil dich, Weib! Was glaubst du, wie groß meine Geduld ist? Schon vor einer halben Stunde hatte ich dich rufen lassen", herrschte der Pfalzgraf seine Gemahlin an. „Und komm mir nicht so fromm und unschuldig daher! Das hier sind die Folgen deines trügerischen Spiels." Er packte Hedwig grob am Handgelenk, riss sie herum und deutete auf die Überreste der Feuersbrunst. „Die ganze Zeit über hier in der Horeburg hast du mich mit deiner ach so leidenden Miene getäuscht und dich in Wahrheit mit diesen seltsamen Unholden gegen deinen eigenen Gemahl verschworen. Dafür wirst du zahlen, wie ein jeder, der am Raub des Reifs beteiligt war!"

Die Edelfrau schwieg und starrte eingeschüchtert zu Boden. Trotz des gesenkten Hauptes konnte der Camerarius ihr verängstigtes Gesicht erkennen. Zudem fiel ihm mit Schrecken auf, dass ihr linkes Auge halb zugeschwollen und die Wange darunter dunkelrot verfärbt war.

„Du wirst mir nun erzählen, was da hinter meinem Rücken ausgeheckt worden ist. Wer sind diese verfluchten Leute? Und wer hat sich die ganze Sache ausgedacht? Die Mönche, die Zwerge, der junge Bursche oder am Ende gar du und deine unselige Iva?" Der Pfalzgraf verstärkte den Griff um Hedwigs Handgelenk, sodass sie vor Schmerz leise aufstöhnte. „Na los, rede schon, treuloses Weib!"

„Ich … ich weiß nicht, wovon du sprichst, Friedrich", flüsterte sie und wand sich unter dem eisernen Griff.

„Lüg mich nicht an, Weib! Du steckst da mit drin!" Friedrich schob plötzlich den Schleier zur Seite, packte mit der linken Hand in das Haar seiner Gemahlin und zerrte ihren Kopf nach hinten. „Wer sonst hat mir das betäubende Mittel verabreicht! Und was hätte deine Schwarzkrähe andernfalls bei den Fliehenden zu suchen? Raus mit der Wahrheit!" Er zog Hedwigs Kopf noch weiter zurück, bis sie aufschrie und hilflos mit der freien Hand gegen seinen Griff ankämpfte. „Wenn du nicht redest, wirst du das Verlies der Viczinburg kennenlernen. Und sollte dich das nicht beeindrucken, so werde ich mich am Ende an dein geliebtes Söhnlein halten müssen. Du verstehst, wie ernst es mir ist."

„Edler Herr, so haltet doch inne", rief der Camerarius voller Angst. „Verzeiht mir, aber ich denke, es ist genug. Seht Ihr nicht, welche Schmerzen Eure Gemahlin leidet?" Voller Mitleid blickte er seine Herrin an und berührte besänftigend die fest zupackende Hand des Pfalzgrafen.

„Sie ist eine falsche Schlange, Gerald. Die Pein kann gar nicht groß genug sein, ehe sie willens sein wird zu bekennen!“ Noch einmal zerrte er unbarmherzig an Hedwigs Haaren, lachte dann spöttisch auf und stieß die Edelfrau derb zur Seite. „Du bist zu weich, Camerarius. Das unterscheidet eben den Herrn vom Diener.“

Hedwig wurde mit voller Wucht gegen die Tafel geschleudert und sank langsam zu Boden. Ihr Handgelenk war mit roten Spuren überzogen und ihr Schleier verrutscht. Der Camerarius eilte an ihre Seite und kniete sich neben sie. Vorsichtig half er seiner Herrin auf.

„Lass sie in Ruhe, Gerald! Sie bekommt, was sie verdient, nicht mehr und nicht weniger.“ Friedrich lächelte düster und warf seinem Ratgeber, der sich noch immer um Hedwig bemühte, einen abfälligen Blick zu. „Veranlasse, dass meine Gemahlin so rasch als möglich zur Viczinburg aufbricht! Und sorge dafür, dass ihre Reise bewacht wird, ich vertraue ihr nicht mehr. Ich selbst werde mich ebenfalls bald auf die Heimreise machen. Sobald der Reif wieder mein ist …“ Er ging an den beiden vorüber und warf noch einmal einen verächtlichen Blick auf seine Gemahlin. „Wiege dich nicht in Sicherheit, Weib! Auf der Viczinburg stehst du mir Rede und Antwort! Und falls dir das Heil deines Sohnes am Herzen liegt, so wirst du die Wahrheit bekennen.“ Er ging durch den Saal und winkte dem Camerarius gebieterisch zu. „Komm jetzt, wir müssen die Suche nach Wurdbouga weiter vorantreiben.“

Gerald nickte seiner Herrin entschuldigend zu, dann wandte er sich ab und folgte dem Pfalzgrafen durch die Halle. Langsam erhob sich Hedwig. Zitternd vor Angst holte sie tief Luft und schloss die Augen. Für eine Weile stand sie so da und versuchte, sich zu beruhigen. Der gewalttätige Angriff ihres Gemahls hatte seinen Zweck erfüllt: Die Edelfrau war völlig aufgelöst.

Nach einiger Zeit gelang es Hedwig endlich, die Fassung wiederzuerlangen. Noch einmal atmete sie tief durch, strich schließlich über den Samt ihres Kleides und rückte den verrutschten Schleier zurecht. Vorsichtig wischte sie sich die Tränen aus dem Gesicht, wobei die linke Wange sofort wieder schmerzte. Mit Grauen erinnerte sie sich daran, wie der Pfalzgraf sie zornig ins Gesicht geschlagen hatte, als sie bei seiner ersten Befragung geschwiegen hatte.

Langsam durchquerte Hedwig die Halle in Richtung ihrer Gemächer. Den Kopf gesenkt, nahm sie nicht viel wahr von den Schäden des Brandes, sondern hing düsteren Gedanken nach. Es sollte für sie also rasch heimwärts gehen zurück zur Viczinburg. Doch was eigentlich Anlass zur Freude hätte sein können, war nun von Angst begleitet. So viel sie dafür gab, die Horeburg verlassen zu können, in der sie nur finstere Tage hatte erleben müssen, so entsetzlich war der Gedanke an die Schrecken, die ihr für die Viczinburg angedroht worden waren. Zwar würde sie dort ihren geliebten Sohn wieder in die Arme schließen können, sie fürchtete jedoch die Drohungen gegen das unschuldige Kind. Wie sollte sie den Jungen schützen? Musste sie am Ende doch preisgeben, was sie über den Raub Wurdbougas wusste?

War Hedwig bisher willens gewesen, beharrlich zu schweigen, so stand das Heil ihres Sohnes über jedem Vorsatz. Um sein Leben zu bewahren, würde sie alles tun, auch wenn es ihr eigenes kosten würde. Welch Unheil hielt die Zukunft für sie bereit? Erneut wünschte sie sich, sie hätte den elenden Armreif niemals gefunden.

Auf der Flucht

„Was ist das dort oben auf dem Bergrücken für ein dunkler Umriss? Der Wehrturm einer Burg?“, fragte Lindfell und deutete mit dem Arm voraus. Über verschneiten Baumwipfeln ragte, knapp eine halbe Wegstunde entfernt, düsteres Gemäuer in den Abendhimmel.

„Ja, das ist die alte Burg über einem Ort namens Polethe.“ Wisiger trat neben den Mann aus Elbergard, der mit wachsamem Blick stehen geblieben war. „Das ist ein gutes Zeichen, bedeutet es doch, dass wir Güldenbrunn schon recht nahe sind. Man kann diese Landmarke auch von den Hügeln über unserem Königreich sehen.“ Die Miene des klugen Alben hellte sich auf, und er warf Lindfell einen aufmunternden Blick zu.

Auch die anderen Gefährten waren inzwischen herangekommen. Während Wigman und Iva erschöpft von dem langen Marsch gleichgültig dreinschauten, schien sich der bis dahin schweigsam als Letzter gehende Folkward auf einmal an etwas zu erinnern. Die Augen auf den fernen Turm gerichtet, stützte sich der Mönch auf die Lanze, die er aus der Horeburg mitgenommen hatte, und strich sich gedankenverloren über sein Kinn.

„Das hier muss somit König Heinrichs Vogelherd sein“, murmelte er leise. „Ja, auf dem lang gestreckten Kamm des Rotenbergs hoch über Polethe ...“

„Vogelherd?“, fragte Lindfell und sah wie Wisiger den Pater verständnislos an. „Wovon redest du, mein Freund?“

„Ach je, das ist eine uralte Geschichte aus den Anfangstagen des Reiches, euch Albenwesen natürlich unbekannt“, lächelte Folkward. „Der

Legende nach hat hier vor anderthalb Jahrhunderten im Winter 918 Heinrich I., damals noch sächsischer Herzog, auf der Vogeljagd erfahren, dass der sterbende König Konrad I. ihn als Nachfolger im Amt auserkoren hatte – das war die Geburtsstunde des ottonischen Königshauses. Drum wird dieser Ort, an dem der Herzog einst so gern dem Vogelfang frönte, stets etwas Besonderes sein." Mit fast andächtiger Miene blickte der Pater in die Runde, musste aber feststellen, dass die Gefährten seine Begeisterung kaum teilten. „Aber ich sehe schon, das ist nicht die rechte Zeit für derlei Rührseligkeiten."

„Hm, die Wachen dort oben könnten uns jedenfalls längst entdeckt haben, oder?", fragte Lindfell besorgt.

„Nein, dort ist niemand. Das war und ist nur eine Fluchtburg für die Königspfalz und das Kloster zu Polethe, sie wird nur in Kriegstagen genutzt. So wie zu Zeiten eben jenes Heinrich I., als ständig die Ungarn einfielen", erklärte Folkward. „Also keinerlei Grund zur Beunruhigung."

„Wir sollten schleunigst weiter", brummte Wigman. Der Schwarzalbe war dem Gespräch nur halb gefolgt und hatte stattdessen die Umgebung wachsam beobachtet. Die Gefährten befanden sich in einem schmalen Tal, das sich in nordsüdlicher Richtung quer durch den langen Rücken des Rotenbergs zog. Der sumpfige Auengrund war gefroren. Dies hatte für die Wanderer zumindest den Vorteil, dass ihre Fußabdrücke sie nicht verrieten.

„Ja, er hat recht", sagte Wisiger ernst und nickte in nördliche Richtung. „Unser Ziel ist nicht mehr fern, eine knappe Wegstunde, würde ich meinen. Nur noch über die Ebene hinweg, die zwischen dem Rotenberg hier und dem Südrand des Harzes liegt." Er deutete nach vorn. „Es wäre gut, den felsigen, gefahrvollen Zugang zum Reich von Güldenbrunn noch vor Anbruch der Nacht zu erreichen. Die Zwergenlöcher bei Schartfelde sind allzu tückisch in der Finsternis."

„So ist es", murmelte Wigman und schob, als Zeichen des Aufbruchs, die Streitaxt fest in seinen Waffengurt.

„Du kannst es gewiss kaum erwarten heimzukehren, nicht wahr, mein Freund", sagte Wisiger leise in verschwörerischem Ton. Lächelnd trat er neben seinen albischen Gefährten und legte ihm die Hand auf die

Schulter. „Wenn du dort deinen Augenstern wiedersiehst, musst du dir endlich mal ein Herz fassen ...“

„Wenn das so einfach wäre“, brummte Wigman und blickte starr zu Boden.

„Da bist du nun der tapferste Krieger Güldenbrunns, aber in dieser Sache versagt dein Mut. Du musst dich überwinden – denk nur an den holden Lohn!“ Der dürre Schwarzalbe lachte aufmunternd und ging los.

„Hm.“ Wigman schüttelte den Kopf und schloss sich seinem Gefährten an. Ihm war deutlich anzusehen, wie unangenehm ihm das Thema war. „Wie auch immer, im Moment habe ich andere Sorgen. Wir müssen wachsam sein, unsere Verfolger können überall lauern.“ Leicht geduckt schritt er voran, während Wisiger sich kurz umdrehte und den Wartenden zuwinkte.

„Also dann“, sagte Lindfell und nickte Iva und Folkward aufmunternd zu. Müde setzten sich die Gefährten in Bewegung. Die Sonne war längst hinter dem Bergkamm verschwunden, Kälte senkte sich über die Landschaft. Während die Schwarzalben als Vorhut ein Stück weit vorausgingen und sich nach allen Seiten hin wachsam umsahen, folgten Lindfell, Iva und Folkward ihnen mit schweren Schritten.

Nach einer Weile fiel der Pater ein Stück zurück und ging, wie schon die meiste Zeit während ihrer mühsamen Flucht, als Letzter. Die Gefährten spürten, dass er an seinen getöteten Mitbruder dachte und voller Trauer für den aus dem Leben Gerissenen betete. Seine niedergeschlagene Miene hielt die anderen davon ab, ihn mit Fragen oder Aufmunterungen zu behelligen. Neben diesem Schicksalsschlag fragte sich Folkward jedoch auch, was nun aus ihm selbst werden sollte. Nach dem erfolgreichen Raub des Reifs war ihm die Rückkehr ins Kloster Gozeka verwehrt. Bestimmt hatte man seine Herkunft längst entdeckt, und der Pfalzgraf würde seine Beteiligung an dem Unterfangen niemals ungestraft lassen. Vielleicht sollte er Lindfell auf dessen Weg nach Norden begleiten und in die Welt um Hammaburg zurückkehren, die er acht Jahre zuvor verlassen hatte? Es gab dort bestimmt noch Menschen, die sich an ihn erinnerten und willens sein würden, ihm ein Dasein zu ermöglichen. Zunächst einmal würde er jedoch das Kloster Ramsola aufsuchen und dessen Abt von Tados Tod in Kenntnis setzen.

Das war das Geringste, was er für seinen früheren Schüler noch zu tun vermochte. Traurig bekreuzigte sich Folkward und wandte sich im Geiste an den Allmächtigen, um erneut für Tados Seele dessen Gnade zu erflehen.

Während der Pater auf diese Weise in Gedanken versunken dahinschritt, gingen ein Stück vor ihm Lindfell und Iva nebeneinander. Die junge Frau war erschöpft von der aufreibenden Flucht, die lange vor Morgengrauen begonnen hatte und seither, von wenigen Pausen abgesehen, andauerte. Querfeldein waren sie durch verschneite Landschaften gehetzt, geschickt hatte Wisiger sie fernab aller Wege und Siedlungen durchs Gelände geführt und bei Gefahr ausweichen lassen. Mehr als einmal hatten sie im Laufe des Tages in der Ferne einzelne Reitertrupps beobachtet, die durchs Land jagten und zweifellos ihre Fährte suchten. Wann immer die Männer des Pfalzgrafen in Sicht gekommen waren, hatte der Albe sofort die Richtung geändert und die Gruppe tiefer in die Wälder gelenkt.

Mit besorgter Miene blickte Lindfell auf die junge Frau, die neben ihm ging. Seit einiger Zeit hatte Iva kein Wort mehr gesprochen, sie schien all ihre Kräfte auf den beschwerlichen Marsch zu richten. Freundschaftlich berührte Lindfell sie an der Schulter.

„Nur noch eine Wegstunde, Iva, dann hast du es geschafft“, sagte er und sah sie mit einem Lächeln an. „Dann sind wir in Sicherheit.“

„Das ist gut“, erwiderte sie matt, „ich bin erschöpft.“ Sie wandte sich ihm kurz zu und zwang ein müdes Lächeln auf ihr Gesicht. „Falls du mich nun nach dem Reif fragen willst: Ich hüte ihn noch immer sicher!“ Sie legte eine Hand an die Taille und strich nachdrücklich über den Wollstoff ihres Umhangs.

„Daran hätte ich nicht zu zweifeln gewagt“, sagte er lachend. Froh darüber, dass sie trotz der Anstrengung noch gute Laune zu zeigen vermochte, senkte er die Stimme und nickte ihr verschwörerisch zu. „Hast du eben das Gespräch über Wigmans verborgene Liebe gehört? Da kann es sich doch wohl nur um Bluomveh handeln, die Königstochter zu Güldenbrunn, oder nicht?“

„Ja, ich habe damals dort beobachtet, wie er sie angesehen hat“, sagte Iva und schüttelte den Kopf. Dann wandte sie ihr Gesicht erneut Lindfell zu und musterte ihn misstrauisch. „Warum fragst du? Hast du Angst vor einem Nebenbuhler?“

Überrascht blieb Lindfell stehen und starrte sie an. „Wie bitte?“

„Du weißt sehr wohl, wovon ich spreche.“ Iva war ebenfalls stehen geblieben und sah ihn angriffslustig an. „Bluomveh hat ein Auge auf dich geworfen, keine Frage, und durch sie könntest du einst König zu Güldenbrunn werden. Da kommt der wackere Wigman natürlich höchst ungelegen ...“

„Ah, jetzt versteh ich.“ Lindfell winkte lachend ab. „Ich habe dir doch schon einmal gesagt, dass meine Zukunft auf keinen Fall in der Albenwelt liegt.“ Er wollte sie an der Schulter berühren, doch sie trat einen Schritt zurück. Erstaunt las er in ihrer aufgewühlten Miene, dann lächelte er. „Sehe ich da etwa ... Eifersucht?“

„Das träumst du!“, rief sie wütend, wandte sich ab und ging weiter. „Und selbst wenn es so wäre – was würde es dich schon kümmern!“

„Nun, eine ganze Menge“, setzte Lindfell an und sah ihr hinterher. Er überlegte fieberhaft, was er sagen konnte. In diesem Moment begriff er, dass er sein Herz längst an die junge Frau verloren hatte. Auf einmal stand es ihm klar vor Augen. Zugleich spürte er, wie er vergeblich nach den richtigen Worten suchte. Und er verstand, wie es dem unglücklichen Wigman ergehen mochte. Während er rasch zu Iva aufschloss, überschlugen sich die Gedanken in seinem Kopf.

War auch sie ihm womöglich zugetan? Seine Aufregung unterdrückend, sah er sie heimlich von der Seite her an und versuchte, ihre Miene zu deuten. Doch die Haare verbargen ihr Gesicht.

Schweigsam und jeder in eigene Gedanken versunken, stapften Iva und er über den Schneeboden und folgten den beiden Schwarzalben, die vor ihnen gingen. Von Folkward hinter ihnen war nur das Knirschen seiner Schritte zu hören und das kratzende Geräusch, wenn seine Lanze den Boden berührte. Das Tal öffnete sich nun mehr und mehr in die Ebene hinein, hoffnungsfroh blickte die Gruppe immer wieder voraus.

Plötzlich wurde die über dem Tal lastende Stille durch Geräusche gestört. Wenige Schritte voraus brachen am Berghang vier Reiter zwischen den Bäumen hervor und kamen rasch auf sie zu. Wisiger, der die Gefahr als Erster erkannte, wollte den Gefährten sofort eine Warnung zurufen.

Doch ehe er den Mund öffnen konnte, durchbohrte ihn ein Pfeil hinterrücks, und er sank mit ungläubigem Blick zu Boden. Die eiserne Spitze des Geschosses ragte aus seinem Brustkorb. Während er noch hilflos die Hände heben wollte, sackte er sterbend auf die Knie. Das Gesicht erstarrt, fiel er vornüber in den Schnee. Sofort färbte sich der weiße Boden um seinen Körper herum rot.

Entsetzt löste Wigman den Blick von seinem Gefährten, da traf auch ihn ein Pfeil. Schmerzhaft brennend bohrte er sich in den Unterleib des albischen Kriegers, der mit einem kurzen Aufstöhnen jedoch selbst seinen Bogen anlegte und auf den Reiter zielte, der Wisiger getötet hatte. Surrend flog das Geschoss los und traf den Mann in den Hals. Röchelnd ließ er die Waffe aus den Händen fallen und rutschte seitlich vom Rücken seines Pferdes, das erschrocken das Weite suchte.

Unterdessen näherten sich die übrigen drei Reiter mit größter Geschwindigkeit. Da es glücklicherweise keine Bogenschützen waren, sondern sie Schwerter und Äxte schwangen, galt es, ihnen im Nahkampf standzuhalten. Keiner der Männer sprach ein Wort oder gab seine Herkunft auf irgendeine Weise zu erkennen. Das war auch nicht nötig, beide Seiten wussten auch so, dass hier Jäger und Gejagte aufeinandertrafen. Fraglos waren sich die Soldaten des Pfalzgrafen ihrer Sache vollkommen sicher und schienen außerdem die Maßgabe zu befolgen, die Fliehenden im Zweifel erst einmal zu töten, um dann den Reif bei ihnen zu suchen. Allen Beteiligten stand klar vor Augen, dass diese Begegnung schonungslos auf Leben und Tod ging.

Während Lindfell sein Schwert zog und Folkward seine Lanze den Angreifern entgegenreckte, sah sich Iva verzweifelt nach einem Schutz bietenden Ort um. Als sie loslaufen wollte, um hinter dem breiten Stamm einer Eiche Deckung zu suchen, winkte Wigman ihr hektisch zu.

„Iva, hier", rief der Schwarzalbe, während er mit schmerzverzerrter Miene am Boden kniete und den in seinem Unterleib steckenden Pfeil umfasste. Mit der freien Hand zog er die Streitaxt aus seinem Gürtel und schleuderte sie in Richtung der jungen Frau. Iva sprang zu der im Schnee steckenden Waffe, nahm sie an sich und verbarg sich hinter der Eiche.

Lindfell wehrte derweil den Hieb eines mit Helm und Kettenhemd gerüsteten Angreifers ab. Klirrend prallten ihre Schwerter aufeinander, wobei der Reiter den Vorteil hatte, seine Waffe vom Ross aus mit aller Kraft niedersausen lassen zu können, während der Mann aus Elbergard die Schläge nur abwehren konnte. Unmittelbar daneben sah sich Folkward durch einen anderen Angreifer bedroht. Sein Pferd geradewegs auf den Mönch lenkend, stürmte der Reiter mit zum tödlichen Streich erhobenem Schwert heran. Schnell riss Folkward seine Lanze in die Höhe und hielt ihren Schaft mit beiden Händen fest umschlossen. Und noch ehe der Soldat seine Waffe gegen den Mönch senken konnte, ritt er selbst in den Tod. Mit der ganzen Wucht des herangaloppierenden Pferdes wurde sein Oberkörper in die emporgereckte Lanzenspitze geworfen. Mit einem knirschenden Laut bohrte sich das Metall durch sein Kettenhemd. Dem Soldaten glitt das Schwert aus der Hand, und er wurde rücklings vom Pferd geworfen. Zugleich schleuderte der mächtige Aufprall den Mönch zu Boden. Während sich Folkward rasch wieder aufrappelte, blieb der Reiter regungslos im Schnee liegen. Sein Pferd rannte noch eine Weile hin und her, ehe es schließlich neben seinem sterbenden Reiter stehen blieb.

Der vierte Angreifer wandte sich dem nach wie vor im Schnee knienden Wigman zu. Der Schwarzalbe wankte leicht hin und her und schien am Rande einer Ohnmacht zu sein. Mit glasigem Blick starrte er an sich herunter auf das hervorquellende Blut und auf den Pfeil, der tief in seinem Leib steckte. Wigman nahm nicht wahr, dass der Reiter mit gezücktem Schwert auf ihn zuhielt. Da sprang Iva, die den Vorgang beobachtet hatte, hinter der Eiche hervor und schleuderte die Streitaxt hinter dem Soldaten her. Die schwere Waffe traf ihn an der Schulter, ehe er Wigman erreichte. Klirrend prallte sie gegen den oberen Rand des Kettenhemdes, riss am Hals eine tiefe Wunde auf und fiel hernach zu Boden. Vom Schmerz überwältigt, schrie der Reiter laut auf und brachte jäh sein Pferd zum Stehen. Mit der Linken griff er sich an den Hals und beobachtete entsetzt, dass seine Hand über und über mit Blut bedeckt war. Jetzt erst nahm er Iva wahr, die den Mann voller Angst anstarrte und sich nicht von der Stelle zu rühren vermochte. Schon wollte sich der Soldat, ungeachtet seiner Wunde, voller verzweifeltem Zorn gegen die Frau richten, als plötzlich sein Mitstreiter, der im Schwertkampf noch vergebens gegen Lindfell rang, laut zu ihm herüberbrüllte.

„Los, los, fort von hier! Wir schaffen es nicht allein!" Der Reiter ließ seine Klinge noch einmal wuchtig auf Lindfell niedersausen, der auch diesen Angriff abwehrte. Da riss der Soldat sein Pferd herum und jagte in der Richtung davon, aus der sie zuvor gekommen waren. Zwischen den Bäumen am unteren Berghang hielt er noch einmal inne, wandte sich ungeduldig zu seinem Kampfgefährten um und rief ihn erneut an, bis dieser endlich seinem Ross die Sporen gab. Die linke Hand notdürftig auf die Halswunde gepresst, ritt er gebückt an Folkward und Lindfell vorüber auf die Bäume zu. Als er seinen Mitstreiter erreicht hatte, trieben beide ihre Tiere lautstark an und verschwanden in schnellem Galopp im Wald. Nach einer Weile war der Hufschlag verklungen und Stille legte sich über den Schauplatz des Kampfes.

„Allmächtiger Gott", rief Folkward und lief auf den wankenden Wigman zu. Sein Schrei riss Lindfell und Iva aus ihrer Schreckensstarre. Nach dem Verschwinden der Reiter hatten sie einen Moment lang unschlüssig dagestanden, noch wie gelähmt vom Kampf auf Leben und Tod. Nun eilten sie rasch dem Mönch hinterher.

„Wigman", flüsterte Folkward, als er neben dem Verwundeten auf die Knie sank. Mit beiden Händen umfasste er ihn an den Schultern, um ihn aufrecht zu halten. Besorgt sah er auf den Pfeil im Körper des Schwarzalben. Es war klar, dass ihm hier nicht geholfen werden konnte.

„Er verliert das Bewusstsein", sagte Iva und sah Lindfell bestürzt an. „Er kann auf keinen Fall weitergehen."

„Ja, so sieht es aus", murmelte Lindfell und sah sich um. Als sein Blick auf das Pferd fiel, das ein Stück entfernt neben seinem toten Reiter stand, ging er schnell hinüber und führte das Tier am Zügel heran. „Wir müssen ihn auf dem Ross nach Güldenbrunn bringen. Iva, du hast gesagt, du könntest reiten – es wäre gut, wenn du Wigman im Sattel vor dir stützen könnest."

Die junge Frau wirkte zunächst unsicher, trat dann aber entschlossen an das Pferd und ließ sich von Lindfell in den Sattel helfen. Dann hoben Folkward und er den Verwundeten vorsichtig an und trugen ihn zu dem Tier. Mit vereinten Kräften wurde Wigman auf den Rücken des

Pferdes gehievt und vor Iva gesetzt. Mit beiden Armen umfasste sie in seitlichem Sitz den fast Besinnungslosen, der, klein wie er war, sicher von ihr gehalten werden konnte.

Unterdessen war Folkward weitergegangen zu Wisiger. Der getötete Albe lag mit dem Gesicht nach unten bäuchlings im Schnee; mitten aus seinem Rücken ragte das gefiederte Ende des Pfeils. Als der Mönch erschüttert aufsah, erblickte er Lindfell, der das andere herrenlose Pferd heranführte.

„Wir bringen Wisiger zurück in seine Heimat, das sind wir ihm schuldig", sagte der junge Mann. Gemeinsam hoben sie den Leichnam vom Boden und schoben ihn quer über den Sattel. Schließlich legte Lindfell dem Mönch die Zügel in die Hand und ging hinüber zu dem anderen Pferd. Er nickte Iva ernst zu. „Wir sollten uns beeilen, die Männer des Pfalzgrafen werden bald mit Verstärkung zurückkehren."

Wachsam und ängstlich nach allen Seiten blickend, führten Lindfell und Folkward die beiden Pferde fort vom Schauplatz des Kampfes. Iva hielt den leise wimmernden Wigman fest in den Armen. Nach einer Weile hatten sie den Talausgang erreicht und sahen die Ebene südlich des Harzrands im letzten Dämmerlicht des Tages vor sich. Schweigend eilten sie dahin, voller Sorge, noch vor Überqueren der Ebene erneut angegriffen zu werden. Erst als sie linker Hand die fernen Lichter der Pfalz Polethe hinter sich ließen, wuchs die Hoffnung, Güldenbrunn sicher zu erreichen. Die aufziehende Nacht bot ihnen Schutz und Deckung.

Tief unter der Erde war es wesentlich wärmer. Der eisige Frost und Schnee der oberirdischen Winterwelt reichte mit seiner unbarmherzigen Kälte nicht herab bis nach Güldenbrunn. Hier, in den Hallen und Felssälen der Schwarzalben, brannten zahllose Feuer, die eine angenehme Wärme verbreiteten. Neben den weißrot glühenden Essen der Schmiedestätten loderten überall Flammen und ließen das Zwergenreich in goldenem Glanz erstrahlen.

Wohlig umfangen von der so lang entbehrten Wärme schritten Lindfell, Folkward und Iva erschöpft, aber erleichtert über die Brücke, die den goldenen Fluss überspannte. Sie wurden begleitet von einem langen Zug albischer Krieger, während ein Stück hinter ihnen Wigman und der gefallene Wisiger auf Bahren getragen wurden. Von allen Seiten kamen Schwarzalben heran und warfen neugierige Blicke auf die Ankömmlinge. Gleichwohl ging die Arbeit an den Schmieden weiter – die Geräusche der Werkstätten erfüllten die riesige Halle.

Noch ehe die Gefährten in der hereinbrechenden Nacht die Zwergenlöcher in den Wäldern nördlich von Schartfelde erreicht hatten, waren sie von wachsamen Kundschaftern der Alben in Empfang genommen und sicher in die Tiefen Güldenbrunns geführt worden. Zweifellos hatte König Friduman ihre Ankunft seit Langem erwartet. Endlich erlöst aus der ständigen Gefahr, vertraute sich die erschöpfte Gruppe dankbar dem albischen Schutz an. Nachdem auch Wigman und Wisiger vorsichtig durch die Klüfte hinabgetragen worden waren, wurden zuletzt die beiden Pferde in die Freiheit entlassen.

Ihr zweiter Besuch in Güldenbrunn versetzte die Gefährten nicht mehr so in Erstaunen wie ihr erster einige Monate zuvor. Der Anblick der zwergenhaften Wesen war noch immer fremdartig, doch dem Auge immerhin bereits vertraut. Zudem waren Lindfell, Folkward und Iva dermaßen erschöpft und zugleich bekümmert über das Schicksal ihrer beiden albischen Freunde, dass sie die Hallen und ihre Bewohner kaum wahrnahmen. Mit gesenkten Häuptern folgten sie dem Zug, der sie schließlich durch die bewachte Pforte in die große Königshalle führte.

„Seid willkommen in den sicheren Gefilden Güldenbrunns!“, rief der weißhaarige König Friduman und erhob sich von seinem Thron. Die albischen Krieger des Geleitzugs verneigten sich und traten in dem hohen Saal zur Seite. Die drei Gefährten standen entkräftet dem Königsthron gegenüber, vor ihnen die beiden Bahren, auf denen Wigman und Wisiger lagen. Im Gefolge des Königs, das sich neben und hinter dem Thron versammelt hatte, erhob sich aufgeregtes Gemurmel. Auch die Königstochter Bluomveh, die an der Seite ihres Vaters saß, erhob sich und blickte mit erschrockener Miene auf die beiden Bahren.

„Edler König Friduman, hab Dank für Geleit und Empfang“, erhob Lindfell seine müde Stimme und verneigte sich. Folkward und Iva taten es ihm gleich. „Wir sind zurückgekehrt und haben unseren Auftrag erfüllt. Der Reif Wurdbouga ist in unseren Händen, doch ... wir mussten einen allzu hohen Preis entrichten." Mit trauriger Miene blickte er in Richtung der aufgebahrten Gefährten.

„Lindfell, Langbins Sohn, ich grüße dich und freue mich, dich und deine Mitstreiter zu sehen. Dein für uns alle schicksalhafter Auftrag ist – dem allmächtigen Wodan sei Dank – fast vollbracht." Friduman nickte und lächelte betrübt. „Auch wenn einer der Euren nicht zurückgekehrt ist und die zwei tapferen Söhne Güldenbrunns Schaden genommen haben. Der kluge Wisiger wird seinen ehrenvollen Platz unter den Ahnen einnehmen, und Wigman, nun, er wird wieder zu Kräften kommen." Friduman, die Krone auf dem weißen Haupt und den Goldstab in der Rechten, stieg langsam die Podeststufen hinab und trat an die Bahren. Mit ruhiger Hand berührte er die zwei Alben an der Stirn und murmelte einige unhörbare Worte. Wenige Schritte hinter ihm folgte Bluomveh, die Lindfell einen kurzen Blick zuwarf, ehe sie mit Tränen in den Augen seitlich neben Wigmans Bahre niederkniete. Ängstlich schaute sie in das schmerzverzerrte Gesicht des Schwarzalben, der sich unruhig hin und her wälzte und leise wimmerte.

„Bringt unseren Gästen Stühle! Ihr seht doch, wie erschöpft sie sind", rief König Friduman und kehrte zum Thron zurück. Rasch wurden drei Sitze mit hohen Lehnen herbeigetragen, auf denen die Gefährten dankbar Platz nahmen. „Erzählt, wie es euch auf eurer Suche ergangen ist." Der Albenherrscher lehnte sich zurück und lächelte Lindfell freundschaftlich zu.

In den folgenden Minuten berichtete der Mann aus Elbergard in groben Zügen, was sie seit ihrem Besuch in Güldenbrunn erlebt hatten. Zuletzt wandte er sich an Iva, die neben ihm saß und wie Folkward seiner Schilderung schweigend zugehört hatte.

„Zeig dem edlen König Friduman den Reif, Iva." In der Halle herrschte plötzlich angespanntes Schweigen, während sich die Blicke aller auf die junge Frau richteten. Gebannt verfolgten Zwerge und Menschen, wie sie den Armreif aus dem Stoffbeutel unter ihrem Umhang hervorholte. Den Blick zögerlich zu Boden gesenkt, hob sie das kostbare Kleinod in die Höhe, sodass jeder es sehen konnte. Golden spiegelten sich die Flammen der Ölbecken auf dem Geschmeide wider.

„Das hier ist Wurdbouga“, murmelte Lindfell feierlich. „Um dieses kleinen Reifs willen, der aussieht wie ein allenfalls schönes, kostbares Schmuckstück, waren wir alle in großer Sorge. Denn die Macht, die verborgen in ihm steckt, vermag den Lauf der Welt schicksalhaft zu verändern und sich jedes Lebewesen zu unterwerfen.“

„Der Reif sieht in der Tat aus, als diene er nur der hehren Zierde“, murmelte König Friduman, der sich auf seinem Thron vorgebeugt hatte. „In Wahrheit jedoch ist er ein ungeheuerliches Machtwerkzeug. Wie gut, dass er nun in sicheren Händen ist. So waren all die schmerzlichen Opfer nicht umsonst!“ Er nickte den Gefährten zu und strich sich über seinen eleganten Spitzbart. „Der Reif muss nun nur noch sicher nordwärts nach Elbergard gelangen, wo ihn König Godwin mit allen Mitteln schützen und bewahren wird. Werdet ihr euch erneut zu dritt auf den Weg machen?“

„Wir haben in jüngster Zeit viel darüber geredet, wie es nach Güldenbrunn weitergehen könnte.“ Lindfell wandte sich kurz an Iva und Folkward. „Meine beiden treuen Gefährten werden mich auch weiterhin in Richtung Elbergard begleiten, unsere Wege werden sich hier nicht trennen. Denn für beide gilt leider, dass sie in ihre frühere Heimat auf keinen Fall zurückkehren können. Dort lebt und herrscht jener Friedrich von Gozeka, der den Reif einst besaß. Er weiß um ihre Teilnahme an dem Raub. Er würde gewiss nicht zögern, sie in seiner Wut aufs Schärfste zu bestrafen. So kommen sie mit in den Norden, um sich an der Elbe ein neues Leben zu schaffen.“ Lindfell lächelte müde. „Zu dritt wird dieser letzte Abschnitt unseres Weges gewiss von Erfolg gekrönt sein. Und hernach werden wir sehen, was das Schicksal für uns bereithält.“ Erneut sah er seine beiden Gefährten eindringlich an, wobei er Iva zuzunicken versuchte.

„Euer Christengott schenke euch beiden dabei Glück und Geschick! Ihr habt es verdient.“ König Friduman wies mit seinem Stab auf Folkward und Iva und sah sie lächelnd an.

„Hab Dank für die Segenswünsche, edler König.“ Folkward neigte das Haupt. „Schon einmal vor langer Zeit musste ich plötzlich aus meiner damaligen Heimat fliehen – und das ist zufällig genau der Ort, an den ich nun zurückkehre. Es zeigt sich wieder einmal, welche Wendungen das Schicksal zu nehmen vermag." Der Mönch lächelte. „Ich kenne dort an der Elbe noch einige Menschen, die mir und auch der guten Iva hier gewiss ihre Hilfe nicht versagen werden. In der Stadt Hammaburg lässt sich zudem stets etwas finden. Um unsere Zukunft ist mir nicht bange! Zunächst möchte ich aber dem Kloster meines getöteten Mitbruders von seinem traurigen Ableben Bericht erstatten."

„Nun, ich wünsche euch in allem gutes Gelingen! Doch erst sollt ihr euch von euren Mühen und Anstrengungen erholen. Meine Tochter hat für euch, wie bei eurem ersten Besuch, Schlafgemächer vorbereiten lassen." König Friduman sah hinüber zu Bluomveh, die noch immer an Wigmans Bahre kniete und dem Albenkrieger sanft über die Stirn strich. Sie schien die Worte ihres Vaters nicht gehört zu haben, so vertieft war sie in ihre Fürsorge. Das Wimmern des Schwarzalben war verklungen, auch seine Unruhe schien plötzlich besänftigt. Und damit nicht genug, hin und wieder öffneten sich Wigmans Augen, und er sah in das Gesicht der Königstochter. War er anfangs vollkommen überrascht gewesen über den unerwarteten Anblick, so lag nun ein versonnenes Lächeln auf seinem Antlitz.

„Wenn ihr wieder bei Kräften seid, könnt ihr unterirdische Pfade nutzen, um ein Stück weit ungesehen unter dem Harz nordwärts zu wandern", fuhr der König fort. „Wir werden euch den Weg weisen. Kein Verfolger wird euch nachstellen. Im Nordwesten des Harzes könnt ihr dann mit Pferden eure Reise nach Elbergard fortsetzen. Bis dahin werden auf der Erde zudem so viele Tage ins Land gegangen sein, dass eure Verfolger längst aufgegeben haben werden."

„Hab Dank, König Friduman." Lindfell erhob sich von seinem Platz und verneigte sich tief. Folkward und Iva folgten seinem Beispiel.

„Wodan stehe euch bei!" Auf einen Wink des Königs hin kamen zwei Wachen herbei und geleiteten die Gefährten aus der Halle. Als Lindfell sich noch einmal umdrehte, sah er mit Freude, wie Wigman die noch immer an seiner Seite ausharrende Königstochter verzaubert betrachtete. Dann begegnete er dem Blick Ivas. Überrascht stellte er fest, dass sie ihn mit einem seltsamen Lächeln ansah.

Das Königskind

Das Feuer im Kamin loderte munter und erzeugte knackende Töne, wenn die Flammen die feuchten Scheite erfassten. In den Gemächern der Königin herrschte eine wohlige Wärme, es wurde bereits den ganzen Tag über ausgiebig geheizt. Abt Hartwig hatte den Hospitarius des Klosters Herveldia angewiesen, mit Holz und anderen Vorräten keinesfalls zu sparen, sondern alles zur Verfügung zu stellen, was der Kindbetterin und dem Neugeborenen zuträglich war.

Am Morgen hatte Königin Bertha zum ersten Mal seit ihrer Niederkunft drei Tage zuvor das Bett für längere Zeit verlassen. Langsam wanderte sie auf und ab durch die beiden Räume, die sie seit ihrer Flucht in der königlichen Pfalz der Abtei Herveldia bewohnte. Das Schlafgemach war durch einen Bogendurchgang mit dem Aufenthaltsraum verbunden, in dem sich vor dem Kamin ein Eichentisch mit Stühlen befand. Ein Stück weit von der Feuerstelle entfernt hatte man die Wiege aufgestellt, in der das Neugeborene lag. Die Fenster der beiden Räume waren mit Brettern dicht verschlossen, um die nach wie vor unerbittliche Kälte des Februars möglichst auszusperren. Für viele Tage hatte die junge Frau die Außenwelt nicht mehr zu Gesicht bekommen. Doch jenseits der Mauern hatte sich nichts verändert: Klosteranlage und Natur lagen noch immer unter Schnee und Eis begraben.

Bedächtig schritt Bertha, in einen dunkelroten Samtumhang über dem weiten Leinenkleid gehüllt, über die Holzdielen und schickte wieder einmal Gebete zum Himmel. Seit sie von dem Knaben entbunden worden war, schwebte sie in tiefer Sorge um dessen Gesundheit. Sie dachte an das Schicksal ihres ersten Sohnes Heinrich, der anno 1071 bereits kurz nach der Geburt gestorben war. Dies durfte, so Gott sich ihrem Flehen gnädig zeigte, nicht ein weiteres Mal geschehen. Die ersten Tage im Leben eines Neugeborenen waren die gefährlichsten.

Ein helles Wimmern riss Bertha plötzlich aus ihren Gedanken. Auf der Stelle drehte sie sich um und eilte in das große Zimmer, wo sich im gleichen Moment Theolinde vom Stuhl erhoben hatte. Die Kammerfrau legte ihre Näharbeit auf den Tisch und ging hinüber zur Wiege. Die beiden Frauen erreichten das inzwischen lauthals schreiende Kind gleichzeitig.

„Es kann doch nicht bereits wieder Hunger haben?“, fragte die Königin besorgt. Sie hob das in weiße Tücher gewickelte Neugeborene aus der Wiege und legte es in ihre rechte Armbeuge. Sie schob eine Haarsträhne hinters Ohr und blickte ratlos in das gerötete Gesicht des Knaben, der aus Leibeskräften schrie. Tränen quollen unter den geschlossenen Wimpern hervor und strömten über die Wangen.

„Nein, edle Herrin, die Amme war erst vor einer halben Stunde hier.“ Die Kammerfrau schüttelte den Kopf. „Und der Junge hat gut getrunken, wie sie sagte.“

„So muss es wohl der Magen sein“, rätselte Bertha und bewegte den Säugling in der Armbeuge vorsichtig auf und ab. „Womöglich verdaut er die Milch der Amme nicht gut? Sieh bitte zu, Theolinde, dass rasch noch eine zweite Nährmutter gefunden wird. Vielleicht eignet sich ihre Milch besser für ihn.“ Sie legte eine Hand auf den Bauch des Kindes und strich mit sanftem Druck kreisförmig über seinen Leib. Das Geschrei ebbte ein wenig ab, während leichte Krämpfe den Körper durchliefen.

„Es scheint, als hättet Ihr recht“, sagte Theolinde. „Ich werde gleich in den umliegenden Dörfern nach einer anderen Amme sehen lassen.“

„Fast möchte ich zum Allmächtigen flehen, dass es der Bauch sein möge“, seufzte Bertha. „Düstere Erinnerungen quälen seit der Geburt meinen Geist und rauben mir den Schlaf. Immer steht mir der rasche Tod des kleinen Heinrich damals vor Augen.“

„Grämt Euch nicht, Herrin, Gott wird es schon richten! Der unglückselige Kleine war allzu schwach zur Welt gekommen – für ihn gab es von Anfang an keine Hoffnung. Ich weiß es noch wie heute: Er hat nicht einmal den leisesten Laut von sich gegeben, ehe er verstarb. Der Herr sei seiner Seele gnädig! Doch dieses Knäblein hier ist so lebendig und schreit, weil seine Körpersäfte nicht recht fließen wollen. Wer so laut zu klagen weiß, der ist ganz gewiss nicht dem Tod geweiht."

„Ach, Theolinde, wären Gottes Pläne für den Knaben doch nur so wohlwollend, wie du es sagst", lächelte Bertha traurig. „Ich bete darum."

„Eure Gebete werden gewiss erhört werden. Seht doch: Es hat Gott gefallen, Euch diese Niederkunft schadlos und gesund überstehen zu lassen. Da wird er dem Kind ebenso zugetan sein." Die Kammerfrau berührte ihre Herrin sanft an der Schulter.

„Es scheint tatsächlich fast so, als ob der Herrgott unseren Bitten gewogen sei. Sieh doch nur ..." Sie nickte in Richtung des Säuglings, der in den Armen der Mutter wieder eingeschlummert war.

„Wenn das kein Zeichen ist." Theolinde bekreuzigte sich, während Bertha das Kind zurück zur Wiege trug.

In diesem Moment klopfte es an der Tür. Wenige Augenblicke später betrat Abt Hartwig mit fragendem Blick die Gemächer der Königin. Offensichtlich war er unsicher, ob sein Besuch gelegen kam. Als die beiden Frauen sich ihm zuwandten, hielt er, den Abtsstab schräg vor sich gestellt, inne und verneigte sich ehrfürchtig.

„Bitte verzeiht mir die Störung. Ich wollte nur sehen, wie es Mutter und Kind geht." Der Abt trat langsam näher. „Außerdem gilt es, die Taufe des Sprösslings zu besprechen und in die Wege zu leiten. Bischof Ezzo von Oldenburg, der, wie Ihr wisst, derzeit zu Besuch ist in unserem Kloster, stünde gern bereit, Eurem Sohn das heilige Sakrament der Taufe zu spenden, damit der Knabe ein Teil von Gottes Herde wird."

„Es sollte möglichst rasch vollzogen werden, ehrwürdiger Vater." Die Königin sah den Abt eindringlich an. „Der Junge ist Königssohn und darf nicht im sündhaften Stand eines Heiden verbleiben! Sein Seelenheil muss gesichert sein im schlimmsten aller Fälle."

„So ist es." Abt Hartwig sah Bertha fragend an. „Aber Gott bewahre, steht es denn schlecht um das Kind?" Er ging langsam nach vorn und sah neugierig in die Wiege. Theolinde verneigte sich ehrfürchtig vor dem Klostervorsteher und ging zurück zum Tisch, wo sie ihr Nähzeug wieder aufnahm.

„Ich vermag es nicht recht zu sagen, das weiß der Allmächtige allein." Bertha blickte ebenfalls auf den Säugling hinab. „Er wirkt durchaus kräftig, doch allzu oft scheinen ihn große Schmerzen zu plagen." Sie schüttelte ratlos den Kopf. „Selbst der von Euch gesandte Bruder Infirmarius wurde nicht recht schlau aus dem Zustand des Kindes."

„Nun, so wollen wir den Jungen gleich morgen taufen. Bischof Ezzo sagte, es sei eine große Ehre für ihn, den salischen Thronerben und – so Gott will – späteren König in die Schar der Christenheit aufnehmen zu dürfen. Ich selbst und einige Mitbrüder des Klosters werden ihm bei diesem feierlichen Akt zur Hand gehen." Abt Hartwig sah die Königin an und nickte aufmunternd. „Und wie unser Herr es will, begehen wir am morgigen Tag das Gedächtnis der heiligen Märtyrerin Juliana von Nikomedien. Sie ist die Patronin für Entbindungen und Krankheiten. So liegt es nahe, bei der Taufe zugleich ihren besonderen Segen für die Gesundheit des Knaben zu erflehen."

Der Abt nahm auf einem der Stühle an der Tafel Platz. „Jedermann im Reich kann ermessen, welch große Bedeutung dieser Spross für das salische Königshaus hat. Euer Gemahl, der in Goslar von der Geburt unterrichtet wurde, ist hocherfreut und setzt weitreichende Hoffnungen in den Knaben. Gestern Abend kam ein Bote von König Heinrich mit der Nachricht, dass Euer Gemahl einen Namen für den Jungen auserkoren hat."

„Auf welchen Namen soll unser Sohn getauft werden?"

„Der Junge soll heißen wie der Begründer des salischen Königshauses, der auch zugleich sein Urgroßvater ist: Konrad", erklärte der Abt. „Zweifellos möchte der König mit dieser Namenswahl jedermann im Reich zeigen, dass sein Haus nicht nur bestellt ist, sondern zu alter Stärke zurückzufinden vermag. Kaiser Konrad war ein unangefochtener Herrscher – alle Kräfte im Reich ordneten sich ihm unter, wodurch das Land einen verlässlichen Frieden genoss. Der Name Eures Sohnes soll somit fraglos eine verheißungsvolle Botschaft sein."

„Der Entschluss meines Gemahls entspringt politischer Weitsicht", sagte die Königin. „So mag Bischof Ezzo unserem Sohn morgen also den Namen Konrad geben."

„Gut, ich werde alles für die Taufe veranlassen. Es wird in Anbetracht des königlichen Ranges zwar nur eine bescheidene Feier, doch sie wird umso inbrünstiger sein. Und Gottes Augen werden auf dem kleinen

Knaben ruhen." Abt Hartwig nickte Bertha aufmunternd zu, die sich ebenfalls an die Tafel setzte.

„Hat der Bote noch weitere Nachrichten meines Gemahls für mich überbracht?", fragte die Königin.

„König Heinrich hat Anweisungen gegeben für Euren und Eurer Kinder Verbleib in der näheren Zukunft", sagte der Abt. „Sobald Ihr und Eure Sprösslinge reisebereit sein werdet, sollt Ihr Euch in die Stadt Worms am Rhein begeben. Es gibt aber keinerlei Eile für den Aufbruch. Euer Gemahl möchte Euch lediglich den beschwerlichen Umweg über den Harz ersparen. Er selbst will dann von Goslar ebenfalls an den Rhein reisen, sobald er seine Geschäfte dort erledigt hat."

„So soll es gerne sein, Worms ist ein den Saliern wohlgesinnter Ort", lächelte Bertha. „Wir können die Reise bestimmt in wenigen Tagen antreten. Doch abgesehen von diesen Botschaften, ehrwürdiger Vater – was hört man sonst vom Hofe zu Goslar? Wie ist die Stimmung? Ist der Frieden sicher?", fragte die Königin und sah den Klostervorsteher erwartungsvoll an.

Abt Hartwig zögerte einen Augenblick, sah auf den Tisch und runzelte die Stirn. „Nun, da Ihr mich so freiheraus fragt, edle Königin, so muss ich bekennen, dass mich die jüngsten Entwicklungen, die man hier und da aus Goslar hört, ein wenig beunruhigen. Der Frieden, der zu Gerstingun doch schon gesichert schien, scheint erneut infrage gestellt."

„Was sagt Ihr? Das sind beunruhigende Neuigkeiten." Berthas Miene wirkte mit einem Mal besorgt, sie starrte den Abt erschrocken an. „Was ist geschehen?"

„König Heinrich scheint seine Meinung in den letzten Tagen geändert zu haben. Er hat Boten an die sächsischen Aufständischen gesandt und lässt durch sie verkünden, dass er den jüngst erst geschlossenen Frieden in einigen Punkten noch einmal nachverhandeln möchte. Es scheint ihm dabei um den von ihm eingeräumten Abbau seiner Burgen in Sachsen und Thüringen zu gehen. Er ist nun offenbar nicht mehr willens, diese Bedingung zu erfüllen."

„Aber ... aber wie kam es zu diesem plötzlichen Sinneswandel? Er hatte sich doch schon mit diesem bitteren Opfer abgefunden", sagte die Königin kopfschüttelnd.

„Euer Gemahl ist nach seiner Rückkehr in den Harz zunächst einmal in die Hartesburg gegangen. Zum einen zog es ihn wohl in die Sicherheit und den Schutz ihrer hohen Mauern, zum anderen wollte er dem Burgherrn, Vogt Bodo, und dessen Mannen Anerkennung und Lob aussprechen für ihren unbeugsamen Widerstand in den Monaten des Kampfes. Und eben dort scheint der König dann seine Meinung geändert zu haben."

„Aber aus welchem Grund? Sein Besuch dort hat doch nichts geändert an der für ihn gefährlichen Lage."

„Es hat den Anschein, als ob sich Euer Gemahl vom Selbstbewusstsein und vom Siegeseifer der jungen Krieger auf der Hartesburg hat blenden lassen", sagte Hartwig. Er strich sich dabei über den Schädel, während seine Augen ruhelos über den Tisch wanderten. „Der Kampfgeist dieser Männer und ihr heldenhaftes Selbstverständnis dürften in ihm sein früheres Ungestüm und seinen Stolz wachgerufen haben. Und er mag sein Einlenken bereut haben ..."

„So wäre mein Gemahl den Einflüsterungen Vogt Bodos erlegen? Ich kenne den Burgherrn, er ist ein guter Kriegsmann, doch sein politischer Weitblick ist begrenzt. Wie kann man sich vom üblichen Gerassel und Getöse eines alten Kämpfers nur derart beeinflussen lassen?" Bertha schüttelte den Kopf.

„Die Hartesburg hat allen Angriffen und Belagerungen der Sachsen standgehalten. Und nicht nur das: Der Vogt und seine Männer haben in vielen Ausfällen das Land mit Angst und Schrecken überzogen. Selbst in Goslar haben sie gewütet und geplündert. Von ihren Raubzügen sind sie immer unversehrt zurückgekehrt, was ihnen ein Gefühl von Unbesiegbarkeit und Allmacht verliehen hat. Und dieses berauschte Gefühl scheint sich auf Euren Gemahl übertragen zu haben. Nach einigen Tagen unter diesen Männern, die wohl offen über den demütigenden Frieden geklagt haben, begann er, sein damaliges Einlenken zu bedauern. Vogt Bodo soll beklagt haben, wie falsch eine Aufgabe und gar ein Abriss der Hartesburg seien, wo man die Festung ohne Mühe hundert Jahre lang verteidigen könne ..." Der Abt sah die Königin fast entschuldigend an. „Dieser Chor kämpferischer Stimmen hat seine Wirkung auf den König nicht verfehlt. Er scheint nun mit sich zu hadern, allzu viel preisgegeben zu haben."

„Sein königliches Wort verliert auf diese Weise an Glaubwürdigkeit, oder nicht, ehrwürdiger Vater?", fragte Bertha bekümmert. „Derlei Hin und Her wird bei Freund und Feind einen schlechten Eindruck machen."

„Doch es ist Eurem Gemahl ernst damit. Er hat für März einen Reichstag nach Goslar einberufen. Dort soll die Burgenfrage noch einmal erörtert werden." Abt Hartwig schüttelte den Kopf. „Doch es ist ganz so, wie Ihr sagt: Sowohl die Gegner als auch die Freunde König Heinrichs stehen seinem Ansinnen alles andere als wohlwollend gegenüber. Beide Seiten waren zufrieden, nach den Monaten des Zwists eine Lösung zu haben. Und nun soll der mühsam erreichte Pakt noch einmal infrage gestellt werden? Die Sachsen haben bereits angedeutet, dass sie dazu nicht willens sind, sondern vielmehr am Friedenswillen des Königs zweifeln."

„Das klingt nicht gut."

„Nein. Zumal die Sachsen ihre Waffen nun gewiss nicht zur Seite legen werden. Neues Misstrauen ist geschürt. Es ist sogar zu befürchten, dass die Aufständischen die Geduld verlieren und drohend mit ihren Truppen vor Goslar ziehen. Spätestens dann müsste König Heinrich einlenken."

„Aber das ist ja schrecklich", rief Bertha laut und erhob sich. Die Hände ineinander verschränkt, ging sie vor der Tafel auf und ab. „Wo sind denn all die Ratgeber meines Gemahls? Ist denn keiner bei ihm, der ihm so einen Fehler auszureden vermag? Wo sind die Bischöfe Benno, Eppo oder Liemar, sie könnten auf meinen Gemahl gewiss Einfluss nehmen!"

„Sie sind an seiner Seite. Doch er will ihren Rat nicht hören, sooft sie auch in ihn dringen. All das, was Ihr an Einwänden vorgebracht habt, haben auch seine treuen Bischöfe ins Feld geführt, doch ohne Erfolg. Ein Bote hat mir heute früh Nachricht von Erzbischof Liemar überbracht: Der Metropolit und seine Amtsbrüder Benno von Osnabrück und Eppo von Zeitz sind verzweifelt, da sie den König mit ihren Worten nicht erreichen. Mir will es fast scheinen, als ob sich die Ratgeber von Eurem Gemahl abzuwenden beginnen. Dann stünde König Heinrich fast allein da, zumal die Reichsfürsten schon erklärt haben, nicht zum Reichstag zu erscheinen. Sie halten sich natürlich wieder heraus."

„Wenn er seine letzten Getreuen verprellt, steht es wahrlich schlecht. Ich bete zum Allmächtigen, dass er meinem Gemahl ein Einsehen schenken möge! Er muss …“ Die Königin beendete ihren Satz nicht, denn plötzlich war ein Wimmern erklungen. Bertha eilte hinüber zur Wiege, auch Theolinde sprang auf. Aus dem kläglichen Ton wurde schnell ein lautstarkes Schreien.

Abt Hartwig sah unsicher zu der Wiege hinüber und erhob sich von seinem Platz. Als er merkte, dass die Königin und die Kammerfrau gänzlich mit dem Kind beschäftigt waren, ging er zur Tür. Dort wandte er sich noch einmal um und räusperte sich vorsichtig.

„Ich verabschiede mich einstweilen, edle Königin“, sagte er unsicher lächelnd in Richtung der Frauen, die ihn nur flüchtig ansahen. „Es gibt noch einiges zu veranlassen für die morgige Taufe.“

Nordwärts

Der albische Wegführer blieb abrupt stehen und hob warnend die Hand. Er senkte die Fackel und lauschte angespannt in die Stille. Lindfell, Folkward und Iva, die in dem engen Stollen nur gebückt gehen konnten, spähten an dem Schwarzalben vorbei in die Finsternis.

„Pst, keinen Laut jetzt!", zischte der Bursche, der passend zu seinem dürren Körper auf den Namen Smalbin hörte. Von König Friduman als einer der besten Kenner der unterirdischen Wege gepriesen, führte er die Gefährten seit ihrem Aufbruch von Güldenbrunn aus zielstrebig in Richtung Norden.

Stunde um Stunde waren sie durch das vollkommene Dunkel gewandert, immer durch enge und niedrige Gänge, mal in Fels geschlagen, mal durch das Erdreich gegraben. Ihr Weg führte oft hinauf und hinab, passierte dunkle Flüsse und zahllose Weggabelungen. Schon nach kurzer Zeit war den Gefährten klar geworden, dass sie in dieser labyrinthischen Welt ohne Führer heillos verloren gewesen wären. Ohne Licht war ihnen jedes Gefühl für die Himmelsrichtungen abhanden gekommen.

„Alles in Ordnung", murmelte Smalbin nach einer Weile und entspannte sich wieder. Mit der Fackel deutete er voraus in den Stollen. „Wir müssen wachsam sein, denn wir sind hier ganz in der Nähe von Lohstein, dem schwarzalbischen Reich König Hübichs."

„Ein anderes Königreich der Alben? Warum dann die Vorsicht?" Folkward trat neben Smalbin und sah ihn überrascht an.

„Zwischen Lohstein und Güldenbrunn besteht seit jeher eine tiefe Abneigung", erklärte der Albe flüsternd. Er sah verschwörerisch in die Runde, wobei sein Blick schüchtern etwas länger auf Iva ruhte. „Schon die Väter unserer jetzigen beiden Könige Friduman und Hübich waren einander alles andere als gewogen. In ihren Tagen ist es sogar zu kriegerischen Auseinandersetzungen gekommen."

„Nachbarschaftliche Feindseligkeiten sind auch uns Menschen bestens vertraut", zuckte Folkward die Schultern, während sich die Gruppe wieder in Bewegung setzte. „Immer geht es um Macht und Vorherrschaft – warum sollte Zwist und Neid vor den albischen Völkern Halt machen?"

„Tja, es gibt mehrere Königreiche von uns hier unter dem Harz. Während die meisten, wie auch Güldenbrunn, die anderen achten und in Frieden lassen, beansprucht Lohstein seit jeher einen gewissen Vorrang. Dafür gibt es keine Grundlage, zumal dieses Reich weder das größte noch das älteste hierzulande ist. Aber König Hübich hält stur an seiner Haltung fest, inzwischen hat er es sich mit den anderen Albenvölkern verscherzt." Smalbin schüttelte den Kopf und wandte sich zu seinen Begleitern um. Erneut verweilte sein Blick etwas länger auf Iva, die dies nicht zu bemerken schien. „Darum machen wir alle einen möglichst weiten Bogen um Lohstein, um jedem Ärger von vornherein aus dem Weg zu gehen."

„Bei uns in Elbergard habe ich noch nie von diesem Reich oder einem König Hübich gehört", sagte Lindfell.

„Euer Reich ist wohl zu weit entfernt von hier." Der Schwarzalbe beschleunigte seinen Gang. Ihm lag daran, diese Gegend rasch hinter sich zu bringen, und die Gefährten beeilten sich, ihrem Führer zu folgen. Längst schmerzten ihnen Rücken und Nacken vom ständigen Gebeugtsein. Doch auch die Schultern und Ellbogen taten ihnen weh, da sie oft gegen Vorsprünge und Ecken der finsteren Stollenwände prallten. Ihre Haare waren bald voller Sand und Staub.

Die Wanderer passierten häufig Abzweigungen und Gabelungen der Tunnel, wobei der Schein der Fackel die Finsternis nur für kurze Momente zu erhellen vermochte. Selten öffneten sich auch größere Hallen und Abbruchhalden. Das gesamte Labyrinth stammte aus den Tagen, als die Schwarzalben auf der Suche nach Metallen und Edelsteinen an diesen Stellen geschürft hatten. Inzwischen war ihr Bergbau weitergewandert, nur diese seltsam durchlöcherte Welt war zurückgeblieben.

Eine gespenstische Stille herrschte hier unten und lastete auf den Gemütern Folkwards und Ivas. Lindfell hingegen, mit diesem Leben vertraut, schien nichts anzufechten. Im Gegenteil, er war heilfroh, dass sie ihre Flucht ein Stück weit unter der Erde fortsetzen konnten. Auf diese Weise vermochten sie den Häschern des Pfalzgrafen gefahrlos zu entkommen. Ohne die Hilfe des Herrschers von Güldenbrunn hätte sich diese erste und gefährlichste Etappe ihrer Reise um vieles schwieriger gestaltet.

Mit Wehmut erinnerte sich Lindfell an den Abschied am Vortag. Nach einem erholsamen Schlaf und einer Auffrischung ihrer Kräfte hatten sich die Gefährten reisefertig gemacht. Danach waren sie in die große Halle gerufen worden. In feierlicher Stimmung hatten König Friduman und seine Tochter Bluomveh sie daraufhin verabschiedet und ihnen Smalbin an die Seite gestellt. Besonders anrührend war die Begegnung mit dem noch immer auf einer Bahre liegenden Wigman. Das Lebewohl des Albenkriegers fiel zwar auf gewohnte Weise wortkarg, aber doch freundschaftlich aus. Während die Gefährten ihm baldige Genesung wünschten und er ihnen den erfolgreichen Abschluss ihres Unterfangens, trat mit einem Mal Bluomveh an seine Seite und ergriff verstohlen seine Hand. Als die Gefährten die Halle verließen und sich noch einmal umwandten, sahen sie in seinem sonst so verschlossenen Gesicht den Anflug eines zufriedenen Lächelns.

„Wodan sei Dank, wir dürften Lohsteins Grenzen hinter uns gebracht haben", durchbrach Smalbin die Stille und lächelte Iva aufmunternd an. „Es ist jetzt auch nicht mehr weit bis zum Ausstieg."

„Das höre ich gern", lachte Lindfell und kratzte sich am Kopf. Sand rieselte aus seinen Haaren. „Ich bin zwar in Elbergard groß geworden, doch mittlerweile schätze ich die Freiheit eines weiten, offenen Himmels über meinem Kopf."

Die Gruppe setzte ihre Wanderung fort. Der Schwarzalbe begann nun, sich alle Abzweigungen genauer anzusehen, offenbar suchte er einen ganz bestimmten Tunnel, der hinauf an die Erdoberfläche führte.

„Ist dir eigentlich aufgefallen, dass der Bursche etwas für dich übrig zu haben scheint?", flüsterte Lindfell Iva ins Ohr. Sie waren ein Stück weit hinter Folkward und dem Alben zurückgefallen. „Er sieht dich auf eine ganz besondere Weise an." Überrascht drehte sich die junge Frau um, schüttelte aber gleich den Kopf, als sie sein neckendes Lächeln sah.

„Tja, und wer ist nun plötzlich eifersüchtig?", erwiderte sie angriffslustig und ging weiter.

„Wie bitte? Auf ein dünnes Kerlchen, das mir kaum bis an den Nabel reicht? Du machst Scherze", lachte er und klopfte ihr vertraut auf die Schulter. „Oder gefällt er dir am Ende vielleicht gar?"

„Er könnte mehr an sich haben als so mancher Gernegroß", sagte sie. „Wenigstens wäre er wohl recht zielstrebig ..."

„Ach, soll das vielleicht heißen, ich wäre ...", begann Lindfell, wurde aber von Smalbin unterbrochen, der die Gruppe an einer Abzweigung anhielt.

„Hier ist es", sagte der Schwarzalbe entschieden. Er deutete in Richtung eines Stollens und streckte die Fackel nach vorn. Die Flamme begann stark zu flackern, und bald spürten die Gefährten den eisigen Luftzug, der ihnen entgegenwehte.

Nach kurzer Wanderung erhellte sich der Stollen zusehends, während die Kälte mehr und mehr zunahm. Schließlich standen sie vor einem schmalen Felsspalt, der auf der Außenseite halbwegs mit dichtem Gebüsch zugewuchert war. Die Helligkeit zwang die Gefährten, sich die Augen zu reiben.

„Wir befinden uns hier am östlichen Fuß des Drachenbergs", erklärte Smalbin. „Es ist ein sehr steiles, unwegsames Gelände, einsam und abgelegen." Sich durch das Gesträuch windend, trat er vorsichtig durch den Spalt ins Freie und sah sich aufmerksam um. „Alles bestens, ihr könnt kommen."

Nacheinander schoben sich die Gefährten durch die Öffnung und traten auf einen schmalen Absatz am Fuße eines bewaldeten Steilhangs einer tief eingeschnittenen Schlucht. Auch die gegenüberliegende Seite war nicht weniger abschüssig. Unter ihnen, am Boden der engen Klamm, war ein Bach zu erkennen, der größtenteils unter Schnee begraben war. Und doch waren erste Spuren des Tauens zu beobachten. Auch wenn es den Gefährten nach den Temperaturen unter Tage im ersten Moment noch eisig erschien, so war doch unverkennbar, dass der Scheitelpunkt des Winters vorüber war.

„Es dürfte Mittag sein", sagte Folkward und wies zwischen den verschneiten Tannen hinauf zu einer im Grau des Himmels fast verborgenen Sonnenscheibe.

Lindfell spähte neugierig durch die Schlucht. „Da können wir noch ein gutes Wegstück bewältigen, ehe die Nacht hereinbricht. Je schneller wir den Pfalzgrafen hinter uns lassen, desto besser. Smalbin, wo sind die Pferde, die König Friduman uns in Aussicht gestellt hat?"

„Ein gutes Stück nördlich von hier mündet diese Klamm in ein größeres Tal, das westwärts führt. Wo die beiden Schluchten sich treffen, sollen die Tiere in einem gut verborgenen Hag warten." Der Schwarzalbe begann, den Steilhang hinabzusteigen. „Wir müssen nur dem Bächlein dort unten folgen. Aber bitte leise, denn das Reich Lohstein liegt nur wenige Täler südlich von hier, und man weiß nie, wo König Hübichs Späher sich herumtreiben." Zusammen machten sie sich an den Abstieg.

„Ich habe viel mehr Angst vor den Männern Friedrichs von Gozeka", sagte Iva zu Lindfell, der hinter ihr ging. „Wir haben ihre Mordlust bereits kennengelernt. Zweifellos lautet ihr Auftrag, uns erst zu töten und uns dann den Reif abzunehmen."

„Vielleicht müssen wir uns gar nicht mehr allzu sehr sorgen", antwortete Lindfell. „Wir waren nun knapp drei Tage in der unterirdischen Tiefe, was aber bedeutet, dass hier etwa zwei Wochen verstrichen sind. Von daher müssten unsere Verfolger doch längst aufgegeben haben."

„Gott gebe, dass du recht hast."

„Dieser Zeitensprung ist ein ehernes Naturgesetz. Du siehst schon am Tauwetter, dass hier oben mehr Zeit verstrichen ist als nur drei Tage. Darum wird der Pfalzgraf seine Jagd nach uns wohl eingestellt haben, zumal so weit im Norden. Seinen Zorn über unser Entkommen und den Verlust des Reifs will ich mir allerdings lieber nicht ausmalen …"

„Er tobt bestimmt wie eine Furie", sagte Iva. „Ich hoffe nur, dass er seine Wut nicht an meiner Herrin auslässt. Gott steh ihr bei!"

„Ja, der Allmächtige möge seine Hand schützend über sie halten", schaltete sich Folkward ein, der das Gespräch in seinem Rücken mit angehört hatte. „Ich würde aber nicht davon ausgehen, dass der Pfalzgraf so schnell seine Machtträume fahren lässt. Er weiß, dass ihm ein Werkzeug wie Wurdbouga nur einmal im Leben begegnet – da wird er alles daransetzen, es wiederzuerlangen. Seine Männer sind bestimmt noch unterwegs. Wir dürfen uns nicht sicher fühlen."

„Da magst du recht haben", murmelte Lindfell. So schnell die Hoffnung auf Entspannung in ihm erwacht war, so schnell war sie wieder dahin.

Nachdem sie den Boden der Klamm erreicht hatten, standen sie eine halbe Stunde später an dem Ort, wo sich das Tal öffnete. Wie Smalbin es beschrieben hatte, kamen sie bald zu einer Baumgruppe, die, halb zugewuchert, eine Art verborgenes Gehege umschloss. Nachdem sie sich durch das Gestrüpp gekämpft hatten, standen sie plötzlich vor drei Pferden, die seelenruhig inmitten des Hags standen und mit dampfendem Atem Stroh fraßen, das auf dem Boden ausgestreut war.

„König Friduman hat Wort gehalten", rief Lindfell begeistert aus und strich einem der Tiere sanft über den Widerrist. Alle drei waren gesattelt, und am Knauf hing jeweils ein Leinensack, gefüllt mit einem Vorrat an Stroh und Hafer.

„Hast du daran vielleicht gezweifelt?", fragte Smalbin. „Unser König ist ein großmütiger Herrscher. Er hat die Pferde von einem verschwiegenen Erdenmenschen, der uns Alben gewogen ist, gegen Gold erstanden. An Gold mangelt es ja bekanntlich nicht in Güldenbrunn."

„Sag deinem König tausendfach Dank, wir stehen tief in seiner Schuld", entgegnete Lindfell gerührt.

„Das will ich gerne tun." Smalbin reichte Lindfell die Hand. „Für mich wird es Zeit zurückzukehren. Folgt diesem Tal, und ihr gelangt rasch in die Ebene westlich des Harzes. Von dort aus geht es dann nur noch nach Norden."

„Leb wohl, Smalbin, und hab Dank für deine Hilfe." Lindfell verneigte sich vor dem Alben. Der erwiderte den Abschiedsgruß, nickte kurz Folkward zu und mit einem schüchternen Lächeln auch Iva, bevor er in dem Gesträuch hinter ihnen verschwand. Die Gefährten lauschten noch einen Moment seinen Schritten nach, bevor sich Stille über den Ort legte.

„Tja, Iva, du bist die Einzige unter uns, die sich mit dem Reiten auskennt. Nun also gilt es." Lindfell sah die junge Frau erwartungsvoll an. „Wie komme ich auf das Tier hinauf, wie bleibe ich oben und wie lenke ich es dorthin, wohin es gehen soll?“ Ungeduldig griff er nach dem Sattelknauf und schob einen Fuß in den Steigbügel. Missmutig machte das Pferd ein paar Schritte zur Seite, sodass er auf einem Bein ungeschickt hinterherhüpfen musste. Unzufrieden starrte er das Tier an, während seine Gefährten lachten.

„Immerhin, schon ein ganz passabler Versuch“, spottete Iva und trat an eines der Pferde heran. Sie strich sich ihre Haare aus dem Gesicht, raffte ihr Kleid und schwang sich in einer fließenden Bewegung in den Sattel. Dann ergriff sie die Zügel und hielt das Tier sicher auf der Stelle. „Ein Pferd bedarf einer ruhigen, entschlossenen Führung, unser Handeln muss stets sicher und flüssig wirken, damit es nicht unruhig wird und scheut.“

„Hm, letztlich ist es also eine Frage der Übung“, sagte Folkward mit gerunzelter Stirn. Aufmerksam beobachtete er, wie Iva wieder von ihrem Pferd stieg und hernach, ein wenig langsamer, die Handgriffe und Bewegungen erneut vorführte. Der Mönch wie auch Lindfell versuchten, es ihr gleichzutun, doch es dauerte eine Weile, bis sie erfolgreich auf dem Rücken ihrer Tiere saßen. Nicht minder zeitaufwendig war es, den beiden Männern in groben Zügen zu zeigen, wie man sein Pferd bewegte und lenkte. Ein ums andere Mal vermochte Iva ihr Lachen kaum zu unterdrücken, wenn einer ihrer Schüler hilflos ins Unterholz ritt oder sein Tier erst gar keinen Schritt machte.

Nach einiger Zeit konnten sie den Hag jedoch verlassen. Noch unsicher, doch halbwegs zuversichtlich folgten die beiden Männer Iva, die, nun seitlich im Sattel sitzend, in ruhiger Gangart an der Spitze ritt und sich immer wieder nach ihnen umdrehte. Den Bach stets neben sich, bewegten sie sich durch endlosen Wald nach Westen. Das Tal weitete sich vor ihnen zusehends, und die letzten Ausläufer des Harzes blieben zurück. Nachdem sie anfangs noch argwöhnisch nach allen Seiten hin Ausschau gehalten hatten, schien sich bald zu zeigen, dass Lindfells Vermutung hinsichtlich ihrer Verfolger wohl zutreffend war. Nicht eine Menschenseele begegnete ihnen auf ihrem Weg.

„Da vorn“, rief Folkward mit einem Mal aufgeregt und deutete an Iva vorbei in die Tiefe des Waldes. „Das muss der alte Handelsweg sein, der durch den Liesgau bis hinauf nach Hildinishem führt.“ Zwischen den Bäumen zog sich eine Schneise hin, und am Boden waren, wenn auch mit Schnee bedeckt, Radfurchen zu erkennen.

„Sehr gut!“ Lindfell ballte voller Freude die Faust. „Dann also auf nach Norden. Wir dürfen keine Zeit verlieren!“

Einige Stunden lang waren sie dem Handelsweg gefolgt und hatten lediglich zwei kurze Pausen eingelegt, um die Pferde trinken zu lassen. Nur wenige Reisende waren ihnen unterwegs begegnet, hier ein Tagelöhner auf dem Heimmarsch, dort ein Kaufmann mit schwer beladenem Fuhrwerk. Zweimal kamen ihnen berittene Boten entgegen, die ihnen gleich Angst machten; sie hatten jedoch nichts mit dem sächsischen Pfalzgrafen zu tun.

Den größten Teil der Strecke legten die Gefährten in langsamer Gangart zurück, gleichwohl kamen sie im Laufe des Tages gut voran. Am Nachmittag passierten sie die Stadt Hildinishem, deren Kirchtürme weithin zu sehen waren. Während sich der dämmrige Abend langsam über das Land legte, hielten sie Ausschau nach einem geeigneten Ort, um ihr Nachtlager aufzuschlagen.

„Ich glaube, deine Vermutung hat sich doch bewahrheitet, Lindfell“, sagte Folkward. „Unsere Verfolger scheinen ihre Jagd aufgegeben zu haben, dem Allmächtigen sei Dank!“

„Ja, andernfalls würden sie diese Straße nach Norden überwachen. Somit scheint der Zeitsprung tatsächlich stattgefunden zu haben“, überlegte Lindfell. „Der Pfalzgraf muss sich irgendwann damit abgefunden haben, dass wir längst über alle Berge sind.“

„So hätte uns demnach dieses seltsame Naturgesetz gerettet?“, fragte Iva, die zwischen den beiden Männern ritt. „Vor Kurzem noch hätte ich derlei nicht für möglich gehalten, doch diese Reise hat mir viele unglaubliche Dinge offenbart.“ Mit vielsagender Geste strich sie über ihren Umhang, unter dem sie Wurdbouga bei sich trug.

„Da bist du nicht allein, Iva“, lachte der Mönch, „schon vor Jahren am Sollonberg habe ich begreifen müssen, dass die Welt wunderlicher ist, als man gemeinhin glaubt.“

Schweigend ritten die Gefährten weiter. Ihr Weg führte einen niedrigen Hügel empor, von dessen Scheitelpunkt sich ihnen ein großartiger

Ausblick bot. So weit das Auge reichte, erstreckten sich schneebedeckte Wälder, aber nicht ein Berg erhob sich aus der weißen Landschaft.

„Das alles hier gehört zur Grafschaft Flutwidde." Folkward wies in weitem Bogen von Süden nach Norden. „Haben wir dieses Gebiet erst einmal hinter uns, haben wir einen Großteil des Weges geschafft."

„Da vorn muss ein Haus oder ein Gehöft sein", sagte Iva und wies voraus auf einen dünnen Rauchfaden, der aus dem Wald aufstieg.

„Lasst uns sehen, ob es da ein Nachtlager für uns gibt", sagte Lindfell entschlossen. Noch immer ein wenig ungeübt, presste er die Beine in die Flanken des Pferdes, das sich langsam in Bewegung setzte. Folkward und Iva folgten ihm. Nach kurzer Zeit fanden sie sich wieder im tiefen Wald. Aufmerksam spähten sie durch die Baumstämme hindurch, bis sie eine Ansammlung von vier Gebäuden entdeckten. Aus der größten Hütte stieg der Rauch empor. Im letzten Tageslicht bogen sie auf den Pfad ein, der auf die Häuser zuführte. Lautes Hundegebell war zu hören, als sie näher kamen.

„Am besten, ich rede mit ihnen", sagte Folkward leise, „einem Mönch werden diese Leute gewiss vertrauen und kaum etwas abschlagen können." Sie ritten in eine Art halb offenen Hof, den die Gebäude bildeten. Ringsherum war der Wald gerodet, mehrere kegelförmige Erhebungen verrieten, dass es sich um die Ansiedlung eines Köhlers handeln musste.

„Gott zum Gruße allerseits dort drinnen!", rief Folkward, nachdem sie die Pferde zum Stehen gebracht hatten. Neugierig sahen sie sich nach allen Seiten hin um, doch keine Menschenseele ließ sich blicken. Die Hütten waren fensterlos und auf einfachste Weise errichtet.

„Wir suchen ein Lager für die Nacht", fuhr der Mönch nach einer Weile fort, als sich noch immer nichts regte außer dem wilden Gebell. „Wir sind rechtschaffene Leute, und es soll auch nicht unvergolten bleiben."

Endlich wurde die Tür des Haupthauses knarrend geöffnet, und ein älterer Mann mit Vollbart und filzigem Haar schaute argwöhnisch heraus. Zu seinen Füßen lauerte ein großer schwarzer Hund, der mit gefletschten Zähnen knurrte. Beide starrten die Ankömmlinge wachsam an, ehe der Mann schließlich in gekrümmter Haltung auf den Innenhof trat. Folkwards Mönchskutte hatte sein Misstrauen offenbar besänftigt, wenngleich ihm Verwunderung über die merkwürdige Reitergruppe anzusehen war.

„Gib Ruhe, Wolf“, brummte er und klopfte dem Hund auf den Rücken. „Ihr sucht ein Nachtlager? Nun, wenn ihr euch mit dem Schuppen eines einfachen Köhlers bescheiden wollt, so könnt ihr gern bleiben.“ Er deutete zu einer tief geduckten Hütte auf der anderen Seite hinüber. „Und gegen zwei, drei Silberdenare gibt's obendrein heiße Rübensuppe aus dem Topf meines Weibes.“ Mit schiefem Lächeln entblößte er die wenigen Zahnstummel in seinem Mund.

„Der Allmächtige vergelte dir deinen Großmut“, sagte Folkward erleichtert, während Lindfell dem Köhler die Münzen aushändigte.

Kurz darauf, die Nacht hatte sich längst über den Wald gesenkt, saßen die drei Gefährten im Schuppen des Köhlers zwischen allerlei Werkzeug und Gerümpel am Boden. Im schwachen Lichtschein einer Kerze reichten sie eine Holzschale reihum und tranken hungrig von der dampfenden Suppe. Schweigend genossen sie das schlichte, aber wärmende Mahl. Nachdem die Schale geleert war, hüllten sich die Gefährten in ihre Decken und streckten ihre müden Glieder aus.

„Meine Knochen fühlen sich an, als seien sie mit schweren Hämmern bearbeitet worden“, stöhnte Lindfell und rieb sich die Schenkel. „Reiten ist schon mühsam, doch Trab ist eine wahre Folter. Ich kann nur noch liegen, Sitzen ist mir unerträglich.“

„Ist das der wackere Kämpe aus Elbergard?“, stichelte Iva. Etwas Schadenfreude sprach aus ihren Augen, als sie den neben ihr liegenden Gefährten ansah. „Ich bin ein wenig erstaunt ...“

„Liebe Iva, spotte nicht über Lindfell, denn mir geht's kaum anders“, mischte sich Folkward ein. Der Mönch streckte sich der Länge nach aus und versuchte, sich zu entspannen. „Du solltest lieber Mitleid haben, denn wenn ich es recht überblicke, so haben wir noch zwei Tage vor uns. Das wird ein hartes Stück Arbeit für uns ungeübte Reiter.“

„Lass es gut sein, Folkward. Sie ist eben ein hartherziges Weib“, meinte Lindfell und schüttelte in gespielter Missbilligung den Kopf. „Ich habe sie längst durchschaut. Nun ja, allenfalls Zwerge scheinen noch Gefallen an einer wie ihr zu finden.“ Er winkte in spöttischer Geste ab.

„Nun, müsste ich wählen, so würde ich jeden Zwerg vorziehen“, entgegnete Iva und fixierte Lindfell angriffslustig.

„Streitet euch nicht, meine Freunde!“, rief der Mönch lachend. Er hob mahnend die Hand und sah die beiden Gefährten mit einem vielsagenden Lächeln an. „Wenn wir unsere Reise erst beendet haben, bleibt euch noch genügend Zeit für Tändeleien. Einstweilen liegt noch ein langer Weg vor uns.“

„Du hast recht, Folkward“, sagte Lindfell und wurde wieder ernst. Kurz ergriff er jedoch unauffällig Ivas Hand und drückte sie zärtlich. Die Sanftheit, mit der sie die Berührung erwiderte, ließ sein Herz schneller schlagen. „Noch sind wir nicht in Elbergard. Bis wir König Godwin den Reif endlich in die Hände legen können, müssen wir wachsam sein!“

„Sollen wir dich denn bis nach Elbergard begleiten?“, fragte Folkward überrascht. „Ich weiß nicht, ob das gut wäre.“

„Natürlich kommt ihr mit! Mein König wird euch entlohnen wollen für eure tapfere Hilfe“, sagte Lindfell entschieden. „Und solchen Lohn könnt ihr auch gebrauchen, da ihr euch doch ein neues Dasein aufbauen müsst an den Ufern der Elbe. Wie sonst soll das vonstatten gehen?“ Er sah die beiden mit dem Ausdruck tiefster Überzeugung an.

„Ach, um mich mach dir keine Sorgen, Lindfell“, lächelte der Mönch. „Gott hat mir stets einen guten Platz zugewiesen. Außerdem kenne ich einige Leute im Norden, die mich nicht im Stich lassen werden.“

„Nun, ebenso kennst du auch meinen Vater. Er würde sich freuen, dich nach all den Jahren einmal wiederzusehen.“

„Langbin“, murmelte Folkward. „Ja, das wäre wirklich schön.“ Er schien in alten Erinnerungen zu versinken.

Lindfell wandte sich lächelnd Iva zu. „Auch du sollst mitkommen nach Elbergard. Es liegt mir sehr am Herzen, dass du meine alte Heimat kennenlernst.“ Er rang mit sich, wie er ihr nur sagen sollte, was er für sie empfand. Als die junge Frau nicht antwortete, sondern ihn nur mit einem ruhigen, vertrauensvollen Ausdruck ansah, fuhr er etwas leiser fort: „Mache dir keine Sorgen über das, was die Zeit danach bringen mag. Ich würde mir wirklich sehr wünschen, dass sich unsere Wege nicht allzu weit voneinander entfernen.“ Kaum dass er den Satz ausgesprochen hatte, haderte er schon mit sich. Warum hatte er so wenig Mut!

Die Läuterung

Friedrich von Gozeka trieb sein Pferd zu äußerster Eile an. Im Galopp jagten Ross und Reiter durch die verschneite Landschaft. Schon schwand das letzte Tageslicht, und von Osten her, wohin der Pfalzgraf unterwegs war, nahte die Dämmerung. Zugleich drohten dort tief hängende, pechschwarze Wolken, Vorboten eines baldigen Gewitters. Weit nach vorn gebeugt, hielt Friedrich den Blick fest auf eine niedrige Bergkette gerichtet, die nur knapp eine Viertelstunde entfernt war. Sein Ziel war es, noch vor der Dunkelheit und dem Unwetter das Gasthaus zu Füßen des Finnbergs zu erreichen.

Bereits die letzten beiden Tage seit dem Aufbruch von der Horeburg hatte Friedrich im Sattel verbracht. Mit knapp zwei Dutzend Mann unter der Führung Hauptmann Oswalds befand er sich auf dem Heimweg zur Viczinburg. Die Soldaten, ein gutes Stück hinter ihrem Herrn reitend, bildeten den letzten Rest der pfalzgräflichen Truppen, die nach über einem halben Jahr in die Heimat zurückkehrten. Die langen Kämpfe gegen den König waren endlich vorüber, und Friedrich hatte nach zwei erfolglosen Wochen die Suche nach Wurdbouga verbittert aufgegeben. Für ihn gab es keinen Grund mehr, noch länger auf der Horeburg zu verweilen.

Doch der Verlust des Reifs ließ dem Mann keine Ruhe. Verzweiflung und Wut suchten ihn stets aufs Neue heim, raubten ihm den Schlaf und ließen die Gegenwart für ihn bedeutungslos erscheinen. Immer wieder standen ihm die Anwendung des Machtzaubers auf der Asenburg sowie all jene Träume vor Augen, die er schon zu hegen begonnen hatte. All das war nun verloren! Mit größtem Einsatz hatte er nach den Dieben

Wurdbougas gefahndet, erfolglos. Die verhassten Unholde mussten bei den Schwarzalben im Harz untergetaucht sein, nun waren sie längst über alle Berge. Es war nahezu unerträglich! Manchmal wünschte Friedrich fast, er hätte dieses Werkzeug in seiner vollkommenen Macht erst gar nicht kennengelernt; der Verlust wäre dann nicht so bitter.

Düstere Gedanken quälten den Geist des Pfalzgrafen, während er dahinritt. Voller Zorn dachte er an Hedwig, die auf sein Geheiß hin bereits zwei Wochen zuvor zur Viczinburg zurückgekehrt war. Er würde die Wahrheit schon aus ihr herauspressen! Sie kannte die Diebe bestimmt und steckte womöglich mit ihnen unter einer Decke – er würde nicht zögern, Gewalt anzuwenden, um die Namen aus ihrem Mund zu hören. Vielleicht war dann ja doch noch eine Verfolgung möglich? Doch die Hoffnung darauf war eher gering, ebenso wie auf letzte Bemühungen seines Ratgebers Gerald, die Flüchtenden noch zu erwischen. Der Camerarius war mit einer Handvoll Männer noch immer südlich des Harzes auf der Suche. Auch dieses letzte Aufgebot würde bald aufgeben müssen.

Tief in Gedanken versunken, nahm Friedrich nicht wahr, dass es zu regnen begonnen hatte. Durch den schnellen Ritt hatte er die schwarze Wolke rasch erreicht, die über seinem Kopf vereinzelte große Tropfen zu Boden fallen ließ. Als nun plötzlich der kalte Niederschlag seine Wange berührte, schreckte er auf. Mürrisch wischte er sich ab und blickte wieder nach vorn auf den nicht mehr fernen Finnberg.

Da nahm er aus den Augenwinkeln eine Bewegung am Abendhimmel wahr. Zwei riesige schwarze Vögel überholten ihn in niedriger Höhe und flogen lautlos über ihn in jene Richtung, in die er selbst unterwegs war. Beiläufig erkannte er, dass es sich um Raben handelte, die ein ganzes Stück voraus auf einem kahlen Ast einer abgestorbenen Eiche landeten. Der Baum stand allein auf der Heide, direkt auf dem Weg des Pfalzgrafen. Mit den Flügeln schlagend, krallten sich die Vögel an dem Zweig fest, stießen raue, krächzende Schreie aus und wandten sich neugierig dem heranpreschenden Reiter zu.

Im selben Moment erschien am Fuß der bewaldeten Hügel auf gespenstische Weise eine Gestalt. Gleichsam aus dem Nichts hervorgetreten, war ein schwarzer Reiter auf einem ebenso schwarzen Pferd zu sehen. Beide waren von unnatürlicher Größe und jagten heran, sodass sich ihr Weg unweigerlich mit dem des Pfalzgrafen kreuzen würde. Die lang gezogene Krempe des schwarzen Hutes sowie der dunkle Umhang des Reiters flatterten im Wind. Mit der Rechten hielt er einen wuchtigen hölzernen Stecken wie eine mächtige Waffe vor sich gereckt. Wirkte die Erscheinung an sich schon bedrohlich, so wurde der Schrecken durch die Tatsache, dass das riesige Pferd kopflos war, erst richtig grauenvoll.

Während Friedrich die auf ihn zueilende Gestalt gar nicht wahrnahm, hielten die Männer hinter ihm entsetzt inne. Verstört brachten sie ihre Pferde zum Stehen und starrten angsterstarrt auf die schaurige Erscheinung, die wie ein pechschwarzer Dämon auf ihren Herrn zuhielt. Das konnte niemand anderer sein als der leibhaftige Wode! Und während einige von ihnen voller Angst flüsterten, sandten andere schon Stoßgebete gen Himmel, auf dass Gott sie vor dem Helljäger bewahre.

Allein Hauptmann Oswald wagte es, seinem Herrn weiter zu folgen, doch nur für ein kurzes Stück. Denn plötzlich scheute sein Pferd und verweigerte jeden weiteren Schritt. So legte der Hauptmann die Hand an den Mund und schrie dem Pfalzgrafen verzweifelt hinterher: „Herr, gebt acht, der Wode!"

Doch sein Ruf verhallte ungehört. Friedrich war allzu tief in Gedanken versunken und blickte durch den stärker werdenden Regen starr über das vor ihm liegende Gelände. Erst als er auf Höhe der abgestorbenen Eiche anlangte, wurde er jäh in die Wirklichkeit zurückgeholt. Die beiden Raben hoch über ihm stießen schriller und lauter als zuvor krächzende Schreie aus, sie schienen den Reiter aufgeregt zu beäugen. Ihr Gebaren erweckte fast den Anschein, als ob sie ungeduldig einem Geschehen entgegenfieberten.

Verunsichert blickte der Pfalzgraf zu den Vögeln auf, während sein Pferd im selben Moment aus dem Tritt geriet. Laut wiehernd bremste das Tier aus vollem Lauf abrupt ab und machte einen erschrockenen Satz nach rechts. Als es sich mit angstgeweiteten Augen aufbäumte und Friedrich sich nur mit größter Mühe an Hals und Mähne festzuklammern vermochte, bemerkte dieser erst den dunklen Schatten, der herannahte.

Geräuschlos flog der Wode auf seinem kopflosen Ross über die Heide. Das gespenstische Tier galoppierte mit riesigen Schritten dahin, ohne dass seine Hufe den Boden berührten. In der schnellen Bewegung schien es fast, als ob das schaurige Tier, dessen Rumpf am Hals endete, nicht auf vier, sondern auf acht Beinen dahinjagte. In Windeseile erreichten Ross und Reiter schließlich den Pfalzgrafen, der fassungslos auf die übermenschlich große, pechschwarze Erscheinung starrte. Von einem Moment zum anderen wusste Friedrich, wen er da vor sich hatte, und Todesangst erfüllte ihn. Als sich sein Pferd erneut wiehernd aufbäumte und er plötzlich aus dem Sattel fiel, wurde ihm noch im Fallen mit Schrecken bewusst, warum der Wode ihn heimsuchte.

Unter dem durchdringenden, spöttischen Geschrei der Raben und dem Hufschlag seines davonrennenden Pferdes stürzte er rücklings in den Schnee. Ein heftiger Schmerz in seinem Rücken ließ ihn aufstöhnen, doch er spürte zugleich, dass er sich nicht um seinen Körper, sondern um seine Seele sorgen musste. Ein entsetzlicher Albtraum schien hier Wirklichkeit zu werden und ihn mit sich zu reißen. Angstvoll erstarrt und am Rande des Wahns blickte der Pfalzgraf auf die riesige Gestalt, die geschmeidig von dem Geisterross stieg und langsam auf ihn zuschritt. Den schwarzen Stecken anklagend auf ihn gerichtet, trat der Wode vor den am Boden Kauernden. In den wallenden Umhang gehüllt, starrte er mit einem Auge kalt unter der Hutkrempe hervor und schien gleichsam in der Seele des Pfalzgrafen zu lesen. Der sonst so machtvolle Mann wand sich am Boden und verging vor Angst – die Sinne drohten ihm zu schwinden, und alles, was ihn bis dahin fest und selbstsicher durch die Welt hatte schreiten lassen, schien im Angesicht der dunklen Gottheit zu verwehen wie Staub im Wind.

Willenlos gelähmt und auf das Schlimmste gefasst, starrte Friedrich in das strenge, abweisende Gesicht, das sich über ihn beugte. Dunkel klaffte die Höhle des fehlenden Auges. Langsam ließ der Wode den Stecken auf die Brust des Pfalzgrafen herabsinken. Als das schwarze Holz den Mantel berührte, schien ein Feuer seinen Leib von innen her zu verbrennen. Entsetzliche Schmerzen drohten Friedrich von Gozeka den Verstand zu rauben, während Tränen über sein Gesicht rannen.

„Du hast etwas von mir, närrischer Mensch." Der Wode beugte sich weiter hinab und erhöhte den Druck seines Stabes auf die Brust des Pfalzgrafen. Sich krümmend vor Schmerzen schnappte dieser verzweifelt nach Luft.

„Nun, wie ist's damit? Rede, wenn dir dein armseliges Leben lieb ist!" Das Auge des Woden starrte grausam und schimmerte unheilvoll.

„Er ... er ist fort", flüsterte Friedrich röchelnd. „Dein Reif ... ist fort, wahrhaftig. Ich hab ihn nicht mehr." In verzweifelter Erwartung des eigenen Todes schloss er die tränenden Augen und ergab sich in sein Schicksal.

„Zeig mir deine bloße Haut, damit ich dir glauben kann! Und wehe, du hast mich belogen – dann vermag nicht einmal der Tod dich vor meinem Zorn zu bewahren." Der Wode hob den Stecken ein wenig an, und der Pfalzgraf richtete sich – ungeachtet der Schmerzen – in schräger Haltung auf. Mit zitternder Hand entblößte er sein linkes Handgelenk und sah den Woden bangend an. Doch dessen bohrendes, unbarmherziges Stieren wollte nicht enden – der suchende Blick des Helljägers verlagerte sich vielmehr und wanderte argwöhnisch über die vor Angst bebende Gestalt am Boden.

„Ich ... ich habe Wurdbouga nicht mehr, mächtiger Wode", stammelte Friedrich und setzte sich auf. „Er ist mir gestohlen worden." Mit zitternden Händen streifte er den Umhang ab, zerrte sich das wollene Wams und das Hemd vom Leib, bis er mit nacktem Oberkörper im Schnee hockte. Kalt fiel der Regen auf seine Haut, doch er bemerkte es nicht. Mit furchtsamem Blick sah er den Woden unterwürfig an. „Sieh mich an, ich lüge nicht", krächzte er mit fast versagender Stimme und streckte in demütiger Geste die Arme aus.

Misstrauisch musterte das grausame Auge den entblößten Körper. „Nun, wer hat dann also den Reif? Sprich, du Wurm!", zischte der Wode und richtete seinen Stecken erneut auf den Pfalzgrafen. In Furcht vor dem drohenden Schmerz schob sich dieser sitzend mit Händen und Füßen rückwärts. Doch sein hilfloser Versuch davonzukriechen, blieb vergeblich. Der Wode folgte ihm in aller Ruhe.

„Ich ... weiß nicht, wer die sind", stotterte Friedrich und starrte entsetzt auf die sich nähernde Spitze des Stabes. „Eine seltsame Truppe ist das, sogar mit Zwergen darunter. Wir haben sie am Harz aus den Augen verloren." Er sackte in sich zusammen und schloss die Augen, als der Stecken unmittelbar vor seinem Gesicht schwebte. „Ich kann dir nicht mehr sagen." Schicksalsergeben saß er im Schnee und erwartete den Hieb.

Doch der Wode stand reglos über der leise wimmernden Gestalt und schien in Gedanken versunken. Nach einer Weile hob er den Stecken an und setzte ihn auf dem Boden ab. „Nun, ich will dir für heute glauben, du Wurm. Aber sollte ich den Reif nicht bald finden, so suche ich dich wieder und dann … gehört mir dein Leben!" Er lachte teuflisch, dann wandte er sich ab und ging zurück zu seinem Ross. Als er sich ohne noch einmal zurückzublicken auf den Rücken des Tieres schwang, stießen die Raben krächzende Schreie aus und lösten sich von ihren Plätzen im Geäst der Eiche. Mit kräftigem Flügelschlag erhoben sie sich in den dunklen Abendhimmel und flogen davon.

Durch die Vogelschreie aus seiner Lähmung gerissen, öffnete der Pfalzgraf die Augen und sah, wie sich das kopflose Pferd mit seinem Reiter nach Norden aufmachte. Ohne den geringsten Laut schwebten die Hufe über den Boden, bis die geisterhafte Erscheinung in der abendlichen Landschaft verschwand, als hätte sich der Spuk in Luft aufgelöst.

Friedrich von Gozeka hockte im Schnee, abgestützt auf seine Arme. Regungslos starrte er ins Leere, er spürte nicht, wie die Kälte seine nackte Haut emporkroch. Tiefe Angst und Wahn hielten ihn noch immer in ihren Klauen gefangen. Das Entsetzen der Begegnung hatte ihn bis ins Mark erschüttert und sowohl die Gesundheit seines Geistes als auch die letzten Kräfte seines Körpers aufgezehrt.

So hörte der Pfalzgraf weder die Pferde hinter sich, noch das aufgeregte Gemurmel der Männer, als sie kurz darauf herantraten. Fassungslos blickten sie auf ihren entblößten Herrn, der erstarrt dasaß und vom Regen längst vollkommen durchnässt war.

„Edler Herr, es ist bitterkalt." Oswalds Stimme klang besorgt. Fürsorglich beugte sich der Hauptmann herab und legte eine Decke um die nackten Schultern seines Herrn.

Eine Woche später zeigten sich die ersten Vorboten des Frühlings. Die immer höher steigende Sonne sorgte dafür, dass der Schnee schmolz. Die Böden waren aufgeweicht, die Flüsse und Bäche schwollen an.

Hedwig saß auf einem Stuhl am Fenster der großen Halle der Viczinburg und genoss die Wärme der hereinfallenden Sonnenstrahlen. Über ihrem Samtkleid trug sie ein seidenes, kostbar besticktes Tuch gegen den Wind. Sie hatte kein Auge für die Landschaft, sie saß an einer Näharbeit für ihren Sohn. Wenn sie hin und wieder den Blick hob, sah sie zu ihrem Gemahl, der neben dem Kamin hockte und abwesend in die Flammen starrte.

Seit der Heimkehr des Pfalzgrafen auf seinen Stammsitz vor einigen Tagen war ihr dies ein vertrauter Anblick geworden. Ständig saß Friedrich von Gozeka, tief in Gedanken versunken, vor der Feuerstelle – nichts schien den früher so umtriebigen Mann aus seiner Erstarrung wecken zu können. Tag um Tag verbrachte er auf diese Weise. Dienstgeschäfte und Verwaltungsaufgaben hielt er von sich fern, Boten und vorstellige Besucher wurden allesamt abgewiesen. Stattdessen hockte er in sich gekehrt am Kamin. Von der Wärme jedoch schien er gar nicht genug bekommen zu können; selbst die Mahlzeiten aß er lustlos vor dem Kamin.

Als Hauptmann Oswald ihren Gemahl auf die Viczinburg gebracht hatte, war Hedwig sofort klar gewesen, dass er nicht mehr derselbe Mann war. Die bullige, fast bedrohliche Erscheinung des Pfalzgrafen war in sich zusammengesunken. Im bis dahin gebieterischen Gesicht war nichts mehr von Selbstbewusstsein, Machtwillen und Unerbittlichkeit zu entdecken. All das schien ersetzt durch eine seltsame Leere. Begegnete Hedwigs Blick dem seinen, so war von dem sonst so herrschsüchtigen Ausdruck nichts mehr zu sehen.

Unsicher hatte Oswald ihr die unheimliche Begegnung mit dem Woden geschildert. Für ihn hatte es den Anschein, als ob sein Herr durch die Todesangst nicht nur alle Kraft, sondern auch den Verstand verloren habe. Und tatsächlich war das bis dahin braune, ein wenig grau durchsetzte Haar des Pfalzgrafen von einem Tag zum anderen schlohweiß geworden.

Hedwig teilte Oswalds Einschätzung nicht. Ihr Gemahl schien wohl verwirrt und entrückt zu sein, aber keineswegs ohne Verstand. Vielmehr war sie der Meinung, Friedrich von Gozeka sei auf eigenartige Weise geläutert. Das, was ihn in seinem früheren Leben umgetrieben hatte, war nun ohne Bedeutung für ihn. Hatte er die Menschen – auch Weib und

Sohn – stets abfällig und herrschsüchtig behandelt, hatte er nur seine Macht im Sinn gehabt, so schien er nun – wie durch ein Wunder – sogar Reue zu empfinden.

Hedwig fiel auf, dass ihr Gemahl plötzlich die Nähe zu Gott suchte. All die Jahre zuvor hatte er den Glauben vernachlässigt, doch nun war er wie verwandelt. Saß er einmal nicht am Kamin, so besuchte er die Kapelle der Viczinburg. Auf den Knien, das Gesicht tief in den Händen vergraben, fand sie ihn dort inbrünstig betend. Womöglich flehte er um Schutz und Gnade des Allmächtigen, rang um sein Seelenheil.

Trippelnde Schritte im Flur rissen Hedwig aus der heimlichen Beobachtung ihres Gemahls. Sie ließ das Nähzeug in den Schoß sinken und blickte zum Eingang der Halle in Erwartung ihres Sohnes Friedrich. Für einen kurzen Moment sah sie auch seine Gestalt, doch er betrat den Saal nicht, sondern eilte, sein Holzschwert schwingend und unverständliche Worte murmelnd, vorüber. Hedwig lächelte und sah wieder unauffällig zu ihrem Gemahl, der durch die Geräusche aus seiner Erstarrung erwacht zu sein schien. Für einen Moment wirkte der Pfalzgraf orientierungslos, doch dann wandte er sich ihr zu.

„Ich habe nachgedacht, Weib“, begann er bedeutungsvoll. „Ich werde meinen Neffen, den ehrwürdigen Abt zu Gozeka, in seinem Kloster besuchen. Er muss mich unterstützen in meinem Bemühen, die Gnade des Allmächtigen zu erlangen. All die Jahre habe ich mein Leben nur den weltlichen Dingen, vor allem dem Kriegshandwerk gewidmet, drum mangelt es mir an der Fähigkeit und Inbrunst, mich an unseren Herrn Jesus Christus zu wenden. So viel habe ich zu sagen, doch ich fürchte, er hört mich nicht. Mir ist, als spräche ich seine Sprache nicht.“

„Gott hat keine eigene Sprache.“ Hedwig lächelte ihren Gemahl freundlich an. „Wer sich an Christus wendet, wird – wie auch immer er seine Gebete spricht – erhört werden. So viel ist gewiss.“

„Mag sein, und doch erscheint es mir allzu wenig, althergebrachte Gebete und Fürbitten aufzusagen. Ich möchte auf stärkere Weise den Schutz und die Gnade Jesu Christi erflehen. Du weißt, dass ich einige Schuld angehäuft habe, die es abzutragen gilt.“ Mit ernster, kleinmütiger Miene – ein neuer Gesichtsausdruck, an den sich Hedwig noch gewöhnen musste – sah er sie kurz an, ehe er den Blick betreten zu Boden senkte. Nachdenklich strich er sich durch seine Haare. „Ich habe den Zorn alter Götter auf mich gezogen. Da bedarf es ganz besonderer Demut und Bußfertigkeit, Jesu Vergebung zu erlangen. Abt Friedrich wird mir gewiss zur Seite stehen können. Dem Kloster Gozeka sollen reiche Stiftungen zuteil werden, wenn sie nur meine Bemühungen unterstützen."

„Es freut mich, deine Frömmigkeit wiedererwacht zu sehen", sagte Hedwig gerührt. „So lange habe ich darum gebetet, dass das Aufrichtige und Gottgefällige in dir wieder die Oberhand gewinnen möge."

„Nun, am Ende musste wohl erst der alte Wode kommen und mich das Fürchten lehren", bekannte der Pfalzgraf. „Angst ist nun einmal der stärkste Antreiber, vor allem die Angst um das Seelenheil. Es ist mir, als wäre ich aus einem dunklen Traum erwacht. Ich war wie von einem Dämon besessen, war verstrickt in Trug und Zauberei – allzu viele Grenzen habe ich überschritten."

„Dem Allmächtigen sei Dank für die Erweckung!" Hedwig erhob sich von ihrem Platz und durchquerte die Halle. Sie trat neben seine Bank und legte eine Hand auf die Schulter ihres Gemahls.

„Um diesen Makel von meiner Seele zu waschen, wäre es vielleicht sinnvoll, eine Pilgerfahrt ins Heilige Land zu unternehmen. Abt Friedrich mag mich in dieser Frage ebenfalls beraten." Der Pfalzgraf schien die Berührung seiner Gemahlin nicht wahrgenommen zu haben, er starrte in die Flammen. „Wie schon im Jahre 1065, als Anselm, ein entfernter Verwandter, nach Jerusalem reiste."

„Alles, was deinem Seelenheil dient", erwiderte Hedwig und wollte schon ihre Hand wieder zurückziehen, als Friedrich diese plötzlich umschloss.

„Vergib mir", sagte er mit kaum hörbarer Stimme. Reglos blickte er in die Flammen und versank in Schweigen. Ohne seine überraschte Gemahlin anzusehen, zog er nach einer Weile seine Hand wieder zurück.

Verwirrt blickte Hedwig auf ihn hinunter. Was für eine Wandlung, dachte sie bewegt und dankte dem Herrn für die wundersame Läuterung. Dennoch lastete all das Leid, das sie in den letzten Jahren von seiner Seite hatte erdulden müssen, weiter auf ihrer Seele und dämpfte ihre Gefühle.

Als sie sich aufgewühlt zu ihrem Platz zurückbegab, erklangen erneut Schritte im Flur. Diesmal war es der Gang eines Erwachsenen. Mit wehendem Umhang trat der Camerarius in die Halle und verneigte sich vor den Herrschaften. Das gerötete Gesicht und sein Atem verrieten, dass er in größter Eile von draußen gekommen sein musste. Zögernd blickte er zu seinem Herrn hinüber, doch da der sein Kommen gar nicht bemerkt zu haben schien, räusperte er sich und trat näher heran.

„Gott zum Gruße, edler Herr, edle Herrin“, begann Gerald mit einer weiteren Verbeugung. „Gerade bin ich angelangt auf der Viczinburg nach meiner langen Reise vom Harz herüber.“ Er blickte auf den Pfalzgrafen, der nur stumm nickte. So entstand eine längere Pause, die Gerald verunsicherte. Es war unverkennbar, dass der Camerarius mit einem größeren Interesse seines Herrn gerechnet hatte.

„Sei ebenfalls gegrüßt, Gerald“, ergriff Hedwig das Wort und überbrückte so das Schweigen. „Bringst du Neuigkeiten aus dem Reich? Hat der König zu Goslar sich endlich den vereinbarten Bedingungen gebeugt?“

„Ja, das hat er“, sagte Gerald, dankbar für ihre Frage. „Eine Zeit lang hatte Heinrich geglaubt, er könne den Frieden noch einmal nachverhandeln, da er seine Burgen nicht opfern wollte. Doch als zu dem von ihm einberufenen Tag zu Goslar keine Reichsfürsten erschienen, dafür aber umso mehr bewaffnete Sachsen, die drohend in den Hof seiner Pfalz eindrangen, da hatte er endlich ein Einsehen. Er wird nun sein Wort halten und ist abgereist nach Worms am Rhein. Der Abbau der königlichen Burgen in Sachsen und Thüringen ist in vollem Gange.“

„Das ist sehr gut“, sagte Hedwig lächelnd. „So hat sich der Kampf der Sachsen mit Gottes Hilfe am Ende gelohnt. Die Gerechtigkeit hat gesiegt.“ Sie wandte sich an ihren Gemahl, der nach wie vor ins Feuer starrte. „Das ist vor allem auch dein Verdienst, Friedrich.“

„Hm“, brummte dieser abwesend. Der Camerarius sah seine Herrin verwirrt an; so seltsam hatte er den Pfalzgrafen nie zuvor erlebt.

„Gibt es noch weitere Neuigkeiten?“, überspielte Hedwig die Situation.

„Ach, eher Gerüchte.“ Gerald spähte noch einmal zu seinem Herrn hinüber, ehe er leiser fortfuhr. „Graf Gebhard zu Supplinburg soll in Bälde Nachwuchs erwarten, munkelt man. Die junge Formbacherin scheint in gesegneten Umständen zu sein.“

„So trotzt ihre Liebe also selbst dem Kirchenbann", lächelte Hedwig, vermied jedoch den Blick zu ihrem Gemahl, der plötzlich aufsah.

„Es ist gut", murmelte der Pfalzgraf sorgenvoll. „Das alles war ein großer Fehler." Er erhob sich von der Sitzbank und wandte sich zum ersten Mal an seinen Ratgeber. „Du, Gerald, hast mich stets gewarnt, doch ich war taub und verblendet. Diese Zeit ist nun vorüber." Er trat vor den erstaunten Mann und legte ihm die Rechte auf die Schulter. „Und nun sag mir, was du eigentlich zu berichten hast: Ist der verfluchte Reif endlich fort? Gibt es Frieden für mich?"

„Ihr seht mich heillos verwirrt, edler Herr. Was für ein Sinneswandel!" Gerald schüttelte ungläubig den Kopf. „Ja, Wurdbouga ist und bleibt verschwunden. Alles Suchen war ohne Erfolg. Die Diebe sind auf und davon." Er blickte den Pfalzgrafen unsicher an. „Ich hatte große Angst, Euch diese Kunde zu überbringen."

„Deine Angst war umsonst, denn was du sagst, ist mir heute eine frohe Nachricht! Die teuflische Verführung liegt endlich hinter mir, und mit ihr auch die alten, dunklen Tage." Friedrich ließ den Blick von Gerald zu seiner Gemahlin wandern. „Künftig will ich es mit Jesaja halten: Erhebe dich und werde Licht!"

Wurdbougas Heimkehr

Die Elblandschaft westlich von Hammaburg erschien wie ein riesiger See, mit zahllosen Inseln darin. Das gesamte Gebiet zwischen den Geesthängen an beiden Ufern des Flusses war eine endlose Marsch, die durch die Kraft des Wassers stets neu geformt wurde. Von Westen her drängte die Flut aus dem *mare Frisicum* flussaufwärts heran, von Osten her wuchs die Elbe, gerade zur Schneeschmelze, durch ihre Zuflüsse oft zu einem überbordenden Strom. Diese Wassermassen machten den Landstrich zwischen den Elbbergen und Bucstadinhude seit jeher weitgehend unbewohnbar und öde. Karge Inseln, die gestern noch knapp aus den Fluten ragten, konnten morgen schon verschwunden sein. Das Marschland war kein Ort für eine Besiedlung.

Durch diese Strecke aus Inseln, Sandbänken und gefährlichen Hindernissen, meist entwurzelten Bäumen, schob sich die Fähre langsam nordwärts. Der knapp zwei Klafter breite und zehn Klafter lange Kahn hatte einen flachen, fast ebenen Boden aus Planken, die durch Querspanten gehalten wurden. Dem Fahrzeug fehlte der Kiel. Dank seines geringen Tiefgangs eignete sich das Boot, das durch ein Mittelsegel und Staken bewegt wurde, bestens für Fährdienste.

Helmold, der Fährmann, stand vorn im Bug und sah aufmerksam über das Wasser. Von seiner erhöhten Warte aus gab der erfahrene Schiffer ständig Befehle an seine vier Gehilfen. Während drei der jungen Burschen den Kahn mit langen Stangen durch das Wasser stakten, bediente der vierte im Heck das Steuerruder.

Von der Landestelle am Ufer der Este bei Bucstadinhude war die Fähre am Morgen aufgebrochen. Nach kurzer Fahrt hatte sie die Mündung in den großen Strom erreicht. Seither lenkte Helmold den Kahn, der an diesem Tag nur ein Fuhrwerk und ein gutes Dutzend Reisende aufgenommen hatte. Hier und da steckten hohe Stangen in den Fluten und markierten den Weg durch das Labyrinth der Marsch. Am jenseitigen Elbufer ragten die Elbberge ein gutes Stück weit über den Wasserspiegel, allen voran der Sollonberg. Zu seinen Füßen an der Blanken Neeß lag das Ziel der Überfahrt.

„Welch ein schöner Anblick! Acht Jahre ist es her", rief Folkward und wies mit ausgestrecktem Arm in Richtung des Sollonbergs. Ein strahlend blauer Himmel verkündete mit milder Luft den baldigen Frühling.

„Doch es macht mich auch traurig, den Berg verödet und verlassen zu sehen. Man erkennt die Ruinen, von denen du mir erzählt hast, Lindfell. Dabei war das einst eine so gottgefällige Stätte!" Der Pater schüttelte betrübt den Kopf und schien sich an frühere Zeiten zu erinnern. „Die Mauern der bischöflichen Burg und des Klosters, in dem ich Gott gedient habe, waren weithin sichtbar und ein Zeichen der Macht unseres Herrn Jesus Christus. Nun, die Zeiten sind in stetem Wandel." Folkward seufzte leise, als er an Tado dachte. Hier war er als Novize sein Schüler im Scriptorium gewesen. Wie traurig, dass der Mönch diese Heimkehr nicht erleben konnte.

Zwei volle Tage hatten die Gefährten benötigt für den beschwerlichen Ritt an die Elbe. Nachdem sie sicher gewesen waren, dass keine Verfolger mehr an ihren Fersen klebten, hatten sie sich offen über die Heerstraßen und Handelswege bewegt. Sie waren so rasch dahingeeilt, wie es ihre Pferde erlaubten. Erschöpft waren sie am Vorabend in Bucstadinhude angelangt, wo sie ihre Tiere einem Händler verkauften. Ihre weitere Reise würde von der Blanken Neeß aus in die Tiefe der Erde hinunterführen.

„Nur keine Sorge, wir haben es bald geschafft." Helmold lächelte den Gefährten zu, die ein Stück hinter ihm am Bug standen. Der rundliche Fährmann strich sich einige Haarsträhnen aus der Stirn. „Heute ist bestes Fährwetter!"

Lindfell nickte zögerlich, wobei seiner Miene deutlich abzulesen war, dass er sich nicht wohl fühlte auf dem Wasser. Er hatte sich in den letzten Monaten zwar vielem Neuen geöffnet, doch dieses Element war ihm fremd und unheimlich. Iva blieb das Unbehagen ihres Gefährten nicht verborgen. Sie ergriff seine Hand und drückte sie sanft.

„Wir sind gleich da", flüsterte sie, als Lindfell sie gequält ansah. Dankbar für ihren Zuspruch erwiderte er ihren Händedruck und holte tief Luft.

„Für das hier bin ich nicht geschaffen", sagte er verlegen. „In Elbergard gibt's weder Flüsse noch Seen, diese Wassermengen sind für mich irgendwie bedrohlich."

„Ich bin an deiner Seite, Lindfell", sagte sie und blickte ihn bedeutungsvoll an. Ein geheimnisvoller Glanz hielt ihn gebannt, und mit einem Mal fiel jede Beklemmung von ihm ab. Die Überfahrt vergessend, hob er die rechte Hand, strich ihre Haare beiseite und berührte sanft ihre Wange.

„Ich wünschte, du wärst es nicht nur hier und heute, Iva", sagte er leise. „Wenn du weißt, was ich meine …" Während sie einander ansahen, überlegte er angestrengt, wie er ihr seine Gefühle bekennen sollte. Wieder stand ihm Wigmans Zaudern mahnend vor Augen. Da besann er sich eines Besseren. Rasch legte er seine Hand an ihren Nacken, beugte sich vor und küsste sie. Und voller Glück spürte er, wie die junge Frau seine Zärtlichkeit erwiderte. Eine Weile standen sie eng umschlungen da, ehe sie sich wieder voneinander lösten und sich aufgeregt ansahen. Lachend strahlte Iva ihn an.

„Nun, jetzt weiß ich genau, was du meinst, Lindfell." Sie ergriff erneut seine Hand. „Ja, das wäre schön." Innerlich aufgewühlt wandten sie sich, die Hände ineinander gelegt, wieder dem Fluss zu und starrten gedankenverloren auf die vorüberziehenden Wogen.

Unterdessen hatte die Fähre endlich die Spitze der Blanken Neeß erreicht und die Elbströmung hinter sich gelassen. Entlang der Sandbank lenkte Helmold den Kahn zu der kleinen Siedlung, die sich hier befand. Als die Fähre dem Ort immer näher kam, zeigten sich Fischer und neugierige Kinder am Strand. Zwischen umgedreht auf dem Trockenen liegenden Fischerbooten und leeren Gestängen, an denen zu Fangzeiten Netze aufgehängt wurden, warteten die Schaulustigen.

Knirschend lief der flache Rumpf auf dem Sand auf, und unerwartet geschmeidig sprang der Fährmann an Land. Die drei Gefährten folgten ihm. Lindfell war die Erleichterung, wieder festen Boden unter den Füßen zu haben, deutlich anzusehen. Im Hintergrund verließen die anderen Reisenden ebenfalls das Boot, während die jungen Fährgehilfen schwere Bretter herantrugen, über die das Fuhrwerk ans Ufer gelangen sollte. Das verschlafene Dorf schien durch die Geschäftigkeit plötzlich zum Leben erwacht.

„Wie viel bekommst du von uns, Fährmann?“, fragte Lindfell gut gelaunt und hielt Helmold die offene Hand entgegen, in der einige Silbermünzen lagen. Es war das Geld, das sie für ihre Pferde erhalten hatten.

„Nun, als Fährgeld sollen mir fünf Denare genügen“, sagte Helmold und kratzte sich am Kinn. Während Lindfell ihm die Münzen in die Hand zählte, lächelte er zufrieden. „Doch so gut gestellte Herrschaften wie ihr mögen gewiss auch eine warme Mahlzeit und einen guten Trunk nicht missen. Mein Weib droben im Fährkrug hat immer etwas Köstliches auf dem Feuer.“ Er nickte in Richtung eines großen Hauses über dem Strand. Aufmunternd sah er von einem zum anderen und hielt dann nachdenklich inne. Die Gesichter des jungen Mannes und des Mönchs kamen ihm irgendwie vertraut vor, doch er konnte sich nicht recht erinnern.

„Hab Dank, aber wir haben es sehr eilig.“ Lindfell wandte sich ab, ehe der verdutzte Mann nachfragen konnte. Die Silbermünzen langsam in seiner Hand schüttelnd, blickte der Fährmann den dreien nach, wie sie zielstrebig auf den Ort zugingen und zwischen den Hütten verschwanden.

„So lange ist's her“, murmelte Folkward, als sie durch die armselige Siedlung wanderten. Mit neugierigem Blick sah sich der Mönch nach allen Seiten hin um in der vagen Hoffnung, womöglich ein bekanntes Gesicht zu entdecken. Acht Jahre waren vergangen, seit er den Sollonberg beim Untergang des Klosters verlassen hatte, doch gewiss lebten noch Menschen hier, die ihn von damals kannten. Den Fährmann hatte Folkward sofort wiedererkannt, doch dieser ihn nicht. Worüber er froh war, da Helmold und sein Weib für ihre Tratscherei berüchtigt waren.

„Komm, Folkward, wir sollten uns beeilen“, rief Lindfell dem Mönch zu, der hinter ihm und Iva zurückgeblieben war. Die beiden näherten sich bereits den letzten Hütten vor dem Waldrand. Von dort führte der

Weg in einem weiten Bogen den Hang hinauf. Wie von selbst beschleunigte sich Lindfells Gang, je näher sie den Elbbergen kamen. Ivas Hand fest umschlossen, schritt er bergan, bis sie zwischen den Ruinen standen.

„Hier hat meine Reise vor mehr als einem halben Jahr begonnen." Lindfell deutete auf die verfallenen Mauerreste. Vor seinem inneren Auge erschien plötzlich der junge Knabe, dem er damals als erstem Menschen begegnet war und der in Furcht vor ihm die Flucht ergriffen hatte. Seine Aufgabe, die ihm anfangs so schwer und unlösbar vorkam, war vollendet. „Allvater Wodan sei Dank für seinen Beistand! Er hat mich mitsamt dem Reif heil zurückgeleitet – mein Werk ist getan!" Stolz und glücklich blickte er Iva an, die ihn tadelnd anlächelte.

„Ach, ich weiß, Iva, dein Gott ist ein anderer. Nun, so gelobe ich einmal mehr, mich künftig dieser Frage ernstlich zu stellen."

„Das will ich auch hoffen, mein Freund", sagte Folkward, als er schnaufend bei ihnen angelangt war. Mit einem Blick bemerkte der Mönch, dass sich die beiden an den Händen hielten. „Da du ja offensichtlich – ich bin keineswegs blind für euer beider Verliebtheit – in Ivas Nähe deine Zukunft siehst, solltest du dich mit Jesus Christus befassen. Wodan hat die Welt der Menschen, wie du inzwischen weißt, vor langer Zeit verlassen." Lächelnd klopfte er dem jungen Mann auf die Schulter.

Entlang des tief eingeschnittenen Falkentals drangen die drei in den Wald vor, bis sie auf den großen Weg trafen, der von Hammaburg in Richtung Westen nach Wadil führte. Die mittägliche Sonne schien auf den Waldboden herab und glitzerte auf den letzten Schneeflecken. Tiefe Radfurchen, in denen sich Matsch und Wasser sammelten, zogen sich als dunkle Bänder durch den Wald. Diesem Weg folgten sie eine ganze Weile, ohne dass ihnen jemand begegnete.

Nach einiger Zeit begann Lindfell, sich aufmerksam im Unterholz umzuschauen. Immer wieder spähte er aufgeregt durch die Stämme und das Dickicht. „Ich weiß leider nicht mehr, wo genau der Zugangsstollen nach Elbergard zu finden ist. Ein halbes Jahr ist verstrichen, seit ich hier war – der Wald hat sich sehr verändert." Er schüttelte ratlos den Kopf, während Iva und Folkward sich ebenfalls umzusehen begannen. „Ich fürchte, wir müssen uns ansonsten irgendwo aufs Geratewohl ins Unterholz schlagen und darauf hoffen, von meinen albischen Brüdern entdeckt zu werden. Denn es ist bei meinem Volk eine feste Regel, dass die oberirdischen Zugänge heimlich durch Krieger, die sogenannten Erdgänger, bewacht werden. Sobald sie uns entdecken, werden sie mich hoffentlich erkennen und uns hinunter ins Zwergenreich geleiten."

Nachdem Lindfell den Wald noch eine Weile vergeblich abgesucht hatte, verließ er schließlich kurz entschlossen den Weg und stapfte durch das zugewucherte Unterholz. Iva und Folkward gingen direkt hinter ihm. Mit großen Schritten stiegen sie über umgestürzte Baumstämme und kämpften sich durch das Gebüsch. Hier und da scheuchten sie Vögel auf, die erschrocken davonflogen. Nach kurzer Zeit spürten sie, wie anstrengend ihr Weg war. Ihr Atem ging schneller und sie schwitzten.

Als sie an der riesigen, aus dem Erdreich gerissenen Wurzel einer umgestürzten Buche ankamen, hörten sie ein leises Rascheln neben sich. Zwei kindgroße Gestalten sprangen hinter der Wurzel hervor und stellten sich ihnen in den Weg. Unter ihren langen Kappen starrten die beiden Schwarzalben mit runzligen Gesichtern neugierig hervor, die Hände lässig in ihre Ledergürtel gesteckt.

„Sei gegrüßt, Lindfell", sagte der eine von ihnen und lächelte. „Elbergard hat schon lange auf deine Rückkehr gewartet. Seit Monaten lässt König Godwin alle Erdgänger nach dir Ausschau halten. Welch bedeutsames Ereignis!"

Staunend schritten Iva und Folkward durch die erleuchteten Hallen von Elbergard. Sie gingen ein Stück hinter Lindfell in einem großen Gefolge, das sich langsam in Richtung des Königssaals bewegte. Ringsum wurden die Gefährten von Schwarzalben begleitet, die ihre Aufregung kaum verbergen konnten. Während die normalen Schmiedegeräusche um sie herum dröhnten, tuschelten die Wesen miteinander und deuteten immer wieder auf die Ankömmlinge, die so viel größer waren als sie selbst. Um Lindfell hatte sich die größte Traube gebildet. Hände wurden geschüttelt, begeistert wollte jeder eine Frage stellen. Seit die Gefährten von den beiden Erdgängern durch Stollen und Gänge in die Tiefe geführt worden waren, hatte sich ihre Ankunft wie ein Lauffeuer herumgesprochen.

Während Lindfell aufgewühlt alte Freunde wiedersah und freudig in seine frühere Heimat eintauchte, folgten Iva und Folkward dem Zug in schweigendem Staunen. Mit großen Augen blickten sie sich um, fassungslos angesichts der Größe und Pracht der Albenwelt. Zwar hatte der Mönch Elbergard vor vielen Jahren schon einmal gesehen, doch sein kurzer Besuch hatte überstürzt geendet, sodass er die Erhabenheit des Ortes nicht ausreichend hatte würdigen können. Umso mehr war er nun beeindruckt.

Nach einer Weile hielt der Zug vor der hohen Wand der Güldenen Halle. Vor einem mannshohen Torbogen standen zwei Wächter, erst auf einen Wink hin gaben sie den Weg frei. Allerdings traten nur wenige Schwarzalben, allesamt hohe Würdenträger, und die drei Gefährten durch den Torbogen. Dann schloss sich der Zugang erneut.

Der Zug betrat die königliche Halle, die zwar kleiner, aber wesentlich prunkvoller war. Hier stand Elbergards Thron, hier wurde über das Geschick des Albenreichs entschieden. Und hier hatte König Godwin den jungen Lindfell mit der Suche nach Wurdbouga betraut. Flankiert von einer Handvoll Schwarzalben, durchquerten die Gefährten den Saal. Ehrfürchtiges Gemurmel erhob sich im königlichen Gefolge, das sich hinter dem Herrscher versammelt hatte. König Godwin saß, die goldene Krone auf dem Haupt und den Würdenstab in der Rechten, erhöht auf seinem Thron und sah den Ankömmlingen entgegen. Auch seinen Ratgebern waren Ungeduld und Spannung anzumerken. Einer von ihnen hob den Arm und winkte Lindfell aufgeregt entgegen – es war niemand anderer als Langbin, der seinen Sohn mit freudiger, zugleich unendlich stolzer Miene begrüßte. Der junge Mann erwiderte glücklich lachend den Gruß und nickte seinem Vater zu.

Iva und Folkward starrten auf die langen Banner aus rotem Samt, die von den Wänden herabhingen und vom Feuerschein der Ölbecken beleuchtet wurden. Darauf waren mit goldenem Faden Bilder aus der Geschichte Elbergards gestickt. Hinten an der Rückwand der Halle fiel ihnen eine schmale, ungewöhnlich hohe Tür auf, vor der ein albischer Krieger mit Lanze wachte.

„Willkommen in der Heimat, Lindfell", rief König Godwin feierlich und zog die Aufmerksamkeit aller auf sich. Der Herrscher erhob sich von seinem Thron und ging den Ankömmlingen bis zum Rand der oberen Stufe entgegen. „Ich begrüße dich und deine Gefährten in Elbergards Hallen und hoffe zugleich, dass eure Ankunft das verheißt, was wir seit deinem Aufbruch herbeisehnen. Drum also die schicksalhafte Frage: War deine lange Reise von Erfolg gekrönt?"

„Habt Dank, mein edler König, für den Willkommensgruß." Lindfell trat vor Elbergards Herrscher und verneigte sich. Durch die vier Stufen zwischen ihnen waren ihre Köpfe fast auf gleicher Höhe. „So mag ich niemanden auf die Folter spannen." Mit einem Lächeln sah der junge Mann erst den König an und blickte hernach in die Runde. „Ja, der Reif ist gefunden, er befindet sich hier in dieser Halle!"

Seine Worte waren kaum verklungen, da erklang aus dem rückwärtigen Bereich der Königshalle ein lautes, dröhnendes Klopfen. Sand und Staub rieselten vom oberen Rand der Tür herunter, deren Holzfläche sichtlich unter den Schlägen erzitterte. Erschrocken wandten sich die Alben der seltsamen Pforte zu.

„Wache, entferne den Riegel und gewähre demjenigen Einlass, der gemäß altem Brauch Einlass begehrt", gebot König Godwin und wies mit ausgestrecktem Stab in Richtung der Tür. Der schwere Eisenriegel wurde aus seinen Verankerungen gehoben, und die Tür öffnete sich knarrend in den Saal hinein. Der Klang beherrschte den ganzen Raum. Mit angehaltenem Atem starrte jedermann in Richtung der Pforte.

Die Gestalt Falmags erschien und trat aus dem Schatten heraus ins Licht der Halle. Der entsetzlich anzusehende Fürst der Blihan, den goldenen Spitzhut auf seinem Leichenhaupt, eilte in einem Gewand, das seine bleichen Knochen und Hautfetzen nur schlecht verbarg, quer durch den Saal. Dumpf pochte sein Stab bei jedem Schritt auf dem Boden, während er sich, das Haupt rasch nach allen Seiten hin und her wendend, auf den Thron zubewegte. Grau schimmerten die toten Augäpfel in ihren Höhlen, während er durch die knochigen Schlitze seiner verwesten Nase witternd Luft einsog.

„Fürchtet euch nicht, ihr Schwarzalben", zischte er in seiner hellen, flüsternden Sprechweise, als er vor dem Thron angelangt war. „Wie ihr seht, komme ich allein. Mein Besuch währt kurz, wenn ich als Wächter des Horts das wiedererkenne, was so lang gesucht wurde." Er neigte das

Haupt in Richtung des Albenherrschers. „Sei gegrüßt, König Godwin. Möge dies Treffen halten, was es verspricht."

„Willkommen in Elbergard, Falmag, mächtiger Herrscher der Blihan", erwiderte der Albenkönig schaudernd und wagte es kaum, in die grauenvolle Fratze des Gastes zu blicken. „Nun, in der Tat: Wurdbouga ist zurückgekehrt!"

„So ist es also wahr! Ich habe die Nähe des Reifs bereits draußen vor der Pforte gespürt", zischte Falmag, sein Hut wankte dabei leicht. „Nun zeig mir Wurdbouga, damit ich das Kleinod berühren kann! Ist es der Reif, so will ich euren trauten Empfang nicht länger stören." Der Fürst der Blihan witterte ringsherum und versuchte ein grässliches Lächeln.

„Nun denn, Lindfell." König Godwin blickte den jungen Mann erwartungsvoll an. „Dies ist die schicksalhafte Stunde, auf die wir alle gewartet haben."

Lindfell nickte und trat auf Iva zu, die wie gelähmt dastand und ihren Blick kaum von der Gestalt Falmags zu lösen vermochte. Auch Folkward – obwohl er die Blihan seinerzeit bereits gesehen hatte – war zu keiner Regung fähig. So eindrucksvoll zuvor Elbergards Hallen auf die beiden gewirkt hatten, so bannte sie nun dieser entsetzliche Anblick.

„Es ist so weit, Iva", sagte Lindfell leise und ergriff ihre Hand. „Du hast den Reif den weiten Weg hierher so tapfer getragen – nun zeige ihn den beiden Herrschern!"

Die junge Frau zögerte kurz, denn unsicher spürte sie die Blicke aller auf sich ruhen. Dann langte sie unter ihren Umhang und zog das goldene Schmuckstück hervor. Den Blick zu Boden gesenkt, hielt sie den Reif Lindfell entgegen. Doch der nahm Iva sanft am Arm und führte sie, Wurdbouga auf ihrer ausgestreckten Handfläche haltend, langsam in Falmags Richtung.

„Hier ist der Reif, mächtiger Fürst der Blihan", sagte Lindfell und verneigte sich. „Überzeugt Euch selbst." Nur kurz wagte er es, dem Untoten ins Gesicht zu sehen, ehe er, wie auch Iva, wieder zu Boden sah.

Durch die Nasenschlitze witternd, beugte sich Falmag ein wenig herab und strich mit seinen Knochenfingern über den Reif, der in Ivas Hand lag. „Ja, wahrhaftig! Es ist das zaubermächtige Stück", flüsterte er heiser. Erneut zeigte sich das grässliche Lächeln in seinem Antlitz. „So kann ich nun Wodan frohe Kunde bringen. Der Allvater hatte mich als obersten Hortwächter kürzlich nach dem Kleinod gefragt. Offenbar hatte er einen Erdenmenschen bei der Ausübung der Zaubermacht beobachtet und später auch gestellt, doch dem Narren war der Reif gestohlen worden. Wodan war voller Zorn und Ungeduld, insofern kommt die Heimkehr des Reifs zur rechten Zeit. Sie bewahrt die Erde vor einem Wutausbruch der Gottheit."

„Was für eine Erleichterung!", rief König Godwin, dem eine schwere Last von den Schultern genommen schien. „Allvaters Zorn hätte die Welt verdüstert."

„So ist es! Drum will ich auch nicht länger warten, ihm Bericht zu erstatten", zischte Falmag flüsternd und wandte sich an den Albenherrscher. „Nimm den Reif an dich und leg ihn zurück zum Hort, König Godwin. Wer weiß, ob Wodan nicht in Bälde selbst nach Elbergard kommen mag, um das Kleinod an sich zu nehmen."

„Das wäre eine jahrhundertelang entbehrte Ehre für uns", rief König Godwin feierlich. Rasch ging er die Stufen hinunter, nahm Wurdbouga aus Ivas Hand und nickte dem Fürsten der Blihan zu, ehe sich dieser auf den Rückweg machte. Als Falmag sich, in der hohen Tür stehend, noch einmal umwandte, reckte der Herrscher der Schwarzalben den Reif rasch in die Höhe und verneigte sich vor dem Fürsten der Blihan. Seine Erleichterung und die seines ganzen Volkes über den guten Ausgang der Geschichte schien für alle greifbar.

„Elbergard ist wahrlich ein gutes Königreich, da es über wackere Männer verfügt und auch über so treue Hilfe jenseits seiner Grenzen", sagte Falmag und wandte sich in Richtung der Gefährten. „Leb wohl, König Godwin. Möge der Albenhort nun für alle Zeiten sicher und unberührt bleiben!"

„Leb wohl, mächtiger Falmag", erwiderte der Albenkönig, doch da war der Fürst der Blihan schon im Dunkel verschwunden. Sofort schob die Wache die Tür wieder zu und legte den Eisenriegel vor.

„Nun, Lindfell", strahlte König Godwin, „du und deine Gefährten, ihr habt den Auftrag erfolgreich erfüllt. Für Elbergard hat dabei viel auf dem Spiel gestanden – umso größer ist unser aller Dank. Ein Hoch auf den Helden!" Der Albenherrscher klopfte Lindfell anerkennend auf den

Unterarm, da er bis zu dessen Schulter nicht emporreichte. Die Halle erzitterte unter den Hochrufen der versammelten Alben, die nun ebenfalls die Stufen der Empore herabstiegen und die Gefährten umlagerten. Langbin, der die kindgroßen Wesen weit überragte, schob sich durch die Menge langsam nach vorn. Als sein Blick dem Folkwards begegnete, erkannten die beiden Männer einander nach all den Jahren wieder und winkten sich lächelnd zu. Doch zunächst näherte sich Lindfells Vater seinem Sohn und schloss diesen gerührt in die Arme.

„Dank auch dir, tapferes Weib, für deine Unterstützung Lindfells." Der König war derweil vor Iva getreten, die sich ehrfürchtig verneigte. Vorsichtig legte er kurz seine Hand hoheitsvoll auf ihr Haar, ehe er sich Folkward zuwandte, der mit ebenfalls gesenktem Haupt neben ihr stand. „Dir, mönchischer Erdenmensch, dessen Antlitz mir noch vertraut ist vom Tag des Raubes damals, dir gebührt besonderer Dank", lächelte der König. „Denn du, der du damals deine Hand zum feigen Diebstahl gereicht hast, hast nun geholfen, das Geraubte zurückzubringen – das ist sehr ehrenvoll!" Der Albenherrscher hielt inne und sah die drei Gefährten anerkennend an. Dann klopfte er mit seinem Stab auf den Boden. „Bringt mir den Lohn für unsere drei Helden, er ist mehr als verdient!"

Ein Ratgeber aus dem königlichen Gefolge eilte mit drei samtenen Säckchen herbei und überreichte sie dem Albenherrscher. Lächelnd wog dieser die Beutel eine Weile in den Händen, ehe er sie den Gefährten übergab. „Möge euch die bescheidene Gabe von Nutzen sein, wohin auch immer euch eure Wege künftig führen werden." Der König lächelte Lindfell bedeutungsvoll zu und senkte die Stimme. „Wenn mich mein Eindruck nicht vollends trügt, Lindfell, könnte deine Zukunft wohl an einem anderen Ort als hier in Elbergard liegen ..."

„Nun, mein König, Euer Blick ist scharf und weise wie seit jeher", gab Lindfell zurück. Zugleich sah er kurz seinen Vater an, dessen Hand auf seiner Schulter lag. „Auch du, Vater, sollst wissen, dass ich mir ein künftiges Leben droben in der Menschenwelt vorstelle. Zumal ich eine sehr kostbare Gefährtin gefunden habe." Er ergriff Ivas Hand, die verlegen lächelte.

„Nun, das ist ein schmerzlicher Verlust für Elbergard, doch unser Reich hat dir vieles zu verdanken, so sollst du in Freiheit gehen, wohin es dich zieht", erklärte König Godwin und sah Lindfells Vater mitfühlend an. „Für dich, guter Langbin, mag der Abschied bitter sein, doch tröste dich mit dem Wissen: Dein Sohn ist ein tapferer Bursche, der den Weg des Glücks geht. Wer will so jemanden schon aufhalten?"

„Ihr habt recht, mein König", sagte Langbin und verneigte sich vor dem Herrscher, der nun lächelnd zum Thron zurückging. Lindfells Vater ergriff die Hand des Sohnes und blickte diesen und Iva an. „So mögt ihr denn den Weg des Glücks gehen! Ich kann dich sehr gut verstehen, Lindfell – es gab eine Zeit, da dachte auch ich, mein Dasein gehöre eher in die Menschenwelt als hierher nach Elbergard." Er blickte nun auch Folkward an, der sich zu den dreien gesellt hatte. „Als ich damals zudem diesem ehrenhaften Gottesdiener hier begegnete, war ich mehr denn je drauf und dran, Elbergard zu verlassen und mein Schicksal als Wechselbalg zu ändern. Doch schließlich habe ich es am Ende nicht getan. Wenn du nun also deine Pläne in die Tat umsetzt, so verwirklichst du zugleich meinen alten Traum. Auch das ist tröstlich." Er lächelte traurig. „Und nun geh rasch zu deiner Mutter und deinen Schwestern, sie verzehren sich vor Wiedersehensfreude."

„Hab Dank, Vater", rief Lindfell freudig und durchquerte mit Iva die Königshalle.

„Wir werden ihnen langsam folgen", sagte Langbin, nachdem die beiden verschwunden waren. Er wandte sich Folkward zu und lächelte. „Wie schön ist es, dich nach so langer Zeit wiederzusehen. Mein Weib wird uns allen einen Festschmaus zur Feier dieses großen Tages vorsetzen."

„Ich hätte es mir nie träumen lassen, Elbergards Hallen und auch dich noch einmal zu sehen. Welch ein Geschenk des Schicksals!" Gerührt ergriff der Mönch Langbins Hand. „Vielleicht sollten wir ab heute nicht erneut acht Jahre verstreichen lassen."

„Eine gute Idee, zumal es so vieles zu erzählen gibt", lächelte Langbin, während sie die Halle durchquerten.

„Du hast einen vortrefflichen Sohn groß gezogen, Langbin. Gleich als ich ihn sah, erkannte ich deine guten Züge in ihm wieder", sagte Folkward. „Er wird seinen Weg gehen – mach dir keine Sorgen! Außerdem gelobe ich, dass ich aus der Ferne stets ein Auge auf ihn haben werde."

Kein Ende in Sicht

Das Licht änderte sich von einem Augenblick zum anderen. Ließ eben noch Sonnenschein den Garten frühlingshaft erscheinen, so verdunkelte eine aufziehende Wolke gleich darauf den beschaulichen Ort. Es schien nicht nur spürbar kälter zu werden, es hatte den Anschein, als legte sich mit dem Schatten auch eine bedrückende Stimmung über das Land. So ging es bereits den ganzen Tag, das Wetter zeigte sich von seiner launischen Seite.

„Sieh nur, der Wind bringt noch mehr Wolken", sagte Bertha von Turin und wies nach Westen. Dort war oberhalb der Stadtmauer des Wormser Bischofssitzes eine dunkle Wolkenwand zu sehen, die langsam heranzog. Fröstelnd rückte die Königin die Stola aus Hermelinpelz über ihren Schultern zurecht und hakte sich bei ihrem Gemahl unter, der in Gedanken versunken neben ihr ging.

„Hm", nickte König Heinrich abwesend, ohne überhaupt aufzusehen. Der Herrscher, erst vor wenigen Tagen angekommen, wirkte matt und erschöpft. Von seinem so aufrechten Gang war nicht allzu viel zu sehen an diesem Nachmittag. In gleichem Maße schien auch sein Gesicht, das sonst offen und wachsam in die Welt sah, erstarrt und verschlossen. Tatendrang und Entschlusskraft waren einem Ausdruck von Müdigkeit und Leere gewichen.

„Dein düsteres Gemüt bereitet mir Sorge, lieber Gemahl", sagte die Königin und sah Heinrich bekümmert von der Seite an. „Seit du von Goslar gekommen bist, scheint jede Lebensfreude von dir wie abgefallen. Dabei ist doch in Sachsen endlich Frieden eingekehrt; außerdem naht der Frühling." Für einen Moment verstärkte sie aufmunternd den Druck an seinem Arm, so als wolle sie ihn aus seiner Erstarrung holen.

„Ach je, Weib, es ist nichts weiter“, murmelte der König, „ich bin nur erschöpft. Allzu anstrengend waren die letzten Monate. Die Reichsgeschäfte haben letzthin so viele Wendungen genommen, dass es enormer Wachsamkeit bedurfte, um die uneingeschränkte Herrschaft zu bewahren. Es sind keine einfachen Zeiten für uns alle.“ Er schüttelte unzufrieden den Kopf. „Allzu viele Zugeständnisse musste ich machen, um einen offenen Krieg zu vermeiden. Vor allem der Abbau meiner Burgen in Sachsen und Thüringen reut mich, sie waren gleichsam meine Vorposten in politisch unsicheren Gefilden.“

„Das alles ist fern von hier, mein Gemahl. Nun lass es auch, zumindest eine Zeit lang, in deinen Gedanken ruhen und genieße vielmehr den Zuspruch der Bürger von Worms, die treu an deiner Seite stehen. Hier hat das salische Haus noch die ungeschmälerte Bedeutung, die es seit jeher besitzt.“ Bertha blickte ihn aufmunternd an und deutete auf die Wiese vor ihnen. Zwischen dem Gras standen hier und da Krokusse, Veilchen und Schlüsselblumen als erste Boten des Frühlings. Zwei Drosseln stritten lautstark um einen Fund. „Bei allem, was uns Menschen umtreiben mag – Gott lässt die Natur doch in steter Wiederkehr neu erblühen. An dieser Gnade können wir uns immer wieder aufrichten und erfreuen.“ Flüchtig strich der Blick des Königs über die Wiese, doch Bertha schien eine Fortdauer seines Trübsinns nicht hinnehmen zu wollen. Erneut seinen Arm drückend, lenkte sie seine Aufmerksamkeit in Richtung einer steinernen Bank vor ihnen.

„Wenn das dein Herz und deine Sinne nicht aufzuhellen vermag, mein Gemahl, so sieh dir deine Sprösslinge an, wie sie munter und wohlbehalten gedeihen.“ Sie wies hinüber zu der Bank, auf der ihre Kammerfrau Theolinde und eine Amme mitsamt den drei Königskindern saßen. Während der knapp einen Monat alte Konrad, in Decken und Tücher gehüllt, im Arm der Amme schlummerte, hockte die dreijährige Adelheid ruhig zwischen den beiden Frauen. Agnes mit ihren anderthalb Jahren kroch über den sandigen Boden und sah sich neugierig um.

„Du hast recht, der Allmächtige hat das salische Haus gesegnet.“ Der König lächelte. Er ergriff Berthas Hand, schob den Ärmel ihres Kleids ein

Stück zurück und küsste den blassen Handrücken. „Ich danke dem Herrn für seine Gnade, und ich danke auch dir."

„Beschäme mich nicht durch solch unverdiente Anerkennung, Heinrich. Gott allein hat es gerichtet." Sie kamen an der Steinbank vorüber und sahen zufrieden auf ihre Kinder herab, die ihre Eltern indes nicht wahrnahmen. Lediglich die beiden Dienerinnen verneigten sich.

Die Sonne kam hinter den Wolken hervor und ließ den Park in hellem Licht erstrahlen. Die Farben der Wiese, der Blumen und der wenigen Bäume begannen kräftig zu leuchten, und auch der Sandstein der Stadtmauer und der Gebäude ringsherum wirkte plötzlich wärmer und heimeliger.

„Heute ist der Tag der heiligen Gertrud", ergriff Bertha nach einer Weile wieder das Wort. „Auch ihr sollten wir dankbar sein, denn sie als Patronin der Reisenden hat es stets gut mit uns gemeint auf all unseren Wegen."

„Ja, wir haben weite Strecken zurückgelegt", erwiderte Heinrich. „Unsere Wege quer durchs Reich würden gewiss jeden Pilger vor Neid erblassen lassen." Als sie einen Torweg passierten, der durch den Bischofspalast hinaus auf den Domvorplatz führte, nickte der König zwei Wachen zu, die sich vor ihnen verneigten.

„Umso wichtiger ist es, sich von den Mühen dieser Reisen zu erholen", lächelte Bertha. „Denn bald schon wird der Königshof erneut aufbrechen müssen, wie es nun einmal die Geschäfte im Reich erfordern."

„Nun, eine Weile lang will ich noch hier am Rhein bleiben", sagte Heinrich und schüttelte verbittert den Kopf. „Sachsen mag mir erst einmal gestohlen bleiben, die Adelsherren sowie das Volk dort haben meine Zuneigung verspielt. Dort kennt man seinen obersten Lehnsherrn offenbar nicht. Dabei hatte ich Großes vor mit Goslar und den dortigen königlichen Ländereien! Wie es schon mein Vater begonnen hatte, wollte ich dort das Herzstück des salischen Kronlands schaffen. Nun, ich sollte nicht so reden, als gehörten diese Pläne bereits der Vergangenheit an." Mit einem Mal ballte er die Fäuste und blicke grimmig über die Stadtmauer hinweg in den bewölkten Himmel. „Ich werde von meinem Vorhaben nicht abweichen – diese Untreuen sollen am Ende noch lernen, ihrem König gehorsam und ergeben zu dienen! Der Wind wird sich eines

Tages wieder drehen zu meinen Gunsten und die unbotmäßigen Gesellen dann im Sturm hinwegfegen."

„Oh weh", lächelte Bertha milde, „kaum geht es um Sachsen, fällt jede Erschöpfung von dir ab. Schone doch deine Kräfte und widme dich ganz der Quadragesima! Kaum vier Wochen sind es noch bis zum heiligen Paschafest".

„Ja, du hast recht, Bertha", sagte er mit Nachdruck. „Es ist dies die Zeit des Fastens und der Buße." Er bekreuzigte sich und sprach leise das Vaterunser. Schweigend setzte das Königspaar seinen langsamen Rundgang durch den Garten fort. Während die Sonne für eine Weile ungestört vom Himmel hatte scheinen können, rückte nun die dunkle Wolkenwand näher.

Im Rücken der beiden wurden Geräusche vernehmbar, dann erklangen eilige Schritte auf dem Weg. Neugierig wandte sich der König gemeinsam mit Bertha um. Rasch näherten sich Bischof Benno von Osnabrück und ein erschöpft dreinblickender Bote.

„Edler König, teure Königin", begann der Prälat außer Atem. Mit ernster, sorgenvoller Miene blickte er zwischen den Eheleuten hin und her. Der Bote, ein drahtiger Mann mittleren Alters, verbeugte sich ehrfürchtig vor dem Königspaar.

„Was gibt es, Benno?", fragte Heinrich. „Ich sehe dir an, dass es etwas Ungutes ist."

„Nun, ich fürchte, so ist es, mein König." Der Bischof wies auf den Mann an seiner Seite. „Der Bote hier bringt Kunde aus Sachsen, genauer gesagt von der Hartesburg. Leider sind es düstere Nachrichten."

„Düster", murmelte Heinrich gedehnt. „Ich hatte den ganzen Tag schon eine Ahnung, dass neues Unheil in der Luft liegt." Er sah Bertha besorgt an, die seinen Blick stumm erwiderte.

„Edle Königin, ich ... nun, ich fürchte, die Botschaft ist allzu verstörend und nicht gut für das zarte Gemüt eines Weibes", sagte der Bischof zögerlich. „Vertrau mir bitte als altem Freund, ich möchte dich nicht ohne Not bestürzt sehen." Unsicher blickte er Bertha an und bemühte sich um ein Lächeln.

„Ich vertraue dir stets, ehrwürdiger Benno, und danke dir für die Umsicht", sagte die junge Königin besorgt. „So will ich mich denn unseren Kindern widmen." Sie verneigte sich kurz, wandte sich um und ging auf die Bank zu. Im selben Moment schob sich die Wolkenwand vor die Sonne und tauchte den Garten in Schatten.

„Und nun will ich hören, was geschehen ist", drängte König Heinrich und sah die beiden Männer ungeduldig an. „Was in Gottes Namen ist so verstörend, dass meine Gemahlin davor bewahrt werden muss?"

„Nun, entsetzliche, ja gotteslästerliche Dinge sind vor zwei Tagen geschehen auf der Hartesburg." Der Bischof bemühte sich bewusst um einen ruhigen Tonfall. „Wie im Friedensschluss vereinbart und auch bereits an anderen Eurer Burgen problemlos durchgeführt, sollten jüngst auch die Mauern der Hartesburg durch die Sachsen niedergelegt werden dürfen. Dabei ist es zu ungeheuerlichen Sakrilegien durch einen entfesselten Pöbel gekommen." Verlegen nickte der Prälat in Richtung des Boten. „Erzähl du besser die Geschehnisse, du warst selbst Augenzeuge."

„Wie Ihr wünscht." Der Bote verneigte sich vor den beiden Männern. Aufgeregt räusperte er sich und sah zu Boden. „Nun, es war so, wie der erhabene Prälat es geschildert hat. Vor zwei Tagen zog das sächsische Volk aus dem Goslarer Umland hinauf zur Hartesburg, um die Mauern der verhassten Feste zu schleifen. Gemäß den Abreden sollte die Ringmauer bis zur Hälfte ihrer Höhe abgetragen werden, sodass die Hartesburg ihre Uneinnehmbarkeit verlöre. Doch als das Volk seine Arbeiten begann, steigerte sich der Unmut rasch zu Wut und Zorn. Der Pöbel, der in den letzten Monaten sehr unter den blutigen Angriffen von der Burg gelitten hatte, war unzufrieden darüber, dass nicht alles geschleift werden sollte. Und mit einem Mal entlud sich der aufgestaute Hass in haltlosem Rausch." Der Mann legte eine kurze Pause ein und blickte zögerlich den König an.

„Wo waren denn die Herren dieser wild gewordenen Meute? Hat Sachsens Adel der Menge nicht Einhalt geboten?", fragte Heinrich ungläubig.

„Die hohen Herren waren gar nicht zugegen", erwiderte der Bote vorsichtig. „All das, was sich ereignet hat, geschah ohne ihre Kenntnis."

„Das scheint wahr zu sein. Die sächsischen Herren haben mir durch Eilboten hochheilig versichert, dass die schrecklichen Dinge ohne ihr

Wissen und vor allem ohne ihre Veranlassung geschehen sind", beeilte sich Bischof Benno, die Worte des Mannes zu bestätigen.

„Nun, darüber wird noch zu reden sein", erwiderte Heinrich ungeduldig. „Was aber ist nun Schreckliches geschehen? Erzähl schon!"

„Nun, wie gesagt, es erhob sich ein wildes Geschrei, und einige Aufwiegler und Unruhestifter peitschten die Massen weiter auf. Und ehe man sich's versah, war die Mauer unter Gejohle bis zum Erdboden hinunter abgetragen." Erneut räusperte sich der Bote und runzelte besorgt die Stirn. „Und dann nahm das Unheil seinen Lauf: Wie ein Schwarm gefräßiger Heuschrecken strömte die Menschenmenge ins Innere der Hartesburg und fiel hasserfüllt über alles her. Zuerst mussten die früheren Quartiere der Soldaten herhalten. Bis auf den letzten Stein wurden sie eingerissen und das darin Befindliche entweder geraubt oder verbrannt. Hernach zog der Pöbel weiter zum Burgpalas und zum jüngst erst fertiggestellten Stift. Auf grausame Weise wurden die Kanoniker herausgezerrt, mit Fäusten geschlagen und ihrer Kutten beraubt. Hernach wurden in der Holzkirche die Altäre und die heiligen Reliquien geschändet sowie die Glocken zerbrochen. Es wurde alles geplündert und geraubt, was den Rasenden in die Hände fiel. Am Ende ging der hölzerne Kirchenbau in Flammen auf."

„Welch ungeheuerliche Teufelei", murmelte König Heinrich fassungslos.

„Nun, mein König, das war leider ... noch nicht alles", fuhr der Bote fort. „Der Pöbel hat hernach auch den königlichen Palas mitsamt der Schatzkammer ausgeraubt und das Haus dem Erdboden gleichgemacht. Doch selbst damit nicht genug ..." Der Mann verstummte und sah den Bischof hilfesuchend an.

„Was denn noch? Sprich!" Heinrich sah ungeduldig vom einen zum anderen.

„Ich wage kaum es auszusprechen", sagte der Mann leise. Der Bischof nickte ihm mit versteinerter Miene zu. „Zuletzt gipfelte der Wahn in Raserei. Der Pöbel zog zu der kleinen Grünfläche zwischen Palas und Stift, wo die beiden Gräber Eurer königlichen Familie liegen. Dort führte wohl Satan selbst die Hand: Die Grabstätten wurden aufgebrochen, geschändet und die Gebeine, nun, sie wurden ringsum verstreut ..." Der Bote verstummte und beobachtete betreten, wie Bischof Benno dem König mitfühlend eine Hand auf die Schulter legte. Eine Weile lang schwieg Heinrich und starrte erschüttert auf den Boden. Aus seinem Gesicht war alle Farbe gewichen.

„Mein Sohn und mein Bruder“, flüsterte der Herrscher entsetzt und schüttelte den Kopf. Dann schien er sich zu besinnen und wandte sich unauffällig nach seiner Gemahlin um. Den König quälte die Frage, wie er ihr das Entsetzliche beibringen sollte.

„Die Seelen der beiden sind schon lange bei Jesus Christus“, bemühte sich der Prälat um Trost. „Alles Irdische haben sie weit hinter sich zurückgelassen. Ihre glückselige Teilhabe am Reich Gottes wird auch durch solche Teufelei nicht gestört, mein König. Sei dessen gewiss!“

„Darauf vertrau ich mit Gottes Hilfe“, erwiderte Heinrich. „Doch hier auf Erden will ich die gottlosen Unholde, die dies Sakrileg begangen haben, bestraft sehen. Ihre Tat ist nur mit dem Tod zu sühnen!“ Der Atem des jungen Königs ging schneller, und seine Miene war von Wut gezeichnet.

„Nun, diese Aufgabe haben die sächsischen Herren bereits erledigt“, sagte Bischof Benno grimmig. „Es erschien ihnen wohl das Mindeste, was sie im Nachhinein zu tun vermochten. Sieben Übeltäter wurden mit dem Tode bestraft.“

„Das verschafft mir kaum Trost, aber wenigstens das Gefühl, dass die Untat gesühnt wurde.“ Der König schwieg eine Weile, ehe er erneut den Kopf schüttelte. „Alle diese Geschehnisse sind nicht hinnehmbar. Der noch so junge Frieden ist mit dieser Tat bereits wieder brüchig geworden.“

„Das ist den sächsischen Edlen ebenfalls bewusst. Also hoffen sie bang und kleinlaut, dass die Ereignisse nicht erneut Krieg heraufbeschwören mögen“, sagte Benno. „Außer der Hinrichtung der Unholde bieten sie dir daher eine Wiedergutmachung für alle angerichteten Schäden an.“

„Wie großmütig “, spottete der König verbittert. „Diese Herren haben das eigene Volk nicht im Griff. Doch wen wundert's? Für ihren Kriegszug haben sie den Unmut der Massen zuerst so stark befeuert, dass sie das nun lodernde Feuer nicht mehr zu bändigen in der Lage sind. Das rächt sich am Ende.“

„Du solltest den Heiligen Vater in Rom darüber in Kenntnis setzen, mein König“, riet Bischof Benno. „Die Schändung von Gräbern und Reliquien sowie die Zerstörung einer Kirche rücken die Sachsen ins moralische Abseits. Papst Gregor wird solch heidnisches Gebaren mit dem Bannstrahl beantworten, was die Zustimmung im Reich für deine Seite wiederum zweifellos stärken wird.“

„Ja, das könnte mir die Reichsfürsten gewogen machen“, sagte Heinrich. „So hätte die Schandtat am Ende noch segensreiche Folgen für mich. Ich möchte, dass die Untat der Sachsen allerorts bekannt gemacht wird. In der heiligen Fastenzeit vor dem Osterfest wird derlei Blasphemie umso mehr für große Empörung sorgen.“ Erneut wandte er sich kurz zu seiner Gemahlin um. „Recht müde fühlte ich mich dieser Tage von den Wirren und Anstrengungen der letzten Monate, nun jedoch spüre ich, wie sich Tatendrang und Entschlossenheit tief in mir neu zu regen beginnen.“

„So hat oft das größte Übel noch sein Gutes, mein König“, sagte Benno lächelnd. „Deine Pläne in Sachsen stehen unter einem neuen Stern. Nun heißt es, Geduld zu haben, damit sich die Wirkung des sächsischen Fehltritts vollends entfalten kann.“

„Ja, vielleicht habe ich dann bald schon ein noch größeres Heer beisammen, um erneut gen Sachsen zu ziehen.“ Der König ballte die Rechte zur Faust. „Und dann soll ein für allemal wieder Ruhe einkehren im Reich.“

Epilog

Die neue Heimat

Der Handelsweg zwischen Bucstadinhude und Luneburg berührte den kleinen Weiler an dessen nördlichem Rand. Nur ein paar Schritte trennten die Hütten von der viel benutzten Straße, die sich in diesen heißen Sommertagen wie ein staubiges Band durch die Wälder zog. In regelmäßigen Abständen passierten Händler mit Lasttieren und Fuhrwerken, Botenreiter, Dienstleute, Tagelöhner, Durchreisende und Wanderer die Siedlung in Sichtweite. Manchmal, wenn Bauern ihr Vieh vorübertrieben, wurde der trockene Lehmstaub ringsherum weithin in die Höhe gewirbelt.

„Es wird höchste Zeit, dass es wieder einmal regnet", sagte Iva und stellte eine tönerne Schale mit zwei Fischen auf den Tisch, der vor der Hütte im Schatten einer alten Eiche stand. „Die Luft ist allzu trocken und staubig." Die junge Frau hatte ihre Haare zu einem Zopf geflochten, der stets hin und her rutschte und von ihr immer wieder ungeduldig auf den Rücken geworfen wurde.

„So ist es, gutes Weib", lachte Lindfell, der über die Schwelle der Hütte hinaus ins Freie trat. „Mir ist es oft, als knirschte der Staub schon zwischen meinen Zähnen. Außerdem legt er sich überall auf die Haut." Er strich sich über die entblößten, muskulösen Unterarme.

„Wir wollen dennoch nicht klagen", sagte Iva, „solange der Herrgott uns so reichlich Speis und Trank gewährt." Sie blickte über den Tisch, auf dem außer den Fischen ein halber Laib Brot und ein Krug Wasser standen.

„Die beiden Äschen hat der alte Gero erst heute Mittag in der Sevina gefangen." Lindfell trat neben die junge Frau. „Frischer Fisch ist gut für dich und für die kleine Menschenfrucht, die da in dir heranwächst." Lächelnd legte er seine Hand auf Ivas Unterleib, der sich unter ihrem langen, dunkelgrünen Kleid leicht wölbte.

„Möge der Allmächtige unser Kind segnen." Sie bekreuzigte sich, strich Lindfell zärtlich über die Wange und sah ihn abwartend an. Erst jetzt schien er zu begreifen und beeilte sich, seinerseits rasch das Kreuzzeichen zu machen. „Das muss noch besser werden", sagte sie mit spöttischem Lächeln. „So langsam solltest du einen frommen Segenswunsch erkennen und auch gottesfürchtig würdigen. Deine Taufe ist nun schon viele Wochen her."

„Verrate mich bitte nicht bei Folkward, hörst du? Der Pater ist in derlei Fragen eures Glaubens allzu streng." Lindfell sah die junge Frau mit entwaffnendem Blick an und setzte sich auf eine der beiden Bänke, die um den Tisch standen.

„Es ist jetzt eben auch dein Glaube, also gib dir Mühe", sagte Iva und nahm ebenfalls Platz. Sie bemühte sich um eine vorwurfsvolle Miene, schüttelte aber nur lächelnd den Kopf. Aus dem Krug goss sie Wasser in zwei Tonbecher.

„Ach, Iva, es gibt so vieles, was ich zu lernen habe in der Menschenwelt. Da sind fünf Monate rasch vorüber ... Da ist ja nicht nur der rechte christliche Glaube, sondern auch das Leben hier im Dorf mit all seinen Regeln sowie nicht zuletzt das Schmiedehandwerk", sagte Lindfell und brach zwei Stücke vom Brotlaib ab. Der junge Mann aus Elbergard hatte durch die Vermittlung Folkwards, der im Frühjahr im nahen Kloster Ramsola Aufnahme gefunden hatte, als Geselle beim hiesigen Schmied anfangen können. In der kleinen Werkstatt wurden Auftragsarbeiten und Instandsetzungen für Bauern aus dem Umland, für das Kloster und für Reisende auf dem Handelsweg erledigt.

„Ich denke, du übertreibst ein wenig", lächelte Iva. „Angeblich sollst du bereits den Schmied selbst in seiner Kunst übertreffen, sofern sein Weib mir keine Märchen erzählt hat. Dein Vorwissen von zu Hause scheint sich jedenfalls zu bewähren. Und im ganzen Dorf bist du gut gelitten. Da sollte in deinem Geist Raum genug sein für unseren Herrn Jesus Christus."

„Du könntest wenigstens anerkennen, dass ich mich bemühe, nicht wie früher immer in Freud oder Leid sogleich Allvater Wodan anzurufen“, antwortete Lindfell und reichte ihr ein Stück Brot über den Tisch hinweg. „Das ist doch ein Anfang. Schließlich wechselt man seinen Gott für gewöhnlich nicht allzu oft im Leben.“

„Das ist wahr, mein holder Gemahl“, lachte Iva spöttelnd. Sie trank einen Schluck Wasser und aß einen Bissen Brot. „So will ich geduldig mit dir sein und den Allmächtigen bitten, ebenfalls Nachsicht zu üben mit einem Neuchristen.“

Für eine Weile schwiegen beide und widmeten sich der Mahlzeit. Hin und wieder blickten sie über die kleine Lichtung, die sich südlich der Siedlung in den Kiefernwald hinein erstreckte. Obwohl es schon auf Abend zuging, stand die Sonne noch hoch über den Baumwipfeln und tauchte die heideartige Landschaft in goldenes Licht. Der Gesang von Vögeln und das Zirpen von Grillen im Heidegras erfüllten die warme Luft.

„Ich bin glücklich über unser Leben hier und danke dem Herrn für seine Gnade“, ergriff Iva nach einer Weile das Wort. „Er hat es gut mit uns gemeint hier. Es ist wie eine lang ersehnte Heimkehr.“

„So vermisst du deine Heimat an der Sala nicht?“

„Nein, unser Zuhause hier ist wunderbar. Allenfalls meine geliebte Herrin auf der fernen Viczinburg, Hedwig, fehlt mir manches Mal. Wie gern wüsste ich, ob es ihr wohl ergeht“, erwiderte Iva betrübt. „Jeden Tag schließe ich sie in meine Gebete ein.“

„Du tust recht daran. Sie ist eine vortreffliche Frau, und Gott möge es richten, dass ihr Gemahl sie gut behandelt. Ohne ihre Hilfe hätte ich meinen Auftrag womöglich nie erfüllen können“, sagte Lindfell. „Die Suche nach Wurdbouga hat große Opfer gefordert! Oft denke ich an Tado, der mir ein guter Freund war. Von Ramsola aus hatte er mich treu begleitet und konnte doch nicht mit mir zurückkehren.“

„Der Allmächtige sei seiner Seele gnädig und schenke ihm einen würdigen Platz im Himmelreich“, sagte Iva ernst. Dieses Mal bekreuzigten sich beide zugleich.

„Wisiger aus Güldenbrunn, der sich ebenfalls geopfert hat, möge Wodan – Iva, sieh es mir noch einmal nach – einen Ehrensitz in Walhall gewähren.“

„Immerhin sind wir beide heil davongekommen ebenso wie Pater Folkward und Wigman. Dafür sei gedankt – welchem Gott auch immer.“

Iva lächelte unmerklich. „Zudem scheint sich für den Alben eine Herzensfrage zum Guten gewendet zu haben. Und das, wo Bluomveh doch eigentlich dich im Blick hatte …"

„Haha, gerade du solltest da lieber nicht spotten", erwiderte Lindfell grinsend. „Oder muss ich dich an den bezaubernden Smalbin erinnern?" Er sah Iva an, bis sie schließlich den Kopf schüttelte und lachte. „Nun, am Ende zählt, dass wir Wurdbouga nach Elbergard gebracht haben. Der Zauberreif liegt wieder auf der großen Horttafel und wartet darauf, von Wodan selbst abgeholt zu werden. Der Friede in der alten Götterwelt ist gewahrt." Er nahm einen der Fische und trennte mit seinem Dolch den Kopf ab.

„Du hast dem Volk zu Elbergard und deiner Familie Ehre gemacht", sagt Iva stolz.

„Ich habe lediglich eine Aufgabe erfüllt und hatte gute Helfer." Lindfell ergriff über den Tisch hinweg ihre Hand. „Sobald unser Sprössling das Licht der Welt erblickt, wollen wir meine Familie in Elbergard besuchen. Vielleicht werfen wir auch rasch einen Blick in den Hortsaal, um sicherzugehen, dass Wurdbouga noch dort ist." Er lachte und wollte sich dem Mahl wieder zuwenden, als ihm eine Bewegung auf der Lichtung auffiel. Aus dem Schatten der Kiefern war eine Gestalt hervorgetreten, die nun auf sie zukam.

„Sieh an, wenn das nicht der ehrwürdige Pater ist", sagte Iva und wies auf den Mönch in schwarzer Kutte. Nachdem er die Lichtung zur Hälfte durchschritten hatte, hob Folkward den Arm und winkte den beiden zu.

„Guter Freund, sei willkommen." Lindfell erhob sich von der Bank und trat auf den Mönch zu. Die beiden Männer reichten einander die Hand. „Es ist eine Freude und Ehre, dich zu sehen. Willst du das Mahl mit uns teilen?"

„Danke, Lindfell, aber ich habe im Kloster gegessen", antwortete Folkward und trat auf Iva zu, die sich lächelnd verneigte. „Gott segne euch beide!"

„Ehrwürdiger Pater, ich freue mich."

„Iva, ich habe es dir schon oft gesagt, dass es solcher Anrede nicht bedarf. Wir waren Gefährten in dunkler Zeit und bleiben es." Folkward legte der jungen Frau die Hand auf die Schulter, ehe er sich neben ihr auf der Bank niederließ. „Wie geht es euch beiden?“

„Alles ist gut“, lächelte Iva und legte die Hand auf den Unterleib. „Unser Leben hier steht, dank deiner Hilfe, unter einem guten Stern, und mit Gottes Hilfe wird unser Sprössling im Winter gesund und munter zur Welt kommen.“

„Das höre ich mit Freude“, erwiderte der Pater und wandte sich an Lindfell. „Und wie sieht es bei dir aus? Was macht die Schmiedekunst?“

„Ach, hier unter den Menschen gebe ich wohl einen halbwegs tauglichen Schmied ab. Drunten in Elbergard hingegen galt ich als lausiger Handwerker. So hat der Weltenwechsel durchaus sein Gutes.“ Lindfell winkte lachend ab. „Wie ergeht es dir im Kloster Ramsola? Tado hatte mir erzählt, wie schlecht es um die Sitten und die Moral dort stünde.“

„Nun, da hat er – Gott hab ihn selig – leider die Wahrheit gesprochen. Das Kloster bedarf einer Reform, doch Abt Liutfrid ist alt und träge, und die Kanoniker dort führen ein allzu sattes, bequemes Leben.“ Folkward strich sich nachdenklich über die Tonsur. „Nun, ich tue, was ich kann. Neben dem Aufbau der Bibliothek, wie Tado ihn vormals begonnen hatte, erinnere ich meine Mitbrüder stets an die Regel des heiligen Benedikt. Ich versuche, ihr fast verschüttet gegangenes mönchisches Gewissen zu wecken, ihre Trägheit zu überwinden. Doch das wird wohl ein langwieriges Ringen.“

„Du bist bestimmt ein glaubensstrenger Mann, der Müßiggang und lose Sitten nicht duldet“, sagte Lindfell und lächelte. „Ich hoffe, du bemisst nicht auch mich nach diesen Maßstäben. Noch klagt Iva allzu oft, dass es mit meinem Christenglauben nicht zum Besten steht.“

„Wenigstens fluchst du nicht mehr bei den alten Asengöttern“, lachte Iva.

„Na, das ist doch ein Anfang.“ Folkward sah Lindfell aufmunternd an. „Und glaub mir, mit dir habe ich alle Geduld, die vonnöten sein wird. Nun erzähl mir aber, was es Neues gibt in der Welt. Im abgeschiedenen Kloster bekommt man nichts mit vom irdischen Geschehen. Was hast du von den Reisenden gehört? Wie ist die Lage im Reich?“

„Es scheint sich etwas Ungutes zusammenzubrauen. Kaufleute und Händler, die aus dem Süden kommen, berichten davon, dass König

Heinrich überall im Reich Verbündete sucht und auch findet. Er schart geistliche und weltliche Fürsten um sich, um mit einem starken Heer erneut gen Sachsen zu ziehen und den alten Zwist ein für allemal in seinem Sinne zu beenden. Fast jedermann scheint nun auf seiner Seite zu stehen nach all den schaurigen Gräueln, die sich im Frühjahr auf der Hartesburg ereignet haben."

„Das war eine unverzeihliche Sünde des sächsischen Volkes, die sich nun rächen wird", sagte Folkward. „Auch vor dem Allmächtigen darf dieser Frevel nicht ungesühnt bleiben. So steht den sächsischen Landen also erneut Krieg ins Haus?"

„Ja, die Reisenden erzählen von seltsamen Vorzeichen, die von baldigem Unheil künden. Insbesondere in Sachsen ereignen sich wundersame Dinge, die man als göttliche Warnungen vor dem kommenden Leid deutet." Lindfell runzelte die Stirn und versuchte, sich zu erinnern. „So sollen sich die Bischofsstäbe der meisten sächsischen Prälaten in diesen Sommertagen derart erhitzt haben, dass sie gleichsam schwitzten. Die Hand eines jeden, der sie berührte, troff sogleich von Wasser. Ein hölzernes Kruzifix war über und über mit Tropfen bedeckt. Selbst wenn das Nass mit Tüchern abgewischt war, füllte der rasch nachrinnende Schweiß ganze Schalen. In der Stadt Magdeburg wurde schließlich ein entsetzlicher Kampf unter Raben beobachtet, in dessen Folge zahllose Vögel tot liegen blieben." Er sah Folkward und Iva an. „All diese Dinge gelten den Menschen als Vorboten des Krieges."

„Umso mehr danke ich dem Allmächtigen, dass wir hier ein gutes Stück entfernt an diesem vergessenen Ort unsere Bleibe gefunden haben." Iva blickte über die friedlich im Abendlicht liegende Lichtung. „Bis hierher wird der Krieg seine todbringenden Arme nicht ausstrecken."

„Da hast du recht, Iva", erwiderte Folkward. „Wenn es denn Krieg geben wird, so tobt er im südlichen Sachsen und in Thüringen. Wir können Jesus Christus danken, dass wir unsere Suche nach Wurdbouga erfolgreich zu Ende bringen konnten, ehe sich all das zuträgt."

„So ist es, ich bin froh, dass der Reif sicher in Elbergard liegt und auch nicht in den Krieg hineingezogen wurde. Nicht auszudenken, wenn er heute noch im Besitz des machtgierigen Pfalzgrafen wäre – das gesamte

Reich würde mit Angst und Schrecken überzogen werden. So muss uns das ferne Kriegsgetümmel kaum beunruhigen. Es wird unser friedvolles Leben hier schwerlich beeinträchtigen können."

„Ich sehe, dass du deinen alten Eifer und Tatendrang eingetauscht hast gegen ein bescheidenes und zufriedenes Dasein, mein Freund", lächelte Folkward. „So möge der Allmächtige euch beide und euren künftigen Spross segnen." Der Pater machte das Kreuzzeichen und blickte freundschaftlich auf das junge Paar, das sich ehrfürchtig bekreuzigte. „Da scheint mir der Psalm passend, den unser Abt zur heutigen Vesper ausgewählt hatte: Herr, mein Herz ist nicht ruhmsüchtig, mein Blick nicht stolz. Ich strebe nicht nach bedeutungsschweren, wundersamen Dingen, die allzu vermessen wären für mich – davon bin ich entwöhnt. Ich habe meine Seele befriedet und ruhig werden lassen. Wie ein gestilltes Kind bei der Mutter, so zufrieden ist meine Seele."

Nachwort

„Das Wunderbare hat in der modernen Literatur keinen leichten Stand."

Wolfgang Riedel, Das Wunderbare im Realismus

Gilt die Fantastik traditionell eher als literarisches Stiefkind, so ist ihre Kombination mit der Historie umso mehr eine Gratwanderung. Dem Leser wird abverlangt, in einem realistischen Umfeld das Surreale als gegeben zu akzeptieren. Doch gerade aus der Einflechtung fiktiver Elemente aus Sage und Fantasy in das historische Gerüst des Romans ergibt sich meines Erachtens ein ungeahnter Reiz.

Wie schon bei meinem Buch *Der Goldschatz der Elbberge*, das die Vorgeschichte des Schicksalsreifs erzählt, ging es auch hier darum, die fantastischen Elemente mit der Realgeschichte in Einklang zu bringen. Ich darf dem Leser versichern, dass die Historie hierbei nicht „passend gebogen" wurde. Allenfalls der eine oder andere Charakter, wie beispielsweise Pfalzgraf Friedrich II. von Goseck, wurde leicht überzeichnet. Das Fantastische wiederum passte sich in das Historische ein. Auf Neudeutsch könnte man sagen: History meets Fantasy. Für die eingefleischten Fans der Genres „Historischer Roman" und „Fantasy" mag sich auf diese Weise eine neue Lesewelt erschließen.

Für diejenigen, die der Fortgang der Historie interessiert, hier ein kurzer Abriss: Mit dem Sommer 1074 endet die Handlung des Buches, nicht jedoch die Auseinandersetzung zwischen König Heinrich IV. und seinen sächsischen Widersachern. Wie in den letzten Romankapiteln angedeutet, änderte sich nach den Freveltaten auf der Harzburg die Stimmung im Reich zugunsten des Herrschers. Mit Unterstützung der Reichsfürsten gelang es dem König im Jahr 1075, die sächsischen Truppen bei Homburg an der Unstrut entscheidend zu schlagen. Im Herbst desselben Jahres unterwarfen sich die Anführer der Sachsen. Doch selbst jetzt kehrte keine Ruhe ein in diesem Reichsteil, denn der Widerstand flammte auch in der Folgezeit immer wieder neu auf. Gleichzeitig vertiefte sich der Investiturstreit zwischen Heinrich IV. und Papst Gregor VII., beide stritten um die Vorherrschaft der weltlichen oder der geistlichen Macht. Die Auseinandersetzung gipfelte im Bann des Königs, der sich 1077 schließlich aufmachte zum Bußgang nach Canossa, und in der Wahl eines Gegenkönigs durch die Reichsfürsten. Hinsichtlich der politischen Kräfteverhältnisse im Reich und in Europa fanden somit wesentliche Verschiebungen statt: Das Königtum Heinrichs IV. markiert eine Zeitenwende der mittelalterlichen Geschichte.

Zu guter Letzt möchte ich mich bedanken beim Verlag Ellert & Richter für die großartige Zusammenarbeit und bei Werner Irro für sein hervorragendes Lektorat, das dem Roman den letzten Schliff gegeben hat. Des Weiteren sage ich auch diesmal Dank an meine Familie, die Freunde und all jene, die sich meine Planungen und Schwärmereien stets geduldig angehört und mir manch kostbaren Rat gegeben haben. Allen voran danke ich meiner geliebten Frau Ina für die tollen Gespräche und für ihre hartnäckige Kritik, die sie trotz sanfter Drohungen meinerseits unerschütterlich äußert. Auch meiner Tochter Laura, ob daheim oder am anderen Ende der Welt, gebührt Dank dafür, dass sie das väterliche Schaffen seit jeher mit Rat und Tat begleitet. Nur in solchem Umfeld war es mir möglich, sechs Jahre an diesem und dem vorangegangenen Roman zu arbeiten.

Hamburg-Langenfelde, im Sommer 2013

Supplin
Salzgau
Ovacra
Halberstadt
Harzgau
Loctuna
Goslar
Hartesburg
Heimenburg
Lohstein
Treseburg
Harz
Güldenbrunn
Liesgau
Polethe
Helmeg
Goldene Mark
Eichsfeld
Asenburg
Ohm-
Berge
Bola
Horeburg
Werraha
Vokenroht
Westergau
Säulings-
wald
Gerstingun
Herveldia
Capella

HALDESLEVO
MAGDEBURG
BODA
ELBE
NORDTHÜRINGGAU
SALA
SUAVIA
GOLDENE AUE
TULLIDA
HASSEGAU
UNSTROD
VICZINBURG
GOZEKA
TRITEBURG
SALA
OSTERGAU

Ortsnamen

Anglien	England
Asenburg	Hasenburg nahe dem Ort Haynrode im thüringischen Eichsfeld
Blanke Neeß	Blankenese („Weiße Nase"), heute Stadtteil in Hamburgs Westen
Boda	Bode, Fluss in Sachsen-Anhalt, entspringt im Harz
Bola	Buhla, Gemeinde im thüringischen Eichsfeld
Bucstadinhude	Buxtehude, Stadt an der Este
Capella	Grebenau, nahe Bad Hersfeld
Gerstingun	Gerstungen an der Werra, Thüringen
Gozeka	Goseck an der Saale, Sachsen-Anhalt
Haldeslevo	Haldensleben, Sachsen-Anhalt
Hammaburg	Hamburg
Hartesburg	Harzburg, oberhalb der gleichnamigen Kleinstadt am Rand des Harzes
Heimenburg	Heimburg nahe der Stadt Blankenburg
Herveldia	Bad Hersfeld, Hessen
Hildinishem	Hildesheim
Holcinesleve	Hötensleben, südlich von Helmstedt
Horeburg	Harburg, nahe dem Ort Haynrode im thüringischen Eichsfeld
Kuffese	Kyffhäuser, Gebirgszug in Thüringen mit Burg Kyffhausen
Laudenburg	Ladenburg, Kleinstadt am Neckar, bei Mannheim
Lismona	Lesum, nordwestlicher Stadtteil Bremens
Loctuna	Lochtum, Ortsteil von Vienenburg am Harzrand
Luneburg	Lüneburg (alter lateinischer Name „Selenopolis")
mare Frisicum	Nordsee
Nordhumbrien	Northumbria, frühmittelalterliches Kleinkönigreich in Nordostengland
Nordmannien	Norwegen

Osolfstidi	Neu Olvenstedt, westlicher Stadtteil von Magdeburg
Ovacra	Oker, Fluss in Niedersachsen, entspringt im Harz
Polethe	Pöhlde, Ortsteil von Herzberg, Harz
Ramsola	Ramelsloh, Ortsteil von Seevetal, südlich von Hamburg
Rotanbiki	Radau, Fluss in Niedersachsen, Zufluss der Oker
Sala	Saale, Zufluss der Elbe
Schartfelde	Scharzfeld, Ortsteil von Herzberg, Harz
Sevina	Seeve, Elbzufluss südlich von Hamburg-Harburg
Sollonberg	Süllberg, oberhalb von Blankenese
Sudberg	Sudmerberg, Stadtteil und Berg nahe Goslar
Supplinburg	Süpplingenburg, bei Helmstedt
Trifurt	Treffurt an der Werra
Triteburg	Tretenburg, bei Gebesee an der Unstrut
Tullida	Tilleda, Königspfalz zu Füßen des Kyffhäusers
Ullishusen	Uelzen an der Ilmenau, südlich von Lüneburg
Unstrod	Unstrut, mündet in die Saale
Viczinburg	Weißenburg, nahe Zscheiplitz in Sachsen-Anhalt
Vokenroht	Volkenroda, Weiler bei Mühlhausen/Thüringen
Wadil	Wedel, Stadt an der Elbe westlich von Hamburg
Werraha	Werra, Quellfluss der Weser

Personen

Adalbero	(um 1010–1090) Bischof von Würzburg, 1883 heilig gesprochen
Adalbert	(um 1000–1072) Erzbischof von Hamburg-Bremen, Bruder von Friedrich II. von Gozeka
Anno II.	(um 1010–1075) Erzbischof von Köln und Erzkanzler des Reiches
Armin	Jäger auf der Harzburg
Benno	(um 1020–1088) Bischof von Osnabrück, Berater Heinrichs IV., Baumeister vieler königlicher Bauten und Burgen
Bertha von Turin	(1051–1087) Gemahlin König Heinrichs IV., ab 1084 Kaiserin
Berthold von Zähringen	(um 1000–1078) Herzog von Kärnten („der Bärtige“)
Blihan	„Die Bleichen“, Geisterhünen, Wächter des Horts zu Elbergard
Bluomveh	„Die Blumengeschmückte“, Tochter des Albenkönigs Friduman
Bodo	(um 1040–?) Königlicher Vogt und Verwaltungsleiter in Goslar, Burgherr auf der Harzburg
Burchard II. („Bucco“)	(um 1028–1088) Bischof von Halberstadt, ein Neffe Annos von Köln und Werinhers von Magdeburg, Gegner Heinrichs IV.
Dedi	(um 1010–1075) Markgraf der sächsischen Ostmark/Lausitz, Adelshaus der Wettiner
Eberhard („Eppo“)	(um 1015–1079) Bischof von Zeitz/Naumburg, Berater Heinrichs IV.
Erdmute	Eine „weise Frau“ im Tal der Oker
Falmag	„Leichenfahler Magier“, Herrscher der Blihan
Folkward	Pater/Mönch im Kloster Goseck, leitet das Scriptorium

Friduman	„Mann des Friedens“, König des Zwergenreichs Güldenbrunn
Friedrich	(um 1030–1090) Abt des Klosters Goseck, illegitimer Sohn Dedos, eines Bruders von Pfalzgraf Friedrich II.
Friedrich II. von Gozeka	(um 1020–1088) Sächsischer Pfalzgraf aus dem Hause Goseck, Mitführer der sächsischen Opposition gegen König Heinrich IV.
Friedrich III.	(um 1065–1085) Sohn Friedrichs II. von Goseck und Hedwigs
Gebhard	(um 1040–1075) Graf von Supplinburg, raubt/ehelicht Hedwig, die „Formbacherin“; Vater des späteren Kaisers Lothar
Gerald	Camerarius und Ratgeber von Friedrich II.
Gertrud	(um 1040–1116) aus dem Grafenhaus Haldensleben, verwandt mit dem salischen Königshaus, Mutter der „Formbacherin“ Hedwig
Godwin	„Freund Gottes“, König des Zwergenreichs Elbergard in den Elbbergen
Gregor VII.	(um 1020–1085) Römischer Papst; Hauptfigur des Investiturstreits
Hartwig	(um 1028–1090) Abt des Klosters Hersfeld
Hedwig	(um 1040–?) Gemahlin des sächsischen Pfalzgrafen Friedrich II.
Hedwig („Formbacherin“)	(um 1058–1090) Geraubt/geehelicht von Gebhard von Supplinburg; Mutter des späteren Kaisers Lothar
Heinrich III. („der Schwarze“)	(1017–1056) König aus dem Haus der Salier, seit 1046 Kaiser, Vater Heinrichs IV.
Heinrich IV.	(1050–1106) König aus dem Haus der Salier, Sohn Heinrichs III., ab 1084 Kaiser; berühmt ist sein „Gang nach Canossa“ 1077 im Investiturstreit mit Papst Gregor VII.
Helmold	Fährmann an der Blanken Neeß
Hermann	(um 1010–1088) Graf aus dem Hause Billung, Onkel Graf Magnus’

Iva	„Die Eibe“, Dienerin Hedwigs
Karl	(um 1020–?) Propst des Stifts auf der Harzburg
Langbin	„Langbein“, Wechselbalg unter den Schwarzalben, Lindfells Vater
Liemar	(?–1101) Erzbischof von Hamburg-Bremen
Lindfell	„Sanfte Haut“, Langbins Sohn
Lutarich	Albenschmied aus Elbergard, schuf den Armreif Wurdbouga
Meinhard	Königlicher Ministerialer und Burgherr auf der Asenburg
Magnus	(um 1045–1106) Graf aus dem Hause Billung, Sohn Herzog Ordulfs; seit 1072 selbst Herzog von Sachsen, auf der Harzburg in Haft
Notebald	Berater und Traumdeuter Erzbischof Adalberts von Hamburg-Bremen
Oswald	Hauptmann im Heer des sächsischen Pfalzgrafen Friedrich II.
Otto von Northeim	(um 1020–1083) Herzog von Bayern, seit 1070 durch Heinrich IV. des Amtes enthoben, Hauptanführer der sächsischen Opposition
Rudolf von Rheinfelden	(um 1025–1080) Herzog von Schwaben, von den Reichsfürsten im Jahr 1077 als Gegenkönig zu Heinrich IV. gewählt
Siegfried von Mainz	(um 1020–1084) Erzbischof von Mainz und Erzkapellan des Reiches
Tado	Mönch im Kloster Ramelsloh, früher als Novize ein Schüler Folkwards
Watelinde	Unholdin/Hexe im Tal der Bode, bekannte Sagenfigur des Harzes
Werinher	(um 1010–1078) Erzbischof von Magdeburg, Bruder Annos II. von Köln und Onkel Burchards II. von Halberstadt, Gegner Heinrichs IV.
Wigman	„Kriegsmann“, Zwerg aus Güldenbrunn
Wisiger	„Weisheitsbegieriger“, Zwerg aus Güldenbrunn

Glossar

Allod	Eigenbesitz/Eigengut, für den Besitzer frei verfügbar und vererbbar (im Unterschied zum Lehen, das stets dem Lehnsherrn gehört)
Anathema	Kirchenbann
Antiphonar	Liturgisches Buch für die Gesänge des Stundengebets
Apsis	Halbkreisförmiger Anbau an einen Kirchenraum; häufig mit Altar
Asen	Götter der germanischen Mythologie
aula regia	Königssaal einer mittelalterlichen Pfalz
Camerarius	Kämmerer; Diener an einem weltlichen Hof mit der Aufgabe der Finanzverwaltung, in Klöstern ein vergleichbares Amt
cathedra Petri	Der „apostolische Stuhl" des Papstes
Dominus vobiscum	„Der Herr sei mit euch", Schlusssegen der mittelalterlichen Messe
Elle	Längenmaß; der Unterarm eines Mannes, ca. 50 Zentimeter
Futhark	Runenalphabet aus germanischer Zeit
Häresie	Abweichung von der christlich-kirchlichen Lehrmeinung
Hemine	Altes Flüssigmaß, etwas mehr als ein Viertelliter
Hospitarius	Mönch mit der Aufgabe, die Klostergäste zu betreuen
Infirmarius	Mönch, der im Kloster die Kranken versorgt
Investitur	Einsetzung in ein Kirchenamt; Ende des 11. Jahrhunderts Rechtsstreit um die Investitur von Klerikern durch Laien, z. B. durch den König
Kanoniker/ Kanonissen	Geweihte Kleriker/Klerikerinnen, die mit Ordensgelübde (Regularkanoniker) oder ohne (Säkularkanoniker) in einem Stift leben
Kanonisches Recht	Kirchenrecht und Gesetze der römisch-katholischen Kirche

Kapellan	Kaplan, Geistlicher in der privaten Kapelle eines Adelshauses
Kebsweib	Altertümliche Bezeichnung für Konkubine
Klafter	Längenmaß; die ausgestreckten Arme eines Mannes, etwa 1,7 Meter
Komplet	Nachtgebet im klösterlichen Tagesablauf
Komputation	Berechnung; hier die Ermittlung von Verwandtschaftsgraden
lingua theodisca	„Deutsche Sprache"
Liutizen	Slawischer Stammesverband im heutigen Nordostdeutschland
Metropolit	Erzbischof als Vorsteher einer Kirchenprovinz mit mehreren Diözesen
Ministeriale	Verwalter und hohe Beamte weltlicher und geistlicher Herrschaften; seit dem 11. Jh. aufsteigende Gesellschaftsschicht
Monogramm	Verschlungenes Namenszeichen
Nebelheim	Unterwelt/Totenwelt in der germanischen Mythologie
Nebelung	November (Nebelmonat)
Oheim	Onkel
ora et labora	„Bete und arbeite", Grundsatz der Benediktinerregel
Pontifex	Bezeichnung für hohe kirchliche Würdenträger (z. B. Erzbischöfe); höchster Pontifex ist der Papst („summus pontifex")
Prälat	Kirchlicher Würdenträger mit Leitungsbefugnis (z. B. Bischof oder Abt)
Quadragesima	„Vierzig Tage", die vorösterliche Fastenzeit
Reichsinsignien	Herrschaftszeichen der Könige und Kaiser (Reichskrone, Reichsapfel, Zepter, Schwert, heilige Lanze, heiliges Kreuz)
Scriptorium	Schreibwerkstatt eines Klosters
servitium regis	Königsdienst, Pflichten geistlicher Amtsträger gegenüber dem König

Sext	Mittagsgebet im klösterlichen Tagesablauf
Simonie	Kauf/Verkauf von Kirchenämtern und Pfründen, seit jeher Kritikpunkt kirchlicher Reformbewegungen, insbesondere im Investiturstreit
Stift	Kirchlich-klösterliche Gemeinschaft, vom Stifter (König, Bischof, Adel) mit Eigentum und Rechten ausgestattet
Superbia	Hochmut, nach der Sittenlehre Gregors d. Gr. die Wurzelsünde der sieben Hauptsünden
Synode	Bischofsversammlung für kirchliche Beratungen und Rechtsprechung
Trivium	„Die drei Wege“, im Mittelalter die sprachliche Ausbildung in Grammatik, Dialektik und Rhetorik
Vesper	Abendgebet im klösterlichen Tagesablauf
Wickerin	Heilerin und Wahrsagerin; „wicken“ (zaubern)
Zehnt	Abgabe des zehnten Teils der Erträge an den Grundherrn, meist in Naturalien

Literatur

Mittelalterliche Quellen zur Epoche des Sachsenkriegs:

Annalista Saxo. Ed. D.G. Waitz (MGH SS VIII). Stuttgart 1844
Bertholdi Chronicon. Ed. I.S. Robinson (MGH SS rer. Germ. N.S. 14). Hannover 2003
Die Briefe Heinrichs IV. Hrsg. von C. Erdmann (MGH Dt. MA 1). Leipzig 1937
Brunonis liber de bello Saxonico. Ed. G.H. Pertz (MGH SS V). Hannover 1844
Carmen de bello Saxonico. Hrsg. v. O. Holder-Egger (MGH SS rer. Germ. 17). Hannover 1889
Chronicon Gozecense. Ed. D.R. Köpke (MGH SS X). Hannover 1852
Heinrici IV. Diplomata. Ed. D. v. Gladiss & A. Gawlik (MGH DD H IV). Berlin/Weimar/Hannover 1941–1978
Helmoldi presbyteri Bozoviensis cronica slavorum. Ed. B. Schmeidler (MGH SS rer. Germ. 32). Hannover 1937
Lamberti Hersfeldensis annales. Ed. L.F. Hesse (MGH SS VII). Hannover 1844
Mag. Adam Bremensis gesta Hammaburgensis ecclesiae pontificum. Ed. B. Schmeidler (MGH SS rer. Germ. 2). Hannover 1917
Sächsische Weltchronik. Hrsg. von L. Weiland (MGH Dt. Chron. 2). Hannover 1877

Literatur zum Sachsenkrieg, zu den Handlungsorten und ihren Sagen:

Althoff, Gerd: Heinrich IV. Darmstadt 2008
Beneke, Otto: Hamburgische Geschichten und Sagen. Neu ediert v. Ariane Knuth. Bremen 1999
Boshof, Egon: Heinrich IV. – Herrscher an einer Zeitenwende. Göttingen 1979
Boshof, Egon: Die Salier. 4. Aufl. Stuttgart 2000
Brosius, Dieter: Zur Geschichte des Stifts Ramelsloh im Mittelalter, in: Lüneburger Blätter 25/26 (1982), S. 27ff.

Fenske, Lutz: Adelsopposition und kirchliche Reformbewegung im östlichen Sachsen. Göttingen 1977

Grimm, Jacob: Deutsche Mythologie. 2 Bände (Nachdruck der 4. Aufl. v. 1875–1878). Wiesbaden 2003

Köhler, Michael: Thüringer Burgen und befestigte vor- und frühgeschichtliche Wohnplätze. 3. Aufl. Jena 2010

Meyer von Knonau, Gerold: Jahrbücher des Deutschen Reiches unter Heinrich IV. und Heinrich V. Band 2. Leipzig 1894

Pröhle, Heinrich: Harzsagen. 2 Bände (Nachdruck der Ausg. v. 1859). Bad Langensalza 2010

Spier, Heinrich: Die Geschichte der Harzburg. Goslar 1985

Starke, Heinz-Dieter: Die Pfalzgrafen von Sachsen bis zum Jahr 1088, in: Braunschweigisches Jahrbuch 36 (1955), S. 24ff.

Struve, Tilman: Salierzeit im Wandel. Zur Geschichte Heinrichs IV. und des Investiturstreits. Köln 2006

Talkenberg, Fabian: Rebellion am Vorabend von Canossa. Der Sachsenaufstand gegen Heinrich IV. Marburg 2010

Weinfurter, Stefan: Die Salier und das Reich. 3 Bände. Stuttgart 1992

Wilke, Sabine: Das Goslarer Reichsgebiet und seine Beziehungen zu den territorialen Nachbargewalten. Göttingen 1970

Der Autor

Martin Schemm, geboren 1964, Historiker, arbeitet beim Hamburgischen Beauftragten für Datenschutz und Informationsfreiheit, veröffentlicht Romane und Kurzgeschichten im historischen und im fantastischen Genre. Im Ellert & Richter Verlag ist „Der Goldschatz der Elbberge" lieferbar. Gewinner des Deutschen Phantastik Preises 2007 für die beste deutschsprachige Kurzgeschichte. Weitere Infos zum Autor auf www.martinschemm.de

Impressum

Bibliografische Information der Deutschen Nationalbibliothek
Die Deutsche Nationalbibliothek verzeichnet diese Publikation in der Deutschen Nationalbibliografie; detaillierte bibliografische Daten sind im Internet über http://dnb.ddb.de abrufbar.

ISBN 978-3-8319-0527-0
© Ellert & Richter Verlag GmbH, Hamburg 2013

Dieses Werk einschließlich aller seiner Teile ist urheberrechtlich geschützt. Jede Verwertung außerhalb der engen Grenzen des Urheberrechtsgesetzes ist ohne Zustimmung des Verlages unzulässig und strafbar. Dies gilt insbesondere für Vervielfältigungen, Übersetzungen, Mikroverfilmungen und die Einspeicherung und Verarbeitung in elektronischen Systemen.

Lektorat: Werner Irro, Hamburg
Gestaltung: BrücknerAping Büro für Gestaltung GbR, Bremen
Karte: Martin Schemm, Hamburg
Gesamtherstellung: CPI books GmbH, Leck

Umschlagbild: bpk/Staatsbibl. zu Berlin (Heinrich V. erhält Schwert und Ring von Kaiser Heinrich IV., aus: Sächs. Weltchronik, 1. Viertel 14. Jh.)

Bitte beachten Sie unsere Internetseite: www.ellert-richter.de